目录

501 GREAT WRITERS
位文学大师

朱利安·帕特里克◎主编

杨帆◎翻译

中央编译出版社
Central Compilation & Translation Press

图书在版编目（CIP）数据

501位文学大师 ／（加）帕特里克（Patrick，J.）主编 ；杨帆译.
－－北京：中央编译出版社，2015.6
书名原文：501 Great Writers
ISBN 978-7-5117-2633-9

Ⅰ．①5… Ⅱ．①帕… ②杨… Ⅲ．①世界文学－作品综合集 Ⅳ．①I11
中国版本图书馆CIP数据核字(2015)第075040号

Original title: 501 GREAT WRITERS
© 2008 Quintessence Editions Ltd.
Chinese edition © 2015 Central Compilation and Translation Press

501位文学大师

出 版 人：	刘明清	
出版统筹：	贾宇琰	
责任编辑：	郑晴蕾	
责任印制：	尹 珺	
出版发行：	中央编译出版社	
地　　址：	北京西城区车公庄大街乙5号鸿儒大厦B座（100044）	
电　　话：	（010）52612345（总编室）　（010）52612342（编辑部）	
	（010）52612316（发行部）　（010）52612315（网络销售）	
	（010）52612346（馆配部）　（010）55626985（读者服务部）	
传　　真：	（010）66515838	
印　　刷：	利丰雅高印刷（深圳）有限公司	
成品尺寸：	160毫米×210毫米　40印张	
版　　次：	2015年6月北京第1版	
印　　次：	2015年6月第1次印刷	
定　　价：	148.00元	

网　　址：	www.cctphome.com	邮箱：cctp@cctphome.com
新浪微博：	@中央编译出版社	微信：中央编译出版社（ID:cctphome）
淘宝店铺：	中央编译出版社直销店（http://shop108367160.taobao.com）　（010)52612349	

本社常年法律顾问：北京市吴栾赵阎律师事务所律师 闫军 梁勤

序

约翰·萨瑟兰（作家和文学评论家）

没有哪一代人能像我们今天这样，在互联网上查阅到数量如此庞大的文学信息和原始资料。如果你想看一个"事实"或是一部"巨作"，只需轻敲几下键盘，答案就会出现在电脑屏幕上。当然了，所谓的事实并不完全可信，而且你能看到的也并不那么通俗易懂，鱼和熊掌总是不可兼得。如果你想有一份关于好书的资料，它既富于乐趣，又容易理解，而且真实性还值得信赖，那我坚信在未来几年（可能还不止"几年"）内，你需要一本好书来指引。就像这本书一样。

对我们大多数人来说，世界文学是生活中最好的乐趣所在。但让我们伤脑筋的是，文学与其他令人愉快的消费品（比如三分熟的牛排汉堡包）不同，只要我们吸收了，它就不会消失。文学是世上最经久不衰的东西。最有趣的是，文学比它的创造者、还有一代代的读者都延续得长久。文学的历史甚至比承载它的图书馆的历史都长。我们的书房和大学（就像博尔赫斯笔下的弗内斯的"记性"一样好）几乎收藏了有史以来出版过的所有文学作品。文学的发展速度令人惊讶：不仅是国内的文学作品增长迅速，被翻译成外语的文学作品也不断增加。

文学的领域很广，而且仍在不断扩大。曾几何时（例如，在莎士比亚时代），501位伟大作家的作品足以涵盖整个文学领域，但这个时代已经一去不返了。"必读之书"的范围正在以每周超过501本的速度增长。当我们有这么多可读之书的时候，怎样才能读得有价值呢？

阅读的范围越大，我们越需要指引和辅助方式来帮忙加以鉴别。地图和手册我们可以很方便地随身携带。书也可以帮助我们读书。这本书就符合这个要求。它不会告诉你应该读什么书，而是为你开启一条有价值阅读的道路。

如我所说，文学是一个非常非常庞大的范畴。而时间，在这个疯狂又匆忙的媒体时代又远远不足。我们可能会比自己的祖先活得更长久（看看书中作家们的生卒年就知道），但我们生活的节奏要快得多。

您将会读到的这本书是所有阅读参考书中最值得信赖的一本。不管是主题还是相关的阐述都是如此。这本装帧精美的书中的每一篇文章，不仅是引导你阅读的跳板，还能让你储备最基本、最准确并且最易于吸收的信息。这是一本关于好书和作家的好书。

John Sutherland

于伦敦

引言

朱利安·帕特里克（本书主编）

"一篇好的前言"，像德国作家弗雷德里希·施莱格尔曾说的那样"应该是一本书的平方根，同时又是这本书的平方。"因为这本书的标题不得不让人从数字的角度来看待它所涵盖的范围。《501位文学大师》源于之前的系列丛书，其中就包括《有生之年非读不可的1001本书》。当然这个"死刑判决"必须撤销了，如果说有什么区别的话，就是我们更加需要做出选择，因为我们关注的重点已经从一本书扩大到了一大堆书和一个名字——更准确地说是501个名字。

施莱格尔对前言的作用兴趣颇深，因为它能提炼出一本书的精华。这种关系已经延伸到了每一篇文章的本质上，这些文章的目的都是介绍一位作家：用最精炼的方式，生动地描述为什么某一位作家"伟大"或者为什么他的作品值得阅读。从涉及的历史范围和名单的国际化程度上看，这个工作已经相当具有挑战性，但我们的收获也更大。我们生活在分散于各地的民族间。尽管书中的清单不可避免地以英国和欧洲为中心，但它确实是多方通力协作的结果，其中也包含很多的编著者和旷日持久的争论。

书中的每一篇文章都融合了传记评论和参考性的作品选编，目的是提供指引，而不是作出规定。与其他形式的短篇作品一样——比如格言和警句，每一篇文章操作起来都像普鲁斯特形容的日本玩具，它看起来只是一张张小纸片，但把它们放在水下，这些纸片就渐渐舒展开，呈现出此前不为人知的丰富色彩和形态。如果这太难理解，那你可以想象我们生活在这样的时代，我们既过着这样的生活，还有这个清单。

说到这里，正如1001这个数字带给我们的回忆一样（这是对所有热爱故事的人都有魔力的数字），这个多出来的"1"表明还有其他的可能性，这也说明本书中的这个清单不可能全方位概括所有信息，而且也不可能是完整的。更不用说像本书这样的作品，是经过一个令人沮丧的删减和妥协的过程才搜集起来的（或许就像在一个圆中没有人能画出一个角一样）。从本质上说，我们提供的并不是要点，而是一套指示牌，我们希望能帮助你们培养阅读的习惯，并让这种习惯更加系统化，让你们能善于发现精品并自主地阅读。如果你能瞥一眼前方的道路，总有一天，你也会踏上旅程。

于多伦多

作家索引

代表作

诗歌

《伊利亚特》公元前八世纪
《奥德赛》约公元前700年

荷马 HOMER

生于：公元前八世纪

风格和流派：荷马是古希腊史诗作者，他的作品歌颂神话人物和英雄事迹，关注贵族阶层。他创造了富有诗意的方言，重复使用词句和场景，尤为注重文采和延喻。

　　英国人把莎士比亚称作"诗翁"，而古希腊人却给了荷马"诗人"这个简单的称谓。与莎士比亚一样，荷马在西方文学的地位至高无上，他的诗歌对人类天性的深刻揭示前无古人，后也难有来者。然而实际上我们对他却几乎一无所知。

　　荷马不仅被古希腊人尊为英雄史诗的开创者，甚至直接成为了文学的代名词。可是对于其生平事迹，古希腊人却没有任何有力的证据。关于荷马生平的细节，可能都来自于他诗歌中的自述。例如，关于荷马是盲人的传说，可能就来自于他对失明的吟游诗人得摩多科斯的描写。古往今来的众多学者都尽量避免讨论诗人荷马，却愿将荷马史诗当做口头诗歌这一古老传统的产物。语言学证据表明荷马史诗起源于公元前八世纪末或七世纪初的爱奥尼亚人。

　　后世希腊人认为早期多部史诗都为荷马所作，但是只有两首——《伊利亚特》和《奥德赛》——才能被称为荷马史诗。不管这两首史诗是否为荷马所作，它们都沿袭了

上图：伦勃朗1663年的作品，描绘了荷马可能的相貌。

右图：公元三世纪突尼斯的马赛克作品，奥德修斯勇斗海妖塞壬。

上图：法国艺术家让·莫布朗的作品《特洛伊城遭劫》。

口头诗歌的传统，在水准和长度上都超越了其他早期希腊史诗。《伊利亚特》以神话中的特洛伊战争进行到第十年为背景，这也是这场战争的最后一年，它描绘了特洛伊围城期间，两位古希腊指挥官阿喀琉斯和阿伽门农之间因矛盾争端所产生的复杂后果。《奥德赛》则讲述了特洛伊城陷落之后的故事，描述了另一位古希腊英雄奥德修斯艰难的回归之路，以及他经过艰苦斗争再次成为伊萨卡国王的故事。尽管在语言表达和宗教观念上存在诸多差异，但这两部史诗都因其对叙述的把握、华丽的语言以及对人类经验的广泛关注和敏锐观察而广受关注。**TP**

荷马：到底是男人还是女人？

古人从未对荷马是个男人产生过任何怀疑，即便是现代社会的大部分时间，这个假设也很少受到挑战。尽管如此，在一些场合，人们还是会听到一个不同意见。英国作家塞缪尔·巴特勒，同名古典文学家之孙，提出一个观点，《奥德赛》的作者应该是一个西西里女人，而罗伯特·格拉芙斯则在小说《荷马的女儿》一书中发展了该观点。近年来有人提出，指导这两部史诗誊录（倘若不是创作）的，是一位女诗人。

代表作

诗歌

《如若不是冬季：萨福残诗》2002

"有人说世上最美的东西是船队，可我认为世上最美的是你所爱。"

——《残诗·16》

上图：壁画中描绘的萨福肖像——她的真实相貌依然不为人知。

萨福 SAPPHO

生于：约公元前630年（希腊莱斯博斯岛）；**卒于：**约公元前580年（地点不明，可能是莱斯博斯岛）

风格和流派：萨福是公元前六世纪出生于莱斯博斯岛的一位女诗人，被柏拉图称为"第十缪斯"，她的诗歌至今虽只剩残片，却依然无比生动。

作为一名杰出的诗人和完美的情人，萨福可称得上名副其实。她的诗作中，直白的语言与情欲的描写相互交织，富有魅力。由于在古代具有极高地位，她的作品被编成九卷，收藏在已消失的亚历山大图书馆中。有一种诗体——萨福体——就是以她创造的诗句结构命名，该诗体有三个长句而结尾却是一个短句，犹如一声饱含欲望的叹息。这些诗歌残片极为流行，不仅很多古希腊哲学家经常在自己的散文中加以引用，在沙漠中发现的纸草上也能发现这些浪漫词句。

萨福的一生就像她的完整诗篇一样，虽是令人不解的谜团，却不能打消诗人们试图还原她真实面貌的热情，从奥维德、玛丽·罗宾逊到同性恋女诗人奥尔加·布劳玛斯皆是如此。而认可度最高的传记就融合了富有诗意的解读与古老的闲言碎语，记载了她出身贵族家庭，曾是莱斯博斯女子贵族宗教团体的一员，后因政变被驱逐至西西里岛。产下一女，名为克莱斯。根据记载，在向摆渡人法翁求爱被拒之后，她自杀身亡。

到了十九世纪，萨福的不良形象被消除，转而成为了女子学校的"女子导师"；而二十世纪的古典学者则认为，她那些哭诉同性恋人成婚的诗句，虽然描写得细致入微，优美动人，实际上却只是传统的婚礼颂歌而已。除去这些吹毛求疵的意见，萨福还被认为是女同性恋者的精神领袖，因为她注视女性的眼神中总是充满情欲。在《残诗·31》中就有很著名的一段。诗人想象着自己陷入了一场三角恋，充满渴望地注视着一对男女互相调情。且不论传记的事实根据是什么，这些诗歌残片经过两百多年的解读，仍然能让曾经相爱的人们的脊柱划过一丝颤栗。**SM**

埃斯库罗斯 AESCHYLUS

生于：约公元前525年（希腊艾留西斯，临近雅典）；**卒于**：约公元前455年（西西里盖拉）

风格和流派：埃斯库罗斯的作品中包含大量的描写和复杂的人物形象，他对戏剧形式进行大胆的改革，政治和宗教主题尤为突出。

埃斯库罗斯的墓志铭上只记载了在马拉松之战中，他为了雅典人民与波斯人英勇作战，却对他在文学领域取得的杰出成就只字不提。埃斯库罗斯对戏剧形式的革新，在希腊悲剧早期发展中曾起到决定性作用。他的诗歌因不朽的力量和优美意象而引人注目。

埃斯库罗斯诞生的时代，雅典仍处在暴君的统治之下，他因此见证了雅典民主的诞生和古典时代的开端。在近半个世纪的创作生涯中，埃斯库罗斯创作了近80部戏剧，其中仅有7部保存下来。这7部作品中，每一部都展现出那个变迁的年代对这些剧本创作所造成的影响，而对尚处萌芽时期的民主政治的关注就是有力的证明。与政治觉悟并重的就是极为深刻的宗教敏感性，他在承认个人责任的同时，认为人类活动与神的意志密不可分。人类有可能取得进步，但必须得经受众神的考验才能实现（这一主题在埃斯库罗斯的代表作《俄瑞斯忒亚》三部曲中得到发挥）。

埃斯库罗斯戏剧中庄严的主题与庄重的语言风格相得益彰。他乐于使用大量的复合形容词和比喻修辞，而且相较于清晰的表达，他更注重营造神秘而庄严的氛围。除了是一名杰出的诗人，埃斯库罗斯还是最具有革新精神的古典悲剧作家，他还在戏剧中引入了第二个演员（悲剧曾经只有一名演员和合唱团）。由于在戏剧中把高贵的风格与大胆革新相结合，埃斯库罗斯引领了古典戏剧的黄金时代，并为他的继任者索福克勒斯和欧里庇得斯开辟了道路。**TP**

代表作

戏剧

《波斯人》公元前472年
《七将攻忒拜》公元前467年
《乞援人》约公元前463年
《俄瑞斯忒亚》公元前458年
《阿伽门农》
《祭酒人》
《欧墨尼得》

"宙斯已降下神谕，只有经受苦难才能获得智慧……"

——《阿伽门农》

上图：罗马神殿博物馆中的一座埃斯库罗斯半身像，创作时间不明。

11

代表作

诗歌

《皮提亚颂》公元前498-前446年
《奥林匹亚颂》公元前488-前460年
《涅墨亚颂》公元前485-前444年
《斯米亚颂》公元前480-前454年

品达 PINDAR

生于：约公元前520年（希腊希诺斯克法莱）；**卒于**：约公元前440年（希腊阿格斯）

风格和流派：作为公认的古希腊最伟大的抒情诗人，品达的诗歌因其优美流畅的表达和复杂的韵律而享有盛誉，诗歌多采用贵族的视角，富有自我意识。

　　古罗马修辞学家昆体良认为品达是"迄今为止最伟大"的抒情诗人。两千多年过去了，这个论断依然成立。在抒情诗领域，论庄重的风格、华丽的辞藻和完美的形式，鲜有人能与品达相媲美。

　　与其他古代作家一样，品达的生平鲜为人知。他出生于古风晚期的库诺斯克法莱城，在古典时代早期是一名职业诗人。虽然有着贵族血统，品达在创作中却始终对贵族阶层的未来进行毫不留情的批判，所以才创作出反映一些希腊大家族衰亡的作品。

　　后人将他的诗歌汇编成七部，其中四部流传至今。这些作品包括胜利颂，主要是为运动员所作的赞美颂诗，他们在奥林匹亚、皮提亚、涅墨亚和斯米亚运动会上获得胜利。这些作品极少表现运动会本身，而把重点放在赞扬每一位运动员、他们的家庭及其所代表的城邦上。品达认为运动员取得成就值得赞颂，所以通过描写运动员所代表的城邦的某位英雄人物，来把他们的成就与神话中的杰出事迹相提并论。然而有些作品则更像是一种警告，提醒获胜的运动员们应避免引起众神的嫉妒。品达的诗歌包含强烈的自我意识。他不断将自己与所歌颂的运动员们作对比，并让他们了解两者相互之间的依存关系：竞技运动的胜利为诗歌创作提供了素材，反过来，诗歌也为运动员树碑立传。**TP**

"不要寻求获得永生，而要在力所能及之内，穷尽一切可能。"

——《皮提亚颂》

上图：十九世纪J.W.库克雕刻的品达像。

索福克勒斯 SOPHOCLES

生于： 约公元前496年（希腊希波斯科罗诺斯）；**卒于：** 约公元前406年（希腊雅典）

风格和流派： 作为一名剧作家，索福克勒斯的写作风格大胆，语言精炼而朴实（与埃斯库罗斯形成鲜明对比）。他笔下的人物角色，涉及的主题和营造的氛围之间有着强烈的对比，大量使用的讽刺也起到了重要作用。

在漫长的一生中，索福克勒斯创作了123部戏剧作品，在数量上与埃斯库罗斯和欧里庇得斯不相上下。现存的7部悲剧作品探索了杰出人物的伟大功绩和遭受的磨难，他们拥有神一般的强大力量，却不得不在某种灾祸和妥协之间做出抉择，而这种妥协恰恰有悖于他们超越凡人的英雄本性。索福克勒斯式的戏剧创作手法获得了亚里士多德的认可，他赞赏这种创作技巧对时间节奏的掌握以及无与伦比的戏剧紧迫感。

在《埃阿斯》中，天神使埃阿斯发狂，并使其流落至特洛伊城，强烈的荣誉感和羞耻心让他（他当时是本领最高强的希腊勇士）只能自我了断，而别无选择。《俄狄浦斯王》则用戏剧性的手法描绘了才智过人的国王，过于执着地寻找真相，最终导致自己精神失常，自瞎双目，流落他乡。在更广泛的政治环境下，这种悲剧般的两难境地可被理解成：这是荷马时代之前尊重个人的价值观，与公元前五世纪雅典民主时期重视社会利益而压制极端行为之间的激烈碰撞。

在这个被神秘力量和残酷命运所主宰的世界，英雄的负隅顽抗会遭到可怕的全面孤立，就连神明都会弃之而去。在《特拉喀斯少女》中，宙斯甚至不愿拯救自己的儿子赫拉克勒斯使他免于因不堪忍受肉体和精神的双重折磨而痛苦死去，而后者正是古希腊英雄主义的代表人物。但自愿接受苦难，而不是选择接受人类极限，使得索福克勒斯笔下的英雄人物，在一个过去无知无识，未来亦无希望，而当下也唯有受苦的世界上，被赋予了令人敬畏的力量。**DS**

代表作

戏剧

《埃阿斯》约公元前450-前440年
《安提戈涅》约公元前442年
《特拉喀斯少女》约公元前430年
《俄狄浦斯王》约公元前430-前420年
《埃勒克特拉》约公元前410年
《菲罗克忒忒斯》公元前409年

"索福克勒斯描绘了人类应有的样子，而欧里庇得斯描绘的则是人类本身的样子。"

——亚里士多德《诗学》

上图：根据当时的刻画而创作的索福克勒斯像，创作时间不明。

代表作

戏剧

《美狄亚》公元前431年
《希波吕托斯》公元前428年
《厄勒克特拉》约公元前420-前410年
《特洛伊妇女》公元前415年
《伊菲格那亚在奥里斯》公元前410年
《酒神》公元前408-前406年

"尽管有诸多不足，〔欧里庇得斯〕仍然是最具悲剧色彩的诗人。"

——亚里士多德

上图：J.W.库克于十九世纪雕刻的欧里庇得斯像。

欧里庇得斯 EURIPIDES

生于：公元前480年（希腊萨拉米斯岛）；**卒于：**公元前406年（马其顿）

风格和流派：欧里庇得斯是公元前五世纪希腊悲剧的叛逆奇才；他描写了饱受战争创伤的主人公，展示了对神话故事以及英雄人物的强烈批判和深刻怀疑。

欧里庇得斯着力刻画众神和恶魔，可以被称作是现代剧作家的开山鼻祖。尽管避免涉及政治——在这一点上，他与同时期的前辈和竞争对手索福克勒斯不同，欧里庇得斯还是在作品中明确表达了他对雅典文化不再抱有任何幻想，并对英雄人物极尽捉弄嘲笑。在《特洛伊妇女》中，他从特洛伊人的角度，将米洛斯大屠杀和特洛伊城被毁相比拟，公开批评城邦的外交政策，这一点非同寻常。

为了对1971年的越战表示抗议，迈克尔·卡克扬尼斯拍摄了《特洛伊妇女》。该片以伊迪斯·汉密尔顿于1937年翻译的《特洛伊妇女》为蓝本，伊迪斯·汉密尔顿把欧里庇得斯看作是好战时代的和平主义者。当然了，欧里庇得斯在其他关于希腊英雄神话作品——《海伦》《伊菲格纳亚在奥里斯》以及《赫卡柏》——中都提出了"战争，到底是为了什么？"这个问题。他在戏剧例如《酒神》中讽刺了希腊创始家族，展示了作为一名打破传统的叛逆者的剧作家的形象。他笔下的众神——例如该剧中浑身杀气腾腾又魅力超凡的酒神巴克斯——是恶魔，但在更多层面上，他们还是政治家。

当埃斯库罗斯在戏剧中向众神的神秘莫测致敬，而索福克勒斯仍在戏剧作品中探讨众神的富有远见的思维方式时，欧里庇得斯已经看到众神和人类都已经把自己陷入到动荡、自私的权力深渊之中，痛苦而不可自拔。尽管在诗歌成就上被认为略逊于其他的伟大前辈，欧里庇得斯在挖掘词句和人物的深意方面却被认为极具才能。在《美狄亚》中，同名女主角就数次被赋予了"温良"这个词，这也是希腊语中具有极高智慧的极致表达。欧里庇得斯想表达的一部分含义是，"温良"这个词对女性来说含义不尽相同，就好比众神所具有的天赋一样，是一把双刃剑。时至今日，他的戏剧依然足以尖锐到令人感到痛苦。**SM**

阿里斯托芬 ARISTOPHANES

生于： 约公元前448年（可能是希腊雅典）；**卒于：** 约公元前388-前385年（地点不明）

风格和流派： 他因作品风格独特而被古人视为希腊早期喜剧的代表作家。在他的作品中，淫秽描写和人身诽谤与绝妙的政治讽刺和对同时期文学的细致模仿相结合。

对阿里斯托芬的描写最早出现在柏拉图的《会饮篇》中，他被友善地描绘成一个享受着生命乐趣的人——像他的喜剧作品一样——既引人发笑又一本正经。尽管如此，关于阿里斯托芬的传记材料都未被证实真伪，而极有可能来自于他的戏剧作品。

《阿卡奈人》是他现存的最早的一部作品，它将五世纪雅典早期"政治"喜剧极高的话题性与出色的布局这个特点展现出来：一个富有同情心的英雄人物不满足于现状，用尽各种狡猾手段和聪明才智，通过超自然的力量来战胜自己的敌人。贫穷的农夫狄开俄波利斯通过私下里与斯巴达人议和，骗过了雅典城邦的鹰派政客，重新得到了因为伯罗奔尼撒战争而失去的一切——食物、美酒和美人。早期希腊喜剧里满篇都是低俗描写和粗俗的笑话，描写了当时平凡社会中的普遍需求，与希腊悲剧这种完全不同的文学体裁形成了强烈对比。后者是高尚而严肃的，有着辉煌的历史。

《阿卡奈人》因富含大量古典文学中的污言秽语而著称，主人公满口直截了当地说着与阴道相关的双关语，并以此与商人的女儿讨价还价。

阿里斯托芬摒弃了在悲剧中被竭尽全力保留下来并被过度使用的富有戏剧性错觉的写作手法。为了有笑料，喜剧诗人可以辱骂政客、平民、别的诗人，甚至还可以时不时地讽刺观众。喜剧《云》就把苏格拉底描绘成一个声名狼藉的怪人和骗子，还说他是崛起中的诡辩运动的代表人物。该剧也因此被认为对苏格拉底被处决一事起到了推波助澜的作用。**DS**

代表作

戏剧

《阿卡奈人》公元前425年

《云》公元前423年

《黄蜂》公元前422年

《鸟》公元前414年

《利西翠坦》公元前411年

《蛙》公元前405年

> "德墨忒尔……我想说这真是太好笑了，太一本正经了。"
>
> ——合唱《蛙》

上图：雅典剧作家阿里斯托芬雕像，未标明创作日期。

代表作

对话录

《申辩篇》约公元前360年
《理想国》约公元前360年
《会饮篇》约公元前360年
《法律篇》约公元前360年

柏拉图 PLATO

生于：约公元前427年（希腊雅典）；卒于：公元前347年（希腊雅典）

风格和流派：柏拉图是教育家、哲学家，也是雅典学院的创建者。他的作品主要采用对话形式，主题涉及政治、情感、知识以及对于苏格拉底的审判。

柏拉图与自己的老师苏格拉底、学生亚里士多德并称为西方哲学传统的三大奠基人。苏格拉底本人未留下任何作品，而亚里士多德现存的作品也只是一些演讲稿，幸运的是柏拉图有超过三十部完整的哲学著作流传至今，这些著作展现了柏拉图丰富而富有灵活性的哲学思想，奠定了他作为古希腊文学大师之一的崇高地位。

柏拉图真实的名字可能是亚里斯多克勒斯，父母都出身于贵族家庭。曾有传说记载，柏拉图的父亲阿里斯通可能是雅典传奇国王柯德洛斯的后代。阿里斯通死时柏拉图还是个孩子，他的母亲克里提俄涅改嫁皮里兰佩——伟大的民主政治家伯利克里的朋友。虽然与上层政治家有千丝万缕的联系，柏拉图还是竭力远离政治，全心投入到哲学研究中。他做出这种选择的原因并不清楚，但是他的朋友

上图：十七世纪法国画派的柏拉图油画作品。

右图：庞贝市T.西米纽斯宅的镶嵌画——柏拉图与他的学生们。

上图：十六世纪，弗兰德斯画派的柏拉图岩画。

和导师苏格拉底被处决一事，可能对此有决定性的影响。柏拉图不仅否认雅典民主政治，也拒绝承认民主政体的可行性。

关于柏拉图成年之后的资料存之甚少，但他极有可能游历四方，可能到达过埃及、一定到过意大利南部以及西西里。在公元前387年回到雅典之后，他成立了雅典学院，这是一个致力于研究和教授哲学（包括数学和政治理论）的机构。虽然，柏拉图把余生的大部分时间用于教学和写作，但他仍在公元前367年（或稍晚）以及公元前361年两次到达西西里。这两次旅行的目的是给叙拉古暴君狄俄尼索斯二世授课，试图将他培养成真正富有哲学思想的君主；可不幸的是，均以失败告终。

"苏格拉底，你说精神的食粮是什么？要我说，一定是知识……"

——《申辩篇》

神话制造者——柏拉图

在《理想国》中有个著名的段落，苏格拉底声称绝大部分的诗歌形式，尤其是荷马以及其他悲剧作家的描写神话的诗歌，在理想城市中应予查禁。原因是，这种题材的诗歌，因为描写了不道德的行为而使人堕落。然而，具有讽刺意味的是，柏拉图自己就因为在作品中大量引用神话而闻名。

通常情况下，柏拉图乐于为了迎合自己的哲学观点而引用神话故事——他的作品《伊尔的神话》就是例证。故事表现了希腊神话中的冥界，以证明人在死后仍会受到奖惩。然而有时候，柏拉图干脆编造神话故事。

其中最著名的例子就是《亚特兰蒂斯之谜》，柏拉图编造这个神话的目的是为了提出一些政治观点。神话描述了亚特兰蒂斯岛上的政治组织形式。虽然这个故事从头到尾皆为虚构，但是人们仍然被他详尽的描述所吸引，并展开了多次探寻之旅，却都无功而返。

富于启迪的对话体

古希腊哲学史家第欧根尼·拉尔修在一篇虚构的故事中说，柏拉图的第一部作品原本是悲剧，但是在听完苏格拉底的演说之后，他把这部作品付之一炬。事实上，柏拉图的作品都以对话体的形式写出（唯一的例外是《申辩篇》，据信此篇是为苏格拉底的审判所作的申辩词）。这种对话形式是出于风格和哲学方面的考虑。从风格上说，它使柏拉图的哲学辩论更加生动而吸引人，也让他的艺术表现力得到了最大程度的发挥。例如，《会饮篇》就不仅是一部讨论爱情本质的著作，它更是一部戏剧杰作。从哲学上说，这种对话形式使柏拉图更加坚信，唯有通过个人努力得来的知识才有价值。每一段对话都包含一系列观点，意在引导读者探寻其中的哲学道理。

柏拉图对哲学各分支都做出了巨大贡献，但是他在认识论和政治理论上的贡献影响最为深远。他的认识论的基础是二元宇宙论。根据这种观点，这个世界是对另外一个世界的简单模仿，另外那个世界的事物都有着完美不变的"形态"。这种形态不能被感官所感知，只能通过富有哲学的沉思来领会。柏拉图的政治理论都是基于一个观点，即国家的形态应是思想形态的反映。正义之于国家，有如正义之于人民，关键在于统治阶层、护卫阶层和平民阶层能够和谐共处，各司其职。这些理论在柏拉图的《理想国》中得到了极大的发展。

这种对话形式很快成为了一种哲学流派，并被从亚里士多德到大卫·休谟在内的哲学家们广泛采纳。柏拉图的二元现实观在古典晚期被新柏拉图主义者发扬光大，并对基督教哲学产生了深远影响。**TP**

右图：拉斐尔作品《雅典学院》局部细节，亚里士多德与柏拉图像，1510-1511。

代表作

诗歌

《歌集》公元1472年（十三世纪的副本可能以九世纪的手抄本为基础）

加伊乌斯·瓦勒留·卡图卢斯
GAIUS VALERIUS CATULLUS

生于： 约公元前84年（意大利维罗纳）；**卒于：** 约公元前54年（意大利罗马）

风格和流派： 作为一位胆识过人、具有现代精神的作家，卡图卢斯用极具亲密感的个性化诗词和极富新意的叙事短诗，勾画了一个爱憎分明的世界。

　　卡图卢斯是第一位现代作家，他与尤里乌斯·凯撒交好。在比提尼亚从政一年之后，感到厌烦透顶的他回到了灯红酒绿的罗马——像他的讽刺文章中说的那样——全身心投入到美人、佳酿和诗歌中去，他还成立了名为"现代作家"的小团体，以示对古希腊上流社会的效仿。

　　尽管如此，真正让卡图卢斯在社交上博得胆色之名的是，他几乎不加掩饰地记述了自己与罗马指挥官之妻克劳迪娅·梅特拉之间的风流韵事。他的叙事短诗将长篇史诗压缩至仅有几页的篇幅，此举证明了他在文学创作上的过人胆识。他用这两种文学形式，为自己和笔下主人公心中涌动的激情，创造出了富于诗意的表达方式。**SM**

代表作

诗歌

《田园诗》公元前42-前37年
《农事诗》约公元前36-前29年
《埃涅伊德》公元前19年

维吉尔 VIRGIL

全名： 普布留斯·维吉留斯·马罗（Publius Vergilius Maro）

生于： 公元前70年10月15日（意大利曼图亚附近）；**卒于：** 公元前19年（意大利布林迪西）

风格和流派： 在但丁眼中，维吉尔是最杰出的艺术大师和"美丽的风格"的开创者。英国诗人德雷顿把《农事诗》称为"最杰出诗人的诗歌杰作"。

　　维吉尔被公认为是罗马最重要的古典诗人之一，他的诗歌作品对欧洲文学产生了极为重要的影响。他的第一部作品《田园诗》以风景如画的阿卡迪亚为背景，居住在这片世外桃源的牧羊人跟农夫们讨论着当代重大政治事件。在《农事诗》中，诗人用更写实的笔法描绘了乡村农场的日常生活。或许，他最著名的作品应该是《埃涅伊德》。在诗中，维吉尔跟随着阿涅伊斯的脚步，讲述了从特洛伊遭劫到建立罗马城的故事，它不仅证实了罗马城的伟大起源，也是一次尝试。因为罗马文学作品从此开始，与《伊利亚特》和《奥德赛》可以一较高下。**PG**

右图：查尔斯-约瑟夫·纳图瓦尔于1734年描绘的情形：维纳斯为了埃涅阿斯向伏尔甘要武器。

代表作

诗歌

《讽刺诗集》公元前35-前30年

《抒情诗集》公元前30年

《颂诗》(《布兰诗歌》)公元前23-前13年

评论

《诗学》公元前18年

"为国而死才是死得其所。"

——《颂诗·III》

贺拉斯 HORACE

原名: 昆塔斯·贺雷修斯·弗拉库斯(Quintus Horatius Flaccus)

生于: 公元前65年12月8日(意大利维诺萨);**卒于:** 公元前8年11月27日(意大利罗马)

风格和流派: 贺拉斯是罗马讽刺诗人和文艺评论家,他作品的观点温和、宽容,对生命的短暂带有一丝忧郁情绪。

贺拉斯——就像"活在当下"这个短语描述的那样——抓住了生命中的每一个机会。他的父亲虽然曾是一个奴隶,后来却成了拍卖商,还赚了大钱,他先把儿子送到罗马学习,后来又送去雅典继续学业。贺拉斯加入了布鲁特斯的共和军,曾在腓立比作战(公元前42年)。后来,他酸溜溜地自嘲说自己丢盔弃甲从战场上跑了回来。回家之后,他发现自己的财产全被没收,却还是成功地在财政部谋得了一个秘书职位。

贺拉斯随后几年创作的诗歌给维吉尔留下了深刻印象,后者把他引荐给了伟大的文艺赞助人米西纳斯,一段持续一生的友谊从此开始了。从那时起,贺拉斯不再为金钱而烦恼,并开始在罗马杰出的诗人和政治家之间来往自如,长袖善舞。米西纳斯把罗马附近萨宾村的一个农庄送给了贺拉斯,他在这里度过了非常快乐的时光,这里也给了他灵感,使他创作了那些最优美的诗句。《抒情诗和颂歌》中收录了各种格律的短诗,主题涵盖了爱情、友谊、美酒、乡村生活的乐趣、四季的交替变换、罗马的伟大以及优秀公民的高贵品质。《讽刺诗集》就用温和而诙谐的短诗,讽刺了人的愚蠢和恶习。《诗歌》第二卷和第六卷,是讽刺城市和乡村生活的名篇,其中以讽刺城市和乡村老鼠的寓言最为著名。

公元前19年,维吉尔去世之后,贺拉斯就成为了奥古斯都的桂冠诗人,被奥古斯都任命专门写赞美诗。由27位少男少女合唱的佾歌(Carmen Saeculare)就是召唤众神的歌曲,诗歌主题是希望众神能让罗马繁荣昌盛,奥古斯都的统治长盛不衰。**PG**

上图:卢卡·西尼奥雷利所作的贺拉斯肖像画,创作时间约1500-1504年,藏于奥尔维耶托圣布里奇奥教堂。

奥维德 OVID

原名： 普布利乌斯·奥维德·纳索（Publius Ovidius Naso）

生于： 公元前43年3月20日（意大利苏尔莫纳）；**卒于：** 公元17年（罗马尼亚康斯坦察）

风格和流派： 奥维德的诗歌作品以深刻的文学自省和神话主题而著称，情感表达优雅精炼、富有韵律。

代表作

诗歌

《恋歌》公元前25-前16年
《黑海书简》公元前8年之后
《爱经》公元前1年
《变形记》公元8年

　　奥维德被认为是奥古斯都时代最后一位伟大诗人，他才华过人、文风优雅，他的魅力超越了所有的前辈。为了诗歌创作，奥维德放弃从政，投身罗马的上流社会和文学界，不久就因创作爱情挽歌而一举成名。虽然他把创作生涯的大部分时间都用来创作挽歌，但是让他获得盛名的却是宏伟的神话长诗《变形记》，这也是他唯一一部史诗作品。这部作品的核心是变换的形体，主题是爱情，描写了世界万物轮回的故事。《变形记》使奥维德熟练精湛的叙事技巧达到了顶峰。这部诗歌不仅是神话故事集，还是对文学传统和文学遗产进行的旁征博引的研究。

　　公元前8年，正值事业巅峰的奥维德被流放至帝国最远端的托米斯，原因至今不明。但有人怀疑，在诗作有伤风化这一正式指控背后，是对他涉嫌与皇帝外孙女私通而进行惩罚。远离了万众瞩目的中心之后，奥维德回归到挽歌创作中，为远离给他创作灵感的社交圈而惋惜，他的创作才能在那时曾受到极大称赞。奥维德被流放一事，标志着他在文风方面的巨大转变，他的作品少了些欢愉，多了些深思和自我反省。

　　尽管如此，奥维德在流放期间的作品，流露出他对名气和诗作的长久生命力不再迷恋，而这些正是他在罗马时期的作品的主要特征。但可以肯定的是，奥维德的作品在西方经典中仍旧保持着重要影响。**MP**

"我，诗人纳索，落到了这般田地。我曾流连于温柔的爱情，如今却毁于自己的天赋。"

——《哀怨集》

上图：卢卡·西尼奥雷利绘制的奥维德像，完成时间约为1500-1504年，存于意大利奥维多的圣布里奇欧礼拜堂。

代表作

小说

《变形记》（即《金驴记》）创作时间不明

演说词

《辩护词》约公元158年

"亲近促生轻蔑，疏远赢得钦佩。"

——阿普列乌斯

阿普列乌斯 APULEIUS

全名： 卢修斯·阿普列乌斯（Lucius Apuleius）

生于： 约公元124年（努米底亚马多罗斯，现阿尔及利亚墨达乌路赫附近）；**卒于：** 约公元170年左右（努米底亚）

风格和流派： 阿普列乌斯的作品风格轻松幽默、集魔法、闹剧、宗教以及神话故事于一体，作品多为流浪汉体小说，语言流畅，生动而充满活力。

根据记载，阿普列乌斯曾过着养尊处优的生活。他的父亲曾是一名地方法官，死后给阿普列乌斯留下大笔遗产，并很快被他挥霍一空。他先被迦太基的高等学府录取，随后到雅典继续学习柏拉图哲学思想。他加入了崇拜伊西斯女神的组织，之后到罗马学习拉丁语演讲术，并开创了颇为成功的法律事业。事业上的成功让他有机会游历小亚细亚和埃及，并学习哲学和宗教。然而在此期间，他却被指控跟寡妇结婚之后，用魔法和巫术骗取了她的感情和财富。他为自己做了一篇辩护词，而辩词实际上是对魔法用途的阐述，他极有可能因此获得赦免。他重新开始写作，将辩词出版并定名为《辩护词》。

阿普列乌斯最著名的作品是插话式流浪体小说《变形记》，也就是广为人知的《金驴记》。该书被汇编成十一部，是唯一完整保存下来的拉丁语小说。小说讲述了希腊人卢修斯疯狂而下流的奇遇，他试验魔法却不幸把自己变成了一头驴，并在这个伪装下开始了种种冒险，他落到过强盗手里，还跟他们分享各种不法所得，最后在伊西斯女神的帮助下才恢复人形。书中还有各种枝枝蔓蔓的细节：其中最长的一篇是一则广为人知的寓言故事，即仙人新郎《丘比特与普赛克》（第4-6卷）。在古典社会晚期以及中世纪，人们有时会把这个故事诠释成灵魂（普赛克）与爱情（丘比特）之间关系的寓言。后来，莎士比亚引用了《金驴子》的故事，以此为源泉创作出脍炙人口的喜剧《仲夏夜之梦》。**PG**

上图：阿普列乌斯的《金驴记》是唯一一部完整保存下来的拉丁文小说。

圣·奥古斯丁 ST. AUGUSTINE

原名：奥略里·奥古斯丁（Aurelius Augustinus）

生于：公元354年11月13日（阿尔及利亚苏克阿赫拉斯）；卒于：公元430年8月28日（阿尔及利亚阿纳巴）

风格和流派：圣奥古斯丁对基督徒面对罪恶时的内心情感所做的细致分析，至今难以被超越。

代表作

自传

《圣奥古斯丁忏悔录》公元397-398年

神学著作

《论上帝之城》约公元413-426年

奥古斯丁的父亲是一位异教徒（无宗教信仰的人），而他的母亲（圣莫妮卡）则是一位虔诚的基督徒，对奥古斯丁产生了重要影响。读过西塞罗的《赫尔登修》之后，奥古斯丁开始对哲学产生浓厚兴趣，他皈依了摩尼教，在罗马创立自己的修辞学派之后，他仍旧坚持其中某些教义。在此期间，他与共同生活超过十五年的情妇生育一子（阿德奥达图斯）。他在米兰获得教职，受到新柏拉图主义思想的影响，并聆听了米兰大主教圣安布罗修布道。

经历了痛苦的内心挣扎之后，奥古斯丁放弃了所有异端信仰，决定全心侍奉上帝，他成为了一名牧师，同时保持独身。根据他自己的说法，在三十二岁改信基督教之前，他一直过着罪恶的生活。在《忏悔录》中，他动人地刻画了心灵的激烈斗争和探求真理的过程，文章富含深刻的自省，并希望给人以启迪。

在回到北非之后，奥古斯丁改造了家中的房子，当做自己和友人修道的场所。他开始写二十二卷的《论上帝之城》，用去了他将近14年时间。该书创作的目的是希望能重塑教友们的自信，因为410年罗马被西哥特人攻陷，基督教友们的信心大为动摇。在这部作品中，他描写了关于两座城市的寓言：一座是上帝之城，那里有尘世间的正义之士，也有天堂的圣人，他们都按照上帝的意愿生活；另一座是尘世之城，受着世俗而自私的理念指引。奥古斯丁死时已有75岁，那一年汪达尔人正在围攻希波城。**PG**

> "虽然仍未实现，但请赐予我贞洁和克制。"
>
> ——《忏悔录》Ⅶ·vii

上图：菲莉皮诺·利皮作品《圣奥古斯丁》局部细节，约1490年创作。

代表作

传奇故事

《艾莱克和伊尼德》约1170
《克里杰斯》约1176
《伊万，狮子骑士》约1177-1181
《珀西瓦尔，圣杯的故事》约1190

诗歌

《朗斯洛，大车骑士》约1177-1181

上图：《珀西瓦尔爵士和圣杯》（1286）。
下图：十三世纪的画作，描绘了珀西瓦尔故事中的一幕。

克雷蒂安·德·特鲁瓦 CHRÉTIEN DE TROYES

生于： 约1130年（地点不明）；**卒于：** 约1190年（地点不明）

风格和流派： 克雷蒂安·德·特鲁瓦是中世纪骑士冒险小说作家，他的作品情节错综复杂，神秘而富有吸引力，主要描写爱情和婚姻。

与其他中世纪作家一样，克雷蒂安的生平几乎不为人知。在献给香槟女伯爵玛丽的《大车骑士》中有情节表明，他在位于法国特鲁瓦的女伯爵府上任职，但具体职位不明。尽管留有这个谜团，他在文学上的影响还是遍及西欧，贯穿整个中世纪。

克雷蒂安的事业开始于法国文学的大变革时期。在十二世纪后半叶，长篇传奇故事变得愈加流行，而传统的史诗和武功歌（十一至十四世纪流行于法国的一种数千行乃至数万行的长篇故事诗，以颂扬封建统治阶级的武功勋业为主要题材。——译注）逐渐没落。武功歌主要用大胆、反复的诗句表现战争场面，讲述整个民族的命运；而传奇故事则主要描写一个骑士的成长历程或一对恋人终成眷属的经过。最出色的中世纪传奇故事，对人物的心理动机给予敏锐的关注，具有现代小说的雏形。

尽管克雷蒂安并非传奇故事这一文学传统的开创者，但他的作品仍难以被超越。他的五部传奇故事（其中两部未完成）以传说中亚瑟王时代的不列颠为背景，从英国、法国和威尔士的亚瑟王传说中搜集了大量素材。克雷蒂安不再关注国王本人（国王变得无足轻重，也不再被当成道

On par deuant la lance qui laigue-t Graal. Et aprel venoient hômeo qui

aprel vne pucele qui apportoit le min portoient vne biere t vne espee delus

e vuile riens ne larestoient ne al qui niot ne lot sonnoient E auuiant durement se muuille

t durement se meruilloit oti se pensle t sor fans doutance cest le graal et la lance

德模范），而更关注骑士以及他们宫廷之外的冒险经历。

　　尽管克雷蒂安笔下的世界充满了各种奇遇——英勇的骑士，美丽的少女，有魔力的指环——但它绝非仅是奇幻故事而已。不管在肉体还是精神上，人们之间的关系始终是克雷蒂安关注的重点。他曾不止一次委婉地嘲弄宫廷中繁复的礼仪规范。《狮子骑士》开篇就说到，亚瑟王突然离开餐桌去跟格尼维尔（亚瑟王之妻）上床；在另一篇故事中，沉浸在单相思中的兰斯洛特（圆桌骑士中的第一勇士）被人从马背上打落在地，都没意识到自己接受了另外一位骑士的挑战。

　　如果衡量理想的标准是它能否引人深思，能否经得起嘲弄和质疑，而非鼓励别人盲目遵从，那么，克雷蒂安笔下的传奇故事，可称得上是骑士精神理想的鲜活再现。**CT**

上图：《圣杯的到来》（1350），《珀西瓦尔或圣杯故事》的法国版彩绘插图。

圣杯的故事

　　克雷蒂安是第一位把圣杯和亚瑟王与骑士联系在一起的作家。在未完成的作品《圣杯的故事》（通常被认为是他最后一部作品）中，圣杯指的不是基督的杯子，而是一个空杯子（graal是圣杯的原始拼写方式）或是鱼盘，它经历了一番奇妙的旅程，最终落到了圆桌骑士珀西瓦尔手里。克雷蒂安笔下的传奇故事，描写更多的是王朝之间的竞争而非神秘主义：珀西瓦尔必须做出选择，是继续效忠亚瑟王，还是遵从于家族的利益，与亚瑟王作斗争。尽管有些人物声称圣杯是圣器，但是克雷蒂安巧妙地说明，圣杯的真正意义在于：它是骑士们表达政治诉求的象征。

代表作

诗歌

《新生》1292–1295
《飨宴》1304–1307
《神曲》1308–1321

散文

《论俗语》1303–1305

但丁·阿利盖利 DANTE ALIGHIERI

生于：1265年5月（意大利佛罗伦萨）；**卒于**：1321年9月13或14日（意大利拉文纳）

风格和流派：作为意大利方言诗歌之父，但丁·阿利盖利在1302年因政治原因被流放；自1308年开始，但丁开始创作中世纪最伟大的史诗巨作《神曲》。

　　乔瓦尼·薄伽丘在其作品《但丁赞》（约1355）中写道，"我们的诗人"但丁"个头中等，人到中年，他身形高大，步伐威严迟缓。他穿着极为保守，对他这个年龄，倒也最为得体。他生着长脸鹰钩鼻，双眼一大一小，下巴突出，上唇前伸。他面色黝黑，黑色的须发卷翘浓密。他的脸上总有一丝忧郁哀愁"。巧合的是，一幅但丁的肖像恰巧证明了他最突出的容貌特征就体现在鼻子、嘴唇和下巴上。薄伽丘描述的"忧郁和哀愁"会让人回想起但丁孤立无援的境遇，支撑他的是不可抑止的求知欲，而极强的自尊心使他宁愿忍受终生流亡，也不向位高权重、肆意妄为的权贵低头。

　　第一部可确切归于但丁名下的作品是《新生》。这部作品由42篇散文和31篇韵律各异的诗歌组成，讲述了但丁对比阿特丽斯的眷恋之情，从他们初次邂逅，到她离开人世。最后一章中有一段著名的诗句，宣告了《神曲》的诞生。但丁声称，他构思这部作品是为了纪念他深爱的比阿特丽斯："如果万物所依赖的造物主能让我多活几年，我

上图：十六世纪意大利画派的但丁像。

右图：但丁与查士丁尼交谈，出自《天国篇》第六章。

上图：但丁和维吉尔置身于占卜师和假先知中间，他们受到了脑袋前后倒转的惩罚。

愿用从未用于任何女性的词句来描写她。"

《飨宴》也是由意大利方言写成，由四篇文章组成，它意在邀请那些感觉受排斥的人们一起享用知识的盛宴。这本书被当成中世纪哲学的一次学术体验，换句话说，它试图调和基督教义与传统的亚里士多德派思想之间的矛盾。在《论方言》这部未完成的拉丁文作品中，诗人阐述了使用方言的重要性，他认为意大利方言"极为出色"、"很重要"、"极具学术价值"、"非常公正"。收录于《论帝制》（1313—1318）中的三部作品也是用拉丁语写成；在书中，但丁用两个太阳做比喻，阐述了自己的政治理想，倡导应该在皇权（政治）和教权（宗教）中间划定清晰的界限。

"骄傲、嫉妒、贪婪——这些星星之火燃烧了所有人的心。"

——《地狱篇》VI

《神曲》

让但丁成为意大利作家的终极模范的作品无疑是《神曲》（创作开始于1308年）；事实上，"神的"这个词在十六世纪被加入题目之中，是受到薄伽丘对这部作品所做评价的影响。该诗共有14233行，按照相互联系的押韵

但丁·阿利盖利

但丁的伟大爱情

比阿特丽斯·波尔蒂纳里不仅因但丁的作品而不朽，更成为文学史上又一位缪斯女神——足已与彼特拉克笔下的劳拉和莎士比亚笔下的黑女士相媲美。

但丁第一次与比阿特丽斯相遇时，他一岁，而她八岁。但丁声称，他那时就对她一见钟情了。虽然这次短暂的相见，他们都没有机会说话，却仍旧让但丁在作品中用大量笔墨来赞颂她的美。《新生》中曾有记载，比阿特丽斯24岁便死去了，生前他们又见过仅仅一次，作为佛罗伦萨名门望族的一员，但丁这样的描写，可能是为了更有诗意。

与杰玛·迪·马涅托·多纳提成婚，并不能阻止但丁在《新生》中对比阿特丽斯大加赞美，在《天国篇》中，比阿特丽斯引领但丁穿越了天堂，而她在地狱中充当的角色也不亚于维吉尔。对一个仅有两面之缘的女子有着终生的迷恋，这让众多学者认为比阿特丽斯对但丁的重要性，可能已经不止是一个纯洁的象征这么简单。相反，她可能为但丁在描写典雅爱情上，提供了一个展示自己才能的机会。无论真实性如何，他们之间的关系都是文学史上最著名的无果而终的爱情故事之一。

词，划分成若干三韵句。一百章划分为三卷，每卷三十三章，还有一章是序章。诗中同名主人公但丁，说三十五岁的自己走到了"生命的中途"。故事的背景设定在1300年逾越节三日庆典期间。在三个神秘的王国：炼狱、地狱和天堂，但丁和他的向导维吉尔——古典主义时期最杰出的诗人和基督教先驱——遇见了许多当代和历史人物。但丁把这些人物视为预兆：地狱中的灵魂可能因犯下重罪而永世不得翻身，在炼狱中，灵魂通过赎清较轻的罪行，升入天堂。在最后的目的地天堂，但丁的旅伴变成了他深爱的比阿特丽斯，他们穿越了天堂的九重天，亲眼见到了上帝。《神曲》是一部极有魅力的文学作品，它既批判了导致佛罗伦萨分裂的政治斗争，又对神学上原罪的本质和救赎方式进行了深度辩论。这部作品融合了多种材料和表达方式，既有方言也有新词，既有高深的拉丁文也有浅显的白话文；因此，这部意大利语作品足以与杰弗里·乔叟的《坎特伯雷故事集》相媲美，它不仅对拉丁语的语言艺术地位提出挑战，也声明了意大利方言在文学创作中的潜力。如此多样化的习语和广泛的主题，在一位天才诗人的杰作中和谐地融为了一体。**CC**

右图：但丁《神曲》中的场景，卡尔·富戈尔·冯·富戈尔斯坦作，1842–1844。

代表作

诗歌

《歌集》约1335–约1374
《秘密》约1342–约1358
《胜利》1351–1374

书信集

《论熟悉事物的书简》约1325–1366
《论老年的书简》1361–1373

弗朗切斯科·彼特拉克
FRANCESCO PETRARCH

生于： 1304年7月20日（意大利阿雷佐）；**卒于：** 1374年7月18日或19日（意大利阿夸）。

风格和流派： 作为欧洲人文主义之父，彼特拉克赞扬人类的潜能，用宗教化的语言为追求个人成就的行为做辩护，也在诗歌中哀叹爱情的痛苦。

　　众多学者认为，彼特拉克在倡导欧洲人文主义运动方面起到过重要作用。他的作品表现了他对早期教义的不同看法，早期教义认为人应该接受命运的安排，而他认为个人不仅有能力选择自己的命运，也应该允许个人做出这种选择。彼特拉克调和了新思想与传统宗教观念之间的矛盾，他提出上帝赋予人们智慧，是为了让他们改善自身的境况；这些观点被证实成为文艺复兴运动的基础。

　　彼特拉克的人文主义思想受到西欧文学经典重新发现的影响；他自己就发现了此前不为人知的西塞罗书信集《给阿提库斯的信》。彼特拉克的名望主要来自于他的拉丁文作品，这些作品都起源于经典范本，例如《论熟悉事物的书简》《论老年的书简》和《致后代书》。另一本值得一提的著作就是《秘密》，这是一部对话体精神自白书，记录了诗人与圣奥古斯丁之间的对话。作品的主题是

上图：凡尔赛宫内的彼特拉克像。
右图：十五世纪的彼特拉克十四行诗抄本。

表现努力净化灵魂与抵抗肉体的诱惑之间的冲突关系，表现了对死亡的反思和时光流逝，以及对懒惰这种倾向的忧虑——以上种种都是不断发展的精神危机，让人束手无策。

彼特拉克另一个伟大作品就是《歌集》，它的创作灵感来源于诗人的终生至爱劳拉（关于劳拉，人们知之甚少，但她当时已经结婚，因此两人之间并不十分亲密）。彼特拉克从1335年开始创作这部作品直至去世，期间有过数次改写。歌集的中心是一个不安的灵魂的故事，他终年都在追寻美丽的理想与面对悲惨的现实之间痛苦挣扎，由此引出诗人的大篇独白。《歌集》被译成英文，标志着彼特拉克体的确立，这种诗体格律独特，热衷于描写无法企及之爱，已成为十四行诗创作的主要模式之一。**CC**

登山者

彼特拉克创立了欧洲人文主义，修复古典著作，创造出具有深远影响的十四行诗体，据说（被错误地记载为）还是自马其顿的菲利普五世之后第一位以登山为乐的人，在1336年成功登上法国南部的旺度峰之后，彼特拉克的登山活动开始被解读为他寻找更好生活的一种寓言。然而，在一封向友人描述登山之旅的信中，彼特拉克声称"我唯一的动机，就是想看看在如此高处能看到何种美景"。

代表作

诗歌

《哈夫兹诗颂歌集》1410（穆罕默德·古兰丹姆编辑）

《哈夫兹诗选》1897（格特鲁德·贝尔翻译，1995年再次发行）

哈夫兹 HAFIZ

全名： Khwajeh Shams al-Din Muhammed Hafez-e Shirazi

生于： 约1310-1325年（伊朗设拉子）；**卒于：** 约1389年（伊朗设拉子）

风格和流派： 作为擅长描写精神之爱的宫廷诗人和《古兰经》导师，哈夫兹极富宇宙意识，他向世人呈现了博大精深的中世纪波斯文化。

与几乎同时期的彼特拉克一样，哈夫兹描写神圣与世俗之爱的诗歌堪称精品。在五十多年的时间里，哈夫兹的创作灵感都是来源于宗教，然而在500首格扎尔中，有很多歌曲描写的却是沙赫·纳巴特的财富和美貌。她在哈夫兹作品中的地位，与彼特拉克笔下的劳拉不相上下。哈夫兹是宫廷诗人，先后服务于设拉子的阿布·依沙克和夏苏加两位国王。除此之外，他还是一位神学大师。他丰富的宗教学识都体现在了笔名上：哈夫兹指的就是可以熟练背诵《古兰经》的人。与彼特拉克一样，哈夫兹继承了大量抒情诗传统，诗人鲁米和尼扎米曾经将之发扬光大。哈夫兹的诗歌颂扬了欲望与精神之间密不可分的关系。**SM**

代表作

诗歌

《菲洛斯特拉托》1335-1340

短篇小说集

《十日谈》1349-1353

传记

《名人的命运》1355-1374

《著名女性》约1362

乔瓦尼·薄伽丘 GIOVANNI BOCCACCIO

生于： 1313年6月或7月（可能是意大利佛罗伦萨）；**卒于：** 1375年12月21日（意大利阿雷佐附近的切塔尔多）

风格和流派： 薄伽丘、但丁和彼特拉克一起并称为意大利文学"三杰"。

在薄伽丘众多短篇作品中，由一百篇短故事组成的小说集《十日谈》，因其独创性而独树一帜。作品以1348年肆虐佛罗伦萨的瘟疫为背景，讲述了七个孩子和三个青年到城外一处避难的故事。在十天时间里，他们每人每天都说一个故事。作品的前言是对一个"形象朦胧的女人"做的一番演讲，她曾有过恋爱的经历。这篇前言阐述了生机勃勃的爱情所代表的象征意义，这与人们对瘟疫的恐惧产生了强烈对比。在每一个故事中，读者都会见识到人性中的善恶。一系列角色和情境都呈现了人性中的英雄主义、自我否定、愚昧无知、聪明才智与谦逊有礼。**CC**

杰弗里·乔叟 GEOFFREY CHAUCER

生于： 约1340-1345年（英国伦敦）；**卒于：** 1400年10月25日（英国伦敦）

风格和流派： 乔叟是最富影响力的中世纪英国诗人，他以对话体写作方式和质朴的幽默感而闻名于世。

杰弗里·乔叟是酒商的儿子，也是崛起中的资产阶级的一员，他受过良好的教育，还在政府中担任要职。乔叟一人身兼数个重要职位，他的才能无疑已经极大推动了事业的成功，不过与冈特的约翰结为姻亲也毫无坏处。后者不仅是国王理查德二世的叔父，还是莎士比亚戏剧的主角。

乔叟经历的时代，是英国历史上最为动乱的时代之一。国外，英法百年战争激战正酣；国内，动乱的迹象开始显现。乔叟不仅对罗拉德派的所谓异端邪说有所了解，甚至可能对他们怀有同情。1381年，乔叟为了支持农民叛乱而留在伦敦，当时革命者处决了坎特伯雷大主教并且洗劫了冈特的约翰的宫殿。这一时期，乔叟阅读了彼特拉克以及薄伽丘等意大利诗人的作品，在他们笔下欧洲大陆的文艺复兴运动曙光初现。

薄伽丘的《十日谈》对后世公认的乔叟最伟大的作品《坎特伯雷故事集》产生了重要影响。乔叟参照了薄伽丘作品中的情节，即旅行者在旅途中给对方说故事。但是，他把关注的重心转移到挖掘故事与讲述者之间微妙的心理关系上。结果是，他创作出大量生动的对话和饱满的人物形象。这些角色生动鲜活，发人深省，虽然几百年过去了，（最令人意外的是）却依然极富魅力。虽然乔叟的叙梦寓言诗和史诗悲剧《特洛伊罗斯与克丽西达》的情节已经极为复杂而精彩。但是，对于作家们来说，《坎特伯雷故事集》曲折的情节和巨大的魅力才标志着诗体短篇小说的开端。**SY**

代表作

诗歌

《悼公爵夫人》约1369-1372
《荣誉之宫》约1380
《特洛伊罗斯与克丽西达》约1381-约1386

故事集

《坎特伯雷故事集》约1387-1400

> "这世上的劳动者，无论从事什么职业，/都不可能做到，工作得既出色又匆忙。"

上图：十五世纪的画像手稿，现藏于伦敦大英博物馆。

代表作

诗歌

《小遗嘱集》约1456
《大遗嘱集》约1462

"去年的雪到哪儿去了？"

————《叙事诗》1461

佛朗索瓦·维庸 FRANÇOIS VILLON

原名： 佛朗索瓦·德·蒙哥比埃（François de Montcorbier）

生于： 约1431年（法国巴黎）；**卒于：** 约1463年（地点不明）

风格和流派： 维庸的一生是暴力和放荡的一生，他频繁出入酒馆、妓院甚至还有监狱——这些对后世来说具有极大的吸引力；他创作了《遗产》和《大遗嘱集》。

诗人维庸的一生是堕落的一生，可是人们对此却知之甚少。现存的材料与他诗中的描述不相符，而这些诗还是用第一人称写成的。维庸的原名是佛朗索瓦·德·蒙哥比埃，是富裕的纪尧姆·德·维庸牧师的侄子，他对佛朗索瓦抱有很高期待，因此把他送到巴黎的纳瓦拉书院读书。在大学里，维庸过着放荡的生活：1455年，在一次争吵中，他捅死了一个牧师；1456年，他和一帮朋友抢劫了这个大学。果不其然，他匆忙逃离了巴黎。这些罪行虽然都被赦免，但是他还是在监狱中度过了一生中的大段时光。1462年，他在一次暴力斗殴之后被判处死刑。经过上诉，刑期改为流放十年。那时，他只有三十出头，之后他去了哪，死在哪，都成了一个谜。

维庸的大部分作品都是短诗，是用难以理解的黑道暗语或是罪犯的行话写成。尽管如此，他的两部长诗《小遗嘱集》和《大遗嘱集》，还是因其创造性和幽默的讽刺而广受赞誉。第一部作品创作于第一次流放期间，他在1456年的圣诞节那天，一定凄惨地呆在小阁楼里，一边瑟瑟发抖一边思念着那个深爱着的"阴险又冷酷的"女人。紧接着，他写下了遗嘱，留给朋友们一堆奇怪的遗产，包括旅馆的招牌、剪下的头发还有饱受质疑的名声；他在文中还用下流的语言对对手进行辱骂。第二部长诗也是具有讽刺意味的遗嘱，诗人满怀着懊恼的情绪向一位男秘书口述了这番话。这又是一次讽刺，讽刺的不仅是死亡，还有他那虚度的青春。**RC**

上图：史迪奇·冯·鲁曼的雕塑作品《佛朗索瓦·维庸》，1810。

尼柯洛·马基雅维利 NICCOLÒ MACHIAVELLI

生于： 1469年5月3日（意大利佛罗伦萨）；**卒于：** 1527年6约21日（意大利佛罗伦萨）

风格和流派： 马基雅维利的作品题材广泛，包括诗歌、戏剧和中篇小说，但是让他逐渐为人所知的却都是政治题材作品，他借助历史事例来阐明现实问题。

在佛罗伦萨当高级官员的经历，让尼柯洛·马基雅维利写出了最著名的政论作品《君主论》，并献给了佛罗伦萨公爵洛伦佐·德·美蒂奇。在给友人的一封信中，他把这部作品描述成一次"突发奇想"，试图掩饰文章对权力执行中出现问题而进行的严厉审视。这部作品旁征博引，引用了拉丁语名词和常用俗语，还对政治领域的关键概念——美德、财富以及机遇——进行评价，通过引用古往今来的事例证明他的观点。

不论是在《君主论》还是其他政论作品中，马基雅维利反思的核心都是当代意大利的政治危机，而危机的起源是统治者之间的激烈竞争。在这种动荡背景下，马基雅维利认为，站在统治者的角度，为了维护稳定而不时采取必要措施的行为是比较容易理解的。当然了，在有其他选择的情况下，则不应采用残酷的手段。但是根据马基雅维利的观点，从根本上说，统治者更应该受到敬畏，而不是被爱戴。

马基雅维利其他作品的影响与《君主论》相比相形见绌，其中就包括五幕喜剧《曼陀罗花》。美丽的女主人公卢克雷齐娅有个年长很多的丈夫尼奇亚，他因为膝下无子而极不开心。他愚蠢地落入了卡利马科设下的陷阱，这个人不仅年轻而且精力充沛，还是卢克雷齐娅的情人。他欺骗尼奇亚说，只要卢克雷齐娅喝下曼陀罗花的汁液就会怀孕，但是曼陀罗花会杀死接下来跟她上床的人。卡利马科同意冒着几乎必死的风险代劳此事，尼奇亚欣然应允，把自己的妻子拱手让给了情敌。**CC**

代表作

政治题材作品

《论李维》1512-1517
《君主论》1513（1532年出版）
《战争的艺术》1519-1520

戏剧

《曼陀罗花》1518

"威望越高的人，越难以被谋害。"

——《君主论》

上图：圣迪铁托所作的马基雅维利肖像画，藏于佛罗伦萨的维奇奥官。

代表作

神学著作

《基督教士兵手册》1503
《愚神颂》1509
《旧约传道书》1535

修辞学著作

《箴言录》1500
《丰富风格的建立》1512

代表作

诗歌

《疯狂的奥兰多》1516-1532

伊拉斯谟 ERASMUS

原名： 德西德里乌斯·伊拉斯谟（Desiderius Erasmus Roterodamus，也称作鹿特丹的伊拉斯谟）

生于： 1466年10月27日（荷兰鹿特丹）；**卒于：** 1536年7月12日（瑞士巴塞尔）

风格和流派： 伊拉斯谟创作了许多至今仍广泛应用的短语，例如"不可避免的灾祸"（a necessary evil），"有所企图的爱"（cupboard love），"珍禽"（a rare bird），"正在进行的事情"（an iron in the fire）。

    在家庭的压力下，伊拉斯谟成为了奥古斯丁修道院的修士，尽管如此，他还是被允许在欧洲四处旅行。伊拉斯谟一生都投入于给《新约全书》做注解，并分别出版了拉丁文和希腊文版本，这也是现代圣经评注的开端。他拒绝了学术研究职位，选择进行独立的文学创作。例如，他写出了讽刺神学家的著作《愚神颂》；还有格言著作《箴言录》。他的作品不仅包含神学主题，还包含反映普罗大众利益诉求的文章。他虽然把后者的创作当成无足轻重的放松，然而恰恰是这些作品让他名垂青史。**PG**

路德维克·阿里奥斯托 LUDOVICO ARIOSTO

生于： 1474年9月8日（意大利雷焦艾米利亚）；**卒于：** 1533年7月6日（意大利费拉拉）

风格和流派： 路德维克·阿里奥斯托的诗风精炼，偶尔戏谑。诗中振奋人心的勇敢冒险与描写历史和预言的庄严段落相互交织。

    阿里奥斯托的名望主要来自于讽刺叙事长诗《疯狂的奥兰多》，这是意大利文艺复兴时期最伟大的作品之一。它将查理曼大帝的骑士传奇与撒拉森人入侵法兰西事件，融入到对中世纪冒险故事的戏谑模仿中。创作这首诗的目的是赞美埃斯特家族及其传说中的祖先路杰罗，并续写罗兰和安杰丽嘉的爱情故事，这也是对马泰奥·马里亚·博亚尔多的作品《热恋的奥兰多》（约1472—1486）的延续。三段主要的故事都有了发展：奥兰多和安杰丽嘉的爱情故事；法兰西人和撒拉森人的战争；撒拉森人路杰罗和基督徒布拉达曼特的爱情故事。这首长诗是埃德蒙·斯宾塞的作品《仙后》的"范本"。**PG**

佛朗索瓦·拉伯雷 FRANÇOIS RABELAIS

生于：约1494年（法国卢瓦尔省希农附近）；**卒于**：1553年4月9日（法国巴黎）

风格和流派：作为系列喜剧《巨人传》的作者，著名作家拉伯雷以用幽默而粗俗的讽刺语言，对宗教生活进行冷嘲热讽的描写而闻名；他最后的遗产就是一个形容词"粗俗幽默"。

拉伯雷的职业是内科医生，可让他名垂青史的却是他的散文作品，他不仅是才华横溢的幽默作家，还是一位擅长使用大量粗俗的词汇进行写作的讽刺作家。他的父亲是一位出色的律师，他自己则在大学里学习医学；矛盾的是，在接受圣职的同时，拉伯雷还跟一个寡妇生了两个孩子，然后在里昂定居，当了一名医生。在里昂，他开始写系列丛书的第一部，这部丛书至今仍负盛名。从十六世纪三十年代开始创作的丛书被统称为《巨人传》。这部书的主角是巨人卡冈杜亚和他的儿子庞大固埃，他们的指导原则是"吃喝玩乐"。这部书还讲述了他们那帮不守规矩的朋友的各种冒险之旅，这帮人为了寻找圣瓶而踏上征途。拉伯雷出版了丛书的前四部，第五部在他死后出版（尽管如此，学者们认为第五部也是拉伯雷所作）。书中有个著名的虚构之物，即卡冈杜亚创办的特雷玛修道院，那里的修士遵循着"随心所欲"的原则。他们不仅有贴身侍女，还有个游泳池。

拉伯雷对基督教机构的幽默讽刺，让他很不受教会的欢迎。他的书被列为禁书，而他自己也被怀疑是异端分子。幸运的是，拉伯雷得到了位高权重的杜贝莱家族以及国王佛朗索瓦一世的支持。拉伯雷和巴黎主教让·杜贝莱曾经数次到罗马旅行，十六世纪四十年代还居住在都灵，但是多次隐居起来。根据传说，他的遗愿只有一句话："我没有什么遗产，我欠下了很多债，我把所有的东西都留给穷人。"他生前最后一句话是："我要去寻找伟大的可能了。"**RC**

代表作

散文

《庞大固埃的父亲：巨人卡冈杜亚十分骇人听闻的传记》1532

《伟大的卡冈杜亚不可估量的一生》1534

《尊贵的庞大固埃的传记》1534

《尊贵的庞大固埃的传记·第四部》1552

"我们总是渴望禁忌之物……"

——《巨人传》

上图：十九世纪的石版画，弗朗索瓦·拉伯雷像。

代表作

诗歌

《爱情集》1552
《颂歌集》1555-1556
《法兰西亚德》（未完成）1572
《德尔尼耶》1586

"当你老去的时候，你将会说……
'龙沙在我年轻时曾经歌颂我'。"

——《致爱莲娜十四行诗》

皮埃尔·德·龙沙 PIERRE DE RONSARD

生于： 1524年9月11日（法国卢瓦尔-谢尔省卢瓦河畔的库蒂尔）；**卒于：**
1585年12月（法国安德尔-卢瓦尔省图尔附近的圣科斯马修道院）

风格和流派： 龙沙被奉为法国的"诗歌王子"。他是文艺复兴时期，对古希腊和古罗马古典文学有着极大热情的代表人物。

　　龙沙早年曾过着贵族生活，而且由于是贵族之家的幼子，他还被任命为皇室随从。他的职责包括将苏格兰国王詹姆士五世的新娘玛德琳公主护送到爱丁堡。龙沙的前途看起来一帆风顺，他当过外交官还参过军，可是在被诊断出即将失聪之后，一切计划都破碎了。后来，他大量阅读，不仅学习拉丁语和希腊语，还阅读经典书籍（他仅用三天时间就读完了荷马史诗《伊利亚特》）。后来他成立了名为"七星诗社"的文学团体，并开始大量发表诗歌。他的作品包括颂歌、十四行诗、爱情诗、自然诗，他的诗歌不仅有对难忘的童年时代的乡村生活的回忆，也有对死亡、公平、美酒的描写，还有对伟大人物的赞美。他遵照苏格兰玛丽女王的命令于1560年出版了第一部诗集，那时玛丽也是法兰西女王。

　　龙沙被称为法国的"桂冠诗人"。他是狂热的罗马天主教徒，因此不可避免地被卷入到十六世纪六十年代开始的宗教战争中，他的作品也因此遭到新教徒的激烈批判。他计划创作大型国家史诗《法兰西亚德》，该诗以维吉尔的《埃涅伊德》为蓝本，但是诗的创作过程并不顺利，因此他最终还是放弃了。法国国王查理九世十分欣赏龙沙的才华，因此招他进宫写诗，为1571年他和奥地利公主伊丽莎白的婚礼助兴。龙沙晚年受到重病的困扰，尽管求死心切，却仍旧疯狂写作。他最后的诗歌作品在死后出版。**RC**

上图：失聪之后，龙沙开始诗歌创作，并受到了皇室的喜爱。

路易斯·瓦斯·德·卡蒙斯
LUÍS VAZ DE CAMOENS

全名： Luís Vaz de Camoens 或 Luís Vaz de Camões

生于： 约1524年（葡萄牙，可能是里斯本）；**卒于：** 1580年6月10日（葡萄牙里斯本）

风格和流派： 他是葡萄牙最伟大的诗人，他把自己的国家比作罗马天主教世界中最伟大的国家。

代表作

诗歌

《卢奇塔尼亚人之歌》1572
《韵诗》1595

关于卡蒙斯的一生，我们知之甚少，他可能出身于没落的贵族家庭，由于他对古典文化颇有研究，所以看得出他应该受过良好的教育。卡蒙斯最著名的诗歌描绘了瓦斯科·达·伽马那段划时代的航程，后者当时绕过好望角到达了印度。卡蒙斯本人在非洲和印度生活过很长时间，还曾经在诗中凄苦地抱怨生活的艰辛、遭遇的不幸和不公正待遇。他参加了海军的探险活动，曾到达过澳门，后来还在中国海域遭遇了海难。还有一次，朋友发现他身无分文被困在了莫桑比克，不得不出钱帮忙，他才回到了里斯本。

卡蒙斯创作的抒情诗措辞优雅，抒发了诗人内心极深的孤独感，以及愿望得不到满足的失落情绪，他在诗中赞美了他所爱的女人（后来更多诗歌都被归在他名下，超过他实际创作的数量）。他最伟大的作品《卢奇塔尼亚人之歌》于1572年在里斯本出版。诗名来源于"卢奇塔尼亚"一词，这是古时罗马人对葡萄牙的旧称，诗歌不仅回忆了国家的历史，还记载了达·伽马1497年远航的历史性时刻。诗歌描写了奥林匹亚众神对此次航行极为关注，维纳斯支持这次航行，而酒神巴克斯则表示反对，船队到达印度并最终安全返航是受到幸运女神的庇佑，其中一个女神还预言了葡萄牙在未来能取得的成就。作为虔诚的天主教徒（和"反英格兰人"人士），卡蒙斯还在诗中为葡萄牙帝制做辩护。

《卢奇塔尼亚人之歌》被献给了葡萄牙国王塞巴斯蒂安，卡蒙斯因此得到了国家津贴作为奖赏。他还创作了戏剧，他的作品对葡萄牙和巴西文学都产生了巨大影响。**RC**

> "爱就像是远处的一朵玫瑰，散发出迷人的清香。"
>
> ——"玫瑰与荆棘"

上图：安提瓜国家美术馆内的卡蒙斯油画像。

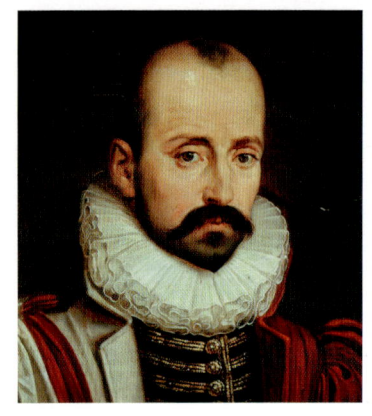

代表作

散文

《随笔集》1588

日记

《旅行日记》1580-1581（首次出版于1774年）

> "人人都奔向别处，奔向未来，可是没有人能到达自己的内心深处。"
>
> ——《论相貌》

上图：十九世纪，让-巴蒂斯特·莫泽斯所作的蒙田像。

米歇尔·德·蒙田 MICHEL DE MONTAIGNE

生于： 1533年2月28日（法国多尔多涅省蒙田庄园）；**卒于：** 1592年9月13日（法国多尔多涅省蒙田庄园）

风格和流派： 作为怀疑论者、政治家和国王的朋友，蒙田崇尚自由，痛恨暴力、腐败和不公正现象。

米歇尔·德·蒙田是一位进行自我流放的小说家、散文作家，他还自称是一位怀疑论者。青年时期，他曾在波尔多做过执业律师，后来成了波尔多议会议员，并且与另外一位议员的女儿佛朗索瓦·德·拉沙塞涅结婚。1571年，为了专心写作，他到乡村开始隐居生活。在那里，他出版并扩充了《随笔集》，此后还进行了修订和再版，"随笔"这个名词因此而诞生。他对自己的观点的确始终保持检视的态度，并且通过全面的沉思来对自身和周围环境进行严格的评价。他在文章中大量引经据典，主题涵盖了从教育到酗酒在内的各种问题，不仅对自己的社会演化思想进行了阐释，还记述了自己的成长经历——在儿时，父亲只准许他说拉丁文，别的语言都被禁止。而具有讽刺意味的是，他可能正是因此才决定用法语方言进行写作。

蒙田作品中一个反复出现的主题是习惯所具备的毁灭性力量。他认为人们对世界的看法受到其所处环境的限制。这种被称为"天性"的概念，实际上是从人的头脑所能感知的少量信息中得到的狭隘结论。因此，由于头脑所能感知的信息极为有限，人们只能从所处环境中来认识自身。作品最初几版发行得很成功，期间他还（在1580年）拜见了国王，并呈上了作品的副本。蒙田决心让这部作品成为他自身思想的真实写照。这种想法可能多少有些自恋，因为不拘小节的读者们应该并不会赞同他的观点。而这种做法所隐含的原因是，对一个人的生活状态的描写应该能被世界各地的读者所理解，因为人说到底都是一样的。在此期间（1580-1581），他还写过旅行日志，记录下他游历欧洲的见闻，还有各民族人民之间的差异之处。

蒙田作品的影响并不局限于他的读者。事实上，与人类意识相关的文学和哲学著作，都从这位法国作家的随

左图：蒙田的盾形纹章，为作家皮埃尔·沙朗（1541–1603）的遗赠。

笔集中获益良多。《随笔集》的写作已经成为他终生的工作，他一直加以修改直至1592年逝世为止，但是他仍旧谦虚地表示读者们可能并不想把时间浪费在思考"这么无聊又无益的事情上"。**JS**

蒙田的影响

蒙田到底给莎士比亚造成了多少直接影响，我们可能永远无法了解。然而，显而易见的是，英国诗人欣然接受了这种影响。蒙田坚信人的感知力极其有限，这与哈姆雷特的观点极为相似，后者认为很多事情自己难以领会。而《仲夏夜之梦》中波顿认为"人"是"被东拼西凑出来的傻瓜"的看法，也与蒙田的观点不谋而合。对蒙田的共鸣在《暴风雨》中体现得淋漓尽致。蒙田还对以帕斯卡、拉尔夫·瓦尔多·爱默生以及尼采为代表的众多作家产生了影响。

代表作

诗歌

《里纳尔多》1562
《被解放的耶路撒冷》1574

戏剧

《埃敏塔》1573

评论

《论史诗》1594

"除了上帝和诗人，没有人当得起创造者之名。"

——《论史诗》

上图：取自法国插图的意大利诗人塔索像，创作年代不明。

右图：托夸多·塔索给莱奥诺拉·德斯特读诗，路易吉·穆西尼尼作。

托夸多·塔索 TORQUATO TASSO

生于：1544年3月11日（意大利索伦托）；**卒于**：1595年4月25日（意大利罗马）

风格和流派：塔索是诗人和学者。在《被解放的耶路撒冷》中，他尝试将经典的维吉尔式的叙事诗风格与第一次十字军东征这一现实主题结合起来。

在度过了漂泊不定、频繁出入监狱和医院的一生之后，托夸多·塔索和他的诗作《里纳尔多》开始受到文学界的广泛关注，这部诗由12个篇章组成。这首诗发表于1582年，讲述了骑士里纳尔多·达·蒙塔尔巴诺的伟大成就，诗歌主题明显继承了路德维克·阿里奥斯托的写作风格。另一部作品《埃敏塔》则更具原创性，它以田园生活为主题，以古典时代为背景。在这部五幕剧中，塔索描绘了牧羊人埃敏塔对女神西尔维娅不求回报的单相思。绝望的埃敏塔跳下了悬崖，当西尔维娅听说了他（虚假）的死讯时，十分懊悔自己当初拒绝了埃敏塔，因此当她最后发现埃敏塔死里逃生，故事也有了大团圆结局。

与这部作品题材相近的一部作品是《韵诗集》，这部诗集由2000小节组成，深受彼特拉克的影响。诗中有大量复杂的自传体风格的描写，透露出作者的痛苦和自我怀疑。

塔索的名望与诗歌《被解放的耶路撒冷》密不可分。诗歌主题是第一次十字军东征解放耶路撒冷的圣墓教堂的故事，重大的历史事件、丰富的想象和富有田园诗意的描写互相交织。诗中描绘的壮丽景色给这部作品搭建了气势宏大的故事框架，对武器、战斗和服饰的细致研究，也尤为引人瞩目。由于故事背景恢宏盛大，纵横交织的故事线索反而显得并不突出，但故事情节发展顺利，尤其是多种形式的爱情主题。这部作品充分体现了塔索的观点：与自然之力相比，人类微不足道；与主宰世界的神秘力量相抗衡时，人类毫无还手之力。**CC**

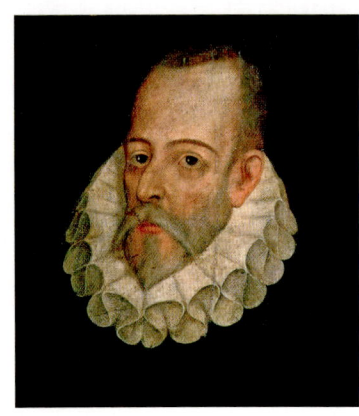

代表作

散文

《伽拉泰亚》1585

《奇思异想的绅士堂吉诃德·德·拉·曼恰》1605

《模范小说》1613

《奇思异想的绅士堂吉诃德·德·拉·曼恰 第二卷》1615

《贝雪莱斯和西吉斯蒙达历险记》1617

诗歌

《帕尔纳索斯山之旅》1614

戏剧

《八部喜剧及八部幕间短剧集》1615

塞万提斯 CERVANTES

全名： 米格尔·德·塞万提斯·萨维德拉（Miguel de Cervantes Saavedra）

生于： 1547年9月29日（西班牙埃尔卡拉·德·埃纳雷斯）；**卒于：** 1616年4月23日（西班牙马德里）

风格和流派： 塞万提斯是一位喜剧天才，尤其擅长荒诞题材作品，他所描写的旅行见闻充满了冒险和神秘元素。

　　西班牙著名诗人、剧作家、第一部现代小说《堂吉诃德》的著名作者塞万提斯，是文学界最重要的人物之一。《堂吉诃德》之所以伟大是因为它的魅力延续了几个世纪，跨越了不同文化，依然经久不衰。从它被翻译成六十多种文字就是证明。主人公堂吉诃德和桑丘·潘沙在世界文学史上知名度极高，广受读者喜爱，这部小说至今仍经常出现在最伟大小说的名单中。

　　塞万提斯的生平像他的一部小说一样妙趣横生。他从未上过大学，发表的第一部作品写的是瓦鲁瓦王朝的伊丽莎白女王之死，作品发表于1569年。同年，塞万提斯到意大利旅行，入伍成为一名士兵，在勒班陀战役中与土耳其舰队作战。他有三处枪伤，其中一处让他的左手永久致残。在1575年家的航行中，船被巴巴里海盗劫持，所以塞万提斯和他的哥哥罗德里格一起被卖到阿尔及尔为奴。就这样一直过了五年，期间他四次勇敢地尝试逃走。后

上图：塞万提斯肖像（1600），胡安·德·豪雷吉-阿吉拉尔（约1566—1641）作。

右图：《堂吉诃德启程去冒险》，古斯塔夫·多雷绘于1863年。

上图：《桑丘·潘沙和卖坚果的人》，1735年的一幅挂毯，博韦作坊制作，查尔斯·约瑟夫·纳图瓦尔（1700-1777）指导。

来，在家人和三一修士的努力下，他们才重获自由，结束了这段不平常的生活，这段经历后来数次出现在他的作品中。

回到西班牙之后，塞万提斯开始写作，发表了他的第一部小说。这是一部田园爱情小说，名为《加拉迪亚》。作品采用当时流行的写作风格，透过牧羊人和牧羊女的视角，讨论了各种感情问题。尽管作品并未取得很大成功，但是作者却从此开始在文学界崭露头角。作品的反响激励了塞万提斯，他开始努力通过创作剧本来赚钱。他成为签约剧作家期间，只有两部作品流传下来，一部是历史题材悲剧《围攻努曼底亚》（1582），另一部是《阿尔及尔的交易》（1580）。

"人再好也不过像上帝造的那样，实际上往往坏得多呢。"

——堂吉诃德

16世纪

与堂吉诃德在一起的时光

从某种程度上说，《堂吉诃德》对整个艺术界产生的影响，是它保持长盛不衰的原因。无数艺术家都把这部小说当做他们创作的灵感之源。

→ 奥诺雷·杜米埃、古斯塔夫·多尔和萨尔瓦多·达利等画家虽然风格各异，却都把堂吉诃德当做灵感的源泉。但是只有巴勃罗·毕加索笔下的堂吉诃德和桑丘·潘沙的形象才最具代表性。1955年，他完成了一系列相关的插图作品，这些作品被大量复制，也让这两个文学史上著名的形象愈加流行。

→ 多部根据小说拍摄的影片也已问世。影片被翻译成西班牙语、德语、法语、俄语、日语和英语，导演则包括了埃里克·侯麦、亚瑟·希勒、拉斐尔·希尔和特里·吉列姆等，这也是小说影响力广泛的例证。

→ 第一步现代小说极易引来各种模仿，一些最杰出的作家直接在自己的作品中公开模仿这部作品。亨利·菲尔丁就在《约瑟夫·安德鲁斯》的扉页上大肆宣扬，这本书是以塞万提斯的风格写成的。另一部文学经典，陀思妥耶夫斯基的《白痴》，毫不避讳地以这位高贵的游侠骑士为原型，塑造出主人公梅诗金公爵。

→ 作曲家理查德·施特劳斯创作了交响诗《堂吉诃德》，配合管弦乐演奏，其中清楚地提到了这部作品中的几处重要时刻，比如风车事件和绵羊事件。

《堂吉诃德》的崛起

尽管极为勤奋，塞万提斯还是难以单纯靠写作谋生，他必须另寻赚钱的办法。在安达卢西亚担任税务员期间，他未能收齐上缴国库的税款，并因此被投入塞维利亚的监狱。在禁期间，他开始创作《堂吉诃德》。

这部具有里程碑意义的小说出版于1605年，故事讲述了主人公堂吉诃德奇幻又滑稽的冒险之旅，他痴迷于骑士小说，是个颇具悲剧色彩的人物。堂吉诃德身披一副旧盔甲，骑着名叫罗西南多的瘦马出发了，他要除恶扶弱，要去为他的真爱而战。他的真爱是一个村姑，被他称为达尔西尼亚·德尔·托沃索。第一次探险失败之后，堂吉诃德回到故乡，雇了邻居桑丘·潘沙当自己的随从。之后又开始了一段非凡的旅程，其中发生了无数滑稽事件，最令人难忘的当属堂吉诃德大战风车，他因为出现幻觉而把风车当成了巨人。

在出版了《模范小说》《帕尔纳索斯山之旅》和《堂吉诃德》第二卷之后,塞万提斯的作家地位得到进一步巩固。《堂吉诃德》第二卷主要讲述了桑丘·潘沙的故事，他上当受骗以为自己是一个虚构领地的长官。桑丘用过人的智慧统治着这片土地，可是他发现需要承担的责任让自己筋疲力尽，所以又回到主人身边。在小说的结尾，堂吉诃德放弃了所有的侠义武道，不久便死去了。《堂吉诃德》是一部具有里程碑意义的小说杰作，它不仅催生了"堂吉诃德式的"这一广为传播的词语，还影响了包括笛福、陀思妥耶夫斯基和乔伊斯在内的大批作家。迄今为止，它仍是少数经久不衰的文学杰作之一。**SG**

右图：钢笔素描《堂吉诃德》，巴勃罗·毕加索绘于1955年。

代表作

诗歌

《牧人月历》1579

《仙后》1590，1596，1609

《克劳茨回家记》1595

《爱星者：为最尊贵和勇敢的骑士菲利普·锡德尼爵士去世而作的挽歌》1595

《小爱神》1595

《婚曲》1595

《四首赞美歌》1596

《祝婚歌》1596

"心灵可以变恶为善，可以决定幸福或是不幸，可以选择富有还是贫穷。"

埃德蒙·斯宾塞 EDMUND SPENSER

生于：约1552年（英国伦敦）；**卒于：**1599年1月3日（英国伦敦）

风格和流派：斯宾塞的诗歌"学来不难，却不易领会；理解不难，却唯有饱学之士才能加以评鉴"。（摘自《牧人月历》的导言）

　　埃德蒙·斯宾塞曾在伦敦的莫切特泰勒男校就读，1569年他被剑桥大学的彭布罗克学院录取。在校友加布里埃尔·哈维的帮助下，他在兰开斯特伯爵的府上谋得教职，跟菲利普·锡德尼爵士也熟络起来。1579年，他发表了包含十二首牧歌的《牧人月历》并取得巨大成功，此后开始了寓言传奇史诗《仙后》的创作。他在英格兰驻爱尔兰军队效力，给女王的代表格雷勋爵担任秘书，并获得科克郡的基尔科曼堡作为奖赏。他在这里定居下来，开始专心从事文学创作，不仅为菲利普·锡德尼爵士撰写挽诗，同时还为《仙后》的出版做准备。1589年，诗人前往伦敦，将头三卷付梓印制。他原本希望通过自己的诗作在宫廷谋得一官半职，但这一想法始终未能实现。

　　斯宾塞心有不甘地返回基尔科曼，感觉这里就像流放之地。他完成了寓言式牧歌《克劳茨回家记》，并把它献给了沃尔特·罗利爵士。尽管这首诗歌颂的是伊丽莎白女王和贵妇们的荣耀，但也抨击了宫廷里的嫉妒和阴谋。1594年，斯宾塞与伊丽莎白·博伊尔成婚，他在十四行组诗《小爱神》中描绘了自己的求婚，在《婚曲》中赞美了两人的结合。1598年10月，因为突发暴乱，基尔科曼堡被焚毁，斯宾塞一家人被迫逃往科克郡。斯宾塞在富有争议的散文小册子《对爱尔兰现状的看法》（1596）中，表达了他对爱尔兰局势的看法。斯宾塞在伦敦去世，享年六十四岁。同时代的诗人大多出席了葬礼，并在他的墓前敬献挽诗。**PG**

上图：斯宾塞像的彩色版画，制作于1590年前后。

菲利普·锡德尼 PHILIP SIDNEY

生于： 1554年11月30日（英国彭斯赫斯特）；**卒于：** 1586年10月17日（荷兰阿纳姆）

风格和流派： 作为诗人、朝臣、政治家、文艺赞助人和军人，锡德尼一生都广受爱戴，并被认为是典型的"绅士"。

菲利普·锡德尼爵士毕生都受到大众的爱戴，而伊丽莎白一世时代的绅士的精髓，在他身上也得到了集中体现。他出身于权势之家，曾在舒兹伯利学校就读，随后进入牛津大学的基督教堂学院，但还未获得学位便离开了。他成为伊丽莎白一世女王的著名朝臣，直至1580年因为一次向女王错误上书而失宠，被迫暂时离开宫廷。

除了有声有色的宫廷生活，锡德尼还是那个时代最伟大的诗人之一，他之所以被人铭记，主要是因为留下了大量作品，而且这些作品对英国诗歌的发展产生了重要影响。《爱星者和星星》不仅是他最杰出的作品之一，也是最早出名的十四行组诗之一。诗歌的灵感来源于他对佩内洛普·德弗罗的爱，后者在1581年很不情愿地嫁给了里奇勋爵。锡德尼的这部作品以意大利诗体（这种诗体因彼特拉克而闻名）为蓝本，并对韵律进行了调整。被逐出宫廷之后，锡德尼为妹妹玛丽·锡德尼创作了《彭布鲁克伯爵夫人的阿卡迪亚》。这部传奇故事情节错综复杂，以对田园生活高度理想化的描写为基础，影响巨大并且极为流行。威廉·莎士比亚、剧作家约翰·戴和詹姆斯·雪莱都曾在作品中提及这首诗。据说，国王查尔斯一世在临刑前还引用过诗中的句子。

然而，锡德尼最具影响力的作品却是《诗辩》，文章重点阐述了诗歌在社会中的重要性和特殊的艺术功能。他对语言的运用，以及编织在作品中的复杂的人文主义理论，被珀西·比希·雪莱、威廉·华兹华斯和塞缪尔·泰勒·柯勒律治所借鉴。

TP

代表作

诗歌
《彭布鲁克伯爵夫人的阿卡迪亚》1580
《爱星者和星星》1581

散文
《诗辩》约1581

> "每一种优秀的事物，一旦为人所了解，就会在一定程度上有益于其他的知识。"

上图：小约翰·德·克里茨在锡德尼过世后为其绘制的肖像，作于1620年前后。

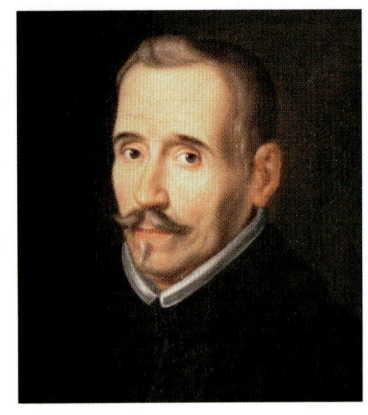

代表作

戏剧

《戏剧全集》1604年之后出版

诗歌

《巨龙颂》1598
《不幸的女王》1627
《阿波罗的月桂》1630

散文

《阿卡迪亚》1598

评论

《当代喜剧写作之艺术》1609

"好吧，那我就直说了。但丁让我恶心。"

——洛佩·德·维加的遗言

上图：维加油画像（约1630），一般认为是欧亨尼奥·卡西斯所作。

洛佩·德·维加 LOPE DE VEGA

全名： 洛佩·菲利克斯·德·维加·卡尔皮奥

生于： 1562年11月25日（西班牙马德里）；**卒于：** 1635年8月27日（西班牙马德里）

风格和流派： 洛佩·德·维加是一位多产的剧作家和诗人，在西班牙还处在世界强大帝国鼎盛时期的时候，他捕捉到了这个国家的氛围和风尚。

维加作为"西班牙凤凰"而广为人知，据信他写了大约1800部戏剧作品，其中有近400部流传至今；他还写了大量散文和诗歌，篇幅达到二十一卷之多。维加出身贫寒，年轻时曾进入基督教学院学习，并受训成为牧师，但是他为了追求一名已婚的女子——一个"可望而不可即的美女"——而放弃了学业，很多这样的女子步了她的后尘，出现在维加的生活中。二十多岁的时候，维加在马德里以创作剧本为生，为了增加收入，他还为许多贵族服务，充当皮条客。1588年，维加加入了西班牙无敌舰队，参加了与英国之间的海战，战斗失利了。后来，他又为阿尔巴公爵和塞萨公爵效力。为了让自己的名字听起来更有贵族气，他改名为维加·卡尔皮奥。

维加的情史丰富而富有争议。美丽的女演员埃莱娜·奥索里奥结束了跟他的关系，他因此撰文进行恶毒攻击，先是被投入监狱，然后又被流放。后来他跟出身贵族之家的十六岁妙龄少女私奔；他给她写了很多激情四射的情诗，却直到对方家庭施压逼迫才与其成婚。妻子死后，他又与另外一位漂亮的女演员米卡埃拉·德·卢汉私通长达二十年之久，他又给她写很多诗，同时又续弦娶了一位富有的屠户的女儿。在米卡埃拉和第二任妻子死后，他开始创作宗教题材作品和戏剧，同时接受了圣职，然而不久就又卷入更多感情纠葛中。维加的很多戏剧作品都是"披风与短剑"喜剧（一种虚夸的、充满搏斗和冒险场面的喜剧）。他的作品中有很多爱慕对象，主仆关系以及对上流社会习俗的诙谐评论，他的作品生动地刻画了当时西班牙的社会生活。**RC**

克里斯托弗·马洛 CHRISTOPHER MARLOWE

生于：1564年2月26日受洗（英国坎特伯雷）；**卒于**：1593年5月30日（英国德普特福德）。

风格和流派：马洛把无韵诗变成了舞台上的有力工具，主要把它用在描绘"野心勃勃者"倒台的故事当中。

克里斯托弗·马洛在私生活上博得的恶名，不亚于他作为伊丽莎白时代最重要的剧作家之一所赚取的名声。马洛之所以神秘，部分原因是缺乏关于他生平的记载。不过一种有趣的看法说他参与了国家的间谍活动。剑桥大学差点拒绝向他颁发硕士文凭（怀疑他皈依了罗马天主教，即将移居欧洲），后来应枢密院调停和请求，他才因对女王殿下的"出色效力"（这一说法含糊不清）获得了这一学位。他因为支付账单的事与人发生争执，结果英年早逝，这让疑团变得越发浓重，有人认为，此事或许与他从事间谍工作有关。

因为有着如此多姿多彩的生活背景，因此难免有人提出莎士比亚名下的部分剧作的真正作者是他，虽然这种说法是否真实还存在很大疑问，但他的部分作品是伊丽莎白时代最具影响力的戏剧，这点毫无疑问。尤其是《帖木儿》，它是第一部采用无韵体的重要作品，在伦敦首演之后大获成功。在第一部中，帖木儿这位富有英雄传奇色彩的人物征服了一个幅员辽阔的帝国，不过他在第二部里却亵渎了一本《古兰经》，自称比上帝还要伟大，不久就暴病而亡。《浮士德博士》的主人公浮士德也是如此傲慢自大——他与魔鬼订立了契约，用自己的灵魂换取知识和权力。在午夜降临前的片刻，魔鬼前来索取他的灵魂之时，浮士德意识到自己的野心最终换来了什么样的下场。这一幕也是伊丽莎白时代戏剧中最富感染力的场景之一。**AS**

代表作

戏剧

《帖木儿·第一部》约1586
《帖木儿·第二部》约1587
《马耳他岛的犹太人》约1589
《浮士德博士》约1589

"斗转星移，时间流逝……/魔鬼就要到来，浮士德必遭毁灭。"

上图：1585年圣餐节的画像，被认为是马洛像。

威廉·莎士比亚 WILLIAM SHAKESPEARE

生于： 1564年4月26日（英国沃里克郡埃文河畔的斯特拉福德）

卒于： 1616年4月23日（英国沃里克郡埃文河畔的斯特拉福德）

风格和流派： 莎士比亚是一位剧作家和诗人，他的诗歌富有活力，诗歌不仅易于理解，还以一种令人目眩的崭新抒情风格，探索了那个时代的精神风貌和人类的状况。

莎士比亚是英国国宝以及世界上迄今为止最伟大的作家，这是不争的事实。有人可能对此有异议，但是毋庸置疑的一点是莎士比亚的语言运用能力在他那个时代——或者在任何时代，都是无与伦比的。他要表达的内容，他的表达方式，在他生前就极为流行。并且从那时开始，就被以各种方式重新演绎，并呈现给新的观众。

莎士比亚——不管是在五花八门的文献记载中，还是在传说故事里，抑或是从那个时代流传至今的闲言碎语中——都是一位极富魅力的耀眼巨星。莎士比亚诞生于伊丽莎白时代的英国，那时候艺术创作受到极大的鼓励。他从乡巴佬成长为一位皇室的宠儿。与此同时，他还是一位演员，曾与一些同时代的最杰出的作家进行竞争（例如他在文学上的竞争对手——本·琼森：1572—1637）。关于他的轶闻记载说，他不仅被戏称为偷猎者——因为偷猎而逃到了伦敦以期逃避控告，还被称为"黑夫人"（他的十四行诗中有描写）的地下情人。有分析认为，他可能有同性

代表作

戏剧

《罗密欧与朱丽叶》1597
《亨利四世》第一部 1598
《仲夏夜之梦》1600
《亨利五世》1600
《皆大欢喜》约1600
《威尼斯商人》1600
《第十二夜》1601
《奥赛罗》1602–1604
《哈姆雷特》1603
《一报还一报》1604
《李尔王》约1604–1608
《麦克白》约1606
《安东尼和克里奥帕特拉》1606-1607
《冬天的童话》1610-1611
《暴风雨》1611

诗歌

《维纳斯与安多尼斯》1593
《十四行诗》1609年出版

上图：多斯肖像——画中所绘的有可能是莎士比亚，但无法证实。

右图：《三女巫》，亨利·富塞利根据莎士比亚的作品《麦克白》所作，绘于1783年前后。

16世纪

恋或双性恋倾向，指出有些作品并非出自他手，还常说他可能死于长期酗酒。

　　从莎士比亚的作品中我们可以推断,他对各种性格和境况的理解都相当深刻而富有人性——从为权力而疯狂的苏格兰国王，到《一报还一报》中在道义上做出妥协的伊莎贝拉；从《安东尼与克里奥帕特拉》的阴谋诡计，到《仲夏夜之梦》中那些滑稽的剧团演员，莫不如此。很多创作素材可能都来自于他的生活。他成长于埃文河畔斯特拉福德的一个中产阶级家庭。父亲约翰是个手套商，也是当地要人，后来逐渐债务缠身。莎士比亚是八个孩子中的第三个，三个兄弟姊妹早亡，只有一个寿命比他长（他五十岁出头就去世了）。他的儿子哈姆奈特早早夭亡，这是莎士比亚与安妮·哈瑟韦（她是本地女子，十八岁与莎士比亚结婚时怀有他们第一个孩子）生育的三个子女之一。所以，在莎士比亚很多作

　　"他不只属于一个时代，而是属于所有时代。"

　　　　　　　　　——本·琼森论莎士比亚

是天才，还是冒名顶替者？

几个世纪以来，关于莎士比亚是否创作了那些归于他名下的作品，一直存在激烈的争议，而缺乏关于他生平和作品的有力证据则加剧了这种争议。其中首屈一指的嫌疑人就是弗朗西斯·培根（1561–1626）爵士：他不仅是才智出众的杰出作家，还任职一届英国上议院大法官。一位维多利亚时代的学者为了证明这件事，导致自己精神崩溃。莎士比亚的朋友和对手，本·琼森则是另一名嫌疑人。一些拥有贵族头衔的杰出人士也在其中，其中就有牛津伯爵爱德华·德·维尔（西格蒙德·弗洛伊德支持这一推测）。

其他知名的嫌疑人还有诗人兼剧作家克里斯托弗·马洛、沃尔特·罗利爵士、伊丽莎白女王本人等——总之，伊丽莎白时代的社会精英都包含在内。在众多推测中，有一条线索基本上贯穿始终，这就是势力因素——有观点认为，以莎士比亚这种出身背景，是不可能写出这种旁征博引的戏剧作品。当然，阴谋论观点也是年复一年而且层出不穷。

多数研究莎士比亚的学者拒绝接受这些论断，但是他们也承认有些段落（甚至个别戏的全部），可能部分或者是全部出自他人手笔。在莎士比亚的时代，作家之间互相合作是司空见惯的事。

品中都有与之相关的悲伤段落，包括喜剧《第十二夜》。

莎士比亚生平之谜

一直有谜团萦绕在莎士比亚的生平和作品的年代之上。大概还在孩提时代，他就对戏剧产生了兴趣，因为那时斯特拉福德举办过一系列剧团巡回演出。莎士比亚可能在斯特拉福德著名的文法学校接受过扎实的传统教育。莎士比亚之后多年的生活我们知之甚少，直到十六世纪九十年代，他以著名演员和剧作家的身份出现在伦敦。他大约从1590年开始创作戏剧，最初的作品是《亨利六世》三部曲和《理查德三世》。他早期比较成功的作品还有《维纳斯和安多尼斯》。十七世纪早期，莎士比亚已经是英国顶级剧团的领军人物，是"国王的人"（这一称呼源自于他们的赞助人国王詹姆士一世）了。剧团在传奇演员理查德·伯比奇的带领下，在宫廷和剧院都享有盛誉。

莎士比亚在成功的道路上不断前行，他的剧作水准不断提高，十四行诗（1609）也越来越富有感染力。他的大部分剧作都由五步抑扬格诗体写成，他将这种诗体运用得出神入化。他被描绘成一个机敏的人，既能攀登诗歌的巅峰，亦能挖掘粗俗的幽默，他用颠倒语序的方式达到反转对比的效果，不仅显得机智过人，还令人印象深刻，例如"我荒废了时间，而今时间荒废着我"（《理查德二世》）。他用语言探索复杂的人性，营造多样化的氛围，对错综复杂的线索和角色具有极高的掌控力。

据说从1610年开始，莎士比亚回到斯特拉福德，在他的一处房子里开始了平静而舒适的隐退生活，但是这一说法缺乏有力的证据。然而，在跟本·琼森等人外出喝了一晚酒之后，他发起了高烧并因此病故。可是他的确切死因至今不明，这也是他充满有趣谜团的一生中又一个不解之谜。**AK**

右图：《仲夏夜之梦》，古斯塔夫·多雷绘，日期不详。

约翰·邓恩 JOHN DONNE

生于：1572年1月24日—6月19日之间（英国伦敦）；

卒于：1631年3月31日（英国伦敦）

风格和流派：约翰·邓恩是那个时代最杰出的玄学派诗人之一，他的诗歌以兼具机巧、激情、广博与风趣而闻名。

代表作

诗歌

《诗选》1633

布道词

《八十篇布道词》1640

《五十篇布道词》1649

《二十六篇布道词》1660

散文

《伪殉教者》1610

《枢机主教依纳爵》1611

《忧急时刻的沉思》1624

《神学随笔》1651（去世后出版）

"没有人能像孤岛一样，任何一个人的死都会削弱我……"

——《沉思录·十七》

上图：英国画派的邓恩画像，作于1595年左右。

约翰·邓恩出生于一个声名显赫的天主教家庭，那时候公开宣称自己信仰天主教是极为危险的举动。他的父亲是成功的五金商人，而他的母亲是剧作家约翰·海伍德之女。邓恩曾在牛津和剑桥大学就读，但是因为他的信仰问题，而未能从这两所大学获得学位。二十岁时，他进入林肯律师学院开始学习法律。青年时代的他学习虽然勤奋，却不妨碍当个花花公子和冒险家。1596年，邓恩乘船参与了前往加迪斯的远征，后来又与沃尔特·罗利爵士一道，于1597年前往亚速尔群岛去寻找载有财宝的沉船。他在诗作《暴风雨》（1597）和《宁静》（1597）中回顾了这些经历。

1601年，邓恩当上了布拉克利的地方议员，但是与少女安妮·摩尔秘密成婚一事，令他光明的仕途毁于一旦。他们的结合违背了摩尔父亲的意愿，邓恩因此被送进了监狱。后来的十四年间，他的职业生涯都颇为坎坷，经济拮据。不过，邓恩终于得到了詹姆士一世的垂青，后者提议他可以到教会工作。邓恩的履职取得了极大成功，直至1631年去世为止。任职期间，他极富感染力的布道引起了极大关注和赞赏。他的宗教题材作品帮助他获得了剑桥大学颁发的博士学位，最后还帮他谋得炙手可热的圣保罗大教堂教务长职位。这些布道文在他死后出版，合计共三卷。

邓恩的诗歌作品中，有很多创作年代难以确定。但是有一点是公认的，他的爱情诗和讽刺作品创作于青年时代，而那些虔诚的诗歌以及布道文，则是他担任神职人员之后的作品。尽管他的作品在他生前就已经广为流传，但是他的大部分作品是在他死后才开始发行。

邓恩早期的诗歌通常包含直白的情欲描写，后来他的创作灵感则来源于跟妻子的肌肤之亲，他的妻子给他生了

左图：邓恩身穿寿衣像，绘于1631年邓恩去世前几周。

Corporis hæc Animæ sit Syndon Syndon Jesu
Amen.

Martin R. scup. And are to be sould by R R and Ben: ffisher

十一个孩子，但并未全部长大成人。作者在《伪殉教者》（1610）和《枢机主教依纳爵》（1611）等不乏争议的散文作品中，叙述了他起初信仰天主教，后来皈依圣公会的心理斗争。**GM**

血液的融合

根据玄学传统，邓恩大部分的爱情诗融合了两种迥异的理念，营造出一个精巧的"奇喻"（巧妙拓展的比喻），将情感与智慧结合在一起。

邓恩在《跳蚤》这首向单恋对象陈情的诗里，描绘了一只小小的害虫如何从他们两人身上吸血。这件让人略感不快的事，变成了可喜可贺的浪漫缘由，两人血液的融合的同时变成了婚姻、性爱和生育的象征。诗人用这个奇喻劝说对方当真与自己结合。

代表作

戏剧
《人人高兴》1598
《冒牌诗人》1601
《西亚努斯的覆灭》1603
《向东方去》1604
《福尔蓬奈》1606
《炼金术士》1610
《巴托罗缪市集》1614

诗歌
《森林集》1616
《灌木集》1640

散文
《木材，或种种发现》1640

本·琼森 BEN JONSON

生于： 1572年6月（英国伦敦）；**卒于：** 1637年8月6日（英国伦敦）。

风格和流派： 本·琼森是伊丽莎白时代的诗人和剧作家，也是莎士比亚在同时代实力最强的竞争对手，他以绝妙的讽刺剧而闻名，剧作中充满放荡不羁的不道德行为。

　　本·琼森的伟大形象，指的不仅是他巨大的文学成就，还有他那高大的身材。他是一个有着多彩人生的强劲人物，原本出身低微，却成长为英国第一位桂冠诗人。他原先是泥瓦匠，却很快认识到建筑业并不适合自己。琼森转而加入军队，曾在弗兰德斯作战，并且在一次战役中消灭了一个敌人。后来，他加入了由多名演员组成的巡回演出团，并很快成为了演员兼编剧。琼森还一度因为参演富有煽动性的《狗岛》一剧而被投入监狱，后来他因为在决斗中杀死了同伴而再度入狱。在这种境况下，人们认为他一定会行事低调，但他仍然毫不畏惧、公开批评同时代的人（包括莎士比亚），还毫不谦虚地宣扬自己的才能。

　　1598年，宫廷大臣的剧团上演了《人人高兴》，令琼森名声大噪。但《西亚努斯的覆灭》的上演则令琼森背上了恶名，他被带到枢密院，就"信仰天主教和叛国"的罪名作出答辩。后来，他因为参演《向东方去》又被关进监狱，因为该剧的反苏格兰情绪，让詹姆士一世龙颜大怒。让琼森享有盛名的是《福尔蓬奈》以及《炼金术士》等剧作，它们将过人的机智与巧妙的编排融于一体，营造出绝妙的讽刺效果。琼森还以诗人和假面剧作者的身份主持文学团体，从中诞生了众多杰出作家。这些比较倾向于凸显莎士比亚的无师自通和天资聪颖，与琼森的博学多才、古典风韵以及娴熟的技巧之间的差别。

GM

"语言最能彰显人品：说话吧，让我把你看个清楚。"

——《种种发现》

上图：赫里特·范洪特霍斯特的一副未标明日期的十七世纪肖像画。

蒂尔索·德·莫利纳 TIRSO DE MOLINA

原名：加布里尔·特列夫（Gabriel Tellez）

生于：约1571-1584年（西班牙马德里）；卒于：1648年3月12日（西班牙索里亚）

风格和流派：作为西班牙巴洛克风格的剧作家和诗人，蒂尔索·德·莫利纳以其作品包含的深度、广度以及智慧而著称。他的戏剧作品包含悲剧、喜剧、历史剧以及宗教剧。

代表作

戏剧

《宫中的羞怯男子》1611

《注定绝望》1624

《塞维利亚的嘲弄者和石头宾客》1630

《塔玛尔的报复》1634

德·莫利纳是西班牙黄金时代最伟大的剧作家之一，他的才能仅次于洛佩·德·维加。德·莫利纳是一位多产作家，据称创作过400多部戏剧，其中既有《宫中的羞怯男子》这样的喜剧，也有《塔玛尔的报复》这样的悲剧，但是仅有不到九十部流传至今。他最著名的作品是《塞维利亚的嘲弄者和石头宾客》，在剧中他创造了唐·璜·特诺里奥这个具有传奇色彩的骗子形象。鉴于德·莫利纳是一位牧师，这一点显得颇具讽刺性。他既能写得诙谐，又能写得悲怆，他创作了富有同情心的人物形象，以及写实的故事情节。他的部分作品被指有伤风化。**CK**

约翰·韦伯斯特 JOHN WEBSTER

生于：约1580年（英国伦敦）；卒于：约1630年（英国伦敦）

风格和流派：韦伯斯特是伊丽莎白和詹姆士一世时代的剧作家，他以创作悲剧而闻名，作品以复仇和可怕的暴力为主题，挖掘人性的阴暗面。

代表作

戏剧

《白恶魔》1612

《马尔菲公爵夫人》1623

《魔鬼的讼案》1623

关于约翰·韦伯斯特的生平，人们知之甚少。他可能接受过专业培训并成为一名律师——这一假设的根据是，他在作品中描写的审判场景，以及正义感，或者更确切地说，是缺乏正义感。他最早于1602年成为作家，他或是独立完成，或是与托马斯·戴克这样的杰出作家合作完成历史剧以及悲喜剧的创作。但他最令人难忘的作品，是两部以意大利为背景的悲剧——《白恶魔》和《马尔菲公爵夫人》。这两部作品以血腥暴力和死亡主题而闻名，都集中展现了人性的阴暗面。观众会感觉到在腐败到骨子里的社会上，邪恶并不遥远。对于韦伯斯特来说，一本《圣经》都能成为杀人的凶器。**CK**

佛朗西斯科·德·戈维多
FRANCISCO DE QUEVEDO

生于：1580年9月17日（西班牙马德里）；**卒于**：1645年9月8日（西班牙比亚务埃瓦）

风格和流派：戈维多以绝妙的讽刺和过人的智慧而闻名，他还是一位博学的学者和作家，他的作品包括情诗、小说、哲学论述以及神学著作。

代表作

散文

《流浪汉的榜样，无赖们的借鉴，骗子堂巴勃罗斯的生平》1626

《梦》1627

神学作品

《摇篮和墓穴》1612

《上帝的旨意》1641

政治作品

《上帝的政策》1617-1626

《马尔科·布鲁托的一生》1632-1644

"死亡，你在我的伤口流连，这只是浪费时间；因为了无生气之人，永远也不会死去。"

戈维多跟他的冤家对头路易斯·德·贡戈拉，都是西班牙黄金时代的重要诗人。戈维多的父母是卡斯蒂利亚贵族的后代，也是西班牙宫廷里地位显赫的成员，不过他们在戈维多六岁时就去世了。从各个角度看，他们的儿子都是个有趣的角色，他凭借着自己的诗歌、散文和剧作闻达于朝廷。他与人文学者于斯特斯·利普修斯通信，跟米盖尔·德·塞万提斯是熟交。

根据当时的记载，戈维多生性冲动，为人自私残酷。他出了名地爱挖苦别人的长相。他自己不仅有一只畸形足而且还近视，却攻击别人相貌丑陋，不仅写文章讽刺挖苦，还模仿取笑他们。他脾气暴躁，曾不止一次因为受到轻微的冒犯，而要跟对方决斗。显然，他的头号敌人就是路易斯·德·贡戈拉，戈维多对贡戈拉的诗作、生活方式和相貌加以无情的讽刺。当然，贡戈拉也以牙还牙。

西班牙的宫廷生活可能有些惊心动魄，这取决于私交深厚和效忠的对象是谁——最关键的是当时由谁掌权。在一段时间的流亡之后——因为在政治纷争中站错了队——戈维多重新回到宫里，此时执掌宫廷的已是新君腓力四世。回宫之后，戈维多比以前更爱惹是生非——他酗酒、抽烟、嫖妓。国王腓力四世也是个放纵不羁的人，他对戈维多十分器重。1632年，国王任命诗人为自己的私人秘书，帮戈维多实现了政治上的雄心。**REM**

上图：十七世纪西班牙画派的帆布油画，存于马德里。

佩德罗·卡尔德隆·德·拉·巴尔卡
PEDRO CALDERÓN DE LA BARCA

生于：1600年1月17日（西班牙马德里）；**卒于**：1681年5月25日（西班牙马德里）

风格和流派：卡尔德隆曾是西班牙最杰出的剧作家，当时西班牙的国力和影响力都处在巅峰时期。在他的作品中，悲剧和喜剧、宗教和世俗生活，巧妙地互相交织，灵感则大多来源于宫廷生活。

卡尔德隆生在马德里，死在马德里，他一生中的大部分时间都在腓力三世和腓力四世国王的宫廷里，腓力四世国王当时召集了一批最受欢迎的作家在自己身边。1637年，腓力四世授予卡尔德隆"圣地亚哥骑士"称号。

卡尔德隆的父母从西班牙北部搬迁到马德里（他的母亲据说是佛兰德斯人后裔）；他们很早就死去了，所以卡尔德隆十五岁就成了孤儿。起初，卡尔德隆想要成为一名牧师，所以他进入马德里的耶稣会学院，后来他改变了主意，决定进入萨拉曼卡大学学习法律。尽管消息来源和观点各异，但是他可能确实在军中短期服役。在1640年的加泰罗尼亚起义中，他曾经代表国王参战。此外，据称他还参加了反抗意大利人和荷兰人的战役。

在大学期间，卡尔德隆因写作而出名。回到马德里之后，他因浅显易懂的写作风格和生动的想象而取得了更大的成功。他不仅为宫廷创作剧本，还创作了假面剧和歌剧，此外他的剧作也在大众剧院演出，这让他为更多人所知。他在各个领域都成绩斐然，因此在洛佩·德·维加死后，他成为了西班牙首屈一指的剧作家。他从未结过婚，却领养了一个私生子。1651年，他重拾旧梦成为了一位牧师，后来又被任命为皇家牧师。他继续写作，创作主题既有宗教题材，也有世俗题材，其中很多剧本还在马德里一年一度的基督圣体节宴会上演出。从本质上说，他的喜剧作品都是极为严肃的。"生命是什么？"他在其中一部作品里问道。"是一种疯狂的举动。生命是什么？它是一种错觉，一个幻影，抑或是一段故事。" **RC**

代表作

戏剧
《永远的王子》1629
《光荣的外科医生》1635
《人生如梦》1635
《萨拉梅亚市长》1640
《天空的女儿》1653

"他的成就，超越了除莎士比亚之外的所有现代剧作家。"

——珀西·比希·雪莱

上图：安东尼奥·佩雷达·伊·萨尔加多十七世纪所作的卡尔德隆肖像画。

皮埃尔·高乃依 PIERRE CORNEILLE

生于： 1606年6月6日（法国鲁昂）；**卒于：** 1684年10月1日（法国巴黎）

风格和流派： 剧作家高乃依被认为开创了法国古典悲剧先河，并因被称作"古典四部剧"的四部戏剧作品而闻名于世。他的戏剧作品灵感主要来源于复杂的道德困境。

高乃依的名作《希德》故事原型是西班牙英雄艾尔·希德，这是一部具有转折点意义的作品。它因为是古典悲剧中独一无二的作品，而被认为是法国剧院历史上的里程碑。尽管该剧取得了巨大成功，但是在艺术方面，权力高层中出现了激烈的争论，官方因此拒绝他加入法兰西学院。

尽管遭受了潜在的挫折和众人的责难，高乃依的作品还是很受欢迎。公众和莫里哀这样杰出的剧作家都十分欣赏他的作品，所以高乃依终于在1647年被法兰西学院任命为院士。作为一位经验丰富的剧作家，高乃依酝酿了一系列剧本，其中包括诙谐幽默的喜剧作品例如《说谎者》，还有经常让他受到称赞的悲剧作品。

他因"古典四部剧"而声名大噪，剧集创作于十七世纪三十年代至四十年代，包括：《希德》《贺拉斯》《西拿》以及《波利耶克特》。高乃依的特殊才能在于，他能对当时流行的戏剧上的种种禁锢——即在时间、空间和行动上保持"一致"这一经典惯例——进行个性化的重新阐释，使作品更加富有心理洞察力和感染力，同时也能与清晰的场景相结合，以达到二者的平衡。作品中，个人利益与道德准则会产生激烈的冲突，营造出令人振奋的英雄主义。高乃依独一无二的艺术秩序可能源于他出身于律师之家，他接受专业训练并且成为了律师，后来还做过地方法官和公职人员。他晚年仍旧不断创作剧本，但是他的成就很快被拉辛超越，后者的剧作受其影响颇深。此外，高乃依还对英国复辟时期的剧作家，例如约翰·德莱顿这样的大作家产生了重要的影响。**AK**

代表作

戏剧

《梅德》1635
《希德》1637
《贺拉斯》1640
《西拿》1641
《波利耶克特》1643
《说谎者》1643
《安德洛墨达》1650
《尼高梅德》1651
《俄狄浦斯》1659

> "战斗中没有危险，胜利中就没有荣耀。"
>
> ——《希德》

上图：查尔斯·勒布伦所作的高乃依像的副本，藏于法国的凡尔赛宫。

右图：《希德》卷首插画，奥古斯丁·古尔诺于1637年出版。

LE CID

TRAGI-COMEDIE

CVRVATA RESVRGO

A PARIS,

Chez AVGVSTIN COVRBE, Im-
primeur & Libraire de Monseigneur
frere du Roy, dans la petite Salle du
Palais, à la Palme.

M. DC. XXXVII.
AVEC PRIVILEGE DV ROY.

代表作

长诗

《失乐园》1667
《复乐园》1671
《力士参孙》1671

短诗

《在耶稣诞生的早晨》1629
《列西达斯》1637

散文

《论出版自由》1644
《论国王与官吏的职权》1649
《再为英格兰人民声辩》1654
《建立自由共和国的捷径》1659

戏剧

《科摩斯》1634年上演；1637年出版

上图：十九世纪英国画派的弥尔顿版画。

右图：约翰·马丁的作品《撒旦诱惑夏娃》，场景取自于约翰·弥尔顿的《失乐园》。

约翰·弥尔顿 JOHN MILTON

生于：1608年12月9日（英国伦敦）；**卒于**：（英国白金汉郡查尔方特的圣吉尔斯）

风格和流派：T.S.艾略特认为弥尔顿是"真正伟大的诗人"，但是他发现弥尔顿本人颇令人反感，他的诗歌以声音的主导为典型特征。

　　弥尔顿至今仍是英文文学界最有影响力的诗人，他的作品值得反复品读，这一点可能超越了任何一位作家。这个将要在文章中成为狂热的争论者的孩子——尤其是作品中透露出对女人强烈的厌恶倾向以及不屈不挠的个性——受过良好的教育，他的父母对他充满期待，先是给他聘请家庭教师，然后把他送入圣保罗学院和剑桥大学。在二十几岁的时候，他终于开始通过长时间的阅读进行自学，后来他推迟并且最终放弃了在英国教会的工作。

　　尽管他的写作生涯开始得很晚（他的作品中始终贯穿着"犹豫不决因而行动迟缓"这一主题），但是在三十岁之前，他就完成了四部杰出的作品，分别是：《快活人》《沉思者》《列西达斯》以及《科摩斯》。大学毕业时，他已经熟练掌握了拉丁语和希腊语，不仅能用法语和意大利语进行读写，还能用希伯来语改述希腊语的《第114首赞美诗》，后来他用极富激情的拉丁语散文为查理一世被判决死刑做辩护，此举让他扬名欧陆，不仅是作为成功的辩论家，更是因为他是能用拉丁文写作的、伟大的雄辩文体学家——他是英国第一位登上国际舞台的公共知识分子。

上图：未完成的草图《撒旦、罪恶和死亡》，灵感来源于《失乐园》。

从1640年到1656年间，弥尔顿几乎专门从事散文创作，当时革命共和政体逐步出现，他对此表示支持，直至开始写《失乐园》才回归到诗歌创作中去。1642年，弥尔顿与第一任妻子玛丽·鲍威尔结婚，她出身于一个保皇党家庭，她的家族还欠了弥尔顿的父亲一笔钱。他们结婚仅仅两个月之后，英国内战就爆发了。据说，他的妻子因为战争弃他而去回到牛津的家中，整整三年未归。弥尔顿在他们分居期间，开始写关于离婚的四本小册子，他认为婚姻真正的基础是伴侣关系，相比起通奸行为，性格不合才是导致离婚的主要原因。玛丽后来死于难产，给他留下了三女一子，而他的儿子不久也夭折了。后来他又结了两次婚，第三任妻子比他多活了将近50年。他饱受眼疾困扰，在1648年左眼失明，而后在1652年完全失明（他从未看到过深爱的第二任妻子

"失明并不悲惨，难以忍受成为盲人，才是真正的悲剧。"

超越人类的撒旦

弥尔顿笔下的撒旦有着全新的性格特征，这与中世纪和文艺复兴时期文学作品中邪恶的魔鬼形象截然不同。他描写的撒旦具有超越人类和近似于人类的双重特征：

他有与上帝同样的力量，
如若遭到反抗，
他有雄心也有目标，
敢与上帝决一雌雄，
在天堂掀起反抗的战斗，
即便失败，也为之骄傲，
是他，万能的上帝，
从天上突降怒火，
万物尽毁，生灵涂炭，
世间陷入无穷的毁灭，
不论被冰冷的铁索束缚，
还是遭受烈焰的惩罚，
他都敢于拿起武器，
反抗万能的上帝。

——《失乐园》第一卷，
40—49页

威廉·布莱克在他的诗歌《天堂和地狱的婚姻》中，曾说过一段著名的话："弥尔顿之所以描写天使的枷锁，描写恶魔和地狱的自由，原因在于，他是一位真正的诗人，他站在恶魔的角度，却浑然不知。"根据布莱克的观点，撒旦是欲望、能量和重要创造力的象征，正是这种力量驱使人类充分享受生活。布莱克说得很明白，"在弥尔顿看来，上帝就是命运，是五官感觉的产物，是虚无的圣灵。"

凯瑟琳·伍德考克的摸样，而且余生都要靠别人领路，靠别人给他读书）。

《失乐园》和《力士参孙》

虽然弥尔顿从1656年才开始创作《失乐园》，但是早在十七世纪三十年代他就开始为这部史诗巨著做准备了，当时时局已经逐渐明朗，摄政王克伦威尔很快将被君主立宪政府所取代。没有哪部英文长诗展现过如此广阔的空间和富有真实感的角色。现在读来，这首诗充满了戏剧性、悲剧性的意识，读者关注的焦点是魔鬼撒旦、伊甸园中的夏娃以及弥尔顿作为诗人的自述"不屈……即便身陷邪恶尘世，/在邪恶尘世中即使堕落，被恶语中伤，/在黑暗中，被危险包围，/我依旧孤独。"诗中的撒旦魅力四射、迷人而又邪恶，这完全是矫揉造作的伪君子的形象，他奸诈狡猾，只有天神才能识破他的诡计，尽管如此他却十分坦率，对自己的形象不抱任何幻想："我所飞向的地方正是地狱；我自己就是地狱；/……/美好的事物都离我而去；/唯有你，邪恶，才是美好的。"

弥尔顿赋予夏娃极为复杂的性格特征：她与亚当争吵时，自恋而咄咄逼人；见到化身为蛇的撒旦时，极易上当受骗；当亚当爱上她时，她又成为迷人而堕落的人类的母亲。当他们失去了伊甸园，得到了许诺——会有"一个让你们生活得更幸福的天堂"。

在《失乐园》的结尾，弥尔顿把重点转向事物的本质，像他在《力士参孙》中重新定义的那样，将个人、政治和历史结合起来，营造出一个令人难忘的形象，即人类在面对未知时的空虚和孤独。**JP**

右图：《撒旦唤醒反叛天使》，威廉·布莱克绘于1808年。

代表作

诗歌

"贺拉斯体颂歌" 1650

"冠冕" 约1650-1652

"灵魂和躯体的对话" 约1650-1652

"致他的娇羞的女友" 约1650-1652

"花园的割草人" 约1650-1652

"花园" 约1650-1652

散文

《罗马天主教和专制政府的崛起》1677

> "社会对这令人向往的隐居生活，几乎是粗暴的。"
>
> ——《花园》

上图：1880年左右，英国画派的版画，出自于布鲁厄姆勋爵的《老英格兰的杰出人士》。

安德鲁·马维尔 ANDREW MARVELL

生于： 1621年3月31日（英国温斯特德）；**卒于：** 1678年8月16日（英国伦敦）

风格和流派： 安德鲁·马维尔是一位诗人，他写过很多小册子，还在奥利弗·克伦威尔当权时期从政，他的作品极富两面性，或许正体现了他分裂的自我。

安德鲁·马维尔出生于约克郡，后来进入剑桥大学三一学院学习，他游遍了欧洲大陆，在1648年成为托马斯·费尔法克斯爵士之女的家庭教师。他可能就是在此期间写出了大部分诗歌作品。不知为何，马维尔结识了伟大的诗人约翰·弥尔顿，后来还利用自己的政治影响力把他从监狱解救出来。

1657年，在弥尔顿的推荐下，马维尔被任命为国务委员会的拉丁文助理秘书，成了奥利弗·克伦威尔的手下（这是个令人惊讶的转折性事件，因为马维尔之前是保皇党成员）。1659年，马维尔被选为霍尔市议会的议员，直到去世为止。在生命的最后二十年间，他全力投身政治。他写了大量措辞严厉的政治讽刺诗，还作为使馆成员被派驻到像俄国这么遥远的地方。

马维尔的公众形象和他的作品一样，充满了紧张的气息。由于双亲早逝，他得以用常人没有的技巧来审视时间的残暴之处，他也自诩为一个窃贼，一个苟活于世的偷生者。马维尔还发表过演说，阐述了世俗的享乐与心灵的道德责任之间的矛盾冲突。与他分裂的人格关系最为密切的或许是他能站在自然和他人的角度，用富有差异却无可避免的理性思维，审视个人所承担的角色。对于马维尔来说，他的生活经历和对艺术的追求，这两者之间一直相互冲突。他1678年死于间日虐，此后一直被认为是忠诚的爱国者。他的诗歌直至1681年才出版。**JS**

让·德·拉封丹 JEAN DE LA FONTAINE

生于：1621年7月8日（法国蒂耶里堡）；**卒于**：1695年4月13日（法国巴黎）

风格和流派：拉封丹是一位法国作家，他独立创作了许多道德寓言故事。他所作的动物和古代英雄的故事，借鉴了伊索寓言和其他寓言故事，富有生动的幽默和丰富的语言。

每一个法语学校的学生都听说过拉封丹的《寓言诗》，这些语言优美的文章篇幅很短，都是一些道德寓言，在过去的300年间被孩子们反复诵读。但是经过更细致的研究，从拉封丹的著名的《寓言诗》中得出的结论，并不是简单的经验智慧，而是对时事的讽刺和批评。

拉封丹出生于巴黎东部的蒂耶里堡，他的父亲是一位政府官员。他虽然学习过神学、法律甚至还有医学，但只是作为一种爱好而并未将所学用于实践。拉封丹虽然直到三十三岁才开始写作，却从一开始就全情投入。为了维持写作，他不得不在政府部门任职，他有了收入却并不引人瞩目。此外，他还获得一些贵族赞助人的支持。他的第一个赞助人是路易十四的财务总管尼古拉斯·富凯，拉封丹后来因为富凯而给自己惹上了麻烦。富凯失宠之后，拉封丹仍旧继续支持他，并因此引起皇室的怀疑，国王本人在长达一年的时间内阻止他进入法兰西学院。

拉封丹第一部成功的作品是《故事诗》，这个集子中有许多淫秽不堪的小故事，里面有好色的牧师、放荡的妇女，还有遭受妻子背叛的丈夫。拉封丹晚年开始创作宗教题材作品，他对在《故事诗》中使用放肆的语言感到懊恼，因此将之抛弃不用。他开始用各种时髦的文体写作，既写过长篇冒险故事也写过挽歌，最后却是那部有240个故事的《寓言诗》为他在法国文学上赢得一席之地。在那个时代，多数作家都用正统古板的语言进行写作，可是这些描写了动物和古代英雄的小故事，语言风格却极为丰富，既有古语词汇也有方言白话，读来极富生命力和智慧。**CW**

代表作

诗歌

《故事诗》1664-1674
《寓言诗》1668-1694
《普叙赫和库比德的爱情》1669

"总要有人爱听，马屁精才活得成。"

—— 《狐狸和乌鸦》

上图：拉封丹肖像画，亚森特·里戈作品，1659-1743。

莫里哀 MOLIÈRE

原名： 让·巴普蒂斯特·波克兰（Jean Baptiste Poquelin）

生于： 1622年1月15日（法国巴黎）；**卒于：** 1675年2月17日（法国巴黎）

风格和流派： 莫里哀是法国十七世纪剧作家，被公认为世上最伟大的戏剧剧作家之一。

　　莫里哀原名让·巴普蒂斯特·波克兰，是一位有极大影响力的喜剧作家，他的父亲是富裕的宫廷家具供应商。还是在年轻的时候，莫里哀就发现嘲弄贵族阶层比与之为伍要有趣得多。依靠母亲的一部分财产，莫里哀建立了"盛名剧团"，他们在不同的省份巡回演出，莫里哀也有了磨练技艺的机会。在回到巴黎之后，他开始以"莫里哀"作为笔名。

　　1658年，莫里哀得到了在国王路易十四御前演出的机会，但是他们演出的这部悲剧并未给国王和朝廷留下深刻印象。演出结束之际，莫里哀面见国王，请他准许他们表演"在各省巡演时演过的其中一部小作品"。国王同意了他的请求，事实证明莫里哀的这部滑稽剧《害相思病的医生》大受欢迎，他们也因此被恩准可以使用小波旁酒店的剧院演出。正是在那里，他的演出第一次在巴黎人中取得成功，但是这部名为《受影响的年轻女士》的作品却激怒了宫廷成员，他们认为该剧讲述了关于他们的故事而试图使其停演。尽管如此，国王还是允许莫里哀使用皇家舞厅，他在那里度过了余生，而剧团后来也被任命为"国王

代表作

戏剧

《嫉妒的丈夫》约1645

《江湖医生》约1648

《受影响的年轻女士》1659

《丈夫学堂》1661

《太太学堂》1662

《强迫的婚姻》1664

《伪君子》1664（1667年和1669年两次改写）

《唐璜》1665

《愤世者》1666

《医神》1666

《吝啬鬼》1668

《安菲特律翁》1668

《贵人迷》1670

《训令》1671

《可笑的女才子》1672

上图：莫里哀肖像的局部细节，作者是让·巴普蒂斯特·莫再斯，藏于凡尔赛宫。

右图：《克里斯平和斯卡平》或《斯卡平和西尔维斯特》，约1863-1865年，奥诺雷·杜米埃绘。

上图：莫里哀与路易十四一起用餐（1857），让·奥古斯特·多米尼克·安格尔作。

的剧团"。

在接下来的十三年中，莫里哀的喜剧不断地撩拨着贵族、医者和教士的神经，其中之一就是最著名也是最具争议性的《伪君子》。莫里哀与年轻的妻子之间的冲突也给了他创作的灵感，其中包括喜剧代表作《愤世者》。

莫里哀创作的作品令几个世纪以来的剧作家们心生羡慕，他在一次担任主角的演出之后去世了，讽刺的是这部剧就叫做《无病呻吟》。同伴们祈求他停止演出，但是他回答说："如果不演出，那五十个靠薪水过活的可怜的兄弟该怎么办呢？"据说他表演得极为成功，观众们完全没有意识到他已经病入膏肓。**JM**

莫里哀和宗教

莫里哀一生中的大部分时间都处在争议的漩涡中，因为他习惯于嘲弄掌权阶级，尤其是罗马天主教的神职人员。莫里哀1664年创作的《伪君子》讽刺的就是风行于教会的种种虚伪行径，巴黎大主教因此起草了法令，威胁任何表演、参与甚至读过这个剧本的人都将被逐出教会。即便莫里哀在国王面前百般劝说，他还是花了五年时间，修改了至少两次剧本，才让这部剧获得了公演的机会。演出取得了巨大的成功，但是也让莫里哀有了很多敌人。

代表作

书信集

《塞维涅夫人致女儿和友人的信》1869
《塞维涅夫人书信选》1947
《塞维涅夫人的信》1955

代表作

寓言

《天路历程》1678
《圣战》1682

自传

《功德无量》1666

塞维涅夫人 MADAME DE SÉVIGNÉ

原名： 玛丽·德·拉比坦-尚塞尔（Marie de Rabutin-Chantal），被称为塞维涅夫人（Marie de Rabutin-Chantal）

生于： 1626年2月5日（法国巴黎）；**卒于：** 1696年4月17日（法国德龙省格里尼昂）

风格和流派： 塞维涅夫人的来往于巴黎上层社会的信件，使她成为历史上最著名的书信作家。

———

　　玛丽·德·拉比坦-尚塞尔出身于勃艮第贵族家庭，受过良好的教育，生活在巴黎上层社会，她曾在信件中对此做过精确的评价，她很享受这种生活。她曾经嫁给一个贵族，这个人花光了她的大部分财产，1651年，他为了另外一个女人而在决斗中被杀。在给友人和女儿格里尼昂夫人的信中，她常常谈到自己和周围人的生活。她写过巴黎的新鲜事和人，"从节制生育到做发型，什么都有"。在塞维涅夫人之前，书信必须恪守成规；但是她摒弃了这些规矩，她充沛的活力和出色的写作技巧，为书信体写作在法国文学传统中赢得一席之地。**RC**

约翰·班扬 JOHN BUNYAN

生于： 受洗于1628年11月30日（英国哈罗登）；**卒于：** 1688年8月31日（英国伦敦）

风格和流派： 班扬以《天路历程》中的沉重寓意而享有盛名——基督徒为了获得救赎，通过朝圣之旅使灵魂获得升华。

———

　　约翰·班扬两次因未经许可的传教而被投入监狱，在第一次被监禁期间，他开始创作《天路历程》。该书首次出版于1678年，这部基督徒寻求灵魂救赎的寓言故事，已经成为英国文学史上最具影响力的作品之一。班扬绝不是第一个以此种方式阐释基督教教义的人，但是他简朴的语言、生动的描绘以及对权威的钦定版圣经在文体上的呼应，对一般的读者来说，这部寓言故事变得更加触手可及。约翰逊博士认为这本书的意义在于"最有修养的人也难以给出更高的评价，即便是无知幼童也难以找到更有趣的读物"。**AS**

约翰·德莱顿 JOHN DRYDEN

生于：1631年8月19日（英国北安普敦郡阿尔维科）；卒于：1700年5月12日（英国伦敦）

风格和流派：德莱顿创立了英雄双韵体，后来成为诗歌主要成分，不仅被用来营造宏伟的效果，还可被用于讽刺和嘲弄仿英雄体诗歌。

在影响了复辟时期的英国文学的人物中，鲜有人能超越约翰·德莱顿。德莱顿从事写作的时期，君主和议会之间的关系极度紧张，他发现同时褒扬两派才是明智的选择。奥利弗·克伦威尔去世时，他创作了《英雄诗》（1658）以歌颂克伦威尔的一生，因为正是他处决了查理一世；然后又写了《归来的星辰》（1600）赞美查理二世的复辟。

1671年，德莱顿被任命为桂冠诗人，但是又于1688年被剥夺了这一职位，因为他背离了桂冠诗人终身遵守的传统，当时光荣革命刚结束，詹姆士二世亦被废黜，可是他依然拒绝发誓效忠新政府。经过一番曲折，这个职位被授予剧作家托马斯·沙德维尔，他曾是德莱顿讥讽的目标，并被写进一篇最恶毒的讽刺诗《弗莱克诺》中。德莱顿的成就超出了诗歌的范围，他还是杰出的剧作家、文艺评论家和翻译家。但事实证明，他在诗歌方面的影响之所以长盛不衰，要归功于他普及了当时最常见的诗歌创作手法"英雄双韵体"——这是用五步抑扬格写成的押韵对偶句。这些诗中，最著名的一句来自于德莱顿的《押沙龙和阿奇托菲尔》："大智若愚近癫，愚者小心处世。"像名称所表达的那样，形式是一般史诗和英雄史诗的基础，但是这种诗体还被用于仿英雄体，其中大部分讽刺都源于一种观点，即主角根本不配受到这种赞美。《马克·弗莱克诺》是德莱顿运用英雄双韵体的最好例子，而他的讽刺风格显然也对亚历山大·蒲伯的作品《愚人记》产生了影响。**AS**

代表作

诗歌

《押沙龙与阿奇托菲尔》1681
《俗人的宗教》1682
《马克·弗莱克诺》1682
《圣西西莉亚日之歌》1687

译作

《朱文诺：第六次讽刺》1693

"万物终将归于尘土；当命运发出召唤，君王亦需遵循命令。"

——《马克·弗莱克诺》

上图：德莱顿肖像画，威廉·法索恩（1616-1691）作品。

塞缪尔·皮普斯 SAMUEL PEPYS

生于：1633年2月23日（英国伦敦）；**卒于**：1703年5月26日（英国伦敦）

风格和流派：皮普斯以日记最为出名，日记开始于1660年，记述并且评价了当时个人生活的细枝末节以及重大的历史事件。

代表作

日记
《塞缪尔·皮普斯日记》1825

关于十七世纪英国的社会生活的记载中，可能没有什么能比塞缪尔·皮普斯的日记那样兼具迷人魅力和历史意义，同时还能给人以启迪。塞缪尔·皮普斯是很有影响的国会议员和海军部首席秘书，他的个人生活丰富多彩，曾经多次入狱，还被控犯有叛国罪（尽管被无罪释放），后来从1660年1月1日开始写日记。皮普斯坚持写了九年日记，直到1669年5月31日写完最后一篇日记为止，他把自己决定停止写作的原因归罪于由此引起的视力下降。

这本日记原本是他私生活的记录，包含了家庭的琐事、他与妻子的紧张关系，此外还直言不讳地记录了他与众多女子的暧昧关系。在日记中，他还专门生动描写了发生于1668年10月25日的一件事，那天他和黛博拉·威利抱在一起时，被妻子抓了个正着，而讽刺的是，这个女人正是被雇来给皮普斯的妻子作伴的。这些极为私密的记录，在很大程度上让现代读者又重新开始关注这个人，而他对当时的社会生活、政治氛围以及重大历史事件作出的评论，与个人生活的记录交相辉映，同样引人关注。这本日记为研究1665年的大瘟疫和1666年的伦敦大火提供了第一手资料，日记的描写充满了同情怜悯，有着极深的洞察力；日记不仅生动记录了查理二世的加冕礼，还记录了第二次英荷战争（1664—1667）期间发生的众多事件。这本日记用速记法写成，这是当时的标准形式。日记经过修改，显然已经成为一本个人记录而不是出版物。然而，皮普斯将这些日记集结成卷并保存起来，表明他当时可能意识到将来会有人读这本书。**TP**

"像世界上的任何一个开心的人一样，感觉全世界都在向我微笑！"

上图：戈弗雷·内勒所作的皮普斯肖像画，藏于伦敦皇家艺术协会。

拉斐特夫人 MADAME DE LA FAYETTE

原名： 玛丽-玛德琳·皮奥奇·德·拉·维尼（Marie-Madeleine Pioche de La Vergne）

受洗于： 1634年3月18日（法国巴黎）；**卒于：** 1693年5月25日（法国巴黎）

风格和流派： 拉斐特夫人被认为是法国严肃历史小说传统的奠基人，她用历史启迪现实。

拉斐特夫人出身于法国的一个小贵族家庭，她1655年结婚，嫁入了大贵族家庭，丈夫是拉斐特伯爵。他们起初生活在乡村，还生了两个儿子，几年之后拉斐特夫人搬到了巴黎，留下了丈夫一个人，她后来成为巴黎上流社会最受尊重的贵妇。她跟塞维涅夫人是密友，她的众星云集的沙龙里汇集了很多文学界的著名人物，其中包括诗人让·德·谢葛亥，他们合作创作了《扎伊德》（故事背景是摩尔人统治时代的西班牙），还有举止轻浮的吉尔斯·梅纳吉，据说他是拉斐特夫人和塞维涅夫人的导师，但是成员中最高贵的是拉罗什福科公爵，他因为自己那些看透了世事的格言开始声名远扬。

拉斐特夫人的丈夫一直在乡村生活，不过也经常到巴黎看望妻子。他们之间没有爱情的婚姻是一种悲剧，这也成了她大部分小说的主题，其中最著名的一部是《克莱芙公主》，小说因其深刻的心理洞察而被称为第一部现代小说。小说中刻画的拉罗什福科公爵沉迷于自己的创作。小说的女主角是十六世纪法国宫廷里的迷人尤物，却嫁给了一个自己不爱的人。她发现自己深陷宫廷，受到各种阴谋诡计和诱惑的威胁，她最终选择离开宫廷以保证自己的清白之身，独身过完了自己的后半生。读者们认为这个故事暗示了婚姻和真爱难以相容，因此很多人写信给《风流信使》杂志，声称他们认为女主角就是当时那个时代的真实写照。**RC**

代表作

小说
《克莱芙公主》1678

传奇故事
《扎伊德》1670

"羞耻是最暴力的激情。"

——《克莱芙公主》

上图：拉斐特夫人的彩色版画，阿米德·菲利克斯·热耶作。

代表作

戏剧

《德巴伊特》1664
《亚历山大大帝》1665
《昂朵马格》1667
《贝瑞尼丝》1670
《费德尔》1676
《以斯帖》1689
《亚他利雅》1691

上图：让·巴蒂斯特·桑戴尔的《让·拉辛肖像画》，作于约1700年。

让·拉辛 JEAN RACINE

生于：1639年12月（法国米隆堡）；**卒于**：1699年4月21日（法国巴黎）

风格和流派：拉辛是当时法国杰出的剧作家之一（与莫里哀和高乃依齐名），他的作品沿袭了古典传统，创作了富有魅力的人物形象。除此之外，拉辛还是一位历史学家。

让·拉辛被认为是十七世纪法国杰出的剧作家之一，他生前在戏剧上取得极大成功，不仅名利双收，还成为了法国屈指可数的、完全依靠写作而养活自己的作家。他的作品风格以严格的经典色调为主要特征，与他的主要对手莫里哀（1622—1673）和皮埃尔·高乃依（1606—1684）截然不同。拉辛直截了当、不加雕饰的叙事风格吸引了公众的注意，同时也收到了评论家的好评。此外，他还与杰出的评论家之一尼古拉斯·布瓦洛交好，后者帮助他获得了公众的广泛认可。

拉辛由祖母玛丽·德·穆兰抚养长大，在巴黎王家码头修道院接受教育，这个修道院由詹森教派运动的成员掌管，这个运动曾引起极大争议。在这里，他广泛地接受了希腊和罗马古典文学教育——尤其还学习了神话文学——为他后来走上了文学创造道路打下了基础。他的导师鼓励他学习法律，可他却投身于巴黎的文艺圈。他开始写作诗歌，并引起了布瓦洛的关注。布瓦洛鼓励他继续走文学创作道路。后来拉辛写了第一部戏剧作品《阿玛齐》，这部作品从未上演，不久之后他就遇到了莫里哀。

1664年，莫里哀排演了拉辛的第二部剧作——悲剧《德巴依特》；第二年莫里哀的剧团上演了拉辛的下一部作品《亚历山大大帝》，演出收获了公众的热烈反响。后来，拉辛决定与竞争对手的剧院合作，因为这个剧院在悲剧演出上享有盛誉。莫里哀的剧院《亚历山大大帝》的演出被取消了。在首演不到两个礼拜之后，勃艮第酒店剧团第二次举行了开幕演出。拉辛进一步背叛了莫里哀，他挖走了莫里哀的女主角特丽莎·杜·帕克，让她加入了勃艮第酒店剧团。莫里哀跟他断绝了关系，此后二人也没有达成和解，倒也是情理之中的事情。

拉辛持续创作戏剧作品（包括一部喜剧）以期得到公众的认可，这些作品大多取材于古典故事，包括《贝瑞

上图：《拉辛给路易十四读〈亚他利雅〉》，朱莉·菲利伯特作于1819年。

尼丝》和《费德尔》。此时，拉辛又给自己树立了不少仇家，或许正因如此，他停止了写作并且当了路易十四手下的史官。后来的十二年间，他一直在宫廷服务，结婚生子，建立家庭。后来，路易十四的第二任妻子曼特农夫人（1635—1719）劝说他重新开始写作，要求他为自己身在圣西尔读书的孩子们创作两部戏。《埃斯特》和《亚他利雅》受到了广泛欢迎，但这也是他1699年去世之前写的最后两部作品。**TP**

女主角们

根据一些人的观点，拉辛的私生活丑闻不断，这可能是导致他从1677年开始停止写作的部分原因。他先是从莫里哀的剧团里挖走了女主角特丽莎·杜·帕克，还跟她有一段感情纠葛，后来东窗事发。这个女演员当时已经结婚，可是不久就很蹊跷地死去了，拉辛起初被怀疑毒害了她。不过，后来查明她的死因可能是意外流产，因此拉辛被宣布无罪。后来，拉辛又声称他与另外一位女演员——《贝瑞尼丝》的女主角有过一段情史。

代表作

戏剧

《摩尔人复仇记》1677
《漫游者》1677-1681
《幸运的机会》1686

小说

《王子的奴隶生涯》1688

埃弗拉·本 APHRA BEHN

原名： 埃弗拉·约翰逊（Aphra Johnson）

生于： 1640年7月（英国赫尔顿）；**卒于：** 1689年4月16日（英国伦敦）

风格和流派： 埃弗拉·本是英国第一位职业女作家。她的生活（她是间谍和同性恋）和工作都相当离经叛道，超越了她的时代。

————

　　与克里斯托弗·马洛一样，埃弗拉·本一直深陷间谍疑云。然而，与马洛不同的是，她在1670—1689年间写了很多文学作品，包括十八个剧本、两部小说以及一些诗歌，这些作品用诙谐的语言对同性恋欲望进行了探究，至今仍旧受到称赞。尽管她的剧本在当时就取得了巨大成功，但绝不仅仅是因为体现了复辟时期社会的勃勃生机，她的名望主要源于《奥鲁诺可，王子的奴隶生涯》。这是最早的一部批判非洲奴隶制的文学作品，它和丹尼尔·笛福的小说一样，都被认为是报告文学。奥鲁诺可这个角色和埃弗拉本人一样，既能立足于当下，又能着眼未来——他们精明能干，又坚决果敢。**SM**

代表作

科学著作

《天文学的书》1691

哲学著作

《关于彗星的哲学论文》1681
《西方天堂，墨西哥赫苏玛利亚壮观的皇家修道院中的植物和花园》1684

诗歌

《克雷塔多的荣耀》1668

小说

《阿隆索·拉米雷兹的厄运》1690

卡洛斯·德·西贡萨·伊·贡戈拉
CARLOS DE SIGÜENZA Y GONGÓRA

生于： 1645年8月（墨西哥墨西哥城）；**卒于：** 1700年8月22日（墨西哥墨西哥城）

风格和流派： 贡戈拉是一位真正的文艺复兴风格的作家，他不仅写诗还加入了耶稣会，他是历史学家、皇家制图师以及地质学家——总之，他是殖民地时期的墨西哥最杰出的学者。

————

　　西贡萨的父亲是西班牙皇室的家庭教师，父亲亲自教授他数学和天文学。1662年，年轻的西贡萨宣誓成为耶稣会教徒。尽管如此，他还是因为不遵守规矩而被大学开除了。不过，后来他成为了医院中的专职牧师。西贡萨是一个学识渊博的人，他在1671年出版了一本年鉴，又在1693年出版了新西班牙历史上第一份报纸《El Mercurio Volante》。西贡萨是第一位出生在殖民地并且绘制新西班牙地图的人，自十七世纪八十年代开始，他开始编写广受赞誉的墨西哥历史。他的作品类型囊括了诗歌、哲学和天文学，他对后世拉美小说家产生了重要影响。**REM**

约翰·威尔默特 JOHN WILMOT

生于：1647年4月1日（英国迪齐雷）；**卒于**：1680年7月26日（英国伍德斯托克）

风格和流派：罗切斯特伯爵二世约翰·威尔默特，是英国复辟早期的朝臣和学者，他以对十七世纪英国的颓废生活进行强烈的讽刺而闻名。

如果说，罗切斯特伯爵二世约翰·威尔默特引发了光明，那他也投下了阴影。他进入查尔斯二世的朝廷，并且投身政治（但经常牵扯到琐事和情色丑闻）。他早年成为查尔斯二世的宠儿，成为朝臣和"出入寝宫的绅士"。年轻的伯爵很快就和宫廷智囊们熟悉起来，这些人在复辟时期既宣扬高尚的道德，又做着淫乱的勾当。他二十出头就染上了梅毒，再加上过量饮酒，所以三十三岁时就早早死去了。尽管健康状况不佳，他还是频繁出入妓院，结识了不少风尘女子。罗切斯特一生中大部分时间都在四处搜刮钱财，却几乎从不偿还债务。

罗切斯特以自己的聪明才智而著称，他经常在诗中讽刺挖苦朝中的众人，甚至包括国王本人和他的情妇们。他的诗《假阳具先生》讽刺了朝廷的贵妇，引起了国王的兴趣，可是他错把《登徒子查理二世》献给了国王。他不得不因此被迫暂时离开朝廷：这既不是他第一次也不是最后一次激怒国王。

随着健康状况不断恶化，他不切实际的幻想也逐渐破灭，诗歌反映了他的懊悔之情以及对酒精的依赖。他的诗歌生前从未出版，而是以手稿的形式流传，或是被朋友和熟人抄录进个人书籍中。他的朋友们甚至尽力回忆，并且把一些即席创作的诗歌进行转录并保存下来。他在临终之时忏悔了自己的罪过和无神论立场。他的家人焚毁了大部分手稿，尤其是那些淫词艳曲，因此他的大部分作品都不幸消逝了。**IJ**

代表作

诗歌

《在圣詹姆斯公园漫步》1672
《假阳具先生》1673
《无耻的好色之徒》1675
《致邮差》1676
《登徒子查理二世》1679
《不完美的享受》1685
《他的酒碗中》1685

戏剧

《瓦伦提尼安一世》1685
《所多玛的闹剧，或堕落的典范》1685

> "人之异于人，甚于人之异于兽。"
>
> ——《无耻的好色之徒》

上图：约翰·维尔莫特肖像画，彼得·莱黎爵士作。

丹尼尔·笛福 DANIEL DEFOE

原名： 丹尼尔·福（Daniel Foe）

生于： 1660年（英国伦敦）；**卒于：** 1731年4月26日（英国伦敦）

风格和流派： 笛福是冒险小说的开创者；他笔下的主人公精明能干而且脚踏实地，体现了清教徒的勤劳的美德，而非仅仅宣扬他们的道德情操。

代表作

小说

《鲁滨逊漂流记》1719
《摩尔·弗兰德斯》1722
《大疫年日记》1722
《新环球日记》1724

"第一位既不模仿也不借鉴前人作品的英国作家。"

——詹姆士·乔伊斯

丹尼尔·笛福在各个领域上都可称得上多产作家。他写过小册子，作过散文，还写过很多本书，因此，他很轻易地便成为那个时代有最广泛读者群的人之一：保守估计被归于他名下的作品超过三百部。他几乎依靠一己之力出版了《评论》杂志，给英国新闻业带来了革命性的影响。他在伦敦和苏格兰当过宣传员和间谍，由于工作得很成功，还因此被称为"单人情报机构"。他生育了八个子女，其中六个长大成人。作为一位经济学家，他在规划新世纪大英帝国发展蓝图的早期起到重要作用。五十九岁时，笛福出版了第一部小说《鲁滨逊漂流记》，该书不仅激发了模仿者的好评，还一直是畅销书。

尽管笛福的作品涉及多个流派，但是仍有其显著特征，即焦点清晰而且单一：在遵循和平和理智的前提下进行的公平交易，是改善人类境况的最佳方式。虽然这并不意味着笛福的写作像科学家那样沉闷，但是坚持给手头资料进行分类，确实是他写作技巧的显著特征。其代表作的显著特点是：它不仅是一部犀利的心理档案，还敏锐地提出了一个事实：即经济环境中的问题难以被轻易解决。笛福作品中的主角，不论男女都十分唯利是图，即便事态发展超出控制，也不改贪财的本色。他们不会试图为自己的行为做辩解，所以读者也不便严厉地评判他们。笛福在作品中完成了两个艰难的任务，他让新兴资产阶级有了发声的机会，同时也让那些遭到无情压迫的人们发出了自己的声音。**SY**

上图：丹尼尔·笛福版画，迈克尔·范·德·古特作品。

右图：笛福1881年版的《鲁滨逊漂流记》封面。

乔纳森·斯威夫特 JONATHAN SWIFT

生于： 1667年11月30日（爱尔兰都柏林）；**卒于：** 1745年10月19日（爱尔兰都柏林）

风格和流派： 乔纳森·斯威夫特很不情愿地做过几年牧师，一直很不安分。他在刊物上无情地讽刺了爱尔兰的宗教和政治，结果不仅被嘲笑也激起众怒。

代表作

小说

《格列佛游记》1726

散文

《一只桶的故事》1704
《书的战争》1704
《反对废除基督教》1711
《布商的信》1724
《一个温和的建议》1729

"见识到人类的邪恶我并不感到惊讶，但我常常惊讶于他们并不因此而感到羞耻。"

斯威夫特的一生都颇为失意。他自打出生就没有父亲，孩提时代就四处漂泊，直到后来从都柏林三一学院毕业，并且成为英格兰南部的威廉·坦普尔爵士的秘书。正是在那里，斯威夫特开始写作诗歌，不过他最杰出的成就还是在散文写作上。斯威夫特对在爱尔兰接受教育感到不满，还把爱尔兰称作"邪恶国家"。坦普尔爵士死后，斯威夫特回到了这里，成了上诉法院法官的专职牧师。1704年，他出版了自己第一部讽刺作品，对卖弄学问和宗教狂热进行了一番嘲讽。

随着笛福在文学上的影响越来越大，他的作品也在机构内部招致了敌对意见，因为那些提拔了他的人可能难以接受《反对废除基督教》这样的讽刺作品。笛福经常到英格兰，还跟一些当时最杰出的作家交好。笛福直到1713年成为都柏林圣帕特里克大教堂的教务长之后，才算在爱尔兰定居下来。在这里任职期间，他开始写那些有个人特色的作品。《格列佛游记》是一部讽刺人性中非理性行为的杰作（现在成为很多孩子爱读的书），这本书让那些认为笛福仅仅是一个愤世嫉俗者的人坚定了自己的想法。后来，他写了《一个温和的建议》这本小册子，更加深了人们的这种印象，他讽刺地提议说爱尔兰应该多养穷孩子，以便同时解决高生育率和饥荒问题。笛福因为脑部长了肿瘤，所以晚年遭受着痴呆症的折磨。这样的结局虽然悲惨，但是对于这个吹毛求疵到令人愤怒的思考者来说，倒也非常合适。**PS**

上图：查尔斯·杰瓦斯十八世纪的作品《乔纳森·斯威夫特在学习》。

右图：《格列佛在小人国》，选自弗雷德里克·西奥多·利克斯的作品。

代表作

诗歌

《批评论》1771
《夺发记》1712-1714
《艾洛伊斯致亚伯拉德》1717
《愚人记》1728
《人论》1733-1734

"认识你自己，不要依赖上帝的审视；只有人才能对人类做出正确的判断。"

上图：《亚历山大·蒲柏和他的狗"弹跳"》局部细节，J.理查德森作于约1718年。

亚历山大·蒲柏 ALEXANDER POPE

生于：1688年5月22日（英国伦敦）；**卒于**：1744年5月30日（英国特维克南）

风格和流派：蒲柏的作品的显著特征是：集绝妙的讽刺和机智的挖苦于一身，突出淫秽的情欲主题，对人类的天性和弱点有敏锐的观察。

亚历山大·蒲柏已经习惯了对手们的嘲弄，他的健康状况不佳，是个驼背，成年之后身高不足五英尺（1.5米），他是个罗马天主教徒，这在英国国教环境中算是少数。他学会用极强的幽默感和尖酸刻薄的语言，对别人的侮辱进行反击。此外，作为一个白手起家的商人之子——他的父亲起初是个小商贩，后来成为富商——蒲柏为自己编造了显赫的家世，说自己是贵族的后代而且有英勇的家族史。父亲死后，蒲柏继承了大笔遗产，这更给他所谓的高贵出身增添了证据。

由于在孩提时代不能参加体育活动，蒲柏喜欢上了读书，而且很小的时候就开始写作，他声称自己创作第一部完整的作品"幽居颂"时还不满十二岁。在罗切斯特伯爵的影响之下，蒲柏开始写情欲主题的诗歌，还将诗歌伪装成探讨社交礼仪的诙谐喜剧。他最著名的诗作《夺发记》讲述的就是偷走一缕头发的滑稽故事——赠送一缕头发给自己的恋人是当时的传统。此诗讲述了两个不和家庭之间的真实故事，作品的语气显得相当自大，作者故意把这个平淡无奇的主题写成了一出戏。该诗充满象征意味，因此可以从两个层面进行赏析，它可被当做轻喜剧，也可当做蒲柏对当时社会的看法，这些看法既犀利又具有颠覆性。

蒲柏其他的作品——包括"道德散文"在内——嘲讽了社会等级体系以及刻板的社会规则。正因如此，他的语录至今为止仍被引用并出版。到了1717年，蒲柏已经成为著名诗人，受到众多社交名媛的喜爱。他在特维克南——当时伦敦城外的小村庄——购置了一栋别墅，后来这里成为了一个广受欢迎的时髦去处。蒲柏在这里去世，终年五十六岁。**LH**

塞缪尔·理查德森 SAMUEL RICHARDSON

生于： 1689年8月19日（英国德比郡麦克沃斯）；**卒于：** 1761年7月4日（英国伦敦）

风格和流派： 理查德森通常被称为"小说之父"，他创造性地用书信体格式探讨当时社会中的道德问题。

人们可能难以想象塞缪尔·理查德森的作品在十八世纪有多么受欢迎，小说中人物受到的审判、遇到的困境以及遭受的不幸，就像当今电视肥皂剧中的角色一样，成为人们热议的话题。然而他创作的角色在心理上极具说服力，经受住了时间的考验，而事实证明那些用书信体写成的浪漫故事的确值得一读。

理查德森以代表作《帕米拉，又名美德得报偿》《克拉丽莎，又名一青年女子的故事》和《查理斯·葛兰底森爵士的故事》而闻名于世，但实际上他是一位印刷商，而且直到五十多岁才开始写小说。当理查德森开始写《帕米拉》初稿的时候，作为文学流派之一的小说还处在萌芽阶段。这部作品开始引起受过教育的中产阶层的注意，不仅是作为一种娱乐方式，还起到道德指引的作用。这部小说中的道德基调和后来其他作品中的一样，令现代的读者感到烦躁，但是它对十八世纪英国社会的深刻洞悉，对现代的读者仍有极大的吸引力。然而即便如此，小说中的主人公女仆帕米拉为保自身清白，而拒绝主人的求爱的情节却遭到了讽刺嘲弄。在讽刺作品中名气最大的就是亨利·菲尔丁的小说《莎美拉》（1741）和《约瑟夫·安德鲁斯》（1742）。

理查德森最出色的作品是《克拉丽莎》，这部作品包含由多个角色写成的信件，这与《帕米拉》中的单一角色有所不同，它对事件的关注角度更加广泛，对角色的感受和动机有更深刻的洞悉，超越了理查德森其他的作品。理查德森有着高超的写作技巧，他创造的人物在语言和行动上都极具现实性，而且情节设置也贴近现实，这不仅激起了读者的兴趣，同时也标志着现实题材小说在挑战浪漫题材小说方面做了第一次尝试。**CK**

代表作

小说

《帕米拉，又名美德得报偿》1740

《克拉丽莎，又名一青年女子的故事》
1747-1748

《查理斯·葛兰底森爵士的故事》1753-1754

> "他的作品你读得越多，就越能从中获得乐趣。"
>
> ——丹尼斯·狄德罗评价理查德森

上图：《塞缪尔·理查德森》肖像画，约瑟夫·海默尔作于1747年。

代表作

散文

《扎第格》1747

《憨第德》1759

《老实人》1767

诗歌

《亨利亚德》1723

戏剧

《俄狄浦斯王》1718

《阿尔齐》1736

《穆罕默德》1741

《纳瓦拉王子》1745

非虚构类作品

《英国书信集》1733

《牛顿的哲学原理》1738

《路易十四的时代》1751

《宽容条约》1763

《哲学词典》1764

伏尔泰 VOLTAIRE

原名： 佛朗索瓦-玛丽·阿鲁埃（François-Marie Arouet）

生于： 1694年11月21日（法国巴黎）；**卒于：** 1778年5月30日（法国巴黎）

风格和流派： 伏尔泰除了写过史学著作和悲剧作品，还是一位讽刺辩论家，他将辛辣的讽刺和过人的智慧融入到评论著作中。

作为启蒙时代的化身，伏尔泰在作品中对道德和社会问题进行分析，显现出过人的智慧。他的著作囊括了诗歌、戏剧、散文和哲学著作，阐述了自己拥护公民自由权利、宗教信仰自由以及社会进步的需求。尽管他的大部分作品不再受到大众的关注，但他因反对暴政和盲从而享有的盛名至今不减。

伏尔泰在路易大帝耶稣会大学就读，在此期间他对宗教的失望情绪第一次显现。虽然从法学院毕业，但是伏尔泰却决定成为一名作家。在职业生涯早期，伏尔泰多次激怒权力阶层，他大胆地讽刺奥尔良公爵，因此被赶出巴黎并被投入巴士底狱，后来还多次因为类似的原因入狱。在被监禁期间，他创作了悲剧《俄狄浦斯王》，该剧在他被释放之后上演并且取得了巨大的成功，此后他便开始用"伏尔泰"这个笔名。随后，他开始写讲述广受爱戴的法兰西国王亨利四世的生平的史诗，起初这部作品因为极力倡导宗教宽容政策，而未被获准出版。《亨利亚德》取悦

上图：尼古拉斯·德·拉吉利埃所作的伏尔泰肖像画，1718年之后印制。

右图：《憨第德》插图，小让·米歇尔·莫瑞欧作。

上图：《伏尔泰与凡尔纳的农民谈话》，让·休伯（1721-1786）作。

了巴黎上层社会的自由思想家们，伏尔泰因此获得了宫廷诗人的职位。伏尔泰在法国当时最杰出的思想家中间确立了自己的地位，他的才能也得到了极大的发展，直到后来他手中的笔又让自己陷入困境，因为他辱骂了一个法国贵族罗汉骑士。入狱之后，伏尔泰被强制流放并于1726年5月前往伦敦。

　　他在英国生活的两年期间学会了英语，接受了约翰·洛克的哲学思想和艾萨克·牛顿爵士的科学思想。他对英国体系中的自由主义和宗教宽容政策评价甚高，并受此启发在回乡之后写了《英国通信集》。他几乎不加掩饰地对法国的制度进行了激烈抨击，还因此引发众怒，他又被迫离开巴黎到了香槟省的凯里，来到夏特莱侯爵夫人的城堡里避难。在此期间，他写了包括《阿尔齐》在内的多部戏剧，当时的文风褒宽容贬压制，但是《阿尔齐》这部作品却坚持道德至上，他在《牛顿的哲学元素》中还对自然科学探索一番。伏尔泰不断的轻率之

"人都是平等的；决定这种差异的是品德，而非出身。"

伏尔泰和他的敌人们

对于伏尔泰来说，与人发生争执就像是一种生活方式。在整个青年时代，伏尔泰就因屡次攻击法国贵族甚至君主而进出巴士底狱，并且在里面度过了大段时光。看上去他终于与法国的精英们达成了和解，直到有一天在牌桌上，他开了一句欠考虑的玩笑，讽刺其中一人不够诚实。由于担心受到以往那样的对待，他匆忙逃到了曼恩公爵夫人乡下的宅邸中避难。

应腓特烈二世多次邀请，伏尔泰终于到了柏林，他抽空写了本小册子《诽谤阿卡基亚医生》，并在其中讽刺了腓特烈的科学院主席莫佩屠斯。此举令腓特烈二世勃然大怒，他下令仍在返回法国途中的伏尔泰软禁在法兰克福。伏尔泰再也没有回到故乡，因为有传言说路易十五禁止他回到巴黎，作为对他之前的轻率之举的惩罚。

伏尔泰的坏脾气并不仅限于攻击上流社会；他还经常攻击同时代的伟大思想家们，比如攻击卢梭的哲学思想。为了报复卢梭对他的作品作出的评价，伏尔泰匿名发表了一个小册子，公告天下说卢梭遗弃了自己的几个孩子。

即便在死后伏尔泰也能激起众怒。1814年，一伙宗教狂热分子偷出他的遗骨然后丢进了矿井中。

举，令他和法国皇室之间摩擦不断，与此同时他的舞台剧《墨洛珀》和《纳瓦拉公主》却取得了巨大的成功。为了保全自己而不断逃亡令伏尔泰筋疲力尽，这种经历也成为他创作小说《扎第格》的灵感之源。这部小说讲述了巴比伦哲学家扎第格的故事，他饱受迫害和厄运的困扰，最终对人类的能力产生怀疑，他怀疑接受命运的安排会对未来产生何种影响，这与作者本人的经历极为相似。

1750年7月，伏尔泰应腓特烈二世的邀请来到了柏林。在皇宫逗留期间，他完成了史学著作《路易十四时代》，文中引用了路易十四时代人们对他的评价，对他的统治进行了详尽的分析。但是伏尔泰与腓特烈之间不可避免地产生了分歧，因此他不得不被迫离开普鲁士，来到了瑞士的凡尔纳，他在这里写出了讽刺杰作《憨第德》。小说讲述了青年憨第德跟随老师潘格罗士进行的一场奇妙的环球之旅，后者是戈特弗里德·莱布尼茨的哲学乐观主义的忠实信徒。在旅途中，憨第德见证了惨绝人寰的暴行，也经受了种种苦难，这些经历迫使他放弃老师的信仰，即"在理想的最美好的世界中，一切都是为最美好的目的而设"。作品中的每一出悲剧都充满着智慧和讽刺，令看起来无尽的痛苦也不再显得那么悲惨，而针对国家和教会的尖锐讽刺也被巧妙地加以掩饰。

为了建立宗教宽容制度和废除酷刑，伏尔泰将自己后半生的大部分时间贡献给了持续不断的斗争，这也让他成为宗教狂热受害者的利益代表。作为法国大革命时代的英雄，伏尔泰的遗体最终于1791年被安放在先贤祠。**SG**

右图：《牛顿的哲学原理》扉页的法国画派版画。

ELÉMENS

DE LA

PHILOSOPHIE

DE NEUTON,

Mis à la portée de tout le monde.

Par Mʀ. DE VOLTAIRE.

SERERE NE DUBITES

L. F. Du B. del. il. Duflos fecit

A AMSTERDAM,

Chez JACQUES DESBORDES.

M. DCC. XXXVIII.

亨利·菲尔丁 HENRY FIELDING

生于：1707年4月22日（英国萨默赛特沙普海姆庄园）；**卒于**：1754年10月8日（葡萄牙里斯本）

风格和流派：菲尔丁是英国的小说家、剧作家和地方法官，他以讽刺戏剧、幽默剧以及包罗万象的流浪汉小说而闻名。

虽然亨利·菲尔丁在成为小说家之后取得了非凡的成就，但是他在职业生涯初期却是剧作家。他的剧作——无论是喜剧《大拇指汤姆》，还是政治讽刺剧《巴斯昆》和《历史记录》——统治着十八世纪三十年代的伦敦戏剧舞台。但是他的剧作家生涯遭受了挫折，因为由《剧院执照条例》引入的审查制度迫使他转行，他开始投入到政治新闻、翻译以及法律事务中。

1741年，随着《莎美拉》的出版，菲尔丁的文学生涯也有了新的发展方向，这部小说是对塞缪尔·理查德森的小说《帕米拉，又名美德得报偿》进行的一次拙劣的模仿。菲尔丁把丰富多样的滑稽戏与戏剧性的性别倒置相结合，将之融入进第二部小说《约瑟夫·安德鲁斯》中，他明确指出这部小说是"散文中一部富有喜剧色彩的史诗"。

作为一名作家，菲尔丁最著名的作品应该是《汤姆·琼斯》，这部小说将他对人性的关注（超出了"美德"这种伪善的表达）与塞缪尔·泰勒·柯勒律治口中最完美布局之一的精妙情节相结合。小说采用侵入式的叙述方式，涉及角色众多，对十八世纪四十年代的英国社会进行了全景式的描绘。它讲述了主人公从身份不明、地位卑微直到最后真实身份得以揭露的命运转折——因此他最终俘获女主角的芳心是毫无疑问的。1748年，当菲尔丁依然积极从事政治新闻工作，并且撰写关于重要的法律问题的小册子时，他被任命为威斯敏斯特和平大法官。在任上，他成立了伦敦第一个行之有效的警察力量，新苏格兰场（英国人对伦敦警察厅的传统称谓——译注）至今还因此纪念他。对于一个有着《汤姆·琼斯》精神、十八岁就试图诱拐女继承人、后来又自签担保书保证不危害治安的人来说，这倒也算是合适的结局。**ST**

代表作

小说

《莎美拉》1741
《约瑟夫·安德鲁斯》1742
《汤姆·琼斯》1749
《艾米利亚》1751

"你视金钱为上帝，它就会像恶魔一样给你带来灾难。"

上图：根据威廉·荷加斯的版画创作的亨利·菲尔丁蚀刻板画，作于1762年。

塞缪尔·约翰逊 SAMUEL JOHNSON

生于：1709年9月18日（英国斯塔佛德郡利奇菲尔德）；**卒于**：1784年12月13日（英国伦敦）

风格和流派：散文中的道德基调庄重严肃；中篇小说中的讽刺基调较为轻松；而他的讽刺短诗既机智诙谐又像老人脾气暴躁的抱怨，这些都让约翰逊声名远扬。

　　不论在个性还是作品上，塞缪尔·约翰逊都已被认为是十八世纪英国文学界首屈一指的人物之一。他出身贫寒，进入牛津大学之后仅仅一年就因为无力承担学费而被迫退学；他的"约翰逊博士"的头衔源于多年之后牛津大学和都柏林三一学院授予他的荣誉学位。

　　塞缪尔·约翰逊最著名的作品是极具开创性的《英文词典》，以及中篇小说《雷塞拉斯，阿比西尼国王子传》。约翰逊借助《漫步者》中的道德和哲学散文确立了自己在伦敦文学圈的地位，随后又在讽刺散文《闲散者》中调侃从政治到婚姻生活在内的各种事物，甚至包括困扰着英国人的天气。尽管如此，耗费他最多精力的却是《英文词典》，这项编纂工作花费了他九年时间。将英文单词汇集起来本身并无新意，但是这部词典在语言的深度和广度上做了深入研究，此外它还引用其他作家的文字给词语作注解，这几点是无与伦比的。尽管这项工作需要极高的客观性，但是约翰逊还是在其中加入了自己的理解：例如"赞助人"的定义是"通常是指傲慢地提供支持，然后收获阿谀奉承的可怜人"，而"词典编纂者"是"词典的作者；没有危害性的苦劳力"。

　　约翰逊的声誉大部分要归功于他的传记作者詹姆士·鲍斯韦尔的作品，他在《约翰逊传》（1791）中讲述了约翰逊的许多故事，其中一些至今已经成为他最广为人知的故事，事实上这部作品还为现代自传流派奠定了基础。**AS**

代表作

散文
《漫步者》1750-1752
《闲散者》1758-1760

中篇小说
《雷塞拉斯，阿比西尼国王子传》1759

诗歌
《伦敦》1738
《人类欲望之虚幻》1749

非虚构类作品
《英文词典》1755

"在生活中……作家相互之间彬彬有礼是最可笑的事儿。"

上图：塞缪尔·约翰逊博士的油画像（1755），约书亚·雷诺兹爵士作。

代表作

散文
《论科学艺术》1750

小说
《新爱洛伊丝》1761

政论作品
《社会契约论》1762

哲学作品
《爱弥儿》1762

自传
《独行者的呓语》1782
《忏悔录·第一部》1782
《忏悔录·第二部》1789

让-雅克·卢梭 JEAN-JACQUES ROUSSEAU

生于：1712年6月28日（瑞士日内瓦）；**卒于**：1778年7月2日（法国埃尔芒翁维尔）

风格和流派：卢梭是瑞士哲学家和小说家，他对社会和人性持坚定立场，并因此而闻名。

卢梭的巨大影响，不论作为政治哲学家还是小说家，都已超越了启蒙运动，在这场运动中，卢梭始终处在冲突的中心。他作为社会理论家崭露头角是因为《论科学与艺术》一文，这篇文章写于1750年，是为了一次散文比赛而作——他赢得了这次比赛。《论》以及接下来的其他作品，宣告了思想领域的一次彻底的革新。他的宗教观，他对真正的内心世界的重视甚于对外在的社会习俗的重视；他认为处于未开化状态的人们天性善良、道德高尚，这是因为政治甚至文化机构从根本上来说都腐败堕落；他重视个人自由和平等；他重视感觉——以上种种引起了狄德罗以及伏尔泰等哲学家对他的关注，也让卢梭成为了法国大革命之前思想斗争领域最重要的人物。

"人生而平等，却无往不在枷锁之中。"《社会契约论》开头如是说，这是卢梭最著名的作品，他提出了自由与公正之间的紧密关系，以及公共意志至高无上的地位。

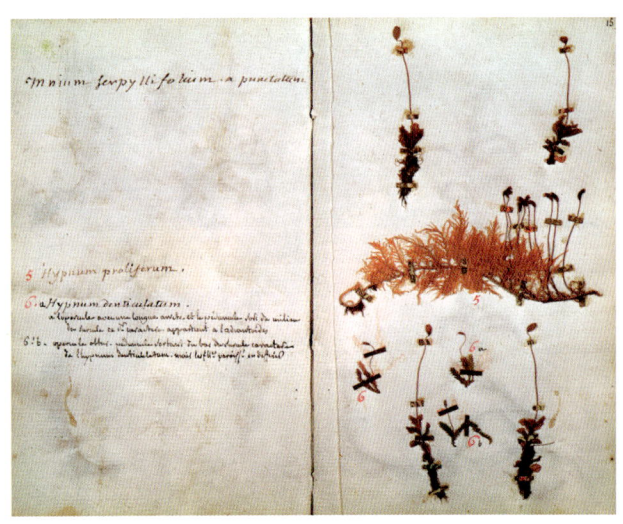

上图：让·雅克·卢梭肖像画，莫瑞斯·昆汀·德·拉图尔作。

右图：卢梭保存的植物标本中的一页。

上图：十八世纪，卢梭的作品《爱弥儿》中的法国画派插图。

小说《爱弥儿》是一部探讨教育问题的论文，它戏剧性地呈现了卢梭关于个人、自然和社会的哲学观点。《社会契约论》和《爱弥儿》被认为冒犯了宗教和政治体制，因此两部作品在日内瓦被焚毁，而且在巴黎也遭到查禁。据说卢梭一直没能从这些打击中恢复过来，他变得无家可归，还患上了妄想症，这种情况一直反反复复。

卢梭在最后一本书《幻想曲》中进行了自我探索，同时也为自己进行了辩护。在这本书中，卢梭从十个不同的方面与对自己产生误解的人进行了辩解，赞扬了隐居的种种优点，他搜集乐谱，还研究植物学。卢梭生前虽然未能完成这本书，但是它所描绘的形象仍旧令人感动。**ST**

彻底的揭露

卢梭认为自己的生活和写作息息相关，他通常被认为是现代自传文学的开创者。特别是在《忏悔录》中，他认为自己独一无二，却易于屈从于人。卢梭有着超乎寻常的敏感性，他不仅探索自己生活中的事件，还探究自己的感受，这种感受不限于外部环境，还包括对童年时期的发展产生作用的事件，甚至包括了他成年之后的信仰和性倾向。在探索诚实正直的过程中，他对困扰自己的冲突和暧昧关系进行分析和辩解。卢梭把这篇文章当做"自己灵魂的历史"呈现出来，对自己进行了彻底的揭露。

劳伦斯·斯特恩 LAURENCE STERNE

生于：1713年11月24日（爱尔兰科龙梅尔）；**卒于**：1768年5月18日（英国伦敦）

风格和流派：斯特恩是英国小说家和牧师，他以古怪而富有幽默感的小说而闻名，尤以《项狄传》为代表。

斯特恩生在爱尔兰，长在约克夏郡，在剑桥大学接受教育，后来加入了教会，他把成年后的多数时间贡献给了自己的教区——在自己生命的最后十年用于创作诙谐而古怪的小说。虽然他出版的第一部作品是名为《政治演义》的小册子，但是小说《绅士特里斯特拉姆·项狄的生平与见解》的出版才让他真正成名。《项狄传》虽然因为文中的污言秽语而饱受批评——当然了，它对叙述惯例不屑一顾——却被一致认为是文学上的巨大胜利。虽然号称是一部传记，但是它鲜有提及所谓的主角的"生平与见解"（对十八世纪的社会等级、风流韵事以及家庭的弱点倒有大量描写），也与传统小说中的情节和角色这些要素不太相关。斯特恩不自觉的玩笑——他在书中插入了两张黑页，以纪念去世了的"可怜的约里克"——给了《尤利西斯》这样二十世纪不朽的实验小说创作灵感。

《感伤之旅》出版那年斯特恩就去世了。有趣的是，这部小说的中心角色和讲述者帕森·约尔克不仅在《项狄传》中出现（死去），还被看成斯特恩的密友，斯特恩后来不仅用这个名字在信中署名，还用它发表布道文。斯特恩最后一部小说的灵感源于在法国和意大利七个月的旅行经历，虽然小说的标题表明这是一篇关于旅行的故事，但是它本身不仅离题甚远，而且顺序错乱，毫无情节可言。小说中刻画的对情感的过度崇拜不仅颇具讽刺性，时而还显得疯狂又滑稽。弗吉尼亚·伍尔夫曾经评价说，他的"道路"通常"只存在于自己的思想中，而他的（那些）冒险行为——带有自己内心的情感"。**ST**

代表作

小说

《绅士特里斯特拉姆·项狄的生平与见解》
（即项狄传）1759-1767
《感伤之旅》1768

> "与［斯特恩］相比，其他人都显得生硬、无趣，偏狭而且直截了当地到了粗野的地步。"
>
> ——尼采

上图：英国画派的《劳伦斯·斯特恩肖像》（十九世纪）。

丹尼斯·狄德罗 DENIS DIDEROT

生于：1713年10月5日（法国香槟亚丁省上马恩朗格勒）；**卒于**：1784年7月31日（法国巴黎）

风格和流派：狄德罗是《百科全书》的编者和撰稿人，此外他还是哲学家、作家、自由思想家以及法国启蒙运动领军人物。

丹尼斯·狄德罗是法国启蒙运动最伟大的自由思想家之一，他激进的思想和具有开拓性的文学作品对传统思想发出了彻底的挑战。他为启蒙思想做出的贡献、为现代自由主义的发展打下的基础，无人匹敌。他的思想复杂高深，虽富有生命力，却也遭到了误解而不被那个时代所接受。他的作品涵盖了戏剧、小说、翻译以及散文，所涉及的主题也十分广泛，但最杰出的作品是以宗教和政治为主。

作为编者和撰稿人，他为不朽的《百科全书》工作了二十五年时间。**TP**

代表作

非虚构类作品

《论盲人书简》1749
《百科全书》1751-1772

戏剧

《私生子》1757
《一家之主》1758

小说

《泄露私情的首饰》1748
《宿命论者雅克和他的主人》1796
《修女》1796

托比亚斯·斯摩莱特 TOBIAS SMOLLETT

全名：托比亚斯·乔治·斯摩莱特（Tobias George Smollett）

生于：1721年3月19日（苏格兰西邓巴顿郡达尔科霍恩）；**卒于**：1771年9月17日（意大利托斯卡纳利沃诺）

风格和流派：他的小说集中体现了苏格兰启蒙运动的精神，表现手法游走于超自然和怪诞之间，富有现实的坚定意志。

托比亚斯·斯摩莱特写过剧本、评论、讽刺小品文和旅行文学作品，但是他主要以两部流浪汉小说《蓝登传》和《佩雷格林·皮克尔传》而广为人知。斯摩莱特出生于苏格兰的地主家庭，他原本打算从医，但是在1739年搬到伦敦之后开始了文学生涯。

斯摩莱特被誉为现代派小说的开拓者，这种小说大多以独特的方言为特征，詹姆士·乔伊斯笔下的莫莉·布鲁姆这样的现代文学角色也应运而生。他的小说还对个性化的视角表示赞赏，在某种程度上，后来弗吉尼亚·伍尔夫正是因此才进行意识流小说的创作实验。**SD**

代表作

小说

《蓝登传》1748
《佩雷格林·皮克尔传》1751
《朗斯洛·格里弗斯爵士》1760
《汉弗莱·克林克》1771

代表作

自传

《我的历史——威尼斯国家监狱的逃亡历程》1787

《我的一生》在他死后于1960年出版

"你能从缺乏经验的女人身上学到很多。"

——《我的一生》

贾科莫·卡萨诺瓦 GIACOMO CASANOVA

生于： 1725年4月2日（意大利威尼斯）；**卒于：** 1798年6月4日（波希米亚的达克斯，现捷克的杜克卓夫）。

风格和流派： 卡萨诺瓦是作家、外交家和散文家，他的自传体作品以淫秽色情的语言为特征，不论世俗还是淫荡，他都能同样泰然自若地加以细致描写。

卡萨诺瓦这个名字很容易与各种形容男人的陈词滥调相关联，而他却能将追求情欲享乐转变成一种艺术形式。在同时代的人眼中，卡萨诺瓦"身体健壮而且精力充沛"，他在自传《我的一生》（本书用法语写成，目的是希望有更多的读者）中，将自己描绘成了一位寻求冒险的波西米亚人。四处旅行满足了他的需求，也让自己荒废了光阴。此后，这位原本籍籍无名的穷作家只能蜷缩在声名狼藉的小旅店中度日，不仅变得手脚不净，而且有暴力倾向。之外他的性欲非常旺盛：算得上完全的放纵无度，任何当代情色文学的描写在它面前都会自愧不如。他毫不挑剔自己的艳遇对象。卡萨诺瓦曾经利用与威尼斯一个贵族的关系混迹贵族圈，他生活的方方面面都经历了巨大的变化，不仅给他带来了短暂的痛苦，也让他获得了永恒的名声。

在他不羁的一生中曾发生很多著名的事件，其中之一是他曾遭到威尼斯当局逮捕。卡萨诺瓦用一种不可思议的方式从著名的威尼斯监狱成功脱身，后来，他在自传中，用电影镜头一般的语言，绘声绘色地回忆了这段非同寻常的经历。事实上，他的个人努力方面倒也稀松平常，只不过，他的生活实在是太过丰富多彩，这才成就了他一生中最为成功的作品《我的历史——威尼斯国家监狱的逃亡历程》。事实上，卡萨诺瓦虽然被他深爱的威尼斯驱逐出城，他的名望还是比他本人更为欧洲各国宫廷所熟知，作家在那里将自己在情爱、金融甚至是医学方面的才能发挥得淋漓尽致。**FF**

上图：卡萨诺瓦肖像，安东·拉斐尔·蒙斯（1728-1779）作。

戈特霍尔德・莱辛 GOTTHOLD LESSING

生于：1729年1月22日（德国卡门茨）；**辛于**：1781年2月15日（德国布伦瑞克）

风格和流派：莱辛笔下的德国是个由众多独立州组成的松散联邦，但是他仍是创造了独特的德国文学的重要人物之一。

　　莱辛被认为是德国第一位重要的剧作家，他是路德教会牧师之子。他天资聪颖而且热爱读书，先在学校学习了希腊语、拉丁语和希伯来语，后来又到莱比锡大学学习神学，但是他却对文学、艺术和哲学更加感兴趣。后来他在莱比锡开始创作并排演剧本，这让他的家庭十分失望。在其中一部名为《犹太人》的剧中，他对反犹太主义进行了反击。

　　后来，莱辛还在其他的德国城市生活过，其中包括柏林，作为出色的书评家和文艺评论家，他在这里出了名。莱辛非常崇拜莎士比亚，他自己也被称为"德国评论之父"。他还做过翻译，曾受雇于伏尔泰一段时间，直到他们两人闹出不和为止。莱辛的剧作被称为"资产阶级戏剧"，因为他用严肃的态度对待中产阶级的人和事，而不再遵循只关注贵族阶层的传统。1767年创作的剧本《明娜・冯・巴恩赫姆》是第一部以当代德国为背景的喜剧作品。

　　除了创作剧本，莱辛还给绘画作品作评论，也出版哲学作品。他捍卫基督徒维护自身利益的权利，在当时的启蒙思想的影响下，他更相信基督教教义中的理性思维，而不把它当成刻板的教条。此外，他还认为应该对世界其他的主要宗教采取宽容的态度。莱辛原本收入微薄，但是在1770年他得到了一个给布伦维克公爵做图书管理员的职位。这个职位让他有了稳定的收入，至少能负担得起娶妻生子。他娶了名为伊娃・科隆的寡妇，但不幸的是，他的妻子和幼子在两年之内相继死去。莱辛的晚年生活不幸，贫困交加，死后被埋在了贫民墓地。**RC**

代表作

戏剧

《犹太人》1749
《明娜・冯・巴恩赫姆》1767
《智者纳旦》1779

散文

《拉奥孔》1766

> "人会喝多，却永远喝不够。"
>
> ——《寓言・序》

上图：德国作家戈特霍尔德・莱辛肖像，作于约1769年。

代表作

戏剧

《塞维利亚的理发师》1775
《费加罗的婚礼》1785

"在所有严肃的事情当中，结婚是最可笑的一件。"

——《费加罗的婚礼》

博马舍 BEAUMARCHAIS

全名： 皮埃尔-奥古斯坦·卡隆（Pierre-Augustin Caron）

生于： 1732年1月24日（法国巴黎）；**卒于：** 1799年5月18日（法国巴黎）

风格和流派： 作为费加罗的创造者，他的身份远非只是剧作家——他还是音乐教师、发明家、金融交易商、军火商和出版商。

    非常狡猾、诡计多端而且足智多谋的仆人，一直都能智胜自己的主人，这种舞台形象的原型最早可以追溯到古罗马时期，但这一类型人物的最杰出的代表则是费加罗，博马舍在两部广受欢迎的剧本中创造了这一角色，后来罗西尼和莫扎特在此基础上创作的歌剧——《塞维利亚的理发师》和《费加罗的婚礼》——一直受到观众的喜爱。这两部剧嘲讽了上层社会，却毫不掩饰对下层社会的同情。

    皮埃尔-奥古斯坦·卡隆是巴黎的一个钟表匠的儿子，他年轻时曾发明一套全新的擒纵机，他一共结过三次婚。1756年他第一次结婚，娶了父亲的一位客人、富有的寡妇玛德琳·弗兰克特。博马舍的房产被划归她的名下，所以她丈夫的名声也就好听多了。与博马舍婚后不久她就死去了，而这时博马舍已经成了一个技巧娴熟的音乐家，还被路易十五任命为音乐教师来给自己的女儿授课。

    在宫中，博马舍引起了一个富有的金融家的注意，他雇佣了博马舍，让他参与多桩奴隶贸易。博马舍挣了一大笔钱，而且从十八世纪七十年代开始向美国人提供武器，支持他们从英国争取独立的斗争。他还被路易十五和路易十六派往英国和奥地利执行秘密任务，此后他在同世纪八十年代出版了第一部伏尔泰作品全集，全集共分七卷，这花掉了他一大笔钱。由于跟宫廷之间有诸多联系，他在法国大革命期间还被当成怀疑对象，他打算把荷兰滑膛枪卖给革命党的军队，却被关进了监狱，直到以前的情妇出手相救才被释放，他死时穷困潦倒。**RC**

上图：博马舍肖像画，保罗·索亚根据让-巴普蒂斯特·格勒兹的作品创作此画。

雷斯蒂夫·德·拉布勒托纳
RESTIF DE LA BRETONNE

原名：尼古拉-埃德姆·雷蒂夫（Nicolas-Edme Retif）

生于：1734年10月23日（法国约讷省萨西）；卒于：1806年2月2日（法国巴黎）

风格和流派：雷斯蒂夫的作品主要以乡村和下层社会的生活为主题，他通常在自传体小说或者是散文中对此有大量露骨的描写。

代表作

小说
《堕落的农夫》1775
《我父亲的一生》1779
《堕落的农家女》1784
《巴黎人》1787

自传
《尼古拉先生》1794-1797

非虚构类作品
《色情文学，或重新组织起来的卖淫》1769

雷斯蒂夫用与众不同的方式，将情色与高尚的社会改革热情相结合，还因此得到"贫民中的卢梭"和"女仆的伏尔泰"两个绰号。雷斯蒂夫是他出生时的姓氏，他出生于勃艮第地区萨苏村的一个农庄，在十四个孩子中排行第八，是他父亲第二任妻子所生的长子。后来，他在自己的名字后面加上了农庄的名字拉布勒托纳，以此纪念自己的农民出身。后来他又把原来姓氏的拼写改成了雷斯蒂夫，以此暗示自己性格中最核心的一点就是追求安稳。他就是所谓的"更愿意停留，而不是继续前行"的那种人。

在搬到巴黎之后，雷斯蒂夫发现自己并不关心这个让他发现自我而且日新月异的新世界。他在这里当过印刷工，还曾说自己有过的女人跟他数过的书一样多。雷斯蒂夫不断鞭策自己多创作，他写的故事、剧本、改良散文和乌托邦式的幻想散文达到250卷之多。在《色情文学》一书中，他宣扬性自由和设立国营妓院。他的其他作品，还包括篇幅浩大、描写详尽的十六卷自传《尼古拉先生》。大部分其他的作品多以自己的生活经历为蓝本，通常集中描写自己的怀旧之情，怀念自己在乡村度过的天真而安宁的童年时代，那时他与所敬爱的性情开朗的母亲和富有爱心但严厉的父亲生活在一起，他还在《我父亲的一生》中缅怀了自己的父亲。在他的小说中，农夫的生活就犹如田园诗一般美好，这与躁动不安的城市生活和腐败堕落、罪案频发的城市街道形成了鲜明对比。此外，他还出版了大量呼吁社会改革的散文。雷斯蒂夫的小说的背景设定在农民阶层和巴黎下层社会，因此它未能赢得高雅的文艺评论家以及知识分子的喜爱。**RC**

"我将剖析凡人，就像让-雅克·卢梭剖析伟人一样。"

上图：十八世纪法国画派雷斯蒂夫肖像细节图。

萨德侯爵 MARQUIS DE SADE

全名： 多纳蒂安·阿尔方索·佛朗索瓦·德·萨德
（Donatien Alphonse François de Sade）

生于： 1740年6月2日（法国巴黎）；**卒于：** 1814年12月2日（法国夏朗东）

风格和流派： 萨德是一位颇具争议的法国作家，他的情色和哲学作品探索了人性的阴暗面。

代表作

短篇故事

《爱之罪》1800

戏剧

《闺房哲学》1795
《牧师与濒死之人的对话》1926

小说

《于斯丁娜，美德的不幸》1791
《于丽埃特，邪恶遭报应》1797
《索多玛一百二十天或放纵学校》1905

非虚构类作品

《一位巴黎市民对法国国王做的演讲》1791

　　萨德侯爵生于一个贵族家庭，凭借他的地位和财富，原本是前程似锦，但他生命的三分之一时间却注定要在监狱中度过。在一次丑闻中，他公然令岳母的家族蒙羞，所以应她的要求被关进了监狱。根据逮捕密令（皇室的逮捕和监禁命令）萨德还没有接受审判便被投入监狱，他不知道自己是否能被释放，也不知道何时会被释放。对于有些人来说，侯爵本身是受到旧政权压迫的象征，他在危机重重的一生中，仍旧全心全意追求享乐。

　　在监狱里，萨德将精力转投到写作上；在巴士底狱中，他在4英寸（10厘米）大的纸片上写出了《索多玛一百二十天》，这些纸片被粘贴起来成为纸卷，十分易于隐藏。当1789年巴士底狱暴动发生之时，这些未完成的手稿遗失了，却在一个世纪之后重现于世。法国大革命期间，他被释放并用自己的真名出版了《爱之罪》，然后又匿名出版了《于斯丁娜》。短篇故事《爱之罪》的主题和其他的小说一样关于恶习、无神论和犯罪，但结局多是进

上图：萨德侯爵彩色蚀刻板画的局部细节图，作于约1830年。

右图：《特蕾丝》是萨德最喜爱的色情书籍之一。

行道德上的说教。但是，这部作品仍是萨德最出色的作品的代表之一。

　　1793年的恐怖统治期间，他因为莫须有的罪名被逮捕，并被判处死刑。然而在行刑日到来那天，却不见了他的踪影，这可能是因为官员出现了失误，或是有人行贿。第二天马克西米利安·罗伯斯庇尔被处决，恐怖统治也随之结束。萨德被释放了，却仍旧一文不名。他出版了经过扩充的《于斯丁娜》，以及讲述她放荡的妹妹的姊妹篇《于丽埃特》，这部作品完美地体现了萨德的放荡主义哲学。

　　1801年，萨德遭到出版商出卖，他因为创作淫秽作品被抓了起来。他被送进了疯人院，理由是他饱受行为放荡的痴呆症的折磨，他在那里度过了余生。**IJ**

皮埃尔·肖代洛·德拉克洛

　　位于夏朗东的这所疯人院是一个强制医疗机构，萨德在这里的生活相对比较自由。他的情妇和长期的伴侣玛丽–康丝坦斯·奎斯奈特假扮成他的女儿和他一起生活。1805年，在萨德指导下，疯人院开设了一个剧院，作为其治疗项目的一部分。萨德一生都对剧院有着极高的热情，但他不是一个成功的剧作家，而且他的剧本流行的程度远不及小说。疯人院的剧场在巴黎的知识分子中流行开来，而萨德过去曾与这些人交情深厚，还跟他们一起把酒言欢。然而抵制这个剧场和萨德的声音开始出现增长，所以1813年剧院的作品开始遭到禁演。

皮埃尔·肖代洛·德拉克洛
PIERRE CHODERLOS DE LACLOS

原名: 皮埃尔-安布鲁瓦兹-弗朗索瓦·德·拉克洛（Pierre-Ambroise-François Choderlos de Laclos）

生于: 1741年10月18日（法国亚眠）；**卒于:** 1803年9月5日（意大利普利亚区塔兰托）

风格和流派: 拉克洛是第一部心理小说的作者——这部小说最著名、遭禁最多，也是最完美的书信体小说之一。

代表作

非虚构类作品
《关于嘉奖沃邦元帅致法兰西学院的绅士们的信》1786

散文
《论妇女的教育问题》1783

小说
《危险关系》1782

歌剧
《欧内斯婷》1776

"所谓的幸福只是心灵上的骚动而已……"

——《危险关系》

上图：十八世纪，拉克洛着制服蜡笔肖像画局部细节图。

右图：《危险关系》中的插图《拥抱的情侣》，乔治·巴比尔作。

四十岁时，皮埃尔·肖代洛·德拉克洛还是法国军队中的一名士兵，他被派驻到位于比斯开湾的军事前哨，过着百无聊赖的日子。为了打发时间，他决心开始写小说，背景就设定于巴黎的社交圈。他出版的这部小说《危险关系》在文艺界取得了巨大轰动。

在书中，梅黛夫人和凡尔蒙子爵两位贵族，为了在无聊的生活中寻求新的刺激，引诱初来乍到巴黎的无辜人并以此挑战对方。《危险关系》用主角之间的相互通信的方式，极好地展现了人物的心理活动，揭露了凡尔蒙和梅黛二人的邪恶意图，以及受害者的道德混乱。一个虚构的编辑不仅负责"搜集"信件，还声称这本书具有进行道德说教的作用，只是道德最终并未取胜，事实上人们更欣赏书中人物的冷静思维。《危险关系》首次出版就被认为道德败坏。所以，在1824年这部小说因为对不道德的行为的描写而在法国遭到查禁。

拉克洛还出版过其他的作品，但是没有哪一部能与这部杰作相提并论。他的《关于嘉奖沃邦元帅致法兰西学院的绅士们的信》直言不讳地谴责了军队，他也因此失去了军职。十八世纪八十年代开始，他开始投身政治，这在那个骚乱的年代是个十分危险的决定，但是他从此闭口不言，并顺利熬过了法国大革命。拿破仑·波拿巴统治时期，他重新加入军队，不仅一路升至将军，还参与了一些战役。他在奔赴意大利那不勒斯驻扎的路上死于痢疾和疟疾。**CW**

GEORGE BARBIER
MXMXXX

代表作

小说

《少年维特之烦恼》1774

《威廉·迈斯特的学习年代》1795-1796

《亲和力》1809

诗歌

《罗马哀歌》1790

《赫尔曼与窦绿苔》1798

戏剧

《铁手骑士葛兹·冯·贝利欣根》1773

《克拉维戈》（Clavigo）1774

《同谋犯》1787

《哀格蒙特》1788

《恋人的情绪》1806

《浮士德：第一部分》1808

《浮士德：第二部分》1832

非虚构类作品

《意大利游记》1816-1817

上图：J.H.W.蒂施拜因所作的《意大利之旅中的歌德》细节图。

右图：海因里希·玛利亚·冯·赫斯的作品《窦绿苔的告别》，取材于《赫尔曼和窦绿苔》。

约翰·沃尔夫冈·冯·歌德
JOHANN WOLFGANG VON GOETHE

生于： 1749年8月28日（德国美因河畔的法兰克福）；**卒于：** 1832年3月22日（德国魏玛）

风格和流派： 歌德阐释的传统日耳曼语言和声音，与富有智慧的思想和戏剧性的情节，复杂地交织在一起。

鲜有作家在展现本国的文学文化时，能像歌德展现德国文化这样全面。歌德是一位真正的通才，他在诗歌、戏剧、文学、科学、心理、绘画和政治领域皆有建树，作为德国文学界的杰出作家，他的地位难以撼动。作为"狂飙突进"运动和魏玛古典主义（旨在效仿希腊古典风格）的主要领军人物，歌德的影响遍及欧洲，是浪漫主义的象征和代表。

歌德出身于一个享有特权的家庭，他曾经接受家庭教师的教育，后来又遵从父亲的意愿到莱比锡学习法律。在大学期间，他更愿意选择诗歌课程而不是背诵古老的法律条文，他不断改进自己的写作风格，烧掉了无数被拒的作品，直到发表了比较成熟的喜剧《同谋犯》。然而糟糕的健康状况让他还没获得学位就回到了法兰克福，经过了漫长的恢复期之后，歌德又到了斯特拉斯堡去完成学业。正是在那里，在与文学评论家和哲学家约翰·戈特弗里德·赫德尔会面之后，歌德经历了一次知识觉醒。他鼓励

18世纪

上图：《浮士德与玛格丽特相见》（1860），法国画家詹姆士·迪索作。

歌德用科学的方式看待语言和文学，探索民族认同观念，搜集民歌，挖掘像马丁·路德这类杰出人物的天赋，并与威廉·莎士比亚等外国杰出人才作对比。歌德游遍阿尔萨斯，让自己熟悉说德语的村庄的口头文学，并且了解母语传播的源头，这也加深了他创作德语剧本的愿望，他希望剧本能得到赫德尔的认可。剧本《铁手骑士葛兹·冯·贝利欣根》应运而生，这是一个讲述十六世纪皇家骑士的故事。它的发行在文学史上具有重要意义，标志着欧洲戏剧的复兴，这些戏剧都以各个国家的历史为蓝本，在沃尔特·司各特爵士、维克多·雨果以及大仲马的作品中都有所体现。

"文学的衰落预示着国家的衰落。"

　　歌德因此一夜成名，但是随着《少年维特之烦恼》的出版，这种成功达到了新的高度，这部小说捕捉到了一代人最大的想象力，作者很自然地被与"狂飙突进"运动联

流行文化中无所不在的浮士德

很少有文学作品能像歌德的《浮士德》一样，给创作者如此多的灵感，或是成为他们不断参考的目标。自从出版之日起，这本书就成为无数文学、电影、艺术以及音乐作品的蓝本，而且这种影响在今天仍旧遍及全世界。

音乐

→ "收音机头"乐队在2007年的专辑《在彩虹中》，就包含以浮士德的传奇故事为主题的作品。尤其以歌曲《淫乱博士》为代表，而在《录影带》一曲中，还有这样的歌词："靡菲斯特就在下面/他就要伸手来抓住我。"

→ 在二十世纪九十年代早期，U2乐队曾进行过名为"祖罗帕"的巡演，据说他们在500多万人面前演出，乐队主唱和世界政治家波诺介绍说，麦克费斯托先生其实是对靡菲斯特这个形象的一次诙谐的演绎。

电影

→ 在科恩兄弟2000年的作品《逃狱三王》中，汤米·约翰逊这个人物只短暂地露了个脸，他坚称把自己的灵魂出卖给了魔鬼，以换取弹奏吉他的能力。除了与浮士德的情节类似，这个情节还反映了三角洲传奇布鲁斯歌手罗伯特·约翰逊的生活，据说他与魔鬼订立合约，将自己的灵魂拿来换取表演的机会。

→ 《恶灵骑士》是2007年的电影作品，它以惊奇漫画公司的同名超级英雄为原型，讲述了主角强尼·布雷泽（尼古拉斯·凯奇饰演）不慎与靡菲斯特（彼得·方达饰演）签订了合约，以放弃自己灵魂为代价换取治愈父亲癌症的故事。

系起来。维特是一个与世界格格不入的年轻人，他无法表达自己的感情，也找寻不到幸福。他执着地爱着已经订婚的绿蒂，而又不能克服被拒绝所带来的痛苦，导致他后来自杀惨死。歌德在维特身上刻画了一个极度扭曲的灵魂，他对自己所生存的这个严酷环境极度敏感，命中注定会遭到误解。小说引发了一阵狂热，成百上千的年轻人穿着与他们的英雄维特一样的蓝色外套和黄色裤子，在某些极端事例中，还有人因为盲目地效仿他自杀而引发了悲剧。

借助他在文学界的领袖地位，歌德于1776年被年轻的萨克森-魏玛-爱森那赫公爵卡尔·奥古斯特任命为书记官和枢密院官员。作为公爵的顾问，他勤勤恳恳工作了十年，并因此受封为贵族，但是身负的职责也阻碍了他创作才能的发展。而与诗人和剧作家弗雷德里希·席勒的友谊，标志着歌德全新创作时期的开始。在这一时期，歌德的主要作品有描述自我觉悟的小说《威廉·迈斯特的学习年代》以及描写寻常德国人的故事《赫尔曼与窦绿苔》，这个故事一经发表就取得了成功，此外在这一时期，他还受到了法国大革命的影响。

歌德的代表作《浮士德》是一部前所未有的杰作，他将成年之后的大部分时间都投入到这部悲剧的创作上，该剧最终在他晚年面世。该剧的第一部讲述了浮士德为追求幸福与化身靡菲斯特的魔鬼达成协议，他与玛格丽特相爱了，却因此把自己逼到了堕落的边缘，玛格丽特后来成了一个杀婴犯，并因此被处决。《浮士德·第二部》包含很多典故，还有政治、历史以及心理描写，在书中浮士德借助与玛格丽特的神圣爱情获得了救赎。这是一部极为复杂而充满勇气的作品，可称得上是德国文学的巅峰之作。**SG**

右图：儒勒·马斯内为1893年巴黎出版的《少年维特之烦恼》所作的招贴画。

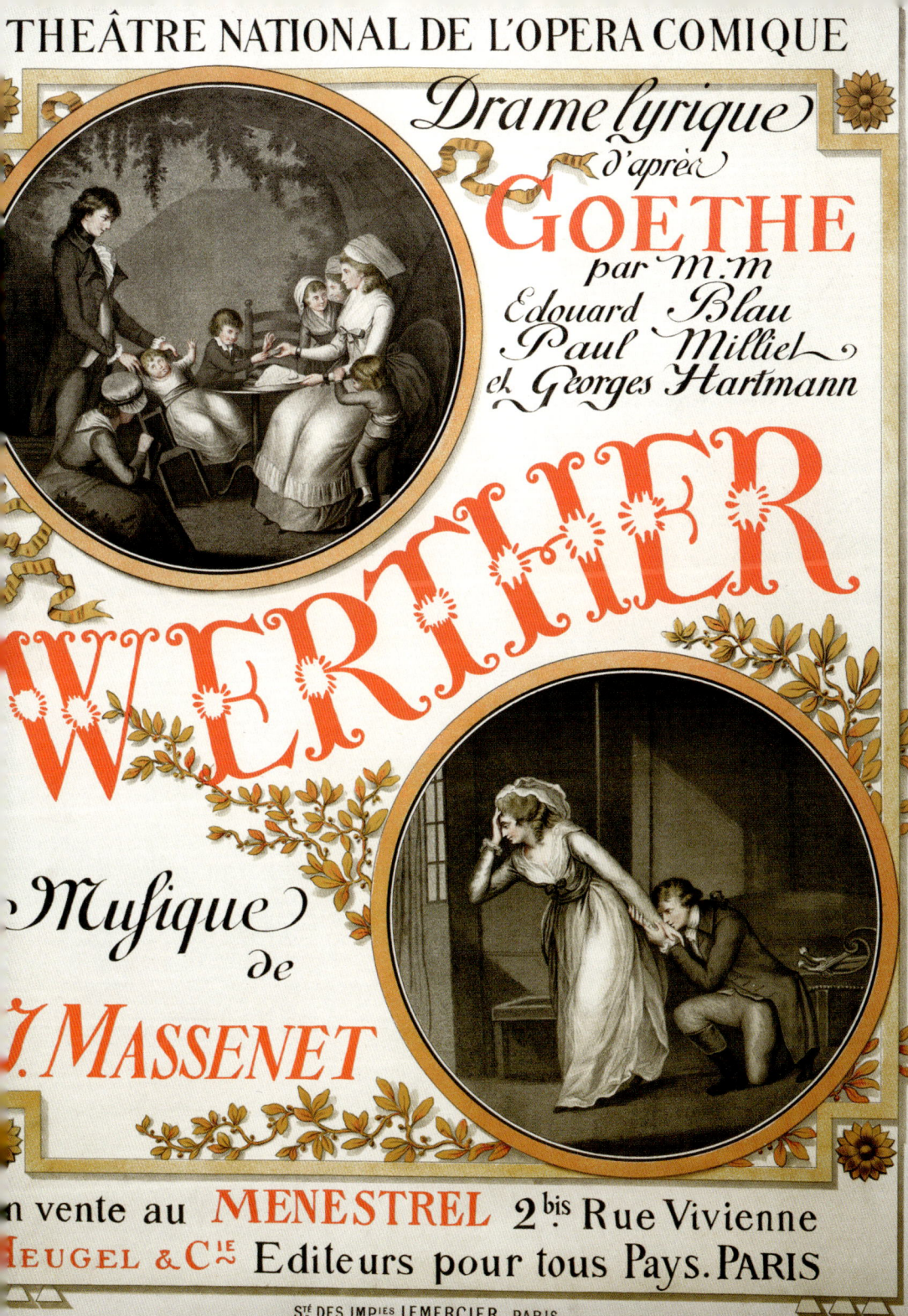

理查德·布林斯莱·谢立丹
RICHARD BRINSLEY SHERIDAN

生于： 1751年10月30日（爱尔兰都柏林）；**卒于：** 1816年7月7日（英国伦敦）

风格和流派： 谢立丹是爱尔兰剧作家和激进的辉格党政治家，他以广为流传的喜剧作品而闻名，作品以机智诙谐的对话和讽刺漫画般的人物为主要特征。

代表作

戏剧

《情敌》1775
《造谣学校》1777
《营地》1778
《批评家》1779
《皮扎罗》1799

歌剧

《少女的监护人》1775

> "一切只要实际上有可能，就属正常。"
>
> ——《批评家》

上图：谢立丹蜡笔肖像画，约翰·拉塞尔（1745-1806）作于1788年。

理查德·布林斯莱·谢立丹死后被葬在伦敦威斯敏斯特大教堂的"诗人角"，他希望自己能以文学家的身份被铭记，而事实却并非如此。他的戏剧创作生涯只持续到了三十岁；从政是他的第一职业，并且他一直到死都是下议院议员。

谢立丹出身于书香门第——他的父亲不仅是演员，还是斯莫克·艾利剧院经理，他的母亲则是小说家和剧作家——但是他没从父母身上获得多少艺术熏陶。他小时候的大部分时光都是跟保姆一起度过，因为他的父母不断地要出国躲避债主，所以他被送入了英国的学校，因为他们认为谢立丹必须要学会"独立谋生"。在英国，他遇到了歌手伊丽莎白·安·林利，并且违背了父亲的意愿跟她结了婚，父亲因此跟他断绝了关系。

为了独立生活，他开始写剧本以养家糊口。他的第一个剧本《情敌》反响不佳，但他后来对剧本进行了改写，还邀请著名的男演员担任主角，这部剧在票房和艺术上都取得了巨大成功。《少女的监护人》（讲述专横的父亲和秘密婚姻）、《造谣学校》（对肤浅的感情生活加以嘲弄）和《批评家》（讽刺了新闻业）三部作品巩固了他的声誉。经济上有了保障之后，谢立丹开始从政，成为了一名激进的辉格党成员，还与詹姆士·查尔斯·福克斯和埃德蒙·波尔克成为朋友。谢立丹不仅是一名作家，还是著名的演说家，是十八世纪一位真正伟大的雄辩家。与他发表的演说一样——演说拥护激进、有革命性的政治纲领——他在剧本中用机智的对话和独特的角色，讽刺和揭露政治和社会问题。这其中最著名的一个例子就是Miss Malaprop，从她身上衍生出"Malapropism"（近义词误用）这个短语，它是指因为无意中误用词汇而产生喜剧效果的现象。**SD**

范妮·伯尼 FANNY BURNEY

原名： 弗朗西丝·伯尼（Frances Burney），即后来的达布莱夫人（Madame d'Arblay）

生于： 1752年6月13日（英国国王的林恩）；**卒于：** 1840年1月6日（英国伦敦）

风格和流派： 伯尼是英国小说家，她以敏锐而有幽默感的笔法对十八世纪的妇女和社会进行了描写，并以此而闻名。

在漫长而充满变故的一生中，范妮·伯尼写了四部小说、八个剧本、一本传记还有很多卷日记和信件。她的父亲查尔斯·伯尼博士是著名的音乐家、教师和学者，她曾在最后一部作品中深情回忆了他的一生。虽然在家人看来，她只是个平常的孩子，但是范妮却悄然成为了一个多产作家。她十岁时完成了第一部手稿小说，后来她把手稿和很多诗歌与小故事一起付之一炬，她在回忆录中说，即便是这样都没有抑制她的创作激情。

由于伯尼的早期作品都是秘密创作的，所以她匿名发表第一部书信体小说《伊夫莱娜，一个年轻女子涉世的历史》也就不足为奇了，直到这部小说获得了公众的认可，她才向父亲坦白了真相。小说获得了广泛认可，一些著名人物（例如，埃德蒙·伯克以及约书亚·雷诺兹）声称自己一夜之间就读完了整本书，评论家将它描述成为"同类型作品中，最活泼、最有趣、最令人愉快的作品之一……"她的声望至此得到了确立，而后来的作品取得的成功则巩固了她的地位。

伯尼的信件和日记不仅记载了她在夏洛特王后的宫中担任"御用礼服保管员"时的度过时光，还记载了她与法国移民贵族的婚姻，以及她在法国的生活。历史学家对这些信件和日记一直有浓厚兴趣。然而，作为一个小说家，伯尼对奥斯汀和埃奇沃思等作家带来的影响，远大于她自己所取得的成就。尽管如此，她的作品被公认为描写细致入微而且结构复杂，"乔治王时期令人愉快的讽刺作家"的称号已经不足以形容她了。**ST**

代表作

小说

《伊夫莱娜，一个年轻女子涉世的历史》1778

《卡米拉，一幅青年画像》1796

"她不仅了解，而且也写出了人类最高贵和最低贱的两面。"

——海斯特·斯雷尔评《伊夫莱娜》

上图：艾福特.A.杜伊金克根据E.伯尼的油画创作的版画局部细节。

代表作

诗歌

《天真之歌》1789

《天堂与地狱的联姻》1790-1793

《经验之歌》1794

《尤里曾之书》1794

《弥尔顿的诗》约1804-1811

《耶路撒冷的巨人》1804-1820

诗集

"蒂丽儿" 1789

《皮克林手稿》中的诗 约1802-1804

　　"精神旅行者"

　　"水晶屋"

　　"天真的预言"

威廉·布莱克 WILLIAM BLAKE

生于： 1757年11月28日（英国伦敦）；**卒于：** 1827年8月12日（英国伦敦）

风格和流派： 作为诗人、作家和艺术家，布莱克的作品被公认为具有丰富的想象力、创造性而且富有启迪，神秘主义、宗教、心理学以及政治主题渗透到他的诗歌作品的方方面面。

　　威廉·布莱克是他那个时代最具创造力和想象力的艺术天才之一，这一点在今天已是举世公认的事。他对神秘主义和基督教有浓厚的兴趣，却反对形式化的宗教，他将敏锐的洞察力和虔诚的信仰融入到艺术作品和写作中。他对精神世界的迷恋源于童年时代，十岁时他声称自己第一次看见了幻象，他看见伦敦佩卡姆莱的一棵树上有很多天使。布莱克声称自己一生中曾多次看到过这种景象，而这种经历令蕴藏在他文学和插图作品中的深刻灵性被激发出来。

　　他在伦敦的雕刻师詹姆士·巴塞尔手下当了七年学徒，然后又进入皇家艺术学院学习。1782年，布莱克与凯瑟琳·布歇结婚，后者不仅帮助他印制很多他创作的版画，同时也成为这位艺术家和作家坚定的情感和精神支柱。他们婚后一年，布莱克出版了自己的第一部诗集《素描诗集》，在1784年，布莱克和自己的弟弟罗伯特开设了一家印刷作坊。他继续从事插图画的工作，不仅发明出一种名为浮雕蚀刻的蚀刻新技术，还将其运用到大多数作品的插画中，其中就包括《天真之歌》和《经验之歌》。完成了后者的创作之后，布莱克将两部作品同时出版，两首

上图：创作于1807年的威廉·布莱克油画肖像局部。

右图：布莱克创作的水彩画《牛顿》，表现了他对科学的怀疑态度。

诗形成了鲜明的对比。《天真之歌》用孩童般的激情赞扬了自然。而《经验之歌》创作于法国大革命晚期，色调上较为灰暗，它认为童心的泯灭是成年之后的领悟力和生活经历导致的不可避免的结果。

从1800年开始，布莱克开始了《弥尔顿的诗》的创作，诗歌前言的一部分成为了感人至深的赞美诗《耶路撒冷》，以及富有远见的长篇预言书《耶路撒冷的巨人》。

布莱克一生都沉醉于精神世界，他不仅坚信种族和性别平等，还坚信人性的包容性。他坚决拒绝形式化的宗教，而且他的一些言论还在当时引起过众怒，但他却把关注的重点放在想象的力量上；他的创造性思想是无界的。他的作品和世界观对一系列作家、艺术家以及歌手产生了巨大的影响。**TP**

左上图：布莱克经常像这幅图一样，用"怜悯之心"给自己的作品画插图（1795）。

上图：配图七：《羔羊》，取材于《天真之歌》和《经验之歌》。

布莱克受审

1803年的一天，布莱克把一个名叫约翰·斯科菲尔德的醉酒士兵，从他位于西苏塞克斯郡菲尔普海姆的花园里赶了出去，原因是这名士兵不仅骚扰了他，还在花园里小便。后来斯科菲尔德声称，布莱克当时说了这么一句话："国王真该死。士兵们都像是奴隶一样。"作家因此被诉人身攻击和叛国罪。布莱克在奇切斯特接受审判，但是因为证据不足而被判无罪。审判之后，他回到了伦敦，之后不久他画了一幅画：斯科菲尔德戴着"被思想锻造的枷锁"，并以此图给他的代表作预言书《耶路撒冷》中的一个段落作注解。

玛丽·沃斯通克拉夫特
MARY WOLLSTONECRAFT

生于： 1759年4月27日（英国伦敦）；**卒于：** 1797年9月10日（英国伦敦）

风格和流派： 玛丽·沃斯通克拉夫特是英国作家和教育家，她以对当时政治的坦率立场而闻名；还被誉为第一位重要的女权主义作家。

沃斯通克拉夫特出身于一个破落的农民家庭，从小过着颠沛流离的生活，在家里七个孩子中排第二，她在成长过程中对家人给哥哥的偏爱颇有微词。她聪明活泼，而且很小就开始读书，并且直言不讳地表达了对父权社会中根深蒂固的不平等现象的不满；她大部分时间都是自学，不仅当过家庭教师还创办了一所学校，在1787年还发表了一篇针对女孩教育问题的论文。法国大革命期间，她在巴黎居住，到斯堪的纳维亚旅行，后来还与身在巴黎的美国冒险家吉尔伯特·依姆莱有过一段不幸的感情，他们还生了一个孩子。在伦敦，她逐渐融入了一个社交圈，圈内的人和激进派的出版商约瑟夫·约翰逊有密切的联系，他们包括威廉·布莱克、瑞士画家亨利·富塞利、汤姆·佩恩以及威廉·戈德温——她1797年嫁给了戈德温。然而不幸的是，这段婚姻并不长久：沃斯通克拉夫特生了第二个女儿，即后来的玛丽·雪莱，不久就因为并发症去世了。

沃斯通克拉夫特的作品并未因她非凡的生活经历而失色。《男权辩护》和《女权辩护》让她广受赞誉。后者的中心论点在《玛丽亚》中得到了戏剧化的呈现，这部小说描写了两个女人的命运：一个受困于婚姻，而另一个则受困于阶级和贫穷。沃斯通克拉夫特将政治和私生活联系起来，此举不仅具有争议，也招致了敌意。在社会风气保守的十八世纪九十年代晚期，她被认为是一个言行失当的"穿裙子的猎狗，"戈德温在他的回忆录中的评价使这种情绪进一步升温，他写到她无论在生活还是写作上都无所畏惧（包括曾两度试图自杀）。尽管如此，她历史中的稳固地位，实属当之无愧。

ST

18世纪

代表作

哲学著作

《男权辩护》1790
《女权辩护》1792

小说

《玛丽亚：女人的受罪》1798

"既然世界并非巨大的监狱，女人为何会天生为奴呢？"

——《玛丽亚》

上图：玛丽·沃斯通克拉夫特肖像画局部细节，由约翰·基南作于约1793年。

右图：《1789年10月5日和6日的凡尔赛妇女大游行》，法国画派版画。

弗雷德里希·席勒 FRIEDRICH SCHILLER

原名：约翰·克里斯托弗·弗雷德里希·席勒（Johann Christoph Friedrich Schiller）

生于：1759年11月10日（德国马巴赫）；**卒于：**1805年5月9日（德国魏玛）

风格和流派：席勒是浪漫主义剧作家、诗人和哲学家，他的美学著作生动再现了德国内外的古典主义运动。

18世纪

代表作

戏剧

《强盗》1781
《唐·卡洛斯》1787
《威廉·退尔》1804

哲学著作

《审美教育书简》1795

"不要让自己迷失在时间的长河里，要抓住自己的每分每秒……"

弗雷德里希·席勒是家里十一个孩子中唯一的男孩。虽然父母希望他成为一名牧师，但他还是决定去学医。对卢梭和歌德作品的热爱激发了他的灵感，他因此创作出了第一个剧本《强盗》。这部戏剧杰作讲述了一对贵族兄弟之间的矛盾冲突，其中一人是激进的学生领袖，而另一个则是处心积虑想要继承父亲财产的阴谋家。这部剧探讨了肉体自由、政治压迫以及社会传统的残暴，所以1782年在曼海姆国家剧院首演便引起了巨大轰动，但剧中主要蕴含的革命观点却为符腾堡公爵卡尔·尤金所不容，因此该剧在斯图加特遭到禁演，席勒也被逮捕并被禁止继续进行剧本创作。

席勒逃离了斯图加特，但他的政治远见却保留了下来。他的第二部剧作《唐·卡洛斯》关注的是西班牙国王菲利普和儿子之间的关系。这部作品对德国戏剧意义重大，该剧的剧本用素体诗写成，这种创作方式后来也成为德国戏剧的标志。席勒于1789年到了魏玛，他见到了歌德并且在耶拿大学获得了历史和哲学教授的职位。从1793年到1801年间，他阅读了伊曼纽尔·康德的哲学著作，之后写了一系列散文，试图对审美活动及其与伦理经验之间的关系进行定义。他的散文对现代哲学和文学评论仍有重要影响。虽然他后来的作品中较少公开地讨论政治状况，但是他始终对人类在艺术、哲学和历史领域中享有的自由理想抱有浓厚的兴趣。1802年，席勒去世前三年，他受封为贵族，因此在全名中多了一个"冯"（von）字。**SD**

上图：十九世纪德国画派弗雷德里希·席勒肖像画局部细节。

斯塔尔夫人 MADAME DE STAËL

原名：安娜·路易丝·热尔曼娜·内克（Anne Louise Germaine Necker）

生于：1766年4月22日（法国巴黎）；**卒于**：1817年7月14日（法国巴黎）

风格和流派：斯塔尔夫人是小说家和学者，她以政治评论、社会讽刺散文以及对当时社会的细致观察而闻名。

热尔曼娜·德·斯塔尔是路易十六著名的财政大臣雅克·内克之女，被认为是从十八世纪晚期巴黎的沙龙中走出的女强人。作为学者、政治评论家、健谈者和小说家，她不仅是——与拜伦、歌德以及沃尔特·斯科特一样——自己那个时代最著名的作家之一，并且对政治生活产生了重要的影响。斯塔尔夫人的小说确实为自己提供了工具，让她可以精准地表达自己的政治观点，而她也因此被驱逐出巴黎，在外度过了成年之后的大部分时光，因为她的批判性观点总能不断地激起拿破仑的怒火。

她将1802年出版的《戴尔芬》献给"沉默的法国"，这也让她首次被迫流放十年，但是在欧洲不同国家首都生活的经历，却标志着她开始采用特点鲜明的国际化视角进行创作，而她也被认为开创了一种新的"国家的科学"。起初，斯塔尔夫人逃到了德国，在那里她见到了一些杰出的政治家和学者，例如歌德、席勒以及施莱格尔一家（奥古斯特·W.施莱格尔还成了她孩子的家庭教师）。《论德国》这部作品源于这段生活经历，但是这部作品被拿破仑贬为粗制滥造，因为认为它"根本都不是用法语写成的"。

然而，斯塔尔夫人最著名的作品，却将智慧和荣光赋予了她口中另外一个风光不再的欧洲国家：意大利。《高丽娜》将旅行指南与浪漫爱情故事融为一体。作者极为欣赏意大利深厚的文化背景和悠久的历史，并以此为背景讲述了高丽娜（这是一个带有半自传性质、拥有即兴表演才能的女性形象）与一位苏格兰旅行者之间不幸的浪漫爱情故事。斯塔尔夫人在小说中揭露了民族偏见，还对父权社会的特权进行谴责，"高丽娜"也因此成为了女性主义的典范。**ST**

代表作

非虚构类作品

《论德国》1810

小说

《戴尔芬》1802
《高丽娜》1807

"她的作品是我快乐的源泉，正如她本人一样……她本应是个男人才对。"

——拜伦爵士

上图：斯塔尔夫人肖像画局部细节图，安-路易·吉罗代·德·卢西-特里奥松作。

弗朗索瓦·夏多布里昂
FRANÇOIS CHATEAUBRIAND

全名：弗朗索瓦-奥古斯特-勒内（François-Auguste-René），夏多布里昂子爵（Vicomte de Chateaubriand）

生于：1768年9月4日（法国圣马洛）；**卒于**：1848年7月4日（法国巴黎）

风格和流派：夏多布里昂是小说家、基督教护教士和外交家，他对十九世纪初及以后的法国文学产生了重要影响。

代表作

小说
《阿达拉》1801

中篇小说
《勒内》1802

非虚构类作品
《基督教真谛》1802

自传
《墓畔回忆录》1848-1850

"真正具有独创性的作家是……没有人能够模仿得了的。"

——《基督教真谛》

夏多布里昂出身于布列塔尼一个破落的贵族家庭，他和姐姐露西尔在乡间过了大部分童年时光。后来他写了一部中篇小说（即《勒内》），讲述了兄妹之间的乱伦情感，这部作品干脆直接被称为他的自传。

这位"法国浪漫主义之父"开创了十九世纪小说的新风尚，这些小说描写不幸的爱情以及主人公因为不明原因，导致愿望得不到满足，变得忧郁消沉。除了写作，他还积极参与时事。在法国大革命期间，他代表国王一方参战，后来在同世纪九十年代还到美国和英国生活。他借助一个从1800年就开始使用的假名回到巴黎，随后发表了小说《阿达拉》并取得了成功，这是关于一个基督徒少女的故事，她发誓守贞，却爱上了一个路易斯安那的美国印第安人，最后绝望自杀。

夏多布里昂还为基督教撰文做辩护，对启蒙运动攻击自己的信仰进行反击。《基督教真谛》在恰当的时间出版，并赢得了拿破仑·波拿巴的支持，因为他当时正试图把罗马天主教确立为法国国教；结果夏多布里昂很快就当上法国驻罗马使馆第一秘书。1814年波旁王朝复辟之后，他受封为子爵，开始了与上流社会贵妇雷卡米耶夫人漫长的风流史。十九世纪二十年代，他先后成为驻柏林和伦敦公使，然后成为外交大臣并担任驻罗马公使。他流传最久的作品是自传《墓畔回忆录》，创作的目的是希望在他死后能够出版，他在自传中评价了他所经历的法国历史、感情纠葛、自然之美以及忧愁的倾向。**RC**

上图：1811年，安-路易·吉罗代·德·卢西-特里奥松所作的肖像画细节图。

弗里德里希·荷尔德林
FRIEDRICH HÖLDERLIN

全名：约翰·克里斯蒂安·弗里德里希·荷尔德林（Johann Christian Friedrich Hölderlin）

生于：1770年3月20日（德国内卡河畔的劳芬）；**卒于**：1843年6月7日（德国图宾根）

风格和流派：荷尔德林在诗歌中重现了古希腊抒情诗的精髓，令人难以忘怀——显而易见的是，他同时也为疯狂的行为树立了榜样。

父亲的早逝是荷尔德林成长过程中的一件大事。他的母亲是牧师的女儿，她希望自己的儿子也能成为一名牧师。他获得了奖学金，进入图宾根大学学习哲学和神学，在那里他与黑格尔和谢林都有过精神层面的深度交流，后者成为了具有划时代意义的哲学家。1794年，荷尔德林来到了耶拿，见到了具有传奇色彩的歌德。与当时许多希望摆脱宗教事业的作家一样，荷尔德林在接下来的十年里都没有固定的工作，靠着给大户人家当家庭教师过着节衣缩食的生活。

众多学者认为，不管之前荷尔德林的精神状态如何，到了1806年他已经完全疯了。他被迫搬到了图宾根，（因为长期生活在收容所）失去了自理能力，在一座俯瞰内卡河的高塔里生活了三十六年（如今这座塔被称为"荷尔德林塔"），直到他1843年去世为止。他在那里仍旧坚持写作，并且决定署名为"斯卡达内利"而不使用自己的真名。在1806年之后创作并被保存下来的诗作中，有一些被认为是荷尔德林最杰出的作品。然而这些幸存的作品直到二十世纪，都一直被当成是疯言疯语而遭到唾弃。

在被关进高塔之前，荷尔德林还在诸多刊物上发表了大约七十首诗、索福克勒斯的作品译作以及书信体小说《许佩里翁》，这部小说有力地揭示了古希腊在现代德国空想主义的形成过程中扮演的重要角色。二十世纪，哲学家马丁·海德格尔以及诗人约翰·阿什伯利等各个领域的杰出人士都深受荷尔德林的影响，这种影响强劲有力却令人不解，这种评价也让他巩固了自己在现代诗歌史上独一无二的地位。**JK**

代表作

小说

《许佩里翁，或希腊勇士》1797-1799

诗歌

《弗里德里希·荷尔德林诗歌集》1826

译作

《索福克勒斯的悲剧作品》1804

> "如果你有很多想法，却只有一颗心的话，那么一次只展现一种想法就好。"
>
> ——选自《金玉良言》

上图：荷尔德林蜡笔肖像画局部细节，弗朗茨·卡尔·赫姆作于1792年。

代表作

诗歌

《抒情歌谣集》1798，1800

《诗歌（两卷）》1807

《远足》1814

《再见菁草》1850

散文

《墓志铭》1810

威廉·华兹华斯 WILLIAM WORDSWORTH

生于：1770年4月7日（英国科克茅斯）；**卒于**：1850年4月23日（英国赖德尔芒特）

风格和流派：华兹华斯是浪漫主义诗人，他的诗歌中描写的风景、对往事的记忆和丰富的想象都与英国湖区密不可分。

华兹华斯早年的生活是快乐的——尽管父母双亡，又与手足长期离散，尤其是和他的妹妹多萝西。他在英格兰湖区的童年生活给他留下了深刻的印象——这一点在他的史诗《序曲》中以成长的视角做了分析。他的这部非凡的诗，始作于1799年在德国的一个漫长的冬天，至1805年扩展至13本书（在1850年他去世后的两个月内，再次修订而后出版）。这部作品跟随着他的生命历程一直到1798年止，涵盖了他在剑桥的时光，1790年徒步穿越法国和阿尔卑斯山脉，在伦敦的生活，以及于1791-1792年在法国长时间的停留——激起了他对法国大革命的热血支持，"幸福是在黎明时还活着，但年轻才是真正的天堂"，——但是诗中并未提及他与安妮特·瓦隆在奥尔良的一段情史，他们还生了一个女儿卡罗琳。这首诗的题目虽然不是由华兹华斯选定的，但诗歌本身的确是充满诗意的回归之旅的"序曲"，1799年末他和妹妹多萝西回到了湖区，此后他在葛拉丝湖畔的多芬小筑（现为博物馆）定居下来，与玛丽·哈钦森结了婚，在经历了一段时间的痛苦和迷失之后，他又重新找回了丰富的想象力。

上图：威廉·华兹华斯肖像画局部细节，亨利·威廉·皮克斯维尔作于1840年。

右图：威廉和玛丽·华兹华斯肖像画（1839），玛格丽特·吉利斯作。

在《序曲》的前几部中，他不仅讲述了自己"在山野中无拘无束地奔跑嬉戏"的经历，还记述了各种滑稽淘气的事迹——从偷走小船到袭击鸟巢——这些经历让他有机会接触自然的形与美，不仅为他的思想打下了基础，也为他想象力的发展注入了养分。大自然留下的印记一直沉睡着，"直到成熟的季节召唤它们/来滋润和升华心灵"。十八世纪九十年代末期，华兹华斯终于找到了最具自身特色的创作主题（即"寂静的人类悲歌"）以及富有诗意的表达方式。

在《抒情歌谣集》著名的前言中，华兹华斯为自己对乡村生活和语言的热爱进行辩解，他认为它们能够帮助人们理解"内心中必不可少的激情"和"大自然永恒的形式之美"之间的关系。华兹华斯因此被认为是自然诗人的典

上图：《北望丁登寺》选自《瓦伊河风景插图》（1818），安东尼·菲尔丁作。

"春日树林的每一次悸动/比所有的圣人……都更让人了解人类。"

121

与柯勒律治的合作

《抒情歌谣集》是华兹华斯最多产时期的作品，也是他与柯勒律治合作初期的作品，当时他们开始为1798年的德国之旅筹集资金。诗集的第一版匿名出版，以柯勒律治的《古老水手之歌》开篇，以华兹华斯的《丁登寺旁》结束——两位诗人恰是以自己的作品而闻名。

1800年的第二版新增加了一卷诗，主要由华兹华斯创作（或者他是名义上的作者），这个版本中的前言经过了扩充，这个庄重的宣言捍卫了合作的实验性地位，后来还成为文学理论和评论史上具有重要影响的文献。两位诗人的目的，首先是"从日常生活中选取事件和情境，选用人们真实使用的语言……将它们联系起来或是对其进行描述，与此同时，让这些事件和情境能够带有一些想象的光辉"。前言在如何定义"好"诗方面着墨颇多，其中就有华兹华斯两句著名的宣言：诗歌是"强烈感情的自然流露"，诗歌的起源是"在平静中回忆起来的情感"。

型代表，但是他对自然界的兴趣远比这个称谓所暗示的复杂很多。一个地方的地形细节，对他来说，在重要性上既比不上想象和感悟也不及心灵所见，所以在"作于丁登寺旁的诗句"中才会有这样的描述——"和谐的力量，深沉而欢愉的力量，让我们的双眼逐渐安宁，我们能够看清事物蕴藏的生命"。华兹华斯的悠闲而又富于深思的写作风格，源于他与塞缪尔·柯勒律治之间富有创造力的交流，这种风格对后来英国诗歌的发展影响深远。

晚年生活和成就

华兹华斯活得足够长久，他不仅有机会修改自己的诗作（这些作品在他生前经过数次扩充），还使自己早期的激进思想得到缓和，后来还成为桂冠诗人。尽管在十九世纪早期，华兹华斯与柯勒律治的友谊变得越来越紧张，但是他始终认为两人之间的关系是他一生中最重要的事。十八世纪九十年代，两人富于创造力的合作达到了顶峰，柯勒律治评价华兹华斯是极有潜力的伟大诗人，能够写出"第一部真正的哲理诗"，这也在很大程度上巩固了他以诗歌创作为事业的信念。但是，华兹华斯始终未能写出柯勒律治脑海中的那首伟大的哲理诗："隐居者"。华兹华斯后来承认，构思中的这首能够全面描写人类、自然和社会的诗歌，以自己的能力难以完成。另一方面，"序言"即华兹华斯"献给柯勒律治的诗"，不仅可以当做那部伟大作品的前言或是准备，也是一个恰如其分的替代品：它不仅是两人友谊的永恒纪念，同时，它也为英国最伟大的诗人之一华兹华斯取得的成就树立了丰碑。**ST**

右图：华兹华斯之妻玛丽的"水仙花"手稿复印件。

To the Printer
(after the Poem (in the set under the title
of "Moods of my own mind") beginning ~~I~~
"The Cock is crowing" please to insert
the two following ~~properly~~ numbered, & number
the ~~succeeding~~ accordingly)

~~I wandered Like a lonely~~

    I wandered lonely as a Cloud
    That floats on high oer Vales and Hills,
    When all at once I saw a crowd
    A ~~host~~ of dancing Daffodils;
    Along the Lake beneath the trees
    Ten thousand dancing in the breeze.

    The Waves beside them danced, but they
    Outdid the sparkling Waves in glee —
    A Poet could not but be gay
    In such a laughing company:
    I gaz'd — and gaz'd — but little thought
    What wealth the shew to me had brought.

    For oft when on my Couch I lie
    In vacant or in pensive mood,
    They flash upon that inward eye
    Which is the bliss of solitude,
    And then my heart with pleasure fills,
    And dances with the Daffodils.

    Who fancied what a pretty sight
    This Rock would be if edged around
    With living Snowdrops? circlet bright!

代表作

诗歌

《湖边夫人》1810

小说

《威佛利》1814
《罗布·罗伊》1817
《艾凡赫》1819

沃尔特·司各特 WALTER SCOTT

生于： 1771年8月15日（苏格兰爱丁堡）；**卒于：** 1832年9月21日（苏格兰罗克斯堡阿伯茨福德）

风格和流派： 司各特是浪漫主义小说家和诗人，他热爱苏格兰历史和传奇故事，并以此为基础创作出许多作品。

　　沃尔特·司各特爵士是一位杰出的作家，他创作的华丽而浪漫的爱情故事，以广受欢迎的小说《艾凡赫》和《威佛利》为代表，故事以苏格兰历史为蓝本。他的戏剧和小说作品，不仅再度唤醒了英国内外的公众对苏格兰高地的兴趣，也推广了历史小说这种文学流派。

　　司各特创作了大量小说、诗歌和文学评论，而他的散文小说在他生前尤为流行。第一次世界大战之后的很长时间，他的作品都饱受攻击，被评价为内容浮躁，胡乱堆砌，而且缺乏幽默感。尽管如此，从那时起他就被称赞为历史小说的大师。**TamP**

代表作

诗歌

《夜之赞歌》1800

非虚构类作品

《基督教或欧洲》1799

片段

《花粉》1798
《信仰与爱》1798

诺瓦利斯 NOVALIS

原名： 弗雷德里希·利奥波德·冯·哈登贝格（Friedrich Leopold von Hardenberg）

生于： 1772年5月2日（德国上维德施泰德）；**卒于：** 1801年3月25日（德国魏森费尔斯）

风格和流派： 德国浪漫主义的奠基人诺瓦利斯是一个多才多艺的诗人、哲学家和神秘主义者，他倡导更为自由的文学表达形式。

　　诺瓦利斯是剧作家和诗人弗雷德里希·冯·席勒的忠实拥趸，他在莱比锡大学求学期间见过席勒。后来他成为了德国浪漫主义运动早期最重要的代表之一，他的诗歌和散文表达了生命的象征意义传递出的神秘主义气息。1795年，诺瓦利斯与十三岁的苏菲·冯·屈恩订婚。但是她两年之后死于肺结核，这让他受到了沉重的打击，并因此创作出最著名的作品《夜之赞歌》，他在这些诗中表达出对死亡的渴望，因为只有这样他才能与心爱的人重逢。此后他一直坚持创作，但是大部分作品直到他死时都还没有完成，他二十八岁时同样死于肺结核。**HJ**

塞缪尔·泰勒·柯勒律治
SAMUEL TAYLOR COLERIDGE

生于：1772年10月21日（英国德文郡奥特里的圣玛丽）；**卒于**：1834年7月25日（英国伦敦）

风格和流派：柯勒律治是英国浪漫主义诗人，他因为超自然主义代表作《古舟子咏》而闻名。

柯勒律治是个聪慧早熟的人，他的丰富想象力在早期就受到了当时革命精神的影响。1795年，在布里斯托的一场为在宾夕法尼亚兴建"公社"筹集资金的集会上，他发表的时事演讲——针对奴隶贸易、与法国之间的战争——为他赢得了激情公共演说家和政治激进分子的恶名；他用余生的大部分时间试图洗脱这个形象。

在此期间他遇到了华兹华斯，虽然他们的友情最终破裂，但这段友情促使他创作了最著名的作品《古舟子咏》以及象征主义杰作《忽必烈汗》，他声称自己是在偏远农舍，一边忍受着由鸦片引发的幻觉，一边进行写作。柯勒律治影响最深远的创造是"会话诗"，例如《午夜的霜》和《菩提树下的囚牢》。这两首诗表现了富有想象力的思想的自然流露，对华兹华斯和后世的英国诗歌产生了重要影响。

柯勒律治有许多天赋和追求（他不仅是诗人、文艺评论家、宗教思想家，还是记者、剧作家和哲学家），因此他的成就难以一言以蔽之。从长远角度看，他影响最深远的领域，正是他逐渐试图抛弃的领域即诗歌，这一点颇为讽刺。柯勒律治的才情和前途，毁在了疾病和日益增长的失望情绪上——两者叠加让他愈加依赖鸦片——但是，在自己的朋友查尔斯·兰姆口中，他一直是那个"白璧微瑕的天使"。**ST**

代表作

诗歌

《古舟子咏》1798
《忽必烈汗》1816
《午夜的霜》1798

自传

《文学传记》1817

"他是我所见过的人中，唯一一个符合天才这个定义的人。"

——威廉·赫兹里特

上图：詹姆士·诺斯科特1804年所作的柯勒律治肖像画细节图。

代表作

小说

《理智与情感》1811
《傲慢与偏见》1813
《曼斯菲尔德庄园》1814
《爱玛》1815
《劝导》1818（去世后出版）

简·奥斯汀 JANE AUSTEN

生于： 1775年12月16日（英国汉普郡斯蒂文顿）；**卒于：** 1817年7月18日（英国温彻斯特）

风格和流派： 奥斯汀是一位经久不衰的英国小说家，她的小说极为流行，富于敏锐的社会观察和讽刺评论。

虽然我们对简·奥斯汀的生平知之甚少，但这并不影响我们读她的小说，小说的女主角们活泼有魅力，虽然通常出身贫寒，但总能克服种种困难，获得幸福美满的婚姻。奥斯汀出身于一个牧师的大家庭，成长于汉普郡乡村的上层社会，她从未结过婚，后来英年早逝。多少年来，人们都希望能把奥斯汀写进她自己的小说里，虽然电影《成为简》只是其中一个证明——但它足以证明那些小说具有持久的影响力。

在给一个新人小说家提供建议时，奥斯汀说："一个村子里的三四户人家就是很值得写的对象。"这种模式也是她小说的核心，这些小说体现了她对小型社交圈规范的了解，那个年代许多女性受到家族继承惯例的影响，嫁得好被当做一种更好的生存方式，她对这一点理解尤为深刻。奥斯汀不可避免地要根据求爱的传统对小说的情节进行布局，尽管如此，小说还是展现了她在讽刺和尖锐的社会评论上的过人天赋。小说表面上是关于道德和礼仪，但同时它们更倾向于展现喜剧和戏谑元素。奥斯汀曾经谦虚地跟自己的侄子描述这种写作技巧，她说："我用一支上

上图：简·奥斯汀肖像画，她的妹妹卡珊德拉作，约1810年。

右图：1894年的版画：宾利的妹妹们，取材自《傲慢与偏见》。

等的小刷子，在一小块（两英寸宽）象牙上面工作，我辛勤地劳作却收效甚微。"

　　虽然对日常生活细致的关注是她的强项，却也意味她的小说视野较为狭窄，导致她跟不上当时的文化潮流，在十九世纪尤其是如此。玛格丽特·奥利芬特认为她"为女人的愤世嫉俗提供了良好的宣泄渠道"，但这却与马克·吐温的观点不相同，他评价说"我每一次读《傲慢与偏见》时，都想把她从地下挖出来，拿她自己的腿骨使劲抽她的脑壳"。然而，到了二十世纪，奥斯汀在文化上的崇高地位，让她成为令英国人尊敬的偶像。**ST**

上图：1806年的油画《巴斯的泵房》，约翰·克劳德·纳特斯作。

吉卜林的《简·奥斯汀的崇拜者》

　　1924年，鲁德亚德·吉卜林发表了短篇故事《简·奥斯汀的崇拜者》，以此向简·奥斯汀的作品和影响力致敬。这篇故事发表在《说故事的人》杂志上。

　　它讲述了第一次世界大战中英国士兵的故事，他们蜷缩在战壕之中，通过阅读简·奥斯汀的作品来逃避对战争的恐惧。

　　几乎所有的士兵都在那场战争中死去了——包括吉卜林自己的儿子在内。一个幸存的士兵说起他们对这个故事的评价，"不管你生存的空间多么狭小，也总会有简的位置"。

E.T.A.霍夫曼 E.T.A. HOFFMANN

原名: 恩斯特·西奥多·威廉(1813年改为阿玛迪斯)·霍夫曼(Ernst Theodor Wilhelm)

生于: 1776年1月24日(俄罗斯加里宁格勒);**卒于:** 1822年6月25日(德国柏林)

风格和流派: 霍夫曼写过许多奇异古怪的小说,他是德国浪漫主义运动最重要的代表之一。

代表作

小说

《魔鬼的迷魂汤》1815

《胡桃夹子与鼠王》1816

《雄猫穆尔的生活观》1819-1821

《跳蚤之王》1822

短篇故事

《骑士格鲁克》1809

《金瓶》1814

《睡魔》1817

《遗赠》1817

《总督和多加雷萨》1819

《史库德里小姐》1819

《布兰比拉公主》1820

> "人类总是倾向于人为地设置障碍,阻止自己仰望天空。"

"作为法庭顾问,他工作出色,此外他还是诗人、音乐家和画家,他的朋友们敬上。"E.T.A.霍夫曼的墓志铭如此概括这位浪漫主义天才的生平。而现在,霍夫曼被人铭记则是因为他的奇异故事,例如《睡魔》。这部作品在他的故乡普鲁士和整个欧洲都是畅销书。

霍夫曼在法律界的第一份工作在1806年被迫中断了,他当时是华沙的一名法律官员,拿破仑战胜普鲁士之后,华沙被占领了。霍夫曼拒绝效忠新政府,反而决定以艺术为新职业。起初他是一名音乐指导,后来又成了班贝克的剧作家,此外他还为莱比锡的报纸撰写音乐评论,还已经出版了中篇小说《骑士格鲁克》。

拿破仑战败之后,霍夫曼重新成为柏林的司法官员,之前出版的短篇小说集《幻想曲》已经为他在文学界赢得了声誉。1817年出版的《夜曲》同样取得了成功,书中的恐怖故事《睡魔》讲述了一个精神不正常的年轻人爱上了一个机器人,但最终被迫自杀的故事。《雄猫穆尔的生活观》直截了当地对普鲁士的贵族阶层和柏林的资产阶级进行了戏谑模仿。霍夫曼的讽刺诗不止一次激怒了他的上级,因为他曾在最后一部小说《跳蚤之王》(作于1822年)中讽刺警察署长。所以当年他的死才让自己免于纪律处分。霍夫曼的中篇小说给了雅克·奥芬巴赫灵感,后者创作了歌剧《霍夫曼的故事》。他自己创作的歌剧《水精灵》于1814年在柏林成功首演,被当做德国第一部浪漫主义歌剧。**FHG**

上图:约翰·帕西尼(1798-1874)为霍夫曼所作的版画,作于1821年。

海因里希·冯·克莱斯特
HEINRICH VON KLEIST

全名：贝恩德·海因里希·威廉·冯·克莱斯特（Bernd Heinrich Wilhelm von Kleist）

生于：1777年10月18日（德国奥德河畔的法兰克福）；**卒于**：1811年11月21日（德国柏林火车站）

风格和流派：与克莱斯特的剧作和中篇小说中蕴含的爱情、暴力和幻想最相配的只有他短暂而不平静的一生。

克莱斯特出身于普鲁士的贵族家庭，十五岁时成为国王的精英卫队的一员。他渴望学习，而且厌恶服从命令，所以他的军人生涯不久就结束了。克莱斯特是个不知疲倦的旅行家，是启蒙运动的追随者，但是立场并不坚定，他在人生每一个转折点都会经历梦想的破碎。他跟卢梭有一样的幻想，想到瑞士当个农民，可妻子拒绝与他同行，这段短暂的婚姻因此结束了。他曾经试图从柯尼斯堡步行至德累斯顿，却因为被怀疑是间谍而关进了监狱。他的剧本在生前不太成功，而且伟大的歌德根本拒绝去了解他。克莱斯特与他的灵魂伴侣海莉特·沃格尔双双自杀。**JK**

司汤达 STENDHAL

原名：玛丽-亨利·贝尔（Marie-Henri Beyle）

生于：1783年1月23日（法国格勒诺布尔）；**卒于**：1842年3月23日（法国巴黎）

风格和流派：他大胆的想法和讽刺享乐主义常使作品的复杂性相形见绌；他用各种文学上的手法探求生活和社会中的各种重大问题。

司汤达的作品《红与黑》的中心是一个年轻人的心理斗争，这也反映了作者矛盾的思虑。司汤达的一生中既从政（曾经参军）也写作，他在意大利和巴黎都是众多沙龙和自由思想家圈中的红人。母亲的死给七岁的司汤达造成了很大的影响，所以对爱和幸福的追求成为他作品中反复出现的主题，他在多段情史中都表现得玩世不恭，后来还有一段不幸的孽缘。他的作品受到同时代人的崇拜，现在依旧如此。他将抒情、讽刺和冷嘲热讽与期望和心理洞察相结合，用来表达小说主题和关注重心，引人入胜，沁人心脾。**AK**

代表作

戏剧
《施罗芬施泰因一家》1803
《彭忒西勒亚》1808

中篇小说
《智利地震》1807
《O地的候爵夫人》1808
《米夏埃尔·科尔哈斯》1808
《圣多明戈的婚约》1811
《决斗》1811

散文
《论木偶戏》1810

代表作

小说
《阿尔芒斯》1827
《红与黑》1830
《帕尔马修道院》1839
《红与白》（未完成）1894

自传
《亨利·布吕拉尔的生活》1890
《一个自大者的回忆录》1892

非虚构类作品
《论爱情》1822
《罗西尼传》1823
《罗马漫步》1829

托马斯·德·昆西 THOMAS DE QUINCEY

生于：1785年8月15日（英国曼彻斯特）；**卒于：**1859年12月8日（苏格兰爱丁堡）

风格和流派：德·昆西是著名的作家、散文家和评论家，他因为在《一位英国鸦片吸食者的自白》中对鸦片引起的幻觉的描写而闻名。

代表作

自传

《一位英国鸦片吸食者的自白》1822
《湖畔诗人的回忆》1830-1840

散文

《谋杀是一种艺术》1827

> "我用宗教般的狂热与这种迷人的沉醉做了抗争……"
>
> ——《自白》

托马斯·德·昆西的才华显然在他很年轻的时候就显露了出来。他在古典文学领域尤其有天赋，十五岁时就能用希腊语流利地读写，看起来注定是要走上高深的学术之路。1800年，他进入了曼彻斯特文法学校，为进入牛津大学攻读学位做准备，可是十八个月之后他就逃走了，后来过了一段穷困潦倒的生活。他回家后，再次进入牛津大学，一直到1807年左右再次离开时还是没有取得学位。

在牛津求学期间他第一次开始吸食鸦片，起初是为了抵抗神经性疼痛，后来吸食剂量逐渐增加。1807年，他见到了塞缪尔·泰勒·柯勒律治，不仅跟柯勒律治成为了朋友，还被他介绍给了罗伯特·骚塞和威廉·华兹华斯。德·昆西于1809年搬到了湖区，住进了华兹华斯的旧房子"鸽居"里，在那里大约住了十年。他花光了自己所有的钱，所以开始从事新闻工作，他在接下来的三十年里给各种期刊写文章和评论。1822年，他出版了《一位英国鸦片吸食者的自白》，这部自传体故事集详述了他吸食鸦片成瘾的各种作用。作品立刻取得了很大的成功，也成为他最著名的作品。此后，他继续写文章并且发表了数百篇之多，文章涉及主题广泛，从1853年开始到他去世为止，他都在为这个作品集辛勤工作，作品集结出版名为《自传》。

他的作品对同时代的作家，例如埃德加·爱伦·坡和夏尔·波德莱尔，都产生了重要影响，至今仍拥有大批读者。**TamP**

上图：二十世纪英国画派的托马斯·德·昆西石版画。

拜伦爵士 LORD BYRON

全名：乔治·戈登·拜伦（George Gordon Byron）

生于：1788年1月22日（英国伦敦）；**卒于：**1824年4月19日（希腊迈索隆吉翁）

风格和流派：拜伦是具有传奇色彩的浪漫主义诗人和讽刺作家，他富有异国情调又戏剧性的生活方式和他的作品一样出名。

拜伦爵士的一些作品是十九世纪最著名、最有影响的浪漫主义作品。他的性格和生活方式与他的文学作品如出一辙，他的一生充斥着各种轰动事件，还有包括从乱伦到鸡奸在内的多次指控。尽管如此，或许正因这些丑闻，拜伦才成为浪漫主义英雄和作家的典型代表。

拜伦于1805年进入剑桥大学，不久就发表了第一部重要的诗集《闲散的时光》。但是这本书的评论不佳，所以他发表了《英国诗人和苏格兰评论家》来讽刺和报复他的评论家们。他开始了跨越地中海的修业旅行，同时开始写《恰尔德·哈洛尔德游记》。作品前两章于1812年发表之后立即取得了成功。他紧接着出版了《海盗》，出版当日就售出近一万册。与此同时，拜伦开始了与卡洛琳·兰姆女爵士轰轰烈烈的恋情，然后娶了安妮·伊莎贝拉·米尔班奇，妻子在同年给他生了个女儿艾达，可是不久之后两人就分开了。此时，拜伦私生活的各种琐事已经让他在上流社会名誉尽失。与同父异母姐姐之间有不伦之恋的传言，以及受到财务上的指控，让拜伦受到极大的困扰，他在1816年离开了英国而且再也没有回来。

拜伦和珀西·比希·雪莱、玛丽·沃斯通克拉夫特·雪莱以及克莱尔·克莱门特一起定居在日内瓦，他写完《锡雍的囚徒》之后前往意大利，在那里开始创作史诗《唐·璜》。他居住在热那亚直到1823年乘船前往希腊，帮助希腊人与土耳其人作战。可是他还没有参加任何重要的战役便于1824年死于热病。**TamP**

代表作

诗歌

《英国诗人和苏格兰评论家》1809
《恰尔德·哈洛尔德游记》1812-1818
《海盗》1814
《锡雍的囚徒》1816
《贝波》1818
《唐·璜》（未完成）1819-1824

戏剧

《曼菲尔德》1817

"疯狂、邪恶而且存在危险。"
——卡罗琳·兰姆女爵士评价拜伦爵士

上图：拜伦身穿阿尔巴尼亚服饰的肖像画，托马斯·菲利普斯作于1813年。

詹姆斯·费尼莫尔·库柏
JAMES FENIMORE COOPER

生于： 1789年9月15日（美国新泽西州伯灵顿）；**卒于：** 1851年9月14日（美国纽约州库柏斯敦）

风格和流派： 库柏写过历史小说、航海冒险小说和边疆生活，他的作品对当时的社会和政治形势持批评态度。

代表作

小说

《戒备》1820

《间谍》1821

《拓荒者》1823

《最后一个莫西干人》1826

《草原》1827

《探路者》1840

《杀鹿者》1841

　　詹姆斯·费尼莫尔·库柏是美国第一位重要的小说家之一，他生前就在国际上取得成功，在大西洋两岸都受到广泛赞誉。他的历史传奇小说包罗万象，尤其是对拓荒生活和当时美国的描写，让他成为了美国"国民小说家"的先锋人物；虽然他的作品都是虚构的，但是它们仍为这一时期的美国历史提供了重要的评价。

　　虽然是一名多产作家，但是库柏的名声主要还是因为《最后一个莫西干人》这本书，多亏经过了大荧幕的多次改编，这部作品已经流行了一代又一代。《最后一个莫西

上图：库柏版画的局部细节图，朱利安·利奥波德·波依里作。

右图：1826年版库柏作品《最后一个莫西干人》插图。

18世纪

干人》是构成《皮袜子故事集》的五部作品之一，它描写了一个名叫纳蒂·班波的拓荒者先驱。班波的个性坚毅果敢，不仅是那个时代冒险精神的缩影，也迅速成为公众眼中的英雄。在这些书中，库柏巧妙地运用浪漫化的手法，史诗般地呈现了美洲土著部落与白人定居者之间的关系的画面，虽然描写并不完全准确，但是它们仍旧受到美国本土以及国外读者的极大欢迎和喜爱。

虽然在文学领域取得了成功，但是库柏却是偶然才开始从事写作的。据说有一次他在给妻子大声朗读一本书的时候，突然把书扔到一边说"我能给你写一本更好的书"，于是他的妻子就鼓励他开始创作。他的第一部小说《戒备》受到了好评，小说明显是受到了沃尔特·司各特爵士、艾米利亚·欧佩和简·奥斯汀的历史题材浪漫小说的影响。他的第二部小说《间谍》以美国革命为基础，刚一出版就取得了很大成功。不久之后，他又出版了《拓荒者》，这也是《皮袜子故事集》中的第一部。库柏继续进行大量的创作，他的小说通常都是美国历史故事，主题多为边疆生活的各种挑战和与土地有关的各种冲突，既有白人定居者把土著人赶离自己的土地，也有美国革命期间英国支持者的各种经历。

十九世纪二十年代，声望达到顶峰的库柏和家人来到了欧洲，并且在那里居住了七年。在此期间，他写了《美国人的观念》（1829）以及四部旅行类书籍。他在1833年回到美国，于次年出版了《告国人的一封信》，他在书中对美国的地方主义进行了批评。这些作品以及他在针对记者的诉讼中获胜，影响了他的声望，尽管如此，他的作品还是受到了广泛称赞，而他也成为了美国最伟大的作家之一。**TamP**

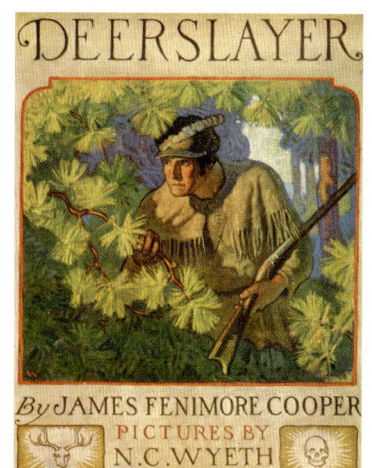

上图：1925年斯克莱布诺出版的《杀鹿者》，N.C.怀斯为本书作插图。

不受欢迎的美国人

尽管库柏的书很受欢迎，但还是难免遭到以马克·吐温为首的评论家的批评，后者还在1895年写了一篇措辞激烈的评论文章《费尼莫尔·库柏的文学之罪》。库柏的作品不仅过度浪漫化，而且缺乏可信度，此外女性角色过于丰满，而且他的个人、社会以及政治观点都是在进行说教，这也是他的批评者们主要抨击的对象。确实，库柏多年来对美国政治进行过尖锐的点评，他认识到美国民主制度存在危机，并在最后一部社会和政治评论文章《美国民主党》中进行了详细阐述，此举让他在一些社交圈里很不受欢迎。然而，他作为美国第一位真正的文学巨匠的地位从未被剥夺，即便受到评论家的批评，他的受欢迎程度依旧不减。

弗朗茨·格里帕泽 FRANZ GRILLPARZER

生于： 1791年1月15日（奥地利维也纳）；**卒于：** 1872年1月21日（奥地利维也纳）

风格和流派： 格里帕泽被认为是奥地利最杰出的剧作家，此外他还写过抒情诗和散文，他的作品主题包括古典世界、中世纪历史和对个人主义根深蒂固的信念。

代表作

戏剧

《女性祖先》1817

《萨福》1818

《金羊毛》1821

《客人的朋友》

《阿耳戈英雄》

《美狄亚》

《奥托卡王的兴衰》1825

《爱与海的波浪》1831

《梦想即生命》1834

《撒谎者的悲哀》1838

"当……有暴民涌进来时……诗人有责任把他们转化为观众。"

——《观众》选自《诗集》

弗朗茨·格里帕泽是奥地利最优秀的作家之一。虽然最广为人知的身份是剧作家，但是他还写抒情诗、散文和中篇小说。他给自己的剧作设定很多背景，包括古代希腊以及中世纪时期，但是他总是将它们与自己所生活的时代相关联起来。

格里帕泽还是个学生时就写了自己的第一个剧本，但却是《女性祖先》这部1817年首演的命运悲剧让他一举成名。他的第二部剧作《萨福》受到了古希腊的启发，这个作品巩固了他的声誉并且被翻译成多种语言。在1822年出版的三部曲《金羊毛》中，格里帕泽引用了多个古希腊故事，包括《客人的朋友》《阿耳戈英雄》和《美狄亚》，其中《美狄亚》是根据《杰森和美狄亚》的故事创作的。

因为有了新的灵感，格里帕泽的历史题材作品开始转向新的时期，他出版了一系列历史悲剧作品，包括《奥托卡王的兴衰》，这部作品完成于1823年，但是由于在审查时出现问题，该剧直到1825年才上演（或出版）。奥地利法庭在审查时对他进行刁难，导致他陷入抑郁之中，而他与未婚妻凯瑟琳·弗洛里希关系破裂则加剧了他的抑郁。虽然精神状态不佳，格里帕泽依然出版了另外两部杰作《爱与海的波浪》和《梦想即生命》。格里帕泽继续以悲剧为主题进行创作，在《爱与海的波浪》重述了赫洛和勒安德尔之间的爱情故事；这部作品被看作是有史以来最杰出的德语爱情悲剧。

后来，格里帕泽开始创作喜剧并且写了《撒谎者的悲哀》；由于作品未受好评，导致他再也没有出版其他剧本，然而在他死后，人们在他的作品中发现了三部完整的剧本。**HJ**

上图：1820年弗朗茨·格里帕泽肖像画印刷品上的细节图。

珀西·比希·雪莱 PERCY BYSSHE SHELLEY

生于： 1792年8月4日（英国西萨塞克斯郡霍舍姆）；**卒于：** 1822年7月8日（意大利里窝那近海）

风格和流派： 雪莱是英国浪漫主义运动中的顽童，他的一生动荡不安，可是他的诗作，集抒情与才气于一体，富有智慧而且逻辑严密。

珀西·比希·雪莱虽然出身于英国社会，但他却用自己短暂的一生与之做抗争。1811年，雪莱因为发表了无神论的小册子而被牛津大学开除，此后他跟十六岁的哈莉特·韦斯特布鲁克私奔，并且失去了继承权。他的家庭生活十分拮据而且很不稳定——1814年，他为了玛丽·戈德温抛弃了哈莉特，后者成为了他第二任妻子。雪莱很快就积极投入到激进的政治活动中，并且终身致力于此。

1818年，为了逃避债主和恶劣的学术氛围，雪莱来到了意大利。早在1816年，他就见到了拜伦，他们成为了被驱逐而流亡的人中最有影响力的人物，他们都离开了英国，而把意大利当安家之所；雪莱在《朱利安与麦达格》中详述了两人的密切关系。雪莱和妻子长期以来都饱受抑郁的煎熬，而孩子们的死也使情况恶化。尽管如此，雪莱在这一时期依然出版了大量作品，他所写的一系列伟大的诗歌作品，既表明了自己哲学和政治理想，也抒发了个人的消沉情绪。

雪莱因为"致云雀"和"西风颂"这样宝石般璀璨的诗篇而受到赞颂。在死后才出版的诗歌宣言《诗辩》中，雪莱宣称他坚信诗人是"世界上不被承认的立法者"；虽然他的很多作品在生前连个读者都没有，但是它们仍旧强烈倡导应该用诗歌的力量让世界变得井然有序。雪莱自己的生活犹如暴风骤雨般杂乱无章；当他溺水身亡时的情形恰好就是这样，他当时乘坐的船被重新命名——船名"爱丽儿"就源自于莎翁的著作《暴风骤雨》中淘气的小精灵。**TM**

代表作

诗歌

"仙后麦布" 1813
"勃朗峰" 1816
"奥西曼迭斯" 1818
"致云雀" 1820
"西风颂" 1820
"阿多尼斯" 1821
"灵魂的分身" 1821
"朱利安与麦达格" 1824
"生命的胜利" 1824

散文

《诗辩》1840

> "诗人是世界上不被承认的立法者。"
>
> ——《诗辩》

上图：《珀西·比希·雪莱肖像画》细节图（1819），艾米利亚·柯伦作。

约翰·克莱尔 JOHN CLARE

生于： 1793年7月13日（英国北安普敦郡海尔普斯通）；**卒于：** 1864年5月20日（英国北安普敦）

风格和流派： 克莱尔是英国的乡村诗人，他低微的出身和后来的精神失常都给他的艺术成就蒙上了一层阴影。

代表作

诗歌

《乡村生活和景色的诗歌描写》1820

《乡村歌手和诗歌》1821

《牧羊人的日历以及乡村故事和诗歌》1827

《乡村缪斯》1835

"我渴望看到这样的地方……在这里，男不蛮横，女亦不喜不悲。"

十九世纪二十年代广受欢迎的约翰·克莱尔是个真正的"农民诗人"，他出身卑微。克莱尔出生于北安普敦郡的乡村，父亲是一个农场工人，他几乎没有受过学校教育，从七岁就开始帮父亲干活。他是一个毫不挑剔的贪婪的读者，十三岁就开始写诗。1817年，还是个园丁的他就尝试发表了一卷作品。

虽然没有任何人订阅这个作品，但克莱尔引起了济慈的出版商的注意，并且于1820年出版了诗作《乡村生活和景色的诗歌描写》。诗歌取得了巨大的成功，可以让克莱尔娶妻生子了。后来他又出版了《乡村歌手和诗歌》，这部作品很不成功，他也被迫重新开始工作来养活日渐壮大的家庭。在他准备第二部作品集的时候，这种困难的处境尤为突出。《牧羊人的日历》不论在商业还是评论上都是个灾难，这主要是因为克莱尔试图依照出版商和公众的所想而写，而不是按照自己的所想而写，结果尝试失败了。克莱尔长久以来心理底线就十分脆弱，这次失败带来的压力，最终让他付出了沉重的代价；1837年，克莱尔出版了最后一部作品《乡村缪斯》的两年之后，被送到了埃塞克斯的一个收容所。尽管克莱尔表面上看来在那里过得还不错，但他还是逃走了，并且在五个月之后又被送了回来，而这次他被送到了北安普敦的一个收容所里。他在这里度过了余生，虽然偶尔还进行写作，但是他大部分时间都饱受妄想的折磨。他的大部分诗歌在生前都被忽视了，但是到了二十世纪，评论家又重新对它们进行了评价，现在这些诗歌被视为最能够唤起人们对乡村美景和生活向往的前所未有的杰作。**PS**

上图：英国诗人约翰·克莱尔版画细节。

右图：约翰·康斯特布尔的《锁》描绘了克莱尔诗中的乡村生活。

约翰·济慈 JOHN KEATS

生于：1795年10月31日（英国伦敦）；**卒于**：1821年2月23日（意大利罗马）

风格和流派：济慈是英国浪漫主义诗人，他的诗歌致力于捕捉"想象力的真谛"；作为与拜伦和雪莱同时代的诗人，济慈带着激情以及对美和大自然的热爱进行写作。

代表作

诗歌

《诗集》1817

《恩底弥翁》1818

《无情的妖女》《伊莎贝拉》《圣艾格尼丝之夜》以及其他诗歌 1820

济慈短暂一生中的经济状况一直很不稳定，尽管如此，他还是放弃了已接受了多年的医学训练和光明的前途，致力于诗歌创作。家庭的悲剧也对他的一生产生了决定性的影响：他八岁的时候父亲就去世了，后来肺结核夺去了母亲、哥哥的生命，最后济慈自己（在二十五岁时）也死于肺结核，当时这颗诗界新星才刚刚升起。

在生命的最后几个月，济慈到意大利旅行，为减轻肺结核的症状做最后一搏，他离开了未婚妻范妮·布朗，因为他知道自己可能再也回不来了。济慈的文学生涯短暂而充满激情，他渴望一种富有激情的生活，希望自己拥有卓越的想象力，因此毫无疑问被认为是浪漫主义诗人中的精英。

从早期的十四行诗到最后未完成的"亥伯龙神"诗集，济慈的作品比普通的浪漫主义诗歌更加理智和严谨。十九世纪济慈的诗歌，尤其是"无情的妖女"和"伊莎贝拉"，给包括"拉斐尔前派兄弟会"和"象征主义"者在

上图：济慈的微型肖像画，他的朋友约瑟夫·塞弗恩作于1819年。

右图：约翰·艾弗莱特·米莱的作品《伊莎贝拉》（1848-1849），基于济慈的诗歌而作。

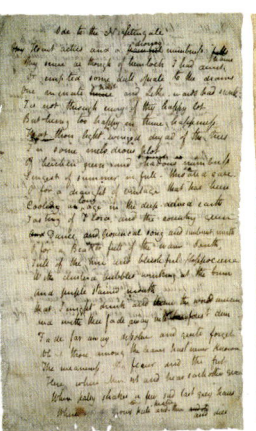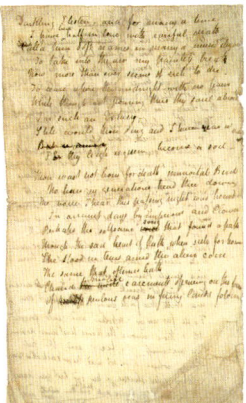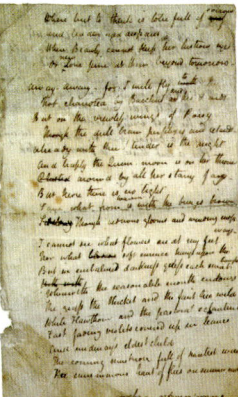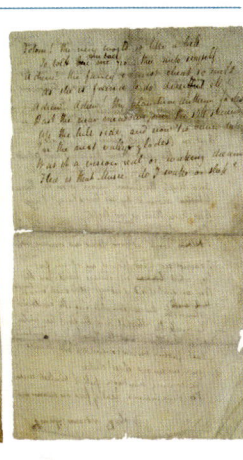

18世纪

上图：济慈的《夜莺颂》手稿（1819）。

内的众多艺术家带来深远影响。即便到了二十世纪，济慈的颂歌仍然对作家和评论家有很大影响。《希腊古瓮颂》的结尾充满神秘感："美就是真，真就是美——这就是全部/你了解这个世界，这就是你所需的了解"——这是英国诗歌中被讨论最多——也是争论最多的诗句。

济慈生性活泼，聪慧过人而且极富同情心，他与其他的作家以及李·亨特这样有影响的文化名人交往甚密。后来还遇到了赫兹利特、华兹华斯和雪莱。他的朋友约翰·汉密尔顿·雷诺兹深深地怀念他，并且评价他"是除了莎士比亚之外，自身具有最大诗性的人"。

虽然他的才能越来越多地受到认可，但是他早期出版的《诗集》和《恩底弥翁》却经常遭到嘲弄，主要是说他出身卑微，说他像"暴发户"一样做作而且粗鄙不堪。雪莱在为济慈写的挽诗《阿多尼斯》中，对大部分人身攻击进行反击，他说"害虫到处都是"，所以济慈的天赋绽放出的"娇嫩的花朵"被"摧残在污泥之中"，毫不奇怪。但是济慈自己设法摒弃了这些言论，把它们当成"当下的一个小插曲——我想我死后一定会跻身于伟大的英国诗人之列"。他说的真是太对了。**ST**

济慈的信

济慈的信件和他的诗歌一样，都极好地展现了自己独一无二的评论才能。这些信中包含大量的信息，表达了他对诗歌的观点，其中包括他对"客体感受力"所下的著名的定义，这是"成功人士"所具有的品质。此外还有一系列具有暗示性质的公理："我认为，诗歌应该适度地运用过度表达，而不是使用奇怪的表达方式，来达到令人惊异的目的——它的措辞应该达到读者自身最高的境界，并用一种近似于回忆的感受对读者造成冲击……"他甚至总结说："如果诗歌不能像树上的树叶那样自然生长，那干脆还是不要作诗了。"

玛丽·沃斯通克拉夫特·雪莱
MARY WOLLSTONECRAFT SHELLEY

原名： 玛丽·沃斯通克拉夫特·戈德温（Mary Wollstonecraft Godwin）

生于： 1797年8月30日（英国伦敦）；**卒于：** 1851年2月1日（英国伦敦）

风格和流派： 她是文学巨匠玛丽·沃斯通克拉夫特和威廉·戈德温之女，还是珀西·比希·雪莱之妻，科幻小说和科学怪人弗兰肯斯坦就是她创造出来的。

代表作

小说

《弗兰肯斯坦——现代普罗米修斯》1818
《最后一个人》1826

儿童故事

《莫里斯——渔夫的小屋》1998

非虚构类作品

《玛丽·雪莱的日记》1947

> "我向公众呈现了薄薄的女巫预言篇中的新发现。"
>
> ——《最后一个人》

上图：1818年所作的哥特小说家玛丽·雪莱肖像画局部细节。

右图：雪莱夫人作品《弗兰肯斯坦》的插图，西奥多·M.冯·霍尔斯特作。

玛丽·雪莱比她的丈夫、更著名的诗人珀西·比希·雪莱，多活了将近三十年，三十年间她顶着来自雪莱家庭的反对，通过写富贵小说来保护他的遗产，养大了他的儿子。虽然在1822至1851年间，她的作品数量十分可观，但让她为人所知的作品主要是《弗兰肯斯坦——现代的普罗米修斯》，极少有文学作品的角色能够流传到现代流行文化中，而这部作品就是其中之一。

哈默的电影让弗兰肯斯坦博士、他创造的怪兽和它所谓的妻子留下盛名，雪莱夫人其他的作品也开始引起关注。她所处的文学环境复原了她的本来面貌：这种环境不仅指在日内瓦湖畔的"迪欧达第"别墅中举行的故事讲习会——约翰·波里杜利在这里创作了小说《吸血鬼》，还有她激进的家庭氛围和父母，社会改革家和作家玛丽·沃斯通克拉夫特和威廉·戈德温。

沃斯通克拉夫特产后不久就死去了，她将自己的女权主义遗传到了女儿的小说中，这些哥特式风格的小说都关注一个棘手的问题：即人类到底是什么。雪莱夫人曾多次流产，而且她的好几个孩子还是婴儿时就死去了。后来她终于在《莫里斯——渔夫的小屋》中当了一次母亲，这部未出版的中篇小说和《弗兰肯斯坦》一样，都描写了繁衍的危险。

在雪莱夫人的启示小说《最后一个人》中，怪兽对接受教育的渴望以及政治辩论上都能看到戈德温的影子。小说中，统治着疫病肆虐的英国的人显然是拜伦爵士。小说形成于一次到"女巫的洞穴"的旅行，作者声称她在被风吹落的树叶上发现了这个故事。雪莱夫人的作品同样具有前瞻性，但也同样不受重视。**SM**

海因里希·海涅 HEINRICH HEINE

全名： 克里斯蒂安·约翰·海因里希·海涅（Christian Johann Heinrich Heine）

生于： 1797年12月13日（德国杜塞尔多夫）；**卒于：** 1856年2月17日（法国巴黎）

风格和流派： 海涅是犹太裔德国浪漫主义诗人和政治记者，他把能摧毁一切的聪明智慧和与之毫不相配的抒情的才艺结合在一起。

代表作

诗歌

《诗歌集》1827
《德国，一个冬天的童话》1844
《新诗》1844
《阿塔巨魔：夏夜之梦》1847

非虚构类作品

《哈尔茨山游记》1826
《游记》1826-1831
《法国的状况》1832
《浪漫派》1836
《莎士比亚笔下的少女与女人》1838

> "无论我的诗是受到褒扬还是批评，都跟我没什么关系。"

　　没有哪个德国作家能像海因里希·海涅一样，纵有过人的智慧和充满悲剧性的无忧无虑，仍旧要忍受艺术与政治之间的巨大矛盾。海涅1797年出生于一个德国的犹太家庭，本名是"哈里"，这个年轻的诗人继承了浪漫主义的美学和怀旧传统，因为他认为政治索然无味。海涅利用浪漫主义让政治与浪漫主义运动相融合，使这场运动不仅被彻底颠覆，还达到了不可超越的极限。他的大部分诗歌都被罗伯特·舒曼和别的作曲家谱了曲，弗雷德里希·尼采还因此称他为第一位德语艺术家。

　　在商业上取得成功之后，海涅于1825年取得了法律学位。他改信路德教，试图避免自己因犹太人的身份而在德国遭到学术上的排斥，但是他的局外人的身份对其文学创作有着持续不断的重要影响。作为诗人，他剥去了德语神圣的外衣，并且将日常用语融入诗中，而作为记者，他专栏——当时受到文学界的蔑视——变成了一种富有政治性的艺术形式。德国的媒体法律越来越严格，在此压力之下，海涅在1831年的七月革命之后来到了巴黎。四年之后，他的作品连同"青年德意志"运动其他成员的作品，在普鲁士和奥地利完全遭禁，但是当局进行镇压的疯狂举动，难以阻止海涅的声音传到"欧洲维新"运动的革命活动家耳中。在匈牙利，他的仰慕者卡尔-玛利亚·柯本尼在1849年写给他的信中，说："你将会随着欧洲一起死去，可是高贵健康的青年人们将会带你进入新的世界，那时你将成为家庭的守护神而受人膜拜。" **JK**

上图：《海因里希·海涅肖像》（1831），莫里茨·丹尼尔·奥本海姆（1800-1882）作。

亚历山大·普希金 ALEKSANDR PUSHKIN

生于：1799年6月6日（俄罗斯莫斯科）；**卒于**：1837年2月10日（俄罗斯圣彼得堡）

风格和流派：普希金的作品优美抒情、细致（通常是浪漫）的情节与敏锐的政治主题相交织，使得作品生动而且富有戏剧张力。

亚历山大·普希金的一生都充满了极大的反差。虽然他刚发表第一首诗就被称为文学天才而流芳千古，但是他却因为自己的肤色而遭到歧视——他的曾祖父曾是非洲奴隶，后来因为得到彼得大帝的喜爱而受封为贵族。

普希金总是容易引起争议。他写作"自由颂"的时候只有二十岁，这部作品惊醒了沙皇亚历山大一世，所以普希金被强制流放——尽管是以授予他一个行政职位为幌子——到了远离莫斯科的地方。他的政论作品非常有力量，所以在1825年的十二月党人起义中，叛军都携带着他的作品。事实上，普希金并未参与这场运动，后来他因为害怕遭到指控，惊慌失措地销毁了自己的作品。

诗人的感情生活一直丑闻不断，有传言说他与已婚妇女有婚外情。1831年，他与美丽却轻浮的娜塔莉亚·冈察洛娃结婚，还生了四个孩子。他们的生活总是入不敷出，他们挣得很少，却还得维持生活富足的表象。1834年，他们结识了士兵乔治·丹特士，这个人嫉妒普希金的才华，却倾慕娜塔莉亚的美貌。他不断刺激普希金，还公然声称自己跟娜塔莉亚上了床（实际上却没有证据）。在受到两年的挑衅之后，诗人向他提出决斗，普希金在这场决斗中死去，死时年仅三十七岁。具有讽刺意味的是，诗人最受欢迎的作品《叶甫盖尼·奥涅金》中就以一场情敌之间的决斗戏码为转折点。普希金死后，俄罗斯人都来哀悼他，当局感到了恐慌，他们试图压制人民宣泄情绪，防范叛乱死灰复燃。此后的三十年间，伟大的文学巨匠普希金都无法受到公开的纪念。**LH**

代表作

诗歌

《鲁斯兰与柳德米拉》1820
《自由颂》1820
《叶甫盖尼·奥涅金》1825-1832
《青铜骑士》1833

戏剧

《鲍里斯·戈都诺夫》1831
《莫扎特与萨列里》1830

小说

《彼得大帝的摩尔人》1827

> "为生活制定计划。因为，万物皆尘土，我们终将死去。"
>
> ——"是时候了，我的朋友"

上图：A.P.叶拉金娜根据V.A.特罗皮宁的普希金肖像画原作的临摹作品细节图。

代表作

小说

《阿登高地的副本堂神甫》1822

《人间喜剧》

　《驴皮记》1831

　《欧也妮·葛朗台》1833

　《高老头》1835

　《娼妓的奢华与穷困》1838-1847

"他会在家乡最闪亮的群星中……闪闪发光。"

——维克多·雨果评价巴尔扎克

奥诺雷·德·巴尔扎克 HONORÉ DE BALZAC

生于： 1799年5月20日（法国卢瓦尔河谷图尔）；**卒于：** 1850年8月18日（法国巴黎）

风格和流派： 巴尔扎克是现实主义文学的奠基人之一，他不仅是十九世纪杰出的小说家和剧作家，还是脱离了理想主义的人类观察家。

　　奥诺雷·德·巴尔扎克是现实主义文学的奠基人之一，他的一生著作颇丰，其中有些作品是用假名发表的。例如，在《阿登高地的副本堂神甫》（使用了贺拉斯·德·圣欧班这个名字）中，他刻画了一个已婚牧师并暗指乱伦的行为，另有一些作品则是匿名发表的。他最主要的作品《人间喜剧》却是用真名发表，它是现实主义作品中最复杂、最令人惊叹的代表作。《人间喜剧》包含约一百部小说，描绘了拿破仑·波拿巴倒台之后，法国城市和乡村中生机勃勃、坚韧不拔的生活情景。这些作品的普世主题，例如爱、政治以及社会习俗等与众多角色反复出现在其很多作品中。

　　巴尔扎克早年的生活麻烦不断，后来他进入了家族朋友开设的律师事务所，三年后他醒悟了，决定要成为一名作家。他的第一部作品，是未完成的喜剧作品《海盗》，后来在1820年他又写了悲剧《克伦威尔》。直到1832年又写了几部小说之后，巴尔扎克才有了《人间喜剧》的构想，第二年他出版了《欧也妮·葛朗台》，这也成为了他第一部畅销小说，然后又在1835年出版了《高老头》，同样取得了成功。

　　巴尔扎克如饥似渴地一直工作到生命的终点，他毕生之作的基调从暗淡沮丧逐渐演变，变得越来越有积极性，但他还是坚定地以现实主义为根本，对人类进行观察。他的作品对文学的发展产生了重要的影响，影响了包括古斯塔夫·福楼拜、马塞尔·普鲁斯特、埃米尔·左拉、查尔斯·狄更斯和亨利·詹姆斯在内的众多作家。**TamP**

上图：《身着修士服的奥诺雷·德·巴尔扎克》肖像画，路易·布朗热作于1829年。

亚历山大·仲马 ALEXANDRE DUMAS

原名： 仲马·戴维·德·拉·巴叶特里（Dumas Davy de la Pailleterie）

生于： 1802年7月24日（法国埃纳省维勒-科特莱）；**卒于：** 1870年12月5日（法国滨海塞纳省迪耶普普维）

风格和流派： 作家大仲马在他的连载小说中，用扣人心弦的故事描写了骑士精神和果敢的行为，复兴了法国历史传奇故事。

亚历山大·仲马一直是最受欢迎的法国作家之一，他的许多小说后来都成了电影大片。他是最早开始写连载小说的作家之一，十八世纪三十年代媒体审查制度日趋严格导致杂志发行量急剧增加，而且公众希望读到引人入胜的冒险故事，大仲马从中受益颇多。他几乎依靠一己之力重新振兴了法国历史小说，他在作品中把事实与虚构相结合，吸引了大批读者。

他早期最成功的作品之一就是《亨利三世及其宫廷》，在大量小说和文章之外，大仲马又写了一些剧本。1838年，他改写了自己其中一个剧本《保罗上尉》，使之成为自己的第一部连载小说，在其成功的基础之上，他成立了一个雇员众多的制作团队，他们在大仲马的监督下创作了许多故事。他还与别人合作创作小说，其中最著名的合作者就是奥古斯特·马凯，马凯没有在这些作品上署名，但是他对连载作品进行概述，而且还确定了《三个火枪手》和《基督山伯爵》的情节，同时大仲马则进行细节和对话描写。

因为生活方式奢侈放纵而且情史丰富，大仲马曾经数次把财产用得一干二净。由于信誉不佳而且不讨拿破仑三世的欢心，他在1851年逃到了布鲁塞尔，然后又旅行到了俄罗斯，最后到了意大利。为了寻求冒险，他参加了统一意大利的战斗，还创办了《独立》报。后来，他在那不勒斯做了博物馆长，在那里生活了四年，直到1864年才回到法国，继续着一边工作一边挥霍的生活。**TamP**

代表作

小说

《保罗上尉》1838
《三个火枪手》1844
《基督山伯爵》1845-1846
《布拉热洛纳子爵》1847
《黑郁金香》1850

戏剧

《亨利三世及其宫廷》1829
《安东尼》1831

非虚构类作品

《著名的罪行》1839-1840

"一切人类智慧都可以归结为⋯⋯两个词，即'等待'和'希望'。"

——《基督山伯爵》

上图：大仲马肖像（约1825-1830），被认为是欧仁·德拉克罗瓦所作。

维克多·雨果 VICTOR HUGO

全名： 维克多-玛丽·雨果（Victor-Marie Hugo）

生于： 1802年2月26日（法国贝桑松）；**卒于：** 1885年5月22日（法国巴黎）

风格和流派： 雨果是社会良知的代表，他对传统文学价值观的激进的阐释，恰好反映了他进行创作的那个时代的政治氛围。

1800-19

代表作

小说

《冰岛凶汉》1823
《巴黎圣母院》1831
《悲惨世界》1862
《海上劳工》1866
《九三年》1874

戏剧

《克伦威尔》1827
《欧那尼》1830
《吕布拉》1838

诗歌

《惩罚集》1853
《世纪的传说》1859-1883

虽然在法国被尊为诗人，但却是因小说而被世界上其他国家的人民铭记——主要是《钟楼怪人》（即《巴黎圣母院》）和《悲惨世界》——他，就是法国浪漫主义的代表人物雨果。作为法学的毕业生，他受到弗朗索瓦-勒内·德·夏多布里昂的作品的影响，并且一直致力于效仿他。二十一岁时，他出版了自己的第一部小说《冰岛凶汉》，并且引起了记者查尔斯·诺蒂埃的关注，后者将他介绍进入浪漫主义作家的小圈子。他创作了一系列重要的诗歌和剧本，包括从未登上舞台的诗体戏剧《克伦威尔》，这部作品有个很长而且具有煽动性的前言，敦促作家们抛弃古典悲剧的行事规则，知识分子阶层对此产生了激烈的分歧。作为对浪漫主义之原则发表的宣言，它的意义远比作品本身重要得多。

他的下一个剧本《欧那尼》取得的成功为法国文学开辟了全新的道路。而小说《钟楼怪人》则让他有了更大的名望。小说讲述了道德败坏的副主教克劳德·孚罗诺的故事，他计划绑架吉普赛少女埃斯美拉达，却被驼背敲钟人卡西莫多挫败，而卡西莫多也从俘获少女的人变成了她的救星。由于巴黎大教堂的哥特式建筑在小说中有举足轻重

上图：维克多·雨果肖像画细节图，莱昂·博纳（1823-1922）作。

右图：1886年《悲惨世界》出版时的广告海报，朱尔·谢雷作。

上图：朗·钱尼在《钟楼怪人》（1923）中饰演卡西莫多。

的地位，所以小说不仅在国际范围内都取得了成功，还在国内掀起了保护杰出建筑的运动。

雨果运用剧本来宣扬自己的政治和社会理想，一个密集创作期随之而来。1848年，他当选为法国议会的议员，但是拿破仑三世的批评却让他遭到流放。在此期间，他的《悲惨世界》取得了空前的成功，它不仅是一部讲述社会不公正现象的史诗巨著，还对善恶的本质做了研究。小说的中心情节是，改过自新的罪犯冉阿让虽然偿清了自己对社会背负的债务，却始终遭到侦探沙威的冷酷追捕，后者拒绝让冉阿让忘记自己的过去。故事的背景虽然设定在巴黎的下层社会和革命时期的法国，但它仍使今天的观众为之着迷。雨果死后享受了国葬，他的遗体被安放在巴黎"先贤祠"。**SG**

《欧那尼》之战

《欧那尼》于1830年2月在巴黎首演之际，浪漫主义者和古典主义者之间的战线就正式拉开了。雨果预料到保守派会进行恶意攻击，所以他用策略将自己的支持者们安排在法国剧院的各个角落，让他们能够与反对的声音作斗争。只要保守派的支持者一发嘘声，新派的战士们就开始鼓掌。虽然发生的打斗使恐慌席卷了剧院，演出依然没有停止。最后，虽然浪漫主义者在人数上不占优势，但是他们确保喝彩声盖过了嘲笑声，将胜利送给了雨果。

拉尔夫·瓦尔多·爱默生
RALPH WALDO EMERSON

生于：1803年5月25日（美国马萨诸塞州波士顿）；**卒于**：1882年4月27日（美国马萨诸塞州康科德）

风格和流派：爱默生的作品主题包括对神圣个体的信仰，他注重原创性，还将自然视为进行伦理教育的源泉。

代表作

诗歌

《康科德之歌》1837
《杜鹃花》1847
《诗集》1847
《五月及其他诗作》1867

散文

《论自然》1836
《论美国学者》1837
《神学院演讲》1838
《论自助》1841
《论文，第一系列》1841
《论文，第二系列》1844
《代表人物》1850
《生活之道》1860

> "凡将成为真正男人的人，都不能是墨守成规者。"
>
> ——《论自助》

　　拉尔夫·瓦尔多·爱默生有生之年就是美国最重要的学者之一，时至今日他仍然是最有影响的美国思想家。他倡导新的国家文学形式，尤其关注已经被美国社会广泛接受的新艺术形式，包括赫尔曼·梅尔维尔、沃尔特·惠特曼和艾米丽·迪金森在内的众多伟大作家都受到了启发。《论自助》是他的作品中读者最广泛的作品，他劝诫读者们在关注社会期待值或者是宗教信仰之前，应该多关注自己的"内在准则"。真正神圣的是个人，而非机构或是制度。

　　爱默生出身于一个旧式清教徒家庭，看起来注定是要当一名传教士的。他的父亲是一位论派牧师，父亲死后爱默生被虔诚的母亲和脾气古怪但聪慧过人的姑姑抚养成人。爱默生在成长为哲学家的过程中，与宗教正统性决裂的事件一直与其相伴。1832年，他辞去了波士顿第二教堂的牧师职务，因为他不能够很好地管理圣餐事务。六年之后，他的一番演讲震惊了哈佛神学院，演讲中他攻击了基督的神圣地位，他坚称上帝是每一个男女的化身。爱默生不再留在波士顿，他来到了附近的康科德，开始以写散文、作诗和发表演讲为职业。

　　虽然强调生活贴近自然的重要性，但爱默生更是一个精通世故的人。作为演说家，他在公众中赢得了极高的声誉，在美国本土和欧洲进行过多次演说之旅。虽然他主要的兴趣是在伦理和宗教上，但是他对若干政治问题都十分坦率：他强烈反对奴隶制度就是自己深信个人自由的宣言。**CT**

上图：十九世纪美国画派的爱默生肖像画局部。

纳撒尼尔·霍桑 NATHANIEL HAWTHORNE

原名：纳撒尼尔·霍索恩（Nathaniel Hathorne）

生于：1804年7月4日（美国马萨诸塞州萨勒姆）；**卒于**：1864年5月19日（美国新罕布什尔州普利茅斯）

风格和流派：霍桑是一位小说家，他对美国进行丰富的刻画，并成为最早受到世界舞台广泛认可的作家之一。

如果下达创作"美国最伟大的小说"的命令，至今仍是对所有美国作家能力的挑战的话，那么纳撒尼尔·霍桑就是最早挑战成功的作家之一。当霍桑的第一部小说《红字》出版的时候，美国人的书架上还满是从大西洋对岸流传过来的作品；这部小说几天之内售罄并且成为了畅销书。但是，他取得成功的部分原因可能是小说对欧洲人在新世界有何发现着墨不多，恰恰相反，小说主要描写了欧洲人给新世界带来的影响。

小说《红字》讲述了在马萨诸塞州殖民地发生的一起通奸丑闻，它的主题就是坚决的美国人，作者在开始创作这部小说的时候就意识到，任何一个乌托邦式的社会的首要任务就是为公墓和监狱选址。在思想上，霍桑与同时期的超验主义作家拉尔夫·瓦尔多·爱默生和沃尔特·惠特曼基本一致，霍桑的小说让马萨诸塞的质朴美景焕发出生机，他用满含同情的笔刻画了遭到抛弃的海斯特·白兰，她也因此成了女权运动的先驱。

还在艰苦奋斗时期的年轻作家霍桑曾在海关任职，后来这里成了《红字》的自传体前言的故事背景地。他还在布鲁克农场这个乌托邦生活过不长时间，并且将这段经历写进了自己的第三部小说《福谷传奇》中。与霍桑其他的小说一样，这部小说虽类似于寓言故事，但是却更加关注任何可能出现的争论，以及那些意料之外而且无法形容的故事。也许是霍桑推动了美国小说的形成，而他自己已经在这个领域取得了超越。**SY**

1800–19

代表作

小说

《红字》1850
《带七个尖角的阁楼》1851
《福谷传奇》1852
《玉石人像》1860
《多利弗的浪漫史》1863

短篇故事

《重讲一遍的故事》1837
《古宅青苔》1846
《雪影和其他故事新编》1852
《探戈林的故事》1853

"纯洁这个词本身，就是霍桑的写作风格。"

——埃德加·爱伦·坡

上图：查尔斯·奥斯古德于1840年给美国作家纳撒尼尔·霍桑作的肖像画。

乔治·桑 GEORGE SAND

原名：阿曼汀·奥罗尔·露西·杜邦（Amantine Aurore Lucile Dupin）

生于：1804年7月1日（法国巴黎）；**卒于：**1876年6月8日（法国安德尔省诺昂）

风格和流派：乔治·桑是一位具有自由思想的女性小说家，她的作品以田园生活为主题、角色不落俗套而且对话描写具有现实意义。

"生活中唯一快乐的事情就是，爱与被爱。"

——致莉娜·卡拉玛塔的信，1862

作为一个有着自由思想的著名女性小说家，乔治·桑的生活方式和她的作品一样出名。她不仅把男人的名字当做自己的笔名，还经常穿男装，还让别人喊她"我的兄弟"。她在自己的那个年代已属非同寻常，因为不论是男人还是女人都仰慕而且乐于阅读她的作品。与她同时期的伊丽莎白·巴蕾特·勃朗宁写了一首诗，名字就叫《致乔治·桑：心愿》（1844），诗歌把这个法国女人描写成"既是一个有聪明头脑的女人，又是个有宽广胸怀的男人"。

乔治·桑主要是由祖母抚养长大，祖母的强势个性对乔治·桑和她笔下的角色都有影响。她们生活在巴黎南部诺昂的家中，乔治·桑曾经专门在作品中描写过这里。按照祖母的意愿，乔治·桑还在修道院里生活了两年。她的祖母于1821年去世，1822年，十八岁的乔治·桑嫁给了一个年长她几岁的男爵，还生了两个孩子。但是这段婚姻很不幸福，所以九年后她抛夫弃子来到巴黎。

乔治·桑给包括《费加罗报》在内的出版物写文章，从而开始了自己的文学生涯。她用朱尔斯·桑为笔名出版了第一部小说《玫瑰和布兰奇》——这部作品是她与当时的爱人朱尔斯·桑多合作完成的。后来桑的爱情开始变得和她的作品一样出名；她拒绝婚姻，而是相信自由的爱情。她最著名的恋爱对象是作曲家弗雷德里克·肖邦；她的作品《马略卡岛的冬天》讲述的就是两人在岛上几个月的生活经历。她的作品和生活方式对促进法国妇女解放有积极作用。**LH**

上图：《乔治·桑肖像画》细节图，奥古斯特·夏庞蒂埃（1813-1880）作。

伊丽莎白·巴蕾特·勃朗宁
ELIZABETH BARRETT BROWNING

原名：伊丽莎白·巴蕾特·莫尔顿-巴雷特（Elizabeth Barrett Moulton-Barrett）

生于：1806年3月6日（英国达拉谟郡）；卒于：1861年6月29日（意大利佛罗伦萨）

风格和流派：勃朗宁是维多利亚时代的诗人，她丰富的想象力对那个时候的社会约束——以及她糟糕的健康状况，都是一剂良药。

伊丽莎白·巴蕾特·勃朗宁生在维多利亚时代的贵族之家，实属不幸；即便到了四十岁，她还是被父亲保护得严严实实，所以她不得不偷偷跟罗伯特·勃朗宁结婚，然后独自回到自己家中度过了新婚之夜。当时她已经是著名的诗人了，而丈夫的名声直到她去世多年之后才超越了她。他们之间的通信独特而引人注目，人们有机会一窥这对杰出的创作搭档之间的关系进展。

勃朗宁鼓励妻子出版自己写给他的十四行诗，这些诗创作于他们恋爱期间。这些诗集结成《葡萄牙人的十四行诗集》，在那个十四行诗风行的时期，这部诗集称得上最伟大的一部作品。勃朗宁夫妇逃到了意大利，"伊·布·巴"（她决定这么称呼自己）的才华在这里得到了发展，因为一批从英国和美国遭到驱逐的作家决定以佛罗伦萨为安家之所，他们营造了理想的学术氛围。她对共和党人的同情在《圭迪的窗子》中体现得淋漓尽致，她促进了意大利的国家主义在革命时代的发展。同样是在佛罗伦萨，她开始对唯灵论产生兴趣，但是她的追求激怒了勃朗宁，这给他们平静美满的婚姻留下了一丝阴影。

伊·布·巴最伟大的诗歌成就是诗体小说《奥罗拉·利》。这是一部半自传体作品，因为它讲述了维多利亚时代一个女诗人大胆的艺术发展之路，她的事业受到维多利亚时代种种苛刻评论的阻碍。伊·布·巴需要克服很多障碍才能表达自己的想法——更不用说为她充满激情的作品找到支持者了。在意大利，她的健康状况一直非常糟糕，幸福的时光短暂而又真实；1861年，她在丈夫的臂弯中离世。**TM**

代表作

诗歌
《〈论心智〉及其他诗作》1826
《诗集》1844
《葡萄牙十四行诗集》1850
《圭迪的窗子》1851
《奥罗拉·利》1856
《议会前的诗篇》1860
《最后的诗篇》1862

> "我是怎样地爱你？诉不尽千言万语。"
>
> ——《葡萄牙人的十四行诗集》

上图：托马斯·布坎南·里德于1853年作的勃朗宁夫人肖像画细节图。

亨利·沃兹沃斯·朗费罗
HENRY WADSWORTH LONGFELLOW

生于： 1807年2月27日（美国缅因州波特兰）；**卒于：** 1882年3月24日（美国马萨诸塞州剑桥）

风格和流派： 朗费罗用令人难忘的押韵和爱国主义的主题，创作出旋律优美的诗歌；他还十分喜爱语言、历史和神秘主义。

亨利·沃兹沃斯·朗费罗是美国最早受到认可的诗人，他对英语语言的影响一直持续着；他杜撰的许多短语，已经成为了习惯用语——比如"ships that pass in the night"（萍水相逢）和"into each life some rain must fall"（人生都得逢上阴雨）。他读书时与纳撒尼尔·霍桑是同窗好友，之后他进入文学圈，对查尔斯·狄更斯和阿尔弗雷德·丁尼生勋爵帮助很大。

朗费罗出身于富裕的家庭，他的父亲是一名律师。他十三岁时写了第一首诗，并且在本地报纸上发表。大学毕业后，他游历欧洲去学习语言。他是个出色的语言学家，从欧洲返回美国之后，他开始在包括哈佛大学在内的高等学府任教。他在1831年结婚，可是妻子四年之后便死去了。1843年，他再婚了，这段美满的婚姻让他有了五个孩子，可是1861年他的第二任妻子也悲惨死去，丧命于裙子着火引发的一场火灾。

朗费罗的诗歌灵感源自于北美的丰富的历史。他是北美土著权益和废除奴隶制的热情支持者；他创作的史诗巨著《海华沙之歌》是对这个遭受了严重侵蚀的文化的献礼。此外，朗费罗还翻译古典文学作品，包括荷马史诗《奥德赛》以及但丁的《神曲》。朗费罗的声望如此之高，所以在他七十岁生日时举行了全国性的庆祝活动。他获得在伦敦威斯敏斯特教堂的"诗人角"拥有纪念碑的荣誉——这种荣誉原本只为英国作家保留。**LH**

代表作

诗歌

《夜之声》1839
《盔甲里的骷髅》1840
《民谣及其他》1842
《金星号的沉没》1842
《奴役篇》1842
《伊万杰琳》1847
《海边与炉边》1850
《海华沙之歌》1855
《保罗·里维尔的夜奔》1861
《路边客栈的故事》1863
《潘多拉的面具及其他》1875
《天涯海角》1880
《在港口》1882

> "所有的力量都源于团结，所有的危险都源于不和。"
>
> ——《海华沙之歌》

上图：美国诗人亨利·沃兹沃斯·朗费罗油画细节图。

杰拉德·奈瓦尔
GÉRARD DE NERVAL

原名: 杰拉德·拉布吕尼（Gérard Labrunie）

生于: 1808年5月22日（法国巴黎）；**卒于:** 1855年1月26日（法国巴黎）

风格和流派: 奈瓦尔是法国浪漫主义诗人、翻译家、短篇小说家，他所进行的文学尝试使自己成为了象征主义的先驱。

杰拉德·德·奈瓦尔原名杰拉德·拉布吕尼，他简直就是"讨厌的诗人"的代名词，他相信自己是古罗马皇帝涅尔瓦的后裔，所以才用了这个假名。奈瓦尔的父亲是拿破仑一世部队的军医，他的母亲在他两岁时就去世了，所以他由居住在法国乡下的一个叔祖父抚养成人。他的父亲从1814年的半岛战争归来之后，父子二人搬到巴黎生活。他在那里认识了一些放荡不羁的朋友，包括夏尔·波德莱尔、泰奥菲尔·戈蒂耶和大仲马，这些人都是吸食毒品的"哈希什俱乐部"的成员。

奈瓦尔在十九世纪二十年代崭露头角，当时他出色地翻译了约翰·沃尔夫冈·冯·歌德的《浮士德》（1808），译本让歌德本人都十分满意，作曲家埃克托·柏辽兹还在他的作品《浮士德的刑罚》（1846）中引用了译文。可是，奈瓦尔投资生意时赔光了自己的全部财产，后来还爱上了歌手和女演员玛格丽特·珍妮·科隆，可是她并不爱他。所以从1841年开始，他的精神状况开始不稳定，据说他曾经带着宠物龙虾出去散步，最终还是精神失常，被送进了一所疯人院；1853年到1854年间，他再次被送入疯人院，后来他在《奥雷莉亚》中讲述了自己精神失常的经历。

他的诗以象征主义为特征，例如十四行诗《怪物》，此外，他十分迷恋梦境，他认为梦是通往隐形世界中另一种生活的旅程，包括马塞尔·普鲁斯特、安托南·阿尔托、路易·阿拉贡、安德烈·布列东和T.S.艾略特等一代又一代作家都受其影响。后来他在阴沟的栅栏上自缢身亡。**RC**

代表作

短篇故事
《火的女孩》1854

诗歌
《怪物》1854

非虚构类作品
《东方航行》1851
《奥雷莉亚》1855

> "此生就像是一个简陋的茅舍，一个声名狼藉的污秽之地。让上帝见我在此地，让我深感羞耻。"

上图：法国作家奈瓦尔在巴黎的照片，摄于1852年。

埃德加·爱伦·坡 EDGAR ALLAN POE

原名： 埃德加·坡（Edgar Poe）

生于： 1809年1月19日（美国马萨诸塞州波士顿）；**卒于：** 1849年10月7日（美国马里兰州巴尔的摩）

风格和流派： 坡是诗人、短篇小说家和散文家，他的故事充满神秘主义，而可怕的死亡主题则重新定义了"美式哥特风格"。

代表作

短篇故事

《红死病的面具》1838
《厄舍府的没落》1839
《莫尔格街凶杀案》1841
《陷阱与钟摆》1842
《告密的心》1843
《失窃的信》1845
《一桶阿蒙蒂亚度酒》1846

诗歌

《帖木儿及其他》1827
《诗集》1831
《乌鸦》1845
《安娜贝尔·李》1849

虽然威廉·卡洛斯·威廉姆斯把他称为第一位真正的美国作家，但是埃德加·爱伦·坡在国内却并不算是著名作家，直到他在法国声名大噪几十年之后为止。他说故事的才华受到同时期作家的认可，可是罗伯特·路易斯·斯蒂文森却对他的写作做出如此评价："他的作品既像不和谐的音符，又像一块我们不屑一顾又叫不出名字的污渍。"让他具有这种奇异特质的部分原因是，人们难以辨别到底是作者受到这样的精心栽培，还是他精神有问题。在这个人们刚刚对自己的心智开始产生怀疑的年代，这种品质就是让坡的作品能够引起共鸣的原因。

坡尝试过多种多样的流派，并开创了其中一些流派——例如科幻小说、侦探小说以及恐怖小说等等。但是坡的完整的作品可以直接归纳为一大卷。这卷书将会包含

上图：埃德加·爱伦·坡肖像照片细节图，摄于约1848年。

右图：亚瑟·拉克姆的作品《福图那多和蒙特莎》，取材自《一桶阿蒙蒂亚度酒》。

154

1800-19

过去两个世纪中一些最有影响的文学作品，这些作品就是他掌握了故事结构和保守陈述技巧的有力证明。《告密之心》的主角仅仅因为不喜欢某个人的眼睛就要杀人的时候，书中仅有一些轻描淡写的叙述；这个小故事描绘的精神错乱看似平淡无奇，实际上却生动而且令人恐惧。这种感觉在他的诗歌中尤其强烈，其中最著名的例子就是《乌鸦》和《安娜贝尔·李》，这两首诗中简单的措辞和起伏的韵律，为描写深层次的复杂心理设立了框架。坡最好的作品《厄舍府的没落》和《陷阱与钟摆》就有这种特点。在这些诗中，故事背后蕴藏的信息比故事的表象可能更多，但是它们却给读者留下这种印象，即：最好不要深究这背后的故事。**SY**

上图：古斯塔夫·多雷为《乌鸦》（十九世纪）所作的插图。

早期的神探

坡的小说中有一个反复出现多次的形象：C.奥古斯特·杜邦，他就是一种文学流派——"侦探小说"最早期的代表之一。在四部杜邦小说中，最著名的是《失窃的信件》和《莫尔格街凶杀案》，小说讲述了杜邦如何运用观察力和逻辑思维帮助巴黎警方，为不可能解决的问题推导出不可思议的解决办法。与后来的夏洛克·福尔摩斯用理性思考解密未知不同的是，坡笔下的杜邦给读者留下的答案比之前的问题更令人不安。

尼古拉·果戈理 NIKOLAY GOGOL

全名：尼古拉（或尼古莱）·瓦西里耶维奇·果戈理（Nikolay Vasilievich Gogol）

生于：1809年3月31日（乌克兰波尔塔瓦州索罗庆采）；**卒于：**1852年3月4日（俄罗斯莫斯科）

风格和流派：果戈理以讽刺幽默、敏锐的观察、超现实主义、政治讽刺、滑稽的情境和英雄主义的角色而闻名。

代表作

小说
《战国群雄》1835
《死魂灵》1842

短篇故事
《狄康卡近乡夜话》1831-1832
《米尔哥罗德》1835
《狂人日记》1835
《鼻子》1836
《外套》1842

戏剧
《钦差大臣》1836
《婚姻》1842
《赌徒》1843

非虚构类作品
《尼古拉·果戈里的书信》1967

　　作为一名实验作家，果戈里时至今日最出名的还是伟大的原创作品《狂人日记》。他受到了俄罗斯的文学大师以及沃尔特·司各特爵士的影响，而他的作品则影响了托尔斯泰、陀思妥耶夫斯基、纳博科夫以及卡夫卡。他的作品早于超现实主义运动之前的几十年便出现了——例如《鼻子》，它讲述了一个鼻子想从脸上分离出来，尝试独立生活的故事。

　　果戈里出身于一个富裕的家庭，在他成长的地方，巨大的贫富差距造成了深深的鸿沟。果戈里决心成为诗人，所以他搬到了圣彼得堡，他在那里还玩票似的做过演员。他在政府部门当了一个下层小官，直到1831年成了一个历史老师。同年，果戈里见到了自己的偶像之一——诗人亚历山大·普希金，两人成了朋友，普希金对果戈里的文学品味产生了影响，他说服果戈里坚持出版自己的第一部书——短篇小说集《狄康卡近乡夜话》。普希金还在自己的杂志中介绍了果戈里。三年后，果戈里成为了全职作家。

上图：奥托·穆勒于1845年给尼古拉·果戈里绘制的肖像画。

右图：俄罗斯画家莱昂·巴克斯特给《鼻子》绘制的插画，1904。

上图：作曲家罗季翁·谢德林的歌剧《死魂灵》（1970）的舞台设计。

果戈里早年在圣彼得堡的生活，让他有了灵感并创作出杰作《钦差大臣》。这个剧本基本上就是个可笑的闹剧，说得再颠覆性一些的它是对官僚主义的一次辛辣讽刺。当时沙皇出席了该剧的首演，他对剧本言辞强烈的评价让果戈里开始担心起自己的安危。所以，他离开了俄罗斯长达十二年之久，他游历欧洲和中东，后来在罗马安定下来并在那里创作了《死魂灵》。这部作品非常成功，所以他以著名作家的身份回到了俄罗斯。果戈里晚年对宗教极为狂热，康斯坦丁诺夫斯基神父对他有深刻的影响，神父让果戈里坚信他的作品亵渎了神明，导致果戈里焚毁了自己的部分手稿。果戈里临死前据说已经疯了，作为《狂人日记》的作者，这实在是非常讽刺。由于他生命的最后几年行为失常，所以谣言满天飞，有谣言说他下葬的时候其实还活着。**LH**

死魂灵

据说是普希金建议自己的朋友创作《死魂灵》的，果戈里于1835年开始写这本书，那一年他放弃了教职成为了全职作家，可是直到他自我放逐到罗马才完成这个作品。普希金提议的想法是，一个男人在俄罗斯四处游历，购买死去的农奴所有权的故事——题中的"农奴"就是这个意思。虽然被称为喜剧，但它实际上控诉了森严的等级制度，以及由此产生的腐败现象——这种腐败现象，果戈里在俄罗斯和罗马都经历过，因为在罗马教皇拥有绝对的权力。

阿尔弗雷德·丁尼生勋爵
ALFRED, LORD TENNYSON

生于： 1809年8月6日（英国林肯郡索姆斯比）；**卒于：** 1892年10月6日（英国萨里郡）

风格和流派： 丁尼生优美流畅的诗歌包含了高尚的主题、中世纪题材和强烈的感情。

代表作

诗歌

《词一样的诗》1830
《夏洛特夫人》1832
《诗集》1832
《食莲人》1833
《诗集》1842
《悼念A.H.H.》1850
《悼惠灵顿公爵之死》1852
《轻骑兵的进击》1854
《莫德；或单人剧》1855
《国王叙事诗》1859-1885

戏剧

《绿林好汉罗宾汉和女仆玛丽昂》1892

> "宁愿爱过并且失去/也不要从来没有爱过。"
>
> ——《悼念A.H.H.》

上图：C.劳里作于十九世纪的《阿尔弗雷德·丁尼生勋爵肖像》。

阿尔弗雷德·丁尼生勋爵是维多利亚时代最受欢迎的诗人，他的父亲是一个教区牧师，和妻子生了包括丁尼生在内的十二个孩子。他们家的生活拮据，即便丁尼生因为诗歌比赛获得金牌而进入剑桥大学，在父亲去世之后，他还是不得不退学，在经济上给母亲支持。丁尼生的头衔并不是继承得来的，而是维多利亚女王在1884年授予他这个头衔。他与阿尔伯特亲王是朋友，还将自己的亚瑟王传奇作品集《国王的叙事诗》捐赠给了阿尔伯特纪念馆。

丁尼生因《悼念A.H.H.》而闻名于世，这是一首悼念自己的朋友亚瑟·亨利·哈兰姆的诗，后者死去的那年丁尼生的兄弟爱德华也被送进了收容院。这首在悲惨的年月中创作出的优美诗歌成了丁尼生的巅峰之作；《悼念A.H.H.》一诗生逢其时，它紧跟当时社会中深刻的哀伤气氛的潮流，这一点与维多利亚的统治密不可分。《悼念A.H.H.》让丁尼生在1850年成为继威廉·华兹华斯之后又一位桂冠诗人。

同年，丁尼生娶了青梅竹马的艾米丽·塞尔伍德；他们生了两个儿子，哈勒姆和莱昂内尔。这家人曾经居住在伦敦，后来又搬到了怀特岛上的弗雷什沃特。丁尼生及其友人茱莉亚·玛格丽特·卡梅伦、普林塞普一家、G.F.沃茨等人的出现，让弗雷什沃特成为了潮流之地。弗吉尼亚·伍尔夫后来写了个剧本就叫《弗雷什沃特：一个喜剧》（1923），剧中的人物就包括丁尼生和他的伙伴们。

丁尼生的诗歌一直极具盛名，例如代表作《夏洛特小姐》和《食莲人》等。作为桂冠诗人，他还要创作对国家具有重要意义的作品，比如《悼惠灵顿公爵之死》等。**LH**

伊丽莎白·盖斯凯尔 ELIZABETH GASKELL

原名：伊丽莎白·斯蒂文森（Elizabeth Stevenson）

生于：1810年9月29日（英国伦敦）；卒于：1865年11月12日（英国汉普郡）

风格和流派：盖斯凯尔是她那个时代的记录者，她对那个时代进行了引人入胜的描写，对人类的天性有着敏锐的观察，同时还对社会现象进行评论。

伊丽莎白·盖斯凯尔是论派牧师威廉·盖斯凯尔之妻，她一生中的大部分时间都生活在英格兰北部，她在那里写作，还在丈夫的教区帮助挣扎求生的贫苦人。她通过自己的小说描述了这片土地上的风景和勤劳的人们，以及贫富之间巨大的差距。她主张妇女权利也承认其中的不足，她拥护劳动者阶层——最著名的一点就是她笔下的人物都说方言——还对维多利亚时期的英国不同的阶层提出过温和的批评。

她的第一部小说《玛丽·巴顿》引来部分评论家的不满，因为它毫不掩饰对劳动者阶层的同情。后来在《北与南》中，她的创作主题回归到了雇主与雇工之间的关系上。她的第三部小说《露丝》在当时引起了公愤，因为小说描写了一个遭受诱骗并因此"堕落"的女人后来遭到社会排斥的人生经历。盖斯凯尔夫人对小城市的社区邻里和道德习俗有着敏锐的观察，她的作品不仅成了社会历史学家手中的宝贵资料，同时具有极高的文学价值。最后一部小说《妻与女》被认为是是她最好的作品，在创作这部小说时，她描写各种关系的能力达到了顶峰。

她受到了约翰·拉斯金、威廉和玛丽·豪葳特以及查尔斯·狄更斯的一致推崇。后者还在自己的杂志《家常话》中刊登了盖斯凯尔夫人的一系列哥特风格的鬼故事，这些作品的风格与她的其他小说截然不同。

盖斯凯尔夫人与夏洛蒂·勃朗特私交甚好，还为她写了第一部传记作品。并且至今都被看作是后者最权威的传记。**TamP**

代表作

小说

《玛丽·巴顿：一个在曼彻斯特生活的故事》1848

《露丝》1853

《北与南》1854-1855

《西尔维娅的情人》1863

《表弟菲利斯》1864

《妻与女》1864-1866

短篇故事

《可怜的克莱尔》1856

《灰色的女人》1861

非虚构类作品

《夏洛蒂·勃朗特的生活》1857

"……这个时代最强大也是最完美的女性小说家……"

——《雅典娜神庙》1865

上图：伊丽莎白·盖斯凯尔石版画的局部细节，乔治·瑞奇蒙作。

哈莉特·比彻·斯托
HARRIET BEECHER STOWE

原名：哈莉特·伊丽莎白·比彻（Harriet Elizabeth Beecher）

生于：1811年6月14日（美国康涅狄格州利奇菲尔德）；卒于：1896年7月1日（美国康涅狄格州哈特福德）

风格和流派：斯托夫人的作品——尤其是反对奴隶制的作品——充满了争议，因为她用现实主义的写作风格富有深刻见解，通常以强烈的基督教为主题。

代表作

小说

《汤姆叔叔的小屋》或《黑奴吁天录》1852
《老镇上的人们》1869

非虚构类作品

《汤姆叔叔的小屋题解》1853

　　哈莉特·比彻·斯托的作品对废除奴隶制产生的巨大影响是她最重要的贡献，，她至今为人铭记，主要是因为以此为题创作的小说。她对公众产生了极大的影响，激励他们支持废奴运动，根据她女儿哈蒂的话，当哈莉特在1862年见到林肯总统时，他这么向她问好："原来你就是那个写了一本书然后挑起了这场伟大战争的小个子女人啊！"

　　斯托夫人写了很多书，其中一些有强烈的基督教主题，但是她拥护废奴运动的作品被认为是她最好的作品。她的早期作品，也是最重要的作品就是《汤姆叔叔的小屋》。在1851年的时候，小说还是反奴隶制期刊《国家的时代》的连载作品。但是由于受到了赞赏和认可，她在第二年将之集结成书，一经出版便取得了巨大的成功。作品虽然饱受争议，却受到广泛接受，出版的第一个星期便售出几千册。该书在英国的销售状况尤其好，后来还被翻译成多种语言。1853年，斯托夫人去英国旅行并受到热烈的欢迎，她就废除奴隶制问题发表了演说。她获得了美国北方各州的支持，而她的小说在南方则遭到公开的抵制，并且在一些地区遭禁。她在这里被指控捏造不实信息。为了进行反击，斯托夫人出版了《汤姆叔叔的小屋题解》，用一种无可辩驳的方式详细解释了她的研究。斯托夫人的作品对美国历史的这一页进行了尖锐的评价，其影响一直持续着，除了反对奴隶制的主题，她还坚持不懈以现实主义的笔法描绘了那个时代的人民、文化和社会结构。**TamP**

> "这书不是我写的，是上帝写的，我只是复述了出来。"
>
> ——《汤姆叔叔的小屋·引言》

上图：十九世纪英国画派的哈莉特·比彻·斯托版画像。

威廉·梅克皮斯·萨克雷
WILLIAM MAKEPEACE THACKERAY

生于：1811年7月18日（印度加尔各答）；**卒于**：1863年12月24日（英国伦敦）

风格和流派：萨克雷的作品以辛辣机智的讽刺、聪敏过人的深思熟虑和复杂的情节为标志，语言描述细致入微，对人类的天性有着透彻的认识。

虽然出生在印度——他的父亲在那里的东印度公司工作——威廉·梅克皮斯·萨克雷却被送回英国读书并且定居下来。本来他学习的是法律，并且准备取得学位，可是后来开始写作，并且参加了一次诗歌比赛（输给了年轻的阿尔弗雷德·丁尼生勋爵）。后来萨克雷开始了记者生涯。他成为了十九世纪最受欢迎的小说家之一，也是英国文坛不可分割的一部分。

二十五岁时，萨克雷娶了伊莎贝拉·萧。他们生了三个女儿：简，死时还是个婴儿；明妮，三十五岁时死于难产；而最大的女儿安妮则是成功的小说家。伊莎贝拉生了小女儿之后，开始受到精神疾病的困扰，余生不得不跟看护一起生活。为了负担妻子的支出和支援两个女儿，萨克雷忙碌地工作，为杂志写稿。他因为在《笨拙》发表的"势利鬼的文章"而出名，据说正是他让"势利鬼"这个词成为日常用语。他的小说在月刊上出版之后大受欢迎，其中最著名的就是《名利场：一部没有主角的小说》和《纽可谟一家》，他依靠写作不可思议地赚了一大笔钱。1859年，萨克雷和乔治·史密斯一起创办了《康希尔杂志》，第一期就售出超过十万册。由于健康状况不佳，萨克雷于1863年的平安夜在家中突发疾病身亡，享年五十二岁。民众赶来对这位文学巨匠的死表达哀悼：因为他既是一位友善忠实的朋友，也是一位受爱戴的父亲。超过两千名送葬者赶来参加他的葬礼——后来画家约翰·埃弗里特·米莱斯用他的画作表达了自己的愤怒之情，因为送葬者中还有很多衣着俗艳的妓女。**LH**

代表作

小说

《凯瑟琳》1839-1840

《巴利·林顿的遭遇》1844

《名利场：一部没有主角的小说》1847-1848

《潘登尼斯》1848-1850

《丽贝卡和罗威纳》1850

《男人的妻子》1852

《亨利·埃斯蒙德》1852

《纽可谟一家》1853-1855

《玫瑰与指环》1855

《孪生兄弟》1857-1859

《菲利普环游世界的冒险之旅》1860-1862

非虚构类作品

《庸人之书》1848

> "除了年轻人之外，我猜最自私的可能就数老家伙了。"
>
> ——《孪生兄弟》

上图：威廉·德拉蒙德（约1800-1850）所作的萨克雷肖像画细节图。

1800-19

查尔斯·狄更斯 CHARLES DICKENS

全名: 查尔斯·约翰·赫芬姆·狄更斯（Charles John Huffam Dickens）

生于: 1812年2月7日（英国朴茨茅斯）; **卒于:** 1870年6月9日（英国肯特郡）

风格和流派: 古怪而喜剧性的描述，复杂的情节设置，形象的氛围描写以及社会良知始终贯穿狄更斯的小说。

　　极少有作家的名字能成为形容词——既能用来描述自己所生活的那个时代，又能用来描写他们笔下的那个时代; 查尔斯·狄更斯就是这少数人中的一个。"狄更斯的"（Dickensian）已经跻身日常用语之列，它被用来形容某种事物，这种事物风格奇异，既机智诙谐又荒唐可笑，而且遭受社会的剥削; 有时候这个词甚至能概括整个十九世纪。

　　作为高产作家，狄更斯写过小说、短篇小说、报刊文章和剧本——更不用提那些数不清的信件了，它们都被搜集编撰成册。他还与威尔基·柯林斯和伊丽莎白·盖斯凯尔合作，还是《家常话》和《全年》杂志的编辑。狄更斯的职业生涯开始于伦敦，当时他是一名法律记者，所以他后来在多部小说中都讽刺了法律职业。他最早的小说作品是关于伦敦生活的一系列手稿，从1833年开始，这些作品以"博兹"为笔名发表在杂志上。作品成为伦敦热议的话题，作为身份不明的宣传噱头，读者渴望知道这个博兹的真实身份。狄更斯在《匹克威克外传》中揭晓了自己的身份，而《雾都孤儿》则让他变得家喻户晓。他的小说按月

上图：查尔斯·狄更斯的照片，摄于1868年，去世前两年。

右图：哈布洛特·K.布朗（笔名"费兹"）所画的《尼古拉斯·尼克贝》的插图。

上图:乔治·卡特莫尔受到《老古玩店》的启发,创作的《小内尔的坟墓》。

发表,每写完一章就发表一章。

在狄更斯的作品中,最重要的一个方面就是其中灌输的社会良知。他的书特别关注当时重要的社会问题,例如:虐童、贫穷、家庭暴力、性交易,济贫院的恶劣条件、工人阶层没有工作而且缺乏教育等等都是他所相信的原因。狄更斯的新闻才能对他的小说作品产生了直接的影响,因此改变不可避免。作为热心的活动家,他与许多慈善家在各种项目上进行合作,例如卫生改革、教育改革、挽救"堕落妇女"以及帮助建立"大奥德蒙街儿童医院"。在《尼古拉斯·尼克贝》中,他揭露了自己所了解的约克郡寄宿学校——弃儿们被送到这个充斥着虐待和辱骂的地方,然后遭到遗忘。如他所想的那样,这部小说把刨根问底的记者们吸引到约克郡,他们想知道这个地方是否真的存在。而他们所发

"穷人的孩子不是教养大的,而是被胡乱拉扯大的。"

——《荒凉山庄》

163

童年的梦魇

狄更斯的大部分作品都直接受到童年经历的影响。他的父亲（是一位海军职员，很讽刺的是，他就在负责薪资的部门工作）不擅理财，所以经常养不起家人。作家的童年因此饱受债主和法警之扰。当他只有十二岁的时候，父亲因为债务问题遭到逮捕，整个家庭——除了查尔斯和最大的姐姐范妮（她一直在寄宿学校）之外——都被送入了马歇尔希债务监狱。年轻的查尔斯不得不退学，他到工厂工作，挣钱养活家人。他独自做工，也在寄宿屋中独立生活，虽然仅仅只有三个月，但是这短短的几个月却给他的余生都留下了阴影。成年之后，他只跟两个人谈起过这段经历：他的妻子凯瑟琳，还有他的朋友、传记作者约翰·福斯特。

这段经历对他的作品影响巨大。当时的工厂生产黑色鞋油，狄更斯的工作是给瓶子贴标签。在他的所有小说中都提到过黑色鞋油瓶；通常情况下，这段经历应该只是过眼云烟，但是黑色鞋油瓶和它所代表的意义对狄更斯来说，一直不曾逝去。狄更斯看到的人，他每日穿过伦敦城去做工时所见识到的贫穷，马歇尔希监狱还有他寄居的小屋，都是让他热情投入社会改革工作的原因。这也让他创作出了善解人意的角色，例如《雾都孤儿》中的妓女南希，还有《荒凉山庄》中，十字路口的清道夫、那个无人关心的儿童：乔。

现的事实引起了公众和政治抗议，在小说发表后的几年之内，约克郡所有的寄宿学校都被关闭了。

家庭生活的土崩瓦解

狄更斯结婚的时候很年轻，他与妻子凯瑟琳（本姓贺加斯）生了十个孩子。他的作品拥护家庭生活的荣耀，可是在1858年他与妻子公开分手之后，自己田园诗般的生活土崩瓦解了，不过他依然供养妻子直至她去世。四十六岁时，他爱上了一个十八岁的女演员爱伦·特南。考虑到他的声望，报纸没有报道这段情事，因为他们知道发表讥讽狄更斯的文章只会让自己失去读者。相反，关于凯瑟琳的各种恶毒传言开始甚嚣直上，传言说她是个酒鬼，是个不合格的母亲，这完全是不真实的。

狄更斯是第一位名人作家。他的名气已经超越了国界，从贫民到英国女王都知道他。他用了不到六个星期的时间创作完成《圣诞颂歌》，出版的时候他说自己是为"穷人的孩子"加油打气。该书首版六千册在五天之内全部售出。三十一岁时，狄更斯已经成为继威廉·莎士比亚之后最成功的英国作家。

虽然作品数量惊人，但是当狄更斯五十八岁去世时，《埃德温·德鲁德之谜》还没有完成。他的女儿凯蒂声称他工作到了生命的最后一刻。他的死让全世界都感到哀伤，公众的悲伤情绪倾泻而出。他成为了一个非常著名，甚至带一些神话色彩的人物，据说有个小孩听说了他的死讯之后，问道，这是不是说圣诞老人也会死去。**LH**

右图：亚瑟·拉克姆为《圣诞颂歌》作的插图——鲍勃·克拉契。

罗伯特·勃朗宁 ROBERT BROWNING

生于：1812年5月7日（英国伦敦）；**卒于**：1889年12月12日（意大利威尼斯）

风格和流派：罗伯特·勃朗宁是维多利亚时代的诗人，他的戏剧独白诗顽皮又有挑战性；他娶了伊丽莎白·巴莱特，因此造就了十九世纪中期最伟大的名人眷侣。

代表作

诗歌

《帕拉塞尔苏斯》1835
《索德罗》1840
《圣诞前夜和复活节前夕》1850
《男男女女》1855
《剧中人》1864
《指环与书》1868-1869
《阿索兰多》1889

诗集

"在阳台上" 1855
"弗拉·李波·李皮" 1855
"布罗格拉姆主教的谢罪" 1855
"安德烈·德尔萨托" 1855

非虚构类作品

《罗伯特·勃朗宁和伊丽莎白·勃朗宁的信》1845-1846

"我认为生活只是一个东西/一个检验灵魂的力量的东西。"

——"在阳台上"

上图：戏剧独白诗大师罗伯特·勃朗宁的照片。

罗伯特·勃朗宁在父亲的庞大而齐全的书房里受到了诗歌的熏陶。他青少年时代就十分痴迷拜伦爵士，而他一直持续着对珀西·比希·雪莱的仰慕，后者不仅为自己的作品提供了素材，还让自己的外貌也变得时髦起来，而这在十九世纪三十年代显得不合时宜。他早期的诗歌显得博学而老成，导致很多评论家指责这个年轻的诗人是在故作深沉；这样的指责一直跟随着勃朗宁职业生涯的始终。

1845年，勃朗宁开始与伊丽莎白·巴莱特有书信来往，后者年长他六岁，而且当时已经是著名的诗人。虽然糟糕的健康状况和严厉的父亲一直束缚着伊丽莎白，但这并不能阻止两人之间的爱情滋长，其中最著名的细节就是两人之间互换的动人情书。

他们于1846年秘密结婚，然后私奔到了意大利。他们成为了佛罗伦萨那个庞大的侨民团体的一员。正是在那里，罗伯特在口述诗歌方面的杰出才得到了发展，他创作出戏剧独白诗，并且集结成《男男女女》。诗集中包括《弗拉·李波·李皮》《布罗格拉姆主教的谢罪》以及《安德烈·德尔萨托》，这些诗把意大利的独特俗语巧妙地融入到勃朗宁的结构独特的素体诗中。1861年妻子的离世让勃朗宁身心俱焚，可是他表现出的坚韧态度令他的很多朋友感到十分震惊。他很快就离开了佛罗伦萨，回到了伦敦，并于1864年出版了受到高度赞赏的《剧中人》。写作成了他抑制伤痛的方式，他把其后的几年都用在潜心创作他的代表作《指环与书》上。这部作品像是激烈竞争中的声音和思想所发出的非凡噪音——就像用诗歌的形式呈现一部维多利亚时代的伟大小说一样。**TM**

格奥尔格·毕希纳 GEORG BÜCHNER

全名: 卡尔·格奥尔格·毕希纳（Karl Georg Büchner）

生于: 1813年10月17日（德国戈德劳）；**卒于:** 1837年2月19日（瑞士苏黎世）

风格和流派: 作为剧作家、诗人和小说家，毕希纳在作品中探索工人阶级的革命精神和奋斗史。

　　格奥尔格·毕希纳经常被称为"现代戏剧之父"，可是他的剧本在其短暂的一生中从未上演过，而且他的作品数量也很少，所以这种称呼有些奇怪。他写了一部浪漫喜剧《莱翁采和莱娜》，以及两部历史悲剧《丹东之死》和《沃伊采克》。遗憾的是，后者还没有完成毕希纳就因为伤寒死去了，年仅二十三岁；它后来被艾伦·伯格改变成了著名歌剧，并于1925年上演。

　　毕希纳去世将近六十年之后，他的一个剧本《莱翁采和莱娜》才在故乡德国上演。或许因为毕希纳的早逝才使演出推迟了这么久，但这也是他超越了时代的象征。他描写了两个工人阶级角色，而他的作品正是因为他们的革命精神而值得关注：《丹东之死》刻画了对法国大革命幻想破灭的激进分子乔治·丹东，而《沃伊采克》则描述了一个遭到处决的斯拉夫士兵的命运。

　　毕希纳的作品反映了他自己的政治倾向。他出身于一个中产阶级家庭，曾经在斯特拉斯堡学习动物学和比较解剖学。后来他成了一个激进分子，并且加入了革命团体"人权社"。1834年，他撰写并出版了非法的政治小册子，并且很快被人向当局揭发——尽管他否认自己是作者。他害怕了，不久逃到了法国，然后又去了瑞士。他在流放中度过了余生并且再也没有参与政治活动，但是他继续写小说，并把它当做自己批评社会传统的一种宣泄方式。他的作品在形式和内容上的创新让他成为了自然主义和表现主义的先驱。**CK**

代表作

中篇小说

《楞茨》1836（1839年出版）

戏剧

《丹东之死》1835（1902年首演）

《莱翁采和莱娜》1836（1895年出版）

《沃伊采克》1836-1837（1879年出版）

> "个体就像是拍岸的海浪，成为伟人纯粹是意外而已。"

上图：A.林巴创作的格奥尔格·毕希纳钢板雕刻像。

米哈伊尔·莱蒙托夫 MIKHAIL LERMONTOV

全名：米哈伊尔·尤里耶维奇·莱蒙托夫（Mikhail Yuryevich Lermontov）

生于：1814年10月15日（俄罗斯莫斯科）；**卒于：**1841年7月27日（俄罗斯皮亚季戈尔斯克）

风格和流派：俄罗斯浪漫主义诗人莱蒙托夫，是俄罗斯最早的散文诗歌作家之一，他的作品有反对沙皇独裁统治的立场。

代表作

小说

《当代英雄》1840

诗歌

《波罗迪诺》1837
《恶魔》1841
《梦境》1841

米哈伊尔·莱蒙托夫三岁时母亲去世，后来他被富有的外祖母抚养成人。他的父亲是一个贫穷的军官，两人关系疏远，所以他从小就是个内心愤怒而且令人捉摸不透的小孩。进入莫斯科大学之后，莱蒙托夫开始写作。他的剧本《一个陌生男子》抨击了俄罗斯帝国的暴政，还揭露了农奴的悲惨境遇。他把拜伦爵士视作自己个性和早期诗歌的偶像。大学毕业之后，他进入了军官学校，后来加入了骑兵队。

亚历山大·普希金于1837年在一次决斗中被杀之后，莱蒙托夫第一次出了名。他写了首诗赞扬死去诗人对自由的热爱，还抨击了支持沙皇暴政的宫廷贵族，称他们是"扼杀自由、天赋和荣耀的刽子手"。他立刻被流放到了高加索地区，他被那里的民间文学和当代格鲁吉亚诗人的作品所吸引。这是莱蒙托夫第一次因为自己的自由主义主张而遭到流放，这段经历还让他有了灵感，并且创作出极有影响的小说，这部小说以其对高加索地区进行优美的描写而闻名，这就是《当代英雄》。他在这部小说中探寻了他那个时代的俄罗斯，并且将之描绘成"我们这一代的所有恶习都得到极大发展"的国度。小说中的拜伦式英雄聪慧过人、受过良好教育，但他却没有自由，所以他的力量最终导致自己走上了自我毁灭的道路。仰慕他的人将这个角色视作沙俄时代的典型形象，而莱蒙托夫则把自己的诗称为"沉浸于苦难和仇恨之中的钢铁般的诗句"，此后他便被自由主义圈称作普希金的接班人。他再次被充军并被派到高加索参与军事行动，他作战英勇，不久之后与另一名军官发生了争执，并且在决斗中被杀。**RC**

> "热情只是处在早期阶段的想法而已。"
>
> ——《当代英雄》

上图：彼得·耶菲莫维奇·萨博洛特斯基所作的《莱蒙托夫肖像》（1837）细节图。

安东尼·特罗洛普 ANTHONY TROLLOPE

生于: 1815年4月24日（英国伦敦）；**卒于:** 1882年12月6日（英国伦敦）

风格和流派: 特罗洛普的创作风格包括：角色引领情节发展、关注社会阶层和不公正现象、对人类天性有深刻理解、以爱为主题以及被解放的坚强的女性角色。

安东尼·特罗洛普写了四十七部小说，成年之后一直在邮政总局工作，他每天清晨五点半起床，固定写作三个小时，然后再去工作。他与很多艺术家和作家都是朋友，其中包括威廉·萨克雷，后者把特罗洛普的作品刊登在《康希尔杂志》上。虽然特罗洛普成了伦敦文艺界最受尊敬的人物之一，但是他一直没有放弃自己的工作。

特罗洛普把自己的小说作为宣扬自己政治观点的方式，并且对当时社会中的虚伪观点进行一番嘲弄。虽然他早期的小说相对来说并不成功，但是到了三十岁的年纪，他已经十分出名了。

动荡不安的童年曾经让年轻的特罗洛普陷入过深深的抑郁。他的父亲——性情古怪、不易与人相处——没有什么钱，却坚持让自己的儿子上最昂贵的学校。理想中的环境与实际的生活之间存在的巨大差距，让特罗洛普倍受欺辱，后来他承认自己曾有过轻生的念头。特罗洛普的母亲弗朗西斯挽救了家庭的经济危机，因为她成了著名作家，从而影响了儿子的未来。特罗洛普刚进入邮政总局的时候只是个底层职员，后来成为高级职员之后，他有了周游世界的机会。他到过非洲、中东、澳大利亚、新西兰、加勒比海地区、美国，此外还遍游欧洲——与他同时代的人甚至不知道这些地方的存在。虽然他描写过的地方有很多，但是特罗洛普还是对英国特别有认同感，其中以"巴塞特郡"纪事最为著名，这是关于一个虚构的英国郡县的故事。

除了改变了英国文学的面貌，特罗洛普还改变了英国的景致——正是他把具有标志性的报箱引入英国。**LH**

代表作

小说

《养老院院长》1855
《巴塞特寺院》1857
《索恩医生》1858
《弗莱姆利教区》1861
《阿灵顿的小屋》1864
《你能原谅她么？》1864
《巴塞特的最后纪事》1867
《菲尼亚斯·费恩》1869
《他知道自己是对的》1869
《尤斯达丝的钻石》1873
《菲尼亚斯归来》1874
《如今世道》1875
《首相》1876
《公爵的孩子们》1880

> "没有哪条通往财富的路是平坦的，对于婚姻来说也一样。"
>
> ——《索恩医生》

上图：十九世纪英国学校里的安东尼·特罗洛普的照片。

夏绿蒂·勃朗特 CHARLOTTE BRONTË

生于：1816年4月21日（英国约克郡桑顿）；**卒于**：1855年3月31日（英国约克郡霍沃思）

风格和流派：勃朗特是维多利亚时代的小说家，她创造了文学史上全新的女性形象——这些女性不因循守旧，她们独立而且强大。

　　夏绿蒂·勃朗特还是以《简·爱》最为著名，这部小说把哥特式的想象、动人的浪漫情节和敏锐的社会评论结合到一起。小说引入了全新的女性角色：她具有能够冲破逆境的叛逆精神，她不仅独立自主而且聪慧过人。《简·爱》和《雪莉》都是用"科勒·贝尔"为笔名发表的，因为勃朗特认为男人的名字能让她的作品得到更严肃的对待。后来勃朗特公布了自己的真实身份，虽然她又出版了别的作品，但是没有哪一部能与《简·爱》的巨大成功相提并论。1855年，勃朗特不幸英年早逝，不久之后，她的妹妹艾米丽和安妮也去世了。**TamP**

亨利·大卫·梭罗 HENRY DAVID THOREAU

原名：大卫·亨利·梭罗（David Henry Thoreau）

生于：1817年7月12日（美国马萨诸塞州康科德）；**卒于**：1862年5月6日（美国马萨诸塞州康科德）

风格和流派：梭罗的文风强劲繁复，他不仅从大自然中获取到哲学启示，还强烈反对奴隶制和不公正现象。

　　学生、教师、工匠、隐士、自然主义者、反对者以及作家：亨利·大卫·梭罗的一生是多彩多姿的。他对哲学持有强烈的实用主义观点，并且全情投入其中。1845年，他在康科德的瓦尔登池塘边建起了一座小屋。他独自一人在那里生活了两年时间，后来把这段经历精心创作成了《瓦尔登湖》，它现在已经是公认的美国文学经典之作。虽然他认为独居有重要的价值，而且在瓦尔登湖居住期间，他寻求完全依靠自己的方式生活，但是梭罗实际上却是个激进的政治人物。在偏远林间的生活并不意味着逃避社会，而是尝试寻求一种更加合理的生活方式。除此之外，也是反对腐败和自私政府所进行的公民不服从运动中的一部分。**CT**

艾米丽·勃朗特 EMILY BRONTË

全名： 艾米丽·简·勃朗特（Emily Jane Brontë）

生于： 1818年7月30日（英国约克郡桑顿）；**卒于：** 1848年12月19日（英国约克郡霍沃思）

风格和流派： 勃朗特是浪漫主义小说家，她的作品不仅记载了灵魂深处的狂野，还记录了自己生活并且进行创作的约克郡的荒原。

几乎没有小说能够登顶音乐排行榜，但是《呼啸山庄》却在1978年做到了，凯特·布希在自己的首个单曲中扮演了艾米丽·勃朗特小说中的女主角，凯瑟琳·恩肖。布希也成为了第一位用自创歌曲登顶音乐排行榜的女性艺术家——这是对勃朗特最好的献礼，这部广受欢迎的小说女主角娇蛮任性，小说首次问世用的是"埃利斯·贝尔"这个男性笔名。

当初，正是艾米丽的大姐夏绿蒂坚持她自己、艾米丽和小妹安妮（一位约克郡牧师幸存下来的三个女儿）都用男性笔名，以此来应对维多利亚时代的性别歧视，夏绿蒂还决定出版一部姐妹三人的诗歌集。除了《呼啸山庄》之外，《柯勒、埃利斯和艾克顿·贝尔的诗集》中收录的部分诗歌是艾米丽·勃朗特唯一的出版作品。

艾米丽·勃朗特的诗歌展现了一个焦躁不安而且充满好奇的心灵，它探讨了人际关系在绝望中与自然和神性进行的抗争。但是，她通常被称为浪漫主义小说家，而《呼啸山庄》也成为史上最具浪漫主义色彩的小说调查榜首的常客。这多少有些奇怪，因为勃朗特对阶级和性别压迫发出了严厉的责难，她用哥特式的鬼故事对此进行一番讲述，暗示着从此以后不会再有幸福的生活。或许小说中最不平常的角色不是哪个主角，而是那个高地上的山庄，那里诡异的天气才是点题之笔。那里的荒原是她发挥想象和进行创作的世界，它不仅透露了故事的背景，还有情节。在约克郡霍沃思那个远离尘嚣的牧师的家里，她创作出了一部小说，并从此奠定了其现代神话的地位，对于这位三十岁就英年早逝、仍有未竟事业的作家来说或许是一种安慰。**SM**

代表作

小说
《呼啸山庄》1847

诗歌
《柯勒、埃利斯和艾克顿·贝尔的诗》1846

> *"无论我们的灵魂是用什么做的，他的灵魂和我的都是一样的。"*
>
> ——《呼啸山庄》

上图：艾米丽·勃朗特，选自布伦威尔·勃朗特所作的家庭成员油画像。

伊万·屠格涅夫 IVAN TURGENEV

全名： 伊万·谢尔盖耶维奇·屠格涅夫（Ivan Sergeyevich Turgenev）

生于： 1818年11月9日（俄罗斯奥廖尔州奥廖尔）；**卒于：** 1883年9月3日（法国巴黎）

风格和流派： 屠格涅夫是颇受争议的俄国现实主义作家，他的作品描写详尽，描绘了农民的日常生活和困境。

代表作

小说
《鲁金》1856
《贵族之家》1859
《初恋》1860
《前夜》1860
《父与子》1862
《烟》1867
《处女地》1877

短篇故事
《猎人笔记》1852
"春潮" 1872

戏剧
《匆忙的事》1843
《村居一月》1850
《幸运的傻瓜》1848

> *"虚无主义者指的是那种不向任何权贵低头的人……"*
>
> ——《父与子》

屠格涅夫通常与陀思妥耶夫斯基、托尔斯泰一起，并称为俄罗斯最伟大的三位小说家，尽管如此，他与另两位作家的私交却并不好，他跟托尔斯泰有十七年的时间互相拒绝跟对方说话。屠格涅夫出身于富裕的地主家庭，严厉的母亲把他抚养长大，他经常遭到打骂。生性胆怯的青年屠格涅夫先后到莫斯科和圣彼得堡上大学，后来又去了柏林。他在1841年回到了莫斯科，在母亲的坚持下，成了一个公务员。

他崭露头角是因为1852年出版的短篇小说集《猎人笔记》。这个作品以他在母亲的地产上狩猎时的经历为蓝本，他在那里见证了遭受欺凌的农民，还有俄罗斯社会体系上的不公正：需要改善他们的境况成为他持续关注的事情，新的时代由此开启。据说这部作品影响了沙皇亚历山大二世，他因此决定解放农奴。尽管如此，作家的自由主义观点让他成为了当局怀疑的对象，他因此被软禁了十八个月。

屠格涅夫继续创作了一系列小说、短篇小说和剧本，俄罗斯文学界都为之喝彩，可是也反映了他在爱情上经受的挫折，因为他与已婚的法国歌剧演员宝琳·加西亚-维亚多长期保持关系，他深深地迷恋对方。他最著名的作品是剧本《村居一月》和小说《父与子》，这两部作品让他声名远扬至国外。可是针对《父与子》的不良反应迫使屠格涅夫离开故乡，他先到了德国，然后是伦敦，最后来到了巴黎。他六十四岁死于癌症的时候，加西亚-维亚多陪伴在他的病榻旁。**RC**

上图：《伊万·屠格涅夫肖像》，伊利亚·叶菲莫维奇·列宾作。

乔治·艾略特 GEORGE ELIOT

原名：玛丽·安·埃文斯（Mary Ann Evans）

生于：1819年11月22日（英国沃里克郡阿伯瑞）；卒于：1880年12月22日（英国伦敦）

风格和流派：艾略特是十九世纪重要的作家之一，她的小说具有深刻的见解而且富有哲理，描绘了人性的各种形态和特征。

玛丽·安·埃文斯借助"乔治·艾略特"这个笔名，成为了维多利亚时代最伟大的作家之一。她取了男性的假名有两个原因：她希望能把自己可耻的私生活和作品分隔开来；如果她被当做一个男人，那她的作品能受到更认真的对待。她的真实身份最终还是被揭露出来，但是她却没有因为是一名作家而受到不当的对待。

玛丽·安成长于一个保守的英国国教家庭。母亲死后，她接手照管整个家庭，1841年她跟父亲搬到了考文垂附近居住。在这里，她结识了查尔斯·布雷和他的妻子，并且参加在他们家举行的开明学者的聚会。她对宗教日益增长的怀疑态度还招致了家庭矛盾，尽管如此，她还是坚持去教堂直到她父亲1849年去世为止。父亲死后，她跟布雷夫妇一起去了瑞士，然后搬到了伦敦，她成了《威斯敏斯特评论》的助理编辑，负责组织稿件和撰写文章达三年时间。

1851年，她邂逅了乔治·亨利·刘易斯，一个婚姻不幸的评论家和编辑。两人于1854年开始同居，此举震惊了整个社会。大约在此期间，艾略特决心成为一名作家，刘易斯帮她安排出版了短篇小说集《教区生活场景》。小说描写了在历史和社会发生重大变革的背景下人物的生活状态，还渗透着对心理状态的观察，这成为她其他作品的显著风格。她1859年出版了自己的第一部小说，一经问世便取得了成功。此后的十五年间，她一直坚持创作具有现实主义风格和敏锐洞察力的小说，例如《弗洛斯河上的磨坊》《织工马南》和《米德尔马契》。**TamP**

代表作

小说
《亚当·比德》1859
《弗洛斯河上的磨坊》1860
《织工马南》1861
《罗莫拉》1863
《激进分子菲利克斯·霍尔特》1866
《米德尔马契》1871-1872
《丹尼尔·德隆达》1876

短篇故事
《教区生活场景》1858

诗歌
《西班牙的吉普赛人》1868
《小先知》1874
《大学早餐会》1879
《摩西之死》1879

"但是，我们所说的绝望，通常只是因为愿望得不到满足而产生的痛苦的渴望而已。"

——《米德尔马契》

上图：玛丽·安·埃文斯肖像，作于1864年，她以乔治·艾略特为笔名。

沃尔特·惠特曼 WALT WHITMAN

生于：1819年5月31日（美国纽约州长岛亨廷顿西山）；**卒于**：1892年3月26日（美国新泽西州卡姆登）

风格和流派：惠特曼是颇有想象力的美国诗人，他用自由体诗歌和民主主题，帮助现代美国人树立了认同感。

> "我从每一件事物上都能听到并且看到上帝，可是我却一点都不了解他。"
>
> ——《自我之歌》

上图：沃尔特·惠特曼肖像，托马斯·库珀斯沃特·埃金斯（1844-1916）作于1887年。

右图：诗人沃尔特·惠特曼全身像，照片拍摄于1879年。

沃尔特·惠特曼的母亲是贵格会信徒，父亲是个激进分子，他在布鲁克林长大，没有受过什么正式的教育，基本上算是自学成才。十几二十岁的那些年里，他当过很长时间印刷工，兼任过教师和杂志发行商。与此同时，他的作品开始反映出反传统的思想——他还因此丢掉了《纽约曙光报》以及《布鲁克林之鹰》的编辑职位，因为他强烈的激进思想并不受欢迎。一次到达新奥尔良的纵穿美国的旅程是他诗歌发展上的重要事件，他在返回之后发生了深刻的变化，他对美国这个新兴国家带来的启示及其记录者肩负的责任有了全新的认识。这一切都体现在惠特曼的外貌上，他的络腮胡子和褴褛衣衫体现出的民主理想，再加上强烈的个人主义，都在他于1855年独立出版的《草叶集》中得到了完美释放。

虽然这部诗集在很大程度上遭到了忽视，但是拉尔夫·瓦尔多·爱默生对此的赞赏促使惠特曼继续创作，诗集到第三版时已经编入了156首诗。美国内战期间，惠特曼为《纽约时报》提供电讯，同时还看护作战双方的受伤士兵，包括自己的弟弟乔治。这些经历极具改造的力量，《桴鼓集》中的诗被编入了1865年版的《草叶集》中，这些诗是他所有主题的诗歌中的杰作。他尤其不受同时期其他美国作家的欢迎，因为其中一些人认为他对男性身体及其感官和性能力的关注很不合适，尽管如此他还是对后来的诗人产生了重要的影响。在1873年经历一次中风之后，他就一直呆在新泽西的卡姆登，在这里他的声望终于开始提升，而健康也开始衰退。**PS**

1800-19

赫尔曼·梅尔维尔 HERMAN MELVILLE

生于：1819年8月1日（美国纽约州纽约市）；**卒于：**1891年9月28日（美国纽约州纽约市）

风格和流派：梅尔维尔用现实主义的描写和坚定的宗教信仰相融合的方式，描写水手和海洋，并用严重的怀疑论和幽默感对作品加以调节。

上图：美国小说家赫尔曼·梅尔维尔肖像画细节。

直到去世那年，赫尔曼·梅尔维尔对于美国文学界来说也是个陌生人。他1857年就出版了自己的第一部小说《骗子及其伪装》，之后的演说家生涯很不顺利。1866年，他开始远离公众视线，在纽约海关获得了一个职位，他在这个职位上一直工作到1885年退休为止。他的写作生涯看上去注定会被遗忘；除了家人，外人对他的离世几乎一无所知。几乎没有迹象显示梅尔维尔会在美国文学界占有如此重要的地位，然而从二十世纪二十年代的"梅尔维尔复兴"开始，他的声望也让巨著《白鲸》在美国文学史上占有了一席之地。

梅尔维尔出身于纽约上层社会的荷兰裔家庭，童年晚期家庭陷入经济困境。十岁之前，他都是在曼哈顿一处郊区别墅中度过的，但是在1830年，他的父亲经商失败，所以全家人搬到了位于奥尔巴尼的一处简陋住所。越来越多的不幸迫使梅尔维尔过早进入了成人的世界：在父亲于1832年死于热病之后，年仅十二岁的他在银行得到了一个职位。他在父亲的书房中寻求慰藉，直到几年之后回到学校为止。

梅尔维尔生活上真正的第一课是1839年的第一次航海经历。他从来都是个不安分的人，他的家人错误地认为，这次到达英国利物浦的短暂航程能治好他的流浪癖。可是结果刚好相反，他的新发现让自己大为振奋，所以他在接下来的五年中又参加了多次远航，并且作为船员到达过塔西提岛、夏威夷、利马还有里约热内卢。在甲板上的生活经历给他的大部分小说提供了灵感：《泰皮》和《欧穆》是最早的两部小说，他用小说化的方式讲述自己上了一艘捕鲸船，船航行到马基萨斯岛之后，他与岛上泰皮谷中的人们生活了一个月发生的故事。《泰皮》的成功使梅尔维尔开始小有名气。读者被他描述的海岛生活的独特风情所吸引，因此把这本书看成是真实的旅行见闻录。

1800–19

从商业上说，梅尔维尔的作品再也未能达到《泰皮》和《欧穆》的高度，虽然书的销量在下降，但是他的抱负却在增长。他的第三部小说《马迪》将哲学和寓言元素融入标志性的航海故事。接下来的两本书虽然是为了经济利益而仓促写就，但是其中展现出的全新的现实主义风格，说明作者的文学视野得到了扩展。

1850年的八月为梅尔维尔最伟大的作品奠定了基础，因为他在马萨诸塞州纪念碑山顶的一次野餐中见到了纳撒尼尔·霍桑。梅尔维尔对这位同辈作家一直怀有仰慕之情，因为他跟后者一样，一直痴迷于探索人性的阴暗面和恶的问题。几周之后，他搬到了皮茨菲尔德郊外的一处小房子里，开始创作后来成为自己代表作的《白鲸》。霍桑不断地激励梅尔维尔，他的下一部小说：哥特式风格的爱情故事《皮埃尔》跟《红字》一样，都探

上图：路易斯·多德所作的《高仕利号捕鲸船》，描绘了梅尔维尔工作的那艘捕鲸船的样子。

"乱花入眼的事，就任它自由自在去，到最后总会水落石出。"

——《皮埃尔》

177

赫尔曼·梅尔维尔

《白鲸》

读完梅尔维尔的史诗小说时，大部分读者都觉得自己也跟一头鲸搏斗了一番；《白鲸》的确值得一读。这是一部雄心勃勃地将百科全书、戏剧和冒险故事融为一体的作品，它讲述了不安分的流浪者以实玛利和亚哈像疯子一样执着于一个目标的故事。

亚哈是"裴廓德号"捕鲸船的船长，以实玛利和波利尼西亚同伴魁魁格就是乘坐这艘船出海的。捕鲸船离港不久，船长就宣布他放弃了本次航行的商业目的，而去完成自己个人的追求：他要找到并且杀死那只让他丢了一条腿的大白鲸。作为讲述者的以实玛利，向读者呈现了一个包罗万象的鲸类学课程。他赞赏捕鲸贸易，并且认为它不仅是国家间合作的象征，也是文明本身的象征。然而，随着小说达到高潮，以实玛利的视角也逐渐转移到亚哈和他偏执的困境上来——这是一个修辞华丽、极为庄严的莎士比亚式的悲剧故事。一些读者眼里的暴君，在另一些读者眼里却是勇敢的政治和宗教激进分子，船长在这两个方面都堪称出类拔萃。在他的眼中，这头鲸就是所有不为人类所理解的哲学问题的象征，比如：上帝的高深莫测和与众不同、根本之恶的问题，还有不可能达到的真理等。他认识到这头鲸就像是一艘空空如也的大船，他自己把它充实起来，亚哈带领着船员们与这头怪兽展开了灾难般的遭遇战，只有以实玛利侥幸逃生。

索了信仰和情欲之间存在的联系。虽然遭到当时评论家们的摒弃，但是《皮埃尔》却是最重要的美国小说之一。作者的黑色幽默笔调、他的家族史和职业道路上的奋斗，都融合到关于坚持理想主义危险的警示寓言中。他在名声渐退时期出版了最为杰出的作品，其中就包括《比利·巴德》。**CT**

右图：A.伯纳姆·舒特于1851年左右为《白鲸》所作的白鲸插图。

1800-19

台奥多尔·冯塔纳 THEODOR FONTANE

生于：1819年12月30日（德国布兰登堡诺伊鲁平）；**卒于**：1898年9月20日（德国柏林）

风格和流派：冯塔纳是一位现实主义小说家、他用幽默、富有同情和感性的笔法，刻画了十九世纪普鲁士上层社会的生活。

台奥多尔·冯塔纳追随父亲的脚步成为了一名药剂师，但是在二十岁时，他开始写诗歌和小说以缓解对工作的厌恶情绪。他的第一部中篇小说《手足之爱》在1839年的柏林《费加罗报》上连载，但是当时没有迹象表明他在未来会取得如此巨大的成功。

他在1844年加入了普鲁士军队，在1849年服役期满之后成为了全职记者和作家。他作为驻外记者被派驻到伦敦几年时间，之后作为战地记者到过巴黎，却被误认为是间谍而遭到逮捕。除了新闻工作，他还写诗、剧评以及旅行笔记。五十八岁时，他出版了第一部小说《风暴前夕》。之后他又写了十六部小说，德国最伟大现实主义小说家的地位得以确立：冯塔纳既擅长描写柏林的资产阶级，也擅长描写十九世纪德国小地方的生活。

他相信"总体上来说，女人的故事有趣得多"，所以他用极为敏感的笔法描述她们的生活。小说《通奸被抓的女人》因为过于令人震惊，所以用了两年时间才找到了出版商，或许小说《艾菲·布里斯特》——讲述一个拒绝向习俗低头的女人的故事——才是他最受欢迎的作品。故事以首相奥托·冯·俾斯麦当政时期的德国为背景，讲述了十七岁少女艾菲·布里斯特，嫁给了一个迟钝的男爵，这个人年龄是她的两倍，可是她的家族却认为这桩婚姻门当户对。冯塔纳用极为细腻的笔法讲述了社会习俗的狭隘评判是如何导致个人的悲剧的。**HJ**

代表作

小说

《风暴前夕》1878
《通奸被捉的女人》1882
《苦难与考验》1888
《不可挽回》1891
《燕妮·特莱贝尔夫人》1893
《艾菲·布里斯特》1895

中篇小说

《手足之爱》1839

> "［《艾菲·布里斯特》是］史上最杰出的六部小说之一。"
>
> ——托马斯·曼

上图：台奥多尔·冯塔纳照片细节，拍摄于约1880-1890年间。

代表作

诗歌

《恶之花》1857
《恶之花》（新增版本）1861
《散文诗/巴黎的忧郁》1869

小说

《芳法罗》1847

译作

《人造天堂》1860

评论

《美学珍玩》1868（去世后出版）
《浪漫派的艺术》1868（去世后出版）

夏尔·波德莱尔 CHARLES BAUDELAIRE

生于： 1821年4月9日（法国巴黎）；**卒于：** 1867年8月31日（法国巴黎）

风格和流派： 法国评论家、诗人和翻译家、象征主义运动奠基人之一，波德莱尔的诗歌因其对神圣和世俗之爱、道德和死亡以及情色的描写而饱受争议。

  夏尔·波德莱尔在现代英法文学发展过程中扮演过重要角色，他不仅是声名狼藉的煽动性诗集作者，还是一位评论家，他曾经饱受争议的文艺理论现在已经被广泛接受。他早年的生活放荡不羁（他将之称为一种"自由的生活"），正是在这段时间他染上了性病，并且让他余生都虚弱无力。

  波德莱尔的父亲是一个牧师，他死时儿子还很小，他的母亲改嫁给了一名军官——后来官至将军。他的继父是个性格严厉的人，他把年幼的夏尔送到里昂的法兰西公学院，此后又到了巴黎的路易大帝学院，但是他却在1839年因为不遵守纪律而被开除。在接下来的两年中，他在巴黎过着颓废不堪的生活，在此期间，他挥霍掉了从父亲那里继承的大部分遗产，变得债台高筑。结果，他的家人坚持把他的钱移交给托管人，后者将他的开销降低到了比较正常的水平。

  在放浪形骸的这么多年间，波德莱尔成了文艺圈的

上图：夏尔·波德莱尔肖像照片，古比尔工作室摄。

右图：查尔斯·莫兰于1891年为《恶之花》所作的插图。

一份子。他创作的一些诗后来成了诗集《恶之花》的一部分，诗集在1857年出版的时候引起了广泛关注。而此时，他对1845年和1846年沙龙活动发表了评论，又出版了唯一一部完整的小说《芳法罗》（1847），还翻译了关于爱伦·坡和德昆西的评论文章，并且因此确立了较高的声誉。十九世纪六十年代早期，波德莱尔将自己的大部分精力都集中在散文诗创作上。也是在同一时期，他的健康和精神状况都陷入了极为糟糕的境地，主要是因为从青年时代就一直折磨着他的梅毒反复发作。在比利时度过两年颓废的生活之后，健康状况的严重恶化让他失去了读书和写作的能力，后来他在巴黎的一所养老院中度过了余生。**GM**

上图：马奈的《杜乐丽花园中的音乐会》（1862）中的波德莱尔（侧面戴帽者）。

下流的诗

波德莱尔的诗集《恶之花》对于很多人来说就是丑闻的代名词。他对性和死亡进行的大胆描写，很快就引起了当局的注意，后来法庭裁定其中的六首诗描写下流，所以出版商撤消了出版，而波德莱尔也遭到了罚款。在诗中，他用抒情的笔调探索自己对恶习和罪孽的态度、对存在主义的愤怒和厌倦、巴黎生活的挥霍浪费以及他对浪漫和肉欲的渴望。他对理想有诗一般的领悟，他是为追求卓越而进行尝试的先驱，波德莱尔很好地预见了随后开始的象征主义运动。

1820-39

代表作

小说

《包法利夫人》1857
《萨朗波》1862
《情感教育》1869
《圣·安东尼的诱惑》1874

短篇故事

《三个故事》1877

非虚构性作品

《庸见词典》1911（去世后出版）

古斯塔夫·福楼拜 GUSTAVE FLAUBERT

生于：1821年12月12日（法国鲁昂）；**卒于：**1880年5月8日（法国克鲁瓦塞）

风格和流派：身为自己最蔑视的阶级的一员，福楼拜从来不用为生计而工作，他可以随着自己的意愿写作和旅行，他能选用完美无瑕的语言，根据自己的步调出版作品。

　　朱利安·巴恩斯在他的小说《福楼拜的鹦鹉》中，列举了一系列适用于这个大作家的头衔，每一个都恰如其分："克鲁瓦塞的隐士、第一位现代小说家、现实主义之父、浪漫主义的终结者。……厌恶资产阶级的资产阶级。"福楼拜是一个传奇人物，他是现实主义小说的革新者之一，但他还是个矛盾体。作为富有的外科医生的儿子，福楼拜却偏偏跟舒适的生活作对——他十八岁时因为粗暴的行为被学校开除，他还始终蔑视资产阶级。在父亲和姐姐死后，他的癫痫病发作，因此被迫从法学院辍学，他搬到了克鲁瓦塞，在那里跟母亲一起生活到了五十岁；他四处旅行和写作，但是从来都没有工作，而是一直过着优越的生活。或许这句格言最能解释这种状况："像一个资本家一样规律有序地生活，你才能暴力原始地工作。"

　　随着《包法利夫人》的出版而牵出的丑闻让福楼拜一夜成名。这部现实主义小说描写了爱玛·包法利通奸和自杀的悲剧，批判了沉迷于浪漫爱情小说之中的爱玛，虽然渴望一场轰轰烈烈的爱情，却嫁给了一个花心而又沉闷的

上图：《古斯塔夫·福楼拜肖像》（1881），尤金·吉罗（1806-1881）作。

右图：《临终的包法利夫人》（1889前），艾尔伯特-奥古斯特·傅里叶作。

1820–39

左图：十九世纪的爱玛·包法利版画。

1820–39

外省医生。在形式层面上，《包法利夫人》也饱受批评：因为叙述者没有突然打断情节，以便让读者对爱玛表示同情或是批评，它把选择权留给了读者自己——事实上，这或许是最令反对者愤怒的地方。

福楼拜每五六年才出版一次作品——这正是那个著名短语的体现："一个准确的词"。福楼拜相信每一种思想都值得拥有最完美的表达："想法越完美，语句表达就越要铿锵有力。"虽然他的写作生涯非常成功，但是奢侈的生活方式却让他身无分文。**CQ**

《包法利夫人》

《包法利夫人》最初是以连载的方式发表在《巴黎评论》上，由福楼拜的朋友马克西姆·德坎普编辑，他删除了一些最露骨的情节。即便如此，这部小说还是被指责"伤风败俗，亵渎宗教"。虽然福楼拜和杂志逃脱被指控的命运，但是他宁愿去坐牢，也不想删减自己的作品。除了他经常引用的这句"包法利夫人，就是我"之外，福楼拜对这个丑闻所说最多的可能就是"不多在我的同胞们头上多扣几个屎盆子，我还有点不想死呢"。

费奥多尔·陀思妥耶夫斯基
FYODOR DOSTOEVSKY

全名： 费奥多尔·米哈伊洛维奇·陀思妥耶夫斯基（Fyodor Mikhailovich Dostoevsky）

生于： 1821年11月11日（俄罗斯莫斯科）；**卒于：** 1881年2月9日（俄罗斯圣彼得堡）

风格和流派： 他是俄罗斯小说家，他的作品关注道德上的困惑，具有强劲有力的戏剧性，标志着现代心理小说的开端。

如果多变故的生活能造就更多的文学作品，那么费奥多尔·陀思妥耶夫斯基的遭遇就给了他所需的一切。十九世纪四十年代，因为痴迷于俄罗斯知识界乐观的自由主义精神，他加入了名为"佩特拉舍夫斯基的圈子"的社团。他受到牵连并遭到逮捕，还被判了死刑，却在行刑前一刻获得缓刑，此后被送到西伯利亚做四年苦役。后来，他将这段经历写进了小说《死屋手记》中。1859年，陀思妥耶夫斯基回到圣彼得堡，他对自己曾经参与过的文化运动产生了矛盾的情绪，开始对俄罗斯正统和传统主义愈加着迷起来；这种信仰体系对他小说产生的影响，随着他年龄的增长变得愈加强烈。

陀思妥耶夫斯基的小说之所以引人入胜，是因为他虽然提出大的问题，却从不在信仰和政治中做最终的选择，因此他的作品给人的印象是，与其说是一个连贯的信仰体系，还不如说是一种对信仰的渴望。这就是哲学观点和寓言元素是他的小说的典型特征的原因，如果没有出色的才

代表作

小说

《穷人》1846
《双重人格》1846
《涅朵奇卡·涅茨瓦诺娃》1849
《被侮辱与被损害的》1861
《死屋手记》1862
《地下室手记》1864
《罪与罚》1866
《赌徒》1867
《白痴》1868
《群魔》1872
《卡拉马佐夫兄弟》1880

上图：俄罗斯小说家费奥多尔·陀思妥耶夫斯基肖像照。

右图：1935年的电影《罪与罚》中的玛丽安·马什和彼得·洛。

1820-39

上图：鲍里斯·格里高利耶夫为《卡拉马佐夫兄弟》所作的插图（1916-1932）。

华就难以处理这种棘手的题材，所以一个多世纪以来它仍旧新颖而引人关注。

　　陀思妥耶夫斯基小说中的这一面在《罪与罚》中体现得淋漓尽致，这部小说讲述了一次计划不周的谋杀案发生之后的故事。小说用富有同情的笔法描写了一个轰动的主题，从而彻底改变了犯罪小说的面貌；在硬汉惊险小说流派（还有电影艺术中的黑色电影流派）中令人不安的道德阴霾，被这部小说用戏剧化的手法成功地呈现出来。他的另一部

代表作《卡拉马佐夫兄弟》的情节扣人心弦，但是节奏极为缓慢，逐步增加的紧张感在自己矛盾心理的重压之下依然没有崩溃。陀思妥耶夫斯基成功地达到了这个目标，他让事件一直不停地发展，即便在遣词造句上亦是如此，小说驱使读者不得不继续往下读，但是小说中恐惧的再次来

"就象是翻滚的漩涡和龙卷风，沸腾嘶叫着把我们卷进去。"

——弗吉尼亚·伍尔夫谈陀思妥耶夫斯基的小说

存在主义和《地下室手记》

在广受欢迎的《从陀思妥耶夫斯基到萨特的存在主义》中，沃尔特·考夫曼用"存在主义"来定义陀思妥耶夫斯基——这种现代哲学流派更关注个人和道德，而不是宇宙和形而上学，与"本质主义"哲学恰好相反。考夫曼认为，关于存在主义最早的表述，出现在陀思妥耶夫斯基早期的作品中。其中尤以他早期的小说《地下室手记》为代表，用考夫曼的话来说，这是"一种全新的声音"，它对尼采、萨特和二十世纪大部分主要的哲学家产生了直接影响。

这部小说从两个方面对与他同时期的车尔尼雪夫斯基的"合理利己主义"做出了回应，这种观点被看作一种出发点和前提，即人类总是以个人利益为前提，并且付诸行动。这个匿名的讲述者回应说，他并不把个人利益当成出发点，相反他有意识地不做那些对他有益的事情。小说的第一部分对原则进行阐述，第二部分讲述了一个故事，故事中的讲述者令人厌恶，许多读者讽刺这是故意给第一部分抹黑。但重要的是，我们对地下室的这个人有什么看法并不重要；因为不论我们喜欢与否，他都决心成为自己。

袭却让读者退却。与古典悲剧的主角不同的是，他笔下的角色必须为自己的遭遇承担全部责任，他们清楚地认识到自己的过失，但不幸的是，这种认识只是让套索收得更紧了。

陀思妥耶夫斯基对无道德主义者，或者被现代心理学家诊断为具有反社会世界观的角色尤其着迷。与那种单纯用自私的方式追求短期利益的不道德的人相比，陀思妥耶夫斯基的角色——例如《罪与罚》中的史维德里盖洛夫，还有《卡拉马佐夫兄弟》中的麦尔加科夫——就不受某一个特定动机的约束。他们对自己行为的道德含义几乎没有什么认识，对他们的行为最合适的解释就是，他们伤害周围的人，只想看看到底会发生什么事情而已。

陀思妥耶夫斯基在《群魔》中创造的角色斯塔夫罗金，可能是最没有道德观念的角色，此人是一个激进组织的精神领袖，这个组织跟"佩特拉舍夫斯基的圈子"很像。唯一的区别是，《群魔》中的激进分子绝非善类；小说背景设定在十九世纪六十年代，当时知识分子已经放弃了大部分的乌托邦式的理想——这种思想曾是陀思妥耶夫斯基年轻时代的学术风气的典型特征——转而追寻虚无主义的实践唯物主义。许多读者认为，小说中愤世嫉俗的宣传者和冷酷的经济学家，都是陀思妥耶夫斯基已经意识到危险来临的证据，半个世纪之后，随着布尔什维克的发展，这种危险也达到高潮。如果所言属实，那么这已经不是陀思妥耶夫斯基第一次预知未来了；事实上，可以断言的是，没有几个十九世纪的作家能够与二十世纪的学术氛围联系得如此紧密。如果陀思妥耶夫斯基能够预知未来，那也是因为他能在不确定的当下，坚定不移地面对眼前的困境。**SY**

右图：《陀思妥耶夫斯基肖像》，瓦西里·格里高列维奇·佩罗夫（1833-1882）作。

代表作

小说

《雷先生的钱箱》1852
《白衣女人》1860
《无名氏》1862
《阿玛代尔》1866
《月亮宝石》1868
《鬼店》1878
《心和科学》1883

戏剧

《灯塔》1855
《冰渊》1857（与查尔斯·狄更斯合作完成）

代表作

小说

《气球上的五个星期》1863
《地心历险记》1864
《从地球到月球》1865
《环月旅行》1870
《海底两万里》1870
《漂浮的城市》1871
《环游世界八十天》1873
《环游黑海历险记》1883
《二十世纪的巴黎》1994（去世后出版）

右图：凡尔纳的《环游黑海历险记》封面，由艾泽尔于1883年出版。

威尔基·柯林斯 WILKIE COLLINS

全名：威廉·威尔基·柯林斯（William Wilkie Collins）

生于：1824年1月8日（英国伦敦）；**卒于**：1889年9月23日（英国伦敦）

风格和流派：柯林斯的作品以戏剧性的主题，穿插其中的幽默和夸张的情节，还有时而灾难性的神秘气氛而闻名。

　　威尔基·柯林斯的作品在他生前就拥有很大读者群并且受到广泛称赞。他为人熟知是因为两部作品：《月光宝石》和《白衣女人》。他的作品包含生动的想象，例如那个因为药物引发的梦境，灵感就来源于他对鸦片酊上瘾的经历，他服用鸦片酊是为了治疗痛风。他跟两个女人过着放荡不羁的生活：卡洛琳·格瑞夫斯是个寡妇，还带着一个女儿；而他跟玛莎·鲁德又生了三个孩子。他跟二人都没有结婚，而只是在两处房子里跟她们公开同居。他的作品也反映了他拒绝遵守传统，就像他们对待私生子、离婚甚至是活体解剖的态度一样。他在文学圈广泛交友，其中最著名的就是查尔斯·狄更斯。**LH**

儒勒·凡尔纳 JULES VERNE

全名：儒勒·加布里埃尔·凡尔纳（Jules Gabriel Verne）

生于：1828年2月8日（法国南特）；**卒于**：1905年3月24日（法国亚眠）

风格和流派：儒勒·凡尔纳是一位很受欢迎的法国小说家，他的冒险故事以科学事实为依据，他被赋予了"真正的科幻小说之父"的称号。

　　儒勒·凡尔纳起初是一名律师，后来才开始写情节逼真的冒险故事，故事的情节与还未被发明的科技联系紧密。他的作品预言了潜水艇（《海底两万里》）、星际旅行（《从地球到月球》）、直升飞机（《征服者罗比尔》）和摩天大楼（《2889年》）的出现。但是凡尔纳自己指出，这些并非是他的发明，仅仅是根据当时的科技发展而做出的推测。然而，他的设想听起来却十分逼真：他的月球火箭和美国的执行"阿波罗"太空任务的火箭，不仅尺寸相同，连发射地点都很相近（佛罗里达）。凡尔纳写出的激动人心的情节，让他成为作品被翻译次数最多的作家之一。**JM**

VOYAGES EXTRAORDINAIRES

PAR JULES VERNE

KÉRABAN-LE-TÊTU

EDITION J. HETZEL

亨里克·易卜生 HENRIK IBSEN

生于：1828年3月20日（挪威希恩）；**卒于**：1906年5月23日（挪威奥斯陆）

风格和流派：易卜生作品中大胆的对白重新评价了当时的道德价值观。这些剧本刻画了中产阶级的生活，而悲剧的主题衍生自男人的伪善和理想主义的破灭。

代表作

戏剧

《布朗德》1866
《培尔·金特》1867
《社会支柱》1877
《玩偶之家》1879
《群鬼》1881
《人民公敌》1882
《海达·高布乐》1890
《建筑大师》1892

> "世界上最强大的人也就是最孤独的人。"
>
> ——《人民公敌》

易卜生是十九世纪晚期重要的剧作家之一，是他把现代现实主义戏剧带上了舞台。由于热爱戏剧，他先后在卑尔根和克里斯提安娜（即后来的奥斯陆）当舞台监督，创作并且导演剧本。虽然获得了宝贵的实践经验，但是易卜生却没能与观众进行有效的交流，因为他认为观众微不足道而且心胸狭窄。接下来的二十七年间他自我流放，期间到了罗马、德累斯顿和慕尼黑。易卜生脱离了祖国的种种限制之后，在国外开始进行戏剧创作，第一个剧本《布朗德》的中心人物是一位牧师，他把自己的宗教和道德准则置于家人的幸福之上。布朗德的"孤注一掷"的哲学最终让自己家破人亡，孤独终老，这部作品受到了极大的欢迎，在接下来的剧本《培尔·金特》中的主人公亦是如此，他是一个与布朗德截然相反的角色，他以自我为中心而且没有人生目标。

《玩偶之家》让他受到了世界的瞩目，该剧因为没有圆满的结局而饱受争议。平淡无奇的家庭生活让女主角娜拉逐渐看清了丈夫的本来面目，他变得越来越像陌生人，因此她最终抛弃了丈夫和孩子。《群鬼》一剧让他收获了褒扬，然而更多的却是谴责，该剧的主题围绕着性病和否认丑陋的事实只会带来可怕的后果展开。他晚期的作品关注的焦点，从女性背负的社会压力转移到由控制和支配导致的人际之间的心理冲突上，就像《海达·高布乐》和《建筑大师》中展现的那样。易卜生彻底改写了具有挑战和挑衅意味的戏剧规则。

SG

1820-39

列夫·托尔斯泰 LEO TOLSTOY

全名：列夫·尼古拉耶维奇·托尔斯泰（Lev Nikolayevich Tolstoy）

生于：1828年9月9日（俄罗斯亚斯纳亚波利亚纳）；**卒于：**1910年11月20日（俄罗斯阿斯塔波沃）

风格和流派：俄罗斯作家、散文家、剧作家和哲学家托尔斯泰，是有史以来最伟大的著名作家之一。

代表作

小说

《哥萨克》1863
《战争与和平》1865-1869
《安娜·卡列尼娜》1873-1877
《伊凡·伊里奇之死》1886
《克勒采奏鸣曲》1889
《什么是艺术》1897-1898
《复活》1899
《哈泽穆拉特》1912（去世后出版）

非虚构类作品

《简短的福音书说明》1881
《信念》1882
《忏悔书》1882
《我们必须做什么呢？》1886
《什么是艺术》1897-1898
《爱和暴力的法则》1908

戏剧

《黑暗的力量》1886
《僵尸》1911（去世后出版）

自传

《童年》1852
《少年》1854
《青年》1857

上图：列夫·托尔斯泰肖像，作于1887年左右。

右图：契科夫和托尔斯泰，1901年在雅尔塔附近的帕维亚伯爵夫人的庄园。

列夫·托尔斯泰伯爵出身于俄罗斯的贵族家庭，他九岁就成了孤儿，后来被姨妈们和家庭教师抚养长大。他虽然很早就从大学辍学而且没有获得学位，却非常信任教育，他回到父母在亚斯纳亚波利亚纳的庄园之后，尝试传授知识给他的雇工，但是却失败了。他经常跟哥哥一起去莫斯科和圣彼得堡旅行，过着俄罗斯贵族青年的放纵生活，但是他很快就对这种堕落的生活方式感到厌烦，并且时常自我反省。1851年，他加入军队，第二年出版了《童年》，这是自传三部曲的第一部，之后的两部是《少年》和《青年》。在克里米亚战争期间，他曾在塞瓦斯托波尔作战；接下来的一些坦诚的文章让他在圣彼得堡文学圈声名大噪，还引起了沙皇的关注。

虽然托尔斯泰为人所铭记主要因为他是小说家，但实际上他只写过三部长篇小说：《战争与和平》《安娜·卡

上图：受人尊敬的托尔斯泰和俄罗斯儿童在一起的插画。

列尼娜》（被弗拉基米尔·纳博科夫形容为"世界文学史上最伟大的爱情故事之一"）《复活》。在他那个时代，托尔斯泰更多地被当做道德哲学家，他的政治著作为自己在俄罗斯赢得了大批追随者。他相信，为了获得朴素生活，人需要进行艰苦劳作，而不需要保有物质财产。他就自己的反资本主义观点、走非暴力抵抗道路（后来被甘地采纳）和宗教改革观点写了很多小册子。1901年，他被逐出了东正教会，因为他追求尝试创立一种更新、更简单的基督教，但是此举让他更受追随者的拥护。

在生命的最后几年，托尔斯泰恪守自己的信条，他放弃了自己的头衔和财产，这让他的妻子和家人非常气愤。他死时是个隐士。**JM**

战争与和平

→ 被《时代》杂志评选为有史以来最伟大小说的《战争与和平》是一个史诗传奇，它讲述了拿破仑入侵俄罗斯背景下的四个贵族家庭的生活。

→ 它起初是杂志连载，后来成了真正令人惊诧的巨著，作者用了七年时间才完成了对580个角色的刻画（有些以真实人物为基础，另一些是虚构的）。

→ 它的首要主题是探索家庭的价值，而生活和战争中的胜利所依附的也只是机遇和环境而已。

艾米丽·迪金森 EMILY DICKINSON

生于： 1830年12月10日（美国马萨诸塞州艾摩斯特）；**卒于：** 1886年5月15日（美国马萨诸塞州艾摩斯特）

风格和流派： 迪金森把日常用语以诗歌的形式表达出来，她用急促的——但通常支离破碎的——短语、不同寻常的标点和真挚自省的抒情诗句来加强效果。

对于一位十九世纪女诗人来说，艾米丽·迪金森的生活方式相当奇怪——她既没有进过庇护所，生前也不为人所知，直到死后才出名。关于她的怪癖、做作和精神错乱的故事，让迪金森成了一个不死的传奇，一代又一代人一直想要重新发现她。迪金森写了1700首诗和大批信件，但是这些诗在她生前都没有出版。她的大部分诗都晦涩难懂，看起来就像是有着多种解释的谜语一样，这些诗歌的意义让各种学派的学者们一个多世纪以来都争论不休。

迪金森一家生活富足，受人尊敬。她的父亲是一位律师和虔诚的基督徒，他严格地管理自己的孩子，可能因此导致自己的女儿精神脆弱。根据家族历史记载，迪金森先生甚至不允许女儿选择自己想看的书，也不能选择跟谁做朋友；他替孩子们做一切决定。所以艾米丽·迪金森长大成人之后仍然稚气十足，拒绝做个成年人。她二十多岁时就决定要穿无色的衣物，坚持所有的衣服都得是白色；

代表作

诗歌

《选集》1924

《旋律的闪电》1945

《艾米丽·迪金森诗集》1998

书信

《艾米丽·迪金森的通信》2005

上图：年轻的隐居者艾米丽·迪金森肖像，摄于约1850年。

右图："弃权书"的结尾，选自于迪金森诗集第一卷。

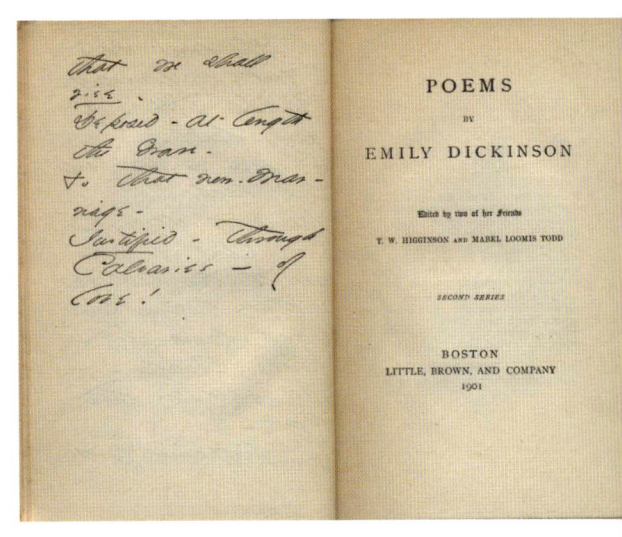

上图：迪金森家在马萨诸塞州艾摩斯特的房子，现为艾米丽·迪金森博物馆。

三十几岁时，她已经完全隐居起来，拒绝离开家甚至拒绝出去参加父亲的葬礼。她的诗歌记录了自己对这个世界的失望，也对自己无法融入这个世界而感到失望，诗中这样写道："我感到思绪上有一道裂痕/就像是大脑也已经分裂了一样。"在她留下的诗篇中也记录了她反复经历精神抑郁，这就是向精神疾病世界中的辛酸一瞥。

艾米丽因"布赖特氏病"英年早逝，她的小妹妹拉维尼亚发现了她留下的大量诗作。艾米丽曾经要求将这些诗销毁，但是拉维尼亚没法让自己这样做。她在1891年出版了姐姐诗集的第一卷（三卷之一）。从那时起，艾米丽·迪金森，绰号"艾摩斯特的修女"，就成为了被膜拜的偶像。她的出生地成为了全世界诗歌爱好者膜拜的圣地。**LH**

亲密的友谊

虽然写过激情四射的诗，不过诗人似乎并没有真正意义上的感情经历——不过学者们还是试图证明，与她通信的人就是她的情人。虽然过着隐居的生活，但她还是培养了一批密友和笔友，男女都有，其中还包括她所钟爱的嫂子苏珊（奥斯丁·迪金森之妻）。与她通信最多的人是作家、废奴主义者和社会改革家托马斯·温特沃斯·希金森（1823-1911）和作家海伦·亨特·杰克逊（原姓菲斯克，1830-1885），后者热情地为美洲土著争取平等权利而奔走。

代表作

诗歌

《妖魔集市》1862

《克里斯蒂娜·乔治亚娜·罗塞蒂的诗以及威廉·迈克尔·罗塞蒂的回忆录和笔记》1904

《克里斯蒂娜·罗塞蒂诗歌全集：集注版》1986

克里斯蒂娜·罗塞蒂 CHRISTINA ROSSETTI

生于： 1830年12月5日（英国伦敦）；**卒于：** 1894年12月29日（英国伦敦）

风格和流派： 她是"拉斐尔前"派诗人，她虔诚信奉的牛津运动的宗教思想，与她最著名的作品中异教徒的想象格格不入。

几乎没有哪个十九世纪的女诗人的作品在二十世纪依旧成为经典，她们中的大多数都已被束之高阁，但是克里斯蒂娜·罗塞蒂和伊丽莎白·巴瑞特的作品却依旧被大量纳入选集中。在很大程度上，伊丽莎白·巴瑞特是因为与罗伯特·勃朗宁的浪漫私奔才持续捕捉着人们的想象。但是对于克里斯蒂娜·罗塞蒂来说，她是因为自己的作品——1100首诗——而为公众所知。特别是，冬日抒情诗"深冬"和狂热的幻想长诗《妖魔集市》（首次出版时，她的哥哥、诗人和画家但丁·加布里埃尔·罗塞蒂为这个作品画了插图）。

罗塞蒂家的了不起的四兄妹中，克里斯蒂娜·罗塞蒂是最小的一个。她跟哥哥们的很多朋友都有来往，这些朋友都是十九世纪六十年代英国的文艺精英，其中包括惠斯勒、查尔斯·道奇森（路易斯·卡罗尔）和诗人W.H.斯温伯恩。《妖魔集市》探索了维多利亚时代处在性意识觉醒巅峰时期的少女们；与斯温伯恩的诗歌一样，这些诗歌的语言辞藻华丽，具有中世纪的风韵。

虽然罗塞蒂的创作动力明显来源于她对基督教的虔诚，但是她的许多诗却充斥着《妖魔集市》里那样的好色的女人，那些忧郁的诗篇或是敬献给萨福，或是假借她的口吟诵出来。像她的哥哥一样，克里斯蒂娜·罗赛特给十四行诗重新注入了活力，她跟哥哥一样有栩栩如生的过人的想象力。她的诗作辉映了十四行诗的结构，具有深刻的复调意味，她的风格介于精神和世俗的层面之间，通过广泛而深入地引述自然万物，达到象征性的效果。虽然她从来没有结过婚，而且订婚的时间也不长，但克里斯蒂娜·罗塞蒂却用十四行诗来表达（超自然的）爱。**SM**

> "宁愿微笑着遗忘，也不愿痛苦地记得。"
>
> ——"记得"

上图：根据但丁·加布里埃尔·罗塞蒂的作品创作的克里斯蒂娜·罗塞蒂石版画。

路易斯·卡罗尔 LEWIS CARROLL

原名：查尔斯·路德维奇·道奇森（Charles Lutwidge Dodgson）

生于：1832年1月27日（英国柴郡达斯伯里）；卒于：1898年1月14日（英国萨里郡吉尔福德）

风格和流派：卡罗尔写了两部世界上最受欢迎的儿童作品，此外他还写诗、小册子和其他文章。

路易斯·卡罗尔是查尔斯·道奇森的笔名，也是十九世纪几部最具想象力的文学作品的同义词。今天他已经成了受人膜拜的偶像，全世界的团体和俱乐部都致力于让他的作品保有生机。讽刺的是，路易斯·卡罗尔已经有了限定的身份，独立于真正的查尔斯·道奇森之外，数不清的未经证实的传言都与这个"人物"联系起来。叫路易斯·卡罗尔的这个人还因数起（未证实）恋童事件遭到指空，依据就是道奇森偏爱少女和喜欢给她们拍照片，其中有些照片是他为儿童拍摄的裸体照。

1851年，道奇森进入了牛津大学基督教会学院，此后他的一生都与这所大学联系在了一起，最后他成为了数学教授。虽然他并不太喜欢这份工作，可是在文学和商业上都取得很大成功之后，他仍然从事教学工作。

1856年，基督教会学院新院长亨利·李德尔，带着妻子和三个年幼的女儿洛丽娜、伊迪斯和爱丽丝来到了牛津大学。道奇森跟这家人成为了好朋友，还经常带小姑娘们出去野餐。在一次野餐中，他开始给孩子们讲述一个小女孩和她的冒险故事。爱丽丝·李德尔说服他把这个故事写了下来，后来道奇森把这个故事交给了他的作家朋友。1863年，道奇森把故事手稿投递给了麦克米伦出版社，1865年《爱丽丝漫游仙境》出版了。小说出版之后立刻取得了成功，随后他出版了《镜中世界》（1872），1876年又出版了《猎鲨记》。但是，他的作品再也没有爱丽丝这个原创作品这么受欢迎了。**TP**

代表作

儿童小说
《爱丽丝漫游仙境》1865
《镜中世界》1871
《西尔维和布鲁诺》1889；第二卷1893

打油诗
《猎鲨记》1876

"万事皆有寓意，只要你去发现。"

——路易斯·卡罗尔

上图：路易斯·卡罗尔肖像照，奥斯卡·古斯塔夫·雷兰德摄。

马克·吐温 MARK TWAIN

原名: 塞缪尔·朗霍恩·克莱门斯 (Samuel Langhorne Clemens)

生于: 1835年11月30日 (美国密苏里州佛罗里达); **卒于:** 1910年4月21日 (美国康涅狄格州雷丁)

风格和流派: 吐温的作品以乡土气息而又淘气的人物为特色; 他对宗教持有怀疑的态度; 故事主角喜爱恶作剧却又天真无邪; 此外辛辣的社会讽刺也是他的一大特点。

白西服、小胡子、雪茄: 马克·吐温标志性的形象和他令人喜爱的主角汤姆·索亚还有哈克贝里·费恩一样著名。作为美国第一次大商业时代中最著名的作家, 吐温深刻地了解到, 他如何在公开场合展现自己和怎样向读者展现作品的品质一样重要。作为高产作家, 他出版了超过三十本书、大量散文和上百篇短篇小说。虽然在生前就已

代表作

小说

《镀金时代》1873 (和C.D.华纳合作)

《汤姆·索亚历险记》1876

《乞丐王子》1882

《哈克贝里·费恩历险记》1884

《误闯亚瑟王宫》1889

《傻瓜威尔逊的悲剧》1894

非虚构类作品

《傻子出国记》1869

《艰苦岁月》1872

《密西西比河上的生活》1883

《莎士比亚死了么?》1909

《马克·吐温的自传》1924

短篇故事

《卡拉维拉斯县著名的跳蛙》1867

《败坏了哈德莱堡的人》1899

《亚当日记摘录》1904

《斯托姆菲尔德船长的天国之旅》1909

上图: 马克的声誉达到巅峰时的肖像照。

右图:《汤姆·索亚历险记》插图。

经是美国的偶像，但是马克·吐温依然在美国文学传统中占据中心地位——他的社会讽刺、同情怜悯和辛辣机智，对今天的美国作家依然有启发。

吐温原名塞缪尔·克莱门斯，出生于密苏里州的佛罗里达，青少年时期是在密西西比河畔的汉尼巴尔镇度过的。虽然他在1853年十八岁生日前的几个月就搬走了，但是中西部的开拓精神和河畔生活一直全面地影响自己的作品。十年之后，在内华达州的弗吉尼亚城的银矿上当记者时，他给自己取了这个著名的笔名。他虽然没有在内华达州发大财，却在从这里开始的文学生涯中积累了大笔财富。他的前两本书，《傻子出国记》和《艰苦岁月》在商业上取得了巨大的成功，前者讲述了他的欧洲之旅，后者则描述了他自己在内华达边境的生活。

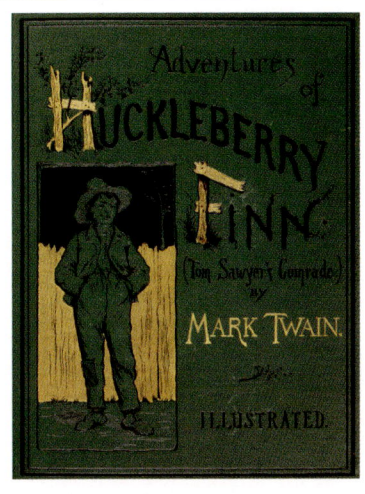

上图：《哈克贝里·费恩历险记》美国第一版封面。

1820-39

创作汤姆·索亚和哈克贝里·费恩

当幽默作家和记者吐温的名声开始越来越大，甚至到了大洋彼岸的欧洲的时候，他回到了年轻时的家汉尼巴尔，开始了自己的小说家生涯。虽然这本书原本是打算写给男孩的，但事实证明《汤姆·索亚历险记》的吸引力要大得多。而它的续篇《哈克贝里·费恩历险记》则成为了他最受欢迎也是最受好评的作品。两本书都满含怀旧之情，作品展现出吐温的态度：犀利但有一丝怀疑，他对地方特色和生活琐事有同样敏锐的观察。

如果能继续保持密苏里州人的直率，吐温的政治观就能与自由的新英格兰和谐共存，他在那里度过了自己后半生的大部分时光。他的作品展示了自己的政治观点，在自己的小说和对当代社会的观察中毫不掩饰这一点。对于美国面临的种族问题，他的观点尤为激进。但是吐温并不是个天真的理想主义者，虽然他相信平等主义，但是他最杰出的作品中既有对愚钝之举的不屑，也满含对人性唯利是图的蔑视。**CT**

哈克贝里·费恩

海明威曾用一句著名的话形容这本书为"所有现代美国文学的起源"，《哈克贝里·费恩》现在仍是美国人成长故事的精粹。哈克认识到自己宁愿违反法律下地狱，也不愿出卖自己的朋友、逃亡的黑奴吉姆，开始与手握重权的当局作斗争。吐温从哈克天真无邪的视角描述了他经历的磨难，揭露了南方社会的伪善和虚荣。密西西比河的这个小木筏才是黑人和白人唯一可以实现平等相处的地方。

马查多·德·阿西斯 MACHADO DE ASSIS

全名: 若阿金·玛利亚·马查多·德·阿西斯（Joaquim Maria Machado de Assis）

生于: 1839年6月21日（巴西里约热内卢）；**卒于:** 1908年9月29日（巴西里约热内卢）

风格和流派: 这位巴西作家在自己的作品中反映了当时欧洲许多的发展趋势，他在自己的社会批判作品中使用讽刺的方法，挖苦了资产阶级的生活方式和理想。

马查多是巴西最伟大的小说家之一，他还写剧本、诗歌和批评文学。他的父亲是一个油漆工人，虽然他没受过什么正规教育，却成为了一位文学精英。马查多自学了法语和英语，他在1897年成立了巴西文学院并当选主席。他早期的小说、诗歌和剧本都是浪漫主义风格的作品，但是凭借着小说《布拉斯·库巴斯死后出版的回忆录》，进入了写作的新阶段，也打破了当时的许多文学传统。受到劳伦斯·斯特恩和泽维尔·德·迈斯特的影响，他的小说在心理深度上足以与亨利·詹姆斯的作品相媲美。**REM**

托马斯·哈代 THOMAS HARDY

生于: 1840年6月2日（英国多塞特郡上博克汉普顿）；**卒于:** 1928年1月11日（英国多尔切斯特）

风格和流派: 诗人和小说家哈代用饱含同情的方式生动地描绘了乡村生活和宿命主宰的不公正的世界。

哈代小说的背景主要设置在半虚构的韦塞克斯郡，他对英格兰西南部的乡村生活有着细致入微的描写。那里的乡村见证了或戏剧化，或浪漫，或悲剧的事件，这些事件都是他作品的主宰。哈代笔下的很多角色都是他们自身激情和情绪的受害者，他们都经历了灾难性的结局。他晚期的作品《德伯家的苔丝》和《无名的裘德》，即使最好的，也是最有争议的。作品中对私生子这种问题表现出的同情，挑战了维多利亚时代的道德标准和社会中的性观念。这种表面上看起来根深蒂固的悲观主义，让他受到广泛的批评，哈代从1898年开始不再创作小说，转而专注于诗歌。**SG**

埃米尔·左拉 ÉMILE ZOLA

全名：埃米尔-爱德华-查尔斯-安托万·左拉（Émile-Édouard-Charles-Antoine Zola）

生于：1840年4月2日（法国巴黎）；**卒于：**1902年9月28日（法国巴黎）

风格和流派：左拉是小说家和记者，他被认为是自然主义小说的奠基人，还因为参与臭名昭著的"德雷福斯案"而闻名。

埃米尔·左拉的葬礼那天，街道两旁排满了前来向他致敬的人们；他成了巴黎进步知识分子的核心人物，但是通往成功的道路并不平坦。左拉在普罗旺斯地区的艾克斯度过了贫困的童年时代，他年轻时刚到巴黎的时候也一样贫穷。1865年，他出版了第一部小说《克劳德的忏悔》并因此一举成名，可同时，他也尝到了饱受争议的滋味。书中对现实生活的生动描写引起了警察的注意，左拉因此被阿歇特出版社开除，丢掉了工作。

他的写作生涯自此发端，他既写新闻稿件也写小说。但是长达二十一卷的系列小说才是主宰他职业生涯的作品，这部小说具有惊人的雄心和广度，描绘了法国的巨大变革。《鲁贡-玛卡家族》讲述了法兰西第二帝国时代的两个家族的故事。浪漫的抒情方式和肮脏的现实构成了这个令人陶醉的混合体，这个系列故事从大量的乡村农民写到崛起中的印象主义者，囊括了当代法国生活的方方面面。左拉的目标是研究遗传和环境是如何塑造行为举止的。一路上，左拉招致了多方面的愤怒情绪，既有忍受着现代社会严酷考验的人，也有他儿时的伙伴塞尚——他觉得自己被毫不留情地写进了《名著》中，还有在《毁灭》中，因为批判法国政府而引来的反对者们。

政治上的争议也在1898年卷土重来，当时左拉在一桩备受关注的叛国罪案件中为军官阿尔弗雷德·德雷福斯做辩护。这篇开头为"我控诉……"的著名辩护词发表在《曙光》报上，左拉因此遭到起诉并且逃到了英国。虽然他和德雷福斯最终被赦免，但还是有人认为他是死于窒息，实施者是一些"反德雷福斯"阴谋家。**AK**

代表作

小说

《克劳德的忏悔》1865

《黛莱丝·拉甘》1867

《鲁贡-玛卡家族》1871-1893

《俱乐部和酒鬼》1877

《娜娜》1880

《萌芽》1885

《名著》1886

《人兽》1890

《毁灭》1892

新闻作品

《我控诉……！》1898

"现代生活的方方面面，这就是主题！"

——《名著》，1886

上图：埃米尔·左拉于1875年左右拍摄的肖像。

斯特凡·马拉美 STÉPHANE MALLARMÉ

生于： 1842年3月18日（法国巴黎）；**卒于：** 1898年9月9日（法国巴黎）

风格和流派： 马拉美是著名的象征主义诗人，他的作品对法国、德国和美国的现代诗歌产生了尤为深远的影响。他主持了一个由知识分子、心理学家和艺术家组成的团体，名为"马拉美的星期二"。

代表作

诗歌
《诗歌》1887
《徜徉集》1897

诗集
"牧神的午后" 1876
"英国的语言" 1878
"古老的神" 1879
"希罗底亚德" 1896
"骰子一掷，不会改变偶然" 1897

散文
《印象派画家和爱德华·莫奈》1876
《音乐和文学》1891

选集
《诗和散文选集》1982
《来信选登》1988
《马拉美散文》2001

斯特凡·马拉美是现代诗歌发展过程中的领军人物，他的诗歌采用了一种当时较为激进的方式，即将词汇的语音、象征性特征和词形的重要性置于字面意义之上。因此他的诗歌成为了真正的艺术品，这种视觉和听觉刺激相结合的方式，使文学和艺术之间的界限变得模糊起来。他摒弃了传统的句法，因此创作出的作品充满神秘气息，时而晦涩难懂。

马拉美很小的时候就开始写诗，他研习夏尔·波德莱尔的作品，后者对他的早期风格产生了重要影响。他学习英语，吸取了埃德加·爱伦·坡作品的精华，这对他产生了重要的影响。他在法国的学校里当英语老师，在业余时间写作诗歌，但是却没有出版几首完整的作品。他是个彻底的完美主义者，对自己的诗歌万般深思熟虑，以期在风格、内容和韵律上达到精确的完美结合。十九世纪六十年代早期，他开始创作两部最著名的作品"希罗底亚德"和"牧神的午后"，但直到多年之后这两部作品才出版。这

上图：马拉美的溴化银照片，拍摄于约1895年。

右图：爱德华·莫奈所作的《斯特凡·马拉美肖像》细节图。

1840-59

两部作品对当时的作家产生了极大的影响，特别是"牧神的午后"一诗给了很多音乐作品以灵感，包括克劳德·德彪西的交响乐《牧神的午后序曲》（1894）。马拉美成为法国先锋派的代表人物，包括W.B.叶芝和保罗·瓦勒里在内的众多知识分子、哲学家、艺术家和作家，都来参加他主持的聚会——这个团体即是后来著名的"马拉美的星期二"。他与爱德华·莫奈成了好友，又通过他结识了努力试图获得巴黎认可的印象派和后印象派的画家们。1876年，他出版了《印象派画家和爱德华·莫奈》，对这种艺术风格做出重要积极的评价。

去世前一年，马拉美出版了他最复杂的一首诗"骰子一掷，不会改变偶然"，后来奥迪隆·雷东给这首诗作了插图，而这首诗后来也成了马拉美最有影响的作品。**TamP**

上图：爱德华·莫奈1876年给"牧神的午后"作的插图。

1840-59

丧母之痛

马拉美的母亲去世时他只有五岁，后来他回忆自己因为并不觉得痛苦而羞愧不已，所以不得不扑倒在地，拉扯着头发，努力地向周围人证明他内心有多么悲伤。对于自己的冷漠，他解释道，这是因为他是被乳母抚养长大，对自己的母亲并不了解。后来，他经历了与乳母分离的痛苦，体会到了与母亲一样的复杂的情感，虽然他并没有跟母亲有什么联系；即便在这么小的年纪，他也清楚地感到这是必需的。

亨利·詹姆斯 HENRY JAMES

生于：1843年4月15日（美国纽约州纽约市）；**卒于**：1916年2月28日（英国伦敦）

风格和流派：詹姆斯是美国小说家，他创作的复杂的心理小说，是美国人的价值观与继承的欧洲传统形成了鲜明的对比。

代表作

小说

《罗德里克·赫德森》1875
《欧洲人》1878
《华盛顿广场》1881
《贵妇肖像》1881
《波士顿人》1886
《悲剧缪斯》1890
《波音顿的珍藏品》1897
《梅西的世界》1897
《鸽翼》1902
《奉使记》1903
《金碗》1904

中/短篇小说

《黛西·米勒》1879
《艾斯彭遗稿》1888
《碧庐冤孽》1897

"夏日午后：是英语这门语言中最优美的几个字。"

——《贵妇肖像》

上图：年轻的亨利·詹姆斯于二十岁时拍摄的肖像。

右图：亨利·詹姆斯在自己位于英格兰东苏塞克斯郡赖伊的花园中休息。

在1893年出版的短篇小说《私生活》中，亨利·詹姆斯描写了一个作家，他有不可思议的本领：他能同时出现在两个地方。他能离开自己的写字台，即便正在用自己作品中轶事和观点来取悦楼下的同伴也不例外。詹姆斯虽是个顶尖的社会名流，却在漫长的职业生涯中创作了大量作品。他是个隐士也是个坚定的独身主义者，却从来不会拒绝任何一个晚宴邀请。

詹姆斯很年轻的时候就如饥似渴地阅读了大量欧洲文学经典，而且还在欧洲生活了三年，这是受到了父亲的教育经历的影响，所以从此之后他便成了亲欧人士。他在哈佛大学法学院读了一年之后便退了学，然后成了全职作家，在当了评论家并取得初步成功之后，他开始专注于小说创作。1875年，他搬迁到了欧洲并且定居伦敦，不过他在欧洲大陆，特别是意大利，旅行了相当长时间。这种不断地迁移和探索的生活方式为女主角们的冒险故事提供了资料，例如《贵妇肖像》中的伊莎贝尔·阿切尔和《鸽翼》中的米莉·锡尔。

詹姆斯是个多才多艺的作家，不论是十九世纪八十年代之前创作的小说中敏锐的社会讽刺，还是晚期作品中晦涩难懂的语言和心理描写，他在这两个方面都十分出色。除了写过一些剧本，他还是短篇小说大师，从引人入胜的推理文学作品《艾斯彭遗稿》到讲述幽闭恐怖症患者的鬼故事《碧庐冤孽》。1915年，为了表现对接受了自己的国家的忠诚，詹姆斯放弃了自己的美国国籍，成为了英国公民，英国首相还是他的担保人之一；他第二年就去世了，死时坚称自己是一个欧洲人。**TM**

贝尼托·佩雷斯·加尔多斯
BENITO PÉREZ GALDÓS

生于： 1843年5月10日（西班牙加那利群岛拉斯帕尔马斯）；**卒于：** 1920年1月4日（西班牙马德里）

风格和流派： 多产作家佩雷斯·加尔多斯写过风格独特的历史小说；他的小说记录了西班牙的历史，还有西班牙社会中的人。

1840-59

　　佩雷斯·加尔多斯不仅被视作西班牙的托尔斯泰，还被与狄更斯和巴尔扎克相比较。他在加那利群岛长到十九岁，然后来到了马德里学习法律，不久他就放弃了法律开始学习新闻学。他的第一部小说《黄金喷泉》出版于1870年，这部小说让他一举成名，此后他便开始创作一系列记录了西班牙历史的小说，从拿破仑战争（1805）写到了1874年波旁王朝在西班牙复辟。这四十六部小说就是《国家集》（1873—1912），它融合了史实和虚构的人物，是对回忆录、报章和目击实录等文献进行了细致研究的结晶。

　　十九世纪八十年代开始，在创作《国家集》的同时，佩雷斯·加尔多斯开始写另一部小说集巨著《西班牙当代小说》。他的代表作《福尔图纳达和哈辛达》创作于他文学生涯的鼎盛时期，这部小说共有四卷，与《战争与和平》的长度几乎相同；这部小说描写了一个富有孱弱的年轻人；他的妻子哈辛达；而他卑贱的情妇福尔图纳达，还是他儿子的母亲；还有福尔图纳达的丈夫，以此为呈现马德里的社会万象提供了一个视角。故事因讲述者的不同而呈现多种变化，尤其关注马德里的工人阶级。西班牙人有"要面子"的思想，人物必须被刻画得生活富足，精神康健（有时候反过来甚至也是一样），在他的作品中的女性角色尤其如此。

　　佩雷斯·加尔多斯还写了大约二十个剧本，这些剧本虽有争议却都比较成功。1912年，他失明了，但余生依然坚持口述作品。然而，他末期的作品在质量和产量上都体现出精力下降，再加上双目失明，所以这样的情形尤其令人觉得伤感。**REM**

上图：多产作家佩雷斯·加尔多斯的照片，拍摄于二十世纪早期。

右图：西班牙一面装饰墙上的佩雷斯·加尔多斯平面纪念画。

Benito Perez Galdos

杰拉德·曼利·霍普金斯
GERARD MANLEY HOPKINS

生于： 1844年7月28日（英国伦敦）；**卒于：** 1889年6月8日（爱尔兰都柏林）

风格和流派： 霍普金斯是牧师和诗人，他在生前并未出版作品，但是他复杂而具有实验性的诗句在后来受到现代主义运动的拥护。

代表作

诗歌（去世后出版）

"德国的残骸" 1918

"上帝的伟大" 1918

"茶隼" 1918

"斑驳之美" 1918

"西比拉叶子上的咒语" 1918

"腐朽的安慰" 1918

"我命运中的陌生人，我的生活" 1918

"自然就是赫拉克利特之火也是复活带来的慰藉" 1918

散文

《杰拉德·曼利·霍普金斯的日记和散文》 1959

"残酷的美、英勇的行为，哦，天空，荣耀和羽毛都在这里/扣住了！"

——《茶隼》

上图：1863年的杰拉德·曼利·霍普金斯肖像，当时他年仅十九岁。

　　杰拉德·曼利·霍普金斯在很多方面都是个观察力敏锐的人。作为一个虔诚的天主教徒，他将自己的一生都奉献给了教会，此外他还是英文诗歌界中，迄今为止对自然界最伟大的记录者之一。霍普金斯在十九世纪六十年代还是牛津大学学生的时候就改信天主教，那时这所大学卷入到了宗教争议中。他加入了耶稣会，在自己孤单而朴素的生活中，大部分时光都用来教授和传播教义，为此他做过很多不尽如人意的教职，直到1884年在都柏林大学学院取得职位为止。霍普金斯在都柏林工作了五年之后就英年早逝了；这是一段悲惨的时光，在此期间他出版了自我反省最为真挚的诗篇，其中还包括所谓的"糟糕的"十四行诗。

　　霍普金斯用诗歌探索了自己和个人信仰的细枝末节。但是他的诗歌曾让自己陷入尴尬的境地，所以有一次他把自己的所有作品付之一炬。他将作品投递到出版社的零星尝试都没有成功；他把代表作"德国的残骸"投稿到耶稣会的杂志，却因作品的宗教性和独特的风格而遭到拒绝。在他死后，他的手稿都被密友罗伯特·布里奇斯小心保存起来，直到1918年之前，这些诗歌都没有问世。然而，这些诗歌确是非凡的成就——不论是语言、充满活力的韵律，还是诗中经常描绘的自然奇景都是如此。在诗歌和散文方面，霍普金斯发展出一套适用于一切事物，被他称为"内在特性"和"应激模型"的理论——从起到决定性作用的先天的品质，到自然界中显而易见的混乱。这些诗歌还提供了一个有效的方式，让我们得以细细品味霍普金斯那些精心构思的诗歌所带来的惊喜、共鸣和想象力的跳跃。**TM**

保罗-玛丽·魏尔伦 PAUL-MARIE VERLAINE

生于： 1844年3月30日（法国梅茨）；**卒于：** 1896年1月8日（法国巴黎）

风格和流派： 魏尔伦是带有颓废气质的诗人和作家，他的作品主题包括色情、肉欲、成瘾和宗教。他还结交过同时期的颓废派作家斯特凡·马拉美和夏尔·波德莱尔。

保罗·魏尔伦最为人称道的作品之一就是他对《讨厌的诗人》所作的研究——而他也是其中的一份子。他的抒情诗作品动人心弦，他偏爱色情题材，异性恋和同性恋都是他的所爱，他成长于安逸的中产阶级环境中，曾经在一家保险公司工作，后来加入巴黎的时尚文艺圈，开始诗歌创作。他擅长运用法语中寻常的词汇来传达语义的精妙差别，1869年他出版了第二部诗集《华宴》并首次取得成功。这个题目指的是十八世纪贵族阶层的乡村聚会，华托等艺术家的作品点缀其中。他善变而且令人难以琢磨，有时候甚至非常暴力，他爱上了一个十六岁的少女，虽然跟她结了婚，却又迷上了年轻的诗人亚瑟·兰波，1872年他抛弃妻子，开始跟兰波一起旅行。1873年，他们在布鲁塞尔发生了争执，烂醉如泥的魏尔伦开枪打中了兰波的手腕。

他在比利时的监狱被关押了两年，期间写了《无言之歌》，他后来再次改信罗马天主教，他从小就是在这种信仰下成长起来，不久之后他就进入了熙笃会修道院。1877年，他回到法国之后尝试务农，但是没有成功，后来就成了巴黎名流。他写诗、写短篇小说，还研究当代作家，同时他的生活越来越悲惨，整日醉酒，还跟年老的妓女厮混在一起。1885年，他因为袭击自己的母亲而再次入狱。此外，还因酒精成瘾、梅毒和其他疾病而频繁出入医院。来自英法两国的支持者们都给他经济上的支持，而且国家从1895年开始给他提供养老金，但他还是在五十一岁时在贫困交加中死去。**RC**

代表作

诗歌

《华宴》1869
《无言心曲》1873-1874
《智慧》1880-1881
《讨厌的诗人》1884
《去年，昨天》1885
《爱》1888

"抓住优雅，然后扼紧它的脖子！"

——《去年，昨天》

上图：根据深褐色原始照片于约1890年制作的魏尔伦的彩照肖像。

1840-59

安纳托尔·法郎士 ANATOLE FRANCE

原名： 雅克-安纳托尔-佛朗索瓦·蒂博（Jacques-Anatole-François Thibault）

生于： 1844年4月16日（法国巴黎）；**卒于：** 1924年10月12日（法国卢瓦尔河畔的圣西尔）

风格和流派： 法郎士被认为是法国文学家的典范，他的作品具有讽刺意味；主题涵盖当代的事件、历史和宗教。

安纳托尔·法朗士虽是个书商的儿子，却决心投身文学创作，他起初是文学评论人，之后不久开始创作诗歌，继而是小说和短篇小说，他的作品骨子里透出一种疑虑、世故还有冷嘲热讽，无暇顾及资产阶级价值观。1877年，他结了婚，却在1888年才遇到生命中的真爱阿尔曼·德·卡亚韦，两人之间的感情让他有了灵感并创作出小说《泰依丝》，它讲述了一个古埃及的妓女成为基督教圣人的故事，还有另一部发生在佛罗伦萨的爱情故事《红百合》。他后来的作品透露出他对法国社会和政治的失望日益增长。1921年，他被授予诺贝尔文学奖。**RC**

何塞·马利亚·艾卡·德·奎罗斯 JOSÉ MARIA EÇA DE QUEIROS

生于： 1845年11月25日（葡萄牙波瓦）；**卒于：** 1900年8月16日（法国巴黎）

风格和流派： 艾卡·德·奎罗斯是很有争议的学者，他讽刺和批评葡萄牙的精英阶层和宗教的虚伪。

艾卡·德·奎罗斯是下层贵族女子和一位法官的私生子，他们直到艾卡·德·奎罗斯四岁时才结婚，直到奎罗斯四十多岁时才承认他是自己的儿子。早年被抛弃的经历在他所有的作品中均有体现——这些作品鲜有对父母形象的刻画。艾卡·德·奎罗斯在科英布拉大学学习法律，他还在那里呼吁艺术和社会变革，并以"葡萄牙的左拉"而著称。他还是颇有影响力的文学和思想团体的一员，但讽刺的是，这个团体叫做"那些被生活打败的人"（Os vencidos da vida）。由于他的作品主题有很大的争议，所以，他那个没文化又保守的天主教徒老婆在他死后阻止了一部分作品的出版。**REM**

亨里克·显克维支 HENRYK SIENKIEWICZ

生于： 1846年5月5日（沙俄统治下的波兰伍斯科夫斯基）；**卒于：** 1916年11月15日（瑞士韦威）

风格和流派： 显克维支因历史大跨度的小说闻名，他对自然语音进行重新加工，在诗中运用突降法和荒诞的幽默手法。

亨里克·显克维支是真正创造出波兰现代小说的那个人，他写的小说历史跨度很大，这些小说对这个民族来说起到了重要的社会作用，因为他们正在外国统治下进行着艰苦的斗争。

显克维支出身于波兰贵族家庭，他从一份报社的工作开始了自己的职业生涯，然后开始写短篇小说。他进入大学学习法律和医学，然后转系学了历史。他不仅是农民阶级权利的倡导者，他还捐资为艺术家设立信托基金，为孩子开办学校，此外他还是个情史丰富、风流倜傥的有名的"花花公子"。第一次世界大战期间，显克维支居住在瑞士，他所成立的组织在战争末期成为了波兰临时政府（在他去世两年之后）。

显克维支的小说用人文关怀关照政治事件，从独特的个人视角描写了人类的群众运动。《条顿骑士团》和《三部曲》都描写了十四世纪和十七世纪波兰典型的历史事件：起义、入侵和放逐。因为这些作品，他在自己祖国受到极大欢迎。在美国游历三年再加上出版了《君往何处？》，他的名气传播到了国外。1905年，他被授予了诺贝尔奖。《君往何处？》戏剧化地描写了皇帝尼禄传奇的残暴行径，他放火烧了罗马城，却将此事归罪于早期基督教会。小说对后者的刻画不带任何批判性，所以看上去带有偏见，因此对现代的读者来说没有说服力；然而，他那荒诞的幽默和日渐衰落的罗马城中日常生活透露出的活力——有时候甚至达到很可怕的程度——让阅读也变得愉悦起来。**ER**

代表作

小说

《君往何处？》1895
《三部曲》1884-1888
《条顿骑士团》1900

1840–59

"厄洛斯要拯救世界于混乱之中。他做得怎么样就是另外一回事了。"

————《君往何处？》

上图：广受欢迎的波兰小说家亨里克·显克维支肖像照，拍摄于约1870年。

211

布莱姆·斯托克 BRAM STOKER

生于：1847年11月8日（爱尔兰都柏林）；**卒于：**1912年4月20日（英国伦敦）

风格和流派：斯托克写的恐怖小说中弥漫着浪漫、噩梦、诅咒和超自然元素，还包含民俗故事和迷信。

代表作

小说

《享乐之路》1875
《蛇径》1891
《彻斯特的肩膀》1895
《德拉库拉》1897
《贝蒂小姐》1898
《神秘的海洋》1902
《七星宝石》1904
《艾斯林夫人》1908
《裹尸布的女士》1909
《白虫子的巢穴》1911

短篇故事

《夕阳下》1881
《雪地求生：戏剧旅行团的记录》1908

> "那些人多么幸福啊，他们的生命里没有担心，也没有恐惧。"
>
> ——《德拉库拉》

布拉姆·斯托克现在世界知名是因为自己的哥特式恐怖小说《德拉库拉》，但他晚年才开始写小说。他小时候一直到七岁才会走路，不过他克服了身体上的障碍，在都柏林三一学院成了一名优秀的运动员。虽然怀抱着成为一名作家的梦想，但是他默许了父亲的意愿，追随着他成为了公职人员，这一做就是十年。

与此同时，他还为《都柏林邮报》担任剧评人，还因此结识了英国演员亨利·欧文爵士。1878年，欧文请求斯托克当他的经纪人，这个工作斯托克做了二十七年，他每天替老板写大约五十封信，还陪同他去美国巡演。

在如此繁重的工作间隙，斯托克写出了小说《蛇径》——这是一个发生在爱尔兰的引人深思、结局不幸的爱情故事——还有他的永恒代表作《德拉库拉》。吸血鬼德拉库拉伯爵的故事是以主角们的日记、通信和文章的方式被讲述出来的：主角乔纳森·哈克、他的妻子明娜、苏厄德博士和露西·维斯滕拉，还有时常出现的报纸剪报，都让这个故事有了一丝现实的意味。特兰西瓦尼亚吸血鬼——有着超自然的力量，需要用人血来维生，后来被鲍伊猎刀刺中心脏而丧命，并因此解除了诅咒——成为了文学界和电影界最经久不衰角色之一。在后来的恐怖小说中，斯托克仍旧用令人费解的现象为线索——例如在《七星宝石》中，一位考古学家试图复活一具古埃及木乃伊。然而，没有一部作品能够在捕捉公众的想象力方面达到《德拉库拉》的程度。事实上，没有任何一位作家的作品做到过。**SG**

上图：十九世纪九十年代的布拉姆·斯托克的照片。

右图：早期的吸血鬼弗拉德版画像，即德拉古拉伯爵。

乔里-卡尔·于斯曼 JORIS-KARL HUYSMANS

原名： 夏尔-马利-乔治·于斯曼（Charles-Marie-Georges Huysmans）

生于： 1848年2月5日（法国巴黎）；**卒于：** 1907年5月12日（法国巴黎）

风格和流派： 于斯曼的作品展现了极为精妙的美感，而讽刺幽默、语言的创造性运用、强烈的求知欲和超自然的幻想，都为这种美感注入了活力。

代表作

小说

《玛尔特》1876

《瓦塔尔姐妹》1879

《巴黎人素描》1880

《婚后生活》1881

《随大流》1882

《逆流》1884

《诅咒》1891

《在途中》1895

《大教堂》1898

《献身教会的人》1903

《卢德尔的人群》1906

于斯曼生于巴黎，他的父亲是个丹麦人，他是巴黎的知识分子和审美家，深信艺术至高无上的价值，因此尖刻地讽刺其他一切事物。他成了一个清闲的公务员，能养活自己——他轻轻松松地在这个职位上度过了三十年——他的文学生涯开始了。起初，他受到了左拉的现实主义的影响，并且在十九世纪八十年代终于有了自己的风格，还成为了十九世纪末"颓废派运动"的发起人之一。

在小说《逆流》的非传统主角埃桑迪斯身上，于斯曼刻画了一个颓废的唯美主义者的偶像形象，他是个自恋的好色之徒，一门心思追求精细的生活，沉迷于堕落的事物，全然不顾道德和社会传统的约束。和作品主题一样——被小心翼翼培养起来的个人极为敏感，与周遭这个粗俗不堪的物质社会格格不入——于斯曼找到了适合自己的写作风格，这种创作形式的不同寻常之处在于它风格大胆、用词富于想象、沮丧挫折中蕴含逐渐增强的喜剧元素，而深奥的词汇和晦涩难懂的学问则使这种创作形式得到丰富。虽然他的小说臭名昭著，但销量却十分可观，而不时出现的耸人听闻的素材毫无疑问起到了推动的作用。《诅咒》是他最著名的作品，作品毫无保留地描写了道德败坏的习俗和恋童癖。但是，于斯曼同样擅长从日常生活的细枝末节中制造喜剧元素——例如，详细列举独身生活是如何的卑鄙和有失尊严。于斯曼终于摆脱了对天主教的担忧焦虑。他的后期作品中贯穿了他如何从一个愤世嫉俗、沉迷于恶魔崇拜和神秘主义的人，变得越来越不愿意坚持自己的信仰。体现了作者另一面的角色迪尔塔，将这些作品体现了出来。于斯曼死于癌症，他默默忍受了病痛的折磨，这一点值得称赞。**RG**

> "我们不可能感受不到于斯曼的生活就是个悲伤的道德寓言。"
>
> ——科林·威尔森

上图：颓废派运动领导人于斯曼拍摄于约1905年的肖像照。

奥古斯特·斯特林堡 AUGUST STRINDBERG

全名：约翰·奥古斯特·斯特林堡（Johan August Strindberg）

生于：1849年1月22日（瑞典斯德哥尔摩）；**辛于：**1912年5月12日（瑞典斯德哥尔摩）

风格和流派：斯特林堡被认为是瑞典现代戏剧之父；他的作品主题包括两性和不同阶级之间的冲突，以及传统的侵蚀。

奥古斯特·斯特林堡是作家、画家、实验摄影家和炼金术士，他不仅是改革家，也是十九世纪杰出的斯堪的纳维亚剧作家之一。他的作品风格从早期的自然主义逐步转变到象征主义，又转变到表达主义，并将剧院带入了现代。

他的作品关注不同阶级间的紧张关系，以及两性之间的斗争——导致有些人认为斯特林堡讨厌女人。或许，还不如说，他是那个时代和个人经历造就的产物。斯特林堡的父亲是航运商，母亲曾是父亲的女仆，正因如此他经常郁郁寡欢、性格抑郁。他结过三次婚却过着漂泊不定的生活，他在瑞典、丹麦、德国和法国都生活过。当时的瑞典像欧洲的许多国家一样，正在经历从农业国向工业国过渡的转型时期，随之而来的社会和政治变革导致社会主义崛起，村镇变成了城市，社会阶级结构发生了变化，妇女最终也获得了参政权。

斯特林堡写了六十个剧本以及小说、短篇小说和散文。他首次进入公众视野是因为小说《红色房间》。他最著名的作品是自己的剧本，特别是长演不衰的悲剧《朱莉小姐》，它讲述了仲夏节前夜发生在年轻的贵族女子和她父亲的贴身男仆之间的情事，在那样封闭的社会背景下，结局必然会很悲惨。

斯特林堡所描写的社会中，旧秩序正在土崩瓦解，在后尼采时代上帝已死，一切都处在不稳定的状态，人物受到持久的爱和欲望的驱使，人人都处于疯狂的边缘，他们已无力证明自己的追求有何益处——这正是现代的欧洲人思想中所关注的事。**CK**

代表作

小说
《红色房间》1879

短篇故事
《从费耶尔丁根和斯瓦特被啃》1877
《一个岛上年轻人的生活》1888

戏剧
《不法之徒》1871
《领主奥洛夫》1872
《父亲》1887
《朱莉小姐》1888
《到大马士革》1898-1902
《古斯塔夫·瓦萨》1899
《死亡之舞》1900
《梦剧》1902
《幽灵奏鸣曲》1907

1840-59

> "孩童时代被灌输的迷信和偏见一时半会是难以被根除的。"
>
> ——《朱莉小姐》

上图：古怪的瑞典作家奥古斯特·斯特林堡于1881年拍摄的肖像照。

215

居伊·德·莫泊桑 GUY DE MAUPASSANT

全名：亨利·勒内·阿尔伯特·居伊·德·莫泊桑（Henri René Albert Guy de Maupassant）

生于：1850年8月5日（法国诺曼底米罗梅尼尔堡）；**卒于**：1893年7月6日（法国巴黎）

风格和流派：莫泊桑是十九世纪法国短篇小说家，他以在简洁的叙事风格和社会观察上显示出的天赋而闻名。

代表作

小说

《一生》1883
《漂亮朋友》1885
《皮埃尔和让》1888

短篇故事

《羊脂球》1880
《梅塘之夜》1880
《戴丽叶春楼》1881
《菲菲小姐》1882

诗歌

《蚯蚓》1880

1840–59

"爱国心就是一种信仰；是战乱孵化的结果。"

居伊·德·莫泊桑通常被认为开启了法国短篇小说的先河。莫泊桑受到古斯塔夫·福楼拜的启发，发展出自成一派的简洁明了的叙事方式，他通常会对自己的中心人物进行社会化的塑造，并且将之置于形形色色的人物和压力中间，与之形成鲜明对比。当时的法国社会中，各种阶级相互融合，而伪善则是他最为唾弃的一种品质。

1870年，莫泊桑参与了普法战争，这场战争后来成了"羊脂球"的故事背景，这个短篇小说于1880年发表之后即取得巨大的成功。故事讲述了一群形形色色的诺曼人在战争期间的一段旅程。羊脂球是队伍中的一员，她是个生性善良、圆胖可爱的高级妓女，她遭到了利用然后被虚伪的旅伴们赶出了队伍。在整个故事中，莫泊桑始终对马车上的旅客持批评的态度，质疑他们的宗教信仰、道德观念和阶级观念，最终揭露了他们狭隘的胸襟和自私自利的行为。这篇短小精悍的作品受到了一致好评，莫泊桑受此鼓舞接着进行大量创作，他的生活状况得到了改善，又出版了很多简练而受欢迎的小说集。首屈一指的是《戴丽叶春楼》，以及其他作品集和受到好评的少量小说，其中比较著名的是《皮埃尔和让》。莫泊桑惧怕疾病和死亡，他越来越有种强烈的欲望，希望独自一人过生活，而且不被这个遭到他严厉责难的社会打扰。他年轻的时候染上了梅毒，所以到了四十来岁时，他的身体和精神状况都已经恶化了。讽刺的是，莫泊桑对精神病学有极为浓厚的兴趣，在1891年他被诊断为精神失常，多产创作时期就此终结。**LK**

上图：佛朗索瓦·N.A.费廷-佩兰于1876年创作的莫泊桑油画像。

罗伯特·路易斯·斯蒂文森
ROBERT LOUIS STEVENSON

全名：罗伯特·刘易斯·贝尔福·史蒂文森（Robert Lewis Balfour Stevenson）

生于：1850年11月13日（苏格兰爱丁堡）；**卒于**：1894年12月3日（萨摩亚维利马）

风格和流派：史蒂文森是苏格兰小说家和诗人，此外他还创作儿童小说、散文、短篇小说和纪实作品。

　　罗伯特·路易斯·史蒂文森是冒险家和旅行家，他对浪漫主义题材尤其感兴趣，他的成人和儿童小说也被赋予了这些特质。也正是这些主题让他在一战之后的那些年文采尽失，当时他的作品被认为过于轻佻浅薄。而最近这些年，他又被重新加以评估，那些风格不羁、充满想象的作品的真正价值获得了认可。

　　史蒂文森在爱丁堡大学先学习了工程学，然后学习法律，虽然他通过了考试，却从来没有做过执业律师。他开始频繁旅行的部分原因是想为自己脆弱的肺找到更适宜的气候，另一部分原因就是受到了自己冒险精神的驱使。他经常去法国，而且受到当地文艺圈的欢迎。他早期发表的都是旅行文学作品，例如《内河航程》就详细记述了他乘坐独木舟从安特卫普到法国北部的旅程。

　　1876年，史蒂文森邂逅了已婚的美国妇女范妮·范德格里夫特·奥斯本。他追随着范妮来到了美国，她与自己的丈夫离了婚，并且在1880年跟史蒂文森结婚。1880至1887年间，夫妇俩带着范妮的孩子一起环游英国，在这段时间，史蒂文森写出了最著名的作品《金银岛》和《化身博士》。1887年，史蒂文森的父亲去世之后，他们又回到了美国并且在第二年乘船前往南太平洋。最终在1890年，作家在萨摩亚群岛中的乌波卢岛上买下了很大一块地，并且开始在那里建造房屋。他开始受到当地人的欢迎，因为他为他们争取权利，1894年他死后被葬在了瓦埃亚山旁，从那里能远眺太平洋。**TP**

代表作

小说
《金银岛》1883
《化身博士》1886
《诱拐》1886
《巴伦特雷的少爷》1889
《卡特丽娜》1893
《赫米斯顿的魏尔》（未完成）1896

诗歌
《儿童诗园》1885

旅行文学
《内河航程》1878
《驴背旅程》1879
《银矿小径破落户》1883

"所有责任中最被我们所低估的就是生活得幸福。"

上图：史蒂文森在十九世纪八十年代拍摄的黑白照片。

莱奥波尔多·阿拉斯 LEOPOLDO ALAS

生于： 1852年4月25日（西班牙萨莫拉）；**卒于：** 1901年6月13日（西班牙奥维亚托）

风格和流派： 阿拉斯的小说对心理和生理上的隔绝极为敏感，他的作品用辛辣刻薄而且充满挑衅的语言风格探索了生命的深层次含义。

代表作

小说

《瑞金特的妻子》1884-1885
《独生子》1890
《多波蒂》1892
《再见科德拉！》1892
《上帝，其余的都是童话故事》1893
《道德故事》1896
《苏格拉底的公鸡》1900

散文

《克拉林的独白》1881
《1881年的文学》1882
《帕迪多的布道词》1885
《新的雪茄》1887
《杂文》1892

虽然学过法律，并且在奥维亚多大学担任法学和政治经济学教授直到去世，莱奥波尔多·阿拉斯最为著名的却是他的新闻工作和文学评论。他经常以"克拉林"为笔名，在全国性的报纸和杂志上发表过上千篇针对小说、诗歌和戏剧的评论文章，他尖刻的评论让人既爱又恨，这些所谓的"闲聊"中表达的开明思想让他树敌颇多。

除去最终被收录进三十卷的《克拉林独白》中的作品之外，阿拉斯还写过一些小说。其中最重要的两部小说可以跻身西班牙十九世纪最伟大的小说之列，即《瑞金特的妻子》和《独生子》。《瑞金特的妻子》描写了一个女子，她遭到丈夫的粗暴对待却无力改变处境，在这个存有偏见而且歧视女性的社会，她受到了排斥，因此成为了一名受害者。安娜·奥佐雷斯心理和身体逐渐衰弱，阿拉斯正是借此反映他对国家的顽疾和堕落的看法。在《独生子》中，阿拉斯敏锐地揭示了主人公对自己的婚姻和生活的不满，作品的题目讽刺了他怀疑自己唯一的儿子不是自己亲生，而是妻子与别的男人所生。这些小说运用了内心独白或是"自由间接文体"等技法，可能因此常被误认为是自然主义作品。它们更注重角色内心的骚动和精神的探索，而不是他们的生理方面或是行为。但令人费解的是，有时候他的小说在鼓励探索神性的同时也鼓励探求人文精神。**REM**

> "终其一生寻求生命意义之人，最终会发现生命就是一场虚无。"
>
> ——苏格拉底《公鸡》

上图：阿拉斯青年时代的肖像，他的强硬观点为自己树敌颇多。

阿尔蒂尔·兰波 ARTHUR RIMBAUD

全名：让·尼古拉·阿尔蒂尔·兰波（Jean Nicholas Arthur Rimbaud）

生于：1854年10月20日（法国沙勒维尔）；**卒于：**1891年11月10日（法国马赛）

风格和流派：作为一名持有不同政见的浪子诗人，兰波狂放不羁的生活方式和具有颠覆性的诗歌作品，让他有了"第一位真正的顽童"的名声。

兰波跌宕起伏的一生笼罩在流言蜚语和无休止的争论的重重迷雾之下，他的声望主要是来源于十六岁到十九岁期间创作的少量诗作。他是个很聪明的学生，母亲的墨守成规和自己的外省资产阶级出身，很快就让他躁动不安起来，因此离家出走很多次。他在1871年的一次出走中加入了巴黎公社。但更著名的一件事情是，他曾是前辈诗人保罗·魏尔伦的情人，两人之间的感情犹如暴风骤雨般猛烈，当他被魏尔伦持枪射中手部之后，感情也走到了尽头。

兰波不修边幅、举止粗暴蛮横，加上那些离经叛道的言论，都让他在欧洲旅行中结识的人感到震惊和愤慨。随着与魏尔伦的分手，他的冒险之旅延伸到更远的地方，先是去了中东，然后又去了阿比西尼亚。此时，距离他放弃文学创作已经过去很久，他做了军火商开始专心经商赚钱。他直到患病之后才回到法国，他得了癌症，死于1891年，年仅三十七岁，此时距离他截去一条腿只有六个月。

虽然在生前不为人知，但是兰波的作品还是对后来的作家作品产生了重要影响，而且他的作品也被很多人认为预示了二十世纪二十年代和三十年代超现实主义的出现。他的诗歌拒绝陈旧的创作模式，作品中运用层次迥异的语言、语调和情感表达，对经典主题进行颠覆性的处理，还运用粗俗的语言，因而读上去尤其刺耳。例如，在"海上升起的维纳斯"中，女神维纳斯化身为一个肥胖丑陋的女人，她沐浴之后冷不丁让人们看到了她的肛门上的溃疡。**GM**

代表作

诗歌

"海中升起的维纳斯" 1870
"醉舟" 1871
"地狱一季" 1873
"启示" 1886

书信

《书简集》1899

1840-59

"虚度了被奴役的青春，正因太过敏感，我浪费了生命。"

上图：十七岁的阿尔蒂尔·兰波肖像。

代表作

小说
《道林·格雷的画像》1890

短篇故事
《坎特维尔幽灵》1887
《快乐王子和其他故事》1888
《阿瑟·萨维尔勋爵的罪恶和其他故事》1891

戏剧
《温德米尔夫人的扇子》1892
《莎乐美》1893和1894
《无足轻重的女人》1893
《一个理想的丈夫》1895
《认真的重要性》1895

诗歌
《诗集》1881
《斯芬克斯》1894
《瑞丁监狱之歌》1898

散文
《社会主义下的人的灵魂》1891
《深渊书简》1905

上图：王尔德1882年在美国旅行期间拍摄的肖像照。

右图：奥博利·比亚兹莱为王尔德的剧本《莎乐美》创作的插图"高潮"。

奥斯卡·王尔德 OSCAR WILDE

全名：奥斯卡·芬葛·欧佛雷泰·威尔斯·王尔德（Oscar Fingal O'Flahertie Wills Wilde）

生于：1854年10月16日（爱尔兰都柏林）；**卒于：**1900年11月30日（法国巴黎）

风格和流派：剧作家、小说家、诗人、完美主义者、竞选家和短篇小说作家王尔德，因其举世无双的才智和堕落而闻名于世。

尽管有时候奥斯卡·王尔德的私生活会遮盖住他作品的光芒，但他拥有极高的文学天赋和无与伦比的智慧是毋庸置疑的。在1895年因为"严重猥亵"被捕入狱的著名事件发生前，生于爱尔兰的王尔德就是英国杰出的文学名人之一，他的剧本、颓废的穿着、坚持享乐和审美哲学都很著名。在监狱两年之后，他破了产，还遭到社会的排挤。他在国外度过了余生，后来用假名"塞巴斯蒂安·梅莫斯"住进了巴黎的阿尔萨斯酒店。牢狱生活和"苦役"判决严重透支了王尔德的健康，他去世时年仅四十六岁，距离他被释放只有三年。

王尔德出身于英裔爱尔兰上层社会家庭，他在都柏林圣三一学院学习古典文学，后来又来到了牛津大学莫德林学院，并在那里加入了唯美主义运动。1879年，他搬到了伦敦，成了国内外广受欢迎的美学演说家。

王尔德的诗歌首次出版是在1881年，在此后的十年间他写了大量作品，有类似童话故事的短篇小说，例如《快乐王子》；有讽刺维多利亚社会习俗和伪善的剧本，例如《温德米尔夫人的扇子》；还有他唯一的一部小说《道林·格雷的画像》，但这部小说却因为同性恋主题而饱受争议。

虽然他结过婚，还有两个儿子，却还是有多段同性恋情，其中最臭名昭著的一段就是与阿尔弗雷德·道格拉斯勋爵之间的那段，道格拉斯的父亲（第九代昆斯贝理侯爵）让王尔德遭到逮捕。一系列的审判之后（王尔德为同性之爱作了辩护），他进了监狱。

王尔德出版的最后一部作品《深渊书简》，是以他在监狱中写给阿尔弗雷德·道格拉斯的一封信为基础。文章的题目指的是圣经第130首赞美诗，意思是"从深处"。王尔德在文中谈论了自己的生活、自己因被控诉而受到了羞辱、在狱中遭受的痛苦和自己的宗教信仰。**CK**

萧伯纳 GEORGE BERNARD SHAW

生于：1856年7月26日（爱尔兰都柏林）；**卒于**：1950年11月2日（英国赫特福德郡圣劳伦斯河畔的埃奥特）

风格和流派：萧是爱尔兰剧作家，他以冷幽默、丰富的政治意味、饱满的﹍性角色和不幸的结局而著称。

代表作

戏剧

《华伦夫人的职业》1893
《武器与人》1894
《坎迪妮》1894
《左右命运的人》1895
《凯撒和克里奥帕特拉》1898
《人与超人》1903
《巴巴拉少校》1905
《卖花女》1913
《圣女贞德》1923

非虚构类作品

《费边社会主义散文集》1889
《给知识女性的社会主义和资本主义指南》1912
《政论指南》1944

"一个能劫富济贫的政府，一定会得到穷人的支持。"

上图：《青年萧伯纳肖像》蜡笔画，路易斯·乔普林作。

右图：萧伯纳在1909年的一场抗议俄国沙皇到访的集会上发表演说。

小萧伯纳的父亲是个酒鬼，母亲是专业的歌唱家，他生来口吃而且很自卑。十六岁时，他的母亲离家出走到了伦敦；不久之后他也去了那里，跟母亲一起生活到了四十二岁。他的作品里涉及不正常关系的情节中，通常描写的都是父母与子女。

在成为世界首屈一指的剧作家之前，萧曾经做过演员和文艺评论家，在他的启发下，还衍生出"萧伯纳式的机智"这样的表达。他是坚定的素食主义者、禁酒者和社会主义者，当代人经常认为他不仅自以为是，还爱说教。不过他的朋友圈倒是十分广泛，其中有很多名人，例如爱尔兰共和军领袖迈克尔·柯林斯、女演员爱伦·泰瑞、帕特里克·坎贝尔的夫人、阿尔弗雷德·道格拉斯勋爵（即奥斯卡·王尔德的情人）和查尔斯·狄更斯的女儿凯特·帕鲁金妮——她曾经把萧伯纳喊做"舍纳德·波尔"。他经常在伦敦的"演讲角"发表演说，还热情地支持妇女解放运动和爱尔兰地方自治，并且为男女同工同酬奔走呼号——这些事件经常成为他的作品主题。

萧的剧本中包括《华伦夫人的职业》，该剧对卖淫表示同情；《卖花女》，该剧给了《窈窕淑女》（该剧是大团圆结局，但是萧本人拒绝接受这一点）创作灵感。1884年，他和比阿特丽斯·波特和锡德尼·韦伯一起成立了费边社。1925年，萧被授予了诺贝尔文学奖，而在1938年电影《卖花女》还获得了奥斯卡奖。1898年，萧娶了一个富有的爱尔兰女子夏洛特·佩恩汤森。这位不屈不挠的剧作家九十四岁时在家中去世，他爬树修剪树枝时从梯子上跌了下来，当时新剧本才写了一半。**LH**

约瑟夫·康拉德 JOSEPH CONRAD

全名： 约瑟夫·特奥多尔·康拉德·科热尼奥夫斯基（Józef Teodor Konra Korzeniowski）

生于： 1857年12月3日（俄占波兰乌克兰别尔季切夫）；**卒于：** 1924年8月 日（英国坎特伯雷）

风格和流派： 康拉德是一位小说家，在十九世纪的道义确定性和二十世纪 在主义的绝望之间的刀锋上，他自如地游走。

代表作

中篇小说

《黑暗之心》1902

小说

《吉姆爷》1900
《诺斯特罗莫》1904
《特务》1907
《在西方的注视下》1911

1840–59

关于康拉德的资料中，最经常令人惊讶的是他直至二十一岁才开始学习英文。而他的写作事业开始得也很晚：他断断续续当了十六年水手，然后才在1895年出版了自己的第一本书《阿尔麦耶的愚蠢》。

康拉德的航海经历给他的大部分小说打下了基础，其中最著名的就是中篇小说《黑暗之心》，这部作品描写了他自己在刚果河上灾难般的航行。这本书——在1979年再次焕发生机，弗朗西斯·福特·科波拉将之改编成了电影剧本《现代启示录》——至今仍具有惊人的力量和预见性，它揭示了殖民主义罪恶、人类的虚伪和任何独立、客观且易于传播的真理中蕴含的难以捉摸的性质。这些主题经常出现在康拉德的作品中，即便疾病缠身、生活拮据，他也坚持以此为主题进行创作。他打动了许多同时期的作家，包括H.G.Wells、亨利·詹姆斯以及跟自己合作的福特·马多克斯·福特。

他们认识到康拉德可能是一位走在时代前列的作家，

上图：约瑟夫·康拉德在英国时候的照片，拍摄时间不明。

右图：《现代启示录》（1979）剧照，该片以《黑暗之心》为蓝本。

1840-59

左上图：照片上是康拉德和他的妻子、儿子约翰在家中。

上图：麦克斯·毕尔邦创作于1904年的亨利·詹姆斯和约瑟夫·康拉德素描。

他最好的作品——《吉姆爷》《特务》和《泄密者》——描写的是人在危急时刻必须做出生死抉择。在早期的航海题材小说中，这种选择常常与航海业不成文的规则背道而驰。但是，康拉德暗示这些规则不切实际，甚至有些荒谬，在资本主义、无政府状态和道德相对主义当道的时代，尤其如此。这种消极情绪在后来的政治题材小说《诺斯特罗莫》和《在西方的注视下》中更为明显。这两部小说讲述的都是革命和革命者的故事，然而两者明显不带有理想主义——也没有大团圆结局。

这些困惑都反映在康拉德狂热的叙事风格中，他随即对现代主义展开了一系列尝试，例如运用多个叙述者或者混乱的时间框架等。在相关的评论中，E.M.福斯特鄙夷地说康拉德的作品"从里到外都是一团浆糊"，然而正是这样的特征——他揭示出作品中并无具有决定性的中心思想，也没有什么晦涩难懂的含义，更没有什么事实依据——让读者一百多年来不断反复品读康拉德的作品。

COG

黑暗的层次

1977年，钦努阿·阿契贝写了一篇散文，她在文中把康拉德叫做种族主义者，而且说《黑暗之心》"令人愤慨地冒犯了"非洲黑人。由此引发的争论一直持续着，而后殖民地理论的发展则加剧了争论。当然，现代的读者们会觉得这的确令人反感，但显而易见的是，康拉德对白人殖民者有更糟糕的印象。在第一部小说中，他把马来人"野蛮的诚意"与欧洲人的"圆滑虚伪"做了一番对比。在怀疑无处不在的环境下，种族主义实在不算什么；换句话说，天下乌鸦一般黑。

代表作

小说

《戈斯泰·贝林的故事》1891
《亡命徒》1894
《假基督的故事》1897
《耶路撒冷》1901-1902
《尼尔斯骑鹅旅行记》1906
《将军的指环》1925
《夏洛特·勒温斯瑟尔特》1925
《安娜·斯瓦德》1928

塞尔玛·拉格洛夫 SELMA LAGERLÖF

生于：1858年11月20日（瑞典莫尔巴卡）；**卒于**：1940年3月16日（瑞典莫尔巴卡）

风格和流派：拉格洛夫是第一位获得诺贝尔文学奖的女性，她是因为生动的想象力和对精神世界的敏锐洞察而获奖。

塞尔玛·拉格洛夫的作品中不仅有很多北欧神话和传奇故事，还有很多瑞典北部风景描写。她的第一部小说《戈斯泰·贝林的故事》是瑞典浪漫主义的代表作品。拉格洛夫还在做老师时便开始写这部作品，她报送前面几张去参加文学竞赛，并且获得了出版合同为奖励。这部小说在瑞典一直未能获得关注，直到后来的丹麦语译本获得评论家的好评为止。《戈斯泰·贝林的故事》终于在瑞典取得了巨大成功，也成为了她最受欢迎的作品。

像拉格洛夫其他的小说一样，《戈斯泰·贝林的故事》对十九世纪瑞典的生活进行了抒情诗般的描写，还刻画了一系列人物角色。她用神话和传奇讲述了戈斯泰·贝林的故事，这个牧师因为酗酒而名誉尽失，他加入了十二个骑士组成的团伙。最后，贝林爱上了一个名叫伊丽莎白的女子，并因此获得了救赎。

《戈斯泰·贝林的故事》所取得的成功，再加上来自瑞典文学院和瑞典皇室的经济支持，使拉格洛夫能够放弃教职并且开始全心投入到写作中。1897年，她到意大

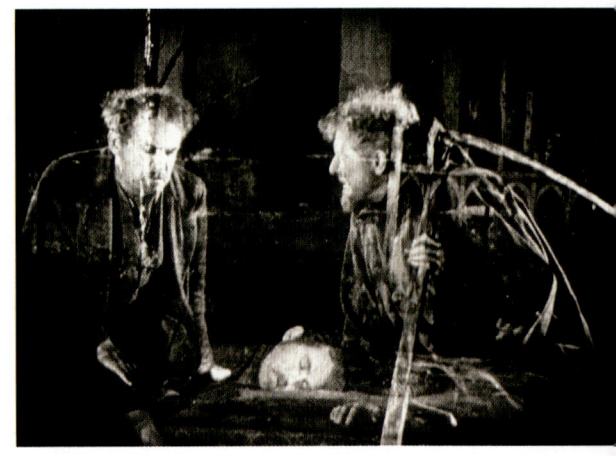

上图：拉格洛夫于1909年拍摄的照片，当年她获得了诺贝尔奖。

右图：《阿尔纳的宝藏》中的一个场景，以塞尔玛·拉格洛夫的小说为基础。

利旅行，并在那里写了《假基督的故事》，这是一个关于西西里岛上生活的故事。在1900年到埃及和巴勒斯坦旅行之后，她出版了《耶路撒冷》，它受到一些瑞典农民移居到圣地的真实故事的启发。1906年，拉格洛夫写了一部作品让她世界闻名——这就是童话故事《尼尔斯骑鹅旅行记》。

1909年，拉格洛夫成为了第一位被授予诺贝尔文学奖的瑞典人，也是第一位获奖的女性。她继续写作并且在二十世纪二十年代出版了"韦姆兰三部曲"，包括《将军的指环》《夏洛特·勒温斯瑟尔特》和《安娜·斯瓦德》。随着二战的临近，拉格洛夫通过办理瑞典签证的方式，帮助一些德国作家逃离了纳粹的魔爪，后来她还把自己的诺贝尔奖牌捐赠给了芬兰，以帮助遭受苏联封锁时期的芬兰人民。她于1940年死于中风。**HJ**

上图：瑞典最著名的女性作家塞尔玛·拉格洛夫在书房中工作。

奇幻之旅

塞尔玛·拉格洛夫最受欢迎的作品是《尼尔斯骑鹅旅行记》，创作这本书起初是瑞典学校的地理课本，它讲述了淘气的小男孩尼尔斯·霍尔格松缩成一个精灵大小，乘坐在一只鹅的背上飞越瑞典的故事。作品探索了这个国家的地理、自然风光和气候，在回到父母身边之前，尼尔斯通过一系列令人兴奋的冒险经历，学到了友谊和善良的真谛。这个形象实在是太受欢迎了，所以被印上了瑞典的20克朗纸币。

阿瑟·柯南·道尔 ARTHUR CONAN DOYLE

全名： 阿瑟·伊格内修斯·柯南·道尔（Arthur Ignatius Conan Doyle）

生于： 1859年5月22日（苏格兰爱丁堡）；**卒于：** 1930年7月7日（英国苏塞克斯郡温德尔沙姆）

风格和流派： 柯南·道尔之所以受到推崇，是因为他生动的想象力，而那些哥特式的意象是受到了埃德加·爱伦·坡的启发，氛围的描写和大胆的冒险故事也是原因之一。

代表作

小说

《夏洛克·福尔摩斯》1887
《血字的研究》1887
《四签名》1890
《福尔摩斯探案集》1892
《巴斯克维尔猎犬》1902
《恐怖谷》1915
《胃外科医生》1885
《神秘的克虏伯》1889
《迷失的世界》1912

戏剧

《准将杰拉德的功绩》1910
《坦珀利的房间》1912

非虚构类作品

《伟大的布尔战争》1900
《罗马天主教会。一个回答》1929

> "一般说来……一件事之所以显得更奇怪，是因为它根本没有看上去那么神秘。"

上图：1925年拍摄的苏格兰作家阿瑟·柯南·道尔。

阿瑟·柯南·道尔爵士创造了福尔摩斯，但他的知名度还比不上自己创造的这个角色。虽然这个喜爱拉小提琴、吸食可卡因的侦探已经成为了世界知名的"招牌"，但是对柯南·道尔来说却多少有些讽刺，因为他希望自己能被严肃地当成文学家来对待。他还写过非虚构类的作品、散文、小说以及另一个系列作品，他希望这个系列作品中的两个角色能像福尔摩斯那样出名，但没有哪部作品像他的犯罪小说这样深受好评。即便在布尔战争期间，他因为提供出色的医疗服务而受封为爵士，还是有流言说这是因为国王也是夏洛克·福尔摩斯迷。

柯南·道尔把自己的想象力归功于母亲讲述的"生动的故事"，他把这作为远离酒鬼父亲的一种生活方式。在学医期间，柯南·道尔开始写短篇小说。在伦敦开始当执业医生之前，他去过北极、非洲和欧洲大陆，在此期间他不停地写作。1888年，《血字的研究》中第一次出现了夏洛克·福尔摩斯这个人物，灵感来自于柯南·道尔前导师约瑟夫·贝尔博士。而福尔摩斯的好朋友华生医生则是作者个性的另一面——有时候他会把签名写成"约翰·华生医生"。

1906年，柯南·道尔的妻子路易莎因为肺结核去世，虽然他又在1907年与自己深爱多年的另外一个女子结了婚，但是路易莎的死仍旧让他深陷抑郁，并且开始对灵性和通灵产生兴趣。他成为"心灵研究会"的成员和发言人。在拒绝参加一战之后，柯南·道尔梦想着做很多发明来帮助在海外服役的人。这场战争杀死了他的很多家人，包括自己唯一的儿子。他躲进灵性的世界并且开始相信神怪，他开始反对天主教会，并且对抗那些公开嘲笑讥讽他的信仰的媒体。**LH**

克努特·汉姆生 KNUT HAMSUN

原名： 克努特·彼得森（Knut Pedersen）

生于： 1859年8月4日（挪威古德布兰德赛尔沃戈）；**卒于：** 1952年2月19日（挪威诺霍姆）

风格和流派： 诺贝尔奖获得者挪威作家克努特·汉姆生因为在二战期间支持德国纳粹主义而被众人疏远。

虽然生在挪威中部，但是汉姆生从很小的时候就显露出独立的精神。他几乎不怎么去上学，搬家到挪威北部的农场之后，他选择与农场周围的风景和空气作伴。这个农场叫做汉姆森德，汉姆生对农场的喜爱清楚地体现在给自己改名这件事情上了。他小小年纪便离开了家，十七岁时成了绳索作坊的学徒。二十岁时，他写了中篇小说《弗里达》却未能出版。既没有钱也没有朋友，汉姆生陷入了几乎被饿死的境地，这段经历给他1890年出版的最伟大的作品《饥饿》很大的启发。

二十三岁时，克努特·汉姆生到美国去旅行，他在那里做过很多种工作，包括伐木工和拍卖师。后来他被诊断出患了晚期肺结核并且回到了挪威——但这是在他把头伸到火车窗户外面给自己治病之后（他声称）。

虽然汉姆生的健康状况得到了好转，但是他在文学上的成绩依然不为人知，而之后的两年他仍然一贫如洗。他先是又去了一次美国，然后去了哥本哈根，之后《饥饿》才终于得以出版。该书一面世就取得了巨大成功，这预示着汉姆生的经济状况得到改善，1917年《大地的成长》的出版让他暴富，后来他又在1920年获得了诺贝尔奖。在那时，这个奖项受到极大的关注。但是，1943年他把诺贝尔奖牌当做礼物送给了纳粹宣传部长约瑟夫·戈培尔，让他遭到一致的谴责。他一直写作到暮年，九十三岁时在挪威去世，作为一个在政治上遭到抛弃的人，他在文学上取得的巨大成就最终也未能掩盖住个人的缺陷。**PS**

代表作

小说

《饥饿》1890
《神秘的人》1892
《薄土》1893
《王国梦想家的门口》1895
《奏哑弦的流浪者》1909
《时代之子》1913
《大地的成长》1917
《水泵旁的女人》1920
《终曲》1923
《徒步旅行者》1927
《八月》1930
《路通往何方》1933
《最后一章》1936
《杂草丛生的小径上》1917

"当好事降临到一个人的身上，他说这是天意，而如果是坏事，这就是命运。"

1840-59

上图：盛名之下的克努特·汉姆生于1914年拍摄的肖像。

安东·契诃夫 ANTON CHEKHOV

全名： 安东·帕夫洛维奇·契诃夫（Anton Pavlovich Chekhov）

生于： 1860年1月29日（俄罗斯塔甘罗格）；**卒于：** 1904年7月15日（德国巴登维勒）

风格和流派： 契诃夫写过悲剧以及悲喜剧的剧本和小说，这些作品刻画了乡村家庭生活的种种戏剧性事件，尤其关注人物的情感。

安东·契诃夫是将戏剧带入现代的十九世纪的剧作家之一。他藐视音乐剧和做作的表演，他创作的剧本都专注于表现家庭背景下主角们的情感生活，这也影响了二十世纪的剧作家，例如田纳西·威廉姆斯和尤金·奥尼尔。

他出生之时俄罗斯还处在沙皇统治下，但是农奴制已被废除，十月革命正在兴起。契诃夫的父亲曾是农奴，后来成为杂货店主，最后经商破产。作为崛起中的中产阶级的一份子，契诃夫接受教育并成为一名内科医师，他给报纸写稿以支付学费。借助自己的工作，他有机会接触到农民和贵族，疾病面前人人平等，他对人性的非凡洞察和仁慈的态度，都为自己的作品提供了素材。

契诃夫虽然是一位多产的短篇小说家，但他却是因为剧本而闻名，特别是《海鸥》《万尼亚舅舅》《三姐妹》和《樱桃园》。这些作品表现对乡村生活的厌倦，还有资产阶级的衰落，挫败感和长期的单相思让他们饱受折磨。因为短篇小说《黄昏时刻》而获得一笔奖金之后，他被安排去创作大受好评的剧本《伊万诺夫》，从此开始了剧本创作。现在广受好评的剧本《海鸥》在首演之夜并未收获成功。不仅被观众喝了倒彩，还遭到评论家的严厉批评，契诃夫发誓再也不会上演剧本了。仅仅一年之后，有影响力的导演康斯坦丁·斯坦尼斯拉夫斯基排演了这个剧本；演出取得了巨大的成功。他还执导了契诃夫其他的剧本，这些作品见证了极具戏剧性的逆转。**CK**

代表作

短篇故事

《黄昏时刻》1887
《我的生活》1896
《拜访朋友》1898
《带狗的女人》1899
《在峡谷里》1900

戏剧

《伊万诺夫》1888
《海鸥》1896
《万尼亚舅舅》1899
《三姐妹》1900
《樱桃园》1904

"药物是我合法的妻子，而文学则是我的情人。"

——1888年给A.S.苏沃林的信

上图：契诃夫油画像局部，奥西普.E.布拉兹作于1898年。

拉宾德拉纳特·泰戈尔
RABINDRANATH TAGORE

生于： 1861年5月7日（印度加尔各答）；**卒于：** 1941年8月7日（印度加尔各答）

风格和流派： 泰戈尔的兴趣十分广泛——他是剧作家、诗人、小说家、作曲家和画家，他创造性地运用孟加拉语创作抒情诗作品。

1913年诺贝尔文学奖获得者拉宾德拉纳特·泰戈尔是印度作家中的特例，他的作品在西方有广泛的读者群，也受到极大的赞赏。他出身于加尔各答一个富裕的名门家庭，小时候学过梵语、英语和母语孟加拉语。他还是个孩子时就开始写诗，还到英国学习过，1890年他出版了《理想的人》，这部诗集给读者留下了相当深刻的印象。从1891年开始，他花费十年时间管理自己位于东孟加拉的家族产业，对当地农民有了更多的了解，他们的生活，他们的苦与乐，都对自己的诗歌和短篇小说产生了影响（其中部分作品被萨蒂亚吉特·雷伊改编成电影）。他还为自己的歌词谱曲；他写过剧本，也写过小说和散文，晚年的时候开始学习绘画。

泰戈尔不再沿用孟加拉语经典传统，转而使用日常口语，同时也不再采用传统的梵语模式。作品被翻译成英文之后为他在西方赢得了众多崇拜者，其中就有W.B.叶芝和安德烈·纪德。他的妻子和其中两个孩子二十世纪初去世，这些事让他后来的作品中都渗透着深深的伤痛。他相信，为了世界的一体化，印度和西方文化传统的精华可以和谐地融合在一起。1901年，他先后在西孟加拉建立了名为"和平的居所"的一所学校和大学，以此推行自己的理想。虽然他一直在学校生活到1921年，实际上却在欧洲和美洲度过了自己的大部分时间，他在那里吟诵诗歌，发表雄辩的演说，倡导印度独立。1915年，他被英国授予爵士头衔，却在四年后放弃了这个头衔，以抗议英军在阿姆利则大肆屠害印度人的行径。**RC**

代表作

小说
《破碎的巢》1901
《家与世界》1916

短篇故事
《乞丐女人》1877
《逃亡者》1895

戏剧
《蚁蛭》1881
《牺牲》1890

诗歌
《理想的人》1890
《黄金船》1894
《吉檀迦利》1912
《园丁集》1913
《采果集》1916

"我们不会乞求无法企及的空虚之物。"

————《园丁》

上图：泰戈尔1930年的照片，当时他六十三岁。

代表作

小说

《一生》1892

《老年》1898

《季诺的意识》1923

《骗局》1928

短篇故事

《善良老人和美丽姑娘以及其他故事》1929

右图：伊塔洛·斯维沃拍摄于1892年的一张照片，手拿《一生》的书稿。

代表作

小说

《通往旷野的路》1908

《狂想曲：一个梦想的小说》1925

短篇故事

《古斯特少尉》1900

戏剧

《阿纳托尔》1893

《春的森林》1895

《爱的舞蹈/轮舞》1900

《伯恩哈迪教授》1912

伊塔洛·斯维沃 ITALO SVEVO

原名： 阿伦·埃托雷·施米茨（Aron Ettore Schmitz）

生于： 1861年12月19日（意大利的里雅斯特）；**卒于：** 1928年9月13日（意大利特雷维索莫塔迪利文扎）

风格和流派： 意大利第一位现代小说家。索维沃还是剧作家和短篇小说家，他因为自己诙谐的散文和自恋又自我反省的人物角色而闻名。

在十九世纪各种伟大主题的文学作品中，以无能为主题的小说，以斯维沃的作品为最佳：无能从本身意义上说，指的是完全无法应对人们在公事上的冷酷无情，也无法处理各种狡猾的诡计，不论是在感情、肉体还是其他方面都是如此。斯维沃笔下的角色都昏头昏脑，会纠结于生活中的各种小事。他笔下的主角都很擅长自嘲，但这绝不是批评——斯维沃不太注重效率，他的个性界限分明而且自信，或许正是因为如此，他笔下的主角总是一副优柔寡断的样子，但是在这种沉重而现实的情况下，谁又能够真正地享受生活呢。**FF**

阿尔图尔·施尼茨勒 ARTHUR SCHNITZLER

生于： 1862年5月15日（奥地利维也纳）；**卒于：** 1931年10月21日（奥地利维也纳）

风格和流派： 施尼茨勒是情色大师，他关注的是世纪末的享乐主义盛行的维也纳的爱与死亡，他还以反对"反犹太主义"的立场而闻名。

出身于中产阶级犹太人家庭的阿尔图尔·施尼茨勒放弃了医学，成为了一名作家。他在《爱情之舞》等作品中刻画了世界末维也纳的腐朽生活，这些作品中的露骨的情色描写非常出名，并且都源自作者的个人生活。但是施尼茨勒的作品绝不止寻欢作乐这么简单。他对西格蒙德·弗洛伊德的理论有浓厚兴趣，也是最早使用意识流手法的作家，创作出了《古斯特少尉》。他对反犹太主义持反对立场，并因此经常招致责难，因为当时反犹太情绪正在不断上升，纳粹党当政之后，他的作品被禁。**CK**

伊迪丝·华顿 EDITH WHARTON

原名： 伊迪丝·纽伯·琼斯（Edith Newbold Jones）

生于： 1862年1月24日（美国纽约州纽约）；**卒于：** 1937年8月11日（法国瓦勒德瓦兹省圣布里斯苏弗雷）

风格和流派： 华顿曾经是一位作家，她以对美国上流社会的礼仪和风俗有浓厚兴趣和戏剧讽刺的敏锐直觉而闻名。

代表作

小说

《空谷芳草》1902
《欢乐之家》1905
《树上的果子》1907
《伊坦·弗洛美》1911
《乡土风俗》1913
《夏天》1917
《纯真年代》1920
《夜间故事》1922
《睡意朦胧》1927
《孩子》1928

非虚构类作品

《回首往事》1934
《生活和我》1990

1860-79

> "唯一可以不用考虑金钱的方法就是有很多钱。"
>
> ——《欢乐之家》

上图：二十世纪三十年代的华顿，她因为对美国上层社会的描绘而闻名。

在伊迪丝·纽伯·琼斯的成长过程中，没有多少迹象显示她将来会取得的巨大成就。她的父母都是"有闲阶级"——可能是家庭背景让她有灵感创造出"向邻居看齐"这个短语——因为出自纽约的大家族，所以伊迪丝在童年时代的生活特点就是，享受各种特权的同时也受到各种约束。她对这种状况感到非常矛盾，又在1885年开始了与泰迪·华顿不幸的无性婚姻（两人于1913年离婚），此后作者就明显偏好这种类型的主题。

华顿笔下重要的人物都受到特定的社会规范和礼节的约束，而特权阶层的礼仪正是由此构成。在《欢乐之家》中，莉莉·巴特虽然已经沉迷于财富和虚荣，却多次拒绝可为她带来丰厚财富的求婚，所以逐渐遭到资产阶级的排斥，最终在寒酸的公寓中了却余生，实际上抛弃了她的文化也谋害了她。华顿在《伊坦·弗洛美》中观察到，在完全不同环境中的不安情绪是类似的，这部幽闭恐惧症小说的背景被设置在新英格兰一个遭到遗弃的小镇上。伊坦想要与马蒂·希尔福私奔，她与自己病快快的泼妇老婆齐娜完全不同，可是他却因为害怕左邻右舍的议论而不敢这么做。

华顿写过四十多本书——既有小说也有非小说作品——她也是第一位获得普利策小说奖的女性。她进入了文学圈，与亨利·詹姆斯等人成了密友。她四处旅行，在经历了离婚和一段轰轰烈烈的感情之后，她决定离开美国搬到法国去。在第一次世界大战期间，她承担起繁重的战时特殊工作，包括访问前线和处理难民问题，这反过来也给了她创作灵感。她在法国去世，享年七十五岁。**IW**

加布里埃尔·邓南遮 GABRIELE D'ANNUNZIO

生于：1863年3月12日（意大利阿布鲁佐佩斯卡拉）；**卒于**：1938年3月1日（意大利伦巴第大区布雷西亚加尔多内里维耶拉）

风格和流派：邓南遮是意大利象征主义诗人、剧作家和小说家，他的作品颓废、暴力又露骨，曾经因此引起过争议。

加布里埃尔·邓南遮自称为"游吟诗人"，而最能证明他复杂性格的就是一栋房子——"意大利人的胜利神殿"——他在这里度过了余生。诗人是欧洲象征主义运动的主要代表，他把自己的家改造成为神殿。邓南遮以当代卡萨诺瓦而著称，他著有《孩子的欢乐》和《生命的火焰》这样的作品，因而担当得起这样的传奇地位。《生命的火焰》出版之时受到很多非议，因为它不仅深受弗雷德里希·尼采的"超人说"的影响，而且对情色的描写开门见山，包罗万象，描写得非常到位。**FF**

康斯坦丁·P.凯瓦菲
CONSTANTINE P. CAVAFY

全名：康斯坦丁·彼德鲁·菲奥提亚的斯·凯瓦菲（Constantine Petrou Photiades Cavafy）

生于：1863年4月17日（埃及亚历山大港）；**卒于**：1933年4月29日（埃及亚历山大港）

风格和流派：作为继承了希腊文学传统的诗人中最年轻的一位，凯瓦菲用同性恋和怀旧为主题的作品重新塑造了希腊和欧洲文学。

在那些充满哀伤和愤怒的诗歌中，康斯坦丁·P.凯瓦菲预见到第二次世界大战可能让亚历山大港的希腊人社区彻底消失。凯瓦菲的诗歌很少能够传播到希腊人的小团体之外，唯一的例外就是《伊萨卡岛》，这部作品于1911年出版在T.S.艾略特的颇有影响力的《标准》杂志上。凯瓦菲拒绝让自己的作品进入文学市场，反而与艾略特和埃兹拉·庞德的古典主义风格产生了共鸣。然而，只有托姆·冈恩这样的作家才追随着他所开辟的道路，凯瓦菲把个人和政治巧妙地结合在一起，用通俗却经典的诗歌表现对同性恋情的欲望。在使古典世界现代化方面，鲜有作家能与凯瓦菲相媲美。**SM**

1860-79

米格尔·德·乌纳穆诺
MIGUEL DE UNAMUNO

生于：1864年9月29日（西班牙毕尔巴鄂）；**卒于**：1936年12月31日（西班牙卡斯蒂利亚莱昂萨拉曼卡）

风格和流派：乌纳穆诺是散文家、小说家、诗人和哲学家，他探寻了理性与信仰之间充满活力又痛苦不堪的紧张关系。

代表作

小说
《爱与教育》1902
《迷雾》1914
《阿贝尔·桑切斯》1917
《圣·曼努埃尔·布埃诺》1933

诗歌
《心中的诗》1923
《从富埃特文图拉到巴黎》1925
《流亡的歌谣》1928
《歌集》1953

非虚构类作品
《生命的悲剧意识》1913
《基督教的痛苦》1925

1860-79

作为政治和哲学作家，米格尔·德·乌纳穆诺写过很多优美的诗句和深刻的散文，他把自己智慧的一生都用于在信仰和理性之间寻求平衡，探索存在和不朽之间的联系。他出生在毕尔巴鄂，父母都是巴斯克人，在六个孩子中排行第三，后来他与青梅竹马的妻子生了十个孩子。

在马德里大学获得哲学博士学位之后，他来到萨拉曼卡大学教授希腊语言文学，后来还当选为该校校长。1914年，因为在第一次世界大战中支持盟军，他不得不放弃这个职位。虽然在1924年恢复原职，却因为反对军事独裁者普里莫·德·里维拉将军，被孤身一人流放到加那利群岛中的富埃特文图拉岛上。他逃到了巴黎，在那里写了《从富埃特文图拉到巴黎》。在巴黎期间，他还完成了《流亡的歌谣》，这也是他在世期间发表的最后一本诗集。他的朋友和这些作品，让公众的注意力被吸引到他的流放上来。1930年，西班牙国王阿方索推翻了独裁者，乌纳穆诺才回到了西班牙。在萨拉曼卡有一个传说，回来的那一天，乌纳穆诺发表了一场演说，开头便是："就像我们昨天所说的那样……"，就像他从来没有离开过一样。

上图：西班牙作家米格尔·德·乌纳穆诺，摄于1920年。

右图：1936年，乌纳穆诺与阿斯特赖将军争吵之后离开学校。

左图：乌纳穆诺肖像，华金·索罗利亚-巴斯蒂达作于约1920年。

1860–79

乌纳穆诺被认为是存在主义哲学的先行者。发生在1896年至1897年间的那场宗教危机让他认识到，他无法对上帝或是生命的意义找到一种合理的解释。他从普遍的学术性哲学研究，转向探索个体在死亡和不朽问题上的痛苦挣扎。他得出了结论，理性主义将永远无法给我们信仰所能给与的东西。"有一种信仰是毋庸置疑的，这就是死亡，"他如是说。《人和人类的生活中的悲剧意识》等作品处理的就是上述以及相关问题。乌纳穆诺的思想影响了包括胡安·拉蒙·西蒙尼斯和格雷厄姆·格林在内的众多作家。**REM**

乌纳穆诺之死

乌纳穆诺越来越害怕西班牙的独立会在外部的影响下被粉碎，因此他起初很欢迎佛朗西斯科·佛朗哥将军领导的叛乱。然而不久之后，乌纳穆诺开始反对严酷的新政权。1936年，乌纳穆诺与法西斯统帅何塞·米兰-阿斯特赖将军在萨拉曼卡大学有过一次短暂但是公开的争吵。米兰-阿斯特赖用枪指着乌纳穆诺，把他强行赶出了学校。尽管佛朗哥据说批准枪毙他，但是乌纳穆诺却只是遭到软禁，以避免国际社会的强烈抗议，两个月后他因为心脏病突发去世。

叶芝 W. B. YEATS

全名： 威廉·巴特勒·叶芝（William Butler Yeats）

生于： 1865年6月13日（爱尔兰都柏林桑迪芒特）；**卒于：** 1939年1月28日（法国普罗旺斯-阿尔卑斯省-蓝色海岸芒通）

风格和流派： 爱尔兰诗人、剧作家、十九世纪晚期"爱尔兰文艺复兴"领军人物，叶芝常以凯尔特语、政治和神秘题材为创作主题。

代表作

戏剧

《凯瑟琳女伯爵及其他传说和抒情诗》1892
《炼狱》1938

诗歌

《茵梦湖岛》1893
《玫瑰》1893
《奥辛之浪迹及其他诗作》1889
《苇间风》1899
《责任》1914
《1916年的复活节》1916
《库利的野天鹅》1919
《纪念罗伯特·格里高利少校》1919
《塔楼》1928
《回梯与其他诗作》1933
《新诗》1938

叶芝一直在伦敦生活到了十多岁，期间曾数次来到爱尔兰去拜访他母亲在斯莱戈郡的家人。爱尔兰的西部风光为他大量优秀的早期诗歌提供了灵感，其中包括《茵梦湖岛》。从1880年开始，他定居都柏林，并且成为了大都会艺术学院的学生，在发展对诗歌的兴趣的同时，探寻神秘主义和神秘学的迷人魅力。从1887年开始，他在伦敦和都柏林工作，热情地投身于发展具有爱尔兰特色的文学运动中。1885年，他见到了诗人和芬尼亚会领袖约翰·奥利瑞，这次会面帮助他把注意力转移到现存的爱尔兰诗歌、民谣和故事传统上，也让他的作品有了更强烈的民族主义色彩。他在1889年邂逅了革命者莫德·冈恩之后更积极地参与国家的政治活动，他曾经数次向冈恩求婚，却一直未能成功。叶芝发现一种统一的文化出现的时候，戏剧能扮演非常重要的角色。因此，他在1889年与别人合作建立了爱尔兰文学剧院，并由此衍生出都柏林艾比剧院。

他晚期的诗集包括《苇间风》和《库利的野天鹅》。

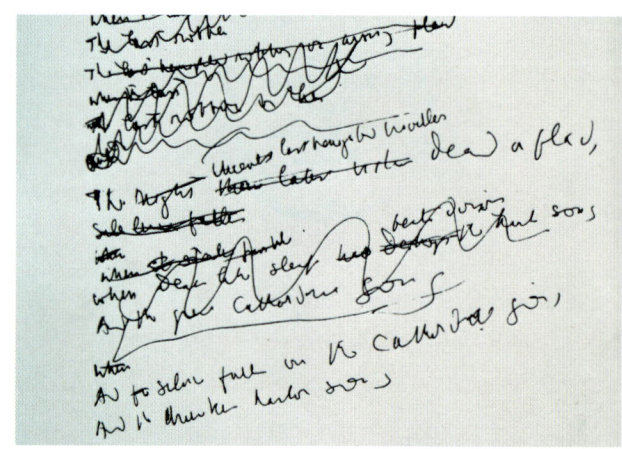

上图：威廉·巴特勒·叶芝于1911年7月15日拍摄的肖像照。

右图：叶芝手稿《拜占庭》第二页下半部分。

在这些作品中，叶芝把自己塑造为既是爱尔兰民族主义诗人，又是有着幻想和超验主义冲动的象征主义作家。叶芝之所以出名，部分原因在于他不仅把爱尔兰神话传说出色地改编成英文，还及时捕捉到爱尔兰重要的政治历史事件。《1916年的复活节》至今仍是最出色的政治悲歌，而《纪念罗伯特·格里高利少校》则展现出叶芝描写失去和哀悼的诗歌中，展现出的强烈的个人倾向。

1917年，他与乔治（乔琪）·海德里斯结婚。他在临近戈尔韦郡库勒庄园的地方买了一座诺曼底式的高塔，那里成了他们的家。1922年，爱尔兰自由邦成立之后，叶芝成为了参议员，后来获得了1923年的诺贝尔文学奖。**SR**

上图：法国士兵扛着叶芝的棺材在爱尔兰重新下葬。

有象征意义的塔

叶芝在1917年买下的那座古老破败的高塔名叫巴里丽塔，它是一个诺曼人的堡垒。在叶芝的想象中，它不仅有极为重要的象征意义，还为诗集《高塔》设置了背景。高塔是一个有力的提醒，提醒人们英国人对爱尔兰数个世纪的殖民占领，但是在叶芝的脑海里，它与文学有着非常紧密的联系。它是一种浪漫的象征，象征着诗人这种孤独的职业，与珀西·比希·雪莱和拜伦爵士作过的诗也有些许联系。在二十世纪二十年代暴力的政治骚乱年代，这里还成为了庇护所和瞭望塔。

鲁德亚德·吉卜林 RUDYARD KIPLING

全名： 约瑟夫·鲁德亚德·吉卜林（Joseph Rudyard Kipling）

生于： 1865年12月30日（印度孟买）；**卒于：** 1936年1月18日（英国伦敦）

风格和流派： 他写的丰富多彩的小说能够唤醒人们的理性，作品特点是具有温和的幽默感、钟爱不寻常的表达、押头韵以及拟声词。

代表作

小说

《金姆》1901

短篇故事

《山的故事》1888

《幻影车和其他奇异的故事》1888

《森林王子》1894

《原来如此的故事》1902

《普克山的帕克》1906

诗歌

《机关打油诗》1886

《曼德勒》1890

《如果》1910

非虚构类作品

《生平纪要》1937

"回来吧，英国的士兵们：回曼德勒来！"

——《曼德勒》

鲁德亚德·吉卜林在印度出生，在那里度过的童年时光帮助他为自己所有的作品树立了风格，不管这些作品在哪里被创作出来都是如此。他为成年人和儿童创作作品，在作品中他提到，在一位印度保姆的照料下，他度过了色彩缤纷、生机勃勃的幼年时光。五岁时，他被送到了英国的学校，这段经历十分悲惨，所以他不得不用想象来作为慰藉方式，后来他因此创作了多部小说。刚一有了机会就离开英国，他回到了印度，还成了一个记者。他对印度风景和生物的热爱直接启发他创作出了《原来如此的故事》和名著《森林王子》。

吉卜林的父亲是建筑学教授，他的母亲出身显赫，姨妈们都嫁了人，所以他才跟爱德华·伯恩琼斯和爱德华·波因特这样的艺术家，还有首相斯坦利·鲍德温成了亲戚。他的家里有许多这样了不起的大人物，他们的生活和作品也对吉卜林的作品产生了影响。

作为一个时代的发声者，吉卜林已经为人所熟知，他的语言、思想和文学形象都定义了他生活的那个世界——不论是在战前还是第一次世界大战期间。虽然出身显赫，但他的生活完全是悲剧一场。女儿约瑟芬死时只有六岁，他还为她写过《原来如此的故事》，儿子约翰一战中去世，年仅十八岁。内心的悲伤，让吉卜林写了一些非常尖刻的作品，他第一个创造出了"他们的名字永远活着"这句话，它是英国的战争纪念碑上运用最广泛的一句。1907年，吉卜林被授予了诺贝尔文学奖。他被安葬在伦敦威斯敏斯特大教堂的"诗人角"。**LH**

上图：E.O.霍普为鲁德亚德·吉卜林拍摄的肖像照，约1912年。

H.G.威尔斯 H. G. WELLS

全名： 赫伯特·乔治·威尔斯（Herbert George Wells）

生于： 1866年9月21日（英国肯特郡布罗姆利）；**卒于：** 1946年8月13日（英国伦敦）

风格和流派： 威尔斯被认为是科幻小说之父，此外他还是小说家、记者、社会学家和历史学家。

　　小店主的儿子、曾经的布商助手、后来的教师、生物学毕业生、工党国会议员候选人、费边社成员——H.G.威尔斯把自己的经历都写进了作品中。他是个多产作家，写过短篇小说、散文、历史故事和小说，却是因科幻小说而闻名，其中最著名的作品是《时光机器》《莫洛博士岛》《隐形人》《星际大战》和《第一次登上月球的人》。这些作品让他与儒勒·凡尔纳一样，被描绘成"科幻小说之父"。

　　但是，令威尔斯与众不同的是，他惊人地准确预见了科技发展和社会变革，他预言的事件包括坦克、原子弹、基因技术、星际旅行、性解放运动和欧盟的发展，甚至还有法西斯主义的兴起。正是因为他有如此远见，所以在第二次世界大战期间温斯顿·丘吉尔爵士让他有机会接触到军队中的工程师，以便建造他的其中一项发明"索道"（在战争末期，这项装备引进的数量很少，因此未能起到作用）。让作品妙趣横生的并不仅仅是他的预言能力，他技巧高超的说故事的人，他创造性地描绘了自己对理想国和新世界秩序的信仰，他描绘的未来让人充满了希望，同时人类也有能力从历史中吸取经验。威尔斯并非没有幽默感，在《基比：一个单纯灵魂的故事》和《波利先生的故事》这样的讽刺小说中，他对阶级和婚姻制度幻想破灭的原因进行了一番审视，甚至还在书中提到了他的早期生活。威尔斯也免不了是个凡人，他的私生活堪比自己作品中所探究过的那样，主题丰富多彩，情节狂放不羁。尽管如此，他依然是一位最有影响力的伟大思想家，他的作品有趣又迷人。

代表作

小说

《时光机器》1895
《莫洛博士岛》1896
《隐形人》1897
《星际战争》1898
《第一次登上月球的人》1901
《基比：一个单纯灵魂的故事》1905
《空中战争》1908
《安·维罗妮卡》1909
《托诺-邦盖》1909
《波利先生的故事》1910

非虚构类作品

《世界短史》1922
《世界的大脑》1938

"没有改变和不需要改变的地方，是没有智慧的。"

——《时间机器》

上图：科幻小说之父H.G.威尔斯于1925年左右拍摄的照片。

241

拉蒙·德尔·巴列-因克兰
RAMÓN DEL VALLE-INCLÁN

全名：拉蒙·马里亚·德尔·巴列-因克兰·德拉·佩纳（Ramón María del Valle-Inclán y de la Peña）

生于：1866年10月28日（西班牙庞特维德拉维勒纽埃拉德阿罗萨）；**卒于**：1936年1月5日（西班牙圣地亚哥德孔波斯特拉）

风格和流派：西班牙现代主义剧作家、诗人、剧作家和"九八年一代"的一员，他写了具有颠覆性的作品，讽刺了西班牙的权势集团。

    拉蒙·德尔·巴列-因克兰精心保持一种神秘的风范，他留着长发和络腮胡子，戴黑色的帽子，身穿黑色钟形长斗篷，走起路来体态优雅，带有贵族的做派，跟他的加利西亚人出身并不相符。他受到法国象征主义和现代主义的影响，第一部广为人知的作品是中篇小说集《布拉多明侯爵回忆录》。这些优美的文章记录了人物唐·胡安·曼纽埃尔·德·蒙特内哥罗一生中的四个季节，他是个加利西亚的好色之徒，是个半自传性质的人物。德·蒙特内哥罗和他的六个私生子被写入了这些令人回味的抒情散文中，文中既有幽默精致的模仿，也有对往日颓废的贵族生活的怀旧，再加上互文和各种典故，这些气势恢宏的故事被赋予了生命。

    巴列-因克兰在第二个文学时期放弃了对现代主义传统和美的追求，转而开始创作讲述十九世纪卡洛斯战争的暴力三部曲。他的第三次转变以启用怪诞讽刺漫画式的创作方式为标志，他用这种方式讽刺和批评十九世纪西班牙人某些特定的理想。他特别抨击了皇室的态度、罗马天主教会、军国主义以及男性荣耀的概念。他还用系统化的方式，故意扭曲了英雄人物和他们的价值观，以此讽刺资产阶级和统治阶级的观点。他的作品刻意表现得荒诞，有表现主义特征，这一时期最出色的剧本是《波西米亚人的灯》和《唐福里奥莱拉的号角》。《伊比利亚马戏团》是一部未完成的九部小说组成的作品集，表现的是西班牙社会的堕落和政治腐败。

REM

代表作

中篇小说

《布拉多明侯爵回忆录》（奏鸣曲）1902-1905

小说

《克鲁扎尔多·德拉库萨》1908
《暴君班德拉斯：一片温暖的土地》1926
《奇迹法庭》1927
《伊比利亚马戏团》1927-1936

戏剧

《波西米亚人的灯》1920
《唐福里奥莱拉的号角》1921

诗歌

《响棒抒情诗》1930

1860-79

"即便是最美的东西，在四面镜中都会显得很可笑。"

——《波西米亚人的灯》

上图：怪诞讽刺大师巴列-因克兰晚年拍摄的肖像。

路伊吉·皮兰德娄 LUIGI PIRANDELLO

生于： 1867年6月28日（意大利西西里岛阿格里真托）；**卒于：** 1936年12月10日（意大利罗马）

风格和流派： 皮兰德娄是意大利著名的剧作家和小说家，他挑战了传统戏剧，认为所谓自身特性无非是在演戏而已。

西西里人路伊吉·皮兰德娄出生在阿格里真托郊区一个名叫高斯的地方，人们通常认为他就是生于混乱之中。他虽是个高产作家，可是一生都过得焦虑不安，运气非常不好。父亲开设的硫磺矿1903年被洪水淹没了一次，他从此之后就陷入了财务危机，他还花费多年时间照顾自己患精神病的妻子，后来迫不得已还是把她送进了疯人院。

第一次世界大战之前，皮兰德娄一直专注于散文创作，写了大量重要的评论和小说，其中包括《已故的巴斯加尔》，这部喜剧杰作讲述了主人公看到自己的死亡报告以后放弃了自己的身份，从喜气洋洋的一个人变得意志消沉起来。战争激发了皮兰德娄的激情，驱使他把戏剧变得更加大众化。他写了四十一个剧本，到了二十世纪二十年代已经是世界知名的剧作家了。

皮兰德娄最著名的剧本在罗马首演的时候，他被喝倒彩的声浪赶出了剧院，不得不从剧院的边门落荒而逃。《六个寻找作者的剧中人》打破了传统意义上对戏剧空间的期待。这个剧本现在被认为具有开拓性意义，它表现了一群演员一起排练剧本的场景。该剧暗指所谓的生活反应艺术只不过是带着不同的面具演戏而已；皮兰德娄在表现疯狂举动的喜剧作品《亨利四世》中发展了这一主题。许多评论家认为，这些作品对"荒诞派戏剧"产生了重要影响。皮兰德娄曾因与意大利法西斯分子之间关系密切而饱受批评，但是偏偏只有他认为，为了继续他的戏剧工作，他需要戴上一副面具才行。1934年，他被授予了诺贝尔文学奖。**TM**

代表作

小说
《已故的巴斯加尔》1904

《一个人，既不是任何人，又是千万个人》1926

戏剧
《你是对的〈如果你这么认为〉》1917

《六个寻找作者的剧中人》1921

《亨利四世》1921

《以自己的方式》1930

《今晚我们即兴演出》1930

非虚构类作品
《论幽默》1908

> "一个角色即便在死去的时候都可以大笑。他不能死。"
>
> ——《六个寻找作者的剧中人》

上图：二十世纪三十年代，诺贝尔奖获得者皮兰德娄。

1860-79

代表作

小说

《母亲》1906

《阿尔塔莫诺夫家的事业》1925

短篇故事

《二十六个男人和一个女孩》1899

戏剧

《在底层》1902

《夏日访客》1903

《太阳底下的孩子们》1905

诗歌

《海燕之歌》1901

非虚构类作品

《童年》1913

《在人间》1916

《我的大学》1922

右图：阿基利·贝尔特拉姆的作品，1907年高尔基在俄罗斯革命者的集会上。

代表作

小说

《背道者》1902

《田园交响曲》1919

《伪钞制造者》1925

短篇故事

《浪子的回归》1907

戏剧

《扫罗》1903

非虚构类作品

《牧童》1924

《如果它死了》1924

《访苏归来》1936

马克西姆·高尔基 MAXIM GORKY

原名： 阿列克谢·马克西莫维奇·彼什科夫（Aleksey Maksimovich Peshkov）

生于： 1868年3月16日（俄罗斯下诺夫哥罗德州下诺夫哥罗德）；**卒于：** 1936年6月18日（俄罗斯莫斯科）

风格和流派： 高尔基是拥护穷人和工人阶级的作家和革命者、马克思主义者，还是社会主义现实主义文学的奠基人。

　　阿列克谢·马克西莫维奇·彼什科夫从1892年开始用"高尔基"（意为最大的痛苦）这个假名来表达自己的观点。他早年生活贫苦，所以余生都站在穷苦人的立场来维护他们。作为社会主义现实主义文学的奠基人，他的作品描写了贫穷的无情境地，以及穷苦人的勇气和自豪。他因为自己的政治观点多次入狱。在狱中还写过高调的政治题材小说和剧本，包括《在底层》和《太阳底下的孩子们》。高尔基在意大利生活过一小段时间，后来在1932年回到了俄罗斯。他后来死得蹊跷，约瑟夫·斯大林的警察总长根里克·雅戈达与此事不无关联。**TamP**

安德烈·纪德 ANDRÉ GIDE

全名： 安德烈·保罗·吉约姆·纪德（André Paul Guillaume Gide）

生于： 1869年11月22日（法国巴黎）；**卒于：** 1951年2月19日（法国巴黎）

风格和流派： 纪德的作品呈现了对自我的寻找，体现出对性和性行为的开放态度，这些作品在那个时代绝对骇人听闻。

　　安德烈·纪德的工作和生活密不可分。他四处旅行，然后把旅行的经历融入到作品中。他写过小说和自传，此外还是个象征主义者、完美主义者、政治激进分子（他曾以自己是左翼而骄傲，但是二十世纪三十年代他到访苏联之后，政治幻想就破灭了）、反对法西斯的运动家，此外作为一个性实验主义者，他的观念经常令人震惊。他的性格复杂强势，自己的一生矛盾重重。1895年，他在阿尔及尔见到了奥斯卡·王尔德，大方地承认了自己是同性恋——不过后来他娶妻生女。纪德把自己工作和生活的大部分精力用在关注个人的权利上。他获得了1947年的诺贝尔文学奖。**LH**

约翰·米林顿·辛格 JOHN MILLINGTON SYNGE

生于： 1871年4月16日（爱尔兰法恩汉）；**卒于：** 1909年3月24日（爱尔兰都柏林）

风格和流派： 虽然他的创作生涯只有短短六年时间，但是辛格凭借着悠闲的抒情散文，以及对爱尔兰农民生活的现实主义刻画，使自己成为爱尔兰最伟大的剧作家之一。

代表作

戏剧

《幽谷暗影》1903
《葬身海底》1904
《西方世界的花花公子》1907
《小炉匠的婚礼》1908

非虚构类作品

《艾兰岛》1907

辛格原本想成为音乐家，所以他去德国学习音乐，但是由于性格内向而且质疑自身的能力，他最终弃乐从文了。到法国和意大利去旅行之后，叶芝鼓励他去爱尔兰西海岸的艾兰岛游览一番。他在文章中描写了自己在那里见到的人们，改变了对爱尔兰农民生活的印象，以往他们的生活被浪漫化了。他的作品发表在1898年的《新爱尔兰评论》上，后来又在1907年集结成书，即《艾兰岛》。

《幽谷暗影》是他的第一个剧本，这是一个上演于1903年的黑色独幕喜剧。作品源自于一个爱尔兰民间传说，一个深陷不幸婚姻的年迈丈夫假死了一场，以此检验自己年轻的妻子是否忠诚。这个剧本受到爱尔兰民族主义者的抨击，他们认为这是给爱尔兰女性抹黑。剧本1904年上演时还是都柏林具有开创性的艾比剧院上演的第一个剧本。

紧随《幽谷暗影》之后的是《葬身海底》，它被公认为现代戏剧史上最伟大的短篇悲剧之一。剧情的背景设定在艾兰岛，主角是个名叫莫利亚的母亲，她的五个儿子都已经葬身大海，她担心自己离开艾兰岛去戈尔韦的马市的时候，会失去自己的第六个儿子。辛格的剧本《小炉匠的婚礼》是个喜剧，描写了一个被五花大绑在麻袋里的牧师的故事，这个作品因为太有煽动性，所以在他生前无法上演。《西方世界的花花公子》是一部讲述一个陌生的年轻人声称杀害了自己的父亲的讽刺喜剧，现在才被认为是他的代表作。这也是他最有争议的一部作品，1907年首演时还引起了一场骚乱。

辛格一直继续写作，直到健康恶化并于1909年死于霍奇金病。他的作品影响了爱尔兰剧作家塞缪尔·贝克特，而那些剧本直到二十世纪五十年代都还是艾比剧院主要的保留节目。**HJ**

上图：约翰·巴特勒·叶芝所作的约翰·米林顿·辛格肖像，作于1905年。

右图：哈里·克拉克为辛格的诗"女王"作的插图细节。

代表作

小说
《追忆似水年华》1913-1927
《让·桑德伊》1954

短篇故事
《欢乐与时日》1896

非虚构类作品
《阅读罗斯金》1987
《驳圣伯夫》1954

1860-79

上图：1905年左右，普鲁斯特在法国伊利耶尔孔布赖时拍的照片。

马塞尔·普鲁斯特 MARCEL PROUST

全名： 瓦伦丁·路易·乔治·尤金·马塞尔·普鲁斯特（Valentin Louis Georges Eugène Marcel Proust）

生于： 1871年7月10日（法国巴黎奥特伊）；**卒于：** 1922年11月18日（法国巴黎）

风格和流派： 普鲁斯特是法国小说家、散文家和评论家，他把自白体作品融入到小说这种体裁中。

　　1909年的一天，马塞尔·普鲁斯特把一块玛德琳蛋糕放进一杯椴树茶蘸了一下，世界文学历程便从此改变了。酸橙花的芬芳混合着蛋糕的香甜，唤醒了作者尘封已久的童年记忆。回忆能够被感官经历激发出来——这种观点就是广为人知的非自主性或"普鲁斯特式"记忆——普鲁斯特受此启发开始创作《追忆似水年华》，这部七卷半自传体著作让他成为了现代小说的开创者，并名垂青史。

　　普鲁斯特出身中产之家，从小就患有哮喘病，他在卧室中度过了童年的大部分时光，远离尘土密布的街市和巴黎繁茂的树林。虽然身体不好，但他还是在1882年入学巴黎康多赛中学并从那里毕业，这所精英中学提供希腊语、拉丁语、法语和哲学方面的严格训练。他1889年入伍，在奥尔良服役一年。普鲁斯特跟母亲的感情深厚，所以在给母亲的家书中抱怨过自己的这段生活，尽管如此，他还是在《追忆似水年华》第三卷中用理想化的方式描写了一段相似的服役经历。

　　回到巴黎之后，普鲁斯特到久负盛名的政治学自由学院学习法律和政治，在那里除了学习外交课程之外，他还成了贵族和艺术沙龙聚会的常客，参与的人中还包括爱尔兰作家奥斯卡·王尔德。

　　他的第一部短篇小说集《欢乐与时日》的遣词造句生硬做作，满篇堆砌着华丽辞藻。作品销量很小而且评论不佳。从1900到1906年，普鲁斯特中断了自己的写作，开始全心投入到翻译英国作家、评论家约翰·鲁斯金的作品中。通过阅读和重写鲁斯金的散文，普鲁斯特形成了独具特色的写作风格：迷宫般复杂的句子搭配扭曲的句法，向人们展现自然界和社会生活中的各种细枝末节。从鲁斯金这里，普鲁斯特还意识到了阅读的重要性。在翻译鲁斯金

左图：乔治·德·福伊尔（1868-1943）创作于1900年的新艺术派内部装饰画，也是普鲁斯特《追忆似水年华》中的插图。

1860-79

约其中一部作品时——他第一部严肃的文章——他在前言中强调了阅读在唤醒儿童想象力方面的重要性，这种观点也渗透到他的代表作《追忆似水年华》中。1905年他的母亲去世了，这件事对他的作品造成了极大影响；她的死，还有她留下的巨额遗产，让普鲁斯特联想到了自己的将死之日。他曾认为死亡和他的作品一样可能会推迟到来，但是现在他有一种迫切的想要写作的渴望，而且他终于有足多的钱了。

为了表现自己的新决心，普鲁斯特搬出了父母的家，试图为自己创造更加有益的新环境，既为了改善日益衰弱的健康状况，也为了努力写作，他用橡树皮把自己卧室的墙壁封了个严严实实。正是在这个房间里，他写了《追忆

社会人

众所周知，普鲁斯特因患哮喘导致自己过着长期与世隔绝的生活，不仅如此，他年轻时不仅是个有名的花花公子，还热衷于攀高枝。

他的父母越来越担心，他变得越来越浅薄，而且所作所为不符合他中产阶级的身份地位。他屈从于父母的意愿，在1896年接受了冉汉图书馆的一个职位。然而，在不发病的时候，他把所有的精力和抱负都献给了社交。他自称精神崩溃了，所以在旷工很长时间之后，普鲁斯特彻底放弃了图书馆的职位。他一直跟父母生活在一起，直到他们去世。

非自主性记忆

《追忆似水年华》中除了离题和哲学之外，还因为呈现和提出"非自主性记忆"观点而闻名。与普通的记忆不同的是，一个意愿或是行为不能唤醒这种记忆，恰恰相反，关于过去的记忆只能通过感官经历被激发。

关于这种记忆最著名的例子出现在小说的开头，酸橙花混合着玛德琳蛋糕的香气，作者只是尝了一口，便回忆起了在孔布赖的童年时光，不由自主，清清楚楚。这可能是小说中最伟大的时刻，这件事让作者记忆的匣子被打开了，他开始娓娓道来自己的故事。除了在小说中的作用之外，普鲁斯特关于非自主性记忆的观点，还成为了现代心理学中的重要概念。

似水年华》的大部分内容。小说的第一卷《在斯万家那边》出版于1913年，评论褒贬不一。但是接下来的几卷获得评论界的认可。普鲁斯特1922年去世，当时最后一部作品还没有出版。世界范围内对他的称赞主要都是在他死后才出现——例如弗吉尼亚·伍尔夫、格兰汉姆·格林以及弗拉基米尔·纳博科夫都大力赞扬他的影响——普鲁斯特生前在自己的祖国就很受尊敬：1919年，他获得了龚古尔文学奖，这是法国最负盛名的文学奖。**SD**

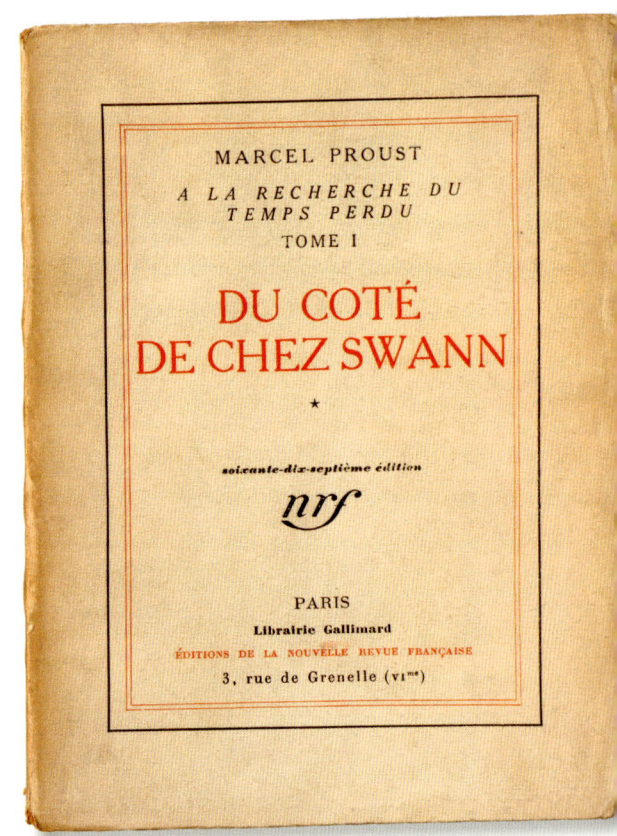

右图：《追忆似水年华》第一卷"在斯万家那边"，马塞尔·普鲁斯特作。

西奥多·德莱赛 THEODORE DREISER

全名： 西奥多·赫曼·阿尔伯特·德莱赛（Theodore Herman Albert Dreiser）

生于： 1871年8月27日（美国印第安纳州泰瑞豪特）；**卒于：** 1945年12月28日（美国加利福尼亚州好莱坞）

风格和流派： 德莱赛的作品中有很多文字上的细节、新闻史实，他对人类固有动机和文明的束缚之间的冲突尤其感兴趣。

二十世纪第一位主要的美国作家西奥多·德莱赛还是美国第一位非英裔专业作家——他的父亲是德国移民。德莱赛出身卑微，他十二岁的时候就开始教母亲读书。假如亨利·詹姆斯不写作的话，他大可以当个"闲人"；可是如果德莱赛不写作，他就真的失业了。作为文学家，德莱赛不仅遭遇了维多利亚时代对性话题的遮遮掩掩，还挑战了人们对什么人才能当作家的设想。

随之而来的并不都是认可的声音。对德莱赛的评价两极分化，他经常会引来严重的指责：F.R.李维斯说，他写作时连自己的母语都用不好；莱昂内尔·特里林用他来佐证美国的反理智论；约翰·贝里曼说他"写作起来像笨重的河马"。德莱赛就这么一遍遍地忍受令人无地自容的窘境，尽管如此，他最出色的小说成功地重新定义传统文化模式的同时，也捕捉到了美国城市生活中具有决定性的画面。

《嘉莉妹妹》讲述了一个"堕落女子"的故事，但是结尾并没有说教，故事的社会环境非常广阔，涵盖了纽约和芝加哥的各种各样的旅馆、百货公司、肮脏的工厂和廉价旅馆。《美国悲剧》的开头也是老生常谈——一个穷小子爱上了富人家的女儿——但结局不是举行婚礼而是男主角被执行死刑，小说为真实犯罪纪实设立了一种模式，还催生了杜鲁门·卡波特的《冷血杀手》（1966）和诺曼·梅勒的《刽子手之歌》（1979）。**IW**

代表作

小说

《嘉莉妹妹》1900
《珍妮姑娘》1911
《金融家》1912
《巨人》1914
《天才》1915
《美国悲剧》1925
《亡灵壁垒》1946
《斯多葛》1947

短篇故事

《自由和其他故事》1918

非虚构类作品

《谈我自己》1922
《黎明》1931

"我们想表达的意思很多，而语言只是含糊的影子而已。"

——《嘉莉妹妹》

上图：美国作家西奥多·德莱赛肖像，摄于约1905年。

保尔·瓦莱里 PAUL VALÉRY

全名： 安布鲁兹瓦兹-保尔-杜桑-儒勒·瓦莱里（Ambroise-Paul-Touissaint-Jules Valéry）

生于： 1871年10月30日（法国埃罗省赛特）；**卒于：** 1945年7月20日（法国巴黎）

风格和流派： 瓦莱里是法国杰出的诗人、散文家、评论家、哲学家和公共演说家，他的诗歌作品反映出象征主义思维。

代表作

小说
《与趣味先生的一晚》1896

诗歌
《年轻的命运》1917
《古代韵文集》1920
《符咒》1922

非虚构类作品
《笔记本》1957-1960
《原样》1941-1943

1860-79

"文学界云集了许多不知该说什么的人。"

——《原样》

　　保尔·瓦莱里是法国十九世纪最出色的知识分子之一，他的诗歌和公共演说最为人所铭记。作为诗人和评论家斯特凡·马拉美建立的文艺圈的一员，他不仅参加著名的文学沙龙"星期二之夜"，还被公认为是最后一批伟大的象征主义诗人之一。瓦莱里1889年出版了自己的第一首诗，看到自己的名字出现在印刷品上，他如此形容："这给人的感觉如同经历了梦境，在梦里，你发现自己一丝不挂地出现在装饰优雅的客厅里，并因此感到无地自容。"1892年，他前往巴黎，还帮助过马拉美和艺术家贝尔特·莫里索。

　　1896年，他去了伦敦，在逗留期间出版了《与趣味先生的一晚》，他想把这首诗献给艺术家埃德加·德加，但是对方拒绝了他。瓦莱里从1900年开始为爱德华·勒贝工作，后者是广告商哈瓦斯通讯社的主管；他在这里工作了二十年，期间虽然中断了诗歌创作，但却开始写《笔记本》。他最初从1894年开始写这些珍贵的日记，其中还包括许多数学和科学调查，以及作品中某些片段的草稿。1917年，瓦莱里重新开始写诗，并出版了《年轻的命运》。这首诗形式繁杂——它是一个女人的独白，反思了生命、爱情和死亡的力量——采用的是经典的亚历山大诗行，被认为是一部杰作。他的诗歌受马拉美、埃德加·爱伦·坡和罗伯特路易斯·史蒂文森的影响很深。1927年，瓦莱里入选法兰西学院，还成为了专业的公共演说家，就法国的社会和文化现象发表演说。**TamP**

上图：法国最伟大的诗人之一瓦莱里拍摄于1935年左右的肖像照。

皮奥·巴罗哈 PÍO BAROJA

原名：皮奥·巴罗哈-奈西（Pío Baroja y Nessi）

生于：1872年12月28日（西班牙吉普斯夸省圣塞巴斯蒂安）；卒于：1956年10月30日（西班牙马德里）

风格和流派：西班牙作家巴罗哈的写作风格朴素直白，他用俗语来表现城市贫民生活的艰难。

皮奥·巴罗哈是"九八年一代"的重要成员，这一群年轻的作家全身心地关注世纪之交西班牙社会和政治的堕落。巴罗哈是多产作家，他常常把自己的作品集结成册或变成三部曲（其中最大的一部有二十二卷之多），其中大部分作品都就当代的社会问题发表了看法。1911年出版的半自传体代表作《知识之树》是一部成人童话，其中满是对生活的悲观失望和误解，小说主人公最后自杀身亡。巴罗哈经常在作品中使用俗语，语言风格简练朴素，对美国作家厄内斯特·海明威产生了重要影响。**REM**

代表作

小说

《埃兹格里的房子》1900

《拉布莱兹之王》1903

《冒险家扎拉卡因》1909

《凯撒或无名》1910

《知识之树》1911

《行动派的回忆录》1913-1931

《为生活而奋斗》1922-1924

阿尔弗雷德·雅里 ALFRED JARRY

生于：1873年9月8日（法国马耶讷省拉瓦勒）；卒于：1907年11月1日（法国巴黎）

风格和流派：雅里是一位剧作家，他的超现实主义戏剧充满了粗俗的幽默和古怪的人物角色，他也因此被认为是荒诞喜剧的先驱。

阿尔弗雷德·雅里十五岁时就写了自己的第一个作品。这是一篇讽刺自己的物理老师的文章，这篇文章为1896年出版的《乌布王》打下了基础。《乌布王》仿效了莎士比亚的《麦克白》（约1603—1606），运用粗俗污秽的幽默呈现雅里的世界观。这部作品与法国舞台上曾经上演的任何一部作品都不一样，所以首演的时候引起了一场骚动。该剧直到1907年才再次上演，但他已经恶名远扬了。雅里又写了一些剧本、诗歌、散文还有小说，刻画的都是类似的角色。他的行为举止变得古怪起来：不仅酗酒，还随身佩戴上了膛的手枪，在花光了继承的遗产之后，他一贫如洗地死于肺结核。**HJ**

代表作

小说

《日日夜夜》1897

《幻想家浮士德博士的功劳和见解》1898-1911

《超雄》1902

戏剧

《反基督者凯撒》1895

《乌布王》1896

《遭到背叛的乌布王》1899

《戴枷锁的乌布王》1900

代表作

小说

《克劳汀在学校》1900

《克劳汀在巴黎》1901

《克劳汀结婚》1902

《无辜的妻子》1903

《米迪松》1919

《谢丽》1920

《我母亲的房子》1922

《成熟的种子》1923

《最后的谢丽》1926

《猫》1933

《琪琪》1944

柯莱特 COLETTE

全名： 茜多尼-加布里埃尔·柯莱特（Sidonie-Gabrielle Colette）

生于： 1873年1月28日（法国勃艮第地区约讷省皮伊赛地区的圣索沃）；卒于：1954年8月3日（法国巴黎）

风格和流派： 柯莱特的色情小说虽然颂扬淫荡的行为，但却是以揭露其中的肤浅为典型特征，除此之外还带有一丝诙谐的讽刺。

柯莱特仅凭姓氏就如此著名，这足以衡量她著名作家的地位。1954年《纽约时报》的讣告上说，她是第二位获得荣誉军团骑士勋章大军官勋位的女性。柯莱特的成功跨越了性别界限，正如保罗·克洛岱尔称她是"法国活着的最伟大作家"，但是她大部分的作品关注的都是女性气质的形成。她的名作《琪琪》（被安妮塔·卢斯改编成百老汇舞台剧，主角是当时还默默无闻的奥黛丽·赫本）讲述的就是一个年轻女子堕落的过程。这部小说诙谐幽默，富有魅力，是一部成功的作品，她细数了在这个由男性主宰的社会，女性能学习用何种方式让自己成为目标。

柯莱特成年后的名字叫茜多尼-加布里埃尔·克劳汀·柯莱特·高蒂尔-维拉尔·德·朱文娜·高德凯特，这

上图：法国作家柯莱特，拍摄于1900年的照片。

右图：亚历山大·雷乌斯基为柯莱特的"宝石的游行"创作的石版画。

上图：柯莱特在狮皮地毯上摆姿势照相。

个名字能让我们窥见她的多面生活。她结过三次婚，第一次也是最重要的一次，她嫁给了亨利·高蒂尔-维拉尔，也就是笔名叫"威利"的法国民粹主义作家，他说服妻子把关注女学生生活的私人笔记写成《克劳汀幻想曲》（用他的名字出版）。这些作品直白而富有魅力，其中蕴含的色情色彩，让这本书成了畅销书——威利也因此成了有钱人。《克劳汀幻想曲》是最早拥有特许专营权的书，它催生了制服、香皂和香水等产品。

在经历了十三年的婚姻和被迫写作之后，柯莱特跟威利在1906年离了婚，她成了一个舞厅的舞女（这段经历为她后来的许多小说提供了背景），此后她又当了记者，从政治到电影都是她采访的范围。二十世纪二十年代，她登上了舞台，在《谢丽》中扮演过一个重要角色，该剧改编自她最成功的小说。这个关于爱情、性爱和阶级的故事，风格大胆，融合了忧郁和渴望的情感，是柯莱特最有代表性作品。被宠坏的少女谢丽一直在年老色衰的妓女莉亚控制下，受到她的监视——这个角色是柯莱特为自己设置的，因为她七十多岁时还不断地交往情人，男女都有。**SM**

不羁的职业生涯

很少有哪位作家的职业生涯能像柯莱特的这么丰富多彩，她从稿纸转战到舞台，又转向大银幕。除了丰富的文学作品，在二十世纪早期，她还是巴黎音乐剧院的著名演员，而她笔下很多虚构的角色都来源于这种波西米亚环境。作为性解放运动的倡导者，柯莱特丑闻很多。著名的事件有，在舞台上坦胸露乳，还在红磨坊题材的素描作品中模仿过性行为，此举差点引起一场暴动。即便如此，她还是享受了国葬的待遇，参加葬礼的哀悼者成千上万。

薇拉·凯瑟 WILLA CATHER

原名：薇勒拉·希伯特·凯瑟（Wilella Sibert Cather）

生于：1873年12月7日（美国弗吉尼亚州回溪山谷）；**卒于：**1947年4月24日（美国纽约州纽约市）

风格和流派：凯瑟是美国现代主义作家、诗人和散文家，她用精确的笔法描绘了内布拉斯加平淡又悲怆的拓荒生活。

代表作

小说

《亚历山大的桥》1912
《哦，拓荒者！》1913
《百灵鸟之歌》1915
《我的安东尼娅》1918
《我们自己人》1922
《迷途的女人》1923
《教授的住宅》1925
《我的死敌》1926
《大主教之死》1927
《岩石上的阴影》1931
《盖哈特女士》1935
《莎菲拉与女奴》1940

诗歌

《四月的暮色》1903

1860-79

"只要心存渴望，就没什么是遥不可及，但也没什么唾手可得。"

——《百灵鸟之歌》

上图：美国现代主义作家薇拉·凯瑟，于1930年左右拍摄的照片。

美国现代主义作家薇拉·凯瑟用平静的语言描写了拓荒生活中的激情和暴力，她还用低调的挽歌描绘了那些美丽的风景，风景塑造了拓荒的人，还有他们所讲述的故事。如同时而平坦时而起伏的大草原一样，她的故事平缓地展开时，就像一连串引人注目的舞台造型。

凯瑟在内布拉斯加长大，她从那里的拓荒者和移民身上见到并搜集了各种素材，对他们的兴趣也根植于她的作品中，正如她所说的那样："内布拉斯加当然是文学素材的宝库，每个地方都是文学素材的宝库。一个艺术家即便生于猪圈，长于妓院，他也能为自己的作品找到足够的灵感。他唯一需要的是一双发现的眼睛。"

凯瑟还是学生时曾到巴黎旅行，她被法国画家皮埃尔·皮维·德·夏凡纳的的壁画所震撼，壁画中圣吉纳维夫所有的活动都用相同的距离和角度被描绘出来。这就好像"所有的人类经验与最高贵的精神体验相比较时，两者的重要性都是相同的"，凯瑟如是说。她在自己的小说中也达到了同样的效果：她描写在草地帐篷中准备餐点时，与她描写自杀、谋杀或是一桩风流韵事的时候，一样的平淡和精确。

作为美国重要的作家之一，凯瑟一度遭到忽视。但今天她受到了应有的关注。有些人因为她是个同性恋作家而对她产生兴趣，不过这种传言证据不足，因为她曾在自己的遗嘱中规定任何人都不允许引用她的个人作品。意思是，这些她悄悄地写出来的小说本身就非常重要。就像作家A.S.拜厄特说的那样："当多斯·帕索斯、海明威和菲茨杰拉德还是个孩子时，她就是现代主义作家了。"**CQ**

福特·马多克斯·福特 FORD MADOX FORD

原名：福特·赫曼·休弗（Ford Hermann Hueffer）

生于：1873年12月17日（英国萨里郡莫顿）；卒于：1939年6月26日（法国滨曼底区多维尔）

风格和流派：福特是小说家、诗人和评论家，他的叙事风格流畅，以探索爱国主义题材、充满自省和沉思的文章见长。

一个麻烦缠身的不幸之人，他的作品反映出自己天生的内向思维，福特·马多克斯·福特一直都不确定自己要做什么，也不确定要做什么样的人。他的父亲是德国人，是《时代》杂志的乐评人；他的母亲是英国人，是拉斐尔前派画家福特·马多克斯·布朗之女。随着英国的反德情绪逐渐高涨，作家把自己的姓从"休弗"改成了"福特"，名字成了回文，自己也像个彻头彻尾的英国人，看上去他要消除父亲对他的影响。

在写作的背后，福特的私生活十分古怪，而且有抑郁症的症状。在一次激动人心的私奔之后，他娶了艾尔希·马丁代尔——结果发现两人并不融洽。艾尔希不会跟他离婚，但是他却离开了，这样他就能跟著名的文学家和作家、喜怒无常又热情奔放的维奥莱特·亨特同居。1915年，他欢天喜地地离开了这两个女人，加入了保卫国家的战斗；同年，他最著名的书《好兵》出版了。索姆河的这场痛苦的战斗，让他饱受炮弹休克的痛苦。

第一次世界大战之后，他搬到了法国，爱上了画家斯特拉·伯恩。后来他为了美国艺术家珍妮丝·比亚拉抛弃了她，此后大部分时间都在美国生活。作为一个难以与他人相处的人，经常遭到厌恶他的人的诋毁，然而他却是一个好人，他煞费苦心帮助青年作家促进他们的职业发展。作为编辑，他还对备受推崇的《英语评论》产生了影响。他与约瑟夫·康拉德进行过密切的合作。康拉德后来对他的抵制，让福特受到了深深的伤害——这似乎成了福特一生中既让人伤心又稀松平常的一大特征，那些曾经喜爱过他的人，到头来都讨厌他。**LH**

代表作

小说
《好兵》1915
《游行结束》1924-1928
《是夜莺》1933
《女士们明亮的眼睛》1935
《罗伊万岁》1936

诗歌
《诗集》1936

非虚构类作品
《福特·马多克斯·布朗传》1896
《罗塞蒂：对他的艺术的评论》1902
《英文小说》1929

1860–79

"这真是一个奇怪而且不可思议的世界。为什么人们不能拥有他们想要的东西呢？"

———《好兵》

上图：E.O.郝博为英国小说家福特·马多克斯·福特拍摄的照片。

雨果·冯·霍夫曼斯泰尔
HUGO VON HOFMANNSTHAL

生于：1874年2月1日（奥地利维也纳）；**辛于**：1929年7月15日（奥地利维也纳）

风格和流派：霍夫曼斯泰尔是小说家、剧作家、诗人和翻译家，他最为出名的是为理查德·施特劳斯作曲的歌剧创作令人心碎或具有喜剧色彩的脚本。

代表作

戏剧

《艾丽卡》1903
《凡夫俗子》1912

歌剧

《艾丽卡》1909
《玫瑰骑士》1911
《阿里阿德涅在纳克索斯岛上》1912
《埃及的海伦》1928
《阿拉贝拉》1933

1860–79

雨果·冯·霍夫曼斯泰尔生于一个有良好教养的罗马天主教家庭，是支脉较远的犹太人后裔，他十几岁时就开始发表诗歌，大学毕业后加入了先锋派文学团体"年轻的维也纳"，成员中还包括剧作家阿尔特尔·施尼茨勒。

他从十九世纪九十年代开始写剧本，初期时还写过诗。剧本《艾丽卡》被他称作索福克勒斯的古典希腊戏剧的"新版本"，这部作品引起了作曲家理查德·施特劳斯的关注，后者依此创作了一部歌剧。1909年，在霍夫曼斯泰尔的提议下创作的作品被证明是施特劳斯最受欢迎的作品，它的背景设定在十八世纪的维也纳——情节欢快的《玫瑰骑士》。这两人在一起工作了二十多年直至霍夫曼斯泰尔去世。很少有差异巨大的作者能在歌剧脚本上花费如此多的时间和精力，也没有什么人有能力写出这么高质量的词句。

在剧院里，霍夫曼斯泰尔凭借《凡夫俗子》取得了巨大成功，这是一部改编自英国中世纪道德剧的作品。他仰慕英国及其稳定的国家认同感和凝聚力，他认为，与支离破碎的德国文化相比，英国为作家提供了更加理想的环境。他认为，第一次世界大战以及之后奥匈帝国的瓦解，不仅对奥地利，对欧洲的整体文化发展的前景都是一场灾难，战后他跟施特劳斯和莱恩哈特一起创办了久负盛名的萨尔茨堡音乐节。

1929年，霍夫曼斯泰尔在为《阿拉贝拉》作词期间，他的大儿子自杀身亡。两天之后，他为了参加葬礼更衣时，突发中风去世。**RC**

> "［霍夫曼斯泰尔］将被证明是歌剧史上最杰出的脚本作者……"
>
> ——扬·斯沃福德

上图：霍夫曼斯泰尔二十世纪早期拍的照片。

格特鲁德·斯泰因 GERTRUDE STEIN

生于：1874年2月3日（美国宾夕法尼亚州阿勒格尼）；卒于：1946年7月27日（法国巴黎）

风格和流派：斯泰因的写作风格包括用现代主义的方式对诗歌语言进行再创作，歌剧、历史和美食等题材他都有涉猎，均有所建树。

诗人威廉·卡洛斯·威廉姆斯认可格特鲁德·斯泰因"主题即是写作"的观点，并把她复杂且令人沮丧的作品与对语言的调查联系起来——这也反映出他的写作方式，即用文字形式来表现物质世界。当威廉姆斯还在练习故作天真时，旅欧美国作家斯泰因已经开始以局外人的视角探索想象力的纷繁庞杂。她的立体主义风格的最佳例证是《温柔的纽扣：目标，食物，房间》，这部日记作品幽默风趣而且温情脉脉，如同散文诗一样行文流畅，记录了她与爱人、终身伴侣爱丽丝·托卡拉斯之间的生活经历。它让读者对这个万物都在忙于形成和发展的世界有了一个认识。它暗示了在作品中，她既需要表现得愉快而充满生机，又要显得忧心忡忡。

诗人和评论家朱莉安娜·施帕尔在思索如何教授"晦涩"的诗歌时，把施泰因放在重要的位置，她认为斯泰因对后现代诗歌产生了主要影响。与此同时，珍妮特·马尔科姆等传记作家不仅把斯泰因当做生活在纳粹占领下法国的犹太人，还把她当做一把钥匙，她能让他们了解在两次世界大战之间，聚集在巴黎"左岸"的生气勃勃的作家和艺术家的团体。斯泰因成长于十九世纪八十年代的加利福尼亚的郊区，她曾经简单地把那里称作"一个令人倍感亲切的地方"，后来她师从威廉·詹姆斯学习心理学，然后在1904年跟哥哥莱奥移居法国。莱奥是个狂热的收藏家，也是连接格特鲁德和现代主义艺术家的纽带，这些艺术家包括巴勃罗·毕加索，他雄心勃勃地再造了这个世界，不仅反映到她的作品中，也为她提供了素材。

斯泰因在作品《法国巴黎》中向美国人阐释了法国，在不朽的著作《美国人的成长》中向美国人阐释了他们自身，在《每个人的自传》中把自己阐释给了世界——但最伟大的是，她用无与伦比的方式，对诗歌语言进行反思，向世界阐释了世界。**SM**

代表作

小说
《三种生活》1909
《美国人的成长：家庭发展的历史》1934

诗歌
《温柔的纽扣》1914

非虚构类作品
《爱丽丝·托克拉斯的自传》1933
《每个人的自传》1937
《法国巴黎》1940
《我曾经见过的战争》1945

"我喜爱风景，但我不想直视它。"

——《爱丽丝·托克拉斯自传》

上图：性情古怪的现代主义诗人格特鲁德·斯泰因于1942年拍的照片。

罗伯特·弗罗斯特 ROBERT FROST

全名： 罗伯特·李·弗罗斯特（Robert Lee Frost）

生于： 1874年3月26日（美国加利福尼亚州旧金山）；**卒于：** 1963年1月29日（美国马萨诸塞州波士顿）

风格和流派： 弗罗斯特的诗歌用重音代替音步，同时挖掘了新英格兰乡村的诗歌主题。

代表作

诗歌

《少年的意志》1913
《波士顿以北》1914
《山洼》1916
《未选择的路》1916
《雪夜林边小驻》1922
《新罕布什尔》1923
《韶华易逝》1923
《全心全意的奉献》1941
《丝绸帐篷》1942

1860–79

"在变化莫测的夏日空气中/能感受到最轻微的束缚。"

——《丝绸帐篷》

虽然罗伯特·弗罗斯特通常被认为是新英格兰的田园诗人，但是，他最早的作品却包含很多对美国的城市化和工业化不安的沉思。弗罗斯特生于加利福尼亚州，1892年到新罕布什尔州的达特茅斯学院短暂学习过，从1897至1899年在哈佛大学就读。他的第一个诗集《少年的意志》在他出访英国的三年间出版，受到了埃兹拉·庞德的好评。另一著名诗集《波士顿以北》看上去将弗罗斯特的作品限定在了一个特定的地点和环境中。然而，这其中很多首诗都是在第一次世界大战爆发前不久，在英国的白金汉郡和格洛斯特郡创作的，它们揭示出作者对英国和美国文学传统和理想有敏锐的感知。这些年间，弗罗斯特和诗人爱德华·托马斯致力于在他们的诗歌中实现"有意义的声音"，用重读取代音步。弗罗斯特还提出一种观点，他认为诗歌是一种"宁静"的存在，是黑暗中的片刻光明。

《山洼》《新罕布什尔》和《西流的溪涧》等作品，让弗罗斯特成为了新英格兰诗人的代表。他许多的名作包括《雪夜林边小驻》和《未选择的路》，看起来虽然是朴素的道德寓言，实际上却体现了深刻而令人不安的矛盾心理。如果说弗罗斯特在创作富有戏剧性的叙事诗方面超越了常人，那他还是个出色的抒情诗人和十四行诗人，《韶华易逝》和《丝绸帐篷》等诗就是证明。他在1961年约翰·肯尼迪总统的就职典礼上，还有过著名的诗朗诵《全心全意的奉献》。**SR**

上图：新英格兰田园诗人罗伯特·弗罗斯特肖像照。

安东尼奥·马查多 ANTONIO MACHADO

全名： 安东尼奥·西普里亚诺·何塞·马里亚-弗朗西斯科·德·桑塔·安纳·马查多-鲁伊兹（Antonio Cipriano José María y Francisco de Santa Ana Machado y Ruiz）

生于： 1875年7月26日（西班牙塞维利亚）；**卒于：** 1939年2月22日（法国科利乌尔）

风格和流派： 作为诗人、剧作家以及"九八年一代"的一员，马查多早期的作品主题或梦幻、或怀旧、或浪漫，晚期则以存在主义为主。

安东尼奥·马查多生于塞维利亚，八岁时随家人移居马德里。从马德里大学毕业之后，他到了巴黎，入读巴黎大学。回到西班牙之后，马查多成了索里亚省一所中学的法语教师，1903年他出版了自己的第一卷诗集《孤独》，他与欧洲浪漫主义诗人的联系由此建立起来。诗歌描绘了他与自然现象尤其是日落之间的联系，以及和记忆还有梦境有关的联想，诗人因此有了作品主题。

在索里亚省的时候，马查多邂逅了年轻的莉奥诺·伊斯基耶多，两人1909年结婚，当时新娘十五岁，而他已经三十四岁。不幸的是，她三年之后因为肺结核去世了，当时《卡斯蒂利亚的田野》刚刚出版不久，这个诗集的风格闲散忧郁，捕捉到了卡斯蒂利亚乡村的荒凉景致和精神风貌。马查多用地理上的现实讨论了西班牙平民的精神世界中更广泛而且更深层次的问题，开创了社会主义现实主义诗人的先河。马查多与西班牙的社会和政治问题做着抗争。他提出了"两个西班牙"的说法：一个业已消亡，一个苟延残喘，他指出正是政治纷争导致了西班牙内战。他是"九八年一代"的典型代表，这一群小说家、诗人和哲学家宣称在1898年的美西战争中战败之后，西班牙的文化和民族获得了重生。马查多忠实于西班牙共和国，所以1939年共和国失败之后，马查多被迫穿越西法边境进入科利乌尔，后来在旅程中病故。**REM**

代表作

诗歌

《孤独》1903
《卡斯蒂利亚的田野》1912
《新诗》1924

> "……漫步者，这里本没有路，/路是走出来的。"
>
> ——《卡斯蒂利亚的田野》

上图：二十世纪初期，安东尼奥·马查多的肖像。

1860-79

托马斯·曼 THOMAS MANN

原名： 保罗·托马斯·曼（Paul Thomas Mann）

生于： 1875年6月6日（德国石勒苏益格-荷尔斯泰因州吕贝克）；**卒于：** 1955年8月12日（瑞士苏黎世）

风格和流派： 曼是一位作家，他在作品中审视了德国的本质，认为有必要在艺术和满足实际生活之间寻求平衡。

代表作

小说

《布登布鲁克一家》1901
《特里斯坦》1903
《国王的神圣》1909
《威尼斯之死》1912
《无序和早先的痛苦》1925
《魔山》1924
《马里奥和魔术师》1930
《约瑟夫和他的兄弟们》1933-1943
《浮士德博士》1947
《骗子菲利克斯·克鲁尔的自白》1955

1860-79

托马斯·曼生于富商家庭。1891年父亲去世之后，他的家搬到了慕尼黑，曼在那里开始写短篇小说。作品受到了广泛好评，出版商鼓励他创作更长篇的作品。所以他写出了畅销书《布登布鲁克一家》。这部小说是他的代表作，讲述了一家四代人从崛起到逐渐衰败并且脱离上流社会的故事。

在《布登布鲁克一家》中，曼开始探索一个反复出现的主题：有必要在追求艺术性和满足实际生活之间寻求平衡。该主题可在《威尼斯之死》中觅得踪迹，这个小说讲述艺术家爱上了一个少年并因此逐渐自我放纵的故事；《魔山》中亦有体现，这个故事通过描写健康疗养院病人之间的议论纷纷，检视了资产阶级社会。

虽然曼生来是个坚定的保守派，但是他的意识形态却逐渐变得自由化，导致他在1930年公开发表反对阿道夫·希特勒的种种政策。纳粹党1933年当政之后，曼离开了德国开始流亡，他大部分时间都在瑞士，直到1939年在美国定居为止。他在政治上发出越来越多的声音，还在二战期间对德发表反纳粹广播。1947年，他出版了《浮士德博士》，故事讲述了一个音乐家把自己的灵魂出卖给魔鬼以换取精湛的音乐技艺的故事，这也是一个寓言，暗示纳粹主义缓慢地侵蚀德国。1952年，曼带着全家人搬回了瑞士，并且一直在那里生活到去世。他的最后一部作品《骗子菲利克斯·克鲁尔的自白》至今没有完成。

曼是一名杰出的德国小说家，通过自己的散文，他成为德国的价值观和文学的发言人，在德国文化经历的几个最黑暗的时期，他为让德国文化认同感能保持活力做出了贡献。**JM**

上图：1938年5月，埃里克·夏尔为托马斯·曼拍的照片。

右图：《布登布鲁克一家》第一版封面，威廉·舒尔茨设计。

Thomas Mann

Buddenbrooks

Berlin
S. Fischer, Verlag.

莱纳·玛利亚·里尔克 RAINER MARIA RILKE

原名: 勒内·卡尔·威廉·约翰·约瑟夫·玛利亚·里尔克（René Karl Wilhelm Johann Josef Maria Rilke）

生于: 1875年12月4日（捷克斯洛伐克布拉格）；**卒于:** 1926年12月29日（瑞士蒙特勒）

风格和流派: 里尔克是诗人、小说家和散文家，他用介乎忧郁的浪漫主义和现代主义之间的写作风格探索了精神和神秘的主题。

代表作

小说

《马尔特·劳里兹·布里格手记》1910

诗歌

《生活与诗歌》1894

《新诗集》1907

《续新诗》1908

《杜伊诺哀歌》1912-1922

《致奥尔弗斯的十四行诗》1922

非虚构类作品

《给一个青年诗人的信》1934

选集

《温和的税收》2002

1860-79

> "重点是，要给万物赋予活力。现在就得给问题赋予活力。"
>
> ——《给一个青年诗人的信》

上图：德国最伟大的抒情诗人之一莱纳·玛利亚·里尔克的肖像。

在莱纳·玛利亚·里尔克之后的时代盛行的是现代主义，而之前的浪漫主义也是大行其道，是他在德国文学史上的这两者之间架设了桥梁，弥合了抒情诗人海因里希·海涅和二十世纪二十年代各种"主义"之间的鸿沟。里尔克的作品可以被理解成他分裂的身份的产物：母亲在他五岁之前一直叫他索菲亚，还给他穿夭折了的姐姐的女装。但她也鼓励他对诗歌的喜爱，并且介绍他阅读弗雷德里希·席勒的作品。

纵观其一生，里尔克的身边围绕着许多富有影响的迷人女性，但是没有哪一个人的影响能比得上小说家和精神分析学家露-安德烈斯·莎乐美。她把里尔克介绍到了沃尔普斯韦德的艺术家聚集区，它的开创者、表现主义画家宝拉·莫德索恩-贝克也生活在这里。在这里，里尔克邂逅了他未来的妻子、艺术家克拉拉·韦斯特霍夫，后者把他引荐给了自己的老师、雕塑家奥古斯特·罗丹，里尔克从1902年开始就一直担任罗丹的助理。

受到罗丹的启发，里尔克开创了一种新的诗歌形式，这种形式模仿了罗丹的雕塑，这就是所谓的"物诗"，这种诗歌形式将客观的观察浓缩于强有力的词句中。1912年至1922年间，里尔克因为第一次世界大战离开家园，他开始创作代表作《杜伊诺哀歌》。1922年，经历了两个月的疯狂创作期之后，他终于完成了这个作品，然后又创作了优美的《致奥尔弗斯的十四行诗》，诗人在诗中谈到了即将来临的死亡。此后，里尔克的健康状况恶化了，之后的五年里他一直奔走在瑞士泰里特的疗养院和巴黎之间。虽然被诊断出患了白血病，他还是出版了很多法语诗歌，对着玫瑰苦思冥想，他相信这些花儿总有一天会杀了他。**SM**

杰克·伦敦 JACK LONDON

原名：约翰·格里菲斯·钱尼（John Griffith Chaney）

生于：1876年1月12日（美国加利福尼亚州旧金山）；卒于：1916年12月22日（美国加利福尼亚州艾伦峡谷）

风格和流派：伦敦是社会主义小说家、短篇小说家和记者，他依据个人经历创作的风格强硬的现实主义题材的冒险故事受到广泛好评。

美国小说家杰克·伦敦的一生短暂却充满了冒险，与一部激动人心的小说相差无几。这种生活为他提供了大量素材，他得以从中获取灵感并创作出很多畅销小说。他出身贫寒，为了达到收支平衡，他做过很多工作，包括水手、工厂工人、牡蛎采摘工。克朗代克淘金热时期，他还当过采矿工。在这一时期，他经常饮酒，借此逃避穷困低贱的工作，此后他一生都依赖酒精。

伦敦的现实主义题材短篇冒险小说《北方的奥德赛》的素材来源于他在阿拉斯加掘金时所作的笔记，他凭借这部作品终于迎来了人生的重大转机。他有了写作的制胜法宝，即用第一手资料创作扣人心弦的小说。他用这种生动而且激动人心的写作风格，创作了更多以阿拉斯加为背景的冒险故事：《狼孩》《野性的呼唤》和《白牙》，这几部作品都非常成功。他个人生活的许多细节都出现在作品中，尤其在回忆录《约翰·巴利科恩》中，他讲述了自己与酒精斗争的故事，而著名的小说《海狼》是根据他的航海经历创作的。

作为真正的冒险家和口才出众的公共演说家，伦敦经常为改善穷人的境况而抗争，他也因此成了一个颇具争议又勇敢浪漫的人物。作为一个多产作家，在1900年至1916年间，他写了五十多部小说、上百篇短篇小说、说不清的文章，更不用提回复给仰慕者们成千上万的信件了。他成了美国稿费最高的作家之一，但由于他不善理财，所以还是经常背债。不幸的是，伦敦四十岁时就死于酒精引起的肾脏衰竭，美国历史上最多产、作品最生动的自然主义作家就此陨落。**JM**

代表作

小说

《野性的呼唤》1903

《海狼》1904

《白牙》1906

《铁蹄》1908

短篇故事

《狼孩》1900

《北方的奥德赛》1900

自传

《约翰·巴利科恩》1913

"我不能把时间浪费在拖延上，我将好好利用时间。"

上图：1905年左右，杰克·伦敦在A.J.米尔斯位于加州圣何塞的摄像工作室中。

赫尔曼·黑塞 HERMANN HESSE

生于：1877年7月2日（德国符腾堡州卡尔夫）；**卒于**：1962年8月9日（瑞士提契诺州科利亚奥罗蒙太格诺拉）

风格和流派：黑塞是小说家、诗人、散文家和画家，他在作品中分析了在受到社会约束时，人们对自我启蒙的追求。

代表作

小说

《彼得·卡门青》1904

《在轮下》1906

《德米安：埃米尔·辛克莱的彷徨少年时》
　1919

《流浪者之歌》1922

《荒原狼》1928

《知识与爱情》1930

《玻璃球游戏》1943

　　赫尔曼·黑塞出生于一个虔诚的天主教家庭。他的父亲是虔信派传教士，所以黑塞进入了修道院学校，并有望成为一名神学家。但是他抗拒这种命运，所以逃走了，后来他说："……从我十三岁开始，我就很清楚地知道，我要么做一位诗人，要么什么都不干。"

　　黑塞带着对教育体系的沮丧、厌恶和蔑视而放弃了学业。他先是成了一名机械师学徒，然后又当了书店店员，并且因此一头扎进了书的世界，开始研究和欣赏约翰·沃尔夫冈·冯·歌德，还有弗雷德里希·尼采等作家的作品。1899年，他设法出版了一部诗集。他写的一些文章也取得了一定的成功，欣赏他作品的出版商开始邀请他写书。所以黑塞出版了代表作《彼得·卡门青》，这个小说

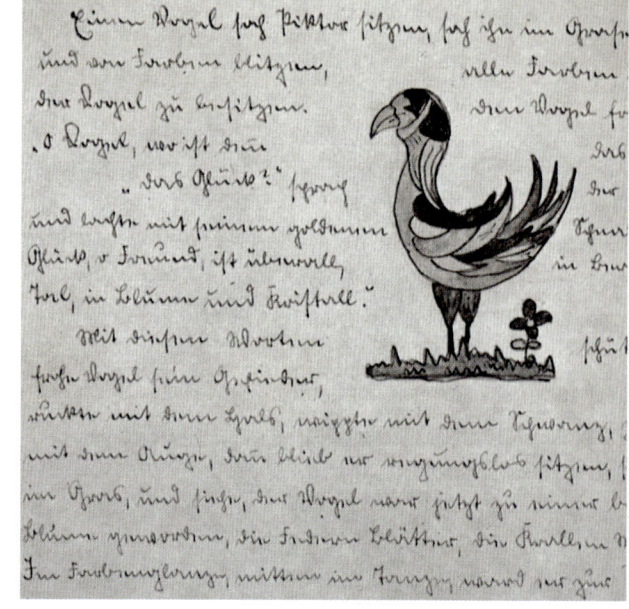

上图：赫尔曼·黑塞1958年为《明镜周刊》杂志拍摄的照片。

右图：黑塞的童话作品《匹克多变形记》的一页，上有他自己作的插图。

左图：黑塞在位于瑞士蒙太格诺亚他的书房中，摄于1937年。

讲述了一位失败的作家，脱离没有个性的社会回归自然，寻找新生活的故事。这本书让黑塞名利双收，他终于能开始全职写作了。尽管这是他的第一部小说，但是人们已经能瞥见黑塞终生都在赞美的哲学思想：要在个人的精神独立与被社会强加的世俗和理性的人生道路之间寻求平衡。

　　黑塞到处旅行，他在1911年去过印度和斯里兰卡，1912年又移民到了瑞士。第一次世界大战爆发之后，黑塞为了和平向德国民众发出呼吁，结果德国媒体给他贴上了叛徒的标签，而德国期刊也不再刊登他的作品。黑塞在瑞士不知疲倦地工作，除了帮助战俘之外，他还经历了一场失败的婚姻，病入膏肓的儿子再加上父亲的去世，让他几近精神崩溃。他接受了J.B.朗对他的精神分析治疗，后者是卡尔·荣格的学生，不久之后他以这段经历写了广受好评的小说《德米安：埃米尔·辛克莱的彷徨少年时》。这个小说让黑塞红遍了欧洲，但由于他越来越不受德国人

"知识可以用来交流，但是智慧不行。"
——《流浪者之歌》

东方哲学

黑塞迷恋印度的神秘主义，那里是他母亲的出生地。孩提时代的他就被来自印度的富有异国情调的纪念品包围着，这也激发了他对那片大陆的想象。

黑塞用了三年时间才完成了《流浪之歌》，他把这部作品描述成"接触印度和中国的思想将近二十年"的成果。作品的英译本对在美国推广印度教和佛教起到了重要影响。二十世纪六十年代，《流浪者之歌》被杰克·凯鲁亚克和其他"垮掉的一代"的诗人加以改编。他们认同书中角色对自我启蒙的不断追求。黑塞开始受到狂热追捧，因为他在那个动荡的年代是和平主义和人道主义的代表。

虽然被称为东方哲学在西方的主要推动者之一，但是当黑塞到印度旅行时，他并未受到一直在追寻的启蒙。他认识到自己想象中的印度和中国哲学实际上是一种意识形态的体现，而不是在一个特定地点可以找到的物品。

的欢迎，所以首次出版的时候用的是笔名"埃米尔·辛克莱尔"，这也是小说主角的名字。讽刺的是，这部小说还被视作新人的作品被授予了封丹纳奖，所以黑塞不得不承认他写了这本书，然后退回了奖项。他把这本书描绘成一个"个性化"的故事，但很多人显然还是把它当成一本自传。

黑塞和二元性

1922年，黑塞出版了他最著名的作品之一《流浪者之歌》，它讲述了一个印度少年的哲学探索历程，作品还包含在探索自我启蒙过程中蕴含的东西方哲学。此后，他写了更具超现实主义色彩的《荒原狼》，对人性中的二重性进行了噩梦般的发掘，而《知识与爱情》则探究了理性和创造力之间的矛盾冲突。

黑塞最重要的作品《玻璃球游戏》创作于1931年至1942年间。它描绘了一个乌托邦式的未来，那时候精神和理想都能受到积极保护。1942年，他还出版了一个诗集，其中收录了他过去五十年间发表的所有诗作，大约600首之多。在此期间，黑塞还写过书评和诗评。他的作品在发掘新的才能方面帮助当时的文学界设立了标准和定义。

黑塞去世之后留下了大笔文学遗产，包括五十多部小说，几百首诗，还有数不清的文章和信件。他的文学天赋看起来是起源于他对世界的不安情绪，他始终检视着人类在受到社会束缚的情况下为了保持理想而不断地抗争。这种对自我的探寻在世界范围内都引起了读者的共鸣，为他赢得了无数的赞许，其中还包括1946年的诺贝尔文学奖。

JM

右图：1952年，黑塞和他的妻子妮农在瑞士蒙太格诺拉。

代表作

小说

《工作的奴隶》1911
《金钱的奴隶》1912
《女人的奴隶》1913
《命运的奴隶》1913

诗歌

《卡亚尼堡》1890
《三月之歌》1896
《圣神降临周之歌I–II》1903-1916
《冬夜》1905
《霜冻》1908

代表作

小说

《王伦三跳》1915
《山、海和巨人》1924
《柏林亚历山大广场》1929
《没有怜悯心的人》1935
《没有死亡之地》1937
《1918年11月：一场德国革命》1949-1950

埃诺·雷诺 EINO LEINO

原名： 阿玛斯·艾纳·利奥波德·隆布（Armas Einar Leopold Lönnbohm）

生于： 1878年7月6日（芬兰凯努区奥卢市帕尔塔莫）；**卒于：** 1926年1月10日（芬兰新地区图苏拉）

风格和流派： 雷诺是诗人、小说家、记者、翻译家和评论家，他受到芬兰的自然、文化和民间文学的启发，创作出最著名的歌曲一般的诗歌形式。

埃诺·雷诺是芬兰最伟大的诗人之一。他出版的第一个作品是首诗《卡亚尼堡》，诗歌刊登在芬兰的报纸上时，他只有十二岁。他的第一个诗集《三月之歌》出版于六年之后。雷诺受到史诗《英雄国》（1849）的影响，这部史诗采集于芬兰人和卡累利阿人的民间传说。或许他最伟大的作品是《圣神降临周之歌I–II》，它采用了芬兰民间诗歌的传统韵律，描绘了英雄主义光辉笼罩下的芬兰历史。雷诺不仅是多产作家，还把拉辛、鲁内贝里、席勒、歌德、但丁和拉宾德拉纳特·泰戈尔的诗翻译成了芬兰语。**HJ**

阿尔弗雷德·德布林 ALFRED DÖBLIN

生于： 1878年8月10日（波兰西波美拉尼亚省什切青）；**卒于：** 1957年6月26日（德国巴登-符腾堡州埃门丁根）

风格和流派： 德布林是德国"新即物主义"运动的一员，他的小说检视了社会是如何塑造个体的。

阿尔弗雷·德布林曾在柏林大学学习医学，后来他成为了一名精神病医生。他的作品关注人类的苦难，第一部小说《王伦三跳》描写了一个被国家挫败的叛乱分子。然而小说《柏林亚历山大广场》——讲述了一个被释放的轻罪犯，作品的文体会让人回忆起詹姆斯·乔伊斯，也是从多角度讲述故事——才是让他声名大噪的作品。德布林是犹太人也是个社会主义者，他1933年逃出了德国，先到了美国，当上了一名编剧，二战之后又来到了巴黎。他的作品影响了君特·格拉斯和贝尔托·布莱希特。**HJ**

E.M.福斯特 E. M. FORSTER

全名： 爱德华·摩根·福斯特（Edward Morgan Forster）

生于： 1879年1月1日（英国伦敦）；**卒于：** 1970年6月7日（英国沃里克郡考文垂）

风格和流派： 福斯特是现代主义作家，他的讽刺、象征主义和智慧唤醒了角色内心的活力、渴望和永恒。

"散文与激情必须联系起来，两者都要受到重视，只有这样才能最完美地表现人类的爱。"这句著名的引言来自于《霍华德庄园》，凝聚了福斯特的个人和艺术追求：将激情注入到日常生活中，它既是人际关系的一种承诺，也是对自然之美的感恩。

从剑桥大学国王学院毕业之后，福斯特到意大利和希腊旅行，他发现那里的文化更加生动而且富有活力，比爱德华七世时代刻板的英国文化更加真实——这种文化将他的信念具体化了，即生活远不止合乎规矩的古旧习俗这么简单。意大利还为他的两部小说提供了背景：《天使不敢涉足的地方》和《看得见风景的房间》，这两部电影都讲述了意大利唤醒了保守的英国游客内心的醉人情感，在那样的气候和文化背景下剧中角色依据自己的情感做出选择。他旅行的次数越来越多，在印度生活的经历为他最后一部小说提供了灵感，这也被公认为他最出色的作品：《印度之行》。

虽然恪守这个信条，福斯特一生中的大部分时间都十分孤独。他直到二十几岁才承认自己更迷恋男人，他在很大程度上过着独居的生活。三十几岁时，他写了小说《莫瑞斯》，这是同性恋解放运动之前为数不多的描写同性之爱的作品之一，但是小说在他死后才得以出版。尽管福斯特四十五岁之后就不再写小说了，但作为具有世俗人文主义价值观的散文家和播音员，他一直成就卓著。他的很多小说都被成功地改编成了电影，但是福斯特本人生前没有许可改编的工作，他担心媒体的渲染会让小说显得怀旧和伤感。**CQ**

代表作

小说

《天使不敢涉足的地方》1905
《最长的旅行》1907
《看得见风景的房间》1908
《霍华德庄园》1910
《印度之行》1924
《莫瑞斯》1971（去世后出版）

短篇故事

《天国之车（其他故事）》1911
《永恒的时刻（其他故事）》1928
《未来的生活和其他故事》1972（去世后出版）

非虚构类作品

《小说的几个方面》1927
《民主的欢呼》1951
《提毗之山》1953

> "记录生活很容易，但如何记录却让人手足无措。"
>
> ——《看得见风景的房间》

上图：英国现代主义作家E.M.福斯特的照片，摄于1949年。

华莱士·史蒂文斯 WALLACE STEVENS

生于： 1879年10月2日（美国宾夕法尼亚州雷丁）；**卒于：** 1955年8月2日（美国康涅狄格州哈特福德）

风格和流派： 现代主义作家史蒂文斯之所以著名，是因为他华丽而详尽的浪漫主义晚期的措辞和意象，此外他视诗歌为小说的最高形式。

代表作

诗歌

> "诗句因动作而生动，充满了喧嚣，因哭喊和冲突而更加洪亮。"
>
> ——《我叔叔的单镜片》

上图：华莱士·史蒂文斯拍摄于1950年7月的照片局部。

华莱士·史蒂文斯是个自身矛盾重重的人物。在他最出色的诗歌中，大部分都有洛可可式的华丽形式，毫不吝惜各种华丽辞藻，诗中还有想象中佛罗里达、南太平洋或是"绿色而真实的危地马拉"的景致。但是，他却把整个职业生涯的大部分时间用在哈特福德意外事故保险公司债券索赔的评估上，他的财富开始逐渐积累起来，还在1934年升任副总裁。史蒂文斯以沉默寡言而著称。就像他女儿所说的那样："我们彼此之间保持着距离……所以有人说我父亲过着独居的生活。"他的诗人朋友威廉·卡洛斯·威廉姆斯写到："他一直是穿戴最整齐的那一个，即便头发凌乱都会让他感到羞愧，我们都邋里邋遢的时候，他也是一丝不苟。"实际上，史蒂文斯的生活极为隐秘，以至于他多年的同事都没意识到"沃利"竟然是那个时代最受尊敬的诗人之一。

史蒂文斯将优雅、冷静的智慧和既神秘又幽默的姿态融于一体，让他的作品脱颖而出。他不仅钟爱在作品中运用傻里傻气的法语双关语，例如《我叔叔的单镜片》，还乐于让自己的诗歌富有欢快的乐感。《一个唱高调的老女人》就沉浸在诗歌"欢快的丁零当啷声"中，这首诗充满了欢乐，因为诗人不理睬敏感的社交礼仪，"寡妇越是对他蹙眉头，他越是对她们眨眼睛"。史蒂文斯的特色就是这种兴高采烈的怪里怪气，它成为了详细阐述论据的媒介，作者能以此证明诗歌和宗教的作用。他的作品体现出对美学本质的严肃讨论。《一个唱高调的老女人》开头如是写道："诗歌是最高形式的小说。"这句话被史蒂文斯后来的长诗《关于最高虚构的札记》采纳。像他总结的那样："当人放弃了对上帝的信仰之后，诗歌可以凭借其本质承担起生命的救赎。" **MS**

1860-79

纪尧姆·阿波利奈尔 GUILLAUME APOLLINAIRE

全名：威廉·阿波利奈尔·德·科斯特罗维茨基（Wilhelm Apollinaris de Kostrowitzki）

生于：1880年8月26日（可能是意大利罗马）；**卒于**：1918年11月9日（法国巴黎）

风格和流派："超现实主义先驱"阿波利奈尔与二十世纪初期法国文学和艺术的新发展有密切的联系。

阿波利奈尔离经叛道的生活和职业始于一个意大利的波兰移民女子，他是个私生子。他的父亲似乎是瑞士籍意大利贵族，但是拒绝承认阿波利奈尔的身份。阿波利奈尔与母亲和她的众多情人在法国度过了童年时光，他还假装自己是个神秘的俄罗斯王公贵族。二十岁时，他来到了巴黎，投身于蒙帕纳斯放荡不羁的文艺圈，与众多作家、画家和音乐家成为密友，其中包括巴勃罗·毕加索、格特鲁德·施泰因、让·科克托、埃里克·萨蒂、马克·夏卡尔以及劳尔·达菲，他和画家玛丽·洛朗森还有过一段轰轰烈烈的情史。阿波利奈尔匿名写过色情小说和短篇小说。早期著名的作品《腐烂的魔术师》讲述了伟大的魔术师梅林、女巫薇薇安和亚瑟王传奇中另一个人物的故事。作为外国人和危险分子，他1911年因被怀疑偷走了《蒙娜丽莎》而遭到逮捕（另一个嫌疑人是毕加索），同时他出版了第一部诗集，达菲为诗集作了插图。

阿波利奈尔写过一本关于立体主义绘画的书，但毕加索并不同意他书中的观点。他出版过的诗集主要是《醇酒集》和《字画诗》。后者的部分诗歌用描写对象形状的方式写成。他的大部分作品都是实验性的，令人感到高深莫测，很显然他就是创造出"超现实主义"这个词的人，当时他正在给科克托和萨蒂1917年的芭蕾舞《游行》做场记。1915年，阿波利奈尔参加了第一次世界大战，他很享受这段军旅生活，据说他是唯一一个有参战经验的法国诗人。但是在战壕中受着头部的伤，再加上流感，让他最终英年早逝。**RC**

代表作

诗歌
《腐烂的魔术师》1909
《动物寓言集》1911（插图：达菲）
《醇酒集》1913
《字画诗：和平与战争之诗》1918

散文
《立体派画家》1913

戏剧
《蒂蕾西亚的乳房》1917

1880-99

"如果没有诗人，也没有艺术家，人类很快就会对大自然的单调乏味感到厌烦。"

上图：二十世纪初期，阿波利奈尔在毕加索位于巴黎"洗濯船"区的工作室中。

代表作

小说

《学生特尔莱斯的困惑》1906

《没有个性的人》（未完成）1930，
1932，1942

短篇故事

《工会》1911

《三个女人》1924

右图：《学生特尔莱斯的困惑》的彩色石版画封面。

罗伯特·穆齐尔 ROBERT MUSIL

生于：1880年11月6日（奥地利克拉根福）；**卒于**：1942年4月15日（瑞士日内瓦）

风格和流派：穆齐尔被公认为最重要的现代主义小说家之一，他的作品以细致的心理分析为典型特征。

在流放中死去之后，罗伯特·穆齐尔几乎完全被遗忘了，直到二十世纪五十年代人们对他未完成的长篇小说重新燃起了兴趣，同时第一版英文译本也出现了。这部小说透过主角乌尔里希的视角，用彻底却经常幽默的方式揭露了奥匈帝国的衰落，这部小说经常被拿来与普鲁斯特的作品作比较。穆齐尔1906年出版的第一部小说《学生特尔莱斯的困惑》深受好评。小说以他自己的军校生活经历为基础。虽然他后来还出版了短篇小说集，但是1930年和1932年出版的《没有个性的人》前两卷才是巩固了他声誉的作品。**HJ**

代表作

1880-99

小说

《心灵的焦灼》1938

歌剧

《沉默的女人》1935

非虚构类作品

《三位大师》1920

《建筑大师》1925

《昨日的世界》1941

斯特凡·茨威格 STEFAN ZWEIG

生于：1881年11月28日（奥地利维也纳）；**卒于**：1942年2月23日（巴西彼得罗波利斯）

风格和流派：茨威格之所以著名主要是因为他是个生物学家，在他的帮助下，欧洲文学和文化界的伟大人物被介绍到更广的范围。

茨威格受到先锋派文学团体"年轻的维也纳"和西格蒙德·弗洛伊德的影响。他出身于富裕的犹太家庭，曾在柏林和维也纳读过大学，还四处旅行，他给托尔斯泰、陀思妥耶夫斯基、司汤达、狄更斯、尼采、巴尔扎克、玛丽·安托瓦内特等人写过传记。他不仅写过剧本和短篇小说，还翻译过波德莱尔和魏尔伦的作品。雨果·冯·霍夫曼斯塔尔1929年去世之后，茨威格还给理查德·施特劳斯的一个歌剧写过剧本，但由于是犹太人，所以纳粹逼迫作曲家放弃他的剧本。从1913年开始直至二十世纪三十年代被纳粹驱逐出境，茨威格一直住在奥地利萨尔斯堡。最后，他跟第二任妻子在巴西双双自杀身亡。**RC**

ROBERT MUSIL

Die Verwirrungen des Zöglings Törless

Plessner

WIENER VERLAG
WIEN u. LEIPZIG.

胡安·拉蒙·希梅内斯 JUAN RAMÓN JIMÉNEZ

生于：1881年12月24日（西班牙安达卢西亚莫格尔）；卒于：1958年5月29日（波多黎各桑图尔塞）

风格和流派：作为西班牙最伟大的诗人之一，希梅内斯的作品浪漫、生动，常常与绿色、黄色有所联系，而晚期的作品与白色的联系更多。

代表作

诗歌

《紫罗兰的心灵》1900
《纯粹的挽歌》1908
《有声的孤独》1911
《悲伤的魔法诗》1911
《小毛驴与我》1914
《新婚诗人的日记》1917
《永恒集》1918
《石头和天空》1919
《诗歌》1923
《美》1923
《西班牙人的三个世界》1942
《声音是我的歌》1945
《动物基金会》1949

1956年诺贝尔文学奖获得者胡安·拉蒙·希梅内斯成长的文学气候出现在1898年西班牙战败并把殖民地让给美国之后。当时的诗人和作家把自己称为modernistas，这场运动的领导者、诗人鲁本·达里奥邀请希梅内斯来到马德里。他激励了希梅内斯并且帮助他在1900年出版了第一卷诗集。然而，同年希梅内斯的父亲去世了，他陷入了深深的抑郁中，并且最终演变成精神病发作。为了康复，他去了法国的一所疗养院，但是对死亡的恐惧伴随了他的后半生。

希梅内斯一生著作颇丰，有时候他甚至能一年出版一本诗集，此外还有三两篇文学评论，同时还在西班牙多个文学期刊担任评论家和编辑。1912年，他搬到了马德里，开始跟诗人、作家和翻译家季诺碧娅·坎普卢比·艾马合作，翻译印度诗人拉宾德拉纳特·泰戈尔的作品，此后他们就相爱了。两人之间的爱让希梅内斯得以应对自己的抑郁症，四年之后他追随着她乘船来到了美国。这次跨越大西洋的航程开始让他注视环绕着轮船的空旷大海，它就是自己作品主题之一的真实写照：诗歌和欣赏美的经历如何成为了一种斗争手段，让他得以应对抑郁症的时期自己经历的虚无缥缈的感受。1916年，他跟坎普卢比·艾马结了婚，二十世纪二十年代，他成了西班牙新一代诗人中公认的领袖人物。

希梅内斯后来的诗歌展现出一种宗教思维，他的作品中到处都有对色彩和音乐的象征性引用。他的早期作品十分浪漫，与黄绿两种颜色联系密切，但是他晚期的作品风格较为克制，对白色的引用在作品中占主导地位。1936年西班牙内战爆发，他不得不背井离乡先后去了古巴和美国，1951年，他永久定居波多黎各。

季诺碧娅在他获得1956年诺贝尔奖三天之后去世，诗人当时没能参加在斯德哥尔摩举行的诺贝尔奖晚宴（用他

上图：希梅内斯1956年拍摄的照片，他获得了当年的诺贝尔奖。

上图：1956年10月，希梅内斯在波多黎各大学授课。

自己的话就是，他被"悲伤和疾病包围了"），波多黎各大学校长杰米·贝尼特斯代表他发表了获奖感言。感言中如是说："我的妻子季诺碧娅才是这个奖的真正得主。在过去四十年间，她的陪伴、她的帮助和她赋予我的灵感，让上我的创作成为可能。今天，我失去了也，我感到孤寂无助。"希梅内斯难以面立对妻子的离去，两年之后，他在妻子离世的同一家诊所去世了。**REM**

"你的声音犹如白色的火焰/在水、轮船和天空的宇宙中……"

——"完全的意识"

弗吉尼亚·伍尔夫 VIRGINIA WOOLF

原名： 艾德琳·弗吉尼亚·斯蒂芬（Adeline Virginia Stephen）

生于： 1882年1月25日（英国伦敦）；**卒于：** 1941年3月28日（英国东苏塞克斯郡罗德梅尔）

风格和流派： 伍尔夫以一系列叙述技巧而闻名，其中影响最大的是角色的意识流表现。

代表作

小说

《远航》1915
《夜与日》1919
《雅各的房间》1922
《达洛维夫人》1925
《到灯塔去》1927
《奥兰多》1928
《海浪》1931
《岁月》1937
《幕间》1941

短篇故事

《完整的短篇小说》1985

非虚构类作品

《现代小说》1919
《普通读者一》1925
《一个自己的房间》1929
《病中》1930
《伦敦景色》1931
《普通读者二》1932
《三个基尼金币》1938
《飞蛾之死及其他》1942

1880-99

上图：二十岁时的英国小说家和散文家弗吉尼亚·伍尔夫。

右图：弗吉尼亚·伍尔夫与父亲莱斯利·斯蒂芬爵士合影。

弗吉尼亚·伍尔夫出身伦敦肯辛顿的中上层家庭，在四个孩子中排第三。从文学角度看，她的出身是很幸运的。她的父亲莱斯利·斯蒂芬爵士是维多利亚时代英国的贵族知识分子家族的后人，他本人是评论家和《英国国家人物传记大辞典》的首任编辑，他过世的妻子是小说家威廉·梅克比斯·萨克雷的长女。所以，尽管伍尔夫没有受过正规教育，她的成长过程还是在书籍和知识分子的围绕之中。与她家交往的人包括亨利·詹姆斯、乔治·艾略特和乔治·亨利·刘易斯，所以她小小年纪就决心当一名作家也毫不奇怪。

伍尔夫的一生饱受精神崩溃的困扰，原因是她童年末期经历的亲人离世，更大的可能性是，同母异父哥哥的性侵犯对她不稳定的精神状态造成了更大的影响。十三岁时，她的母亲暴病身亡，两年之后悲剧再次发生了，她的同母异父姐姐离开了人世。1904年父亲去世之后，她的精神崩溃更加严重了。回溯诊断显示她似乎患有躁郁症，这个病导致她五十九岁时带着对二战的绝望在离苏塞克斯的

上图：最初的布鲁姆斯伯里派野餐。中右侧戴帽者为伍尔夫。

1880—99

家不远处自溺身亡。

年轻时，她位于戈登广场的家就成为了布鲁姆斯伯里派成员聚会之地，这个团体聚集了自由派艺术家和学者。核心成员包括约翰·梅纳德·凯恩斯、林顿·斯特雷奇、E.M.福斯特、克莱夫·贝尔以及莱奥纳多·伍尔夫，她1912年与伍尔夫结婚。夫妇二人成立了霍加斯出版社，这个出版社致力于出版新的实验性作品，作家包括T.S.艾略特、凯瑟琳·曼斯菲尔德和伍尔夫自己。

伍尔夫为《泰晤士报文学增刊》撰稿直至临近去世，期间还出版了一些小说，其中四部脱颖而出的作品影响尤其深远。在探索现已广泛利用的意识流（或内心独白）手法时，对女性意识的关注，使她的大部分作品相互结合，融为一体。其他特性与事件的临时重排相结合，使其与主角对时间的内在经验和多重叙述视角的并列相匹配。由此产

"女人要写小说就要有钱和一个她自己的房间。"

弗吉尼亚·伍尔夫

电影的特质

伍尔夫开拓性的文学风格、女权主义立场、热情洋溢的个性和不稳定的精神状态让她成为了好莱坞着迷的对象。她的个性和作品成为了多部电影的主题，其中包括《奥兰多》（1992）、《达洛维夫人》（1997）以及奥斯卡奖提名影片《时时刻刻》（2002）。后者根据由迈克尔·坎宁汉创作的，获得普利策奖的同名小说改编而成。在这部小说中，他采用了很多伍尔夫式的文体手法，营造富有伍尔夫式暗示的氛围。众多批评家都注意到伍尔夫的小说具有电影一般的品质，其中包括特写镜头效果、主观的视角、倒叙手法、迅速的场景转换和角色的切入，以及对视觉效果的执着关注。

生的主观的叙事风格与十九世纪现实主义文学传统保守、全景式的叙述风格大相径庭。

《达洛维夫人》的事件，表面上发生于一天之中，在同名女主角筹备上层阶级的聚会时，小说一直追寻着她的思绪。在她出发采购鲜花时，伦敦市中心的景致和声音与跨越她一生的不断闪现的回忆相互交织。小说在聚会上达到高潮，古往今来的人物相互碰撞。《到灯塔去》的灵感源于作者童年在康沃尔郡的圣艾夫斯度假时的快乐回忆，而父母也给了她灵感，小说的中心人物拉姆齐先生和夫人从某种程度上是以她的父母为原型。《海浪》追溯的是多年间一些朋友的生活。一系列循环往复的思绪组成了小说极为正式的结构，书中的人物借此反省自身和对方。

《奥兰多》脱颖而出是因为它不仅是一部风趣幽默的小说，还采用了讽刺自传这种形式，作家维塔·萨克维尔-韦斯特是其灵感来源，伍尔夫与她保持着极为亲密的关系，他们可能还发生过性关系。她在小说中的化身活了三个多世纪，时而是男，时而为女。

从特征上说，伍尔夫的小说探索了个性鲜明的女性应对社会、家庭和国家环境的反映，重要的经典散文《一间自己的房间》（尤其是这个作品）也使她成为了杰出的女权主义者的偶像。**GM**

右图：《达洛维夫人》（1925）的封面，瓦内莎·贝尔设计。

詹姆斯·乔伊斯 JAMES JOYCE

全名： 詹姆斯·奥古斯丁·阿洛伊修斯·乔伊斯（James Augustine Aloysiu Joyce）

生于： 1882年2月2日（爱尔兰都柏林）；**卒于：** 1941年1月13日（瑞士苏黎世）

风格和流派： 乔伊斯是爱尔兰小说家和大师级的散文文体学家，他描绘的二十世纪之交的都柏林极具开创性，而且引人注目。

　　如果说詹姆斯·乔伊斯能俯视二十世纪整个文学景观，那纯粹是一种轻描淡写。1999年，乔伊斯的小说《尤利西斯》被选为二十世纪最杰出的英文小说，不仅如此，它轻而易举就赢得了支持，因为这是很明显的选择。

　　这部小说记载了都柏林的匈牙利籍犹太人之子利奥波德·布鲁姆仅仅一天的生活，故事来源于荷马史诗《奥德赛》（约公元前700年）。在创作过程中，从意识流到模仿作品，从粗制滥造的冒险小说到爱尔兰英雄史诗，他充分运用了自己充足的文学库藏中的各种工具。但是这部小说因为过多地炫技而受到批评——例如，写到关于报社的章节时，小说开始使用各种古典修辞技巧，警报事件是由四部分穿插其中的部分构成，因此被当成诗歌上的赋格曲。但是，当弗吉尼亚·伍尔夫的《达洛维夫人》和T.S.艾略特的《荒原》这样的仿效之作本身就是杰作的时候，从某种程度上说，所有的批评也就有了学术价值。即便是诋毁这

代表作

小说

《英雄斯蒂芬》1904-1906年创作，1944年
　出版
《一个青年艺术家的画像》1916
《尤利西斯》1922
《芬尼根守灵夜》1939

短篇故事

《都柏林人》1914

戏剧

《流放》1918

1880–99

诗歌

《贾科莫·乔伊斯》1907年创作，1968年
　出版
《室内乐》1907
《一便士一只的苹果》1927

上图：詹姆斯·乔伊斯1938年左右在巴黎拍的照片。

右图：《尤利西斯》中遗失的欧迈厄斯草图，源自第23页背面残图。

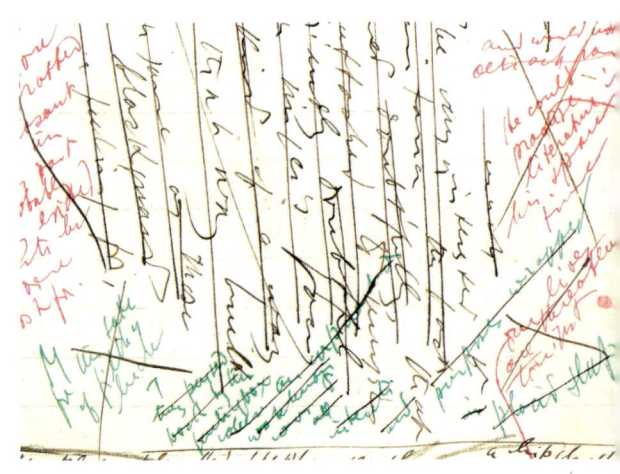

上图：福特·马多克斯·福特、詹姆斯·乔伊斯、埃兹拉·庞德和约翰·奎因在巴黎，摄于1923年。

部作品的人也得承认在英语文学作品中，除了莎士比亚的作品之外，鲜有作品的影响能比它更深远、持久。

乔伊斯是家中十个孩子中最大的，他生在都柏林，于赤贫中长大。他出版的第一部作品是短篇小说集《都柏林人》，它从两个方面为其后期的作品奠定了基调。首先，这部作品的背景完全设定在乔伊斯童年时代的都柏林，它深度剖析了爱尔兰人民，一方面展示了乔伊斯对同胞的深切了解和同情，另一方面也展现了自己对爱尔兰民族主义和狭隘的罗马天主教的矛盾心理。其次，这本书引发了激烈的消极反应。例如，一个都柏林的读者买下了第一版整套图书然后付之一炬，但这件事跟乔伊斯背井离乡、自愿流亡或许没有关系。他1904年出国，余生都在欧洲大陆生活，其中在的里雅斯特和巴黎生活得最久。

> "天才是不会犯错的。"
> ——斯蒂芬·迪德勒斯《尤利西斯》

283

露西亚·乔伊斯

虽然"布鲁姆日"（6月16日，《尤利西斯》中设定的时间）可能是跟乔伊斯有关的最著名的节日了，爱尔兰人在6月26日还有一个"露西亚日"，这天是乔伊斯的女儿露西亚的生日。据说这个节日是为了加深人们对精神分裂症的认识。露西亚二十五岁时第一次被收入精神病院，直到她七十五岁去世时都需要接受精神病治疗。

关于女儿，乔伊斯曾如是写道："我拥有的所有灵感或天赋都遗传给了露西亚，它们在她的脑子里点燃了一把火光。"露西亚曾是雷蒙德·邓肯（伊莎多拉的哥哥）门下的一位前卫派舞者，她与父亲的朋友、作家塞缪尔·贝克特有过一段短暂的恋情，后因她的拒绝无果而终。她第一次被送入精神病院是因为在一次与家人发生的争吵中，她朝自己的母亲扔了一把椅子，她的余生都在法国和瑞士的精神病院之间辗转，其中一次还接受过卡尔·荣格亲自实施的精神分析治疗。荣格如是形容这对父女："这两个人都即将沉入河底，一个是不慎跌落，而另一个则是自己跳进去。"

1880-99

乔伊斯的下一部作品也是他的第一部小说最后付印时名为《一个青年艺术家的画像》。乔伊斯在书中化身为斯蒂芬·迪德勒斯，这部小说显然就是他童年时代的自传。角色的名字来源于第一位基督教殉道者，而他的姓氏则来源于神话中迷宫的建造者和为伊卡洛斯制作翅膀的人。小说生动地唤醒了乔伊斯对耶稣会教育的记忆，小说的主角渴望远走高飞，逃避扼杀了自己艺术创造力的宗教和政治传统。

《尤利西斯》是《一个青年艺术家的画像》的续篇，年长一些的迪德勒斯就是忒勒玛科斯，而布鲁姆则是慈祥的奥德修斯——从本质上说，乔伊斯通过这部小说为自己创造了一个精神之父。小说的核心是对父子关系的沉思——从广义上说，是对爱的本身的沉思。故事发生的时间设定在乔伊斯与自己的生活伴侣和妻子诺拉·巴纳克尔初次约会的那天。这也使他舌灿莲花的文章免于沦为枯燥的学术习作。乔伊斯之所以无所不用其极地讲述这个故事，部分原因是，没有哪种文学手法能够完全概括两人之间真挚相遇的美好。如果这个小说称得上二十世纪最出色的小说，它指的不仅是小说体现的人性，还有它精湛的叙事技艺。

乔伊斯煽动争议的才能并未以《都柏林人》为结束。《尤利西斯》曾在美国和英国被当做淫秽书籍而遭禁，直到1933年那次具有里程碑意义的裁决为止，当时纽约南区美国地方法院大法官约翰·伍尔西裁定这部小说并不是淫秽书籍，所以不能被当做低俗之作。当美国和英国的读者能轻易买到该书的时候，乔伊斯投入创作最后一部小说《芬尼根守灵夜》已经十年了。他的健康和视力随着小说的创作而恶化，小说出版两年之后他就去世了。**SY**

右图：都柏林道森街上为纪念《尤利西斯》在人行道上设的铜板。

ULYSSES

—You're in Dawson street, Mr Bloom said. Molesworth street is opposite. Do you want to cross? There's nothing in the way.

P. 143

C&C

proudly sponsored by
Cantrell & Cochrane (Dublin) Limited

温德姆·刘易斯 WYNDHAM LEWIS

全名： 珀西·温德姆·刘易斯（Percy Wyndham Lewis）

生于： 1882年11月18日（加拿大新斯科舍省阿默斯特）；**卒于：** 1957年3月日（英国伦敦）

风格和流派： 刘易斯审视了粗野主义、暴力行为的滋长和机器时代的崛起。此外他立场鲜明地对维多利亚时代的多愁善感表现出厌恶。

代表作

小说
《塔尔》1918
《上帝之猿》1930
《爱的报复》1937
《良心的谴责》1954
《人类的时代》1955

诗歌
《单程之歌》1933

非虚构类作品
《希特勒》1931
《爆炸和炮击》1937
《希特勒崇拜以及它将如何结束》1939
《犹太人，他们是人么？》1939
《美国和宇宙人》1939

1880-99

> "如果这个世界能为机械建造神庙……那一切就完美了。"

温德姆·刘易斯出名是因为他是一个艺术家，他不仅是艺术运动漩涡主义画派的创始人之一，还是小说家、诗人和编辑。年轻时，他把几年时间用在去欧洲旅行和学习艺术上，1912年回到英国之后，他发起了漩涡主义运动。两年后，他创办了《爆炸》，在这本具有划时代意义的漩涡主义杂志中，他拙劣地模仿了维多利亚时代的感伤主义，呼吁世界拥护机器时代。讽刺的是，此时恰逢第一次世界大战爆发。温德姆·刘易斯在战争的最后两年参加了西线战役。二十年后，他在出版的《爆炸与炮击》中谈到了这段经历。

战后，温德姆·刘易斯趋向更加右倾化。他认为现代艺术和文学界都堕落了，因此对它们的继承者发起了激烈抨击，其中包括罗杰·弗莱和布鲁姆斯伯里派的成员。他的名声也毫不例外地被同时期作家的诋毁，所以人们很难知道到底哪些是真，哪些是恶意中伤。根据当时的报道，他厌恶自己的爱人，对孩子漠不关心，对待朋友也自私自利。政治对他的写作和艺术产生了影响，最主要体现在他厌恶先锋派艺术（讽刺的是，他曾走在先锋艺术的前沿），却亲近法西斯主义。在英国，他支持奥斯瓦尔德·莫斯利男爵；在德国，他是阿道夫·希特勒的支持者，还出版了《希特勒崇拜以及它将如何结束》。同年，他到美国旅行，并一直在此生活到二战结束，于1945年回到英国。他放弃了艺术创作，不过仍然坚持写作并成为了著名的艺术评论家。他晚年因为恶性肿瘤而失明。**LH**

上图：英国小说家、画家和评论家温德姆·刘易斯抽雪茄，1914。

雅罗斯拉夫·哈谢克 JAROSLAV HAŠEK

生于: 1883年4月30日（捷克斯洛伐克布拉格）；**卒于**: 1923年1月（捷克斯洛伐克利尼斯村）

风格和流派: 哈谢克是政治讽刺和社会现实主义大师，擅长描写轶闻趣事和滑稽场面，除此之外他还是反军国主义者，定期为《无政府主义杂志》供稿。

政治讽刺大师雅罗斯拉夫·哈谢克曾被誉为捷克的马克·吐温。对君主制的尖锐批评，对奥匈帝国统治下捷克人民生活的幽默评价，在他的小品文和小说中随处可见。他在作品中精确地刻画了人性，目标直指奥匈帝国权贵所谓的英雄主义，嘲讽他们的民族主义思想和强加于人民的种种束缚。作为一位评论家，哈谢克积极地批判社会不公正现象，此外还成为《无政府主义杂志》的主要供稿人之一，为进步青年党撰写文章并以此反抗奥匈帝国的统治。"吉普赛的葬礼"或是"匈牙利平原的三篇小品文"为生活在哈布斯堡王朝铁犁下的国家和人民发出了呐喊。哈谢克还讽刺过天主教会的荒淫无道，他认为他们才是帝国的真正统治者。

尽管哈谢克写过一千多个短篇小说，但他主要还是以《好兵帅克》而为人所知，这是一部关于帅克（他最早出现在1912年的一篇短篇小说中）的小品文和故事合集，帅克是个平民中的小丑和普通人中的哲学家，他宽广的胸怀和参加一战的热切渴望都彻底颠覆了当时的既有惯例。被当成军队中的小丑的时候，帅克用自相矛盾的话语夸张地演绎了军官们的矛盾态度。通过各种源源不断发生在他身上的轶闻趣事，他不仅将关注的视线从战争的重大任务上转移开，还不可避免地暴露了自己所效忠的国家的各种缺点。卢卡斯中尉是个例外，他能容忍帅克的幽默，不时做出危险越权之举。军官们在文中只是哈谢克借以委婉批评帝国统治的工具而已。**PR**

代表作

短篇故事
《好兵帅克和其他故事》1912
《导游和在国内外旅行的讽刺诗》1913
《十二个故事》1920

小说
《好兵帅克》1920-1923（4卷）

"伟大的时代需要伟大的人物。"

————《好兵帅克》

上图：捷克作家雅罗斯拉夫·哈谢克，摄于1910年。

1880-99

弗朗茨·卡夫卡 FRANZ KAFKA

生于：1883年7月3日（捷克斯洛伐克布拉格）；**卒于**：1924年6月3日（奥地利基尔林）

风格和流派：卡夫卡之所以著名，不仅因为他在富有重大影响的文章中简洁明了地描写了不可思议的场景，还因为即便人们身处自然环境之中依然会受到国家机器的压迫。

代表作

小说

《变形记》1915
《审判》1925
《城堡》1926
《美国》1927

短篇故事

《沉思》1913
《判决》1913
《在流放地》1914
《皇帝的口信》1919
《拒绝》1920
《一只狗的观察》1922
《禁食艺术家》1924

1880—99

作为一位用德语写作的作家，弗朗茨·卡夫卡影响力巨大，他出色的想象力和令人压抑的国家机器下噩梦般的景象相结合，让在复杂的官僚主义制度下求生的人感到窒息。他生前只出版过很少作品，后来他要求朋友和遗著保管人马克斯·布罗德销毁自己未出版的所有手稿，不过后者并没有满足他的要求。

卡夫卡的作品中描写的情境相对正常，但偶尔也有荒谬的情形。尽管是个保险公司职员，但他也在1913年出版了第一部短篇小说集《沉思》。他的突破始于《判决》一文，这个故事讲述了儿子遵从父亲的意愿自杀身亡的故事，超现实主义小说《变形记》讲述了旅行推销员格里高尔·萨姆沙一天早上醒来发现自己变成了一个大甲虫。令人沮丧的是，没有什么原因可以解释这种变化，所以起初萨姆沙表现得像是没有发生什么巨大变化一样。但是，他的家人为此感到羞耻，所以任由他孤独地死去了。故事关键的象征意义在于，它显示了社会对待异类的态度以及由此产生的孤立行为，作者对此表示谴责。

《审判》的中心人物约瑟夫·K莫名其妙地遭到逮捕，因为被拖入了由官僚机构、匿名官员和令人困惑的程序组成的迷宫之中，所以整本书的内容都用在描写他为自己的处境寻求答案上。卡夫卡在小说里巧妙地营造了令人恐惧的紧张氛围，直截了当地描写了一个呈现出极权主义倾向的国家政权很快就会吞噬整个欧洲。在随后出版的《城堡》中，主人公继续与各种芝麻小官和机构做着较量。黑暗、令人发狂却同样引人入胜，这个小说完美地展现了卡夫卡对二十世纪生活的焦虑和不适应。**SG**

上图：弗朗茨·卡夫卡1915年的护照照片。

右图：企鹅出版社2006年版的卡夫卡作品《变形记》的封面。

FRANZ KAFKA

META
MORPH
OSIS

AND OTHER STORIES

尼克斯·卡赞扎斯基 NIKOS KAZANTZAKIS

生于: 1883年2月18日（克里特岛伊拉克利翁）; **卒于:** 1957年10月26日（德国布列斯高地区的弗莱堡）

风格和流派: 卡赞扎斯基是希腊最受人推崇的现代作家; 在1957年的诺贝尔奖评选中, 他仅以一票之差败给了阿尔贝·加缪。

代表作

诗歌

《奥德修续记》1938

小说

《希腊人左巴》1946
《自由或死亡》1950
《基督的最后诱惑》1951

散文

《致格列克的报告》1961

1880-99

"我一无所求。我无所畏惧。我是自由的。"

——克里特岛上卡赞扎斯基的墓志铭

　　克里特岛在卡赞扎斯基的生命中拥有特殊地位。这位现代奥德修斯从伊萨卡岛开始了自己的流浪, 他坚持自己在死后要埋在这里, 埋在他出生的地方。他在克里特岛的童年时代, 见证了为反抗奥斯曼土耳其统治而进行的斗争。长大之后, 他来到雅典大学学习法律, 在巴黎师从亨利·柏格森学习哲学, 在第一次世界大战前又回到了希腊。

　　卡赞扎斯基用现代希腊语写作, 这意味着在希腊之外他几乎没有什么读者, 直到后来他的作品被翻译成其他语言。为了谋生, 他必须写大量各式体裁的作品: 诗歌、小说、剧本、儿童读物、旅行读物, 此外还翻译外国作品——包括歌德的《浮士德》（1808）和但丁的《神曲》（1308—1321）。他从1924年开始为荷马史诗《奥德赛》编写并修改了一篇宏伟的续记, 这个作品最终达到33333行, 被他认为是自己最重要的作品。与此同时, 卡赞扎斯基不停地在欧洲到处旅行, 还到过埃及和巴勒斯坦。虽然从过政, 但他也不过是在1945年希腊政府中当了一小段时间没有实权的部长而已, 此外他在1947年至1948年间为联合国教科文组织工作, 后来定居法国的安提贝。两部让他在国际上赢得广泛关注的小说都被拍成了著名的电影, 即: 《希腊人左巴》和《基督的最后诱惑》, 他对基督的描写犹如异端邪说, 因此招致罗马天主教会和希腊东正教会的谴责。1957年, 从中国和日本回国之后, 他感染了致命的疾病。他死后被埋在了伊拉克利翁的城墙边, 因为东正教会禁止他入葬公墓。**RC**

上图: 希腊作家尼克斯·卡赞扎斯基的照片。

威廉·卡洛斯·威廉姆斯
WILLIAM CARLOS WILLIAMS

生于：1883年9月17日（美国新泽西州卢瑟福）；卒于：1963年3月4日（美国新泽西州卢瑟福）

风格和流派：威廉姆斯以极为生动、闲适而富有印象派风格的作品和社会主义信仰闻名于世；他的诗歌有爵士乐般的韵律，通常以日常生活为主题。

虽然是在新泽西州的卢瑟福以医生为职业，但威廉·卡洛斯·威廉姆斯还是被公认为二十世纪美国最重要的诗人之一。

在就读宾夕法尼亚大学医学院之前，威廉姆斯曾在日内瓦、巴黎和纽约学习过。早年海外求学的经历让他爱上了旅行，他经常去纽约度周末，一生之中多次去过欧洲，还结识了一些先锋派艺术家和作家，其中包括马歇尔·杜尚、弗朗西斯·毕卡比亚、詹姆斯·乔伊斯和玛丽安·摩尔。

还在医学院读书时，他就与同行和诗人埃兹拉·庞德以及希尔达·杜立特尔是好友。威廉姆斯赞成庞德的观点即重视朴素，当庞德的诗节奏紧张而语言精辟，而威廉姆斯的诗则只求精确，他最好的诗歌作品有个明显的特征即极易引起联想。虽然他形容李子时只用到"很甜/而且很凉"这样的词，但读来却仿佛是亲口尝到了一样。他被认为是这样一位诗人，他尝试用日常化的语言描写普通人的日常生活，他特意抛弃传统典故，为的是能创造出反应当代美国人生活方式的新俗语。

二十世纪五十年代，威廉姆斯的影响力达到了顶峰，对"垮掉的一代"、黑山诗派和纽约诗派的作家都产生了很大影响；杰克·凯鲁亚克的《在路上》中的迪恩·莫里亚蒂的旅程也是从新泽西州的帕特森开始，以此向威廉姆斯的巨著致敬。然而，威廉姆斯绝不仅仅是有影响的大人物，他还是青年作家的良师益友，对艾伦·金斯堡而言尤其如此。1963年他去世两个月之后，威廉姆斯因《来自布鲁盖尔的照片和其他诗歌》被追授普利策奖。**SY**

代表作

诗歌
《诗歌》1909
《致想要它的人》1917
《酸葡萄》1921
《春天及一切》1923
《早期的烈士和其他诗歌》1935
《帕特森：第一至四卷》1946-1958
《沙漠音乐和其他诗歌》1954
《爱之旅》1955
《来自布鲁盖尔的照片和其他诗歌》1962

散文
《伟大的美国小说》1923

1880-99

"［威廉姆斯运用］朴素的语言，直如白话，通俗易懂。"

——玛丽安·摩尔

上图：威廉·卡洛斯·威廉姆斯，摄于1950年左右。

D.H.劳伦斯 D. H. LAWRENCE

全名: 大卫·赫伯特·理查兹·劳伦斯(David Herbert Richards Lawrence)

生于: 1885年9月11日(英国诺丁汉郡伊斯特伍德);**卒于:** 1930年3月2日(法国阿尔卑斯滨海省旺斯)

风格和流派: 作家劳伦斯写过诗歌、短篇故事和小说,他在探索男人和女人之间的关系时运用严格的现实主义手法。

　　D.H.劳伦斯是一位很有影响也颇具争议的作家,他在作品中用直白的语言忠实反映了人类的情感、灵魂和性欲望,打破了传统道德规范。他的父亲是目不识丁的矿工和酒鬼,他的母亲是学校的教师,两人之间并不相配的结合给家里制造了紧张的氛围,加上诺丁汉郡原始的风貌和自己的成长经历都为他早期的作品提供了素材。这一点在小说《儿子和情人》中体现得尤为明显。这本书生动地描写了工人阶层矿工群体的生活,因此堪称自传体作品。中心人物保罗·莫雷尔无法摆脱母亲对他的专制影响,因此影响到了他与其他女性的关系。此书读来像是作者本身的精神分析报告,他的大部分作品都以这个主题为基础。

　　他的下一部小说因为其中的性主题在最终发行时引起了一场骚动。《虹》讲述了布朗文一家三代的故事,作者在巧妙地详述性欲和人际关系时,将情感和社会变化融入其中。接下来的《恋爱中的女人》的故事,围绕着两个受过良好教育的摩登姐妹和她们对生活和爱情的渴望展开。

代表作

小说

《白孔雀》1911
《入侵者》1912
《儿子和情人》1913
《虹》1915
《恋爱中的女人》1920
《迷失的少女》1920
《袋鼠》1923
《羽蛇》1926
《查特莱夫人的情人》1928

短篇故事

《普鲁士军官》1914
《英格兰,我的英格兰》1922

非虚构类作品

《意大利的黄昏》1916
《大海和撒丁岛》1921
《墨西哥的早上》1927

上图:英国现代主义作家D.H.劳伦斯,摄于1930年。

右图:1929年,劳伦斯和作家奥尔德斯·赫胥黎在法国的邦多尔。

左图：劳伦斯风格的凤凰，劳伦斯经常把这个有力的象征符号用在作品封面上。

因被认为道德败坏而名誉受损，劳伦斯离开了英国，但他在自己最著名的小说《查特莱夫人的情人》完成之后再次陷入了评论的泥潭。他在低调描写出身上层社会的查特莱夫人和她的猎场看守奥利弗·梅勒斯之间的婚外情时，加入了生动的性行为描写还有一些脏话。该书直到1960年之前都是禁书。虽然生前声誉不佳，而且因为自己呈现的女性形象而遭到女权主义者的批评，劳伦斯至今被认为是一位杰出的现代主义作家，是他让小说摆脱了维多利亚时代的社会和道德准则的束缚。**SG**

野蛮人的朝圣之旅

劳伦斯曾经被控从事间谍活动，还被软禁在康沃尔郡的一栋小屋里，所以他在第一次世界大战之后自我流放也是毫不意外。他把这种举动称为"野蛮人的朝圣之旅"，与妻子弗里达在一起的环球之旅给了劳伦斯灵感，他据此创作出最早获得认可的英文旅游书籍。他在《大海和撒丁岛》中回忆了两人的意大利之旅，后来他们去了斯里兰卡和澳大利亚，这段经历被写进了小说《袋鼠》中。但是他最好的旅游书籍都源自于在美国和墨西哥度过的时光，他在《墨西哥的早晨》中描绘了这个"新世界"。

辛克莱·刘易斯 SINCLAIR LEWIS

全名：哈里·辛克莱·刘易斯（Harry Sinclair Lewis）

生于：1885年2月7日（美国明尼苏达州索克森特）；**卒于：**1951年1月10日（意大利罗马）

风格和流派：刘易斯的作品主题包括妇女权利和种族问题，作品具有深刻的见解，写作方式直截了当，同时带有机智的讽刺。

代表作

小说

《远足与飞机》1912
《我们的雷恩先生》1914
《大街》1920
《巴比特》1922
《阿罗史密斯》1925
《艾默尔·甘特利》1925
《多兹史密斯》1929
《不会发生在这里》1935

辛克莱·刘易斯可能是二十世纪上半叶最成功的美国作家之一，他干脆利落又充满智慧的讽刺文章、出色的叙事方式，极大地吸引了美国大众。他的小说以批评美国社会和消费主义为特征，但他的滑稽幽默极好地调和了文章尖刻的语气，因此造就了兼具深度和精度的作品。

刘易斯开始写作时还很年轻，他先写诗歌，然后是短篇小说，并把稿件投到耶鲁大学出版的《耶鲁文学杂志》，当时他是杂志编辑。1908年耶鲁大学毕业之后，他成了自由撰稿人并为多家出版社供稿长达数年之久，直到1912年他用笔名汤姆·格拉汉姆出版了第一部小说《远足与飞机》。刘易斯写过很多粗制滥造的作品，这只是其中第一部，两年之后他出版了第一部严肃的小说《我们的雷恩先生》并获得了较高评价。

直到1920年《大街》出版并立即成为畅销书之后，刘易斯才算名利双收，并且至今仍为人所知。《大街》是经过广泛研究的结晶，它批判了"小镇美国"的狭隘心态，主角名叫卡罗尔·肯尼卡特，是个强壮而且放荡不羁的女人。之后出版的《巴比特》在精炼程度和深度上与前者相当，此后的《阿罗史密斯》让他获普利策奖，但他却拒绝领奖。1930年，他获得了诺贝尔文学奖，因此成为了第一位获奖的美国人。在此后的岁月里，刘易斯再也未能重拾如此尖锐的洞察力，虽然他又写了九部小说，但只有《不会发生在这里》的深度和洞察力能达到前期作品的水平。**TamP**

"我们美国的教授们喜欢让自己的文学作品简洁、冷酷、单纯而又死气沉沉。"

上图：美国作家辛克莱·刘易斯，摄于1940年。

伊萨克·迪内森 ISAK DINESEN

原名：凯伦·冯·布里克森-菲内克男爵夫人（Baroness Karen von Blixen-Finecke）

生于：1885年4月17日（丹麦伦斯特德）；卒于：1962年9月7日（丹麦伦斯特德）

风格和流派：伊萨克·迪内森的幻想小说广受好评，但讲述她在肯尼亚生活经历的《走出非洲》才是让她最为人铭记的作品。

伊萨克·迪内森出身于丹麦的资产阶级家庭，曾在哥本哈根、巴黎和罗马求学。1914年，她与远房表哥布鲁尔·冯·布里克森-菲内克男爵结婚，婚后移居肯尼亚经营咖啡种植园。然而，她的丈夫因为出轨导致她也感染了梅毒。在此期间，她邂逅了著名的猎人丹尼斯·芬奇·哈顿，与他展开了一段婚外情。1931年，哈顿在一场空难中不幸身亡，此后咖啡种植园也破了产，所以迪内森回到了丹麦。

她的第一本小说《七个神奇的故事》出版于1934年，受到了当时美国、英国和丹麦评论家的一致好评。这部小说的背景设定于十八和十九世纪的欧洲，这些故事将传统的哥特式幻想与现代的心理学观察结合起来。这部小说和她后来作品都是用英文写成然后再翻译成丹麦语。在取得了初步成功之后，迪内森开始从自己在非洲生活的经历中寻找灵感，然后写出了《走出非洲》，并于1937年出版。第二次世界大战期间，她创作了《冬天的故事》——以民间传说为基础——这部小说经瑞典被偷偷传播到国外。在美国，这个小说被发给在海外作战的士兵。迪内森还写过唯一一部长篇小说《天使的复仇》，是一部关于纳粹命运的寓言。

战后，迪内森转而创作短篇故事。《命运轶事》出版于1958年，包含五个故事，其中《芭贝特的盛宴》是她最受欢迎的作品之一，它讲述了一个老年厨子终于展示出自己真正才艺的故事。

迪内森曾于1954年和1957年两次被提名诺贝尔奖，却分别败给了厄内斯特·海明威和阿尔贝·加缪。二十世纪五十年代，越来越差的健康状况和无法写作始终困扰着迪内森。她于1962年去世。**HJ**

代表作

小说

《走出非洲》1937
《天使的复仇》1946

短篇故事

《七个神奇的故事》1934
《冬天的故事》1942
《最后的故事》1957
《命运轶事》1958
《草坪上的影子》1960
《狂欢节》1977

1880-99

"艰苦岁月让我懂得了生活是多么丰富和美好……"

上图：凯伦·冯·布里克森男爵夫人，笔名伊萨克·迪内森，摄于1959年1月。

弗朗索瓦·莫里亚克 FRANÇOIS MAURIAC

生于：1885年10月11日（法国波尔多）；**卒于：**1970年9月1日（法国巴黎）

风格和流派：莫里亚克是小说家、散文家、诗人、剧作家和记者，他主要的小说都关注现代世界中罪恶与救赎之间的斗争。

代表作

小说

《给麻风病人的吻》1922
《爱的荒漠》1925
《泰蕾丝》1927
《毒蛇的结》1932
《夜已尽》1935
《法利赛人的女人》1941

戏剧

《阿斯摩地，或入侵者》1938
《糟糕的爱》1945

诗歌

《紧握的手》1909

非虚构类作品

《戴高乐》1964

> "……罪恶是作家的创作元素；心中的激情即是他每日享受的面包和美酒。"

　　弗朗索瓦·莫里亚克出生于法国波尔多地区一个富有的罗马天主教中产之家，他曾在波尔多和巴黎学习文学，之后依靠家庭的财产支持开始全心投入到写作中。他第一次取得真正的成功是在二十世纪二十年代，出版了小说《给麻风病人的吻》。

　　莫里亚克早期的小说刻画的都是童年时代的法国外省资产阶级的世界。虽然氛围令人窒息而且道德败坏，但作品中的宗教意图仍不明显。从1928年到1930年间，他饱受信仰危机的打击，与每一个信仰基督教的作家一样，他一直与所面临的困境做着斗争：如何才能在塑造人类的邪恶时，避免将诱惑呈现在读者面前。

　　将莫里亚克最受欢迎的两个小说作对比时，一种戏剧性的转变在其接下来的作品中尤其明显。在《泰蕾丝》中，女主角试图谋杀丈夫以摆脱令人窒息的生活，虽然对泰蕾丝心理的刻画充满了同情，但显然她的举动只会坑害自己。然而，在他最成功的小说《给麻风病人的吻》中，中心人物对家人的憎恨还有内心的贪婪在他醒悟之后获得了救赎。除了小说和诗歌，他还是个杰出的记者，曾为多家报纸写过立场强硬的政治文章。在二战期间，他曾处在作家参与法国抵抗运动的前沿阵地，此后还成了夏尔·戴高乐的坚定支持者。他还就写作本身与人进行广泛沟通，寻求在批评家面前证明自己，并且突出自己的道德意图。1952年，莫里亚克被授予了诺贝尔文学奖，理由是："他小说中深刻的精神洞察和强烈的艺术性，在揭示人类生活的戏剧方面鞭辟入里。"**CW**

1880-99

埃兹拉·庞德 EZRA POUND

全名： 埃兹拉·韦斯顿·卢米斯·庞德（Ezra Weston Loomis Pound）

生于： 1885年10月30日（美国爱达荷州黑利）；**卒于：** 1972年11月1日（意大利威尼斯）

风格和流派： 庞德是个兼具绚丽和创新风格的诗人、批评家和雄辩家，他使现代主义文学的概念更加清晰，此外曾因亲法西斯主义广播而被关押。

　　1945年时，埃兹拉·庞德已经当了四十年不知疲倦的争论家，非但始终未能获得自己渴望的公众影响，反而发现自己的生活已经被争议压倒了。当意大利的战争图谋失败之后，庞德被关进了比萨郊外的美军营地的露天监狱中，他被指控在罗马公开发表了攻击美国战争意图的亲法西斯和反犹太的广播，因而犯了叛国罪。在华盛顿经过了一番努力，庞德以精神错乱为辩护理由逃脱了死刑判决，此后十二年间他被当做犯罪精神病人关押在该市圣伊丽白医院。然而庞德竟然克服了重重阻力，在此期间创作出一些他最出色的诗作，当《比萨诗章》1948年发表之后，许多人都把这些当做他最有力的作品，还被授予了久负盛名的博林根奖，尽管评选招致公众的强烈抗议，但他还是被授予了该奖项。

　　庞德起码从1917年就开始投入到现代主义史诗《诗章》的创作中，并一直为此奋斗了后半生。他把这个史诗巨作称为"囊括了历史的诗歌"，《诗章》显示了庞德通过展示英雄模范人物和自己的经济理论，试图重新设定人类历史的顺序的尝试。

　　除此之外，这首诗刻画的形象还包括奥德修斯、孔子、美国总统约翰·亚当斯和唯利是图的意大利人西吉斯蒙多·马拉泰斯塔；此外，还谴责了高利贷以及对恶劣的政治现状逐渐滑向深渊的担忧。经过800页的描写，所有的内容都归结成其中蕴含的巨大野心："我不是英雄，/我没法把人类凝聚在一起，"庞德如是承认道。但他留下的遗产就像宫殿废墟的雄伟遗址一样，在黑暗之中散发出一丝光亮。**MS**

代表作

诗歌

《灯火熄灭之时》1908
《意象派诗选》1914
《中国》1915
《五年》1916
《向塞克斯图斯·普罗佩提乌斯致敬》1919
《休·赛尔温·毛伯利》1920
《诗章》1930-1969
《比萨诗章》1948

非虚构类作品

《经济学的》1933
《阅读的》1934
《杰弗逊以及/或墨索里尼》1935

1880—99

"但是付诸行动而不是无动于衷……
不是虚荣。"

——《比萨诗章》

上图：E.O.霍普在1918年为埃兹拉·庞德拍的照片。

西格夫里·萨松 SIEGFRIED SASSOON

生于：1886年9月8日（英国肯特郡马特菲尔德）；**卒于**：1967年9月1日（英国威尔特郡海茨伯里）

风格和流派：萨松的作品采用的主题包括，用具有和平主义寓意的语言创作反战讽刺评论，还有用理想化的手法描写英国乡间的景致。

代表作

诗歌

《老猎人》1917

《女性的荣耀》1917

《将军号》1917

《还击》1918

《和平之路》1960

自传

《猎狐者的回忆录》1928

《乔治·谢尔斯顿完整的回忆录》1937

《西格夫里的旅程》1945

右图：一战期间，军营中西格夫里·萨松的戎装照。

西格夫里·萨松是重要的反战诗人，他创作的自传体小说描绘了英国的乡村生活。一战爆发之后他志愿参军，但在战事到达高潮时，他却成了一名奔走呼号的和平主义者。萨松在诗歌中用讽刺和尖刻的语言记录下了他所见到的恐惧，创作出诸如《将军号》和《女性的荣耀》这样的作品，在军队和留在后方的人员中引起了不满。针对战争发表的公开抗议导致他被送入了一家战争医院，他在那里遇到了战地诗人威尔弗雷德·欧文。后来他又出版了《乔治·谢尔斯顿完整的回忆录》，这个半虚构的作品讲述了他战前在英国乡村度过的时光。**SG**

费尔南多·佩索亚 FERNANDO PESSOA

全名：费尔南多·安东尼奥·诺盖拉·佩索亚（Fernando Antonio Nogueira Pessoa）

生于：1888年6月13日（葡萄牙里斯本）；**卒于**：1935年11月30日（葡萄牙里斯本）

风格和流派：佩索亚一生虽然怀才不遇，但他对现代主义的贡献让葡萄牙在现代主义文学版图上占据了一席之地。

代表作

诗歌

《英文诗歌》1921

《贺辞》1934

《费尔南多·佩索亚的诗》1942

《阿尔贝托·卡埃罗诗集》1946

散文

《惶然录》1982

费尔南多·佩索亚第一卷英文诗集《安提诺乌斯》出版于1918年。虽然在他去世前一年出版了第一本葡萄牙语诗集《贺辞》，作品却完全被忽视了。他使用的七十二个“异名者”，将自己过人的才能展现得淋漓尽致，通过角色描写他创造出一个由诗歌和小说组成的丰富多彩的梦幻世界。其中最著名的异名者包括阿尔贝托·卡埃罗、阿尔瓦罗·德·坎波斯和里卡多·雷斯。佩索亚把影响了他们写作方式的个性融入到他们身上。其中博纳多·苏亚雷斯是最接近佩索亚真实个性的异名者，他用了二十年创作了一部影响广泛的作品，这部日记风格的片段文集就是《惶然录》。**REM**

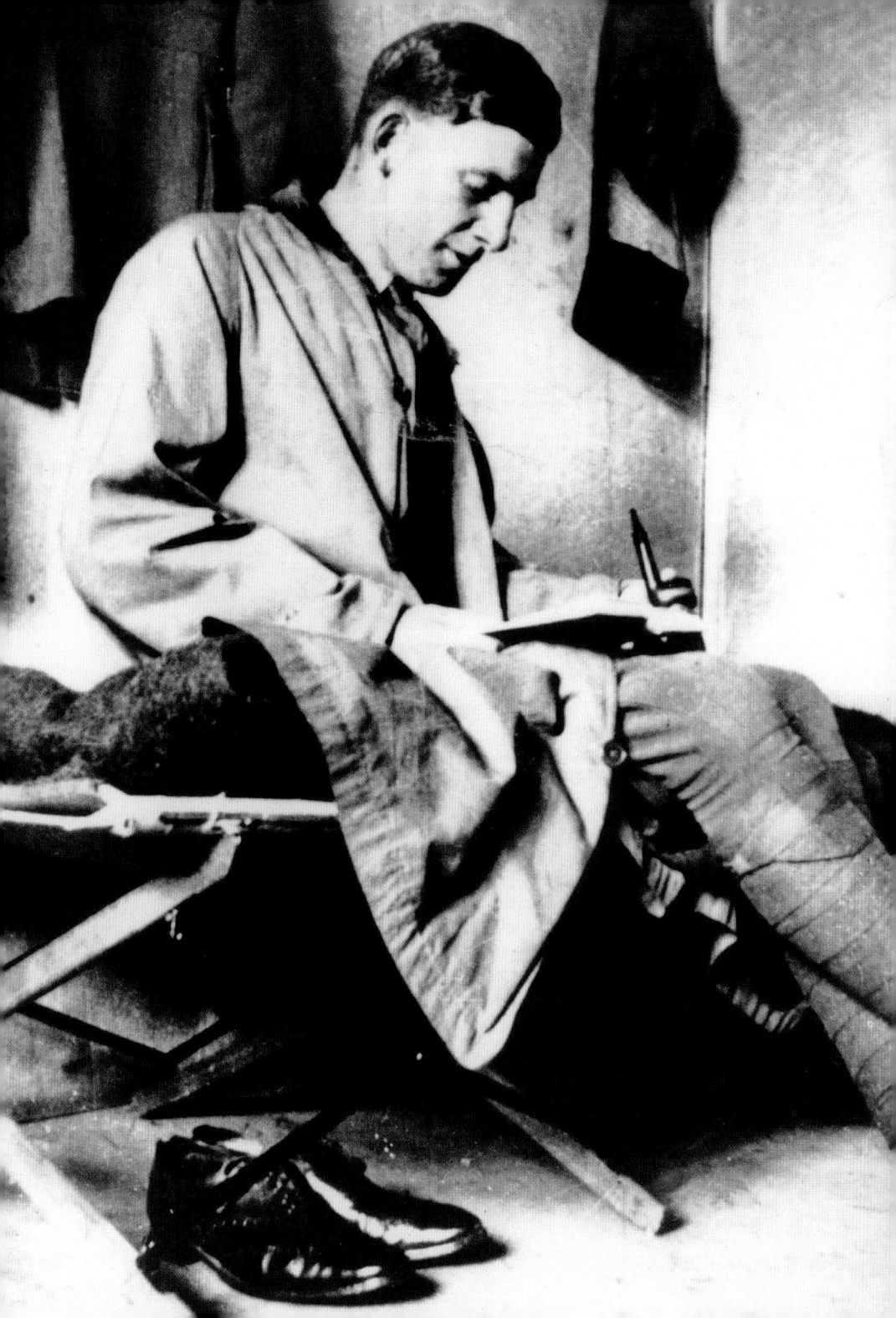

凯瑟琳·曼斯菲尔德 KATHERINE MANSFIELD

原名： 凯瑟琳·曼斯菲尔德·比彻姆（Kathleen Mansfield Beauchamp）

生于： 1888年10月14日（新西兰惠灵顿）；**卒于：** 1923年1月9日（法国枫丹白露）

风格和流派： 散文大师曼斯菲尔德擅长以轻松的文章掩盖其中深藏的暗流，她的作品突出表现边缘化人群，着力描写阶级斗争。

代表作

短篇故事

《在德国公寓》1911
《店里的女人》1912
《勃瑞尔小姐》1920
《时髦婚姻》1921
《她的第一个舞会》1921
《已故上校的女儿》1921
《在海湾》1922
《洋娃娃的房子》1922
《园会》1922
《一个已婚男人的故事》1923
《金丝雀》1923

1880–99

> "我嫉妒她的作品。这是我唯一嫉妒过的作品。"
>
> ——弗吉尼亚·伍尔夫

凯瑟琳·曼斯菲尔德被誉为英国文学界最杰出的短篇小说家之一，唯一能与其相媲美的只有新西兰最伟大的作家珍妮特·弗雷姆。她成长在惠灵顿一个富有的中产阶级家庭，在英国求学四年之后，刚满十四岁的她回到了新西兰开始写作。

然而，新西兰殖民地难与伦敦的巨大魅力相提并论，所以1908年她又回到了伦敦，不久之后就成为布鲁姆斯伯里派的一员。后来她经历了一场失败的婚姻，从初次结识到离婚只有三个星期，后来与家人的朋友在一起怀了孕却不幸流产，曼斯菲尔德最后与颇有影响的编辑和评论家约翰·米德尔顿·穆雷生活在了一起，并且跟他结了婚。她的健康状况成了大问题，除去流产，她还在1911年感染了淋病，并因此患上了抑郁症，1917年又患上了肺结核，并且在1923年1月在法国不治身亡。

曼斯菲尔德留下的大量作品以自己的旅行经历为源泉，例如第一部文集《在德国公寓》，但是后来的作品逐渐开始回顾自己在新西兰度过的童年时光。虽然从1908年离开之后她就再也没有回国，但是《在海湾》《洋娃娃的房子》和《园会》的背景都设定在新西兰，这是她写过的最好的作品。其中的每一部都精细地刻画了这个"年轻的国度"里的优越生活，而隐约透出的不快乐则为故事增添了色彩——这些不快乐通常起源于工人阶级与资产阶级或世俗伪君子之间的阶级斗争——避免让曼斯菲尔德陷入毫无意义的乡愁之中。**AS**

上图：凯瑟琳·曼斯菲尔德肖像照。

乔治·贝尔纳诺斯 GEORGES BERNANOS

生于: 1888年2月20日(法国巴黎);**卒于:** 1948年7月5日(法国塞纳河畔的诺伊市)

风格和流派: 法国作家乔治·贝尔纳诺斯是坚定的天主教徒。他个人精神上的挣扎和内心深刻的宗教信仰贯穿于小说之中,尤以《一个乡村牧师的日记》为甚。

乔治·贝尔纳诺斯不止是一战老兵,他还是虔诚的天主教徒和坚定的君主主义者。总体来说,他对现代社会感到深刻不满,在二战中曾强烈反对过法国的失败主义。他一生都在倡导建立一种基于天主教教义之上的道德秩序,而他作品中的一条共同的主线就是相信邪恶的存在。

一战期间,他曾在索姆河和凡尔登服役,战后他进入保险业工作。直到1926年出版了第一部小说《在撒旦的阳光下》。这本书讲述了一个令人难忘的故事,一位天真的年轻牧师与一个自杀身亡的女人扯上了关系。

贝尔纳诺斯几乎所有的主要作品都写于1926年至1937年之间的创作高峰期,其中包括《骗子》。这本书出版于1927年,详细描写了一位牧师的精神危机,续篇《乔伊》出版于1929年。他的代表作《一个乡村牧师的日记》创作于1936年,讲述了一个年轻牧师的生活,他在尝试改善教区居民的生活时面临的精神斗争以及在自己面临死亡的时候如何应对。后来,法国导演罗伯特·布列松把这部小说改编成了电影。

这部小说出版之后,贝尔纳诺斯就对即将爆发的战争忧心忡忡起来,1938年他移民到了巴西,他在那里表达了自己对法国的境况感到疲惫不堪,并强烈支持戴高乐将军的"自由法国军"。1948年,他回到了法国,不久之后既去世,当时讲述法国大革命期间殉道的修女故事的电影剧本《断头台上的修女》已经完成。**HJ**

代表作

小说

《在撒旦的阳光下》1926
《骗子》1927
《乔伊》1929
《一个乡村牧师的日记》1936

散文

《我的日记》1938

"能够从他人的欢乐中寻找欢乐,这就是幸福的秘诀所在。"

上图:1946年,内尔纳诺斯参加日内瓦和平会议期间。

尤金·奥尼尔 EUGENE O'NEILL

全名： 尤金·格拉德斯通·奥尼尔（Eugene Gladstone O'Neill）

生于： 1888年10月16日（美国纽约州纽约）；**卒于：** 1953年11月27日（美国马萨诸塞州波士顿）

风格和流派： 剧作家奥尼尔的作品以真实的现实主义为特征，他创作过宗教和悲剧题材作品，而且经常描绘工人阶级。

代表作

戏剧

《天边外》1920
《安娜·克里斯蒂》1922
《榆树下的欲望》1925
《奇异的插曲》1928
《发电机》1929
《悲悼》1931
《啊，荒野！》1933
《卖冰的人来了》1939（1946年出版）
《长夜漫漫路迢迢》1941（1956年出版）

1880-99

"没人能改变生活已经给予我们的东西。"

——《长夜漫漫路迢迢》

尤金·奥尼尔是二十世纪早期最有影响的美国剧作家之一，他单枪匹马凭借自己的剧本就改变了美国戏剧的风貌。他的作品打破了传统，他将真实戏剧带到了美国的舞台上，这种戏剧形式反映了人类生活的个体悲剧，主题令人感到不安，表演方式富于表现主义特征。

奥尼尔的早年生活和成长经历对他后来的生活和作品产生了重要影响，其中最出色的一个剧本《长夜漫漫路迢迢》是自传体作品，它尖锐得令人痛苦。他的父亲是一位受人尊敬的演员，他的工作意味着不停旅行。所以这个家庭就出了问题：母亲药物成瘾，而哥哥又是个酒鬼，年纪轻轻就去世了。后来的事证明尤金自己的家庭生活也笼罩在悲剧之中。

年轻时，尤金离家四处旅行，为了生存他做过很多工作，不仅成了瘾君子，后来还试图自杀。1912年末，他终于大病一场，在医院住了六个月。对奥尼尔来说，这是个转折点，在康复期间他开始写短小的独幕剧，灵感来源于社会背景下的家庭和生活。1916年，奥尼尔遇见了一群年轻的实验戏剧演员，这些演员开始把他的早期剧本搬上舞台，他们就是"普罗文登斯剧社"。双方之间的关系相互依存，从1916年到1920年间，他们演出了他所有的短剧。奥尼尔第一部完整的剧本《天边外》于1920年登上了百老汇舞台并获得极高评价，为他赢得了四个普利策奖中的第一个奖。在后来的二十年间，他写了二十个足本剧和数不清的短剧。这是他的创作爆发时期并于1936年获得了诺贝尔文学奖。**TamP**

雷蒙德·钱德勒 RAYMOND CHANDLER

生于: 1888年7月23日（美国伊利诺伊州芝加哥）；**卒于:** 1959年3月26日（美国加利福尼亚州拉荷亚）

风格和流派: 硬汉的外表下拥有一颗柔软的内心，这就是钱德勒笔下的侦探，他们喜出豪言壮语，不仅酗酒成瘾还喜欢调戏女性，但他们总能发现凶手身上可笑或是悲哀的另一面。

1933年之前，雷蒙德·钱德勒一直当着石油公司副总裁，拿着固定的薪水。但是这个工作与他的创作才能很不相符，所以他开始写作——对于世界各地的通俗小说读者来说，这是极大的幸事。即便在早期为《一角侦探》这样的廉价杂志所写的作品中，钱德勒也已经把硬汉派侦探小说提升到了全新的水平。他引入的不仅有物理上的真实感——例如侦探无法总是在正确的时间出现在正确的地点——还有情感上的真实感，例如面对贫穷、嫉妒、贪婪和犯罪等残酷的现实。

然而，这并不意味着他的小说没有刻画过正直又无辜的人遭到恶棍和暴徒欺凌的情节。菲利普·马洛是他书中的主角，他总是把尽可能多的时间花在喝酒取乐上，以至于人事不省。推动书中情节发展的是马洛的嗓音，具有时代感的俚语，还有新奇的比喻（例如"这里的墙薄得像流浪汉的钱包"）而不是剧情，而每一次的曲折和欺骗都呈现出拜占庭式的风格。等马洛回过神来开始总结故事时，他会解释凶手的身份、作案方式还有作案动机——通常凶手不止一人——而此时的读者经常感到困惑不已，就像那些200页之前就放弃破案的愚蠢的警察一样。

奇怪的是，钱德勒的书不受时间的影响，作品之间也没有什么连续性。著名的作品包括《再见，吾爱》，"驼鹿莫雷"这个人物就出现在这个小说中，他那将近6英尺5英寸（2米）的身高和啤酒卡车一般的身材世界闻名，在《漫长的告别》中，马洛努力克服朋友特里·伦诺克斯的背叛带来的影响。一些人认为这本书是他最好的作品，创作该书时，他的妻子已经生命垂危了。

CO

代表作

小说

《长眠不醒》1939
《再见，吾爱》1940
《高窗》1942
《湖底女子》1943
《小妹妹》1949
《漫长的告别》1954
《重播》1958

短篇故事

《自作聪明的杀人案》1934
《爱狗的男人》1936

电影剧本

《双重赔偿》1944
《火车上的陌生人》1951

1880—99

"小说中的私家侦探就是一种言语举止像真人一般的生物。"

上图：雷蒙德·钱德勒闲暇时的照片，摄于1943年11月30日。

T.S.艾略特 T. S. ELIOT

全名： 托马斯·斯特恩斯·艾略特（Thomas Stearns Eliot）

生于： 1888年9月26日（美国密苏里州圣路易斯）；**卒于：** 1965年1月4日（英国伦敦）

风格和流派： 艾略特是现代主义作家，他那令人难忘却又杂乱无章的抒情，其中一些最难以忘怀的作品，唤醒了文学作品中无法实现的渴望。

代表作

戏剧

《岩石》1934
《大教堂谋杀案》1935
《家庭聚会》1939
《鸡尾酒会》1950
《机要秘书》1954
《老政治家》1959

诗歌

《前奏曲》1917
《阿尔弗雷德·普鲁弗洛克的情歌》1917
《荒原》1922
《空心人》1925
《东方三博士之旅》1927
《圣灰星期三》1930
《擅长假扮的老猫经》1939
《四个四重奏》1942

非虚构类作品

《神圣的森林》1920
《诗歌和评论的用法》1933
《关于文化定义的笔记》1948

诗人、散文家、评论家、剧作家、编辑甚至还是儿童读物作家（他的《擅长打扮的老猫》是安德鲁·劳埃德·韦伯的音乐剧《猫》的基础，这也是史上最成功的音乐剧之一），T.S.艾略特对二十世纪文化景观的影响如此之深，以至于他作品中的每一处描写都被认为也描绘了那个时代。艾略特曾是埃兹拉·庞德的《自我主义者》的助理编辑，直到1939年还给自己的季刊《标准》做编辑；他还是费伯出版社的文学编辑，并一直工作到去世。1910年代末期，他写了一系列散文和评论——以《神圣的树林》为名集结出版——持续影响着诗歌界和评论界的观点，即从根本上说，文学应该起什么作用。虽然艾略特最著名的身份是诗人，即便他一首诗都没有出版过，但也有资格称得上他那个时代最有影响力的作家和思想家。

艾略特生于圣路易斯一个富有的显贵之家，有着深厚的新英格兰背景。他的亲戚中有三位美国总统，还有一位马萨诸塞州海湾殖民地最早的定居者。艾略特进入哈佛大学，并且开始攻读哲学博士学位时，却在现代诗歌界投下

上图：1948年诺贝尔文学奖获得者艾略特的肖像照。

右图：艾略特和他的母亲还有妹妹玛丽安在英国，摄于1921年。

上图：T.S.艾略特在书桌前检查手稿。

了《阿尔弗雷德·普鲁弗洛克的情歌》这枚重磅作品。他再也没能有机会完成学业。虽然从本质上说，这首诗出自世界文学史上最可悲也是最压抑的壁花之口，还被冠以讽刺独白的头衔，但它优美的抒情和呈现出的丰富的嗓音，赋予了普鲁弗洛克极强的感染力，这虽然不能改变他卑微的处境，却让这首诗更能引人品读。

几年之后，艾略特写了自己最伟大的诗作《荒原》。这首诗讲述了一段穿越蛮荒之地的凌乱纷杂的旅程，这里断断续续回荡着像幽灵一般的声音，将它们连接起来的只有对新生的渴望。《荒原》紧扣一战后"迷惘的一代"的文学思潮，开始质问人们对科学和进步的信仰，这种信仰正是上个世纪的典型特征。

后来，艾略特否认有过任何让作品中的悲观情绪代表这一代人的意图，他把这首诗称为："一个人的释放，完

> "最伟大的语言魔术师……语言的掌门人。"
>
> ——出自伊戈尔·斯特拉文斯基

荒 原

《生活》杂志在刊登T.S.艾略特的讣告时仅有少许夸张，讣告说："我们的时代毫无疑问曾是并且将来依旧会是艾略特的时代。"《荒原》对于二十世纪唯美主义思潮的分支——"现代主义"的意义，与威廉·华兹华斯的《抒情歌谣集》对十九世纪浪漫主义的重要意义相当。这两种文体既是宣言也是例证，它们预示着即将出现的新事物，同时也证明了已经存在的旧事物。

不难想象，像《荒原》这样在形式和内容上都极具革命性的作品，在1922年出版之时会遭到批评。但令人惊讶的是，它之所以遭到批评是因为缺乏创造性。但是很快有人指出，就像詹姆斯·乔伊斯的《尤利西斯》那样，《荒原》只是从古代神话中借用了基本结构——艾略特参考的是渔人王的传奇故事。面对批评，艾略特回应道：乔伊斯的创新具有"科学新发现一般的重要性"。对于科学来说，创新的重要性仅与是否对同僚有用相当，因为他们期待着能将之用于自己的实验。

值得注意的是，庞德在编辑《荒原》上做出的贡献大到足以让他成为第二作者。然而，这种合作方式大概是艾略特给这场以他为代表的运动做出的最有影响的贡献之一。他自己如是说："稚嫩的诗人模仿；成熟的诗人偷盗。"

全是对生活发出的无足轻重的抱怨。"根据他的观点，这种思想上的变化或许可以归因为个人生活中的巨大转变，这种转变的顶峰是在1927年，当时他不仅入籍成为英国公民还皈依了英国国教。这两件事同时发生并未偶然。在一篇关于玄学派诗人的散文中，艾略特提到在英国文学界有一种被其称为"感性分离"的变化，他把这种变化定位在十七世纪。在此之前，他辩称，诗人能"像闻到玫瑰的花香一样，立刻感知到自己的思绪"。

艾略特的所有作品都深深怀念这种真正的智慧和审美体验，据说随着约翰·德莱顿和约翰·弥尔顿的出现，这种才能就逐渐消散了，而几乎在同一时间艾略特的祖先才刚刚在美国定居下来。艾略特后期的作品中有一个显著的特征，即在描写希望时光能够倒转时，他的措辞极为细致，以此表达对再生和复兴的渴望。在这方面表达最强烈的就是诗体剧《大教堂谋杀案》，它讲述了中世纪圣人托马斯·贝克特之死。这个剧本用它的主题——宗教改革之前，宗教和世俗权威之间最有戏剧性的遭遇之一——评论二十世纪三十年代的政局，还有欧洲法西斯主义崛起的浪潮。

艾略特诗歌上的最后成就是他的《四个四重奏》。这四首抒情诗被艾略特自认为是他的最佳作品，因为它们实现了自己的想法，即带有现代敏感性的仿古典主义基督教诗学，从这个意义上说，这几首诗是最接近于他的理想诗篇的作品。就像艾略特在最后一个四重奏《小吉丁》中写的那样"我们不应该停止探索/而我们探索的终点/将要到达的，是我们出发的地方/将第一次了解那个地方"。**SY**

1880-99

右图：艾略特和三只猫的漫画。

JOHN
MINNION·

让·科克托 JEAN COCTEAU

全名：让·莫里斯·欧仁·克莱门特·科克托（Jean Maurice Eugene Clement Cocteau）

生于：1889年7月5日（法国法兰西岛拉菲特居）；**卒于**：1963年10月11日（法国埃松省米利拉弗雷）

风格和流派：一个早熟而又多产的博学之才，把自己看作是巴黎现代主义作家之中的俄狄浦斯，科克托为自己尝试的每一种艺术形式都注入了活力。

代表作

小说

《神圣的恐怖》1929

戏剧

《俄狄浦斯》1926
《人声》1930
《地狱机器》1934
《双头鹰之死》1946
《暴风雨中》1948

电影剧本

《美女与野兽》1946

1880-99

"历史就是事实最后变成了谎言；而传奇则是谎言成为了历史……"

　　"可怕顽童"这个词是让·科克托1929年出版的小说的名字，他虽然没有亲自造出这个词，但绝对身体力行实践了它。父亲自杀身亡之后，这个富有的十岁孤儿被送入了私立学校。五年之后的1904年，他被开除出校然后逃到了马赛，这个法国港口城市因为同性恋红灯区而臭名昭著。虽然警察把他送回去给叔叔看管，但他并未重新染上中产阶级的粗鄙习气。从1908年遇见了杰出的悲剧作家爱德华·德·马克斯之后，科克托就陶醉在了巴黎的聚光灯下，彼时的巴黎也享受着世界文化焦点的关注。

　　在这个充满可能性的时代，科克托意识到了自己和一种全新的美学实践的潜力。与伊戈尔·斯特拉文斯基合作声名狼藉的芭蕾舞剧《春之祭》（1913）之后，他与塞尔吉·迪亚吉列夫、莱奥尼德·马辛、埃里克·萨蒂和巴勃罗·毕加索一起合作，改编了芭蕾舞《游行》（1917）。但很快，科克托就失宠于巴黎的艺术大师们，其中包括毕加索和安德烈·布勒东，有人认为这是因为他是同性恋。尽管如此，他依旧进行艺术创作，包括用古典的戏剧性手法重写了俄狄浦斯的故事《地狱机器》。科克托的舞台剧《俄狄浦斯》戏剧化地表现了现代派作家面临的困境，他们的作品太过超前以至于引起了死神的注意——呼应了科克托在1923年悲剧性地失去了年轻而才华横溢的恋人、小说家雷蒙德·拉迪盖一事。后来《俄狄浦斯》被改编成电影，主演是科克托的缪斯和所谓的恋人让·马莱。科克托的大部分作品的灵感都受到古典范本和他自己的启发，而即兴的反复则把爵士乐的影响引入了戏剧、诗歌、小说、绘画，还有电影中。**SM**

皮埃尔·勒韦迪 PIERRE REVERDY

生于：1889年9月13日（法国纳博讷）；卒于：1960年6月17日（法国索莱姆）

风格和流派：神秘的法国立体超现实主义诗人勒韦迪在句法上的实验，创造出了全新的现实主义，同时拓宽了语言的界限。

关于勒韦迪这个人，人们知之甚少。他很少泄露关于个人的细节，他写的实验性诗歌不仅难懂，而且难以翻译出有意义的诗句。尽管如此，他抛弃传统的形式和思想的做法在二十世纪早期虽然令人惊讶也显得古怪，却持续吸引着新的读者。

勒韦迪受到立体主义和超现实主义技法的启发，用非常个性化的句法在诗歌内部构建起逻辑体系。他从1910年左右开始就定居巴黎，经历了那个激动人心的艺术时代，那时表现"现实"的方式已经发生了翻天覆地的变化。法国立体主义诗人团体中包括纪尧姆·阿波利奈尔和让·科克托，而勒韦迪尤其崇敬立体主义画家胡安·格里斯。

1917年，勒韦迪创办了有影响却很短命的期刊《北方-南方》，目的是从视觉和文学上推广立体主义美学。二十世纪二十年代，他支持的方向开始偏向于现实主义，而后又回归到立体主义。他在这成果丰富的十年间还出版了《天堂沉船》等作品。勒韦迪与视觉立体主义之间的关系密切，他用和毕加索类似的方式，剖析表面上真实的事物并重建新的形式。他的诗歌力求展现一种更加真实的状态，在这种情况下无条件的情感和感官反应都有实现的可能。虽然带有一定的先验性，但他的作品受到了严格的控制，没有完全脱离"正常的"现实主义范畴。他试图弄清楚生命的含义，虽然也提出重大的问题，却并没有给出确切的答案。为了寻求答案，隐士勒韦迪在1930年左右进入了索莱姆的本笃会修道院。他在这里与世隔绝地度过了余生，其间只回过几次巴黎。**AK**

代表作

诗歌

《彩绘之星》1921
《天堂沉船》1924
《玻璃水坑》1929
《马鬃手套》1927
《身旁的书》1948

1880-99

"所以，很多诗只是作势将心意表露无疑而已。"

——肯尼斯·雷克斯罗斯

上图：皮埃尔·勒韦迪抽雪茄时的照片，摄于1940年。

代表作

小说
《克苏鲁的呼唤》1926
《疯狂山脉》1931

中篇小说
《查尔斯·德克斯特·沃德案件》1941

短篇故事
"隐伏的恐惧" 1923
"墙上的老鼠" 1924
"局外人" 1926
"空间的色彩" 1927
"超越时间之影" 1936
"家门口之事" 1937

代表作

小说
《路边的十字架》1917
《极绝之大》1922
三部曲（1934）：
《霍都巴尔》
《流星》
《日常生活》
《鲵鱼之乱》1936

旅行文学
《意大利的来信》1923
《英国的来信》1924
《在北方旅行》1936

戏剧
《罗素万能机器人》1920
《昆虫之戏》1922
《白色瘟疫》1937

右图：会话机器人阿西莫向卡雷尔·恰佩克半身像献花致敬。

H.P.洛夫克拉夫特 H. P. LOVECRAFT

全名： 霍华德·菲利普斯·洛夫克拉夫特（Howard Phillips Lovecraft）
生于： 1890年8月20日（美国罗德岛州普罗维登斯）；**卒于：** 1937年3月15日（美国罗德岛州普罗维登斯）

风格和流派： 洛夫克拉夫特写过科幻小说、奇幻小说和恐怖小说，他是个不知疲倦的书信作家，除此之外还是诗人、散文家和专栏作家。

　　H.P.洛夫克拉夫特是二十世纪最重要的恐怖、奇幻和幻小说作家之一。他生命的最后十年也是最多产的十年，在此期间，他写了经典的《克苏鲁的呼唤》和《超越时间之影》。洛夫克拉夫特与同时期的其他作家（洛夫克拉夫特圈）有着相同的观点、角色和主题，其中洛夫克拉夫特的影响最大。他大部分作品都以自己的噩梦为基础，经常描绘出对未来的悲观看法，还描写过被巨型生物所占据的另一个现实的存在。洛夫克拉夫特对后来的作家例如史蒂芬·金和克里夫·巴克，以及流行文化、电影、音乐和电视都产生了重要影响。**TamP**

卡雷尔·恰佩克 KAREL ČAPEK

生于： 1890年1月9日（波西米亚西北部马勒斯瓦托诺维斯）；**卒于：** 1938年12月25日（捷克斯洛伐克布拉格）

风格和流派： 诺贝尔奖提名者和捷克首位总统的传记作家，恰佩克与未来主义、科幻小说和人道主义密不可分。

　　卡雷尔·恰佩克在哲学散文中对人类的智力极限发出了质问，对科幻小说这种流派做出了巨大贡献。在称赞技术进步的同时，恰佩克在作品中向狭隘的思想、腐败和愚蠢发出了警告。在三部曲《霍都巴尔》《流星》和《日常生活》中，通过呼吁宽容和多样性，揭穿了所谓普遍真理的真面目。他在探索不同的人类生命形式和现代科学对人类文明的影响上产生的兴趣，塑造了他的作品形式（《鲵鱼之乱》《罗素万能机器人》和《昆虫之戏》就是例证）。《罗素万能机器人》之所以获得关注，是因为其批判了社会剥削和种族主义，"机器人"首次被使用，它源自捷克语的"robota"，意为"工作"。**PR**

维克托·塞尔吉 VICTOR SERGE

原名： 维克托·利沃维奇·基巴利契奇（Victor Lvovich Khibalchich）

生于： 1890年12月30日（比利时布鲁塞尔）；**卒于：** 1947年11月17日（墨西哥墨西哥城）

风格和流派： 维克托·塞尔吉的一生极不寻常，光芒甚至掩盖了他创作的关于俄国革命和斯大林的大清洗运动的抒情小说巨作。

代表作

非虚构类作品

《俄国革命的第一年》1930

小说

《狱中人》1930

《力量的诞生》1931

《杜拉耶夫同志血案》1948

《无情的岁月》1948

> "如果不去奉献、去寻找生命中更伟大的图景，那为什么还要写作，还要读书呢？"
>
> ——《无情的岁月》

维克托·塞尔吉出生于比利时布鲁塞尔的一个俄国移民家庭。1919年，他回到了俄国去支持革命，并且很快就从共产国际脱颖而出。然而斯大林主义的崛起让他愈加不堪其扰，所以他在1928年被开除出党。他把注意力转向了写作，并且创作出历史题材著作《俄国革命的第一年》，以及两部小说《狱中人》和《力量的诞生》。三部作品在俄国遭禁，却在法国和西班牙出版。1933年，塞尔吉被关进了监狱，并在三年之后被赶到了法国。当法国被纳粹占领之后，他离开了欧洲来到了墨西哥城。

这些历史事件为他的小说提供了背景。《杜拉耶夫同志血案》出版于1948年，是二十世纪最伟大的俄语小说之一。它关注的是谋杀政府官员的案件和搜寻凶手的过程。这个国家吸引了越来越多的嫌疑人，得出很多虚假的供述，还把无辜的人送入了集中营，它反映的正是斯大林当政时期的大清洗运动。塞尔吉另外一部伟大的小说《无情的岁月》由四部分组成，讲述了一段广阔而高尚、如同史诗一般又带有幻觉色彩的冒险之旅。分别讲述了一个化名叫"D"的革命者逃出了巴黎，还有他的过去；一个在德军围困时期身陷列宁格勒的革命同志；一个名叫达莉亚的女子在德国战败之后的经历；最后"D"和达莉亚战后在墨西哥的重聚。由于在监狱期间染上的疾病，使塞尔吉饱受病体的折磨，他1948年在墨西哥去世，《杜拉耶夫同志血案》和《无情的岁月》都在他死后才出版。**HJ**

上图：革命者维克托·塞尔吉的照片，摄于1912年。

鲍里斯·帕斯捷尔纳克 BORIS PASTERNAK

生于： 1890年2月10日（俄罗斯莫斯科）；**卒于：** 1960年5月30日（俄罗斯莫斯科附近佩列杰利基诺）

风格和流派： 帕斯捷尔纳克虽然在国外受到极高赞誉，在国内却因为不站在苏维埃阵营而惹来一连串麻烦。

鲍里斯·帕斯捷尔纳克最著名的作品是浪漫主义小说《日瓦戈医生》，这部小说在二十世纪五十年代被偷偷传出了俄罗斯。截止到1958年，小说被翻译成十八种语言，而作者当年也被授予了诺贝尔文学奖，小说后来还被大卫·里恩改编成著名的电影。

帕斯捷尔纳克出身于莫斯科一个犹太知识分子家庭，起初打算成为音乐家。他在1913年至1922年间出版了最早的诗集，之后便开始转修哲学。他的诗歌非常前卫，因此受到了盛赞，但是到了三十年代，他却没法出版作品了，因为他的作品与苏联为文学和艺术设定的社会现实主义的特征并不相符。据说，斯大林曾把他叫做"神圣的笨蛋"，而他之所以逃过一死是因为他翻译过这个独裁者的祖国格鲁吉亚的诗歌。翻译是帕斯捷尔纳克唯一的谋生手段，他翻译过的作品包括莎士比亚、雪莱、斯温伯恩、歌德、魏尔伦和里尔克等人的作品。

1956年，他把《日瓦戈医生》的手稿投给了莫斯科的一家杂志，但却遭到了拒绝，因为它诋毁了布尔什维克革命和苏维埃制度。通过意大利的一家出版社，这本书终于传到了西方国家并且引发了轰动。直到二十世纪八十年代之前，这本书在帕斯捷尔纳克自己的国家都只能秘密地获取到。把诺贝尔奖颁给帕斯捷尔纳克引发了一场舆论风暴，他因此被要求驱逐出境。他被迫拒绝领奖，同时起草了声明，还告诉苏联总书记赫鲁晓夫"离开祖国就相当于让我去死"。他在莫斯科郊外度过了生命中的最后几个月，期间饱受肺癌和心脏病的折磨。**RC**

代表作

诗歌

《超越障碍》1917
《生活啊，我的妹妹》1922
《安全通行证》1931

小说

《日瓦戈医生》1956

1880-99

"非常感谢，很感动，很自豪，很惊讶，而且感到非常羞愧。"

——帕斯捷尔纳克的诺贝尔获奖感言

上图：俄国作家鲍里斯·帕斯捷尔纳克的肖像，摄于约1935年。

阿加莎·克里斯蒂 AGATHA CHRISTIE

原名： 阿加莎·玛丽·克拉丽莎·米勒（Agatha Mary Clarissa Miller）

生于： 1890年9月15日（英国德文郡托基）；**卒于：** 1976年1月12日（英国牛津郡切尔西）

风格和流派： 巧妙布置的情节、种种巧合、转移注意力的话题还有对人类弱点的细微观察，都能在克里斯蒂的作品中找到踪迹。

代表作

小说

《斯泰尔斯庄园奇案》1920
《名苑猎凶》1925
《罗杰疑案》1926
《寓所谜案》1930
《东方快车谋杀案》1934
《三幕悲剧》1935
《云中命案》1935
《古墓之谜》1936
《死亡的见证》1937
《尼罗河上的惨案》1937
《死亡之约》1938
《万灵节之死》1945
《遗产风波》1948
《谋杀启事》1950
《白马酒店》1961
《帷幕》1975
《沉睡的谋杀案》1976

戏剧

《捕鼠器》1952

非虚构类作品

《来，告诉我你如何生活》1946

上图：英国侦探小说前辈，拍摄于二十世纪三十年代中期。

1880-99

阿加莎·克里斯蒂女爵士是一个全球性的现象。她的所有作品不仅仍在发行，还经常被改编成电影、电视剧和舞台剧，并持续吸引大批观众。除了七十八部侦探小说之外，她还写过浪漫题材的小说（以玛丽·维斯玛科特为笔名）、一些剧本、一本儿童读物、很多短篇小说（其中大部分主角都是著名的侦探赫尔克里·波洛和简·马普尔小姐），还有非虚构的作品。据估计，她的小说在全世界卖出了四百万本之多。

阿加莎·米勒在1914年嫁给了阿奇博尔德·克里斯蒂上校，因此获得了这个因她而闻名于世的姓氏。一战期间，她在医院药房工作，她在那里积累的知识——特别是关于毒药的知识——都被用在了广受赞誉的小说中。她还与一些比利时难民交了朋友，她受此启发创造了一个比利时侦探的角色。挑剔又有魅力的赫尔克里·波洛首次出现在文学作品里，是在1920年出版的《斯泰尔斯庄园奇案》中。

在第一部小说取得成功之时，她的婚姻却陷入了危机。1928年离婚之后，她独自一人乘火车到中东旅行。她在美索不达米亚（今伊朗）邂逅了自己的第二任丈夫、比她小十四岁的考古学家马克思·马洛文爵士。两人度过了多年幸福的时光，不仅一起到处旅行，还学习考古知识，还受到启发创作了小说，其中包括《尼罗河上的惨案》《古墓之谜》《东方快车谋杀案》以及令人毛骨悚然的《死亡之约》。此外，她还写了非虚构类的作品《来，告诉我你如何生活》记述他们在考古发掘中的生活。

她笔下另外一个著名的侦探马普尔小姐，就是一位上了年纪的英国贵妇的化身，虽然在侦探身边当了多年助手，但她对人性的了解实际上都源于克里斯蒂自身的经验。马普尔小姐表现出的自信是克里斯蒂在真实生活中

1880-99

及少能够展示的。虽然有极高的名望和大笔财富，阿加莎·克里斯蒂却一直缺乏自信，即便后来上了年纪，在各种社交场合依然感到不自在。她最快乐的时光总是在自己创造的小说世界中，所以她每天都要花上数小时跟自己的角色在一起，因此经常一年就出版好几本书。

　　尽管有时候会遭到严肃小说作家的嘲笑，认为她的作品太程式化，但克里斯蒂受欢迎的程度经久不衰。她的作品风格、精心策划的情节，还有受人喜爱的角色，持续吸引着一代又一代的读者。而她多变的生活也给了传记作家灵感。**LH**

神秘的失踪

　　1926年，阿加莎·克里斯蒂在结婚十二年之后发现丈夫出轨了。在有史以来最大的一场宣传活动中，不见了她的踪影。她出事的汽车被发现了，上面有行李箱和血迹，但并不见她的踪影。报纸开始悬赏寻人。阿奇博尔德·克里斯蒂被怀疑谋杀了自己的妻子。经过十一天的寻找，终于在英国北约克郡的哈罗盖特的一个旅馆里找到了她，她用丈夫情妇的名字登记入住，声称自己失忆了。

1880-99

简·里斯 JEAN RHYS

原名： 艾拉·格温德林·里斯·威廉姆斯（Ella Gwendolen Rees Williams）

生于： 1890年8月24日（多米尼加罗索）；**卒于：** 1979年5月14日（英国德文郡艾克赛特）

风格和流派： 里斯以极简主义散文著称，她在作品中探索了加勒比地区和英国文化、女性的情感，创作主题包括孤独、混乱和放逐等。

　　简·里斯是西印度的现代主义作家，她1907年来到了英国，并进入剑桥大学学习表演。演员梦破碎之后，里斯曾以模特、合唱团演员和影子写手为业。受到福特·马多克斯·福特的激励，里斯开始写短篇小说，她用无家可归者等社会边缘的角色来探索现代社会中侨民的民族精神。还探索了驱逐和流浪、西印度与英国文化之间的冲突、女性的情感和被强占的文化等主题。《茫茫沧海》是里斯的代表作，是对《简·爱》的"再想象"，这部作品以一位克里奥尔人的悲惨婚姻和遭到双重放逐为视角，探讨了女性在面临文化、种族和性别歧视时被边缘化的困境。**PR**

帕尔·拉格克维斯特 PÄR LAGERKVIST

生于： 1891年5月23日（瑞典韦克舍）；**卒于：** 1974年7月11日（瑞典斯德哥尔摩）

风格和流派： 作为瑞典著名的激进人物之一的拉格克维斯特是个诗人、剧作家和小说家，他以社会主义、宗教和善恶之间的斗争为主题的作品，为他赢得了1951年的诺贝尔文学奖。

　　小说家、诗人和剧作家拉格克维斯特是铁路官员之子，他在瑞典南部的一个小镇被抚养长大并接受传统教育。他被培养成路德教信徒，却在后来放弃了这种信仰。在乌普萨拉读大学之后，他还到丹麦、法国和意大利生活过，后来在1930年回到了瑞典。作为一位社会主义者和激烈的反法西斯者，他把自己描述成"宗教无神论者"，同时关注人性中善恶交织的复杂关系，一如小说《刽子手》和《矮子》表现的那样。后者是一本畅销书，他借此成为了瑞典的大人物，而《巴拉巴》则让他蜚声国际。他对瑞典诗歌的现代化影响曾被与艾略特对英国产生的影响相提并论。**RC**

米哈伊尔·布尔加科夫 MIKHAIL BULGAKOV

全名：米哈伊尔·阿法纳西耶维奇·布尔加科夫（Mikhail Afanasievich Bulgakov）

生于：1891年5月15日（乌克兰基辅）；卒于：1940年3月10日（俄罗斯莫斯科）

风格和流派：布尔加科夫是一位充满智慧的作家，他的作品引人深思，作品的主题风格古怪，反对权威；情节巧妙诙谐又令人不安，具有极强的戏剧性。

在二十世纪二十年代早期，米哈伊尔·布尔加科夫的作品曾受过盛赞，但失宠于约瑟夫·斯大林之后，他的作品就遭到了封禁。在成为作家之前，布尔加科夫曾经学过医，并且在俄罗斯内战期间为反布尔什维克白军医院工作。后来，他来到了莫斯科，弃医从文，当了记者、小说家和剧作家。

布尔加科夫不仅立场坚定，还以取笑当局为乐，因此招致苏维埃新领导人的责难，所以他的剧本在1929年遭禁了。布尔加科夫别无选择只能向斯大林请愿，后者把他派遣到莫斯科艺术剧院，他在那里将会受到监控。深陷官场的布尔加科夫开始秘密创作代表作《大师与玛格丽特》，这部极具颠覆性的小说富于机智、令人不安，因为它充分说明了作者面临的压力和摆脱斯大林控制的诉求。

将其他作家的剧本改编呈献给俄罗斯观众之后，布尔加科夫终于敢于创作自己的剧本了，《莫里哀，伪君子的阴谋》就讲述了莫里哀遭到当局迫害的故事。在遭到禁演之前，该剧只演出了七次。他的下一个剧本表现了亚历山大·普希金的故事，该剧同样停演。虽然为斯大林创作了剧本，赞美这个独裁者早年的革命经历，但布尔加科夫还是遭到流放，而且该剧一直未能上演过。他去世时身心俱疲。布尔加科夫曾经结过三次婚，正是由于第三任妻子伊莲娜的不屈不挠，才使得布尔加科夫的作品在他死后得以出版。1930年，布尔加科夫销毁了《大师与玛格丽特》的第一版手稿，因为他担心当局会突袭他家把手稿搜走。第二年，他开始重写这部作品，伊莲娜在他去世之后完成了整部作品。**LH**

代表作

小说
《白卫军》1925
《狗心》1925
《致命的鸡蛋》1925
《黑雪：戏剧小说》1936
《大师与玛格丽特》1966-1967

戏剧
《图尔宾一家的日子》1926
《莫里哀，伪君子的阴谋》1934
《巴统》1939
《普希金最后的日子》1943

短篇故事
《袖口笔记》1922-1923

非虚构类作品
《一个乡村医生的笔记》1963

> *"如果没有罪恶，怎么凸显你的善良？"*
>
> ——《大师与玛格丽特》

上图：这位俄罗斯作家于1930年左右拍摄的肖像照。

亨利·米勒 HENRY MILLER

全名：亨利·瓦伦丁·米勒（Henry Valentine Miller）

生于：1891年12月26日（美国纽约州纽约）；**卒于**：1980年6月7日（美国加利福尼亚州洛杉矶）

风格和流派：小说家、旅行文学作家、散文家、评论家和哲学家米勒，用意识流手法创作半自传体和情爱题材的作品。

代表作

小说

《北回归线》1934
《黑色的春天》1936
《南回归线》1939
《关于回忆的回忆》1947
殉色三部曲：
《性爱之旅》1949
《情欲之网》1953
《春梦之结》1960

戏剧

《像亨利一样疯狂》1963

旅行文学

《玛洛西的大石像》1941
《空调噩梦》1945
《大瑟尔》1957

1880-99

> "我讨厌灵感。它能完全控制你。我永远都没法等到它消失了……"

亨利·米勒最能被人铭记的，可能就是他的小说《北回归线》了，它被公认为是二十世纪文学的代表作之一。小说创作之时米勒生活在巴黎，他1930年就搬到了那里，此后一直过着穷困潦倒的生活。在此期间，他邂逅了作家阿娜伊丝·宁，她后来成了米勒的情人和资助人；还认识了作家阿尔弗雷德·佩勒斯。《北回归线》以米勒在巴黎的生活和感情经历为基础，其中对性接触有非常生动的描写，小说运用了复杂的叙述方式，将意识流和现实主义结合起来。小说在巴黎出版，不仅为他赢得了认可，使其成为有影响也有争议的现代主义作家，同时也让他成为了先锋派的英雄。这部小说在美国是禁书，一直到1961年才得以出版，可是刚一出版就成了猥亵罪审判的目标。乔治·奥威尔宣称它是"二十世纪三十年代中期最重要的作品"，从那时开始，它才被称为二十世纪最出色的五十本书之一。

米勒随后写了带有一点自传性质的《南回归线》，作品与他二十世纪二十年代在纽约西联电报公司的工作和生活经历极为相似。作品出版后不久，米勒就离开了巴黎去希腊旅行，与自己的朋友、小说家劳伦斯·达雷尔一起生活了六个月。之后，米勒写了重要的作品《玛洛西的大石像》，这是一部探寻希腊及其历史的作品，他还给这部旅行书籍加入了极为尖锐的观点。

1940年，米勒回到了美国并且继续创作大量作品，出版的作品包括旅游丛书《空调噩梦》和意味深长的《大瑟尔》等。**TamP**

上图：米勒晚年的照片，拍摄时间不明。

右图：1953年，米勒和妻子伊娃·麦克卢尔在西班牙的海滩上，当年他们刚刚结婚。

马琳娜·茨维塔耶娃 MARINA TSVETAEVA

全名： 马琳娜·伊万诺夫娜·茨维塔耶娃（Marina Ivanovna Tsvetaeva）

生于： 1892年10月9日（俄罗斯莫斯科）；**卒于：** 1941年8月31日（俄罗斯鞑靼斯坦共和国叶布拉加）

风格和流派： 作为二十世纪俄罗斯杰出的诗人，茨维塔耶娃的作品主题涵盖面很广，其中包括俄罗斯历史还有女性的角色等。

代表作

戏剧

《忒修斯与阿里阿德涅》1927

《菲德拉》1928

诗歌

《傍晚纪念册》1910

《魔灯》1912

《女友》1914

《里程碑》1921

《分离》1922

《精神》1923

《手艺》1923

《结束的诗》1924

《山的诗》1924

《捕鼠器》1925-1926

《俄罗斯的以后》1928

《天鹅的领地》1957

1880-99

上图：茨维塔耶娃的大部分作品都能反映她在困境中经受的痛苦。

马琳娜·茨维塔耶娃生于莫斯科一个富有的知识分子家庭。她的母亲玛丽亚·梅恩是一位才华横溢的钢琴家，她的父亲、古典语言学家伊万·茨维塔耶夫是普希金艺术馆的创始人。在德国、瑞士和巴黎求学之后，她回到了俄罗斯并出版了第一本诗集《傍晚纪念册》，当时她只有十八岁。1912年，她与谢尔盖·叶夫龙结了婚，两人接连生了两个女儿和一个儿子。但是在婚姻持续期间，她曾有多段婚外情并从中获得启发创作了一些诗歌。其中《女友》讲述的是关于她与歌剧剧本作者索菲亚·帕诺科之间的感情经历，而《山的诗》和《结束的诗》则叙述了她结束了与前红军军官康斯坦丁·鲍里索维奇·罗泽维奇之间的婚外情。

茨维塔耶娃诗歌的特点是其节奏和韵律富有音乐的特质。她的大部分诗歌不仅反映出一生中经受的巨大苦难，还有被卷入的历史事件——她的一个女儿在俄罗斯革命期间被饿死。在随之而来的俄国内战中，茨维塔耶娃被迫与丈夫分开了，她写的长诗《天鹅的领地》叙述的正是丈夫服役的白军以及他们与共产党员的斗争。这首诗虽然创作于1921年，却直到1957年才出版。

茨维塔耶娃和家人在1922年遭到流放，此后辗转于柏林、布拉格和巴黎之间，他们的生活也愈加贫困。她出版了散文、剧本、五部诗集和叙事诗，其中一些还为俄罗斯民歌和俄罗斯东正教的祈祷文重新注入了活力。《捕鼠器》是一首源自《花衣魔笛手》的叙事诗，诗中的老鼠代表的是革命者。茨维塔耶娃的家人依靠她的作品勉强维生，当她的丈夫开始为苏联秘密警察，即内务人民委员会工作之后，她开始遭到巴黎流亡文学圈的排斥。

1938年，茨维塔耶娃和家人回到了俄罗斯。但是悲剧在1941年再次来袭：她的丈夫因为间谍罪被处决，女儿

左图：茨维塔耶娃为数不多尚存于世的照片，拍摄于1914年。

送进了劳改营，而在斯大林的统治下，她再也未能出版过作品。1941年德国入侵之后，茨维塔耶娃从莫斯科被疏散到一个叫叶拉布加的小镇。在既没有工作也没有食物的情况下，她自缢身亡了，不过据说内务人民委员会的特工曾来到她的家里逼她自杀。对她诗歌的兴趣从二十世纪六十年代开始重新高涨起来，她的作品被翻译成了很多种语言，英语也是其中之一。**HJ**

1880-99

劳拉的灵感来源

茨维塔耶娃用单纯的通信与俄罗斯作家和诗人鲍里斯·帕斯捷尔纳克保持过一段漫长而成果丰硕的关系。1922年，茨维塔耶娃被流放不久，帕斯捷尔纳克发现了她的诗，并完全为其中的抒情方式而倾倒。在给妹妹的信中，他这么说："就像是我的心把衬衫撕裂了一样。我疯狂了，碎片漫天飞舞着：一个与我如此类似的人存在于这个世界，多么亲近啊！"他开始给茨维塔耶娃写信，他们之间的通信持续了超过十年。他的代表作《日瓦戈医生》中女主人公劳拉就是以茨维塔耶娃为原型创作的。

J.R.R.托尔金 J. R. R. TOLKIEN

全名：约翰・罗纳德・鲁埃尔・托尔金（John Ronald Reuel Tolkien）

生于：1892年1月3日（南非布隆方丹）；**卒于**：1973年9月2日（英国伯恩茅斯）

风格和流派：托尔金是学者和寓言家，他用令人费解的方式塑造的世界改变了奇幻小说的风貌。

代表作

小说

《霍比特人》1937
《护戒使者》1954
《双塔奇兵》1954
《王者归来》1955
《精灵宝钻》1977（去世后出版）

非虚构类作品

《怪物和评论家》1983（去世后出版）

1880–99

"托尔金的主题是永恒的，是真正意义上的永恒。"

——彼得・杰克逊

J.R.R.托尔金曾在英国科学院发表过一场著名的演讲，作为牛津大学盎格鲁-撒克逊语言和文学教授，这是他日常工作的一部分，在演讲中他做了一个类比：一个英国农民在自己的土地上发现了一个古老的遗址，所以用里面的石头建了一座塔。尽管后代们会因为遗址被毁而迁怒于他，但是如果他们爬到塔顶，就能意识到从这个全新的有利地形上，这个农民能够看得到大海。

托尔金用这个形象来表明自己对英国古诗《贝奥武甫》（约700—1000）中基督教和异教的看法。但是托尔金根据现有的神话故事创作广受欢迎的系列小说时，这个类比同样可以表现其中的特征，这个系列包括《霍比特人》以及《指环王》三部曲。像许多学过这个现存最古老的英国文学作品的人一样，托尔金也为之感到惋惜，因为经历了数个世纪的外国征服和罗马天主教的浸染之后，早期的盎格鲁-撒克逊和凯尔特传统的痕迹已经所剩无几，但他并不满足于守住这片遗迹，而是着手重新建立一座高塔。托尔金的小说世界以开篇窄小为特征，小说中的霍比特人是对英格兰岛上狭隘、寂静和单调的日常生活的温和讽刺。但是他们的冒险之旅开始后不久，一幅广阔而史诗般的画面取而代之，很快读者们就发现自己得翻看每一卷开头的详细地图才行。这些小说是对过去那个时代的怀旧，虽然大批模仿者为自己的作品构造了新的流派，但却缺乏适度的悲伤情绪。托尔金可能建立了一座高塔，但他并未忘记为此所遭受的损失。**SY**

上图：晚年的托尔金，摄于二十世纪七十年代早期。

伊沃·安德里奇 IVO ANDRIĆ

生于：1892年10月9日（波斯尼亚特拉夫尼克）；卒于：1975年3月13日（塞尔维亚贝尔格莱德）

风格和流派：伊沃·安德里奇的作品关注波斯尼亚及其历史、文化、民俗和联系不同地区人民的纽带；此外，他还是1961年诺贝尔文学奖获得者。

伊沃·安德里奇的写作生涯跨越了六十年。1919年，他出版了自己的第一部作品《焦虑》——这本抒情散文主要描写了他在一战期间的狱中经历。后来，安德里奇成了一名外交官，在四处旅行的同时坚持写短篇小说，但正是在纳粹占领贝尔格莱德而遭到软禁期间，他开始写小说。1945年，他出版了波斯尼亚三部曲：《德里纳河上的桥》《波斯尼亚纪事》和《萨拉热窝的女人》。《德里纳河上的桥》被认为是他的代表作，包含一系列优雅简朴的短文，我们从中能够看到各种角色的生活轨迹——穆斯林、基督徒和犹太人——他们世世代代都生活在这桥的阴影之下。**HJ**

代表作

小说
《德里纳河上的桥》1945
《波斯尼亚纪事》1945
《萨拉热窝女人》1945

散文
《焦虑》1919

朱娜·巴恩斯 DJUNA BARNES

生于：1892年6月12日（美国纽约哈德逊河畔的康沃尔）；卒于：1982年6月18日（美国纽约州纽约市）

风格和流派：巴恩斯以尖酸刻薄的语言、多样化的风格、对女性状况的悲观看法和对性行为的古怪而拙劣的模仿而闻名。

朱娜·巴恩斯是现代主义作家和剧作家，她在职业生涯开始之初是一名记者。二十世纪二十年代，她离开了纽约来到巴黎，属于移居国外的波西米亚现代主义作家的一员。她最著名的就是半开玩笑的方式和愤世嫉俗的风格，比尔兹利受此启发创作的油画和漫画更加凸显了这个特征。她的第一部小说名为《莱德》，通过描写有厌女症的温德尔·莱德——一个幻想创立莱德族的父亲——讽刺父权传统。《夜林》是她最出色的作品，小说刻画了奥康纳博士，他是苏格拉底的信徒，带着颓废和对末日的焦虑成为了变性人。这是真正意义上的杰作和小说的丰碑；角色的个人经历挑战了人们对性别、性爱和身份的标准的意识形态——也展现了危机之下的欧洲。**PR**

代表作

小说
《莱德》1928
《仕女年鉴》1928
《夜林》1936

短篇故事
《一本书》1923（1929年重印时名为《马群中的一夜》；1962年重印时名为《泄洪道》）

戏剧
《在星星的根源》1995
《轮流吟唱的歌》1958

诗歌
《令人讨厌的女人之书》1915
《字母表里的生物》1982

丽贝卡·韦斯特 REBECCA WEST

原名： 茜茜里·伊莎贝尔·费尔菲尔德（Cicily Isabel Fairfield）

生于： 1892年12月21日（英国伦敦）；**卒于：** 1983年3月15日（英国伦敦）

风格和流派： 强烈的女权主义主题、细致入微的细节观察、激烈的政治观点和唐突又诙谐的幽默感，始终贯穿于韦斯特的作品中。

代表作

小说

《军士返乡》1918
《法官》1922
《哈莉特·休谟》1929
《里德的想法》1936
《泉水涌》1957
《跌落的鸟》1966

非虚构类作品

《男人们》1913
《亨利·詹姆斯》1916
《奇怪的需要》1928
《D.H.劳伦斯》1930
《黑羔羊与灰猎隼》1941
《凤凰：叛国的意义》1949
《导火线》1955

1880-99

"母性是最强大的事物，自己的特洛伊木马里。"

怀揣成为演员的梦想，茜茜里·伊莎贝尔·费尔菲尔德来到了伦敦的皇家戏剧艺术学院，还给自己取了"丽贝卡·韦斯特"的艺名；这个名字选自亨里克·易卜生的剧本中的女主角，这个名字因她而闻名天下。韦斯特一战之前就给女权主义杂志《自由女性》杂志写文章，她的创作生涯由此开始。她的政治观点和强烈的情感，在所有的作品中都有体现。她写过的最著名的一篇女权主义散文是出版于1913年的《男人们》。

少女时代的韦斯特就对参与妇女解放的斗争产生了兴趣，后来还成了支持自由恋爱并且积极参政的女权主义者。1913年，她邂逅了已婚的H.G.威尔斯，并且与其保持了近十年的婚外情关系——还生了一个儿子。有谣传说她有过的情人难以计数，查理·卓别林就是其中之一，她在将近四十岁时嫁给了金融家亨利·麦斯威尔·安德鲁斯。

韦斯特开始出名是因为给左翼出版社写了小说和旅行作品，以及态度强硬的新闻稿。二战期间，她为伦敦的BBC广播公司工作。在1945年至1946年间，韦斯特为《纽约客》杂志报道纽伦堡审判，这段经历给她带来了极大的痛苦，却也让她赢得了国际声誉。她写过的最著名的优秀旅行文学作品是《黑羔羊和灰猎隼》，讲述了她在当时的南斯拉夫的旅行经历。作为坚定的社会主义者和社会改革家，韦斯特痛恨法西斯主义和共产主义的残暴行径，而她的书《跌落的鸟》讲述的就是俄罗斯革命的故事；这也是她最后一本书。去世之前，韦斯特已经是不列颠最重要的著名文学家之一了。**LH**

这就像是在

上图：作家和记者丽贝卡·韦斯特，摄于1930年。

威尔弗雷德·欧文 WILFRED OWEN

全名： 威尔弗雷德·爱德华·索尔特·欧文（Wilfred Edward Salter Owen）

生于： 1893年3月18日（英国什罗普郡奥斯沃斯特里）；**卒于：** 1918年11月4日（法国桑布尔-瓦兹运河）

风格和流派： 欧文创作的现实主义诗歌内容新颖而且令人震惊，诗中详尽描写了第一次世界大战的战壕中弥漫的恐惧和毒气战的惨状。

　　威尔弗雷德·欧文是一战时期英国杰出的诗人。他1915年刚一入伍便发表评论称自己的诗歌主题将会是"战争及其可悲之处"。在克雷格洛克哈特战争医院做弹震症恢复治疗期间，他见到了同为战地诗人的西格夫里·萨松，后者鼓励他写下自己的参战经历。他对现实主义的运用与使用谐音的实验技法相近，这在《何为荣耀》中有最好的体现，诗歌直白地描述了堑壕战和毒气战的残酷，公开批判了关于战争的浪漫主义设想。在《青春挽歌》中，年轻士兵面临的命运，让诗人的愤怒和怨恨展露无遗。不幸的是，欧文在停战日之前一个星期阵亡了。**SG**

代表作

诗歌

《青春挽歌》1917
《何为荣耀》1917
《不朽之爱》1917
《伤残者》1918
《暴露》1918
《徒劳无益》1918
《麻木》1918
《春季攻势》1918
《奇怪的遭遇》1918
《送别》1918
《诗集》1920
《威尔弗雷德·欧文诗集》1965

弗拉基米尔·马雅可夫斯基
VLADIMIR MAYAKOVSKY

生于： 1893年7月19日（格鲁吉亚巴格达吉）；**卒于：** 1930年4月14日（俄罗斯莫斯科）

风格和流派： 他不仅是俄国革命时代最杰出的诗人之一，也是俄国未来主义运动的一份子，马雅可夫斯基迷恋现代社会的充沛活力。

　　从莫斯科绘画雕塑建筑学院毕业之后，弗拉基米尔·马雅可夫斯基移居到圣彼得堡，在那里他发表了《给社会趣味一记耳光》，这个俄国未来主义的诞生宣言显然会引发争议。他的第一部长诗"穿裤子的云"描绘的是单相思。俄国革命的开始激发他创作了支持布尔什维克党的作品，此外他的剧本还包括《宗教滑稽剧》——这是一部讽刺了宗教的宗教题材神秘剧。马雅可夫斯基的作品中反复出现的主题有死亡和自杀。1930年，在接连经历出国签证遭拒绝，恋上出版商之妻和遭受文艺评论家的讨伐之后，他开枪自杀。**HJ**

代表作

散文

《给社会趣味一记耳光》1912

诗歌

"穿裤子的云" 1915
"脊骨长笛" 1916

戏剧

《宗教滑稽剧》1918
《臭虫》1928

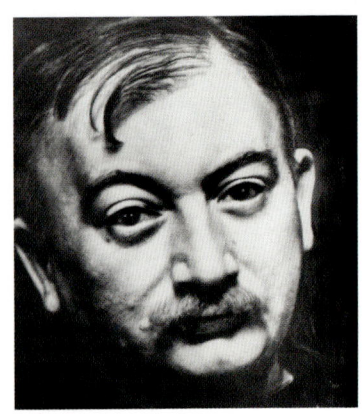

约瑟夫·罗特 JOSEPH ROTH

全名：摩西·约瑟夫·罗特（Moses Joseph Roth）

生于：1894年9月2日（乌克兰利沃夫州布罗迪）；**卒于：**1939年5月27日（法国巴黎）

风格和流派：罗特的新闻稿和小说中充满了对人性化世界的渴望，这样让他怀念并且记忆犹新的地方只在奥地利帝国的历史中。

代表作

小说

《蜘蛛的网》1923
《萨伏伊酒店》1924
《盲人的镜子》1925
《没有尽头的飞行》1927
《工作》1930
《拉德茨基进行曲》1932
《皇帝的坟墓》1938
《圣饮者传奇》1939
《利维坦》1940

短篇故事

"皇帝的半身像" 1935

1880-99

> "我最难忘的经历是战争和祖国的沦陷……"

　　约瑟夫·罗特出生的时候，乌克兰的布罗迪小城已经光辉不再。作为奥俄贸易圈中的重镇，这个小镇在十九世纪就已经富甲一方，可是到了1894年，这里既没有火车站也没有现代工业。尽管如此，这里却是学术中心，镇子虽小却是俄国启蒙思想和正统犹太教徒的大本营，聚居着德裔资本家以及从远东迁徙而来的贫苦移民。

　　从很多方面看，罗特都没有脱离布罗迪小城的影响。他带着这种影响来到了伦贝格的学校，来到了维也纳大学，又在一战时带到了奥地利军队记者团，他就在这里发表了最早的作品。他曾经说，贫穷破坏了自己的童年时代。传记作者指出，在现存的照片中他衣着光鲜还上过小提琴课，但正如他在后来的中篇小说《圣饮者传奇》中呈现的那样，同情既是罗特最大的能力，也是最大的弱点。

　　战后因为没有钱完成学业，罗特来到了柏林，他在这里仍能找到布罗迪小镇的影子：这里也有流浪者、贫穷的工人，还有失业者。在他的纪实文学作品中，柏林的黄金二十年代始终深陷在困难和成瘾之中。对家庭经济状况的忧虑、不停的旅行和妻子的精神分裂症都让他的婚姻麻烦不断。1933年1月，阿道夫·希特勒被任命为总理的那天，他离开德国到了巴黎。他的书在德国被焚毁了，而罗特还像以前那样酗酒、写作和旅行，但他的健康和经济状况却恶化了。1935年春天，由于戒酒引起肺部感染，他在穷困之中离开了人世。**JK**

路易-费迪南·塞利纳
LOUIS-FERDINAND CÉLINE

原名：路易-费迪南·德图什（Louis-Ferdinand Destouches）
生于：1894年5月27日（法国上塞纳省库尔贝瓦）；**卒于**：1961年7月1日（法国巴黎）
风格和流派：塞利纳创造出的生动的散文形式以日常用语中的韵律为基础，以此表达对现代人类状况的愤怒。

路易-费迪南·塞利纳提出了一个尖锐的问题，即作者的政治观点和作品的价值之间的关系到底如何。虽然被尊为现代主义文学的创意大师，他同时也因自己激烈的反犹太主义，以及与纳粹支持者之间的关系而饱受斥责。

战争的非理性暴力是塞利纳不可忘却的经历。他曾在1914年西线战役中严重受伤，在侥幸逃过一战的杀戮之后，他开始用极端失望的视角观察战后的世界。在创作自己的开山之作《长夜行》时，塞利纳正在巴黎破败的克里希区的市立诊所里当医生。这本书的基调与大萧条时代的氛围一致，因此一经出版便在评论界和市场取得了巨大成功。饱含愤怒的口语化独白中透出尖刻的黑色幽默，带领读者踏上了一段现代世界的噩梦之旅，他们在书中游历了战时的堑壕、非洲殖民地，甚至还有底特律的工厂。

此后，塞利纳写了一部风格粗犷的无政府主义小说《缓期死亡》，这是一部时代感极强的作品，它创造性地在文中运用了风格新颖的标志性符号——省略号。在这两部具有划时代意义的杰作中，高超的叙事技巧、夸张的喜剧效果和亲切柔和的线条缓和了作品暗淡的氛围。三十年代晚期，塞利纳出版了反犹太主义的小册子，二战的最后一年他已经在奔往同盟国相反的道路上了，不过他并未与纳粹进行真正的合作。在风雨飘摇的第三帝国漫游的经历，为他战后创作的充满痛苦与彷徨的小说提供了素材。塞利纳曾在丹麦被关押一年，还在法国被缺席审判死刑，但是在1951年他获准回到故乡。小说的声誉已经超越了作者的耻辱历史。**RG**

代表作

小说

《长夜行》1932
《缓期死亡》1936
《木偶剧的乐队》1943
《另一次寓言》1952
《城堡，城堡》1957
《北方》1960
《伦敦桥》1964
《同上》1969

1880-99

> "教育后代就是对牛弹琴。"
>
> ——《长夜行》

上图：路易-费迪南·塞利纳，摄于1955年。

达许·汉密特 DASHIELL HAMMETT

全名：塞缪尔·达许·汉密特（Samuel Dashiell Hammett）

生于：1894年5月27日（美国马里兰州圣玛丽县）；**卒于**：1961年1月10日（美国纽约州纽约）

风格和流派：汉密特写的侦探小说以肮脏的城市为背景，其间满是关于性和暴力的描写，对话节奏很快，满是各式俚语。

代表作

小说

《红色收获》1929
《丹恩诅咒》1929
《马耳他之鹰》1930
《玻璃钥匙》1931
《瘦人》1932

短篇故事

《山姆·史培德》1944
《大陆侦探社无名社员》1945
《大陆侦探社无名社员归来》1945
《哈米特杀人案》1946
《噩梦镇》1948
《匍匐的暹罗》1950
《黯夜女子》1951
《名叫瘦的男人》1962

达许·哈密特是硬汉派侦探小说之父，还是小说史上最著名侦探人物之一的创造者。他为平克顿国家侦探事务所工作了七年时间，这段经历为他的作品提供了大量素材。庸俗杂志是首次出版哈密特作品的地方，1929年他就出版了两部小说《红色收获》和《丹恩诅咒》。他的下一部小说是《马耳他之鹰》，小说刻画了山姆·史培德这个满嘴俏皮话的孤胆侦探，强烈的个人荣誉感是他的特点。哈密特的最后一部小说《瘦人》刻画了尼克和诺拉·查尔斯这对侦探夫妇，他们的大部分时间都在醉生梦死。1934年之后，他就把精力投入到捍卫公民自由权上去了。**SG**

E. E.卡明斯 E. E. CUMMINGS

全名：爱德华·埃斯特林·卡明斯（Edward Estlin Cummings）

生于：1894年10月14日（美国马萨诸塞州剑桥市）；**卒于**：1962年9月3日（美国新罕布什尔州北康威）

风格和流派：卡明斯的诗歌就像是语言实验，它在形式和标点使用上都脱离了常规，显得气质独特。

代表作

诗歌

《郁金香与烟囱》1923
《是5》1926
《万岁》1931
《95首诗》1958
《完成的诗》1981（两卷，去世后出版）

非虚构类作品

《大房间》1922
《我是》1933

戏剧

《他》1927

芭蕾舞剧

《汤姆》1935（改编自《汤姆叔叔的小屋》）

右图：卡明斯的“手持画板的自画像”，绘于1939年左右。

毕业于哈佛大学的卡明斯被公认为是著名诗人，除此之外他还写散文、剧本，还是个艺术家。当他在一战期间曾在法国当救护车司机时，曾被关进监狱，据说罪名是批评抗战的努力。为了显示自己现代主义者的身份，表达反政府情绪，这段经历被直言不讳地写进了《大房间》一书中。从英国浪漫主义到埃兹拉·庞德都给卡明斯带来了影响，他的无政府主义创作风格，游走于抒情主义、天真烂漫和直白的街谈巷议之间，得到了公众的广泛（却缺乏评论界的）认可。有传言说他曾经正式改名为“e.e.cummings”，这种说法是不准确的；他仍然使用大写格式的名字。**AK**

奥尔德斯·赫胥黎 ALDOUS HUXLEY

生于：1894年7月26日（英国萨里郡戈德尔明）；**卒于**：1963年11月22日（美国加利福尼亚州洛杉矶）

风格和流派：赫胥黎的作品探索了科技带来的影响，他用诙谐又悲观的讽刺方式传达出这种知识理论。

　　小说家和散文家奥尔德斯·赫胥黎生于知识分子家庭，他曾先后就读于伊顿公学和牛津大学贝利奥尔学院，虽然饱受几乎失明的折磨，但他在最早出版的两部小说《克罗姆·耶娄》和《滑稽的环舞》中显示出的过人智慧和非凡洞察力，确立了自己的小说家地位。少有作家能如

代表作

小说

《克罗姆·耶娄》1921

《滑稽的环舞》1923

《那些贫瘠的叶子》1925

《针锋相对》1928

《美丽新世界》1932

《加沙的盲人》1936

《几度寒暑天饿死》1939

《猿与本质》1948

《天才和女神》1955

《岛》1962

非虚构类作品

《罗登的恶魔》1952

《知觉之门》1954

《天堂与地狱》1956

上图：奥尔德斯·赫胥黎吸烟照，摄于1946年。

右图：《美丽新世界》首版书皮。

1880-99

此完美地捕捉到英国二十世纪二十年代青年人身上的觉醒意识。这些才华横溢的早期作品讽刺了上层阶级和知识界，小说中的人物在村舍中侃侃而谈道德、行为和文化，但他们最后还是被浅薄低俗的话题吸引，把严肃的谈话丢到一边去。

在第四部小说《针锋相对》中，赫胥黎表达了对科技无限制发展的担忧，他成为了发人深省的小说的代名词，并在其中阐述观点集思广益。

赫胥黎的下一部小说《美丽新世界》是他的代表作。这个小说在某种程度上是受其美国之行的启发（他在1937年移民美国，在那里度过了余生），他担心美国会加速成为世界霸主的步伐，他在小说中描绘了一个噩梦般的未来，基因科学催生出一种完美的种族，可以通过家庭、文化、宗教和人生观的差异划分出不同等级。《美丽新世界》公然挑战了文学分类，因此被认为是二十世纪最重要的"反乌托邦"小说之一——这个口号是媒体提出来的，指的是任何过于现代或是会威胁到人类自由的发展进步。

赫胥黎继续在《加沙的盲人》中描写充满暴力和无序的社会，这个社会的前景暗淡，但是他也提出了可行的替代性方案，自己也开始支持和平主义，这与他之前的尖刻的愤世嫉俗大相径庭。在赫胥黎后期的作品中，《知觉之门》给人留下了最深刻的印象，作者曾有服用迷幻药的经历，因为他试图以此了解大脑的工作方式。不出所料，该书成了六十年代兴起的嬉皮士和迷幻文化的必读书，但更有可能是因为赫胥黎在临死之前也服用了迷药。

赫胥黎是一位才智过人的作家，他的幽默感和刻薄的讽刺，配合对科技发展的影响所做的富有远见的探索，使之成为二十世纪最重要的作家之一。**SG**

上图：大卫·洛爵士于1926年为《新政治家》杂志创作的赫胥黎肖像。

罗登的恶魔

赫胥黎偶然的一次进军非小说领域，就创作出他最受欢迎的作品之一《罗登的恶魔》。这个历史故事发生在十七世纪的法国，故事巧妙地揭露了一些事件，花心的牧师于尔班·格朗迪耶被指控使用巫术，并被烧死在火刑柱上。他被指控与恶魔勾结，勾引了整个修道院的修女，但他始终坚称自己的清白，直到惨死为止。魔力、迷信、宗教狂热和性的疯狂，在这本书中都有详细的呈现，它也用独特的视角观察了那个时代。在那个时代，对人的迫害、偏执盲从、嫉妒和贪婪就是超越一切的主题，这刚好与赫胥黎的大部分小说的主题不谋而合。

罗伯特·格雷夫斯 ROBERT GRAVES

生于：1895年7月24日（英国伦敦）；**卒于**：1985年12月7日（西班牙马略卡岛德阿）

风格和流派：格雷夫斯的诗歌主要描写他在战壕之中的回忆；后来他还写过历史题材小说，讲述了古代地中海文明，其间还穿插着关于神话的研究。

代表作

诗歌

《火盆上》1916
《歌利亚和大卫》1917
《精灵与燧发枪手》1917
《诗选》1975

小说

《我，克劳迪亚斯》1934
《克劳迪亚斯大帝和他的妻子梅萨丽娜》1935
《金羊毛》1944

非虚构类作品

《阿拉伯的劳伦斯》1927
《现代诗歌调查》1927
《挥别过往》1929
《白色女神》1948
《希腊神话》1955

罗伯特·格雷夫斯是英国诗人、小说家和学者，他凭借在一战期间创作的诗歌声名鹊起。这些诗歌生动地描述了战争的情形，其中包括《火盆上》和《精灵与燧发枪手》等，不过自传体小说《挥别过往》才是最能描绘战争的恐怖的作品。这本书取得成功之后，他移居到马略卡岛，并在那里完成了历史题材小说《我，克劳迪亚斯》和《克劳迪亚斯大帝和他的妻子梅萨丽娜》的创作。对希腊神话的痴迷激发他创作了《白色女神》，他在作品中对神话诗的语言研究引发了争议。格雷夫斯晚年写过不计其数的情诗，这些诗足以跻身上世纪最杰出的诗歌之列。**SG**

保罗·艾吕雅 PAUL ÉLUARD

原名：欧仁-埃米尔-保罗·格林德尔（Eugene-Emile-Paul Grindel）

生于：1895年12月14日（法国圣但尼）；**卒于**：1952年11月18日（法国沙朗通勒蓬）

风格和流派：艾吕雅是超现实主义的奠基人之一，他的诗歌以优美抒情著称；经常反映当时的社会和政治事件。

代表作

诗歌

《责任和焦虑》1917
《和平的诗》1918
《船长的痛苦》1924
《情诗》1929
《诗歌和真理》1942
《不间断的诗歌》1946
《希望难以承受》1946
《政治诗》1948
《凤凰》1951

保罗·艾吕雅是超现实主义诗歌的三位奠基人之一（后来他拒绝这种称谓），另外两个是他的朋友安德烈·布勒东（两人曾合作过）以及路易·阿拉贡。艾吕雅的诗歌以直白而具有冲击力的语言著称，诗人仅用简练的语言就表达出时间的流逝、空间的变换和行为的变化。他的诗歌不仅反映出自己取得的胜利、经历的爱情还有遭受的损失，甚至能反映更广阔的世界，尤其是其中的社会和政治事件。艾吕雅是强硬的政治人物，他还是法国共产党的成员。他把自己的诗歌视为激发读者情感和行动的方式，以此展现左翼人士为争取社会和政治地位进行的斗争。**TamP**

右图：艾吕雅、安德烈·布勒东和罗伯特·德斯诺在游乐园中。

F.司各特·菲茨杰拉德 F. SCOTT FITZGERALD

全名：弗朗西斯·司各特·凯·菲茨杰拉德（Francis Scott Key Fitzgerald）

生于：1896年9月24日（美国明尼苏达州圣保罗）；**卒于**：1940年12月21日（美国加利福尼亚州好莱坞）

风格和流派：菲茨杰拉德给颓废的爵士时代注入了一丝优雅气息；他的角色身上充满了明显的致命缺陷，而且表面上总是一副玩世不恭的样子。

代表作

小说
《尘世乐园》1920
《美丽与毁灭》1922
《了不起的盖茨比》1925
《夜色温柔》1934
《最后一个影坛大亨》1941

短篇故事
《年轻女郎与哲学家》1920
《爵士时代的故事》1922
《那些忧伤的年轻人》1926
《关于帕特爱好的故事》1962
《菲茨杰拉德短篇小说选集》2000

非虚构类作品
《崩溃集》1945

1880-99

上图：菲茨杰拉德的照片，拍摄于1946年左右。

右图：1925年版《了不起的盖茨比》封面上，一个小女孩的脸飞过科尼岛。

像是预见到自己的生命会很短暂一样，F.司各特·菲茨杰拉德过着快节奏的生活。对写作的喜爱从小就对他产生了影响，他最早的作品都发表在校刊杂志上。虽然在一战期间加入了军队，菲茨杰拉德一直坚持为杂志写文章，还为歌曲填词，他把第一部小说《浪漫的利己主义者》（1917）寄给了出版商，但是没有成功出版。战后，他进入广告业工作，这段经历让他在小说中传达了这样的观点：未来令人厌倦、人人都见利忘义。

菲茨杰拉德就是爵士时代的化身——他让爵士时代成为主宰他所有作品的独立而完整的形象。他笔下的人物虽然富有魅力、充满生气，却注定会让自己陷入不可避免的失败和痛苦的境地，更有甚者还经常会引发悲剧；这是菲茨杰拉德对自己生活的一种绝望的控诉。他创造了"轻佻女子"的角色，她们摩登时尚，有独立的思想却常常引发争议。菲茨杰拉德自己还娶了一个这样的女人：小说中女性角色的对话通常都是直接引自他的妻子塞尔妲·沙尔。

菲茨杰拉德第一部成功的小说《尘世乐园》，给他带来了充足的收入，让他得以四处旅行并且过上了优渥光鲜的生活。他们的生活几乎一直处于不断的紧张和享乐中，菲茨杰拉德对此有过非常多的描写，他把自己的经历都融入到了小说中，例如书名含义深远的《美丽与毁灭》和最著名的作品《了不起的盖茨比》。妻子的精神分裂症和他为治疗妻子所作的尝试，在《夜色温柔》中有令人动容又悲伤的描写。他在最后一部小说《最后一个影坛大亨》完成之前就去世了。菲茨杰拉德的作品、风格和生活催生了一系列具有颠覆性的先锋派作品，其中尤以六十年代的杰克·凯鲁亚克的作品为代表。菲茨杰拉德不仅用文字记录了美国的爵士时代，他还让后人能够自由地展现生活中并不光彩的一面。**LH**

1880-99

安托南·阿尔托 ANTONIN ARTAUD

全名： 安东·玛丽·约瑟夫·阿尔托（Antoine Marie Joseph Artaud）

生于： 1896年9月4日（法国马赛）；**卒于：** 1948年3月4日（法国塞纳河畔的伊夫里）

风格和流派： 作为诗人、散文家、剧作家、演员和导演，阿尔托通过提倡感觉而不是文学体验，有力地重新定义了戏剧艺术。

　　1931年，安托南·阿尔托在马赛的殖民博览会上看到了一场来自巴厘岛的戏剧表演。这是一个决定性的时刻，因为他被巴厘岛人富有戏剧性和神秘感的舞台表现形式震撼了。紧接着，他出版了散文集《戏剧及其两重性》，这是他"残酷戏剧"的宣言之一。阿尔托抨击法国戏剧的传统，他提出创作更多戏剧的必要性，而戏剧应该是一种完整的体验，观众和演员都是其中的组成部分。他提出的"残酷"的概念是指戏剧应该建立在极端体验的基础之上：暴力、闪电、声音和语言存在的目的就是让人不再满足于现实。**TamP**

朱塞佩·托马斯·迪·兰佩杜萨
GIUSEPPE TOMASI DI LAMPEDUSA

生于： 1896年12月23日（意大利西西里岛巴勒莫）；**卒于：** 1957年7月23日（意大利罗马）

风格和流派： 兰佩杜萨是西西里作家、帕尔马公爵和兰佩杜萨王子，在他去世后出版的讲述意大利统一的小说，成为了畅销书。

　　朱塞佩·托马斯·迪·兰佩杜萨在去世之前两年才开始正式的创作。他的一生都在为《豹》的创作做着准备，因为多年来他目睹了自己贵族地位的逐渐瓦解，而传统生活方式随之也发生了变化。自由主义者的腐败和两次世界大战之间法西斯分子的暴行，让他的幻想接连破灭，他变得越来越内向，并且开始反思历史发展的过程中产生的悲哀和失望。《豹》的背景设在意大利复兴运动时期，描绘了西西里岛贵族阶层的消亡。小说的语言辛辣尖锐，这是对矛盾中的人们迫切反抗和屈服于变化的深刻探索。**TM**

安德烈·布勒东 ANDRÉ BRETON

生于： 1896年2月18日（法国奥恩省坦谢布赖）；**卒于：** 1966年9月22日（法国巴黎）

风格和流派： 黑色幽默、左翼政治主题、超现实主义、象征主义和对心理学以及精神错乱的痴迷，都融合进了布勒东的作品中。

超现实主义运动的奠基人之一安德烈·布勒东，最著名的就是其发表的超现实主义宣言，第一个宣言发表于1924年，它宣告了超现实主义的诞生。作为诗人和精神病医生，布勒东用自己的医学知识阐释自己的诗歌和信仰体系。布勒东原来是一位达达主义艺术家，但是经历了一战的恐惧之后，他对达达主义艺术和整个世界的幻想都逐渐破灭了。战争期间，他曾在医院工作，救治身心俱伤的士兵们。从那时起，寻找战前的朴素生活，成为激发他的想象力和创作的动力。

布勒东的作品通常关注现实生活的残酷和人类灵魂的黑暗深处。他通过自己治疗的精神病患者的双眼观察世界，使《疯狂的爱情》获得了认可，这部诗集为爱人做出的疯狂举动作了辩解。布勒东不仅写过书，还写过散文和诗歌。小说《娜嘉》在其生前比诗歌更受欢迎，但在他死后之后，其诗歌被重新发掘出来。布勒东编辑了诗人和作家的作品集，选择了对自己产生了影响的作家作品，其中包括埃德加·爱伦·坡、路易斯·卡罗尔和弗朗茨·卡夫卡等。

二战给布勒东造成的影响丝毫不逊于一战。战前，他加入了共产党；之后离开了法国，到未受战争影响的国家旅行，期间创作的诗歌主题都与流亡相关。1946年，他回到了法国，与新一代超现实主义的追随者一起继续创作诗歌。他曾有一句名言："陷入了超现实主义中的思想，就是童年时代最美好的燃烧的激情复活了。"他对回归朴素和纯真的渴望做了上述尖锐的评论。

LH

代表作

小说
《娜嘉》1928

诗歌
《疯狂的爱情》1937
《大地之光》1937
《神秘的17》1945
《诗1919-1948》1948

非虚构类作品
《超现实主义宣言》1924
《超现实主义的第二次宣言》1930
《连接器》1932
《超现实主义是什么？》1934

1880–99

> "活着和死去都是假想的解决方式。
> 而存在则是另一回事。"

上图：正值声望巅峰的布勒东的照片，拍摄于三十年代中期。

约翰·多斯·帕索斯 JOHN DOS PASSOS

全名： 约翰·罗德里格·多斯·帕索斯（John Roderigo Dos Passos）

生于： 1896年1月14日（美国伊利诺伊州芝加哥）；**卒于：** 1970年9月28日（美国马里兰州巴尔的摩）

风格和流派： 多斯·帕索斯的小说将虚构和自传融为一体，创作的作品对美国的社会生活进行了全面认真的研究。

代表作

小说

《三个士兵》1921
《曼哈顿中转站》1925
美国三部曲：
　《第42个并列》1930
　《1919》1932
　《赚大钱》1936
哥伦比亚特区三部曲：
　《一个年轻人的冒险》1939
　《第一》1943
　《伟大的设计》1949

自传

《最好的时代：非正式回忆录》1966

"马克思主义不仅没能让人类更自由，它还生产不了食物。"

上图：多斯·帕索斯和不离身的雪茄，摄于1955年左右。

　　富有的葡萄牙裔美国律师之子（或者说名义上是他的儿子）多斯·帕索斯小时候经常跟母亲四处旅行，他因此把自己称作"旅馆里的孩子"。

　　1916年从哈佛大学毕业之后，他来到了欧洲并且参加了一战，充当救护车司机志愿者。这段经历激励他创作了具有强烈反战意识的小说《三个士兵》。不仅如此，他认为自己的国家并非只有一面，而是有两面：一个富有而强大，另一个贫穷而软弱。让他声名远扬的是描写纽约的小说《曼哈顿中转站》。

　　在三十年代的小说《美国》三部曲中，多斯·帕索斯巧妙地用虚构和自传相结合的方式描写了真实的美国人，对象包括：J.P.摩根、伍德罗·威尔逊、鲁道夫·瓦伦蒂诺和亨利·福特。在小说中，他使用了真实的报纸头条、广告和当时的流行歌曲，再加上模仿的"纪录片"以及政治演说摘要，因此造就了一部1900年之后的美国社会历史编年史，这本书抨击了在他眼中被贪婪和剥削主宰的社会体系。

　　他曾经支持左翼思想，赞成共产主义，还访问过苏联。在西班牙内战中，他站在共和党一方，还跟厄内斯特·海明威一起去了西班牙，但是两人闹僵了，而多斯·帕索斯对共产主义的行动越来越失望。他的政治立场开始逐步右倾化。在《哥伦比亚特区》三部曲中，他表达了自己对美国政治、罗斯福新政以及激进政治家和工会的幻想逐渐破灭。除此之外，多斯·帕索斯还写过剧本、诗歌、旅行书籍和散文，但到他临死的时候，保守主义思想已经让他失去了自由主义思想家的影响力。**RC**

1880-99

埃乌杰尼奥·蒙塔莱 EUGENIO MONTALE

生于： 1896年10月12日（意大利热那亚）；**卒于：** 1981年9月12日（意大利米兰）

风格和流派： 蒙塔莱是意大利诗人、记者和散文家，他的诗歌中满含存在主义主题，这些作品用微妙的幽默感维护了人类的价值。

　　埃乌杰尼奥·蒙塔莱的第一部诗集《乌贼骨》为意大利诗歌贡献了全新的实验性成语，同时他用意象派的清晰精准捕捉到了地中海的美景。1938年，蒙塔莱因为反法西斯立场被解除了佛罗伦萨的维苏克斯图书馆馆长职务。处在政治压迫之中的《境遇》一书，以坚韧不拔的态度发出不屈不挠的声音。之后出版的《暴风雨及其他》，是一部描写了战时和战后痛苦经历的精华之作。1948年，蒙塔莱成为了《晚邮报》的文学评论人。此后，他一直坚持写现代文学的诗和散文，并于1975年获得诺贝尔文学奖。**SR**

代表作

诗歌

《乌贼骨》1920-1927
《海岸警卫队的房子及其他》1932
《境遇》1939
《暴风雨及其他》1956
《萨图拉》1971
《诗选》1966

非虚构类作品

《散文选》1978
《艺术的第二次生命：埃乌杰尼奥·蒙塔莱散文选》1982

乔治·巴代伊 GEORGES BATAILLE

生于： 1897年9月10日（法国奥弗涅大区比隆）；**卒于：** 1962年7月9日（法国巴黎）

风格和流派： 散文家、哲学理论家和小说家巴代伊的作品涵盖了从超现实主义、犯罪、色情到死亡、堕落和淫秽在内的各种主题。

　　乔治·巴代伊的作品影响了法国二十世纪的理论家，其中包括雅克·拉康和米歇尔·福柯。他自己则受到弗雷德里希·尼采和萨德侯爵的影响，在散文和《眼睛的故事》这样的小说中，他在探索纵欲和情色包含的神圣含义时，也拓宽了性禁忌的界限。巴代伊有时候用假名写作，他的作品偶尔会被看作是淫秽之作而遭禁。他创作的年代正值欧洲艰难行进在两次世界大战之间，法西斯主义的发展也已达到了高潮，当现存的社会秩序已经崩塌，资本主义社会的原则也遭到质疑的时候，他像许多人一样希望找到其中的含义。**CK**

代表作

小说

《眼睛的故事》1928
《正午的蓝色》1945

非虚构类作品

《内心的体验》1943
《犯人》1944
《论尼采》1945

1880-99

威廉·福克纳 WILLIAM FAULKNER

生于： 1897年9月25日（美国密西西比州新奥尔巴尼）；**卒于：** 1962年7月6日（美国密西西比州拜黑利亚）

风格和流派： 现代主义作家福克纳的诗歌语言，以及对南北战争之后美国南方的神话般的刻画具有传奇色彩。

代表作

小说

《喧哗与骚动》1929
《我弥留之际》1930
《圣殿》1931
《八月之光》1932
《押沙龙，押沙龙！》1936
《野棕榈树》1939
《村子》1940
《镇》1957
《大宅》1959
《掠夺者》1962

短篇故事

《这十三篇》1932

诗歌

《大理石牧神》1924

1880-99

　　威廉·福克纳曾有个著名的发现，他发现人类苦难的部分原因是，人在一天中唯一能连续做八个小时的事就是工作。这位诺贝尔奖获得者能工作得更久，这一点从他的高产上可见一斑：除了早期的诗歌和在好莱坞做编剧，福克纳还写过二十部小说和八十五篇短篇小说，其中一部分是所有美国作家作品中最出色的。福克纳大部分作品的背景都设在密西西比州北部一个虚构的"约克纳帕塔法县"，作品拥有相同的历史背景，相似的线索让它们更能唤起地域上的认同感。

　　福克纳第一部伟大的小说是《喧哗与骚动》。它囊括了福克纳最出色作品的所有标志：极富创新性、意识流的创作手法被用来构造一个堪称经典的悲剧，小说的人物描写详略并重，既细致抒发了对大萧条时代的强烈的怀念，又巧妙地对此加以讽刺。不久之后，他在解构更复杂的小说《我弥留之际》中再次提及这个主题。福克纳还写了《圣殿》——这部扣人心弦的恐怖小说背景是在禁酒时代，虽被他称为"不值一文"，却不妨碍其成为福克纳写作生涯初期最畅销的作品。福克纳其他的成功之作还包括《八月之光》，这是他对种族关系阐述得最为明确的作品；《押沙龙，押沙龙！》讲述了一个年轻人与一个当地家庭的纠葛；而"斯诺普斯家族三部曲"——《村子》《镇》和《大宅》——讲述了一个家庭，他们堪称新南方崛起中潜藏贪婪和投机行为的化身。每天工作八个小时可能不会让福克纳开心，但读者应该庆幸他做了这样的选择。**SY**

"我尝试用一句话把它说完，就是在一个开头大写字母和一个句号之间。"

上图：威廉·福克纳，摄于1954年2月5日。

桑顿·怀尔德 THORNTON WILDER

生于：1897年4月17日（美国威斯康星州麦迪逊）；卒于：1975年12月7日（美国康涅狄格州汉普登）

风格和流派：知名美国剧作家和小说家怀尔德用现代环境阐述普遍的哲学主题。

桑顿·怀尔德的第一部小说《卡巴拉》出版于1926年，他从那时起就奠定了自己作家的地位。怀尔德主要创作剧本以及小说，不过他认为自己首要的工作是教师。自谦就是怀尔德的典型特征，他凭借自己的作品两次获得普利策奖，还有数不清的其他奖项，他经常在作品中提出深刻的哲学主题，同时检视人类的处境。

怀尔德出身于一个显赫的家庭，他的父亲是外交官，兄弟姐妹也都天资过人。他成长的环境鼓励学术思想的培养，所以他在学生时代就开始写剧本。怀尔德的第一个剧本《俄国公主》（1913）创作于他在加州奥哈伊撒切尔中学读书期间，据说他在那里过得很不开心，所以把大部分时间花在了图书馆里。怀尔德首次取得较大成功是因1927年出版的小说《圣·路易斯·雷的桥》，他凭此书获得了普利策奖。这部小说把几人命丧桥梁坍塌的故事和事故的原因相互联系在一起，因而显得错综复杂。小说探讨了随机的悲剧事件及无辜伤亡背后隐藏的哲学道理，为后来的灾难史诗故事开创了先河；自怀尔德之后，这个模式已经不断地被文学和电影作品反复重新创作。在《圣·路易斯·雷的桥》在初期取得成功之后，怀尔德接着出版了一些成功之作，其中包括剧本《我们牙齿的颜色》和《我们的城市》，后者为他第二次赢得了普利策奖。

怀尔德的作品以深刻有见地的写作方式为典型特征，他在其中不仅阐述人性和人类举止的复杂性，还审视生活各方面固有的哲学主题。**TamP**

代表作

小说
《卡巴拉》1926
《圣·路易斯·雷的桥》1927
《安德罗斯岛的女人》1930
《我的目的地是天堂》1935
《三月十五日》1948
《第八日》1967
《西奥菲勒斯北方》1973

戏剧
《号角将要吹响》1926
《我们的城市》1938
《我们牙齿的颜色》1942
《媒人》1955
《童年》1960
《幼年》1960

1880-99

"我感兴趣的是那些在成百万人身上不断重复的事情。"

上图：桑顿·怀尔德，拍摄于1950年的肖像照。

路易·阿拉贡 LOUIS ARAGON

生于：1897年10月3日（法国巴黎）；**卒于：**1982年12月24日（法国巴黎）

风格和流派：阿拉贡是杰出的法国诗人、小说家和超现实主义作家，他的作品深受其政治活动的影响，打破了传统文学的惯例。

代表作

小说

《巴黎的乡人》1926
《共产党员》1949-1951
《受难周》1958
《处决》1965
《布兰奇或遗忘》1967
《戏剧小说》1974

短篇故事

《放任集》1924

诗歌

《欢乐之火》1920
《永恒的运动》1926
《红色前线》1930

1880-99

"我们知道，天才的实质就是过二十年把想法传授给笨蛋。"

1924年，路易·阿拉贡与安德烈·布勒东以及菲利普·苏波一起成为了超现实主义运动的发起人。阿拉贡和布勒东一起创办了期刊《文学》，以此推广他们的超现实主义理论。他们的目的是把无意识作为一种灵感来源，以此来解放想象力。通过运用自动书写——脱离任何意识控制的写作方式——他们相信思维能够摆脱所有的抑制。他们还相信，诗歌应该敢于冒风险，通过动摇和打破某些文学规则达到解放语言的目的。

1924年，阿拉贡写了一个短篇片段故事集《放任集》。阿拉贡在日常生活的场景中探索了潜意识与结果，并将一系列印象与幻想揉合其中。两年后，阿拉贡出版了《巴黎的乡人》，这是超现实主义最重要的作品之一。他说这既不是一个故事也绝非人物刻画，它只是"一部打破了所有支配小说写作传统规则的作品……一部评论家注定无从下手的作品"。

除了超现实主义写作之外，阿拉贡还是记者和出版人，他还加入了法国共产党。二战期间，他曾是法国抵抗运动的成员，还曾建立过一个由作者组成的组织，他们为地下刊物撰稿，要用文学的力量瓦解敌方占领。他在这段时间创作的诗歌都被谱了曲。

战后，阿拉贡逐渐把自身经历当做他晚期小说作品的素材，经常在其中加入新闻稿、演说、期刊论文以及自己的文艺理论。**HJ**

上图：超现实主义作家路易·阿拉贡，摄于1936年。

342

费德里戈·加西亚·洛尔卡
FEDERICO GARCÍA LORCA

生于：1898年6月5日（西班牙丰特瓦克洛斯）；卒于：1936年8月19日（西班牙比斯纳尔）

风格和流派： 个人、集体、神话、先锋派和宇宙——洛尔卡的诗歌和戏剧作品将自然界中的元素与童年和民间传说中的精神世界融为一体。

费德里戈·加西亚·洛尔卡的童年之所以活泼愉快，不仅因为有民间传说、儿歌和大自然，同时也少不了音乐、绘画和木偶戏的陪伴。他曾经取得过法律学位，却迫不及待地投入艺术世界，很快他就因为自己的魄力而在艺术领域成就卓越：他写剧本、谱钢琴曲、抄录民歌，而他在演出中吟诵自己的诗歌的举动，被评论界认为是振奋之举。

洛尔卡的剧本和诗歌戏剧化地表现了自己从童年到成年的矛盾性转变，他不仅借此确立了地位，还坚定了自己的信念：诗歌传播的理想媒介就是大众化、口语化和戏剧化。《吉普赛诗歌集》唤醒了这个暴力世俗世界里的韵律和激情，而《歌集》中的很多诗歌都反映了孩子的视角，极好地表现了作者性格的双重性。

面临身为同性恋的危机，洛尔卡在1929年至1930年间旅居纽约，他在那里见到了完全不同的世界。这段经历催生了洛尔卡最出色的超现实主义作品，其中包括《诗人在纽约》，诗歌除了表现恐惧和遭受孤立的经历，还加入了他对这座城市的谴责。1931年，洛尔卡接受了巴拉卡剧院公司的管理职位，负责将西班牙经典介绍给乡村观众。在接下来的五年间，洛尔卡不仅四处旅行，还创作了自己最受盛赞的作品，例如反映乡村的戏剧三部曲《血姻缘》《叶尔玛》和《贝尔纳德·阿尔瓦的家》。

作为受欢迎的戏剧出品人和同性恋者，洛尔卡的公众形象让他成为了被攻击的目标；在西班牙内战开始不久之后，他被法西斯主义的支持者刺杀身亡。他的尸体被埋在了一个不知名的墓地里，从此再也没有被发现过。**CH**

代表作

诗歌
《深歌集》1921
《歌集》1927
《吉普赛诗歌集》1928
《伊格纳西奥·桑切斯·梅希亚斯挽歌》
 1936
《暗色爱情的十四行诗》1936
《诗人在纽约》1940
《塔玛里特的咖啡馆》1941

戏剧
《血姻缘》1932
《叶尔玛》1934
《贝尔纳德·阿尔瓦的家》1936

1880-99

"西班牙的死人比任何地方的死人都有活力……"

——《诗人在纽约》

上图：费德里戈·加西亚·洛尔卡在图书馆中的造型，摄于1930年。

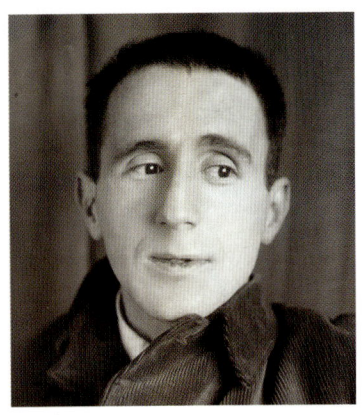

代表作

戏剧

《巴尔》1918

《牧场的圣女贞德》1929-1931

《伽利略传》1937-1939

《大胆妈妈和她的孩子们》1938-1939

《四川好人》1939-1942

《教父亚途发迹史》1941

《高加索灰阑记》1943-1945

音乐剧

《三分钱歌剧》1928

1880—99

贝尔托·布莱希特 BERTOLT BRECHT

原名： 欧根·贝托尔特·弗里德里希·布莱希特（Eugen Berthold Friedrich Brecht）

生于： 1898年2月10日（德国巴伐利亚州奥格斯堡）；**卒于：** 1956年8月14日（德国柏林）

风格和流派： 马克思主义剧作家、诗人和戏剧导演布莱希特的说教戏剧之所以著名，是因为它没有幻觉主义的绚丽技巧，却在其中运用歌曲。

　　马克思主义剧作家和戏剧导演贝尔托·布莱希特给戏剧带来了极大变化，以至于诞生了"布莱希特式"这个词，它被用来描述布莱希特和其他人的剧本和电影。布莱希特的政治信仰让他把戏剧当做一种传授经验和教育无产阶级的形式，他经常把重大的历史事件改编成剧本，并确保它们与当代社会中的问题有所关联，《伽利略传》就是其中一例。

　　尽管如此，剧本的舞台表现形式产生的影响可能最大。布莱希特放弃了幻觉艺术，他寻求让观众意识到他们是在看一部小说，因此导致布莱希特采用简朴的舞台背景，在剧中融入歌曲，采用投影的方式反复表现某一个点，这可能是戏剧历史上首次采用多媒体技术。

　　布莱希特坚定的马克思主义信仰使他拥护集体的概念。这才带来了舞台设计师、演员和作曲家之间的成功合作，其中最著名的就是与作曲家寇特·威尔的合作，他们两人共同创作了《三分钱歌剧》，讲述了"尖刀麦基"领导的黑社会与维多利亚时代上层社会之间的斗争。

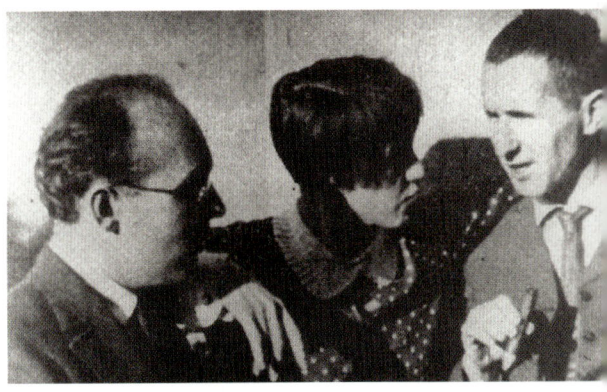

上图：剧作家贝尔托·布莱希特的照片，拍摄于二十世纪三十年代。

右图：布莱希特与寇特·威尔（左）和罗蒂·蓝雅在《三分钱歌剧》的排练期间。

布莱希特曾在慕尼黑大学学习戏剧，后来成为了戏剧评论家。1918年，他写了第一个剧本《巴尔》，但他直到二十年代才成为魏玛共和国戏剧界的宠儿，当时他已经是剧作家、导演和著名理论家。布莱希特在纳粹统治时代不受当局的欢迎，因为他把自己反纳粹的观点都表现在了《大胆妈妈和她的孩子们》这样的作品中，他不得不在1941年移民到美国。在美国，布莱希特成了好莱坞的电影编剧，但是他的"艺术是宣传方式"的信念未使自己受到大众喜爱。

二战后，布莱希特违背了众议院非美运动委员会的规定，因此在1947年被传唤出庭作证。他否认自己是共产党员——他虽然是马克思主义者，却从未加入共产党。他离开美国前往瑞士，之后受到当时的东德共产党政府邀请返回了德国。**CK**

上图：音乐剧《欢乐的结局》（1929）场景设计草图，与寇特·威尔合作创作。

三分钱歌剧

布莱希特和作曲家寇特·威尔一起写了这部音乐剧，它以约翰·盖伊创作的英国歌剧《乞丐歌剧》（1728）为基础。该剧1928年在柏林开演不久，就成为了当时魏玛共和国最成功的演出。首演之后的一年之内，这部音乐剧在欧洲一共巡演了四十六场，电影导演G.W.帕布斯特在1931年制作了第一个电影版本。这部音乐剧在二战后达到了荣誉的巅峰，作为非百老汇作品，它从1954年演到了1961年，使之成为当时演出时间最长的作品。

厄内斯特·海明威 ERNEST HEMINGWAY

全名： 厄内斯特·米勒·海明威（Ernest Miller Hemingway）

生于： 1899年7月21日（美国伊利诺伊州橡树园）；**卒于：** 1961年7月2日（美国爱达荷州凯彻姆）

风格和流派： 作为"迷惘的一代"作家之一的海明威之所以著名，是因为他悠闲而简洁的散文为那个时代建立了自己的风格。

代表作

小说

《春潮》1926
《太阳照常升起》1926
《在另一个国度》1927
《永别了，武器》1929
《有钱人与没钱人》1937
《丧钟为谁而鸣》1940
《过河入林》1950
《老人与海》1952
《溪中小岛》1970
《伊甸园》1986

短篇故事

《在我们的时代里》1925
《没有女人的男人》1927
《胜利者一无所获》1933
《乞力马扎罗的雪》1936

非虚构类作品

《死在午后》1932
《非洲的青山》1935
《流动的盛宴》1964

1880-99

1950年秋，海明威正处在创作高峰期。他刚出版了《过河入林》，这是继《丧钟为谁而鸣》之后的第一部小说，也是其一生中评论最差的作品。小说讲述了一个五十岁的美国陆军上校的故事，上校回到了威尼斯近郊，他曾在那里参加了一战。他回来的目的是把自己最后的日子花在打鸭子、吃喝玩乐，与十八岁的女伯爵一起纵情声色上。由于海明威自己不久前也对一个年轻女子产生了特殊的兴趣，所以评论家在读这部小说时，把它当做一个更年期男人令人尴尬的写照。此时距离海明威上一部成功的小说已经过去了十多年，他逐渐开始了自我嘲讽。这位美国现代主义的天才作家从二十多岁起就被叫作"爸爸"，他似乎跳过了整个中年时代：在酒精、疾病和抑郁的重重包围下，海明威俨然已是老人了。五十一岁时——一位典型的大作家在这个年纪才刚刚开始写作——海明威的职业生涯看上去似乎已经终结了。

然而令人难以置信的是，海明威最大的成功——还有痛苦——仍旧在前方等待着他。1952年，他凭借小说《老

上图：海明威在西班牙马拉加，摄于他去世之前一年。

右图：海明威和朋友泰勒·"熊脚印"·威廉姆斯打羚羊。

上图：1959年末，作家与古巴领导人菲德尔·卡斯特罗交谈。

人与海》东山再起，还因此获得了普利策奖和诺贝尔文学奖。接下来的几年间，他又写了很多价值极高的小说，这些作品在他去世之后才出版。可是海明威也在这些年间经受了精神和肉体的双重痛苦。接连两次飞机失事让他受了严重的内伤和烧伤，而因为严重的抑郁症和偏执狂，他接受了电击治疗，这让他的记忆永久受损，如果他能预知到这些，我们有理由怀疑海明威可能早就了结自己了。

尽管如此，没有多少美国作家的偶像地位能达到海明威的高度。络腮胡子、套头毛衣和专注的凝视——海明威的形象和他代表的意义，已经超越了他任何一部作品。海明威真正投身到了创造自身传奇的过程中，不仅如此，他还过着不可思议的充实生活。

十八岁时，海明威参加了一战，成了意大利边境的

"如果写作和旅行只能拓宽你的屁股，却拓宽不了思想的话，那我宁愿站着写作。"

1880—99

对斗牛的热爱

1923年，在格特鲁德·斯泰因的推荐下，海明威在西班牙第一次观看了斗牛比赛。这次经历对这位年轻的作家产生了极大的影响。他不仅终身都是这个仪式的狂热爱好者，还在《太阳照常升起》和非虚构的作品《死在午后》中对此加以描写。海明威第一次到纳瓦拉省的潘普洛纳是在1923年的7月，为了庆祝重要的节日圣费尔明节——这个基督教节日可追溯到1126年。与这个节日相关的最受欢迎的活动，就是节日期间每天沿着一条小街进行的"奔牛"活动。为了这一天，被误导的海明威的追随者们来到这个西班牙小镇，为的就是跟公牛们一起奔跑——但是，作家本人却没有做过这件事。

Tauromaquia，或者叫做"斗牛"，不仅仅是刺死一头动物这么简单——它复杂而且具有芭蕾舞一般的仪式感，海明威迷恋这种运动长达三十年之久，他欣赏这个仪式戏剧和精神上的方方面面。海明威仰慕斗牛运动的高贵和正直，仰慕斗牛之间的"艺术和英勇"，他用富有想象力的方式，反映斗牛士展现出的"重压之下的优雅"。

如同作者自己所说的那样："斗牛是一种独一无二的艺术，艺术家在其中冒着生命危险，而这场表演的精彩程度决定着选手们的荣誉。"

1880-99

救护车司机志愿者，当时一门奥地利迫击炮在他的腿上留下了两百多块弹壳碎片。在米兰康复治疗期间，他不可救药地爱上了护士艾格尼丝·冯·库洛斯基，后者比他大六岁，后来她觉得海明威太年轻而与其解除了婚约。（两年后，海明威娶了哈德莉·理查森为妻，她比库洛斯基还年长一岁。）二十五岁时他正在巴黎，与戈特鲁德·施泰因、埃兹拉·庞德和詹姆斯·乔伊斯成了朋友。二十七时，他凭借《太阳照常升起》巩固了自己的文学声望。三十岁时，海明威安葬了自己的父亲——父亲自杀身亡，然后娶了第二个妻子，还写了第二部著名的小说《永别了，武器》。这时，海明威借《有钱人和没钱人》转向政治题材，但这部小说在艺术上是个失败的作品。为了对评论予以反击，他出版了自己最出色的小说《丧钟为谁而鸣》，而此前不久，教堂的钟声才刚刚宣告他第三段婚姻的开始。

二战期间，海明威都在国内。但是，他很想走出家门。1942年，在美国政府的帮助下，他装备了自己的捕鱼船，来到古巴海域寻找德国潜艇。1922年，他报道了希土战争，从1937年到1939年间又报道了西班牙内战。1944年诺曼底登陆那天，他在一艘登陆舰上记录下了盟军的突袭。同年晚些时候，海明威参加了德国和比利时边境的一张战役，还杀掉了一名逼近的纳粹士兵。最后，他终于有机会见证了巴黎解放，并在那里遇到了第四任妻子。

人们经常强调，作家的生活是决定其文学表达本质最重要的决定因素，但在海明威身上恰恰相反：他的生活就像自己的小说那样浪漫、敢于冒险、令人绝望，如同史诗一般。**IW**

右图：1952年出版的小说在英国的第一个版本封面，乔纳森海角出版社出版。

HEMINGWAY

THE OLD MAN
AND
THE SEA

伊丽莎白·鲍恩 ELIZABETH BOWEN

全名： 伊丽莎白·多萝西娅·科尔·鲍恩（Elizabeth Dorothea Cole Bowen）

生于： 1899年6月7日（爱尔兰都柏林）；**卒于：** 1973年2月22日（英国肯特郡海斯）

风格和流派： 现代主义作家鲍恩能用局外人的眼光看待内在的激情，她在自己的小说中填进了很多尴尬讲述的孤儿们坠入情网的半自传性故事。

伊丽莎白·鲍恩出版第一部短篇小说的时候——对语言和语调的完美驾驭已经成为其典型特征——年仅二十四岁。鲍恩徘徊于布鲁姆斯伯里派边缘，她的作品与实验性作品产生了共鸣，同样探索内心世界，这也是弗吉尼亚·伍尔夫和詹姆斯·乔伊斯小说的显著特征。

与同时期更著名的作家不同的是，鲍恩在当时就已经是畅销书作家，还为《闲谈者》和《哈珀杂志》等时尚杂志撰稿。1973年因癌症去世之后，她的作品慢慢被忽视，但是随着黛博拉·沃纳改编的电影《去年九月》（1999）问世，她的作品在近几年开始重新受到关注。《去年九月》是她的第二部小说，它讲述了盎格鲁-爱尔兰新教主导文化的逐渐衰退，是鲍恩最有自传色彩的作品。

《去年九月》的讲述的重心就是洛伊斯·法夸尔的中心意识，她是新教徒贵族的侄女，这些人紧守着自己乡间的产业和生活方式。相比之下，这个年轻的姑娘开始有了充满矛盾的渴望：她既想留在爱尔兰，又想去伦敦学习艺术；既想跟英国士兵订立婚约，又想跟一个爱尔兰叛军殷勤我我。长篇的胡思乱想并不妨碍鲍恩敏锐的观察，从法夸尔身上也依稀可见波西亚·夸恩的身影，夸恩任性而充满激情，是鲍恩最受好评的小说《心之死》中非正统派女主角。鲍恩良性社会边缘人的敏锐观察源于漂泊不定的那个时期，这一点与她书中的女主角相似，当时她的父亲正在接受精神病康复治疗，所以她不得不寄居亲戚的屋檐下或是栖身于寒酸的公寓。她的小说经常以青少年的错误意识为结构基础，而他们对神秘感十足的成年人生活方式的误读也会导致悲剧性的结局。**SM**

代表作

小说

短篇故事

1880-99

"我不介意觉得自己渺小，我惧怕发现世界亦是如此。"

——《巴黎寓所》

上图：伊丽莎白·鲍恩在家门外。

诺埃尔·科沃德 NOËL COWARD

生于：1899年12月16日（英国米都塞克斯郡特丁顿）；卒于：1973年3月26
日（牙买加玛丽亚港）

风格和流派：科沃德成名是因为其创作的歌词和剧本幽默诙谐到接近闹剧，
可是机智的情节使其免于沦为闹剧。

诺埃尔·科沃德爵士是剧作家、词作家、小说家、音乐家、演员、电影导演和电视明星——更不用说还是世界级的名人和偶像。从爵士时代到性解放的六十年代，他都处在文学界的前沿，他的作品至今仍吸引着大量观众。科沃德的几个剧本还被改编成了电影，其中最著名的是《天伦之乐》（1944）和《欢乐的精灵》（1945）。

科沃德十一岁时首次登台，余生都在聚光灯下度过。在科沃德那个时代，同性恋行为在大多数国家还是非法行为，可是他作为同性恋者，生活方式却非常开放，媒体披露了他的同性恋身份，公众对此却似乎视而不见，因为他始终与女性传绯闻，特别是和女演员戈特鲁德·劳伦斯。他和格拉厄姆·佩恩之间的恋情持续时间最长，达到了三十年之久，一直持续到科沃德去世为止。

科沃德的生活古怪而又浪漫，媒体也钟爱他的滑稽天赋，因为这些天赋有助于把他塑造成一个异性恋者，这些都让他的喜剧作品有更强的魅力，虽然他在这些作品中怯怯地提到过同性恋情，但仍保证其中大部分角色都是坚定的异性恋者。科沃德对爱情本身的冷嘲热讽，在他的大部分作品中显而易见，作品中至少有一对夫妻，要么无法和对方一起生活，要么离了对方就活不下去——《私生活》中的埃利奥特和阿曼达尤其如此。性格上的两面性几乎渗透到科沃德生活各方面。近年来有种说法，二战期间科沃德之所以定期旅行，表面上是作为军队的文艺人员，实际上他是给英国政府充当地下特工。科沃德大名鼎鼎，而且还广受欢迎，因此还有了个"大师"的绰号。**LH**

代表作

戏剧

《漩涡》1923
《堕落天使》1923
《花粉热》1924
《水性杨花》1924
《这是一个男人》1926
《私生活》1929
《乱世春秋》1931
《爱情无计》1932
《当下的笑声》1939
《天伦之乐》1939
《欢乐的精灵》1941
《明星特质》1967

1880-99

"我喜欢长距离散步，特别是在有人惹恼我的时候。"

上图：诺埃尔·科沃德为媒体拍摄的照片，摄于二十世纪五十年代晚期。

代表作

小说

《庶出的标志》1947
《洛丽塔》1955
《普宁》1957
《微暗的火》1962
《阿达》1969
《透明物》1972
《看那些小丑》1974

短篇故事

《故事九则》1947
《纳博科夫十三篇》1958

诗歌

《诗歌》1916
《群聚》1922

非虚构类作品

《韵律笔记》1963
《说和记忆》1967

上图：纳博科夫在瑞士找蝴蝶，摄于约1975年。

右图：斯坦利·库布里克1962年的电影海报，主演苏·莱恩饰演洛丽塔。

弗拉基米尔·纳博科夫 VLADIMIR NABOKOV

全名：弗拉基米尔·弗拉基米洛维奇·纳博科夫（Vladimir Vladimirovic Nabokov）

生于：1899年4月23日（俄罗斯圣彼得堡）；**卒于**：1977年7月2日（瑞士 特勒）

风格和流派：小说家和短篇小说作家纳博科夫的文章绚丽、别出心裁、博学 而又详尽，他大胆地挑战禁忌，并以此而闻名于世。

　　弗拉基米尔·纳博科夫是散文风格大师，而他最著名的小说无疑就是《洛丽塔》，这部作品用巧妙文雅的诸法，讲述了一个中年学者爱上了一位青春期少女的故事。虽然能熟练运用英语，但纳博科夫前二十年却是在俄罗斯度过的。他对语言的运用，在某种程度上可能源于成长在一个说三种语言的家庭，后来他放弃俄语转而用英语创作，就是想回归到他孩童时代就掌握的语言上。纳博科夫的家庭十分富有，他的父亲还是俄国立宪议会的议员。

　　1919年，他们一家人为了躲避布尔什维克革命逃出祖国，他们满怀希望能在动乱平息之后重返家园，但愿望却没有实现。不久之后，纳博科夫去了英国，开始在剑桥大学学习现代语言，毕业之后又去了柏林，并在那里用俄语创作了九部小说、三百多首诗和大约五十篇短篇小说。出版了这么多作品之后，他慢慢开始在俄国流亡者中间有了一些名气，但这仍不足以让他获得足够收入。在巴黎生活了三年之后，他又逃走了，这次是从进犯的纳粹军手里逃到了美国。他在这里的谋生方式是在韦尔斯利学院教授比

较文学。他讲的课风格独特，妙趣横生，而且富于智慧，所以这门课程很受欢迎。与此同时，他还在哈佛大学比较动物学博物馆担任昆虫学研究员，他在这门学科上也取得了一定的成绩。

纳博科夫之后的工作是在康奈尔大学，他在1948年至1959年间担任该校俄国文学教授。1957年，他出版了《普宁》，这部小说的主人公曾是流亡到美国的俄国学者，与纳博科夫有诸多相似之处。

1958年，《洛丽塔》在美国出版之后，纳博科夫有了一大笔钱——而三年之前，法国的奥林匹亚出版公司也出版了该作品，他退了休，来到了瑞士的蒙特勒，在那里全心投入到写作中。**GM**

上图：1958年9月，纳博科夫被拍到在自己的车里写作。

迷恋情色

仅仅四年间，《洛丽塔》从被人视为危险的低俗地下出版物，变成了复杂而且文笔精湛的作品，它探索并且颠覆了骑士之爱的模式。故事的讲述者是胡伯·胡伯特，一位承认自己迷恋成熟少女的学者。小说追溯了他对洛丽塔的迷恋，后者正是他那个毒舌女房东的十二岁的女儿，后来他引诱女房东跟他发生了肉体关系。这部小说一度在法国和英国遭禁，不过在美国刚一出版就大卖。

豪尔赫·路易斯·博尔赫斯
JORGE LUIS BORGES

全名： 豪尔赫·弗朗西斯科·伊西多罗·路易斯·博尔赫斯（Jorge Francisco Isidoro Luis Borges）

生于： 1899年8月24日（阿根廷布宜诺斯艾利斯）；**卒于：** 1986年6月14日（瑞士日内瓦）

风格和流派： 博尔赫斯是寓言家、诗人、短篇小说作家、散文家，他还自称神话搜集者，他写的文章简洁却令人眼花缭乱，风格独特，无可比拟。

代表作

短篇故事

非虚构类作品

选集

1880-99

　　豪尔赫·路易斯·博尔赫斯出生在一个双语亲英派家庭，在祖母的指导下，他最早学会阅读时用的不是西班牙语而是英语。博尔赫斯是个早熟的孩子，他六岁时就宣布自己想当一名作家；七岁时，他用英语写了一篇研究希腊神话的调查；八岁时，他写了自己第一篇故事；到了九岁，他出版了第一部作品，一本将奥斯卡·王尔德的《快乐王子》（1888）翻译成西班牙文的译作。由于他跟父亲同名，而父亲又是英文教授和不知名的作家，所以这本译著被公认为是老博尔赫斯的作品。

　　博尔赫斯在家中受教育，而且大部分时间都在父亲那个巨大的书房里。这种成长经历导致了两种结果，并且成了博尔赫斯审美观的主色调：他对"文学"的理解非常全面——对他来说，文学是难以区分种类的整体，它包括小说、诗歌、玄学和神话；并且更亲近英国。他曾说自己直到青少年时期才意识到西班牙语和英语是完全不同的语

上图：博尔赫斯在他位于布宜诺斯艾利斯的国家图书馆办公室里，摄于1973年。

右图：博尔赫斯和他的第一任妻子艾尔莎，摄于1968年。

1880-99

言。

在西班牙极端主义先锋派诗人的影响下，博尔赫斯在二十世纪二十年代终于成为了诗人和散文家，他热爱国内外的先锋派文化，也热爱热情奔放的文化大熔炉布宜诺斯艾利斯当地的文化色彩，他把两者结合起来，还加入了广为流传的探戈舞、黑帮以及市井俚语带来的神秘感。二十世纪三十年代，博尔赫斯开始尝试创作短篇散文，或者叫"小说"，他的声望从此开始逐渐增长。他1935年出版的《恶棍列传》被伪装成一位编辑和藏书家的作品，主人公看上去只是讲述了从旧书堆里被挖出来的古怪的生平轶事而已。1937年，博尔赫

> "每一部小说都是一架装载着理想驶入现实王国的飞机。"
>
> ——《迷宫》

355

大有帮助的幻觉

博尔赫斯的许多作品之所以充满生机，就是因为被他称为"未曾发生却无所不在的启示"，这是一种近似于麻醉的感觉，一种被彻底控制住的精神错乱。讽刺的是，这可能是源于博尔赫斯1938年患的那场大病和伴随而来的幻觉。在康复期间，博尔赫斯经历过一次危机，他惧怕自己的精神和诗歌才能受到了永久损伤，他担心自己再也不能写诗了。为了"安全"地测试自己的能力，博尔赫斯想到了一个主意，他要尝试创作短篇小说（即《皮埃尔·梅纳》），如果失败了，大可以归咎于自己在小说创作上缺乏经验。精神错乱中空间和时间上的无限延展，以及伴随而来恐惧和震惊，在《巴别图书馆》和《博闻强识的富内斯》中展现得淋漓尽致。

斯找到了一份市立图书管理员的工作，却在1946年辞去了这个工作，以此回应胡安·庇隆当政。1955年，庇隆倒台之后，他被提名为阿根廷共和国国家图书馆馆长，他一直在这个职位上工作到1973年。后来他的众多作品都以图书馆和目录表为主题，用文字创造出一个广阔世界。

1938年，博尔赫斯头部受伤感染，因此在生死边缘徘徊了好几个星期，还因此出现了幻觉。结果，博尔赫斯的视力开始衰退，并且最终在五十年代末期发展成失明。在康复期间，他创作了第一部真正具有自己特色的小说《皮埃尔·梅纳》。这部小说是一个默默无闻的作家的讣告，他勇敢地给自己设了一个任务，这个任务匪夷所思、看起来难以完成：他要改写——逐字逐句地改写——《堂吉诃德》（1605）。这部小说具有革命性的意义，因为它表明创作新的小说时，可以使用其他小说中的素材。

接下来的二十年间，在一些神话般又不失精确的小说和寓言故事中，博尔赫斯始终坚持以"无穷"，奇幻和迷宫为作品主题。奇幻文学——就像博尔赫斯定义的那样——并不是对现实的回避，它是从更易懂、更严格和更真实的角度来看待现实。在博尔赫斯的宇宙中，万物组合的形式中有对认同感和独创性的自信；也有对博学多才的愚弄；他不可能在善与恶和原罪与原恩之间划定绝对的界限；在绝对混乱和绝对秩序、纯粹的确定和纯粹的徒劳之间也不存在平衡。叙述者的谦逊、狡猾、幽默和讽刺缓和了作者阴郁的想象。

从五十年代晚期到他去世，博尔赫斯四处演讲，双目失明使他难以继续创作散文和小说，所以他开始了诗歌创作。1961年博尔赫斯获得了国际出版商设立的福门托奖，这是他获得国际认可的标志。二十世纪六十年代拉美魔幻现实主义作家"大量涌现"，对于其中大部分作家来说，博尔赫斯是他们公认的先驱。**CH**

安东尼·德·圣-艾克苏佩里
ANTOINE DE SAINT-EXUPÉRY

生于：1900年6月29日（法国里昂）；**卒于：**1944年7月31日（法国南部近海）

风格和流派：圣-艾克苏佩里以自己梦幻般的故事而闻名，他把旅行著作融入虚构和非虚构的作品中，以随时随地的飞行为主题，他还尝试过魔幻现实主义创作。

安东尼·德·圣-艾克苏佩里以神奇又富有启示的儿童小说《小王子》著称，这是法国文学的经典作品。他还写过非虚构作品和小说，这些作品读起来像是旅行笔记，飞行员生涯和生活过或到访过的国家对他的创作有所启发。

圣-艾克苏佩里早期的职业生涯在北非度过，这段经历激励他描写他所钟爱的风景、人们和沙漠。他的作品中满是希望来世能把生命花费在云端之上，还有他在沙漠生活期间冒出的一些空想。1929年，他移居阿根廷，并在那里学习在安第斯山脉之间沿着极困难的航线飞行。1931年，他娶了寡妇的孔苏埃洛·戈麦斯·卡里略——但是他们之间的婚姻始终风波不断，而且他也经常出轨。不仅在国内的大部分时间都在天上度过，圣-艾克苏佩里还有点像是流浪者，1935年他从北非沙漠的一场严重的空难中幸存下来，这让他的生活披上了一层神秘的外衣，他把这件事写进了《风，沙和星星》中。圣-艾克苏佩里从1937年发生在危地马拉的空难中也幸存了下来。二战初期，他秘密加入了法国空军，却对法国抵抗德军占领时持续的无助感到越来越绝望。

1944年，圣-艾克苏佩里驾驶的P-38闪电飞机在地中海上空失踪。没有人知道他是被击落，遭遇事故，还是自杀了。他的尸体和飞机再也没能被发现，几十年来这个故事已经成为了扣人心弦的谜团。1998年，谜团似乎被解开了，当时一个法国渔民发现了一个刻有字迹的手链，它可能属于这位作家。但是，近来有人声称这个手链就是个假货。**LH**

代表作

非虚构类作品
《飞行家》1926
《南线邮航》1929
《风，沙与星星》1939
《飞向阿拉斯》1942
《金沙的智慧》1948

儿童小说
《小王子》1943

> *"我只知道一种自由，那就是思想上的自由。"*

1900–19

上图：二战中失踪的作家和飞行员的照片，拍摄时间不明。

托马斯·沃尔夫 THOMAS WOLFE

生于： 1900年10月3日（美国加利福尼亚州阿什维尔）；**辛于：** 1938年9月15日（美国马里兰州巴尔的摩）

风格和流派： 沃尔夫是一位很有影响的小说家，他的作品因使用情感丰富的语言而独具一格，他极受"垮掉的一代"作家的敬重。

代表作

小说

《天使望故乡》1929
《时间与河流》1935
《从死亡到清晨》1935
《一个新颖的故事》1936

"……孤独……是人类生存中重要又不可避免的事。"

1900–19

虽然不幸英年早逝，但托马斯·沃尔夫的作品还是给人们留下了宝贵的财富。除了生前出版的著作之外，从他遗留下的手稿中还整理出三部小说——《蛛网与岩石》（1939）、《有家归不得》（1940）和《远山》（1941）。

沃尔夫创作的时期，也是美国关键的历史时期，当时大萧条横扫整个国家，带来了毁灭性的影响。或许正是这种氛围上的变化，形成了他的大部分作品的背景，这些作品还经常带有自传色彩。沃尔夫使用生动而富有表现力的语言真实展现了二十世纪三十年代的美国。

从哈佛大学毕业之后，沃尔夫来到了欧洲。在1925年返回美国的途中，他邂逅了富有的伯恩斯坦夫人，还跟她有了婚外情。伯恩斯坦在经济上资助沃尔夫，所以他才得以写出第一部小说《天使望故乡》，并把它献给了伯恩斯坦夫人。但是，他们之间风波不断的婚外情还是走到了尽头，沃尔夫回到了欧洲，还获得了佩吉·古根海姆奖金。

沃尔夫在纽约完成了第二部小说《时间与河流》，斯克里布纳出版社的著名编辑麦克斯维尔·柏金斯是本书的编辑，他还与司各特·菲茨杰拉德和厄内斯特·海明威合作过。沃尔夫的作品篇幅极长，因此编辑的过程也十分复杂。这最终导致作家和出版社之间出现了问题，所以沃尔夫开始跟哈珀出版社合作。双方之间的合作一直持续到他因脑结核病去世为止。临死之前，他给柏金斯写了一封非常感人的信，回忆了两人一起合作的时光。**TamP**

上图：托马斯·沃尔夫的肖像，拍摄时间不明。

雅克·普雷维尔 JACQUES PRÉVERT

生于：1900年2月4日（法国塞纳河畔的讷伊）；**卒于**：1977年4月11日（法国欧蒙维尔）

风格和流派：雅克·普雷维尔是二十世纪最受欢迎的法国作家之一，他写过诗，写过民谣，还有很多重要的电影剧本。

雅克·普雷维尔诗歌的风格从疯狂的讽刺跨越到极度的忧郁，他还经常嘲笑传统。他曾经是——并且现在仍是法国最受欢迎的诗人之一，他的大部分作品都集中反映巴黎人的生活。普雷维尔的许多诗篇，例如"秋叶"，被改编为歌曲，包括伊迪丝·琵雅芙、伊夫·蒙当和朱丽叶·葛瑞科都演唱过这些歌曲。

二十世纪二十年代，普雷维尔曾在广告事务所工作，他在业余时间创作诗歌。他与安德烈·布勒东和路易斯·阿拉贡一样，都与超现实主义运动有联系，却因为"行为不端"而被布勒东赶出了这个圈子。1932年，他加入了一个宣传组织"十月工作组"，这个左翼演出团体的成员参演了超现实主义电影《稳操胜券》（1932），普雷维尔参与了剧本创作。他成了二十世纪三十年代杰出的电影编剧之一，还为让·雷诺的电影《朗治先生的罪行》（1936）写了剧本。普雷维尔和电影导演马塞尔·卡尔内一道发起了名为"诗意写实主义"的电影运动，为后来的美国黑色电影奠定了基础。

二战之后，普雷维尔出版了一系列诗集，其中包括《话语集》《奇观》《晴雨集》和《杂物堆》。普雷维尔身上最值得关注的就是他抛弃了传统，能随心所欲地运用语言，甚至还保有超现实主义特质。在诗歌中，他打破了韵律和标点的规则，把注意力放在语言的任意性上，他既运用双关语，也创造新词或是短语，还着力表现词汇的字面含义和发音。普雷维尔是法国诗歌销量最大的诗人，法国的学校仍在广泛教授他的作品。**HJ**

代表作

诗歌

《话语集》1946
《奇观》1951
《晴雨集》1955
《杂物堆》1973

"即便幸福似乎将你遗忘，也绝不要忘记幸福。"

1900–19

上图：1966年，普雷维尔在学校的展览上被偷拍。

娜塔莉·萨洛特 NATHALIE SARRAUTE

生于：生于：1900年7月18日（俄罗斯伊万诺沃）；**卒于**：1999年10月19日（法国巴黎）

风格和流派：出生于俄国的法国小说家和散文家娜塔莉·萨洛特是"新小说运动"的先驱之一，这个运动彻底抛弃了关于情节、对话、人物塑造和讲述的传统观点。

代表作

小说

《向性》1939
《一个陌生人的画像》1949
《马尔特罗》1953
《怀疑的时代》1956
《金果》1963
《童年时代》1983
《这儿》1997

右图：沉思中的萨洛特，摄于1986年。

娜塔莉·萨洛特生在俄罗斯，长在巴黎。她在二战之前曾是执业律师，战争开始之后，她成为了作家，由于自己是犹太人，被迫在纳粹占领期间四处躲藏。萨洛特的第一部小说《向性》出版于1939年。这部小说关注"向性"——这是思维在引导举止时不自主的内在活动。五十年代到六十年代之间，萨洛特在《一个陌生人的画像》中发展了自己的观点，它被萨特称为反传统小说。这部小说讲述了一对父女之间的关系，但是讲述者观察的角度持续不断地变化，所以他的观察不值得信赖。1963年，萨洛特因为小说《金果》被授予了"国际文学奖"，这部小说让她引起了更多的关注。**HJ**

安德烈·马尔罗 ANDRÉ MALRAUX

生于：1901年11月3日（法国巴黎）；**卒于**：1976年11月23日（法国巴黎）

风格和流派：小说家、文艺评论家和支持戴高乐的政治家，马尔罗的生活和作品诠释了自己两个核心的爱好：采取大胆的整治行动和发掘审美理想。

代表作

小说

《征服者》1928
《王家之路》1930
《人类的命运》1933
《希望》1937
《阿尔腾堡的胡桃树》1943

非虚构类作品

《沉默的声音》1951
《虚构的世界雕塑博物馆》1952-1954（共3卷，后被翻译为《没有围墙的博物馆》1967）

自传

《反回忆录》1967

马尔罗是个极富魅力的人，他不仅才智极高还拥有过人的精力，凭借获奖小说《人类的命运》，马尔罗巩固了自己在法国文学界的先锋地位。对于马尔罗来说，人类的境况从根本上来说是一种可悲又孤独的事。但他相信，通过与他人一起直接参与政治活动，发挥自己的创造力，人类可以实现自我救赎。那些战事不断却又耐人寻味的小说——例如，早期的《征服者》和晚期的《希望》——都直接反映出在二十世纪二十年代至三十年代之间，马尔罗亲自参与了远东和西班牙的革命运动。从二十世纪四十年代开始，马尔罗开始逐渐转向艺术评论写作，创作出了代表作《沉默的声音》。**AK**

约翰·斯坦贝克 JOHN STEINBECK

生于：1902年2月27日（美国加利福尼亚州萨利纳斯）；卒于：1968年12月20日（美国纽约州萨格港）

风格和流派： 斯坦贝克的自然主义小说通常聚焦农业工人和大萧条时代，主题则来自于神话传说和《圣经·旧约》。

代表作

小说

《天堂牧场》1932
《煎饼坪》1935
《胜负未决的战斗》1936
《人鼠之间》1937
《愤怒的葡萄》1939
《科特兹之海》1941
《月亮下去了》1942
《罐头厂街》1945
《珍珠》1947
《伊甸之东》1952
《皮平四世的短暂统治》1957
《烦恼的冬天》1961

斯坦贝克是最伟大的美国作家之一，他还是诺贝尔文学奖获得者，他的社会小说完美地捕捉到大萧条时代工人经历的磨难。他曾在斯坦福大学求学，毕业之前离开学校到了纽约，并试图当一名自由作家。后来，他回到了加州，不仅写短篇小说还当上了粗工，由此获得了第一手资料，那些被观察的对象也成为了他最成功作品的主角。这样的经历让斯坦贝克的纪实文字有了极强的真实性，他描写的那些农场工人后来也能勇敢地对抗饥饿和失业。

1929年，斯坦贝克出版了第一部小说《金杯》，但直到《煎饼坪》出版之后，才算在评论和市场上取得成功。小说满怀同情地描写了加州的墨西哥非法移民，其间穿插着粗俗的幽默和英国传奇故事中亚瑟王的骑士们的故事。在《胜负未决的战斗》《人鼠之间》和《愤怒的葡萄》中，斯坦贝克关注的是颠沛流离的工人们，他们在与不公平的工作环境作斗争的过程中寻找"美国梦"的踪迹，却无功而返。《愤怒的葡萄》被公认为斯坦贝克最伟大的文学巨作，它讲述了一群俄克拉荷马的佃农因为无法在干旱尘暴区谋生被迫迁徙到加州，他们不仅被加州种植园主剥

上图：晚年的约翰·斯坦贝克，摄于二十世纪六十年代。

右图：1952年，作家与同伴在意大利威尼斯。

左上图：著名影片《愤怒的葡萄》（1940）的演员阵容。

上图：1947年版畅销小说《人鼠之间》的封面。

削，还受到警察的骚扰。小说将无产阶级人物与激进的政治观点大胆地结合起来，所以刚一出版就一片哗然，保守派观察家们对小说中透露出的社会主义理论和反资本主义思想大加批评。虽然这本书在国内很多地方都是禁书，但它还是成了畅销书，后来还被拍成了著名的好莱坞电影。

斯坦贝克对写作的兴趣逐渐减弱，他开始探索自己钟爱的海洋生物。他在二战期间为《纽约先驱论坛报》担任战地通讯员，他战后的作品不像以往那么严厉地批判社会，但是小说《伊甸之东》却是一部极有野心的作品，这本书与有关该隐和亚伯的圣经故事极为相似。他的作品仍是美国学校中重要的教学内容。**SG**

1900-19

银幕上的斯坦贝克

斯坦贝克的作品多次被好莱坞改编成电影：

→ 《愤怒的葡萄》——传奇导演约翰·福特执导，他凭此片获得了奥斯卡最佳导演奖，主演有：年轻的亨利·方达，约翰·卡拉丁和简·达维尔——她凭借此片获得最佳女配角奖。

→ 《人鼠之间》——改编于1939年，主演有小朗·钱尼和伯吉斯·梅雷迪斯，该片获得四项奥斯卡提名。

→ 《伊甸之东》——伊利亚·卡赞执导，是詹姆斯·迪恩为数不多的银幕作品之一，并因此成为永恒的经典。

→ 《锦绣人生》——这五部影片的旁白都是斯坦贝克，他居然出现在摄影机前，介绍每一部影片。

卡洛·列维 CARLO LEVI

生于：1902年11月29日（意大利都灵）；**卒于**：1975年1月4日（意大利罗马）

风格和流派：列维是作家、画家、散文家和政治激进分子活动家，他满怀同情地描写了社会上权利被剥夺和遭到遗忘的现象，这种创作风格让他处在意大利新现实主义的前沿。

　　卡洛·列维是一位战斗在多个前线上的学者，所以很难确定到底哪一个才是他主要的关注方向。但他首先是个作家，他写的《基督停在恩波利》为自己赢得了国际赞誉。故事发生在意大利南部，当时列维正遭到当政的法西斯党关押。实际上，他立场坚定地反对墨索里尼的统治，不停地为社会和个人的自由做着斗争。抗议行动中的"表现主义"倾向也见诸于列维的视觉艺术作品中。在他的画中，那些鬼魂缠身的人物们遭受着折磨，这显然是受到存在主义哲学的深刻影响，这种哲学思想的支持者们向一种更加贪图享乐又空洞的生活方式提出了挑战。**FF**

1900-19

兰斯顿·休斯 LANGSTON HUGHES

全名：詹姆斯·默瑟·兰斯顿·休斯（James Mercer Langston Hughes）
生于：1902年2月1日（美国密苏里州乔普林）；**卒于**：1967年5月22日（美国纽约州纽约）
风格和流派：爵士文化的出现不仅影响了休斯的作品，他的作品也反映了爵士文化，他用丰富动人的语言描写了非洲裔美国人的生活。

　　兰斯顿·休斯是纽约哈莱姆文艺复兴时代最重要的诗人之一，他的作品扑捉了黑人文化及他们的生活中的动荡时刻。爵士乐对他的作品产生了尤为深远的影响，《延迟之梦的蒙太奇》就是其中的代表，这部诗集被认为是他最好的作品。休斯的作品表现了社会的考验和美国黑人经历了变革时代之后取得的胜利，作品主要关注工人阶层。1926年，他在政治和文化杂志《国家》上发表了一篇重要的文章《黑人艺术家和种族大山》。这篇文章的措辞铿锵有力，意味深长，被认为是休斯和同时期其他黑人作家的宣言。**TamP**

艾萨克·巴什维斯·辛格
ISAAC BASHEVIS SINGER

生于： 1902年11月21日（确切出生日期有争议；俄占波兰 ）；**卒于：** 1991年7月24日（美国佛罗里达州迈阿密）

风格和流派： 辛格用意第绪语写作，他的小说和短篇小说保存了东欧犹太人大屠杀之前的回忆。

　　辛格的出生地和生日都有争议，不过他基本上是在华沙长大，他把自己的生日定在1904年7月14日显然是为了让自己显得小一点，以便逃脱兵役。辛格的父亲是一位拉比（犹太教中有学问的学者——译注），母亲是一位拉比的女儿，他的弟弟和最大的姐姐也是作家。辛格没有追寻父亲的脚步成为拉比，相反他在一战之后的1935年开始了自己的写作生涯，后来他移民到了美国，并且在纽约定居下来，开始为一家意第绪语报纸工作。辛格开始创作大量小说和短篇小说，这不仅让他引起了广泛关注，也让他受到了诸多称赞。辛格的作品几乎都用意第绪语写成，他也指导过作品的英文翻译工作，这些译作让他声名远扬，也让他获得了1978年的诺贝尔文学奖。

　　辛格的作品充满了人道主义和幽默感，年轻时代的记忆以及犹太人传统的虔诚思想、传奇故事和民谣都给了他启发。《莫斯卡特一家》《庄园》和《农庄》等小说讲述了几代犹太人家庭的故事，讲述了十九世纪末期对犹太世界造成毁灭性打击的种种变革。在1979年的一次采访中，他曾说过他认为那个消失了的世界留下了一些东西，"不管把它叫做灵魂或是别的什么"，它们"仍然存在于这个宇宙之中"。辛格还根据自己的经历描写了身在美国的移民的世界。他的作品中反复出现的主题之一，即人类激情的强烈程度与创造力之间的联系。此外，《倒霉蛋去华沙和其他故事》是为孩子创作的一部非常有趣的故事集，而《一天的快乐》是一部自传性作品，它讲述了自己在华沙度过的童年时光。**RC**

代表作

小说
《莫斯卡特一家》1950
《庄园》1967
《农庄》1969
《泥人历险记》1983

短篇故事
《倒霉蛋去华沙和其他故事》1968
《意象集》1985
《梅休塞拉赫之死和其他故事》1988

自传
《一天的快乐》1969
《迷失美国》1981

1900-19

"上帝是作家，而我们既是主角又是读者。"

上图：辛格在纽约，摄于他去世之前五年。

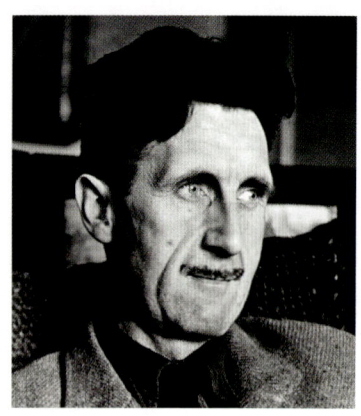

乔治·奥威尔 GEORGE ORWELL

原名：埃里克·亚瑟·布莱尔（Eric Arthur Blair）

生于：1903年6月25日（印度比哈尔邦莫蒂哈里）；**卒于：**1950年1月21日（英国伦敦）

风格和流派：奥威尔是左翼知识分子，他写过大量寓言、政治回忆录和现场目击的新闻作品，他把文学技巧用来表现政治目的。

代表作

小说

《缅甸岁月》1934

《动物农场》1945

《1984》1949

非虚构类作品

《巴黎伦敦落魄记》1933

《通往威根码头之路》1937

《向加泰罗尼亚致敬》1938

《散文、信件和报章集》1968

上图：小说家和新闻工作者奥威尔，摄于二十世纪四十年代。

乔治·奥威尔出身于被他称为"没有钱的中产阶级家庭"。年轻时，为了表达对社会停滞之下不平等现象的不满，他成为了一名积极倡导打破阶级壁垒的支持者。奥威尔毕业于伊顿公学，但是他没有钱继续读大学，所以到了缅甸加入了印度皇家警察部队，从此开始极端厌恶帝国主义。回到英国之后，他不仅决定跟工人阶层和无家可归者这样的穷苦人生活在一起，还对他们进行描写。在《巴黎伦敦落魄记》中，奥威尔记录了在巴黎的大饭店厨房里拿着卑微的薪水却辛苦劳作的人们，此后他开始描写伦敦失业的无家可归者们进退两难的绝望境地。这些年间，他染上了肺结核，并最终因此丧命。

《向加泰罗尼亚致敬》记录了奥威尔在西班牙内战时充当志愿者的经历。它暴露了左翼士兵之间在经济和思想上的巨大差异。奥威尔对W.H.奥登等"士兵学者"所产生的影响存在质疑，他指责后者将战争描写得过于浪漫化。奥威尔并不完全赞同社会主义，所以导致他同时被左翼和右翼团体拿来当做抨击对方的工具。1997年，《卫报》的一篇文章披露，奥威尔在临死前一年曾把一份斯大林主义支持者的名单交给了情报官员。目击新闻让奥威尔成为了平衡宣传的工具。他对书面文字的可视性的信仰一直延续到他的反苏维埃寓言《动物农庄》中。对于动物们来说，对未来的渴望是开展抵抗运动的有力武器，因为这种渴望存在于心里的表象之中，因此它早已超出了语言和政治修辞的范畴。

在《1984》中，人类的正直品质和记忆一同消失，而把人们联系在一起的情感也只剩下了恐惧。在这部极具预见性的小说力作中，奥威尔描述了出版和言论自由被剥夺之后的极端结果：语言和文学将会服从于政治，思想自由将会遥不可及，就像小说主人公为了表现自我和争取人与

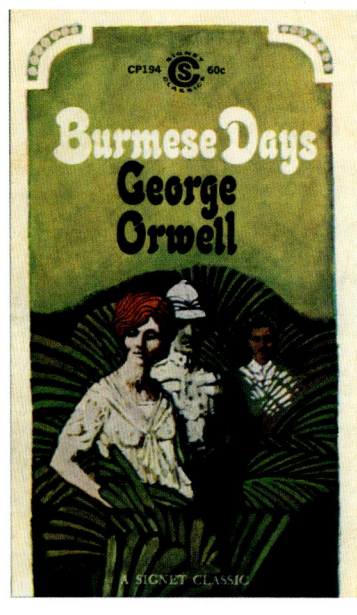

上图：奥威尔参加印度皇家警察部队的经历，让他创作出了1934年出版的这部小说。

左图：《1984》未修订手稿中的一段摘录。

人之间的接触，却注定无功而返一样。小说中的集权政府非常具有代表性，它可以被看作法西斯和社会主义独裁统治的集中体现。

　　距离奥威尔预言的未来已经过去了几十年，国际新闻和战争报道仍然非常片面。奥威尔留下的这笔遗产令人感到不安，它让我们在质疑自己拥有多少自由时，陷入了矛盾之中。**ER**

1900–19

伊夫林·沃 EVELYN WAUGH

全名： 亚瑟·伊夫林·圣约翰·沃（Arthur Evelyn St. John Waugh）

生于： 1903年10月28日（英国伦敦）；**卒于：** 1966年4月10日（英国萨默塞特郡弗洛里峡谷）

风格和流派： 沃是小说家和旅行作家，他的作品在机智的讽刺中还带有一丝黑色幽默。

代表作

小说

《衰落与瓦解》1928
《邪恶的躯体》1930
《黑色的祸害》1932
《一抔土》1934
《挖新闻》1938
《多升儿面旗》1942
《旧地重游》1945
《受爱戴的》1948
《行伍生涯》1952
《军官与士兵》1955
《无条件投降》1961

"新闻就是不关心世事的年轻人也想读的东西。"

——《挖新闻》

上图：讽刺小说家伊夫林·沃，摄于1943年。

1900-19

在英国文学界，论起伊夫林·沃的喜剧天赋，可能无人能出其右。伊夫林出身中上阶层家庭，父亲是一位出版商，他曾经先后就读于蓝星学院和剑桥大学。在两次世界大战期间，他整日马不停蹄地参加各种鸡尾酒会，还与吉尼斯家族、阿斯奎斯家族以及丘吉尔家族交往密切。他享受先锋派艺术家们倡导的狂热的享乐主义，其中包括罗伯特·拜伦、安东尼·鲍威尔和约翰·贝杰曼，当时爱德华七世时期的旧秩序已经消失不见，二十世纪三十年代阴郁的氛围步步紧逼。

受到天主教义和作家罗纳德·费尔班克的影响，在前两部小说《衰落与瓦解》和《邪恶的躯体》中，伊夫林不仅讽刺了上层社会的堕落，还讽刺了私立教育体系，不过他也是其中一份子。伊夫林创造了荒诞的情节和糟糕的角色，在诙谐幽默中不仅捕捉到时代精神，还揭露了时代的虚伪，他把一丝庄重注入了讽刺之中，这是因为他在1930年皈依天主教的缘故。

伊夫林·沃不断地检视导致贵族阶层衰落的弱点，其中尤以《一抔土》和《旧地重游》为代表。他并不抗拒把自己的注意力转向其他方面，他在《黑色的祸害》中描写了英国殖民主义铸下的大错，又在《挖新闻》中以前所未有的方式讽刺了耸人听闻的新闻报道。虽然临近中年，沃还是响应号召入伍参加了二战。后来他根据自己的经历创作了《荣誉之剑》三部曲，把尖刻的幽默感的矛头指向了崛起中的共产主义、英国绅士风范的终结和战争的恐怖。沃因为心脏病在乡下的家中去世，他至今仍堪称滑稽剧大师。**CK**

雷蒙·格诺 RAYMOND QUENEAU

生于： 1903年2月21日（法国勒阿弗尔）；**卒于：** 1976年10月25日（法国巴黎）

风格和流派： 法国诗人和小说家雷蒙·格诺是后现代主义的先行者，他以文字自娱，还把数学当做灵感来源。

法国小说家和诗人雷蒙·格诺不仅沉迷于语言，他还热衷于挑战传统的拼写、风格和词汇的传统。他经常说自己作品的真正主题不是所讲述的故事，而是语言本身。

他的第一部小说《麻烦事》（后改名为《巫师草》）出版于1933年，这是关于巴黎的喜剧人物的故事集。作品最引人关注的是它运用的俚语和法语，像从普通人口中说出来一样。

格诺最重要的一部作品是《风格练习》，书中的同一个故事用了九十九种不同的方式被反复演绎——从政府文件到十四行诗，甚至还有出版商的大肆吹捧，其中只有语气和风格的简单变换而已。

他最受欢迎的小说《扎西在地铁》出版于1959年，作品的语言依旧俏皮。小说讲述了一个年轻姑娘到巴黎看望叔叔的故事。她穿梭于城市中，被卷入一连串匪夷所思的滑稽事件之中。小说运用了俚语、粗话，甚至还有语言学。小说受到公众的热烈欢迎，他们喜欢作品中的幽默俏皮，后来它还被改编成舞台剧，成了漫画书，还被法国导演路易·马勒拍成了电影。

格诺始终对数学和数学与文学之间的关系颇感兴趣。1960年，他与一些作家和数学家合作创立了"乌力波"（意为"潜在文学工场"，是一个由作家和数学家组成的松散的国际团体），尝试在各种限制条件下进行创作。格诺用这种技巧创作了《百万亿首诗》——这是一部包含十首十四行诗的作品，书中每一页都被分割成十四条。他估计可能要花上两亿年才能读完所有诗句的组合。**HJ**

代表作

小说

《麻烦事》1933（后改为《巫师草》）1933

《我们总是对女人太好了》1947

《风格练习》1947

《扎西在地铁》1959

《蓝花》1965

《伊卡洛斯的飞行》1968

诗歌

《百万亿首诗》1961

"随着好运的到来，宗教可能会消失。"

上图：作为乌力波的领导者之一，格诺是个不断创新的作家。

安妮丝·宁 ANAÏS NIN

生于：1903年2月21日（法国纳伊）；卒于：1977年1月14日（美国加利福尼亚州洛杉矶）

风格和流派：宁是法国日记作家和情色小说家，她的生活方式和她的小说和短篇故事一样难登大雅之堂。

代表作

小说

《乱伦之家》1936
《内陆诸城》1947-1961
《信天翁的孩子们》1947
《四室心脏》1950
《爱之屋中的间谍》1954
《消防梯》1959
《牛头怪的诱惑》1961

短篇故事

《玻璃钟下》1944
《维纳斯之丘》1978（去世后出版）

非虚构类作品

《安妮丝·宁日记1-7卷》1966至1978年间出版

安妮丝·宁的父亲是古巴人，母亲是丹麦人，她在欧洲不同的地方生活过，直到十一岁那年跟着母亲和两个哥哥移民美国为止。她的父亲杰奎因在那一年抛弃了他们，据说她在孩童时期遭到父亲猥亵。宁的日记就开始于这一时期，这是她的代表作品：这些日记虽然非常私密，但记录的普遍主题都是女人和她对艺术的雄心。

宁在1923年婚后跟银行家丈夫休·吉勒搬回了巴黎。她开始写小说，同时还开始了与亨利·米勒的婚外情，这段漫长而充满激情的关系极大地影响了她的作品，特别是令人震惊的《乱伦之家》。宁定期给杂志写短篇小说，生前就出版了两部作品选集，但那些名气更大、语言直白的情色作品直到她去世之后才被编入选集中。这些小说最初是在二十世纪四十年代为一位私人收藏家创作的，据说每页稿费一美元。

她生前出版的作品中包括一系列创作于四十年代到五十年代的小说，以充满感性的描写和强烈的女性为主导的角色闻名。这些作品无疑源于她自己的婚外情经历，其中包括她跟鲁伯特·波尔之间长达二十五年的关系，而她的丈夫对此睁只眼闭只眼。宁最终成为美国广受欢迎的演说家，她不知疲倦地往来于纽约的丈夫和加州的情人之间——直到最后，她成为了自己梦想中的任性又独立的女性的写照。**PS**

"爱永远不会自然消亡，除非我们不知如何为其源泉重新注入生命。"

上图：安妮丝·宁在伊利诺伊州芝加哥，摄于1972年左右。

右图：宁的情色小说，创作于二十世纪四十年代，直到1978年才出版。

DELTA OF VENUS

EROTICA BY ANAÏS NIN

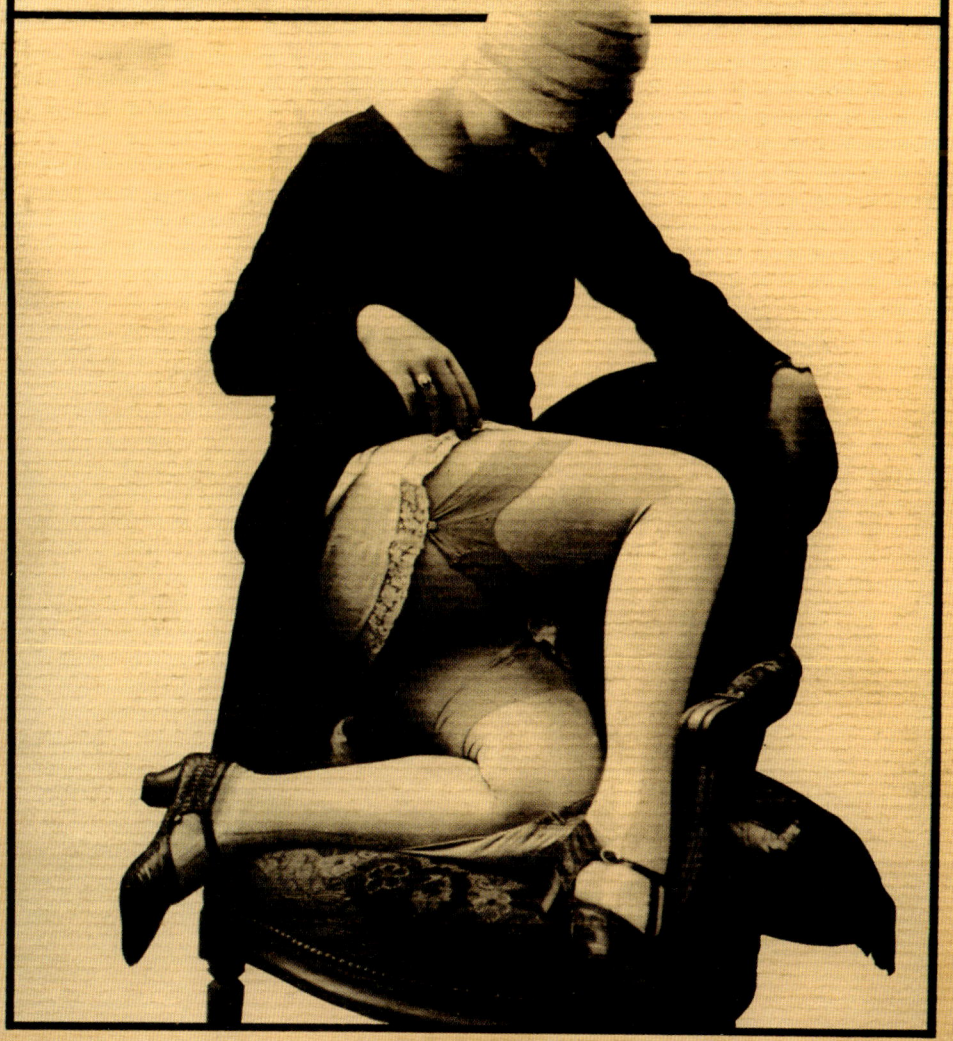

艾伦·佩顿 ALAN PATON

生于： 1903年1月11日（南非夸祖鲁-纳塔尔省彼得马里茨堡）；**卒于：** 1988年4月12日（南非夸祖鲁-纳塔尔省德班）

风格和流派： 从风格上说，佩顿的作品是抒情诗。从主题上说，他的大部分作品都与南非种族隔离时期的种族关系问题有关。

代表作

小说

《哭泣的大地》1948
《太迟了的法拉罗勃》1953
《你的和平手段》1968
《小指的病史》1972
《啊，但是你的土地很美》1981
《拯救亲爱的祖国》1989

短篇故事

《多事之地的故事》1961

自传

《走向大山》1980
《无尽的旅程》1988

1900-19

"放弃改造社会的工作就是放弃一个自由人的责任。"

艾伦·佩顿在童年时代见证了南非多数黑人权利的丧失，同时也见证了多数白人权利的扩张——这种情形体现在他的文学作品和政治观点中。他是自由党的创建者和主席，该党反对南非种族隔离制度，这在当时被种族主义政府认为具有煽动性，而在反种族隔离激进分子看来却远远不够。

佩顿最著名的小说《哭泣的大地》受到劳伦斯·范·德·鲍斯特的小说《在某省》（1934）的影响。它讲述了一个祖鲁族男子来到约翰内斯堡找唯一的儿子，却发现儿子杀死了一个白人男子的儿子。两位父亲因为这桩谋杀案被联系在一起，友谊就这么诞生了。这段跨越了种族的友情导致人们对小说的反应不一，并随着南非的政治趋势而发生变化。小说出版数月之后，国家党开始在南非执政，宣告了种族隔离时代的到来。佩顿去世那年，《哭泣的土地》已经售出超过一千五百万本，而种族隔离制度也已被废除。

佩顿接受的基督教教育影响到他的写作，其大部分作品都反映了圣经的内容。除此之外，他还写传记和自传，或者准确地说，是因为他的作品就是南非在其历史发展的关键时期的传记。可能少有人知道，正是因为佩顿提供了证据，纳尔逊·曼德拉在1964年接受审判时才获得较轻的量刑。关于佩顿，曼德拉后来如是说"《哭泣的土地》……也是通往未来的一座纪念碑。艾伦·佩顿是南非最重要的人道主义者之一，在这部史诗般的作品中，他生动地捕捉到对人类善良本质的坚定信念。" **JSD**

上图：媒体为南非作家艾伦·佩顿拍摄的照片，1950年。

乔治·西默农 GEORGES SIMENON

生于：1903年2月13日（比利时列日）；卒于：1989年9月4日（瑞士洛桑）

风格和流派：作为比利时的多产小说家和马格雷侦探系列小说的作者，西默农的心理小说的写作风格直接精炼。

    乔治·西默农在当地一家报社成长为一名记者，还成了一个匿名的低俗小说作家。他最著名的创造，就是擅长反省的巴黎警探梅格雷探长，这个角色首次出现是在1930年。在某种程度上，梅格雷与作者完全相反——他是顾家的丈夫，而西默农则是著名的花花公子——却跟作者一样沉迷于研究谋杀的心理。西默农写过大量现实主义短篇小说，通常描写的都是看似迟钝的"普通人"在生活中面临的感情危机。他出版了大约450部小说，其中没有哪一部优于其余作品，但大部分作品都极具深度，能洞察角色内心，同时还具有紧张的氛围。**RG**

代表作

小说

《看着火车经过的人》1938
《曼哈顿的三间屋》1946
《雪是脏的》1948
《我的朋友梅格雷》1949
《埃弗顿的时钟》1954
《大天使的小男人》1957
《梅格雷的顾虑》1958
《法庭上的梅格雷》1960
《火车》1961
《梅格雷和鬼魂》1964

南希·米特福德 NANCY MITFORD

全名：南希·弗里曼-米特福德（Nancy Freeman-Mitford）

生于：1904年11月28日（英国伦敦）；卒于：1973年6月30日（法国巴黎凡尔赛）

风格和流派：米特福德最出色的就是幽默作品，其中最重要的主题包括社会习俗和阶级，还有毫不掩饰的自传细节。

    南希·米特福德出生于英国最古怪的家庭之一。作为雷德斯戴尔勋爵和夫人的女儿，南希姐妹六人差异巨大：其余五人中，有一个纳粹分子，一个是莫斯利的追随者，一个社会主义者，一个德文郡公爵夫人和一个心满意足的家庭主妇。姐妹几人成了无数剧作的主角，她们非同寻常的贵族身份也给南希的所有作品提供了素材。为了逃避灾难，她移居到巴黎并且专注于写作。她的作品仍在不断加印中，并且仍受到文学爱好者的喜爱。这些作品中有机智聪慧的敏锐观察，启发了一代又一代的作家。南希交友的圈子巨大，朋友中还包括伊夫林·沃，他们之间的信件也已出版。**LH**

代表作

小说

《苏格兰高地舞》1931
《圣诞布丁》1932
《追爱》1945
《恋恋冬季》1949

传记

《蓬巴杜夫人》1954
《恋爱中的伏尔泰》1957
《太阳王》1966
《弗雷德里克大帝》1970

1900-19

巴勃罗·聂鲁达 PABLO NERUDA

原名: 内夫塔利·雷耶斯·巴索阿尔托（Neftali Ricardo Reyes Basoalto）

生于: 1904年7月12日（智利帕拉尔）；**卒于:** 1973年9月23日（智利圣地亚哥）

风格和流派: 聂鲁达作品的典型特征是尽情地用语言描写爱情和生活，还有无穷的创作和再创作。

代表作

诗歌

《二十首情诗和绝望的诗歌》1924
《土地的居民》1947
《马丘比丘的高度》1947
《漫歌集》1950
《船长的诗句》1952
《元素的颂歌》1957
《一百首爱情十四行诗》1960

非虚构类作品

《回忆录》1973

聂鲁达的作品产量惊人：他出版过五十多本书，总计诗歌达到三千五百多页，书籍售出一百多万本，还被翻译成数十种语言。

二十世纪二十年代，作为情感强烈又极具创造力的抒情诗人，聂鲁达在很短时间内就声名大噪，到二十二岁时已出版了五本诗集。他的第二本书《二十首情诗和绝望的诗歌》是一部很受欢迎的成功之作，一出版就成为"经典"，因为它有骨子里透出的优雅、令人难以置信的温情脉脉和深深的忧伤。

1927年聂鲁达接受了在亚洲的一些无薪的领事职位。在接下来的五年间，他开始越来越认同受压迫的劳苦大众，他们古老的文化和当下的生活方式，在他看来都被帝国主义、贪污腐败和殖民地秩序摧毁了。在此期间，他写了《土地的居民》一书，书中时而惊人、时而超现实的语言，表达了个人和群体的愤怒之情。

在西班牙和法国的领事工作，让他接触到了西班牙先锋派艺术家和他们的反法西斯诉求。随着1936年西班牙内战爆发，他开始动员人们支持共和党人。1940年，他开始

上图：智利作家聂鲁达在伦敦，1965年。

右图：1969年，聂鲁达在智利首都圣地亚哥竞选总统。

1900–19

ESTRAVAGARIO

```
                    tan
                  si
                ce
              ne
            se
          cielo
        al
      subir
Para

dos alas,
  un violín,
    y cuantas cosas
      sin numerar, sin que se hayan nombrado,
        certificados de ojo largo y lento,
          inscripción en las uñas del almendro,
            títulos de la hierba en la mañana.
```

创作一部史诗，这部史诗详细记录了动植物、历史、神话和拉美人民的政治斗争。受到哥伦布时代之前辉煌文化的启发，聂鲁达在1947年写了《马丘比丘的高度》，后来他把这首诗选作史诗《漫歌集》的核心之作。

1945年，聂鲁达被选为国会议员，并且加入了共产党。后来，他公开批评总统魏德拉的右翼统治，为了逃避追捕他开始东躲西藏，最终被驱逐出境。1952年，政治气候发生了改变，聂鲁达衣锦还乡回到智利。幸福的婚姻、多次航行还有令人惊讶的作品和再创作，是他其后几十年生活的特征。这一时期的作品是他所有作品中最简朴也是最好的，其中包括《船长的诗句》《元素的颂歌》和《一百首爱情十四行诗》。1971年，聂鲁达被授予诺贝尔文学奖。**CH**

最新信息

巴勃罗·聂鲁达的战斗性十足的诗集《西班牙在我心中》（1937），经历了上世纪最不寻常的出版过程。西班牙的一家匿名出版社引起了智利官方的注意，聂鲁达因此被解除了领事职务。1937年10月，聂鲁达在圣地亚哥出版了该小说并取得巨大成功，到1938年作品共再版三次。同年稍晚时，西班牙内战的东部前线共和军出版了一个版本，用的还是战地出版社，废旧旗帜和制服造的纸。

阿莱霍·卡彭铁尔 ALEJO CARPENTIER

生于：1904年12月26日（瑞士洛桑）；**卒于**：1980年4月24日（法国巴黎）

风格和流派：作为古巴小说家、音乐理论家和拉美文学的灵感之源，卡彭铁尔被认为是魔幻现实主义之父。

代表作

小说

《人间王国》1949
《失去了的足迹》1953
《追逐》1956
《时间之战》1958
《光明世纪》1962
《巴洛克协奏曲》1974
《方法论》1974
《竖琴和阴影》1979

非虚构类作品

《古巴音乐》1946

"新世界必须先体验，才能加以评判。"

———《失去了的足迹》

上图：古巴作家、散文家和音乐理论家卡彭铁尔，摄于1976年。

右图：卡彭铁尔在1976年3月19日的一场签名售书会上。

　　阿莱霍·卡彭铁尔成长在一个讲法语的家庭，他们生活安逸，信仰世界主义。父亲在1922年失踪之后，卡彭铁尔从大学辍学，开始了新闻工作，他在先锋派杂志上发表文章，不仅煽动抵抗独裁者马查多的运动，还推动处在初期的古巴黑人运动。在整个创作生涯中，卡彭铁尔都尝试把三种线索——永恒的世界主义，乌托邦式的政治，对拉美地区黑人、土著和殖民遗产更深层的理解——融入到对古巴人身份认同感的企盼中。

　　在1927年的一场异见分子的集会上，卡彭铁尔被捕入狱。刚一被释放他就逃到了巴黎，并且一直在此生活到1939年，期间学习超现实主义理论并且研究拉美人种学。他的第一部主要作品是《古巴音乐》，这部具有开拓性的历史文化作品，全面描述了古巴人的身份认同感，追溯了长达五个世纪的欧非音乐理论。之后出版的《人间王国》从各个角度描写了海地革命（1791—1804）以及之后的历史，在叙述的同时演绎了政治事件和宗教信仰的渗透作用——卡彭铁尔将之称为"不可思议的真实"。1945年至1959年之间，卡彭铁尔居住在加拉加斯，当时正值委内瑞拉依赖石油的收入"迅猛发展"，他在广告业和电台就职，多次去过亚马逊地区。这种差距甚远的生活为他1953年的代表作《失去了的足迹》注入了活力，这是关于一个忿忿不平的纽约音乐理论家的故事，他发现了一个后工业时代的人在变幻莫测的过程中的真正根源。也许他最出色的作品是语言华丽的《光明世纪》，这部作品受到戈雅的启发，讲述了加勒比地区启蒙运动和断头台的到来，也讲述了二十世纪一段模糊的历史。**CH**

格雷厄姆·格林 GRAHAM GREENE

全名： 亨利·格雷厄姆·格林（Henry Graham Greene）

生于： 1904年10月2日（英国博克翰斯德）；**卒于：** 1991年4月3日（瑞士丰威）

风格和流派： 英国小说家格林关注道德和政治中自相矛盾的问题，以及罗马天主教义的压倒性的影响。

代表作

小说

《布莱顿硬糖》1938
《权力与荣耀》1940
《恐怖部》1943
《问题的核心》1948
《恋情的终结》1951
《沉静的美国人》1956
《哈瓦那特派员》1958
《烧毁的病例》1961
《喜剧演员》1966
《名誉领事》1973
《人性因子》1978

　　格林实现了公众的广泛欢迎与评论界的高度评价融为一体这个最罕见的目标。他创作的惊险小说中有大量政治、犯罪和阴谋元素，在其中探讨了二十世纪的道德问题。他能恰到好处地控制小说的紧张氛围，书中真实的对话和扣人心弦的叙事技巧，紧紧地抓住了读者，并且让他的作品有了电影的特征，结果他的很多小说都被成功地改编成了电影。

　　格林的第一部小说《内心人》（1929）取得了一定的成功，这也促使格林辞去了《泰晤士报》的工作。可是之后的两本书出版之后就石沉大海，他凭借《斯坦堡列车》再次取得成功。这部融合了惊险小说和谋杀谜案的作品，情节扣人心弦，可能因为格林本人改信了天主教，所以作品中尖锐的道德评判和哲学潜台词纵横交织。在《布莱顿硬糖》中，信仰问题扮演了重要的角色。小说的主角是暴戾的黑帮头目平基·布朗，他虽是罗马天主教徒，却就像受到永恒的诅咒一般，全身心投入邪恶的事业；不仅如此，性格开朗、心地善良的艾达·特纳还一直追着他不放

上图：惊险小说和凶杀题材小说作家格雷厄姆·格林晚年。

右图：格林被拍到与电影导演卡罗尔·里德一起喝酒，摄于1951年。

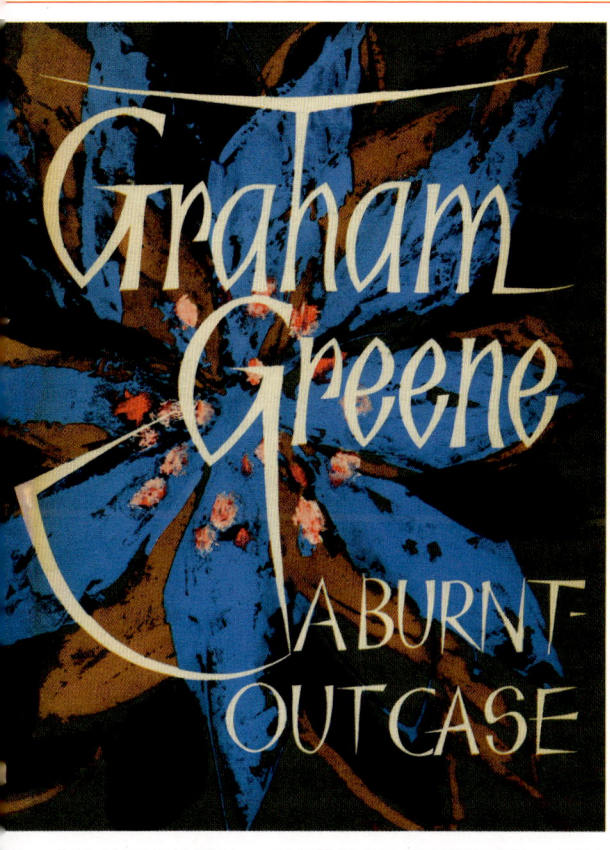

左图：1961年版《烧毁的病例》的封面，伦敦威廉·海涅曼公司出版。

手，艾达虽然不是教徒，却有着强烈的道德敏感性。最终他败在了双方的夹击之下。《权力与荣耀》中处处都渗透着天主教的主题——这是获得普遍默认的，这部作品也被许多人认为是格林最杰出的文学成果。小说讲述了墨西哥郊区的一个不知名的"酒鬼神父"，那里的天主教堂都遭到取缔，这部作品残酷地揭露了人类的弱点，同时揭示了宗教的救赎力量。

旅行给了格林大部分作品灵感。在二战期间为塞拉利昂外交部工作时，他写了《问题的核心》。在《沉静的美国人》（以越南为背景）《哈瓦那特派员》（以古巴为背景）和《烧毁的病例》（以比属刚果为背景）中，个人善恶之间的斗争无所不在，故事以肮脏龌龊的场所为背景，其间还有危险和政治间谍做点缀。**SG**

无辜的秀兰·邓波儿

1937年，格雷厄姆·格林引发了一场抗议，他在关于《小眨巴眼》一片的评论中说，小秀兰·邓波儿在表演中是在"装可爱，以此吸引中年人"。随后，二十世纪福克斯公司对《日与夜》出版社发起了诽谤诉讼，并导致其最终破产，格林被迫逃到英国以逃脱可能的牢狱之灾，这在此后七十年间一直是个秘密。因为没有引渡条例，墨西哥本来是目的地。但是剩下的事，像他们说的那样，都是历史了。

让-保罗·萨特 JEAN-PAUL SARTRE

全名： 让-保罗·查尔斯·艾马尔·萨特（Jean-Paul Charles Aymard Sartre）

生于： 1905年6月21日（法国巴黎）；**卒于：** 1980年4月15日（法国巴黎）

风格和流派： 萨特用多种文学形式阐释自己的观点，他关注的中心是个人拥有绝对的选择自由。

代表作

哲学著作
《存在与虚无》1943
《辩证理性批判》1960

小说
《恶心》1938
《理性的时代》1945
《缓刑》1947
《灵魂的铁》1949

自传
《词语》1964

戏剧
《苍蝇》1943
《间隔》1945

文学评论
《文学是什么？》1948

萨特是二十世纪的哲学巨匠之一，他对现代思想的影响难以估量。在短篇的优秀自传《词语》中，他写到，自己是海军军官之子，父亲早逝之后，他被年轻的母亲和祖父母抚养长大。他的祖父十分宠爱自己的孙子，而且作为教育家，他很骄傲地看着萨特成为了一个早熟甚至有些做作的读者。很小的时候，萨特就决心当一个作家。

萨特在巴黎高等师范学校专攻哲学，他在那里遇到了女权主义作家西蒙妮·德·波伏娃，两人不仅成为终身伴侣，还在学术上有着富有成果的合作。他曾经入伍，但在德国占领法国之后被俘虏。参与二战的经历在某种程度上塑造了萨特的道德思想，他在此基础上创作了更有影响的作品。

萨特的作品数量庞大、种类繁多，包括小说、短篇故事、剧本、文章和小册子和艰涩难懂的学术刊物，他在这些作品中阐述了自己的哲学信条。萨特在小说《恶心》中表达了对存在主义和现象学观点的支持，在小说中描绘了主角对生活中荒谬言行和意外事件的反应。他在被合称为《自由之路》（1945—1949）的半自传体小说中进一步

上图：让-保罗·萨特在巴黎，摄于1971年。

右图：1945年，萨特和安德烈·纪德在库佛维尔岛度假。

左图：热拉尔·弗洛芒热于1976年创作的萨特肖像画，该作品选自“壮美II”系列。

发展了这些观点。小说的背景是战后的巴黎，它围绕着哲学教师马蒂厄和他的学生们的生活展开。萨特最著名的哲学著作是《存在与虚无》，他在这部作品中探索了个人意识与周围环境之间的关系。萨特1964年被授予诺贝尔文学奖，但是他拒绝了这个奖项，这是受到政治阻力的典型体现。**GM**

释放自我

萨特一直致力于与尽可能多的人交流观点，他的观点是个人应该采取行动，以此增进个人和整个人类的自由。与其他存在主义者一样，萨特把个人摆在自己哲学思想最重要的位置，他强调的现象学概念是，所有的经验都是主观的，它能通过主观意愿的努力被改变。萨特告诫人们，警惕不诚实的信念，因为人们习惯于相信自己做的选择受制于环境，所以不会责备自己的行为。

伊利亚斯·卡内蒂 ELIAS CANETTI

生于： 1905年7月25日（保加利亚路斯契克［今鲁斯］）；**卒于：** 1994年8月13日（瑞士苏黎世）

风格和流派： 小说家和剧作家卡内蒂沉醉于研究群体和双胞胎的心理，研究他们对（遵守）权力的渴望。

代表作

小说
《迷惘》1935

非虚构类作品
《群众与权力》1960
《人类省》1973

戏剧
《戏剧》1964

回忆录
《唇舌的自由》1977
《耳中的火把》1980
《眼中的戏剧》1985

1900-19

> "被人遗忘的一切，他们在梦中都会尖叫着求救。"
>
> ——《人类省》

作为西班牙犹太商人之子，伊利亚斯·卡内蒂从小就说拉迪诺语（这是一种西班牙的犹太人方言）和匈牙利语。幼年时，他随家人迁居英国曼彻斯特，从此开始学习英语，父亲去世之后，他跟随母亲于1913年定居维也纳，并开始学习德语。卡内蒂曾在苏黎世和法兰克福求学，后来获得维也纳大学化学博士学位，此后他开始用德语创作小说和剧本。二十世纪二十年代，他曾遭到维也纳街头愤怒暴民的囚禁，这段经历让他深感恐惧，他受其启发，于1935年出版小说《迷惘》，小说讲述了"人类的疯狂喜剧"。小说被纳粹封禁，作者身处的世界已经支离破碎，故事聚焦了人们所遭受的困境，在传统的小说中可能难以呈现这样的冲突。

1938年，卡内蒂离开维也纳迁居巴黎，后来他又移居英国，并且在伦敦度过了余生的大部分时光。他原本打算写更多小说，后来却放弃了小说创作，开始潜心研究群体的行为。卡内蒂还研究了法西斯分子的心理状态，和法西斯主义的魅力所在，他认为唯有通过科学手段才能解释其中缘由。在《群众与权力》中，他坚持社会的基本需求应该是"权力的人性化"，这是所做研究的最初成果，虽然作品在科学术语上显得不够严谨因而受到批评。但是它依然令人信服。二十世纪六十年代末期，卡内蒂出版了笔记选集《人类省》，之后又写了三卷自传。**RC**

上图：伊利亚斯·卡内蒂在苏黎世，摄于1983年。

瓦西里·格罗斯曼 VASSILY GROSSMAN

生于： 1905年12月12日（乌克兰别尔季切夫）；**卒于：** 1964年9月14日（俄罗斯莫斯科）

风格和流派： 格罗斯曼的代表作《生存与命运》是一部悲惨的史诗，它记录了苏联人民的生活，政府认为此作会危及思想，认为它不宜阅读。

瓦西里·格罗斯曼曾学过工程学，但他从1930年开始转行为专业作家。二战爆发之后，他成为苏联红军报驻斯大林格勒的通讯员。他亲眼见证和描写了战争的恐怖，并因此成为了国人的偶像，后来他跟随红军去了特雷布林卡灭绝营，还到了希特勒最后藏身的碉堡。

二战后，格罗斯曼参与到《黑名册》编撰工作中，这个计划由犹太人反法西斯委员会发起，目的是记录大屠杀。但是该计划遭到苏联政府打压，也导致格罗斯曼对国家的忠诚开始动摇。这件事还有他的战争经历，还有在苏我的痛苦生活，终于在五十年代出版的小说《生存与命运》中达到高潮。这个小说被称为二十世纪的《战争与和平》，它是一部人物众多的伟大史诗。作品最核心的信条是，即便身处在集权主义统治下，人类精神也不会被压垮。

格罗斯曼在小说《永远流淌》中再次回归这一主题。但是，这两部作品在他生前都未能出版。1960年，他把《生存与命运》递交给出版社，却被政府告知两百年之内都不会出版这个作品，因为他们认为这个小说很危险。克格勃销毁了他的手稿、复印件和笔记，但是其中一份复印件躲过一劫，被偷偷带到了瑞士。1964年，格罗斯曼去世，也不知道是否会有人读到她的作品。1980年，《生存与命运》在瑞士出版，1985年英国也出版了该作，1988年俄罗斯终于也出版了这部小说。次年，《永远流淌》也出版上市。《生存与命运》现在已被视为二十世纪小说的代表作。**HJ**

代表作

非虚构类作品

《战地作家：苏联红军中的记者》1941-1945

小说

《生存与命运》1980
《永远流淌》1989

> "苏联的现实主义就像十八世纪的浪漫主义一样异想天开。"
>
> ——《永远流淌》

上图：瓦西里·格罗斯曼黑白照片，摄于1945年。

安东尼·鲍威尔 ANTHONY POWELL

生于：1905年12月21日（英国伦敦）；卒于：2000年3月28日（英国弗罗姆）

风格和流派：鲍威尔最著名的作品就是十二卷丛书《与时代合拍的舞蹈》，作品中的冷面幽默和众多角色，委婉又不做作，比喻方式纷繁复杂。

代表作

小说

1900-19

早在二十世纪三十年代，安东尼·鲍威尔就因为独树一帜的风格而在英国文学界小有名气，他创作了五部饱含讽刺的现代主义小说，矛头直指被时代忽略的最恳切的社会和政治诉求。作品经常可笑得近乎癫狂，却又显得粗暴而令人伤感，因为虽然有没完没了的聚会和艳遇，但人类自身在失去快乐和感情之后，依然会过得枯燥无味。

远离小说创作近十年之后，鲍威尔开始写具有里程碑意义的小说丛书《与时代合拍的舞蹈》，并因此声名大噪。《舞蹈》讲述者的生活轨迹与作者一样：他是底层小军官的儿子，先后在伊顿公学和牛津大学求学；两次世界大战期间，他生活在伦敦，整日流连于低俗的夜总会和令人窒息的会客厅中。他跟古板的贵族女结了婚，还参加了二战，战后的文学声望同样日益高涨。叙述者的作用与其说是讲述经历还不如说是用来观察。通过他的讽刺和超然的态度，我们见识到众多角色的聚散兴衰。

鲍威尔晚年出版了自传和日记，突出作者顽固的中上阶层保守派的形象，作为一名保守派小说家，他更倾向于让作品中激进的审美趣味缓和化。《舞蹈》经常被当做"社会喜剧"，尽管作品在大部分情况下格调不高，而且还很可笑，但总体上说，它远比题目显得黑暗而更有艺术价值。

鲍威尔自己更欣赏的作家不是奥斯汀或特罗洛普，而是陀思妥耶夫斯基、普鲁斯特和巴尔扎克。鲍威尔在作品形式上追求创新，并且勇敢地追求卓越的理想，他当得起二十世纪最有趣的英国本土小说家的称号。**RG**

上图：鲍威尔位于英国萨默塞特郡附近弗罗姆的家中，摄于1983年12月28日。

右图：《舞蹈》丛书第十二卷，伦敦海尼曼出版社于1975年出版。

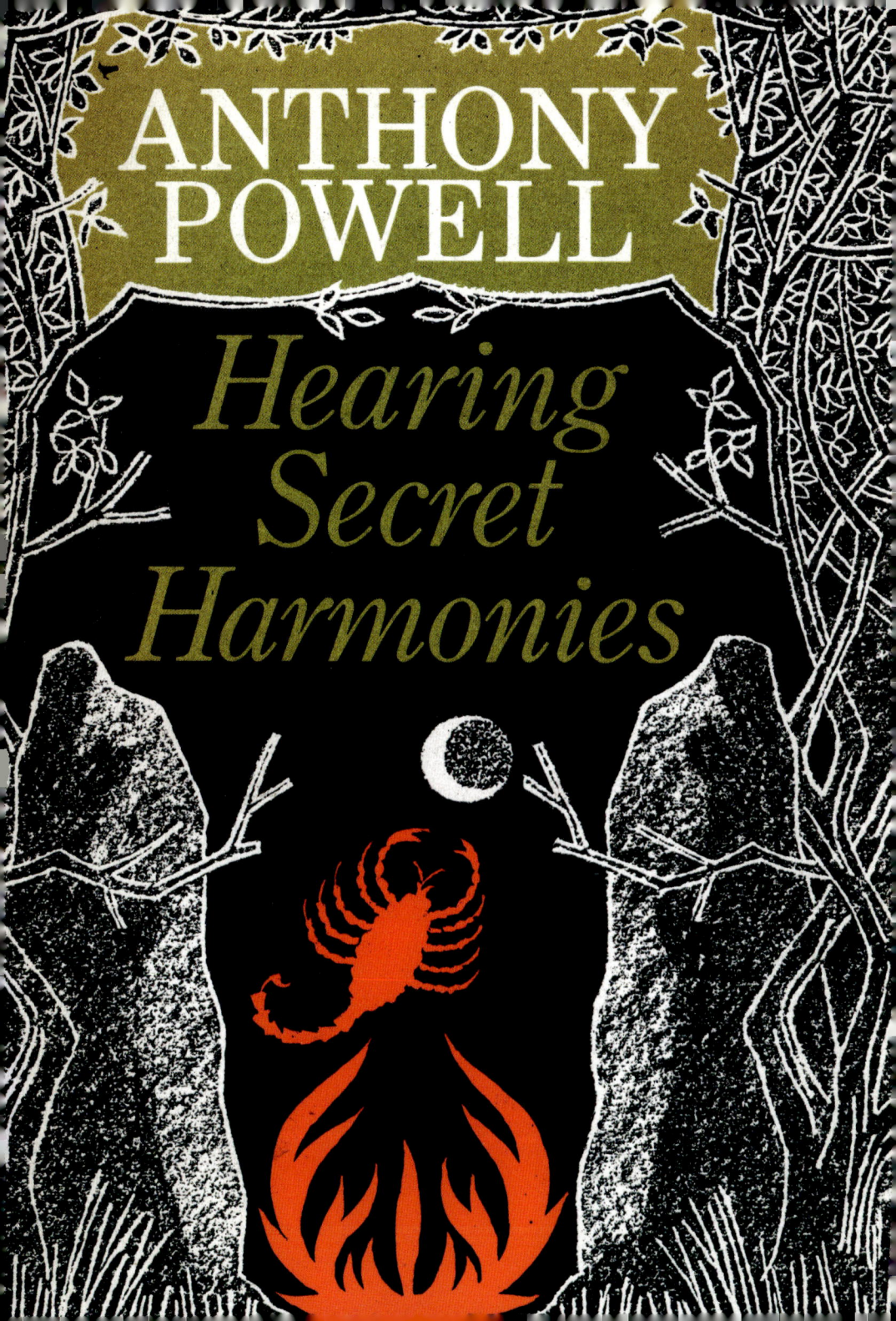

ANTHONY POWELL

Hearing
Secret
Harmonies

迪诺·布扎蒂 DINO BUZZATI

生于：1906年10月16日（意大利贝卢诺）；**卒于**：1972年1月28日（意大利米兰）

风格和流派：意大利奇幻小说作家布扎蒂在作品中探讨了人类天性中的可怕一面，他运用各种实验性形式和写作技巧，其中包括童话故事、漫画书和科幻小说等。

迪诺·布扎蒂的大半生都在米兰当记者，但他的想象却始终离不开山区的奇异风光，他在那里度过了童年。小说带领着各色人物在荒凉壮美的山间进行心灵上的探险，这与卡夫卡的创作主题不谋而合。虽然意大利的政治环境混乱，但布扎蒂从未否定过自己对国家的忠诚。他的文学作品具有逃避现实的倾向，故事总发生在社会边缘人身上；在《鞑靼荒漠》中，主角乔瓦尼·德罗戈把一生的时间浪费在孤独的边境堡垒里，在那里等待从未到来的侵略者。布扎蒂从不惧怕质疑或打破文学界限，他广泛运用多种多样的风格和流派创作实验性作品。**TM**

1900-19

威廉·燕卜荪 WILLIAM EMPSON

生于：1906年9月27日（英国约克郡）；**卒于**：1984年4月15日（英国伦敦）

风格和流派：燕卜荪是哲人般的英国诗人和评论家，他对朦胧的研究机智诙谐又高深难懂，这反映出他对论证的热衷。

对朋友们来说，燕卜荪混乱的私生活和他流畅的诗歌一样大名鼎鼎。燕卜荪是个大学都没毕业的天才——他二十二岁便开始创作《朦胧的七种类型》——因为剑桥大学的清洁工在他的房间里发现了避孕套（这在1929年是令人震惊的事件），所以他被赶出了学校。燕卜荪过上了游学生活，其中大部分时间都在中国，在此期间，他创作了极具开拓性的评论和诗歌作品，并因此成为"奥登一代"的领军人物。（温斯顿·丘吉尔借用燕卜荪的作品名《铁血风暴》，用于命名二战历史题材小说，他后来凭借该作获得诺贝尔奖。）燕卜荪晚年慷慨激昂地撰文抨击基督教信仰及其道德准则。**MS**

马里奥·索尔达蒂 MARIO SOLDATI

生于：1906年11月11日（意大利都灵）；卒于：1999年6月19日（意大利拉斯佩齐亚）

风格和流派：作家、导演、编剧和散文家索尔达蒂在国内涉足多个领域，他的作品经常以"其他"为主题——这是指一般意义上的混乱和超然的生活。

二十世纪的意大利学者中，马里奥·索尔达蒂是最复杂和难以界定的人之一。索尔达蒂非常多才多艺，涉猎的领域从创作剧本到导演电影；从写小说到主持电视调查；从发表散文演说到报道当前各种琐事新闻，无所不包。他的语言让事件主题变得不那么深刻，任何一件小事看起来都更像是一个笑话。我们可以说，他是个极简抽象派艺术家。

大范围的艺术创作也有风险，因为它会让自己的作品看起来零零散散，不成体系。尽管如此，索尔达蒂在多个艺术领域的贡献，最后总能归结为一个现代主题，即"其他"。对索尔达蒂而言，"其他"的含义十分丰富：它表示扎根和稳定的可能性微乎其微；难以适应程序化的工作和感情生活；从更深层次上说，它表达了一种被遗忘的下意识的渴望，渴望探求脑海中理性难以到达的最深处。这就是为何在索尔达蒂的作品中，没有一个主角能摆脱过去的痛苦纠缠，也摆脱不了尝试理解潜意识的渴望的痛苦。所有的人物都难逃"忏悔"的命运。他笔下的主角们必须通过归化的方式重新思考自己的境况，这种方式接近于萨特的"极端厌恶"和莫拉维亚的"漠不关心"。对他来说，逃离（索尔达蒂的作品中反复出现这个词）意味着一次美国之旅，他描写了无法预料的未知——在以漫游为主题的作品中，他终于为"其他"找到了完美的表达。**FF**

代表作

非虚构类作品
《美国的初恋》1935

小说
《督察的晚餐》1950
《卡不里岛来信》1955
《忏悔》1956
《翡翠》1974
《火焰》1981

> *"不惜一切代价也要离开的强烈渴望，没有任何理由，就像烈火一般炙烤着他。"*
>
> ——《双城》

1900-19

上图：索尔达蒂佩戴着标志性的领结，摄于八十年代。

塞缪尔·贝克特 SAMUEL BECKETT

全名: 塞缪尔·巴克莱·贝克特(Samuel Barclay Beckett)

生于: 1906年4月或5月13日(爱尔兰福克斯洛克);**卒于:** 1989年12月22日(法国巴黎)

风格和流派: 贝克特的作品表达了人类的孤独和苦痛,他的极简主义风格的作品中,满是关于惨淡生活的黑色幽默。

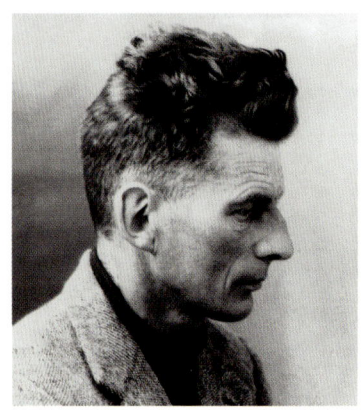

代表作

戏剧

《等待戈多》1952
《结局》1957
《最后一盘磁带》1958
《呵,美好的日子》1961
《脚步》1975
《摇摇椅》1981

小说

《莫菲》1938
《马洛伊之死》1951
《瓦特》1953
《无名的人》1953
《平庸女人的梦》1992

中篇小说/短篇小说

《徒劳无益》1934
《毫无意义的故事和文本》1954
《初恋》1973
《依然忙碌》1988

诗歌

《妓女镜》1930
《这叫什么来着?》1989

非虚构类作品

《普鲁斯特论》1931

上图:贝克特侧面像,摄于约1950年。

塞缪尔·贝克特的作品与其说反映了自己的生活,不如说是诉说了"人类处境"面临的危机。他为纳粹占领时期的法国充当情报员的经历充满了神秘感,他与爱尔兰作家詹姆斯·乔伊斯有着深厚的友谊,这对他的写作风格也产生了深刻的影响,这种阴郁又令人困惑的风格,在后期的作品中体现得尤为明显。

贝克特出生于都柏林的斯提罗根区。虽然出生证明上记录的出生日期是1906年5月13日,但他声称自己其实出生在耶稣受难日那天,也就是1906年4月13日。关于他是否故意修改了自己的出生日期存在许多推测。他曾说自己"喜欢所有这些谎言和传说——说法越多,我就变得更有趣"。贝克特的童年生活被一战粉碎。他依靠在乡间的阅读、游泳和骑摩托车,消磨时光,后来还在几所著名的私立学校读书。在三一学院获得学位之后,贝克特移居巴黎,开始在久负盛名的巴黎高等师范学校教授英文。虽然对自己的讲师职位很不满意,但贝克特发现他的写作事业被一位友人闪电般激活了,他就是贝克特无意中结识的自我流放的爱尔兰作家詹姆斯·乔伊斯。乔伊斯对贝克特早期的作品产生了极大的影响,他也成为贝克特战后的作品风格发生改变的根源。

贝克特的写作生涯远早于二战,但是战争产生的混乱和余波对他之后最重要的作品产生了重大影响。二战前,他的诗歌、小说和评论都不怎么成功。1937年,巴黎的一个皮条客捅了贝克特一刀,他差点因此丧命。这件事的不可预测性——讽刺的是,这个名叫普鲁登特的皮条客在法庭上声称自己没有袭击别人——与贝克特的余生不谋而合。1940年,贝克特加入了法国抵抗组织,从此过上了长时间东躲西藏的生活。为了不浪费零散的时间,他写了《瓦特》(完成于1945年),这部风格极简的小说象征他

上图：贝克特在巴黎圣雅克大道的小咖啡馆，1985年。

完全摆脱了乔伊斯的巨大影响。

贝克特从战争的忧郁和挫败中恢复过来，他继续写作的愿望更加强烈了。他很快对戏剧产生了兴趣，把它当故从小说创作中的解脱。贝克特开始反对乔伊斯的创作原则，他认为写作应该充满生气，还要关注外部表现。此后，他写的剧本和小说都关注贫穷和失去。1949年，贝克特完成了《等待戈多》，该剧讲述两个小丑无休止地等待一个名叫戈多的神秘人物的到来。《等待戈多》是世界名剧，它和《结局》《呵，美好的日子》以及《最后一盘磁带》等剧，奠定了贝克特重要的实验戏剧作家的地位。

《等待戈多》大获成功之后，贝克特终于得以在巴黎以写作维生。1969年，他被授予了诺贝尔文学奖："因为他的作品——他的小说和剧作在形式上都有创新——达

"我向你保证，没有什么比苦恼更有趣的事情了。"

——《结局》

1900-19

塞缪尔·贝克特

等待戈多

人们很难知道《等待戈多》的哪一点更吸引观众：是其中妙趣横生的对话，还是戈多这个人。剧本描写了两个流浪汉弗拉基米尔和埃斯特拉冈，他们一边互相调侃着打发时光，一边等待着一个叫戈多的神秘人物到来。一个小男孩时常现身告诉他们戈多会守约前来，但戈多直到剧终也没有出现。

引起首批观众注意的是两个流浪汉之间的对话。贝克特把枯燥乏味的寻常对话搬上了舞台，这与寻常的表演方式背道而驰——这是一部话剧，借用一个著名的评论"这里什么都不会发生两次"。该剧在英国上演初期曾有删节，但1955年，两位英国评论家一致对其大加赞赏之后，它才在一夜之间引起轰动。

剧中缺席的主角戈多的身份，对观众来说始终是个谜团。贝克特说他从法语俗语中借用了"godillot, godasse"（靴子）一词，就是为了强调双脚在剧中扮演的重要角色。但是大多数情况下，戈多象征从未出现的"上帝"，他代表战后世界的重生和救赎。但是，贝克特否认这种解释，他说剧本是用法语创作的，但是"戈多"这个名字与法语中表示"上帝"的"Dieu"一词并不对等。"如果戈多是上帝，"贝克特说，"那我就会叫他上帝。"贝克特拒绝承认戈多就是上帝，但这并不能说明他是个虚无主义者。当戈多（不管它代表什么）还没来的时候，剧本却用饱含同情而令人羞愧的方式强调人类打发时间的方式。

到了当代人难以企及的高度。"此后几十年间，贝克特写了很多广播剧，还开始在柏林、巴黎和伦敦排演自己的剧本。临近八十年代时，他的剧本和散文又开始越来越多地集中审视人类的境况：表达孤独、生存和失去的独白，被完全从剧情和表演的要素中剥离开。

尽管贝克特的作品未能给这个令人绝望的世界带来清晰的希望，但他既不是单纯的悲观主义者，也不是虚无主义者。他的最后两部作品《依然忙碌》和《这叫什么来着？》是坚韧不拔的宣言，他认为即便接近终点，人类也要一往无前。**SD**

右图：贝克特正在检查他的电影《Film》中的剧照，1964年。

路易斯·麦克尼斯 LOUIS MacNEICE

全名: 弗雷德里克·路易斯·麦克尼斯（Frederick Louis MacNeice）

生于: 1907年9月12日（北爱尔兰贝尔法斯特）; **卒于:** 1963年9月3日（英国伦敦）

风格和流派: 麦克尼斯是爱尔兰诗人、剧作家和批评家，他与二十世纪三十年代"奥登一代"的诗人常有往来。

爱尔兰和英国都对路易斯·麦克尼斯产生了极大的影响，这一点在他的作品中尤为明显。牛津大学毕业之后，麦克尼斯到伯明翰和伦敦当了古典文学讲师。他对古典文学的热爱遍及诗歌，但他在"雪"和"风笛曲"等诗中令人炫目的语言创新，才真正让人印象深刻。二十世纪三十年代，受到慕尼黑协定、西班牙内战和战前伦敦的影响，他对政治题材的兴趣开始显现，这在《诗集》和《秋日日记》中体现得尤为明显。在《探望》《至点》和《燃烧的栖木》中，他的创造力开始迸发。他还写过若干广播剧、一本叶芝传记还有未完成的自传。**SR**

代表作

诗歌

《诗集》1935
《你我死期将至》1938
《秋日日记》1939
《探望》1957
《至点》1961
《燃烧的栖木》1963

选集

《诗选》2007

达芙妮·杜穆里埃 DAPHNE DU MAURIER

生于: 1907年5月13日（英国伦敦）; **卒于:** 1989年4月19日（英国康沃尔郡帕尔）

风格和流派: 她的作品以深度历史研究为特征，不仅主题令人激动，而且包含感情和激情，周密的情节设置尤为出色。阿尔弗雷德·希区柯克把她的短篇小说《鸟》改编成电影，这是他最伟大的作品之一。

达芙妮成长于一个上层家庭，家人都是艺术家。她很小的时候就开始写作，出版第一部小说时只有二十出头。她深爱康沃尔这片土地，爱它的沙滩还有苍凉的景致，那里丰富的神话历史故事给了她很多灵感。杜穆里埃有双性恋倾向，她先嫁给了贵族军官弗雷德里克·勃朗宁爵士（被称为"博伊"），生了三个孩子; 她的同性情侣中包括格特鲁德·劳伦斯。这种感情上的不确定深刻影响了她，她的作品因此显得情节夸张，作品中高度紧张的氛围也被烘托出来。虽然早已蜚声国际，但在博伊死后，她便开始隐居。**LH**

代表作

小说

《牙买加客栈》1936
《蝴蝶梦》1938
《法国人的小湾》1941
《征西大将军》1946
《蕾琪表姐》1951
《猎鹰飞行》1965
《古境伊人》1969

短篇故事

《鸟》1952
《威尼斯疑魂》1971

传记

《杜穆里埃》1937
《布兰维尔·勃朗特》1960

非虚构类作品

《正在消逝的康沃尔》1967
《着魔的康沃尔》1989

代表作

诗歌

《诗集》1930

诗歌

《我躺在草地上》1936
《致拜伦勋爵的信》1937
《西班牙》1937
《吉小姐》1938
《市立美术馆》1940
《纪念叶芝》1940
《1939年9月1日》1940
《海与镜》1944
《石灰石赞》1948
《时序女神》1954

文学评论

《染色工之手》1962

"诗人首先是一个疯狂地爱上语言的人。"

W.H.奥登 W. H. AUDEN

全名： 威斯坦·休·奥登（Wystan Hugh Auden）

生于： 1907年2月21日（英国约克郡）；**卒于：** 1973年9月29日（奥地利维也纳）

风格和流派： 奥登是英国诗人和散文家，在他漫长的写作生涯中创作过各种风格的作品，他对形式和道德的掌控贯穿始终。

1922年，有同学问，十五岁的奥登是否尝试过写诗，答案是否定的，但他内心的使命从此被唤醒了。奥登天资聪颖，他花了五年时间就创作了那个年代最有特色的诗。他引起了T.S.艾略特的关注，还成为后来被称作"奥登一代"的标志性人物。奥登一生所作的诗歌中，始终保持对趣味性的专注，诗歌透出不着痕迹的早熟，也有些许无政府主义的幼稚和顽皮。

奥登的创作风格经历了几个演化时期。他早期的作品有现代主义倾向，客观的用词显得咄咄逼人，像是对抵抗法西斯的政治承诺和当局作出的中期评估。1939年移居美国之后，他的风格趋于稳定，他把更轻松而舒展的创作风格与基督徒的谦逊和智慧结合起来。

奥登最著名的诗歌都出自这一时期："西班牙"、"市立美术馆"、"纪念叶芝"和"1939年9月1日"都有一丝道德声明的意味，今日读来仍旧铿锵有力（纽约911袭击之后，后者被引用得更多）。离开英国之后，奥登开始觉得有些懊恼，因为某些诗在政治和道德上过于激进和武断，所以他修改了一部分，又把其中一些从后来的诗集中剔除出去。他成了广受欢迎的名家，不仅给本杰明·布里顿和斯特拉文斯基填词，还在纽约的格林尼治村自由自在地享受同性恋生活。到了晚年，他那张千沟万壑的脸（"我的脸就像是盘子里的鸡蛋"，他年轻时这么写道）和古怪的习惯成了自己的标志。**MS**

上图：1972年6月，奥登在伦敦，他一年后去世。

阿尔贝托·莫拉维亚 ALBERTO MORAVIA

原名： 阿尔贝托·平凯尔莱（Alberto Pincherle）

生于： 1907年11月28日（意大利罗马）；**卒于：** 1990年9月26日（意大利罗马）

风格和流派： 莫拉维亚是意大利多产小说家，他的作品关注意大利资产阶级光鲜的表象背后道德的缺乏。

　　阿尔贝托·莫拉维亚用作品记录了金钱让意大利中上层社会的人互相疏远。他描写了他们或失败或炽烈的渴望，评论家因此把莫拉维亚与法国存在主义作家做过一番比较。

　　莫拉维亚是一位非常严苛的作家；在《两个少年》和《空白画布》等作品中，主角的个人意识呈现得多种多样，社会的虚伪被展现得一览无余。虽然小说中的人物都把时间花在钻牛角尖上，而作品也审视了这个被社会幽闭症所拖累的国家，但莫拉维亚本人却是个成功的旅行文学作家和思想开放的学者；他并不刁难墨守陈规者，而他自己也绝不是这种人。**TM**

代表作

小说

《冷漠的人们》1929
《两个少年》1944
《罗马女人》1947
《随波逐流的人》1951
《女人》1957
《空白画布》1960

短篇故事

《罗马传说》1954

旅行著作

《你来自哪个部落？》1972

波莉娜·雷阿日 PAULINE RÉAGE

原名： 安妮·德克洛（Anne Desclos，也叫多米尼克·奥利［Dominique Aury］）

生于： 1907年9月23日（法国罗什福尔）；**卒于：** 1998年4月26日（法国科尔贝埃索纳）

风格和流派： 雷阿日是很有争议的作家，她在其情色作品中宣扬女性对男性的绝对服从。

　　《O的故事》1954年出版之后几乎引发了一段丑闻，因为书中不仅有详细的情色描写，还声称女性应该是男性的附属品。许多女权主义评论家批评这本书是个厌女症患者的白日梦，他们还推测小说的作者实际上是个男人（其中嫌疑最大的就是让·波朗）。不过，在1994年小说的作者被证实就是波莉娜·雷阿日（这是安妮·德克洛的笔名之一）。在一次采访中，她说这部小说是她想与自己的爱人波朗分享的白日梦，是他鼓励自己出版了这本书。对有些人来说，《O的故事》是女性压抑内心的象征；但是对另外一些人来说，这就是讲述一个女人为爱付出一切的色情小说。**IJ**

代表作

小说

《O的故事》1954
《回到庄园》1969

莫里斯·布朗肖 MAURICE BLANCHOT

生于：1907年9月22日（法国奎因）；**卒于**：2003年2月20日（法国伊夫林省）

风格和流派：布朗肖是哲学家和文学评论家，他研究了"文学中的问题"，在形成后结构主义文学理论方面扮演重要角色。

代表作

散文

《失礼》1943
《火的局部》1949
《文学空间》1955
《将来之书》1959
《无限的对话》1969
《灾难书写》1980
《别处的声音》2002

小说

《黑暗多玛》1941
《死刑判决》1948

"作家绝不会看自己的作品……他们不能一直面对它。"

莫里斯·布朗肖是哲学家、小说家和文艺评论家，他被公认为对后结构主义作家的思想产生了极为重要的影响，受其影响的作家包括德里达和巴尔特等。布朗肖关注语言中蕴含的哲学道理。在散文中，他提出是否能用完全不同于日常经验的抽象文学语言描述现实生活。有意识的参与加上写作的动作——还有阅读的动作——是他作品中反复出现的主题，这让我们不得不重新思考，我们理解的文学是什么以及应该如何回应的问题。

布朗肖曾在斯特拉斯堡大学读哲学，三十年代时还去巴黎当过政治记者。他给反德国国家主义杂志和主流保守日报做过编辑，同时还言辞激烈地批评政府和反犹立法机构。二战期间，他积极参与抵抗运动，还差点在1944年被纳粹枪决。战后，他的政治同情发生极大偏转，开始偏向左翼，后来他隐居到法国南部的偏远地带。这种自我隔绝不仅是因为健康的原因，还因为他需要隐蔽的空间来考虑问题。从1953年到1968年间，布朗肖每个月都为《法兰西新评论》杂志写一篇文章，此外他还坚持写小说和评论。

布朗肖刻意模糊了不同流派之间的界限，他把故事和文艺理论融为一体，还把哲学调查与情节结合在一起。他重新进入公众视线只是为了对五十年代法国占领阿尔及利亚表示抗议，还为1968年5月的左翼学生暴动充当智囊。**MK**

上图：布朗肖罕见的照片，他是个著名的隐士，一直拒绝拍照。

理查德·莱特 RICHARD WRIGHT

生于：1908年9月4日（美国密西西比州罗克西）；**卒于**：1960年11月28日（法国巴黎）

风格和流派：莱特关注"种族问题"。他最为人称道的是作品中的详实的细节、哲学的决定论和共产主义辩证法。

　　理查德·莱特的争议之作，反映了美国种族隔离和种族压迫的历史创伤，这些作品也在一定程度上给读者造成了心灵上的创伤。在自传《黑孩子》中，莱特回忆了自己艺术的觉醒，还有他在密西西比三角洲度过的寂寞童年。他的父亲早早抛弃了家人，一家人全靠热心的祖母照管——对她来说，小说就是"恶魔的谎言"。1927年，莱特离家到了芝加哥，他成了一名洗碗工，后来进入邮局工作，他加入了共产党，后来还出版了第一部短篇小说集《汤姆大叔的孩子》。

　　1940年，身在纽约的莱特出版了《黑孩子》，这部小说巩固了他作为美国主要黑人小说家的地位。这部小说讲述了比格·托马斯的故事，这个口吃的黑人暴徒残忍地杀害了富有的雇主之女。比格犯下的种种恶行注定会震惊白人读者，会让他们认识到，美国才是造就这个恶魔的罪魁祸首——比格的恶行是美国种族制度的必然结果。这部作品曾（现在仍然）有争议，评论家猛烈抨击这部小说，指责莱特才是把对种族主义的恐惧变成黑人暴力和性威胁的根源。

　　然而，莱特坚持出版种族主题的作品，1946年他移居巴黎，并加入了让-保罗·萨特、阿尔贝·加缪和法国其他存在主义者的圈子，1953年，他出版了自己的存在主义小说《局外人》。莱特后来逐渐沉醉于日本的俳句，他去世之前写了四千多首俳句作品。**IW**

> "有证可循时，切莫随意下结论。"

代表作

小说
《土生子》1940
《局外人》1953
《野性的假日》1954
《长期的梦想》1958

短篇故事
《汤姆大叔的孩子》1938
《八个男人》1961

非虚构类作品
《黑人权力》1954
《彩色的窗帘》1956
《异教徒西班牙》1957
《听着，白人！》1957

自传
《黑孩子》1945
《美国渴望》1977

1900—19

上图：莱特在图书馆中，摄于1943年。

代表作

小说

《女客》1943
《他人的血》1945
《人皆有一死》1945
《名士风流》1954

非虚构类作品

《第二性》1949
《长征》1957

自传

《一个乖女孩的回忆录》1958
《岁月的力量》1960
《物质的力量》1963
《一切都说了，一切都做了》1972
《告别仪式》1981

西蒙娜·德·波伏娃 SIMONE DE BEAUVOIR

生于：1908年1月9日（法国巴黎）；**卒于**：1986年4月14日（法国巴黎）

风格和流派：法国作家和存在主义哲学家西蒙娜·德·波伏娃用她的书《第二性》激励了战后的女权主义者们，这本书研究了女性被压迫的历史。

在蒙帕纳斯当律师的父亲告诉波伏娃，她长得很难看——五十一岁时，波伏娃写道她厌恶自己的长相——她曾在私立学校就读，后来又到了巴黎的索邦大学学习哲学。1929年，就是在那里，她第一次见到让-保罗·萨特，与他成为了终身伴侣，不过他们依旧分开生活，并且各自有别的情人。作为一个女权主义者，她原则上抵制婚姻并且不喜欢传统的家庭，而且也不想生小孩。她曾当过教师，在德国占领时期生活在巴黎，1943年出版了第一部小说《女客》，该作品以存在主义为主题，讲述了关于偏见的故事。

波伏娃生性活泼勇敢，喜欢喝酒，她写过很多哲学书籍、散文、小说和一个剧本。上世纪四十年代末期，她跟美国作家纳尔逊·艾格林展开了一段漫长的恋情，她在1949年出版了《第二性》（共两卷），研究了女性遭受压迫的历史。她抨击"永恒的女性"这种说法，她认为这是男人为了巩固他们的统治地位而编造的谎言。这在当时引发了震动和愤怒。罗马天主教会禁了这本书。虽然它对女权主义运动产生了推动作用，但是后来有些女权主义者批评她只是给萨特充当帮手。她的另一部小说《名士风流》讲述了战后热心政治的法国知识分子的故事，该书赢得了

上图：坚韧的西蒙娜·德·波伏娃，摄于1968年2月。

右图：波伏娃在马赛的一所学校中，她于1931年至1943年间在此任教。

上图：微笑的存在主义者让-保罗·萨特和西蒙娜·德·波伏娃，摄于1959年。

龚古尔文学奖。

1956年，她和萨特访问了苏联和中国，她对中国的状况表示同情，六十年代她又去了古巴、俄罗斯、埃及、以色列和日本。她分四卷出版了自传，表达了她对学生暴动、堕胎、避孕和妇女权利的支持。她还描写了对衰老和老年人遭到社会忽视的恐惧。萨特1980年去世之后第二年，她凭借向萨特告别的书引起了新一轮争议，因为她在书中对萨特晚年身体和精神上的衰退直言不讳。波伏娃去世之后，与萨特合葬在蒙帕纳斯。**RC**

亚当和夏娃

"上帝并非自发把夏娃造成她现在的样子……她注定是为了一个男人才被上帝创造出来的；为了拯救亚当于孤寂之中，上帝才把夏娃给了他，她的伴侣既是她的起源又是她的归宿。夏娃是个有意识的人，但是天生顺从。这里蕴藏着一个令人惊奇的愿望，男人对女人都有这种愿望；他希望从肉体上占有一个女人，以满足自己作为人的欲望，但同时又希望有个自由的人顺从于他，以坚定自己自由的思想。没有哪个男人同意成为女人，但每个男人都希望有女人的存在。" ——《第二性》

诗歌

《苦工》1936

《死亡终究会来，它会夺去你的双眼》1951

小说

《收割者》1941

《与勒柯的对话》1947

《监狱》1948

《小山上的房子》1948

《美丽的夏季》1949

《月亮和篝火》1950

日记

《活着这件事》1952

契撒雷·帕维瑟 CESARE PAVESE

生于：1908年9月9日（意大利朗格）；**卒于**：1950年8月26日（意大利都灵）

风格和流派：帕维瑟是意大利诗人、小说家、翻译家和记者，他对法西斯统治下的个人失败感到十分痛苦，并把这种不安全感反映在了作品中。

契撒雷·帕维瑟生于山区长于城市。他的作品没有固定的风格。早期的诗歌（例如《苦工》）为他后来的作品奠定了基调，这些作品质疑传统的乡村生活方式，是否已经不再适应这个科技高速发展的时代。虽然帕维瑟致力于自己的创作，但他竭力回避个人和政治承诺。他从美国和英国的经典作品中汲取大量灵感，他们变化多端的创作风格，对他的文学实验有促进作用。帕维瑟因没有参加抵抗运动而遭受批评，《小山上的房子》和《月亮与篝火》中的主角就是他内心愧疚的不堪一击的写照。**TM**

小说

《火山之下》1947

短篇故事

《上帝从天堂的住所倾听我们》1961

马尔科姆·劳里 MALCOLM LOWRY

全名：克拉伦斯·马尔科姆·劳里（Clarence Malcolm Lowry）

生于：1909年7月28日（英国新布莱顿）；**卒于**：1957年6月27日（英国瑞普）

风格和流派：小说家、短篇故事作家和诗人劳里的一生很短暂，其中大部分时间都深受酗酒和精神疾病所困。

劳里的代表作是小说《火山之下》，小说背景是在墨西哥。劳里从三十年代开始创作小说，当时欧洲面临着被政治火山吞没的危险，他凭借这部作品扬名美洲，却未在英国得到关注。作为富商四个儿子中的幼子，劳里曾就读剑桥大学，后来他过上了漂泊不定的生活，先后到过伦敦、巴黎、好莱坞、墨西哥——跟他第一任美国妻子一起，这段婚姻很不幸福——加拿大和意大利，后来在五十年代又回到了英国。他一生为酗酒和精神疾病所困，最后死于饮酒，可能还有用药过量。他的短篇故事、诗歌和信件在他死后的六十年代才出版。**RC**

欧仁·尤内斯库 EUGÈNE IONESCO

原名： 尤金·尤内斯库（Eugen Ionescu）

生于： 1909年11月26日（罗马尼亚斯拉蒂纳）；**卒于：** 1994年3月24日（法国巴黎）

风格和流派： 尤内斯库写了很多荒诞戏剧，五十年代到六十年代创作的这些剧本揭露了生活的荒诞和无意义。

尤金·尤内斯库的超现实主义独幕"反戏剧"——例如《人生一课》——紧跟二十世纪五十年代巴黎的存在主义潮流，在他的推动下还建立了一家荒诞剧院，演出者包括二十世纪戏剧界最重要的人物——从塞缪尔·贝克特到爱德华·阿尔比，还有哈罗德·品特和汤姆·斯托帕德。尤内斯库剧本的特点就是没有传统的情节设置、叙述脉络和人物塑造，创作的主题包括死亡、人类应对重大事件时的微不足道，以及无生命之物的本质。这些剧本风格怪异，有时候就是荒诞喜剧，随时都会发生一些插曲——例如，两个聊天的人发现自己跟对方结了婚（《秃头歌女》）或者是舞台上摆满了空无一人的椅子（《椅子》）。演员间闲散的只言片语，表现的是在人际关系疏远空虚的资本主义国家，人们无法用语言进行有意义的交流。

尤内斯库之所以用破碎僵硬的语言，其部分原因是受到了特别的启发，他二十世纪四十年代晚期开始学习英文，书中的短语的陌生感让他很受震动。所以语言学上的问题在他身上有很重要的影响。尤内斯库在罗马尼亚和巴黎长大，父亲是罗马尼亚人，母亲是法国人，他在布加勒斯特大学学习法语，后来在二十世纪四十年代在巴黎定居。虽然他中年才当上剧作家，但是他创作的第一部独幕剧《秃头歌女》就被视为戏剧革命的起点。

在独幕剧创作取得成功之后，尤内斯库开始尝试篇幅更长的作品形式。尽管《犀牛》这个剧本常演不衰，但这些作品在力量和关注度方面总体上逊于他的短剧。尤内斯库晚期的作品开始探索梦想和潜意识的世界。**AK**

代表作

戏剧

《秃头歌女》1950
《人生一课》1951
《椅子》1952
《新房客》1955
《犀牛》1960
《国王出走》1962
《一塌糊涂》1973
《死者的旅程》1981

1900-19

"意识形态隔离了我们。是梦想和痛苦让我们联系在一起。"

上图：尤内斯库在家中的书房里，摄于1973年7月1日。

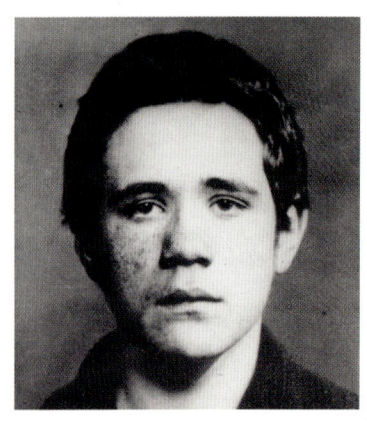

代表作

小说

《百花圣母》1943

《玫瑰奇迹》1946

自传

《小偷日记》1949

戏剧

《女仆》1947

《阳台》1956

《黑奴》1958

《屏风》1961

让·热内 JEAN GENET

生于：1910年12月19日（法国巴黎）；卒于：1986年4月15日（法国巴黎）

风格和流派：让·热内不仅是个小偷、同性恋，还是个赞美肛交的快感的男妓，他是法国先锋戏剧的领军人物。

让·热内的一生开始得悲惨，其后变得越来越糟。他是个被生母遗弃的私生子，在孤儿院和寄养家庭被抚养长大，后来还进了少管所。作为职业小偷，他很为自己感到自豪，他的大部分时间都在监狱度过。二十世纪三十年代，他靠自己的头脑周游欧陆，当了乞丐、小偷、扒手、毒贩甚至还当过男妓，他引以为傲地把这段经历写成了自传《小偷日记》。在法国因盗窃被关押期间，他开始了写作。他的第一部小说《百花圣母》表现的是黑社会，而《玫瑰奇迹》描写的则是美特雷的少年感化院，他青春期时便进了感化院，后来还加入了外籍军团，那时的他已经堕落了。

热内后来开始创作剧本，在剧本中探讨了身份的问题，以及人们对角色扮演的喜好，连塞缪尔·贝克特和尤金·尤内斯库对此也有兴趣。热内在知识分子界声名鹊起，结识了包括让·科克托和让-保罗·萨特等。1948年，他又因盗窃遭到指控，并面临终身监禁，此时一些著名作家出面求情，才使他获得赦免。

热内的作品通常晦涩难懂；他把自己的犯罪行为和同性恋取向以及对谋杀和暴力致死的关注，与宗教狂热结合起来，其中还包括用堕落和自贬的方式，表达对"圣洁"

上图：黑白照。叛逆青年时代的热内。

右图：热内（最右边）在1968年巴黎的一场政治示威和静坐活动中。

的追求。资产阶级不接纳他，为了对此表示批判，他把罪犯描写得像是这种社会制度的受害者。他的剧本被描绘成"仇恨戏剧"，这些剧本的目的就是为了震撼世人，他真的成功了。《阳台》的故事发生在妓院，妓院的客人成了他们幻想中的自身，而《黑奴》则描写了一个伪装成白人的黑人，他长期强奸一个白人女子，后来把她谋杀了。萨特写了一本《圣热内、演员和殉道者》对他表示支持，而弗朗索瓦·莫里亚克说他"就像是被关在笼子里的松鼠，被囚禁在充满邪恶的地牢里无从脱身"。二十世纪六十年代中后期，热内基本上不再写作，他跟美国的黑豹党人和巴勒斯坦解放者一起度过了余生。**RC**

上图：1970年5月1日，热内和埃尔伯特·霍华德在黑豹党集会上。

1900-19

冒充圣人

"虽然圣洁是我的目标，但我也说不清圣洁是什么。我的起点就是这个世界，它显示了一种接近道德完美的境界。但我对此一无所知，我只知道没有它，我的生命就毫无意义。我无法了解圣洁的含义——就像我不了解美的含义一样——我每时每刻都想创造它，也就是采取行动，这样我做的每一件事都可能把我领向那个未知的世界，所以我将无时无刻不被一种信念引领着，直至实现目标，到了那时我将会多么美好，人们会说'他是个圣人'，或者更有可能会说'他曾经是个圣人'。"

冈萨洛·杜兰朵·巴列斯特尔
GONZALO TORRENTE BALLESTER

生于： 1910年6月13日（西班牙赛兰特斯）；**卒于：** 1999年1月27日（西班牙萨拉曼卡）

风格和流派： 作为一个加利西亚人，巴列斯特尔的作品深受其出身的影响，作品游走于神话和现实这两个极端，着重于描写才智和理性主义。

代表作

小说

《哈维尔·马里诺》1943
《伊菲琴尼娅》1950
《唐·璜》1963
《越位》1969
《睡公主去上学》1985
《阿玛斯国王》1989

"过去和未来都不存在。万事皆是现在。"

冈萨洛·杜兰朵·巴列斯特尔除了写小说之外，还写过文学评论、剧本、散文，甚至还有历史书。他把自己对教学和写作的热爱结合在一起，大半生都在做大学教授或者中学教师。虽然从学生时代就开始给无政府主义报刊写稿，但他却在1937年加入了弗朗哥的长枪党。虽然坚持左翼理想，但他的第一部小说《哈维尔·马里诺》在1943年出版之际还是受到弗朗哥政权的严格审查。二十世纪六十年代，他对政府的审查制度越来越感到不满，或许是因为在1962年，他被牵扯进阿斯图里亚斯旷工罢工事件，还因此丢掉了大学的教职。评论家们大多忽视了1963年出版的小说《唐·璜》，因为书中旗帜鲜明地反对某些政策，但他本人却钟爱这部作品。1966年，他离开西班牙，到奥尔巴尼的纽约州立大学开始教书。

1970年，杜兰朵回到了西班牙，他越来越有名气，文学地位也逐渐重要起来。1977年，他成为西班牙皇家学院成员，1981年获得西班牙国家文学奖，1985年获塞万提斯奖。杜兰朵的小说在很大程度上受到家庭迷信的影响，而他是在加利西亚乡村，在这样的环境中被抚养长大；在风景如画又狂野奔放的加利西亚的成长经历，让他的作品融入了讽刺和超自然元素。虽然他也写过剧本，但是没有一部上演过，杜兰朵自己承认这些剧本更适于阅读而不是观看。小说《传奇》是西班牙最重要的当代小说，也是一部超文学的后现代主义传奇故事，书中富于想象和智慧，作者凭借该作名声大噪。**REM**

上图：冈萨洛·杜兰朵·巴列斯特尔肖像，摄于1981年。

1900-19

弗莱恩·奥布莱恩 FLANN O'BRIEN

原名： 布莱恩·奥诺兰（Brian O'Nolan）

生于： 1911年10月5日（爱尔兰斯特拉班）；**卒于：** 1966年4月1日（爱尔兰都柏林）

风格和流派： 奥布莱恩被公认为是继詹姆斯·乔伊斯之后，爱尔兰聪明得最耀眼，愚钝得最有趣的小说家。

弗莱恩·奥布莱恩只是布莱恩·奥诺兰众多笔名中的一个，奥布莱恩是爱尔兰公务员，但是对现代人来说，他更著名的身份是才华横溢的报纸讽刺作家，还号称是第一位后现代主义小说家。其喜剧代表作《双鸟泳河》和《第三个警察》将模仿和讽刺提升到哲学探索的高度，至今仍是有史以来最有心理深度、最敏锐的超小说作品，自始至终都令人捧腹。

奥布莱恩家有十二个孩子，他排行第五。他们家说爱尔兰语，因为成长在这种环境下，所以他的硕士论文写的都与爱尔兰语诗歌有关。从根本上说，《双鸟泳河》说的就是个学生的故事，主人公学习爱尔兰语诗歌，而且跟奥布莱恩一样，也写了一个小说，也在小说中讲述了一个小说家及其作品的故事。小说中的角色来源于爱尔兰神话，例如芬·马库和马形妖怪。小说的各个部分联系紧密，不管是二十五岁时才出生的男人，还是被自己的人物深深吸引的小说家，奥布莱恩对各种细枝末节都不放过。

但是，这些心灵挑战者与《第三个警察》中呈献给读者的"美味"相比，简直不值一提。小说像是用尼德兰作家波许的风格讲述了一个刘易斯·卡罗尔式的故事，一个谋杀犯掉进了一个奇怪的国度，即便是骑车这种简单的举动在那里都会陷入难以解释的超自然困境。虽然这部作品实际上比《双鸟泳河》更成功，但《第三个警察》在发行上却非常失败，奥布莱恩一直到1964年才写了另一部英文小说《道尔基档案》。**SY**

代表作

小说

《双鸟泳河》1939
《第三个警察》1939-1940
《穷人的嘴》1941
《道尔基档案》1964

1900-19

"我向上帝发誓，如果我再听到乔伊斯这个名字，我一定要吐他口水。"

上图：奥布莱恩的肖像照，1940年左右摄于都柏林。

马温·皮克 MERVYN PEAKE

全名： 马温·劳伦斯·皮克（Mervyn Laurence Peake）

生于： 1911年7月9日（中国牯岭）；**卒于：** 1968年11月17日（英国科特）

风格和流派： 作家皮克在冷静而矜持的文章中营造出古怪的意象和戏剧效果，创造了一个遗世独立又引人入胜的世界。

代表作

小说

《泰忒斯诞生》1946
《歌门鬼城》1950
《派伊先生》1953
《孤独的泰忒斯》1959

"有一种笑会让灵魂厌恶。当这种笑失去控制的时候……"

马温·皮克十二岁之前都生活在中国，他的父亲是一位英国传教士。这种不寻常的成长经历，反映在他生动的插画中和幻想小说里。

首先得提到他的绘画作品。皮克二十世纪三十年代在皇家学院展出了自己的作品，后来还给一本童谣书画过插画。二战开始之前，他出版了儿童读物《斯劳特鲍德船长抛锚了》。该书故事情节简单，但是其中各种生物的插画却极为精细，其中一幅与西塞罗极为相似。

皮克在战后出版了第一本书，此后给人们留下了一大笔文学遗产。《泰忒斯诞生》是一部具有里程碑意义的作品，是一部气势恢宏的哥特小说殿堂之作。虽然小说只讲述了这个"英雄"的出生和婴儿时代，但它关注的中心其实是泰忒斯的城堡——歌门鬼城和那里的居民，此处奇异古怪，与世隔绝。皮克本打算用一整套书来讲述泰忒斯的一生，但是他只完成了三部，等写到第三本《孤独的泰忒斯》时，他已经身患帕金森症。

在创作《歌门鬼城》这一小说的间隙，皮克还写了几部风格较为轻松的作品：1953年创作的《派伊先生》是一个轻松欢快的寓言故事，讲述了一个空想社会改良家着手拯救萨克岛的居民，却与上帝的计划背道而驰。正是有了这样的寓言故事，再加上其他小说中的幻想元素，皮克才会被当成儿童文学作家。但事实远不是如此。歌门鬼城系列小说中有很多暴力和压抑的性描写，小说中对恶魔的描写令人恐惧，这完全是受到作者二战经历的启发。皮克也许像托尔金一样富有感染力，但是他的小说只属于我们普通人。**CO**

上图：马温·皮克，摄于《泰忒斯诞生》出版前后。

伊丽莎白·毕肖普 ELIZABETH BISHOP

生于：1911年2月8日（美国马萨诸塞州伍斯特）；**卒于**：1979年10月6日（美国马萨诸塞州波士顿）

风格和流派：毕肖普是美国二十世纪最重要的诗人之一，她的诗歌描述了人与自然的关系。

伊丽莎白·毕肖普在生前既不著名也不多产，可是在去世后，她却被认为是美国诗歌界的主要代表。

毕肖普的早年生活很苦。父亲去世时，她还不满一岁；五岁时，母亲被关进了精神病院，从此之后母女二人再未相见。祖父母把她送到了纽约州波基普西的瓦萨学院，在那里，她受到诗人玛丽安·摩尔的影响开始写诗。

毕肖普不喜欢个人告白式的诗歌，相反，她更专注于观察和精确的意象。她用抒情诗般的语言细致描写了自己在法国、爱尔兰、西班牙、意大利和北非的旅行。毕肖普虽然不是高产作家，但却是个完美主义者，她用了一生时间完善自己的作品，因此被称为"诗人中的诗人"。

1951年，毕肖普获得布林莫尔学院的旅行奖学金，她出发前往南美，在那里生活了十五年。1956年在巴西生活期间，毕肖普因诗集《北方·南方》被授予"普利策奖"。1970年，她开始在哈佛大学教书，同年因《诗歌全集》被授予"国家书卷奖"。1976年，她出版了最后一部诗集《地理学Ⅲ》，进一步巩固了自己的地位。这部作品获得了"美国国家书评奖"，诗集中共有十首诗，包括代表作："在候诊室"，"克鲁索在英国"和"一种艺术"等。

毕肖普1979年去世，享年68岁。去世之后，她的声望逐渐提升，那些通俗易懂的诗歌越来越受欢迎，读者比她生前更多。**HJ**

代表作

诗歌

《北方·南方》1946

《旅行的问题》1965

《诗歌全集》1969

《地理学Ⅲ》1976

《埃德加·爱伦·坡和点唱机》2006

"就本身而言，我对大篇幅的作品并不感兴趣。好的作品并不需要很长。"

1900-19

上图：伊丽莎白·毕肖普，摄于1956年5月10日。

田纳西·威廉姆斯 TENNESSEE WILLIAMS

原名： 托马斯·拉尼尔·威廉姆斯三世（Thomas Lanier Williams III）

生于： 1911年3月26日（美国密西西比州哥伦布）；**卒于：** 1983年2月25日（美国纽约州纽约市）

风格和流派： 威廉姆斯是美国重要的剧作家，他的作品大多以美国南方为背景，表现了人被孤立之后的痛苦生活。

代表作

中篇小说
《罗马之春》1950

短篇故事
《蓝孩子的田野》1939
《黄鸟》1947
《诗人》1948

戏剧
《玻璃动物园》1945
《欲望号街车》1947
《玫瑰纹身》1951
《热铁皮屋顶上的猫》1955
《奥菲的沉沦》1958
《巫山风雨夜》1961
《小艇警告》1973
《朦胧的和透彻的》1983

1900-19

"所有的西方神学体系……都是以这样的概念为基础，即上帝是个老流氓。"

他很沮丧也很抑郁，个性非常害羞，还是个同性恋，田纳西·威廉姆斯的一生就像他的剧本一样富有戏剧性。他的父亲是个粗暴的酒鬼，母亲长期忍受着父亲的虐待，田纳西——他二十八岁时给自己去了这么个绰号——把自己经历过的痛苦绝望都写进了剧本中，从1931年上演的第一个作品一直写到他1983年去世。

他四处旅行，从密苏里州到加利福尼亚，后来还到过英属哥伦比亚，一路上不停写作，不过他大部分时间都生活在基韦斯特、新奥尔良或者纽约。原先他在密苏里大学读书，父亲却让他退了学；直到1938年，他才从爱荷华大学毕业。《玻璃动物园》是威廉姆斯最成功的作品之一，该剧像他的其他作品一样，表现的都是人被孤立后的痛苦生活。他在此后三十年间创作的作品都取得了相当大的成功。《欲望号街车》让他首次获得普利策奖，该剧对情色有逼真的描写，表现出美国南方已经光辉不再，他凭借《热铁皮屋顶上的猫》第二次获得普利策奖，这是一个准自传话剧——威廉姆斯像剧中人一样受女人欢迎，但他对这些女人没有兴趣。二十世纪六十年代被他称为自己的"成瘾年代"，他当时完全依靠药物过活。1961年，威廉姆斯因《巫山风雨夜》获奖，但之后他很久都没有成功之作，直到1973年完成《小艇警告》。

多年的药物成瘾让威廉姆斯名誉受损。后来，他在纽约的旅馆中孤独地死去；根据警察的调查报告，滥用药物和酗酒可能是致死的原因。但是，威廉姆斯仍旧凭借自己毕生的作品成为了二十世纪美国的标志。**JS**

上图：威廉姆斯坐像，拍摄时间不明。

马克斯·弗里施 MAX FRISCH

生于：1911年5月15日（瑞士苏黎世）；**卒于**：1991年4月4日（瑞士苏黎世）

风格和流派：弗里施是瑞士的多产小说家、剧作家和日记作家，他的作品在世界范围内获得广泛认可；作品主题包括道德困境、自我探索和个人自由。

马克斯·弗里施原来是记者，他1934年出版了第一部小说《于尔格·赖因哈特》。之后，他开始学习建筑设计，随着二战爆发，他加入了瑞士军队。二战结束后，弗里施开始写剧本，其中包括《长城》，这个恐怖的闹剧发生在虚构的中国，而《战争结束时》就像题目所说的那样，写的是被俄军占领时期的柏林人，表现了他们的愧疚、责任和作为战败者的心理。

二十世纪五十年代早期，弗里施重新开始写小说。他在1954年出版了代表作《我不是斯蒂勒》，这部日记形式的作品共分七部分，讲述了一个被关在监狱里的男人一直声称不是自己。弗里施的作品中反复出现自我探索和自我接受的主题。在1957年出版的《能干的法贝尔》中，弗里施再次描写了对自我的探索。这部作品描写了很多奇怪的事件，这些事摧毁了一个联合国教科文组织工程师的生活，让他的安全感荡然无存，他乘坐的飞机坠毁在墨西哥的沙漠中，后来他爱上了一个女人，到头来却发现这个女人是他跟旧情人生的女儿。

二十世纪六十年代早期，弗里施写了最著名的剧本：《安多拉》和《纵火者》，前者表现的是反犹太主义；后者是部黑色喜剧，它讲述了一个受到纵火犯袭击的小镇的故事。在后来的作品中，弗里施表现的都是受害者在自己遭遇的不幸中是如何自作自受。

弗里施被认为是瑞士最杰出的作家，而且他的作品也在世界范围内获得广泛赞赏。他一生获奖无数，其中包括"毕希纳奖"和"诺伊施塔特国际奖"。弗里施晚年因为健康状况不佳而放弃了写作，他1991年在苏黎世去世。**HJ**

代表作

小说

《我不是施蒂勒》1954
《能干的法贝尔》1957
《镜之荒原》1964
《蓝胡子》1982

戏剧

《长城》1946
《战争结束时》1949
《安多拉》1961
《纵火者》1963
《传记》1967
《乔纳斯和老兵》1989

1900–19

"技术是一种我们无须体验，就能排列世界的诀窍。"

上图：作家马克斯·弗里施，摄于1970年。

威廉·戈尔丁 WILLIAM GOLDING

生于：1911年9月19日（英国康沃尔郡纽基）；**卒于：**1993年6月19日（英国康沃尔郡）

风格和流派：诺贝尔文学奖获得者、英国小说家戈尔丁的寓言小说，通常反映的都是人类脱离世俗束缚之后的状态。

代表作

小说

《蝇王》1954
《继承人》1955
《品彻·马丁》1956
《自由落体》1959
《塔尖》1964
《金字塔》1967
《蝎神》1971
《看得见的黑暗》1979
《纸人》1984
《天涯海角》
《死亡之旅》1980
《短兵相接》1987
《枪口朝下》1989

"奇思妙想就像是一头怪兽，是我们可以猎杀的怪兽。"

——《蝇王》

上图：戈尔丁在自己位于英国威尔特郡的家门口，摄于1983年。

右图：在1963年的影片《蝇王》中，休·爱德华兹饰演"小猪"、詹姆斯·奥布里饰演"拉尔夫"。

威廉·戈尔丁是最伟大的悲观主义文学家之一，他出生于康沃尔郡，父亲是教师，母亲是妇女参政权论者。戈尔丁一家的政治观点比较激进，而且极为崇尚科学的严谨。虽然戈尔丁很小的时候就开始写作，但在父母的鼓动下，他却在牛津大学读了科学，在大学最后一年他开始学习英文。大学期间，他出版了第一部作品《诗歌》，二战结束之后才出版了第一部小说，当时他正在皇家海军服役。

戈尔丁后来成了一名教师，在《蝇王》取得巨大成功之后，他终于成为了专职作家，当时已是1961年。直到今天，这部小说仍是最能代表戈尔丁的作品。作品呈现了一个反乌托邦式的情景，它描写了一群孩子被困于一个荒岛之上，他们原本善良的意图和幼稚的民主本能，最终还是让位于原始的部落制度——这是战后对文化脆弱性的一次批评。原始本能取代美好的意图始终是戈尔丁作品的主题，出版于1964年的《塔尖》就是代表之一，这是一个讲述世俗野心和利己主义的寓言故事，但是它的重要性被严重低估了。1961年从教师职位退休之后，戈尔丁花了一年时间在霍林斯大学当驻校作家，之后他回到了英国的索尔兹伯里，他跟妻子在此生活了二十年。

1983年，戈尔丁获得了诺贝尔文学奖，1984年，他出版了《纸人》，该作品是对名声和道德空虚的严肃控告，这也反映出他对自己赖以谋生的文学产业的不满。1985年，戈尔丁回到了康沃尔郡，1988年他被女王册封为爵士。1993年，他因心脏衰竭去世，留下了《双舌》的手稿，该作品于三年之后出版。**PS**

切斯瓦夫·米沃什 CZESŁAW MIŁOSZ

生于: 1911年6月30日（立陶宛赛特伊涅）；**卒于**: 2004年8月14日（波兰克拉科夫）

风格和流派: 1980年诺贝尔文学奖获得者米沃什曾被称为幻想诗人，只因为他的诗歌不拘泥于格律，不仅富于哲理而且表达暧昧，既显得亲密无间又有些没有人情味。

代表作

小说
《伊斯河谷》1981

回忆录
《吾国吾土》1951

非虚构类作品
《被禁锢的头脑》1953

诗歌
《冬日钟声》1978
《旧金山湾的美景》1982
《日出》1985
《面对河流》1995
《第二空间》2004

1900-19

上图：1981年，诗人在波兰卢布林参加弥撒时留影。

米沃什的诗人和政治作家的身份，与二十世纪的欧洲战争和被占领时期的历史密不可分。二战期间，他在华沙从事写作，见证了华沙起义。然而，与其他同时期涌现的青年作家不同的是，米沃什并未放弃对大屠杀的公开谴责。诗性的想象使他的描写更加柔和，作品的灵感来自于他对责任的讨论；他也谈到了未能阻止战争爆发，朋友丢掉了性命，而自己却侥幸活命的羞愧。在"奉献"中，能毁灭"你"的事物却能让作者更有力量，这就是满意于自己的艺术创作。艺术本身是有罪的，这在他表现的行为中有所体现。

1960年，米沃什移居美国开始在伯克利大学教授波兰文学。他获得了1980年的诺贝尔文学奖，他为了给本科生们上课，缩短了参加颁奖典礼的时间。这个奖项在很大程度上让波兰了解了米沃什的作品，这些作品曾因反对共产主义统治而遭到审查。

他在诗中大量使用动物的意象，对自然的残酷有很多描写，常用的形象都用来表现内心的思想与外部危机之间令人不解的不协调。《公民之歌》塑造了一种物质的存在，在描写黑市交易的同时，它还表现了因战争引起的一种不真实的意识状态。质疑与希望并存于这些或悲伤或灾难性的诗歌中。

米沃什的诗歌中有大量两极分化的对比，所以很难对其下定义。诗歌对时间和空间的延展不分伯仲，囊括了从神话到文化等各种主题。米沃什受到很多思想家的影响，其中包括斯韦登伯格、陀思妥耶夫斯基、巴赫金以及西蒙·伟尔——他称其为"阿里尔"，以便与自己的"卡里班"相对应。在探讨自身和他人的关系方面，他发出了哲学和道德层面的质问。在《是何含义》中，讲述者想象到"小镇的邮政局长每天醉醺醺/就是因为他与别人都不

左图：1981年，米沃什在克拉科夫的亚捷隆大学举行的作品读书会上。

一样。"《天使》中一个神秘的声音说道，如果有所谓一致的观点，那就是禁止人们做每天能做的事情；《波波的变形记》呼应了这种观点，"看到日出时的狂喜，从小到老"从未间断。**ER**

智者的失败

米沃什的非虚构作品《被禁锢的头脑》痛心地讲述了，在共产主义政权统治下，知识分子和艺术家遭受的痛苦，以及对他们心理上的扼杀。整部作品围绕四个人展开——甲是一个卫道士；乙是一个绝望的恋人；丙是一个历史的奴隶；而丁则是一个行吟诗人——他为了坚守国家的旨意，不惜牺牲自我。米沃什巧妙地展现了人的本能与政府和宗教的"需要"之间的矛盾冲突，以及它与知识分子自由之间的矛盾。

1900-19

纳吉布·马哈福兹 NAGUIB MAHFOUZ

生于：1911年12月11日（埃及开罗）；卒于：2006年8月30日（埃及开罗）

风格和流派：马哈福兹的历史题材作品讲述的都是阿拉伯的传统故事，呈现了大量心理上的共鸣，有丰富的描述，作品尤其关注其祖国埃及的政治和文化的现代化进程。

代表作

小说

《命运的嘲弄》1939
《拉多比斯》1943
《底比斯之战》1944
《哈努赫利利》1944
《堕落情妓》1947
开罗三部曲：
　《宫间街》1956
　《思宫街》1957
　《甘露街》1957
《我们巷里的孩子们》1959
《小偷与狗》1961
《尼罗河上的漂流》1966
《米拉玛》1967
《续天方夜谭》1981

"作家把自己的疑惑、问题和价值观融入到作品中。这就是艺术。"

马哈福兹从十七岁时就开始写作，小说写的都是童年时代的美好回忆。母亲带他参观博物馆，让他了解到埃及厚重的历史，这些历史事件演变成他大部分作品的主题。《命运的嘲弄》《阿比杜斯》和《底比斯之战》就是其中几部。作品共有三十六卷，贯穿了整个埃及历史。开罗的两个区——阿巴希亚区和亚玛利亚区——化身为其多数早期作品的故事发生地。马哈福兹最著名的小说《开罗三部曲》是以他自己成长的街区为背景，整个阿拉伯世界都非常重视这部作品，因为它描绘了埃及传统的城市生活。1919年爆发的革命运动对马哈福兹也产生了同样重要的影响，当时年仅七岁的他从窗口目击了英军士兵射杀示威人群。

1952年开始的埃及革命让马哈福兹不得不弃笔多年。而当他重新开始创作的时候，作品的风格已经发生了重大转变——小说中的比喻隐含着作者的政治观点，这是埃及社会变革对作者的心理产生影响的结果。马哈福兹喜好西方侦探小说和俄罗斯古典文学作品，他不仅仰慕詹姆斯·乔伊斯，还是阿拉伯文学传统的鉴赏家，他在作品中经常对现代化发表观点，同时也讨论西方对埃及产生的影响。

虽然是埃及第一位获得诺贝尔文学奖的作家，马哈福兹的名字却上了伊斯兰原教旨主义者的死亡名单，只因为他曾经为针对萨尔曼·鲁西迪发布的追杀令做辩护。马哈福兹在那条因他而不朽的街道上，在自己家附近遭到持刀袭击，十二年后去世。**JSD**

上图：埃及小说家和诺贝尔奖获得者马哈福兹，拍摄时间不明。

1900-19

劳伦斯·德雷尔 LAWRENCE DURRELL

生于： 1912年2月27日（印度贾朗达尔）；**卒于：** 1990年11月7日（法国索米埃）

风格和流派： 德雷尔是小说家、诗人、旅行作家、幽默作家、翻译家和剧作家，他对人物的刻画精妙绝伦，对亚历山大港的描写也富有异国情调。

劳伦斯·德雷尔的系列小说《亚历山大四重奏》实在是太成功了，以至于其他的作品与之相比都相形见绌，这个系列的作品包括小说、剧本、诗歌、幽默小品以及一些译作。《亚历山大四重奏》不仅让他获得国际认可，还让他在文学界占有了重要地位。这四部作品极富创造性和感染力，包含了很多二战前或战争期间发生在亚历山大港的事件。

德雷尔出生在印度，从十一岁时起在英国读书。他在英国生活得很不开心，连大学的考试也没有通过。在这段时间，他决心当一位作家，他在各种外交机构供职，此外还教书。1935年，他跟第一任妻子移居科孚岛，同年出版了第一部小说《情侣的花衣魔笛手》。1937年，他见到了美国作家亨利·米勒，两人一见如故成为终生好友，他们进行多方面的合作，期望掀起一场文化运动。

1941年纳粹进犯希腊之前，他逃到了开罗并在那里定居下来。第二年，他搬到了亚历山大港，还邂逅了第二任妻子伊娃·科恩，她也是《亚历山大四重奏》第一部《贾丝廷》中女主角的原型。1945年，德雷尔来到了罗兹岛；1947年又去了阿根廷。从1949年到1952年间，他在贝尔格莱德的外交使团中当新闻专员，这段时间他的写作停滞了。1952年，德雷尔搬到了塞普雷斯，试图重拾自己的文学事业。他开始创作《亚历山大四重奏》，不久之后却卷入了塞浦路斯人、土耳其塞浦路斯人和英国人的冲突中，后来他在《苦柠水》中记录了这段经历。离开塞普雷斯之后，德雷尔来到了法国的索米埃，并在那里度过了余生。**TamP**

代表作

小说

《情侣花衣魔笛手》1935
《亚历山大四重奏》1957-1960
《贾丝廷》1957
《巴尔萨泽》1958
《蒙托利维》1958
《克丽》1960
《阿芙洛狄忒的反抗》
《调子》1968
《努科沃姆》1970
《阿维尼翁四重奏》1974-1985

旅行作品

《苦柠水》1957
《西西里岛的旋转木马》1977
《凯撒是巨大的魔鬼》1990

> "一个人，不管是做什么样的艺术家，都厌恶自己的祖国和同胞。"

1900-19

上图：1982年，劳伦斯·德雷尔上了一档法国电视节目。

帕特里克·怀特 PATRICK WHITE

生于： 1912年5月28日（英国伦敦）；**卒于：** 1990年9月30日（澳大利亚新南威尔士州悉尼）

风格和流派： 帕特里克·怀特是小说家和剧作家，他写过有史诗题材和心理题材的作品，在作品中他剖析了澳大利亚的历史，探索了他们个人和国家对认同感的追求。

代表作

小说

《人之树》1955

《沃斯》1957

《乘战车的人》1961

《暴风眼》1973

《特莱庞的爱情》1979

短篇故事

《烧伤者》1964

《白鹦鹉》1974

戏剧

《火腿的葬礼》1947

《信号驱动：一部时代道德剧》1982

回忆录

《镜中瑕疵》1981

"我觉得信仰是没法解释的。就好像没法解释什么是空气……"

帕特里克·怀特的童年不断往来于英国和澳大利亚之间，他觉得在两个国家都没有归属感。他出身于传统的农场主家庭，家里的男人都是传统的男子气概十足的澳大利亚男人，所以家人很难理解他的文学抱负，更不用说他的同性恋性取向了。怀特小时候身体屡弱，患有气喘，为了健康着想，他被送到远离家人的学校，后来还到剑桥大学读书——与家人的分离加深了双方之间的差异。青年时期，他曾在叔叔的绵羊农场干活，但是父亲去世后，他继承了一笔遗产，此后便能依靠这笔钱来实现当作家的梦想。

虽然如此，怀特始终对澳大利亚的粗犷苍凉怀有深深的眷恋，二战后，他与来自希腊的同性伴侣马诺利·拉卡里斯在悉尼郊外的一个小农庄定居下来。在怀特的作品中有一个反复出现的主题，即被包围在空旷的海洋之中，对澳大利亚人来说到底意味着什么。他早期的小说在美国和英国很受欢迎，却遭到本土评论家的口诛笔伐，他们认为这些作品"没个澳大利亚的样儿"。直到1957年，《沃斯》出版之后，怀特才在澳大利亚获得广泛认可；而当他在1973年成为第一位（也是迄今为止唯一一位）获得诺贝尔文学奖的澳大利亚作家时，他早已经成为二十世纪最伟大的作家之一了。怀特生性好斗、矛盾重重，而且喜怒无常，他把自己这种不加约束的个性缺点，看作是创造力和灵感中必不可少的部分。他抗拒采访，也不参加颁奖典礼，但是关于他的八卦和谣言却满天飞。他虽然讨厌公共演说，但是在八十年代却为了核裁军奔走呼号。**MK**

上图：帕特里克·怀特在1981年的一场反核武器/和平游行中。

若热·亚马多 JORGE AMADO

全名： 若热·亚马多·德·法利亚（Jorge Amado de Faria）

生于： 1912年8月10日（巴西伊利乌斯）；**卒于：** 2001年8月6日（巴西萨尔瓦多）

风格和流派： 亚马多的早期作品表现的都是阶级斗争，但后来的作品却开始重点描写巴西人身上世俗和幽默的一面。

在巴西的作家中，若热·亚马多的作品被翻译的最多，他出生于巴西北部的巴伊亚，在祖父的可可种植园长大。他在大部分作品中，对这里的一套双重标准有过描写——富有的种植园主们用无休止的淫乱证明自己的男子汉气概，而女人们只能用忠于自己的男人，来证明自己的女人的天性。这种双重标准在其最受欢迎的小说《加布里埃尔、康乃馨和桂皮》中，被展现得淋漓尽致，小说讲述了美丽的移民女雇工加布里埃尔和酒吧老板纳西布之间的故事。

亚马多的职业生涯因为很多事情遭受波折：前总统热图里奥·瓦加斯当政时期，他有六部小说被当众焚毁；后来还因为自己的共产主义观点遭到驱逐；后来他终于认识到"对民众来说，当个作家，比把时间花在党团活动上更有用"。他的作品可划分到两个创作阶段：第一阶段，阶级斗争占据主导地位，例如在《暴力的土地》中，大部分乡下人都在挣扎求生。而《加布里埃尔》则展望了新的时代。被驱逐之后，他的作品开始关注巴西人身上世俗和幽默的一面。正是由于这种描写，亚马多的作品才开始大量走向世界。

亚马多的几部作品被改编成了电视剧或电影，其中也包括《加布里埃尔》。不过这部小说在当时曾遭受过批评，因为它强化了对女性的歧视性描述。亚马多后来因《弗洛尔和她的两个丈夫》和《暴力的土地》而获得诺贝尔文学奖提名。这两部作品是完全站在外人的角度看待自己的国家，他把作品打磨得极为精细，给读者留下了不朽的遗产。**JSD**

代表作

小说

《嘉年华之都》1931
《可可》1933
《死亡之海》1936
《暴力的土地》1943
《加布里埃尔、康乃馨和桂皮》1958
《夜间的牧羊人》1964
《弗洛尔和她的两个丈夫》1966
《奇迹的帐篷》1969
《牧羊女蒂耶塔》1977
《决战》1984

1900–19

"我……相信可以改变世界，我还相信文学有极高的重要性。"

上图：亚马多获得基诺德尔杜卡文学奖，摄于1990年。

代表作

小说
《局外人》1942
《鼠疫》1947
《堕落》1956

短篇故事
《放逐和王国》1957

戏剧
《卡里古拉》1938

非虚构类作品
《西西弗的神话》1942
《反抗者》1951

阿尔贝·加缪 ALBERT CAMUS

生于：1913年11月7日（阿尔及利亚蒙多维）；卒于：1960年1月4日（法国桑斯附近）

风格和流派： 加缪的作品主题包括，陌生环境中人类的孤独感，荒诞的生活理念和对宇宙的理解，还有对道德标准和人类生存状况的探索。

　　阿尔贝·加缪是小说家、剧作家、散文家和哲学家，他的作品表现了人们在战后面对的感情疏远和幻想的破灭。他的父亲死于一战中的一场战斗，当时他还不满一岁，母亲把家搬到了阿尔及尔的贫民工人聚居区。加缪是个勤奋的学生，他靠奖学金读完了中学，之后进入阿尔及尔大学攻读哲学。他还是个忠实的体育迷，尤其擅长足球，但是几次严重的肺结核发作彻底断送了他的运动员

上图：加缪在照相馆中拍的照片，时间是1950年左右。

右图：爱德华·罗格朗为法国NRF出版的《鼠疫》创作的插图。

上图：加缪在出版社的阳台上抽烟，摄于1955年。

梦。

此后，加缪的兴趣转到了文学上，他阅读大量法国古典文学作品以及左翼政治文章，曾在1935年加入了阿尔及利亚共产党，不久之后还成了社会主义报《阿尔及尔共和报》的记者。加缪对戏剧有极大的兴趣，他不仅参与创作和排练，还参加了特拉维尔剧院的演出。在创作更受欢迎的文学作品之前，加缪写过剧本《卡里古拉》，但是该剧直到1945年才上演。

二战爆发之后，二十五岁的加缪移居到了法国，在德国占领期间参加过抵抗运动，当上了巴黎的地下日报《战斗报》的编辑。就是在这么动荡的岁月中，他完成了第一部也是最著名的一部小说《局外人》。小说讲述了年轻的阿尔及利亚人莫索特的故事，他被指控枪杀了一名阿拉伯人。真正让法庭不能容忍的并不是罪行本身，而是莫索特拒绝假装忏悔自己的罪行。正是因为莫索特不遵守规则，

1900-19

"除了一个人和他的生活方式中有朴素的和谐之外，到底什么才是幸福呢？"

417

加缪和萨特

虽然观点上的强烈冲突让一度深厚的友谊颇为受伤，但是加缪和萨特仍经常被放在一起作比较。加缪很抗拒被贴上"存在主义作家"的标签，而萨特却很乐意接受这个头衔，他们俩用自己的哲学观点和文学作品塑造了战后的世界。

加缪的《局外人》反映了很多萨特早期的小说《恶心》中的观点。1943年，萨特的剧本《苍蝇》在巴黎举行了开幕演出，他们二人终于在这里见到了第一面。西蒙妮·德·波伏娃与他们俩一起在塞纳河左岸的花神咖啡馆交流思想。对于外界来说，加缪和萨特的友情令人着迷，作为法国知识分子界的标志性人物，他们甚至出现在美国《时尚》杂志的同一张照片中。但是，政治却让他们之间产生了裂痕，因为加缪不接受共产主义思想，而萨特积极支持这种思想；他们在阿尔及利亚的状态问题上也产生过冲突，加缪倾向于继续维护法国在该地的统治，而萨特却支持阿尔及利亚独立，这个观点对于大部分法国人来说难以想象。两人之间的差异甚至蔓延到了媒体，他们互相在公开信中批评对方的作品。

1952年之后，他们俩就再也没有跟对方说过话，但是加缪1960年去世之后，萨特颇有度量地为他写了一篇悼词，阐述了两位文学大家对彼此深深的敬意。

所以才被当成会危害社会的非正常人，这种情感上的超脱和疏远最终导致他被判死刑。荒诞的氛围和被描写得毫无意义的世界，是反复出现在他作品中的主旋律，与他曾经的挚友让-保罗·萨特一样，被贴上了存在主义小说家的标签。

哲学作品《西西弗的神话》继承了荒诞的文风，进一步阐述了这个令人不解的世界上，人类寻求存在的意义，却一无所获的无奈。加缪在作品中呈现了一系列矛盾重重的二元论，例如虽然有人断言生命的伟大，但是由于死亡被渲染得毫无意义，所以生命也显得不那么有价值，总结起来就是，为了生存，人们最好放弃野心和抱负，只关注日常琐事即可。

不过，加缪始终坚信人类固有的善良品质，这一点在《鼠疫》中展现得淋漓尽致。《鼠疫》是讲述法国被纳粹占领时期的寓言故事，在小说中阿尔及利亚小城奥兰鼠疫肆虐，与外部世界隔离起来。人类意志最终取得了胜利，这是被围困的人们决定同心协力而不是各自为政的结果。

在长篇散文《反抗者》中，加缪阐述了关于叛乱的概念问题。二十世纪五十年代，他把自己的大部分时间都贡献给了人权事业，倡导在全世界范围内废除死刑，直言不讳地批评苏联镇压1956年的匈牙利革命。他完成的最后一部小说是《堕落》，其中包含一系列冠冕堂皇的独白，主角是巴黎成功的辩护律师让-巴普蒂斯特·克莱门斯。克莱门斯的故事堪称内心的自白，他宣称自己一生中为弱势群体和落难的人做过种种善事，到头来这种行为只是自以为是的虚情假意，他之所以这么做只是满足了自己而已。1957年，44岁的加缪获得了诺贝尔文学奖。他在三年后的一场车祸中去世。**SG**

右图：伽利玛出版社1957年出版的的平装本《局外人》封面。

芭芭拉·皮姆 BARBARA PYM

生于：1913年6月2日（英国奥斯维斯）；**卒于**：1980年1月11日（英国牛津）

风格和流派：皮姆被认为是二十世纪最受低估的作家之一，她创作的讽刺悲喜剧小说，讲述的是沉默的英国中产阶级的故事。

代表作

小说

《温顺的羚羊》1950
《优秀的女性》1952
《简和普鲁登斯》1953
《还不是天使》1955
《一杯祝福》1958
《没有回报的爱》1961
《秋日四重奏》1977
《甜蜜恋人之死》1978
《几片绿叶》1980

> "爱上比自己年轻的人，实在是太荒谬太甜蜜了。"
>
> ——《甜蜜恋人之死》

在芭芭拉·皮姆的小说中，有很多被她描绘为"优秀的女性"的角色——都是些聪慧、敏感的老姑娘，她们住在安静的乡村，通常只去教堂和参加村子里的活动。在什罗普郡的成长经历给了她创作灵感，因为母亲是教堂的助理风琴演奏员，所以牧师和助理牧师们是她家的常客，皮姆笔下最著名的人物中有很多以他们为原型。

在牛津大学修完英文之后，皮姆在1935年出版了第一部小说，当时她年仅二十二岁。《温顺的羚羊》讲述了两个五十多岁的老处女的故事，她把这个小说寄给了很多出版商，却一直等到1950年才出版。小说成功之后，她写了另外五部，其中包括《优秀的女性》和《还不是天使》，这些作品都获得了好评，她也因优雅和风趣幽默的风格而闻名。但是，1963年她把第七部小说《不合时宜的爱》寄给出版商时，却遭到了拒绝，因为这部小说已经过时了——它一共被二十家出版商拒绝过。

皮姆继续坚持写作，但是作品始终没法出版。然而，她的事业在1977年迎来了转机，因为菲利普·拉尔金说她是二十世纪最被低估了的作家。结果，她的作品又开始重新印刷，小说《秋日四重奏》——讲述了四个即将退休的人的辛酸故事——最终入选了布克奖。1978年，她出版了《甜蜜恋人之死》，这个小说写了一个女人爱上一个比自己年轻的男人的故事。皮姆并不仅仅在英国重新获得认可，她的作品在世界范围内也享有盛誉。但不幸的是，她两年后因乳腺癌去世，享年六十六岁。**HJ**

上图：芭芭拉·皮姆，摄于1979年，一年之后她去世。

安格斯·威尔逊 ANGUS WILSON

生于：1913年8月11日（英国贝克斯希尔）；卒于：1991年5月31日（英国伯里圣埃德蒙兹）

风格和流派：威尔逊在作品中巧妙地讽刺挖苦了英国的社会阶层，他还偏爱描写以死亡为主题的作品，除此之外，他还在作品中公开讨论同性恋。

安格斯·威尔逊可能是英国第一个公开同性恋身份的作家。他天资聪颖，二战期间做过密码破译员，但他一直饱受某种精神崩溃的折磨，一方面是因为自己的工作压力，另一个是关于他的同性恋倾向（当时属违法）的谣言满天飞。战争快结束时，接近康复的威尔逊在精神科医生的指导下开始写作。前两部作品《错误的一对》和《亲爱的渡渡鸟》都是短篇小说集。此后，他出版了第一部小说《服毒之后》，讲述了一个中年小说家的故事，说他想在一个村舍中成立作家中心，小说还提到了威尔逊自己的同性恋经历。

二十世纪五十年代至六十年代，威尔逊出版了一系列小说，这些作品使他在评论界获得了极大的认可。其中，《盎格鲁-撒克逊的传统态度》讲了一个考古学家发现自己卷入了一场骗局；《艾略特夫人的中世纪》中的女主角是个寡妇，她发现自己深陷于经济困境。《动物园里的老人》探讨了不远的将来，而《正经事》可能是他最具雄心的作品，它是个时间跨度达五十年的家族传奇故事。

威尔逊还写过关于爱弥尔·左拉、查尔斯·狄更斯和鲁德亚德·吉卜林的随笔，从1966年起，他开始在东安格利亚大学当英国文学讲师。1970年，他与小说家马尔科姆·布莱伯利合作，在该校设立了文学创作课程，这门课现在受到广泛赞誉。著名的校友包括小说家安吉拉·卡特、伊恩·麦克尤恩、石黑一雄和英国桂冠诗人安德鲁·莫逊。1980年，威尔逊因自己对文学作出的杰出贡献被授予爵士头衔。后来，他久病不愈，最终于1991年去世。**HJ**

代表作

短篇故事
《错误的一对》1949
《亲爱的渡渡鸟》1950

小说
《服毒之后》1952
《盎格鲁-撒克逊的传统态度》1956
《艾略特夫人的中世纪》1958
《动物园里的老人》1961
《夜访》1964
《正经事》1967
《如果有魔法》1973
《惊世骇俗》1980

1900-19

"我不担心平凡的人，我只担心那些本不应该平凡的人。"

上图：晚年的安格斯·威尔逊，摄于1981年。

拉尔夫·艾里森 RALPH ELLISON

生于： 1914年3月1日（美国俄克拉荷马州俄克拉荷马城）；**卒于：** 1994年4月16日（美国纽约州纽约市）

风格和流派： 艾里森作品中的哲学观点让他的自然主义小说更显魅力，他的散文重点关注种族和美学之间的关系。

代表作

小说
《隐形人》1952
《六月节》（未完成）1999

散文
《影子与行动》1964
《步入文学界》1986

短篇故事
《飞回家和其他故事》1996

"除此之外有谁知道，我是在悄悄对你诉说？"

——《隐形人》

虽然拉尔夫·艾里森生前只出版过一部小说，但他仍是美国二十世纪最重要的作家之一。艾里森出身于俄克拉荷马州的贫苦黑人家庭，他依靠奖学金进入塔斯克基学院学习音乐，这所位于阿拉巴马州的学院因其首任校长布克·华盛顿而闻名。塔斯克基的图书馆让他有机会受到现代主义文学的启发和熏陶，而在阿拉巴马度过的时光则让他了解了南方的奴隶制度和种族隔离的历史，非裔美国人至今仍在这段历史的阴影之下。

《隐形人》主角的生活轨迹与作者本人十分相近。他跟艾里森一样离家求学，学业还没完成就去了纽约。在获得大学奖学金之前，他必须和其他的黑人青年打蒙眼拳击，以此娱乐当地的白人权贵。后来，他在哈勒姆成为了一个左翼激进分子，却发现自己深陷在种族暴力漩涡中。最后，他退却了，并且决心从此以后当个隐形人，但是他最终重新回归白人主导的社会，与曾让他跌落进地狱的歧视政策作斗争。如果说这部小说简单直白的风格令人瞩目的话，那非裔美国人的真实生活，随时都能让故事相形见绌，因为它们令人难以想象，如同噩梦一般。

虽然艾里森严厉批评美国社会中的种族主义，但他却避免理查德·赖特或是詹姆斯·鲍德温式的激进态度。在那些优秀的散文中，他强烈批判了种族和文化隔离：他在文中写到，在涉及美国黑人的问题时，美国白人如何能始终保持自己的地位；同时也赞扬了爵士文化的力量，因为它把两个种族聚集在一起。**CT**

上图：散文家拉尔夫·艾里森，摄于1964年。

罗伯森·戴维斯 ROBERTSON DAVIES

生于：1913年8月28日（加拿大安大略省泰晤士威尔）；**卒于**：1995年12月2日（加拿大安大略省奥兰治维尔）

风格和流派：戴维斯是加拿大最受欢迎也是最有影响的小说家之一，他的作品沉浸在神话、魔法和讽刺之中。

　　罗伯森·戴维斯最初钟爱戏剧，还在1948年创作了第一部成功的剧本《财富，我的敌人》。二十世纪六十年代，他走上了学术道路，进入多伦多大学三一学院教授文学。

　　戴维斯的代表是"德普特福德三部曲"——其中包括《第五桩生意》《曼提柯尔》和《奇妙世界》——讲述了被扔雪球这个简单的动作联系起来的三个人物的故事。书中呈现了一个由神话和魔法构造的世界，角色中既有圣人也有魔鬼。《反叛的天使》《什么是天生的》和《俄耳甫斯的七弦琴》，即"柯尼什三部曲"，讽刺了学术生活，主角是弗朗西斯·柯尼什——一个神秘的间谍、艺术品收藏家和造假者。**HJ**

代表作

小说

德普特福德三部曲：
　《第五桩生意》1970
　《曼提柯尔》1972
　《奇妙世界》1975
柯尼什三部曲：
　《反叛的天使》1981
　《什么是天生的》1985
　《俄耳甫斯的七弦琴》1988
《谋杀和行走的灵魂》1991
《狡猾的男人》1994

克劳德·西蒙 CLAUDE SIMON

生于：1913年10月10日（马达加斯加塔那那利佛）；**卒于**：2005年7月6日（法国巴黎）

风格和流派：西蒙是二十世纪五十年代先锋派新小说运动的代表人物，他的作品以长句和意识流为特征，通常用来表现战争和关于时间的经验。

　　克劳德·西蒙出生于马达加斯加，父亲在一战中死去之后，他由母亲和娘家人在西法边境的佩皮尼昂抚养长大。西蒙的一生多姿多彩：西班牙内战期间，他为共和军走私军火；当过德国人的俘虏；在被运往法国战俘集中营的途中逃脱，加入了抵抗运动；战后依靠造酒和出售作品谋生。西蒙的前四本小说走的是传统的风格，但是其1957年出版的代表作《风》为他赢得了国际上的认可，因为这种"新小说"风格颇具独创性，这种风格的作品中，情节只是小说的一个要素。西蒙获得了1985年的诺贝尔文学奖。**REM**

代表作

小说

《作弊的人》1945
《钢丝绳》1947
《居利维尔》1952
《春天的祭礼》1954
《风》1957
《弗兰德公路》1960
《宫殿》1962
《故事》1967
《导体》1971
《农事诗集》1981
《邀请》1987
《相思树》1989
《植物园》1997

1900-19

狄兰·托马斯 DYLAN THOMAS

全名： 狄兰·马莱斯·托马斯（Dylan Marlais Thomas）

生于： 1914年10月27日（威尔士斯温西）；**卒于：** 1953年11月9日（美国纽约州纽约）

风格和流派： 威尔士诗人和剧作家狄兰·托马斯的作品犹如抒情音乐剧一般美好，他的代表作是《牛奶树下》。

狄兰·托马斯是二十世纪最有影响的抒情诗人。他在威尔士的斯旺西被抚养长大，但父亲却不许家里人说威尔士语。然而，托马斯还是迷上了莎士比亚、当地民间文学和圣经文学，人们认为以上种种让他有了灵感，让他在作品中创造了丰富的意象和生动的修辞，这些作品因此而闻名于世。

1934年，托马斯移居伦敦，同年出版了首部诗集《诗十八首》。虽然很多人发现诗中的超现实主义意象晦涩难懂，但该作却获得诗人伊迪丝·希特维尔的赞赏。两年后，他出版了第二部作品《诗二十五首》，进一步巩固了自己的声望。托马斯一生中的所有创作，其主题都是疾病。他在最后一首也是最出色的一首诗《不要温和地走进那个良夜》中，详细地描写了自己见到临终时的父亲的感受，其中最著名的一句是："奋起，奋起，抓住那一丝行将熄灭的光。"托马斯的诗中虽然有丰富的修辞和自由的意识流描写，但是在创作笔记中，他说，这种富于想象的

代表作

诗歌

《诗十八首》1934
《诗二十五首》1935
《爱的地图》1939
《我呼吸的世界》1939
《新诗》1943
《死亡与出场》1946
《诗二十六首》1950
《诗选》1952
《在乡间安息》1952

短篇故事

《作为一条小狗的艺术家画像》1940
《皮革贸易的风险》1955
《威尔士孩子的圣诞节》1955

戏剧

《牛奶树下》1954

电影剧本

《狗和魔鬼》1953

书信

《给弗农·沃特金斯的信》1957

1900–19

上图：狄兰·托马斯为《图画邮报》拍摄的照片，摄于1946年8月10日。

右图：托马斯在牛津郡南利镇的家中工作，摄于1948年1月1日。

创作风格实际上只是大量强迫性劳动的成果。

1937年，托马斯娶了凯特琳·麦克纳马拉，他们在西威尔士的劳佛恩居住过，因为托马斯说自己只有在威尔士才能写作。1954年，他完成了最著名的作品《牛奶树下》。故事虽然发生在虚拟的海边小镇Llareggub（这个词倒过来的意思是"什么都没有"），但这部"声音的戏剧"不仅温柔抒情，还带有一丝喜剧色彩。他还写过很多短篇小说，这些作品后来被收入到《作为一条小狗的艺术家画像》和《皮革贸易的风险》中。

托马斯不仅是杰出的诗人和剧作家，他还是风趣幽默的电台播音员，曾在1937年至1953年间为BBC工作。围绕美国和英国的广播节目及其诗歌作品——更不用提他放荡不羁的生活方式和酗酒——让他成为了一个毁誉参半的古怪混合体。**JM**

上图：托马斯和妻子凯特琳在酒吧中，拍摄时间不明。

1900-19

"冰啤酒就是瓶子里的上帝"

评价狄兰·托马斯的时候如果不说喝酒，那这个评价就不完整。虽然托马斯时常显得风趣幽默，但不管在伦敦还是在美国，他都是个恶名在外的讨厌酒鬼。不幸的是，在他第四次来到美国时，常年的酗酒终于在纽约的切尔西酒店把他害死了，当时他还只有三十九岁。托马斯深受酒精中毒的折磨，他在酒店中曾经说过几句话，被很多人当做他的遗言："我已经连着喝了十八瓶威士忌，我觉得我创纪录了。"不过，他实际上是几年之后才去世的。

胡里奥·科塔萨尔 JULIO CORTÁZAR

生于：1914年8月26日（比利时布鲁塞尔）；**卒于：**1984年2月12日（法国巴黎）

风格和流派：科塔萨尔是阿根廷寓言作家，他的短篇小说顽皮生动，异想天开，而小说作品则打破了传统，不拘一格，写作特点融爱伦·坡、博尔赫斯于一身，带有超现实主义和爵士文化的特征。

科萨塔尔的父亲是外交官，他本人很有语言天赋，曾做过十五年教师，后于1951年移居巴黎。他的很多短篇小说都刻画了这样一个世界——它充满神秘感，精彩绝伦又令人恐惧，梦想和醒悟交织其中。1963年出版的《跳房子游戏》是一部很有创意的小说，它开篇给了一个建议：它既能从头读到"尾"（共有155章），或者用更即兴的方式，从第73章开始读，根据脚注的提示，以看似随机的顺序读下去。这样的阅读之旅像是万花筒一般色彩斑斓——感动、不敬和深奥，无一不足——紧紧捕捉到二十世纪六十年代的无政府主义的力量，科萨塔尔凭借此作巩固了自己魔幻现实主义奠基人之一的地位。**CH**

玛格丽特·杜拉斯 MARGUERITE DURAS

原名：玛格丽特·多纳迪厄（Marguerite Donnadieu）

生于：1914年4月14日（印度支那——今越南嘉定）；**卒于：**1996年3月3日（法国巴黎）

风格和流派：杜拉斯是新小说运动的代表人物之一，她用诗意的语言回忆了在法属印度支那度过的时光，审视了女性意识、疯狂的举动，还有电影艺术。

玛格丽特·杜拉斯虽然生在印度支那，但她的生活和作品却与二十世纪的欧洲巨变密不可分，不管是殖民主义的解体、纳粹的大屠杀、性革命，还是电影的统治地位。她在小说和电影剧本中，探讨了语言在表现重大文化事件时的力不从心。个人和政治历史的错误，既是源于渴望，也被欲望所毁灭，这在她的名作中占据主导地位——《广岛之恋》中的诗意剧本，根据《印度之歌》改编的剧本，还有半自传体小说《情人》，无一不是如此。由于杜拉斯常以她自己为主题，所以她的作品逐渐变得抽象起来，而酗酒对写作的影响也越来越大。**SM**

威廉·巴勒斯 WILLIAM BURROUGHS

全名： 威廉·西沃德·巴勒斯二世（William Seward Burroughs II）

生于： 1914年2月5日（美国密苏里州圣路易斯）；**卒于：** 1997年8月2日（美国堪萨斯州劳伦斯）

风格和流派： 他是美国"垮掉的一代"的文学领军人物，他因为支离破碎的叙述方式和口语表演而出名，除此之外，他还是一位艺术家。

威廉·巴勒斯被认为是二十世纪文学界最有影响的作家，他的影响已经超越了艺术，影响了整整一代年轻的创作人才。他还是最富争议的文学家之一，对他的作品，既有狂热的崇拜，也有猛烈的批评。巴勒斯是同性恋者，他对药物有病态的依赖，还曾经数次触犯法律，这些经历成了他大部分作品的基础，而吸食鸦片对他的创作也"功不可没"。

在其最著名的小说《裸体午餐》中，他运用了一种全新的创作方式，这种方式被称为"割裂"技法，它把零碎和看似随机的段落及人物融合到一部作品中。他的朋友，艺术家和作家布里昂·基辛曾在其作品中采用过同样的技巧，巴勒斯在这点上受到了他的影响。1959年，《裸体午餐》刚一出版就被贴上了淫秽作品的标签。虽然恶名遍欧美，但这部作品还是成为了"垮掉的一代"的标志。《裸体午餐》出版之际，巴勒斯已经搬到了巴黎的"垮掉的一代旅馆"，这个位于巴黎的破败小旅店中还住着摄影师哈罗德·查普曼，诗人彼得·奥洛夫斯基、艾伦·金斯堡和格里高利·柯索。

巴勒斯一生笔耕不辍，他的作品还有《红夜的城市》《绝路的地方》和《西部的土地》等，此外他还曾在纽约城市大学短暂执教。巴勒斯的晚年在堪萨斯州的劳伦斯度过，他在那里参加口语表演，还开创了名为"行动艺术"的绘画技法。巴勒斯八十二岁时因心脏病发作去世，他的影响力延续到今天，作品依然频繁出现在当代的文学作品、电影和电视节目中。**TamP**

代表作

小说

《瘾君子》1853
《裸体午餐》1959
《柔软的机器》1961
《红夜的城市》1981
《绝路的地方》1983
《西部的土地》1987

"每个人的身体里都藏着一个寄生虫，他一点好事都不做。"

上图：巴勒斯为摄影师威廉·克鹏摆造型，摄于上世纪九十年代。

博胡米尔·赫拉巴尔 BOHUMIL HRABAL

生于： 1914年3月28日（捷克斯洛伐克布尔诺）；**卒于：** 1997年2月3日（捷克布拉格）

风格和流派： 赫拉巴尔深受超现实主义的影响，他的作品优美抒情，充满生机，同时，讽刺、象征主义、幽默和魔幻现实主义元素交织其中。

代表作

小说

《老年舞蹈课》1964
《严密监视的列车》1965
《我曾经伺候过英国国王》1971
《剪短》1974
《甜蜜的沉思》1977
《过于喧嚣的孤独》1977
《时间静止的小城》1978
《空地》1986
《室内婚礼》1986

短篇故事

《时间静止的小城》1978
《布拉格的幼童》1990
《绝对恐惧：致杜本卡的信》1990
《阳光灿烂的日子》1998

"如果我知道如何写作，那我一定要写本书，写一写人类的快乐和悲伤是多么的伟大。"

博胡米尔·赫拉巴尔属于二十世纪捷克新一代实验主义作家。他的意识流作品中，不仅有很多喜剧性穿插，还有捷克民谣和方言俏皮话。他在作品中表现出对平民的极大同情，因为他们的生活总是因为各种不成熟的异想天开而遭受挫折，而这种状况远远超出他们的掌控。但是，他们竭力想让自己原本无足轻重的生活变得有意义的时候，却意识到，所谓的英雄事迹就蕴含在平常人的生活中，就蕴藏在偶然的滑稽事件中。

《严密监视的列车》是赫拉巴尔最出色的作品之一，作者描写了铁路学徒工米洛·赫玛，他想自杀却没有成功，后来他在企图炸掉一列运送弹药的德国列车时发生意外，被炸身亡。《我曾经伺候过英国国王》中的主人公迪蒂是一个服务生，他与赫拉巴尔作品中的大多数角色一样，总是会被各种不切实际的野心逼迫着，以至于陷入超出自己控制的危险境地。从一个埃塞俄比亚皇帝的卑微侍从，到在德国出生、患有精神疾病的孩子的父亲，再到挥霍财富只为引起共产党政权注意的百万富翁，迪蒂像好兵帅克一样，以诚实的名义逐渐失去了自己生活的目标。《过于喧嚣的孤独》是赫拉巴尔另一部非常优秀的小说，这部政治讽刺作品描写的是共产党的审查制度和"文化清洗运动"，主人公尝试挽救一批书籍，使它们免遭被胡萨克政权用高压水枪销毁的厄运。后来，虽然共产主义政权解体了，但新成立的捷克民主政权丝毫没有减弱对赫拉巴尔作品的攻击，对此，他用广为流传的模仿和质疑态度予以反击。**PR**

上图：博胡米尔·赫拉巴尔在巴黎，摄于1995年。

阿道夫·比奥伊·卡萨雷斯
ADOLFO BIOY CASARES

生于：1914年9月15日（阿根廷布宜诺斯艾利斯）；卒于：1999年3月8日（阿根廷布宜诺斯艾利斯）

风格和流派：比奥伊·卡萨雷斯是南美小说家，他的经典作品都属于魔幻现实主义流派，他还曾与豪尔赫·路易斯·博尔赫斯合作过。

比奥伊·卡萨雷斯十一岁时就出版了第一部小说，他还有个更广为人知的名字：比奥伊。他与豪尔赫·路易斯·博尔赫斯是挚友，两人分别用H.巴斯托斯·多梅克和B.苏亚雷斯·林奇为笔名，联手创作过侦探小说和其他作品。尽管比奥伊的文学成就似乎始终不及博尔赫斯耀眼，但是更年长的博尔赫斯承认，是比奥伊·卡萨雷斯把他从繁复的巴洛克式文风，引到更顺畅的古典主义风格上来。相反，博尔赫斯则鼓励比奥伊·卡萨雷斯放弃创作超现实主义和意识流作品。作家维多利亚·奥坎波在1932年介绍两人认识，奥坎波是阿根廷久负盛名的作家和学者，她被博尔赫斯称作"最有阿根廷气质的女性"。

1940年，比奥伊·卡萨雷斯与维多利亚的小妹妹西尔维娜结婚，同年出版了最重要的一部作品《莫雷尔的发明》。该作是拉美小说史上最著名的经典之作，它融合魔幻现实主义、科学、奇幻和恐怖于一身。这是他最著名的作品，是被路易斯·博尔赫斯和奥克塔维奥·帕斯交口称赞的"完美之作"，因为它的故事毫无破绽，无论语言还是情节都没有冗余拖沓之感。1954年，比奥伊和妻子西尔维娜收养了一个女婴，这是他与别的女人生下的私生女。比奥伊·卡萨雷斯死后，他的财产被另一名私生子法比安·比奥伊继承。卡萨雷斯是阿根廷文学界的活跃分子，他写过很多小说和短篇小说作品，除了与博尔赫斯合作之外，他还跟妻子合作了一部侦探小说。1990年，他被授予了"塞万提斯奖"，这是西班牙语国家最重要的文学奖。**REM**

代表作

小说

《莫雷尔的发明》1940
《逃跑计划》1945
《英雄的梦想》1954
《猪的战争日记》1969
《沐浴阳光》1973
《一个摄影师的冒险》1985
《不均匀的冠军》1993

1900–19

"这里根本没有幻觉：我知道这些人都是真的……"

——《莫雷尔的发明》

上图：经典魔幻现实主义作家卡萨雷斯，摄于1994年。

奥克塔维奥·帕斯 OCTAVIO PAZ

全名：奥克塔维奥·帕斯·洛萨诺（Octavio Paz Lozano）

生于：1914年3月31日（墨西哥墨西哥城）；**卒于**：1998年4月19日（墨西哥墨西哥城）

风格和流派：他的诗歌表现的主题是爱情、情欲和时间的本质；他的散文写的则是政治、历史和经济。

奥克塔维奥·帕斯的诗歌兼有抒情、政治、情色和存在主义，但说到底，它们都优美而深刻。帕斯很小就想成为一个诗人，他在帕勃罗·聂鲁达的鼓励下开始创作，并于1931年出版了第一部诗集。帕斯的祖父伊雷内奥·帕斯——他不仅是小说家、出版商、自由思想家，还曾在总统波费里奥·迪亚兹当政时期服役——把年轻的奥克塔维奥引荐给胡安·拉蒙·希梅内斯、赫拉尔多·迪亚戈和安东尼奥·马查多等作家。帕斯的父亲是埃米利亚诺·萨帕塔（墨西哥农民起义领袖）的秘书，所以常常不在家。正是因为如此，萨帕塔1919年被暗杀之后，帕斯全家人被迫流亡到了美国。

西班牙内战期间，帕斯曾代表共和党参战。在美国和欧洲度过的时光，对他的写作产生了影响，导致他的作品既重形式又重政治。他尝试创作过现代主义和超现实主义的作品，甚至连共产主义思想也出现在他的诗歌中。但是当西班牙共和党人谋杀了他的一个朋友之后，他跌入了失

代表作

戏剧

《拉帕西尼的女儿》1956

诗歌

《野月亮》1933

《石头与花》1941

《假释的自由》1949

《鹰或太阳？》1951

《太阳石》1957

《东山坡》1969

《诗选〈1935-1975〉》1979

散文

《孤独的迷宫》1950

《弓与琴》1956

《交流》1967

《泥潭的孩子》1974

上图：奥克塔维奥·帕斯在图书馆里，摄于1982年。

右图：帕斯获得1990年诺贝尔文学奖的证书。

望的谷底，但他从未放弃倡导言论自由。

　　帕斯四处旅行，当做记者，也创办过几本文学期刊和杂志。1945年，他接受了墨西哥外交部的一个职位，先后在纽约、巴黎、印度、日本和日内瓦工作过。在此期间，他写了一部描写墨西哥人的生活、认同感和思想的杰作——《孤独的迷宫》，以及诗歌名篇"太阳石"。1962年，他被墨西哥政府任命为驻印度大使，后在1968年辞去了该职位，以抗议政府在墨西哥城奥运会即将开幕之际屠杀特莱特洛高广场的学生。帕斯在1981年获得了久负盛名的塞万提斯奖，又在1982年获得了纽斯塔特国际文学奖，在1990年还被授予了诺贝尔文学奖。他八十四岁时因为癌症在墨西哥城去世。**REM**

上图：帕斯在纽约与康奈尔大学的学生们交流，摄于1966年。

太阳石

　　"太阳石"可能是奥克塔维奥·帕斯最出色也是最著名的诗作，它的名字起源于金星（Venus）：这也是罗马神话中爱神的名字——它在阿兹特克传说中象征太阳和水。该诗创作于1957年，是一首循环诗，描写的是阿兹特克历石，诗歌的开头也是它的结尾："一株透彻的垂柳／一棵水灵的白杨／一座高耸的喷泉随风飘荡／一棵笔直的树木翩然起舞／一条弯曲的河流，百转千回，总能到达要去的地方。"

罗兰·巴特 ROLAND BARTHES

全名： 罗兰·杰拉德·巴特（Roland Gerard Barthes）

生于： 1915年11月12日（法国瑟堡）；**卒于：** 1980年3月25日（法国巴黎）

风格和流派： 巴特是法国散文家和文学评论家，他对符号语言学所作的研究，对结构主义和新批评主义运动都有很大帮助。

在创作《零度的写作》和《神话学》等文学著作之前，罗兰·巴特斯已经在巴黎大学取得了古典文学、语法学和哲学方面的若干学位。1976年，他被任命为法兰西学院文学符号学会主席，此前他已经在法国国家科学研究中心从事了多年教学工作。这项任命不仅认可了巴特斯作为顶级文学理论家的地位，同时也承认了记号语言学在学术上的重要性，记号语言学是关于符号在交际行为中作用的研究。

巴特斯在文化和语言学领域的研究，极大地推进了结构主义的发展——这种学说从结构的概念上，研究语言在社会和文化现象中的应用。巴特斯用欢乐中带点色情、狂野又带有个人色彩的文章呈现了许多传统和社会功能，这些传统和功能存在于广告、时尚、摄影和文学中。巴特斯最著名的作品是散文"作者之死"，文章反对借助作者的生平来帮助理解其作品的含义。尽管，在二十世纪七十年代，巴特斯受到精神分析学家雅克·拉康、哲学家迈克尔·福柯和雅克·德里达的热情赞赏，但他的早期作品，尤其是《论拉辛》，在传统的法国评论界引发了激烈的讨论。有些学者指责巴特斯玷污了古典文学作品，因为他把这些作品看作由符号构成的一个"体系"，而不是具有文化根源的艺术主体。他在晚期的作品——尤其是《明室》——中，通过个人化的自传体文字探索了交流理论，该作写于他母亲去世之后。1975年，也就是巴特斯去世之前五年，他开始把评论的矛头转向自身，他写了一部自传，彻底颠覆了这种创作形式。**SD**

代表作

散文

《零度的写作》1953
《论拉辛》1963
《流行体系》1967
《符号学基本原理》1968
《神话学》1957
《文章的乐趣》1973
《情人的话语：片段》1977
《明箱：关于摄影的反思》1980

自传

《罗兰·巴特斯自传》1975

"公众想要的只是激情的形象，而不是激情本身。"

上图：罗兰·巴特斯，摄于1975年。

索尔·贝娄 SAUL BELLOW

原名：所罗门·贝洛斯（Solomon Bellows）

生于：1915年6月10日（加拿大魁北克省拉钦）；卒于：2005年4月5日（美国马萨诸塞州布鲁克莱恩）

风格和流派：诺贝尔奖获得者、犹太裔美国小说家索尔·贝娄在战后的异化环境中，用生动的语言探索了男性的认同感和精神世界。

贝娄的父亲是俄罗斯的犹太人，他虽然生在加拿大，却在芝加哥长大，他描写了这个城市的生活，并且因此声名远扬。《奥吉·马奇历险记》是一部突破性的作品，它开创了战后美国小说的新时代，此后美国小说的创作更有信心也更加繁荣。这部小说把花言巧语的逗乐、自作聪明的胡编乱造、意地绪语方言和诗化的准确描绘融为一体，贝娄找到了这样的表达方式，它能流畅从容地捕捉到二十世纪五十年代美国的疯狂扩张和多样性。

马丁·艾米斯曾说，《奥吉·马奇历险记》的出版标志着寻找"伟大的美国小说"的旅程终结。但是贝娄在之后又出版了几部同样高水准的作品，从《雨王汉德逊》这种充满生气的流浪汉小说，到《赫索格》中令人绝望又觉得荒唐的理智主义小说，后者讲述了一个"痛苦的小丑"的故事，他给旧情人、死去的哲学家，甚至还给美国总统写信，但是这些信件却从未寄出。小说开篇说："'如果我失去了理智，我一点也不在乎，'莫西·赫索格心里想。"然后就开始描写赫索格默默忍受支离破碎的个人生活（他的妻子和他的好友私奔了），还表现了赫索格的喋喋不休到底有多无用。女性面临的困境始终是贝娄关注的主题，他形容自己是"不知疲倦的丈夫"，他结过五次婚，最后一任妻子的年龄还不及他一半，1999年八十四岁的贝娄再次当上了父亲，一年之后，他才出版了自己的最后一部小说。

当贝娄获得1976年的诺贝尔文学奖时，评选委员会的推荐理由是"他对当代文化的人性化理解和细致的分析"。然而，贝娄之所以成为伟大的作家，是因为他的写作风格令人难以抗拒，不禁令人难忘，还极易被引用，这些文章表达巧妙的同时还不失风趣幽默，语言既精确又能引起无限遐想。**MS**

代表作

小说

《晃来晃去的人》1944
《受害者》1947
《奥吉·马奇历险记》1953
《抓住时光》1956
《雨王汉德逊》1959
《赫索格》1964
《赛穆勒先生的行星》1970
《洪堡的礼物》1975
《而今更见伤心死》1987
《拉维尔斯坦》2000

散文

《耶路撒冷去来》1976
《集腋成裘》1994
《雕像》1997

"哪怕往池塘里扔石头的是个笨蛋，100个聪明人也找不出石头来。"

上图：索尔·贝娄，摄于1982年。

亚瑟·米勒 ARTHUR MILLER

生于： 1915年10月17日（美国纽约州纽约）；**卒于：** 2005年2月10日（美国康涅狄格州罗克斯伯里）

风格和流派： 米勒以戏剧性的社会批评而闻名，他对犹太人的认同感有极大的兴趣，沉迷于时间和历史主题，作品风格属于心理现实主义。

代表作

小说

《焦点》1945

戏剧

《交好运的人》1944
《吾子吾弟》1947
《推销员之死》1949
《人民公敌》1950
《激情年代》1953
《桥上一瞥》1955
《堕落之后》1964
《价格》1968
《美国时钟》1980
《被打碎的玻璃》1994

自传

《时光倒流》1987

"戏剧有持续不断的魅力，因为它充满了意外。就像是生活一样。"

田纳西·威廉姆斯和亚瑟·米勒都是美国剧作家，他们经常被放在一起作比较，而米勒年纪轻轻就登上了事业巅峰。其艺术和销量都取得成功的作品——《吾子吾弟》《推销员之死》和《激情年代》——都出自那六年的创作高峰期（1947—1953）。在此期间，他还写了探讨反犹太主义的小说《焦点》，还有改编自易卜生作品的《人民公敌》。此后，米勒又写了五十年，但是一直未能达到年轻时的高度。

米勒的作品之所以经久不衰，是因为它们对美国人战后的生活有极高的社会关注度。他相信戏剧有独特的社会功能，他把剧院当做与铺天盖地的国家神话一较高下的竞技场。《推销员之死》是他的代表作，通过描写推销员威利·罗曼之死，表现了美国消费文化的非人道影响。《激情年代》是一个讲述十七世纪在塞勒姆追捕女巫的故事，影射了二十世纪五十年代麦卡锡主义者发起的"抓女巫"政治迫害。

1956年，米勒被非美裔运动委员会（HUAC）传唤，他被指控藐视国会，因为他拒绝"供出名单"。面对委员会时表现出的勇敢，让他积累了深厚的道德资本，他整个下半生都因此受益。同年末，米勒为了玛丽莲·梦露抛弃妻子。米勒的剧本总是躲不开历史主题，尤其是大萧条和犹太人大屠杀。此外，剧本还特别注重表现父子关系。正当米勒把自己的大部分精力贡献给探索父子关系的舞台时，却从未公开承认自己有个患唐氏综合征的儿子丹尼尔。即使到了临终之际，亚瑟·米勒好像也摆脱不掉过去的影响。**IW**

上图：美国剧作家亚瑟·米勒，摄于1960年左右。

乔吉奥·巴萨尼 GIORGIO BASSANI

生于：1916年3月4日（意大利博洛尼亚）；**卒于**：2000年4月13日（意大利罗马）

风格和流派：诗人和作家巴萨尼是二十世纪五十年代至六十年代意大利文学的主要代表之一，他还有个著名的称号是"回忆的作家"。

在十五和十六世纪，费拉拉——这是位于意大利的艾米利亚-罗马涅大区的美丽小镇——是意大利文艺复兴运动的中心之一。小城在二十世纪还出现了几位名人：一位是超自然主义艺术之父、画家乔吉奥·德·基里诃；另一位就是诗人、作家乔吉奥·巴萨尼，他为这座城市创作了丛书《费拉拉的小说》。

巴萨尼一直以"回忆的作家"而闻名，他把往事化为了永恒。他的视角与其说近似于传统的讲故事，还不如说更贴近艺术创作。有时候，他的作品与乔吉奥·德·基里诃的绘画作品有异曲同工之妙。或许正是因为如此，巴萨尼开始时几乎把他的全部时间都用在了诗歌创作上，用平淡的语言描绘了一个一成不变的沉闷现实。

但是对于巴萨尼来说，诗歌并不是他用来描绘历史的最佳方式。所以，他决定用一种更加立体的方式来描绘费拉拉。小说《芬奇·康蒂尼家的花园》刚一出版就成了他的代表作。这部小说讲述了法西斯政权时期，发生在乡村资产阶级身上的故事，1938年《种族法》出台之后，作者（是犹太人）也成了受害者。这本书对这些事件做了深度剖析。透过一个无名的青年的视角，描绘了一个年轻人面临的窘境，他虽然饱受折磨却只有活下去这个单纯的渴望。1972年，维多里奥·迪西嘉把小说改编成了电影，果然不出所料，该片获得了奥斯卡奖。**FF**

代表作

小说

《平原上的小镇》1940

《克莱利亚·特罗蒂的晚年》1955

《1943年的一晚》1955

《费拉拉故事五则》1956

《金子做的眼镜》1958

《芬奇·康蒂尼家的花园》1962

《门后》1964

《苍鹭》1968

《嘿的气味》1972

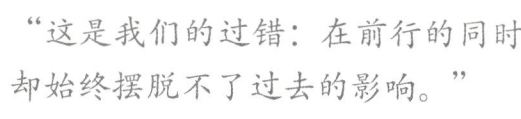

"这是我们的过错：在前行的同时，却始终摆脱不了过去的影响。"

上图：巴萨尼在1964年的《门后》发行仪式上。

罗尔德·达尔 ROALD DAHL

生于： 1916年9月13日（威尔士加的夫兰达夫）；**卒于：** 1990年11月23日（英国白金汉郡大密森顿）

风格和流派： 达尔的想象力既奇特又恐怖，那些编造出的词汇，奇异的情节和传奇色彩的人物都是其想象力的完美体现。

代表作

儿童小说

《詹姆斯和大仙桃》1961
《查理与巧克力工厂》1964
《吹梦巨人》1982

儿童诗歌

《反叛的诗歌》1982
《肮脏的野兽》1983

小说

《奥斯华叔叔》1979

短篇故事

《吻一吻》1959
《惊奇轶事》1979

自传

《男孩：童年往事》1984
《独自前行》1986

1900-19

"现在听来有些荒谬的话，在当时都受到智者的赞赏。"

罗尔德·达尔有极丰富的想象力，所以他能同时给成年人和儿童写作。他的作品不仅受到自己生活的启发——包括自己认识的人或者亲身经历过的事件，母亲给他讲的故事也给了他灵感。罗尔德·达尔家有六个孩子，他排第四，他的父母是挪威人，而他的名字则是来源于探险家罗尔德·阿蒙森。达尔三岁时，姐姐阿斯特丽德因阑尾炎去世；几个月之后，父亲又因肺炎离开了人世。

达尔的作品着重描写自己混血儿的身份——他有一半挪威血统，一半英国血统，却又不完全偏向其中任何一方。童年时代，他在学校过得很不快活——根据自传《男孩》记载，在学校被欺负的经历给了他灵感，他依此创造了很多角色。他的学校曾被选中为吉百利公司试吃巧克力，《查理和巧克力工厂》的灵感正是来源于此。第二部自传《独自前行》讲述了他的冒险经历，当时他在现在位于坦桑尼亚的壳牌石油公司当飞行员。二战期间，达尔在英国皇家空军服役，1940年他乘坐的飞机在利比亚沙漠坠毁，飞机化为灰烬，他却幸存了下来。

离开皇家空军之后，达尔开始为英国政府设在美国的战争联络处工作，在此期间还发表了很多文章。1952年，他娶了女演员帕翠夏·尼尔为妻，两人共生了五个孩子。但不幸的是，大女儿七岁时就夭折了，而他们的儿子也在一次事故中永久致残。两人1983年离婚，此后达尔与菲丽西提·克罗斯兰走到了一起，并娶其为妻。不管是在英国还是海外，达尔都尽职尽责地为儿童慈善事业奔走募捐。后来，他在白金汉郡的家中去世，现在那里有两座博物馆用来展示他的作品。**LH**

上图：罗尔德·达尔，摄于二十世纪七十年代。

右图：达尔的短篇小说集《吻一吻》（1960）的美国首版封面。

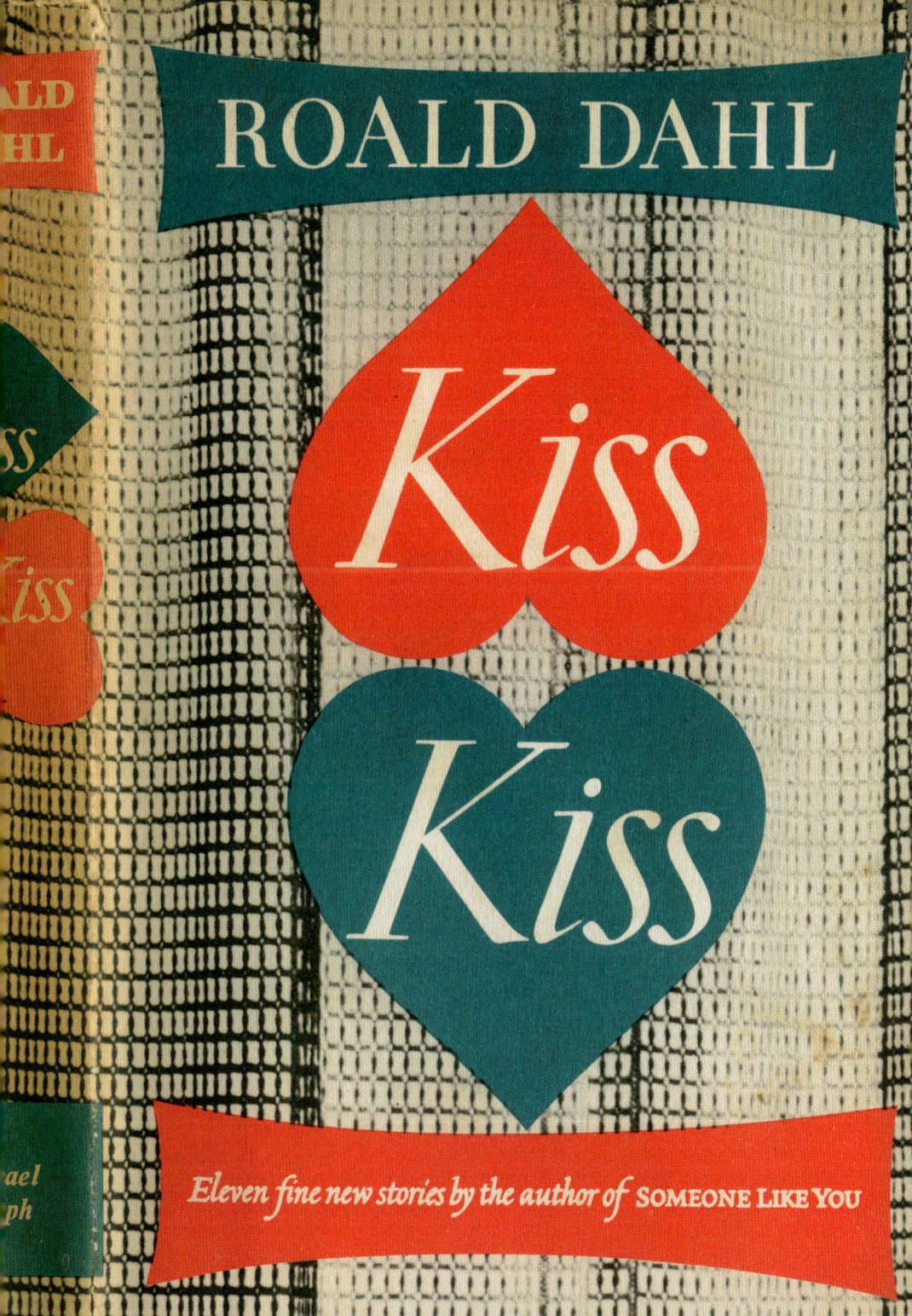

ROALD DAHL

Kiss

Kiss

Eleven fine new stories by the author of SOMEONE LIKE YOU

卡米洛·何塞·塞拉 CAMILO JOSÉ CELA

生于： 1916年5月11日（西班牙弗拉比亚）；**卒于：** 2002年1月17日（西班牙马德里）

风格和流派： 卡米洛·何塞·塞拉是一位打破了传统的西班牙作家，他擅长黑色幽默，作品的描写在残酷中还透出一些怪诞；他的小说与社会现实主义，和正式的创作方法不谋而合。

代表作

小说

《帕斯库亚尔·杜阿尔特一家》1942
《憩阁疗养院》1944
《蜂房》1951
《考德威尔太太与儿子的对话》1953
《圣卡米洛节》1969
《为两个死者演奏的玛祖卡》1983
《克利斯托对亚利桑那》1988

旅行作品

《阿尔卡里亚之旅》1948

除了肺结核病发作过几次之外，塞拉的青年时代总体来说很平静。1934年，他上了大学，计划学习医学或是法律，但是他偶然听了一场诗人佩德罗·萨利纳斯的文学演讲，此后就放弃了原来的计划。1936年，马德里爆炸案期间，他出版了第一部诗集，还代表弗朗哥一方参加了内战，直到因为受了弹片伤退役为止。

塞拉的第一部小说《帕斯库亚尔·杜阿尔特一家》受到读者和评论家的一致好评，它给积贫积弱的西班牙社会带来了强烈的冲击，当时的西班牙仍处于内战恢复期，这场战争夺去了五十多万人的生命，还有将近五十万人遭到流放。小说使用了第一人称，呈现了死囚帕斯库亚尔的忏悔，他犯下了弑母的重罪，他的一生令人唾弃、堕落且充满暴力。小说《憩阁疗养院》延续了关于死亡的故事，但是这部作品的风格更加正式，它描写了七个病入膏肓的结核病人最后几个月的时光。塞拉不断追求作品的完善，所以他又开始了探索，并于1946年完成了代表作《蜂

上图：诺贝尔奖获得者塞拉，摄于2001年，他一年之后去世。

右图：1956年，塞拉与厄内斯特·海明威（左）在一起，海明威是对他影响最大的人之一。

1900-19

438

上图：抽雪茄时的塞拉，摄于1972年。

房》。然而，这部作品没有通过审查，一直到1951年才在阿根廷删节出版。小说呈现了三百多个人物，描写了马德里三天的生活，那里的居民饱受绝望、贫穷、厌烦和恐惧的煎熬。《考德威尔太太与儿子的对话》出版于1953年，这是一部富有诗意的回忆录，描写了一个年老的英国妇人，她的儿子多年前溺水身亡，作品条理清晰却充满超现实主义色彩。

塞拉在小说形式上的成就越来越高，所以开始探索新的创作流派：他写了八本旅行作品，其中以《阿尔卡里亚之旅》最为著名；还做过词典编辑方面的研究（《秘密词典》就是一部关于忌讳用语的宝库）；写过十几本短篇小说集；还有一系列复杂的反小说作品。塞拉在每一部作品中都坚持忠于自己的视角，他要挖掘西班牙社会中固有的动力，他深爱这个可怕却充满了人性的国家。1989年，塞拉获得了诺贝尔文学奖，对于二战后处在十字路口的西班牙小说创作来说，这个奖项是对塞拉在其中的重要地位的肯定。**CH**

1900-19

牺牲品

卡米洛·何塞·塞拉的小说《帕斯库亚尔·杜阿尔特一家》像是一部忏悔录，反映了弗朗哥统治时期西班牙社会的黑暗。主人公遭到父母的虐待；他的哥哥死在了油桶里；姐姐成了妓女；他强奸了自己的老婆；杀死了妹妹和老婆的情人；后来还杀了自己的母亲——作品如同一份报告，简洁明了，令人作呕，它反映了现实，却因为帕斯库亚尔相信宿命论而显得模棱两可。甚至连陪审团都在质疑，帕斯库亚尔·杜阿尔特到底是名字暗示的那样是个牺牲品，还是顽固不化的反社会分子——这些判决对弗朗哥主义的幸存者来说又意味着什么呢？

卡森·麦卡勒斯 CARSON McCULLERS

原名：卢拉·卡森·史密斯（Lula Carson Smith）

生于：1917年2月19日（美国佐治亚州哥伦布）；**卒于：**1967年9月29日（美国纽约州尼雅克）

风格和流派：麦卡勒斯的生活和作品都属于南方哥特派；她的所有作品都以孤独为主题，给人留下了难忘的印象。

代表作

小说
《心是孤独的猎人》1940
《黄金眼睛的映像》1941
《婚礼的成员》1946
《没有指针的钟》1961

短篇故事
《赛马骑师》1941
《伤心咖啡馆之歌》1951
《抵押的心》1971

戏剧
《奇妙的平方根》1958

诗歌
《甜泡菜和干净的猪》1964

自传
《照亮及暗夜之光》1999（去世后出版）

1900–19

"我与自己创造的人物为伴，他们总能让我内心的孤独不那么强烈。"

卢拉·卡森·史密斯被佐治亚州授予了杰出女性的称号，她十七岁时就离开了自己的家乡，来到纽约的茱莉亚音乐学院学习钢琴——但是她的作品却印证了一句谚语，虽然你能让这个姑娘离开南方，但你却无法让南方对她的影响随之消失。麦卡勒斯的作品始终关注失败、迷失和抛弃，这应该被看成呼应了美国南北方的（糟糕）关系。

麦卡勒斯的自传和美国历史都能反映出这些困扰。她离开茱莉亚音乐学院（显然是因为她没有拿到奖学金）之后，在哥伦比亚大学上了创意写作课，创作了第一个故事"神童"，它讲述了一个天才钢琴少年的失败感。《心是孤独的猎人》是她的第一部小说，发表于1940年，当时她已与潦倒的作家里夫斯·麦卡勒斯结婚三年了，但是夫妇二人在同一年离了婚，后于1945年复婚。

麦卡勒斯在法国的一个小公社躲过了二战，期间与W.H.奥登等现代主义作家有往来。但是，她与里夫斯复婚之后才写了那几部代表作，其中《婚礼的成员》被她成功地改编成百老汇剧本，还获得了奖；《伤心咖啡馆之歌》则是一个充满激情的爱情故事。1953年，里夫斯自杀身亡后，麦卡勒斯经历过多次中风，1967年去世之前，她只完成了《没有指针的钟》这一部小说。但是，她的声望在其去世后再次高涨起来，因为约翰·休斯顿（改编了《黄金眼睛的映像》）和罗伯特·埃利斯·米勒（改编了《心是孤独的猎人》）把她的作品改编成了电影剧本，获得了评论界的称赞。**SM**

上图：麦卡勒斯在家中，摄于1961年9月。

罗伯特·洛威尔 ROBERT LOWELL

全名： 罗伯特·特雷尔·思朋斯·洛威尔四世（Robert Traill Spence Lowell IV）

生于： 1917年3月1日（美国马萨诸塞州波士顿）；**卒于：** 1977年9月12日（美国纽约州纽约）

风格和流派： 美国诗人洛威尔描写过历史和个人的痛苦，作品常以自己的躁郁症和混乱的关系为基础。

罗伯特·洛威尔可能是二十世纪出身最显赫的作家之一。洛威尔家族是美国最显赫的家族之一——甚至有"洛威尔一家只跟卡伯特一家交流，而卡伯特一家只跟上帝交流"这样的说法。洛威尔的祖先中，除了有著名诗人詹姆斯·拉塞尔·洛威尔和艾米·洛威尔之外，还出过殖民先驱、美国大革命将领和哈佛大学校长等。但是，在洛威尔早期的作品中，他最大的一个目标，就是试图摆脱祖先的影响，在美洲原住民被压迫的历史中，他的祖先们扮演了重要角色，因此作品的措辞饱含愧疚。他的姓氏中还有激烈和痛苦这两层含义，这极大地影响了他后来各种关系的发展（他结了三次婚）和精神状况。极不稳定的精神状况一直困扰着洛威尔，他一辈子都饱受躁郁症的折磨。"他一次又一次地进入精神病院，有时情况还相当危急，"泰德·休斯在信中写到，在"危急"的发病期，洛威尔还出现了妄想症状，他觉得自己是卡里古拉和拿破仑。

不过，洛威尔的诗歌能流传下来，可能还要归功于他的精神错乱。普利策奖获奖诗集《威尔利老爷的城堡》的描写极为精细，修辞造诣极高；相比之下，《人生探索》是一个突破，它的形式更为自由，语言直来直去，读来像是痛苦的自传。洛威尔常常搜集看似杂乱无序、又不押韵的十四行诗，他把数不清的类似诗歌编撰成集，出版了《笔记》《历史》和《海豚》等作品。在这些作品中，洛威尔的创作天赋、生动想象和节奏感显露无疑，他也因此跻身二十世纪最重要的诗人之一。**MS**

代表作

诗歌

《不一样的国度》1944
《威尔利老爷的城堡》1946
《卡瓦纳家族的磨坊》1951
《人生探索》1959
《模仿》1960
《献给为联邦阵亡的将士》1964
《星条旗》1965
《大洋附近》1967
《被缚的普罗米修斯》1969
《笔记本》1970
《给萨齐和哈丽雅特》1973
《历史》1973
《海豚》1973
《日复一日》1977

"隧道尽头的亮光只是驶来的火车上的灯光。"

上图：罗伯特·洛威尔，拍摄时间不明。

海因里希·伯尔 HEINRICH BÖLL

生于：1917年12月21日（德国科隆）；**卒于**：1985年7月16日（西德伯恩海姆-莫顿）

风格和流派：伯尔被认为是德国文学界杰出的探索者，他的作品探索了二战中和战后德国面临的种种问题。

代表作

小说

《火车很准时》1949
《亚当，你在哪里？》1951
《九点半的台球》1959
《小丑》1963
《与一位女士的合影》1971

> "'很快'什么都不是，'很快'又什么都是。'很快'就是一切。'很快'就是死亡……"
>
> ——《火车很准时》

伯尔生于一个艺术之家（他的父亲是雕塑家），他毕业后不久就当了书店老板。1938年，伯尔入伍，开始了七年军旅生涯，他先在国内服役，然后参加了二战。战争把他带到了欧洲各地，他不仅受了伤，还患了严重的伤寒，还被美军和英军关押过。对于有自由思想的和平主义者来说，战争的经历令人难以忍受，这与伯尔高尚的道德标准产生了冲突，虽然参加了战争，但他希望能"输掉这场战争"。

伯尔从1938年开始写作，痛苦的战争经历为他战后开展的创作提供了充裕的素材。他跟妻子和儿子们在科隆定居下来，生活在一个被战争损毁的房子中，四周都是被轰炸的废墟。他慢慢地修复了房子，还出版了两部作品，详细地描写了军旅生涯的残酷现实：《火车很准时》和《亚当，你在哪里？》。

现实主义是这些作品的基调，后来的作品有更多的实验性和象征主义成分，《九点半的台球》就是一例。他的语气既严厉又刻薄，见解独树一帜——他对个人需要承担的责任有坚定的信念。伯尔探索的主题十分广泛，从德国人战后的负罪感和社会问题，到有组织的天主教活动，从财团的贪婪，到不道德的新闻报章，还有恐怖主义，无所不包。《与一位女士的合影》一书令人印象尤为深刻。小说通过描写一个战争寡妇如何守护自己在科隆的公寓大楼，防止它遭到拆除的故事，表现了一战到二十世纪七十年代之间，德国人生活的巨大变化，作者没有放过任何一个细枝末节。伯尔的作品在其生前就取得了巨大成功，他还获得了1972年的诺贝尔文学奖。**AK**

上图：海因里希·伯尔在家中，摄于1982年。

442

安东尼·伯吉斯 ANTHONY BURGESS

原名：约翰·伯吉斯·威尔逊（John Burgess Wilson）

生于：1917年2月25日（英国曼彻斯特）；卒于：1993年11月22日（英国伦敦）

风格和流派：英国作家和作曲家伯吉斯，不仅多产，而且多才多艺，他之所以出名，依靠的是自己发明的新语言，和自己创作的历史文化作品。

　　虽然并不喜欢这个说法，但安东尼·伯吉斯最著名的作品确实是《发条橙》，这部讲述了青年暴力的反乌托邦道德小说，用纳查奇语（英语和俄语的方言结合体）写成。这本书后来之所以恶名远扬，是因为斯坦利·库布里克导演为了防止作品被剽窃，在其改编的电影中加上了一则禁令。但是，伯吉斯又出版了五十多部作品，创造力不可抑制。尽管每日大量饮酒、大包抽烟，但他仍能保持每天两千字左右的创作进度，后来他背井离乡，来到罗马和摩纳哥生活。《尘世权力》是二十世纪的史诗纵览，《长日退去》刻画的是不列颠帝国势力在马来亚的衰亡。**MS**

代表作

小说

《长日退去》

　《给老虎的时间》1956

　《毯子里的敌人》1957

《东边的床》1959

《发条橙》1962

《恩德比》

　《恩德比》1968

　《恩德比的外部》1968

　《发条圣约》1974

　《拿破仑交响曲》1974

《尘世权力》1981

自传

《小威尔森和大造物主》1987

《长路已尽》1990

胡安·鲁尔福 JUAN RULFO

生于：1917年5月16日（墨西哥萨尤拉）；卒于：1968年1月7日（墨西哥墨西哥城）

风格和流派：关于墨西哥小说家、短篇小说作家和摄影家鲁尔福，加布里埃尔·加西亚·马尔克斯（公开承认是他的拥趸）曾说，他在拉美文学界的开创性地位，依靠的仅仅是"不足三百页的作品而已"。

　　鲁尔福十岁时就成了孤儿，从二十世纪四十年代开始发表短篇小说。他受到资助，独立出版了这两部作品。他笔下的人物生活在革命年代，他们在荒凉贫瘠的哈利斯科平原艰难谋生，关于暴力的记忆一代代沿袭下来，始终无法摆脱。在《佩德罗·巴拉莫》中，主角胡安·普雷西亚多一路寻找死去的父亲，小说写到他走到了那个荒无人烟的阴森村庄，写到了他的死和来生，以上种种都与他父亲的一生密不可分。他的父亲是个当地的铁腕人物，他生性贪婪，欲求难满，最终把毁灭带给了这个小村庄。小说从多角度塑造了一个有历史感、存在感和神话般的广大天地。**CH**

代表作

短篇故事

《燃烧的平原》1953

小说

《佩德罗·巴拉莫》1955

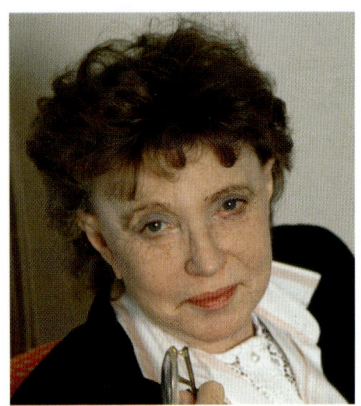

穆丽尔·斯帕克 MURIEL SPARK

生于: 1918年2月1日(苏格兰爱丁堡);**卒于:** 2006年4月13日(意大利托斯卡纳)

风格和流派: 穆丽尔·斯帕克是国际著名的苏格兰后现代主义小说家、诗人、传记作家和短篇小说作者,她用讽刺的笔法评价现代的生活方式。

代表作

小说

《安慰者》1957
《死的象征》1959
《派克姆麦谣》1960
《琼·布罗迪小姐的黄金时代》1961
《窈窕淑女》1963
《曼德尔鲍姆门》1965
《带着意图徘徊》1981
《肯辛顿的遥远呼唤》1988
《讨论会》1990
《现实与梦想》1996
《女子精修学校》2004

短篇故事

《飞走的小鸟》1958
《砰!砰!你死了》1982

1900–19

"我不喜欢太多笑料,我只希望每一件事情都能蕴含一些智慧。"

苏格兰作家穆丽尔·斯帕克很小时就显露出写作才能,她十二岁时就因为诗歌获得了沃尔特·司各特奖。她十九岁就结了婚,搬到了非洲,但是她和丈夫生活得并不幸福,所以在1944年又回到了伦敦。她在伦敦找到了一份工作,为英国外交部撰写反纳粹宣传材料。

三年之后,她的文学生涯正式开始,她成了一名传记作家,还在《诗歌评论》杂志当编辑。1954年,斯帕克皈依了天主教,这对她的生活和作品来说是个重大事件;她说,这让她有了"原创的素材"。研读《约伯记》让她有了灵感,并创作了第一部小说《安慰者》,该作三年之后出版。小说讲述了一个天主教徒的故事,主人公发现自己是唯一能听见打字机记录下自己思想的人,作者仿佛也成了小说中的人物,这部小说为她赢得了文艺评论界的一片掌声,还被伊夫林·沃称赞为"绝佳的原创之作和令人着迷的作品。"1961年,《琼·布罗迪小姐的黄金时代》出版,这部小说让她获得了广泛的认可,她出色的观察才能也获得称赞。主角琼·布罗迪小姐被认为是现代小说史上最出色的角色之一,她是一位很有魅力的教师,她不恪守成规,对怎样给心爱的学生们上课有着自己的想法。

斯帕克写过二十多本书,针对现代的社会生活,她曾经发表过尖锐的批评,她认为虽然现代社会面临种种严重的问题,但应对的方式都非常肤浅。她能把超现实的突发事件描写得像日常琐事。1967年,她移居到意大利,在那里度过了后半生。1993年,她获封成为女爵士,还获得过很多文学奖,其中包括英国文学奖,以及大卫·柯恩英国文学奖终身成就奖。**JM**

上图:苏格兰小说家斯帕克在巴黎,摄于1991年。

亚历山大·索尔仁尼琴
ALEXANDER SOLZHENITSYN

生于：1918年12月11日（苏联基兹洛沃茨克）

风格和流派： 索尔仁尼琴是著名小说家、剧作家、散文家和历史学家，他写过共产主义统治下的俄罗斯的现实故事，还写过自己被当做异见分子的经历。

"一直到1961年之前的几十年间，我始终坚信，活着的时候是看不到我写的哪怕一行字能够出版，而且，我几乎不敢让人读我写的任何东西，哪怕是最亲密的朋友，因为我知道这些作品一定会出名，" 1962年，具有开创性的小说《伊凡·杰尼索维奇的一天》出版前夕，亚历山大·索尔仁尼琴如是说。

这部小说之所以具有开创性，是因为它出版于苏联时期，它揭露了劳改集中营闻所未闻的种种剥削。但更重要的原因是，持不同政见的索尔仁尼琴借鉴了自己被关押在集中营里的经历。本书的出版意义重大，它把作者推上了文学巨匠和未来的诺贝尔奖获得者的道路。这部小说开启了他的文风，他一直以描写共产集权国家的恐怖为特点，因此他从1974年开始，被驱逐出境达二十年之久。

索尔仁尼琴从小就想当作家，但是他在罗斯托夫得不到文学方面的教育，他和寡母生活在那里，二十世纪三十年代，他尝试发表文章却一直未能成功。他不得不在当地的大学学习数学。二战期间，索尔仁尼琴到前线的炮兵部

代表作

小说
《伊凡·杰尼索维奇的一天》1962
《第一圈》1968
《癌症病房》1968
《1914年8月》1971
《古拉格群岛》1973-1978
《1916年10月》1983

散文
《活着，并且不撒谎》1974
《二十世纪末的俄罗斯问题》1995

戏剧
《爱情女与无辜人》1969

1900-19

上图：索尔仁尼琴站在位于美国的家门口，摄于1989年5月。

左图：1994年5月27日，结束了流亡生涯的索尔仁尼琴精神饱满地回到祖国。

持不同政见者的回归

1990年，前苏联最后一位领导人米哈伊尔·戈尔巴乔夫恢复了索尔仁尼琴的苏联国籍，1991年，针对他的叛国罪指控也被撤销。1994年，结束了二十年的驱逐之后，索尔仁尼琴回到了俄罗斯，2000人到俄罗斯东部的马加丹机场迎接他。之后，这位曾经的异见分子开始了长达两个月的火车之旅，他希望能在去莫斯科的途中见见普通民众。

但是所见之人对他的反应不一：有些人认为他与现代的俄罗斯并无多大关系，另一些人却把他视为英雄，因为他反对共产主义集权统治，而且倡导人权。

回归之旅震撼了索尔仁尼琴，他为沿途所见而震惊——这个国家经历着严重的经济困难、深陷腐败和有组织犯罪的泥潭。他抨击鲍里斯·叶利钦总统，批评他纵容西方的物质主义和世俗主义玷污了这个国家。1998年，总统将声望极高的"圣安德鲁勋章奖"颁发给他——以庆祝他的八十岁生日——但是他拒绝了，因为他认为叶利钦把这个国家带向了毁灭。

后来，索尔仁尼琴见到了弗拉基米尔·普京总统——很讽刺的是，普京曾是克格勃的领导——普京总统于2000年到莫斯科郊外索尔仁尼琴的家中拜访了他。会面之前不久，索尔仁尼琴还批评普京没能把俄罗斯"从堕落的深渊中拯救出来"。看上去，虽然上了年纪，但是被誉为"俄罗斯的良心"的索尔仁尼琴的声音仍能引起高层的关注。

队服役，却在1945年被关押起来，因为检察官发现，他在写给朋友的信中，对苏共领导人约瑟夫·斯大林有无礼的指责，当局认为这是"恶语中伤"；索尔仁尼琴被判八年徒刑，进了西伯利亚的劳改营。

在多个劳动营服刑之后，索尔仁尼琴被送进名为"沙拉加"的科研机构工作——因为他有数学天赋。他根据这段经历创作了《第一圈》，该作于1968年首次在西方出版。八年服刑结束之后，索尔仁尼琴又被判了刑，这一次他被永久流放至南部的哈萨克斯坦。1953年，他被诊断出癌症；他最后终于得到在塔什干的医院里接受治疗的机会，他的癌症在那里被治愈了。他又根据这段经历创作了《癌症病房》。

四十二岁时，受够了秘密写作的索尔仁尼琴，在编辑亚历山大·特瓦尔多夫斯基的帮助下，成功地在1962年出版了《伊凡·杰尼索维奇的一天》。然而，苏联当局的宽宏大量只是暂时的；1964年，他申请出版《癌症病房》却遭到拒绝，1965年，克格勃收缴了索尔仁尼琴的手稿，其中还包括《第一圈》的手稿。不屈不挠的索尔仁尼琴仍然坚持写作，开始创作关于苏联社会体系和古拉格集中营的史诗文学作品《古拉格群岛》。他的作品当时属于非法流通，被当做地下出版物，或者叫"自行出版"的作品。

他的作品在西方国家出版过，还因此获得了1971年的诺贝尔文学奖，但是索尔仁尼琴并未亲自前往瑞典领奖，因为他担心自己会被禁止回到苏联。《古拉格群岛》的第一部分在巴黎出版之时，苏联当局再也无法容忍索尔仁尼琴这么直白地揭露社会体系，1974年，他被剥夺了苏联国籍，驱逐到了西德。在克格勃破门而入把他驱逐出境的那天，索尔仁尼琴写下了一篇文章"活着，并且不撒谎"，在文中呼吁国民从道德立场出发，抵制共产主义。

索尔仁尼琴在美国定居下来，在那里受到了热情的欢迎。然而，作为一个爱国者和俄罗斯东正教信徒，他常常为西方人的精神空虚和对物质的追求而感到烦恼不已。随着柏林墙的倒掉和公开化的到来，索尔仁尼琴终于在1994年回到了俄罗斯。他依然继续写作，依然毫不保留地反对

各种形式的集权主义。这种维护人权的无畏之举意味着，在共产主义统治下的普通人的遭遇，在他的作品中被赋予了生命，因此永远不会被遗忘。**CK**

上图：1974年被剥夺了苏联国籍之后，索尔仁尼琴对国际媒体发表谈话。

1900-19

"你能随身携带的，才是你所拥有的……让回忆成为你的旅行包。"

多丽丝·莱辛 DORIS LESSING

原名： 多丽丝·梅·泰勒（Doris May Taylor）

生于： 1919年10月22日（波斯——现伊朗科曼莎）；**卒于：** 2013年11月17日（英国伦敦）

风格和流派： 现实主义和科幻小说作家多丽丝·莱辛之所以著名，是因为她不仅蔑视而且严格审视两性和种族关系中的不平等现象和虚伪行径。

代表作

小说

《暴力的孩子》1952-1969
《玛莎·奎斯特》1952
《正当的婚姻》1954
《暴风雨掀起的涟漪》1958
《内陆》1965
《四方城市》1969
《金色笔记》1962

科幻小说

《阿格斯的老人星》1979-1984

短篇故事

《到十九号房间》1978
《杰克·奥克尼的诱惑》1978

自传

《我的皮肤之下》1994
《行走在阴影中》1997

1900-19

"那个男人，他是谁？成为上帝的作品实在很不幸；成为偶然的产物，却实在很幸运！"

多丽丝·莱辛生于波斯，幼年时跟随家人移居到罗德西亚（津巴布韦）的一个农场。她说，自己是在"装满了书的泥巴屋"里长大。她十三岁从学校毕业，十五岁就呆在家里，十九岁时结了婚。几年后，她与第一任丈夫离婚，加入了本地的共产主义者读书俱乐部，并在那里遇到了第二任丈夫。不久之后，她对婚姻和共产党的幻想双双破灭，她带着小儿子搬到了巴黎，开始写第一部小说《野草在歌唱》，该作探讨了非洲的种族问题。

莱辛虽然没有受过多少正规教育，但这并未阻碍她的发展——她不仅自学成才，而且是自由思想的坚定支持者，后来她果然成了名符其实的高产作家。莱辛的早期作品集中反映了自己的生活经历，《暴力的孩子》系列作品讲述了玛莎·奎斯特的故事，她的成长轨迹与莱辛十分相似。莱辛的代表作是《金色笔记》，这部作品在形式上进行了实验，它由几本彩色笔记本组成，笔记的主人叫安娜·沃尔夫，每一本笔记都记录了她分裂自我的其中一面，一直记录到她神经崩溃，最终在最后一本笔记中又重组自我。受到苏菲派神秘主义的影响，莱辛开始创作科幻小说：在《阿格斯的老人星》中，外星人记录了他们与一个类地行星长达一百万年的往来经历。

1999年，莱辛被英国女王授予了荣誉勋爵封号，她透露自己曾经拒绝过大英帝国女爵士的封号，因为"世界上根本没有大英帝国"。2007年，多丽丝·莱辛获得了诺贝尔文学奖——她是迄今为止最年长的获奖者。**CQ**

上图：多产作家多丽丝·莱辛，摄于1991年。

J.D.塞林格 J. D. SALINGER

全名：杰罗姆·大卫·塞林格（Jerome David Salinger）

生于：1919年1月1日（美国纽约州纽约）；**卒于：**2010年1月27日（美国新罕布什尔州）

风格和流派：美国作家塞林格写过一部长篇小说和几部短篇小说，他主要的写作主题是青少年的异化和纯真的逝去，作者本人的封闭个性也非常著名。

世界上最著名的隐士和独具一格的青少年小说作者——塞林格的作品数量，虽然不多，却无与伦比。他在曼哈顿长大，曾进入纽约大学和哥伦比亚大学学习，但是不久就为了写作退了学。一直到二战结束退了伍，塞林格开始在《纽约客》杂志定期发表作品，才慢慢开始吸引越来越多的读者。

1951年，塞林格唯一的一部小说《麦田里的守望者》刚一出版便引起了轰动。小说主角名叫霍尔顿·考菲尔德，是个敏感的叛逆少年，他在纽约城里闲逛了好几天。霍尔顿用满嘴的粗话，表达对童年逝去的不安，对即将到来的"虚伪"的成人世界的愤怒。霍尔顿成为了叛逆烦恼的青少年的象征，这部小说也成为了二十世纪最重要的文学作品，英语国家的大学和中学的学生们都学习过这部作品。

另一部作品《九个故事》是短篇小说集，讲述了格拉斯一家的故事，描写了长子西摩的自杀对家庭成员造成的影响。《香蕉鱼的完美一天》和《为埃斯米而作》都是出色的作品，作者因此声望剧增，但是突然到来的成功影响了塞林格的私人生活，所以他开始隐居。1961年，他出版了《弗兰妮和祖伊》；1963年，他先后出版了《木匠们，把屋梁抬高》和《西摩小传》——此后，他再也没有出版过作品，曾经震耳欲聋的创意之声，从此陷入沉寂。**SG**

代表作

小说
《麦田里的守望者》1951

短篇故事
《九个故事》1953
《弗兰妮与祖伊》1961
《木匠们，把屋梁抬高》和《西摩小传》1963

"我是个别扭的偏执狂。我怀疑有人故意哄我开心。"

1900-19

上图：塞林格为数不多的照片之一，摄于1951年，《麦田里的守望者》当年出版。

普里莫·莱维 PRIMO LEVI

生于：1919年7月31日（意大利都灵）；**卒于**：1987年4月11日（意大利都灵）

风格和流派：莱维是大屠杀幸存者和作家，他写过小说、回忆录、诗歌和短篇小说，他的声望主要依赖于描写自己在奥斯维辛集中营的回忆录。

代表作

小说
《如果这是一个人/活在奥斯维辛》1947
《休战/再度觉醒》1958
《被淹没和被拯救的》1986

短篇故事
《技术错误》1971

沉思录
《元素周期表》1975

诗歌
《普里莫·列维诗选》1976

1900-19

"我们的语言中没有哪个词能用来形容这种罪行……"

——《如果这是一个人》

莱维出身于富有的意大利犹太人家庭，曾经想当一名科学家，他1941年毕业于都灵大学化学系，当年意大利卷入了二战。1943年，他被德国人俘虏，后来和一些反法西斯战友逃到了意大利北部，希望能加入抵抗运动，他接受过的专业训练帮助他活了下来。他被送到了波兰的奥斯维辛，成了合成橡胶工厂的劳工，因此逃过一劫。1945年，苏联人解放了奥斯维辛，等待了几个月之后，列维被遣送回都灵，在一家生产涂料和树脂的工厂里当了化学技师；1961年，他晋升为工厂的总经理。

他依据奥斯维辛集中营的经历，写了第一本书《如果这是一个人》。他说自己非常迫切地需要写这本书，这并不是出于道义上的责任，而是一种心理需求。他说自己是个普通人，他"掉进了漩涡，之所以出得来，纯粹是因为运气好，而不是理所应当"，自此之后，他开始对"大大小小，虚虚实实的漩涡"感到好奇。他对集中营的管理者和囚犯的心理有透彻的认识，上世纪五十年代和八十年代，他根据自己的战争经历又写了两部作品。他写了自己目睹过的恐怖，用令人难以想象的超脱看待这场人伦惨剧，甚至传达出一丝乐观和希望。莱维的短篇小说、小说、诗歌和散文也广受赞赏。然而，从根本上说，他始终逃脱不了令人窒息的悲观情绪，并终于在1987年4月自杀身亡；他的集中营编号被刻在了墓碑上。

RC

上图：普里莫·莱维，摄于1986年1月。

艾瑞斯·默多克 IRIS MURDOCH

原名：珍·艾瑞斯·默多克（Jean Iris Murdoch）

生于：1919年7月15日（爱尔兰都柏林）；卒于：1999年2月8日（英国牛津）

风格和流派：默多克作品的情节错综复杂，充满了黑色幽默、种种困扰和机象巧合，体现了神话的力量和清晰与扭曲的巨大魔力。

艾瑞斯·默多克是道德哲学家和多产作家，她的生活方式和作品几乎同样出名。年轻时，她曾先后在牛津学习和执教，生活过得丰富多彩，不管是私生活还是学术往来都是如此。她接受过许多作家和哲学家的求婚，最后跟文学评论家约翰·贝利结了婚。婚后，默多克虽然依旧情事不断，但她跟贝利居然还能和睦共处四十年之久，还能一起写作、阅读、玩扑克。2001年，贝利为她写了一部传记，写到她最终被阿尔茨海默病夺去了生命。这部传记被改编成了电影，主演是凯特·温斯莱特和朱迪·丹奇。

在1961年发表的散文《抵御冷漠》中，默多克如是说，"事实上，现阶段的哲学还无法完整有力地描绘我们的心灵图画"——但是，文学能让我们窥见一丝生命和人类身上蕴藏的复杂性。尽管她笔下的角色常专注于高深的哲学思想，例如柏拉图哲学，或是弗洛伊德精神分析学，但他们绝不仅仅是这些观点的代言人。恰恰相反，默多克让这些观点接受考验，这些观点在她的人物身上都有体现，他们在道德诉求和生理需求产生激烈碰撞的同时，必须仔细辨别真正的神秘主义和受人摆布的巫术。例如，在获得布克奖的小说《大海，大海》中，主角查尔斯·阿罗比是个退休的剧作家和剧院经理，他像莎士比亚的《暴风雨》的主角普洛斯波罗一样要做出选择，他决定放弃学习魔法，选择学着做一个好人——这是个艰难的任务，因为这个妒忌心极强的贪婪老头，难以摆脱过去的种种人际关系的影响。这部小说是默多克的巅峰之作，它极尽讽刺挖苦，显得荒诞可笑，小说表达了看清事物本质是如何难以实现，还表达了摆脱过往的艰难。**CQ**

代表作

小说

《在网下》1954
《沙堡》1957
《钟》1958
《砍掉的头》1961
《意大利少女》1964
《美好和伟大》1968
《大海，大海》1978

哲学著作

《萨特：浪漫的理性主义者》1953
《火和太阳》1977
《存在主义者和神秘主义者》1997

诗歌

《鸟之年鉴》1978
《艾瑞斯·默多克诗集》1997

"爱是一种极难领悟的东西，我们只知道除了它本身之外，都是真实的。"

上图：默多克摆造型拍照，拍摄时间不明。

雷·布莱伯利 RAY BRADBURY

生于： 1920年8月22日（美国伊利诺伊州沃基根）；**卒于：** 2012年6月6日（美国加利福尼亚州洛杉矶）

风格和流派： 雷·布莱德利是上世纪五十年代美国科幻小说黄金时代的代表之一，他的小说恢弘大气，弥补了美国哥特小说和库尔特·冯内古特的讽刺嘲弄之间的鸿沟。

代表作

短篇故事

《黑色狂欢夜》1947
《纹身人》1951
《十月是黄昏的国度》1955
《我歌唱带电的肉体》1969
《布莱伯利故事集：最著名的100个故事》
　2003

小说

《火星纪事》1950
《华氏451度》1953
《蒲公英酒》1957
《邪恶的东西就要到来》1962
《万圣节故事》1972
《再见夏天》2006

"他说的任意一个字，或是寥寥数语，都能让他们无地自容吗？"

——《华氏451度》

在美国，论起与类型小说的紧密关系，很少有作家能比得过雷·布莱伯利。或者，至少可以说，没有几个人能因此获得欧·亨利奖、世界奇幻文学奖、国家图书基金会美国文学杰出贡献奖以及艾美奖。与同时代的艾萨克·阿西莫夫一样，布莱伯利对科幻小说的影响极为深远，他既是该流派的开创者，其作品也超越了这个流派，他也因此成为二十世纪最重要的流行文化代表人物。

布莱伯利著作颇丰，他写过近六百篇短篇小说和十一部长篇小说，还写过诗歌、剧本、散文、电影剧本，在佛罗里达的艾波卡特中心，甚至还有一个巨大的宇宙飞船地球几何体展品。他的第一部小说《火星纪事》是一部编年体短篇小说集，故事发生在未来的火星殖民时期，小说的时间线索与征服者时代到一战之间的美国历史类似。天才的布莱伯利还在《纹身人》和《万圣节故事》中运用过这种连续的结构。不过，他最著名的作品却是反乌托邦小说《华氏451度》——这是一部深度思考审查制度的作品，多年来一直在美国高中的书单中，他的大部分作品都是短篇小说。与同时期的其他科幻作家一样，短篇小说是布莱伯利写作进入成熟期的标志，他把作品卖给了《星球故事》和《奇妙的冒险》等杂志。这些关于战后美国的寓言故事，唤醒了那个时代特有的情绪，他把乐观主义和偏执倾向结合得天衣无缝，超越了当时和之后的所有作家。**SY**

上图：作家雷·布莱伯利，摄于1984年。

右图：1949年的一份杂志刊登了布莱伯利早期科幻小说的封面。

A.N.C.

SPRING

20c

PLANET
stories

ROBERT
ABERNATH

RAY
BRADBURY

ALFRED
COPPEL

ETERNAL ZEMMD MUST DIE! . . . .

"Oh Zemmd—beware the Outcast's daughter. Beware the Convict from cold Mercury. These two speak death!"

Novel by **HENRY HASSE**

保罗·策兰 PAUL CELAN

原名： 保罗·安切尔（Paul Antschel）

生于： 1920年11月23日（罗马尼亚——现乌克兰布柯维亚）；**卒于：** 1970年4月20日（法国巴黎）

风格和流派： 保罗·策兰是战后涌现的最重要的诗人之一，他创作的关于大屠杀的诗歌令人难忘。

代表作

诗歌

《骨灰罐里的砂》1948
《罂粟与回忆》1952
《从起点到起点》1955
《话语之栅》1959
《无人的玫瑰》1959
《换气》1967
《一丝丝阳光》1968
《白雪公园》1971

"没有什么能阻止一个诗人写作，哪怕事实是，他是个犹太裔德国人。"

保罗·策兰成长于罗马尼亚一个说德语的犹太人家庭。他曾在法国学习过医学，后来在1939年回到罗马尼亚开始学文学和语言。纳粹占领之后，策兰被迫搬到了犹太人聚居区，不仅开始写诗，还翻译莎士比亚的十四行诗。不久之后，他被送进了纳粹劳工营，父母与他分别之后被害身亡。

这些经历和内心的负罪感，还有失落感，成了他诗歌的创作基础。他凭借诗集《罂粟与回忆》确立了自己的地位，成为了描写大屠杀的杰出诗人。这部作品中，包括他的代表作《死亡赋格曲》，这是他被收录次数最多的作品，这首诗再现了他在纳粹死亡集中营里的生活。

上世纪五十年代，策兰的作品开始趋向简单和断裂，反映了作者经历过的破碎生活。策兰用德语写作，"这是杀死他母亲的凶手的语言"，但他相信，德语应该从那段历史中被解放出来。当他获得1958年的不莱梅德国文学奖时，他说："所有逝去的事物中，我相信，只有一样还近在咫尺，触手可及，这就是语言。是的，是语言。毕竟，语言是不会消失的。"

上世纪六十年代，策兰又写了很多诗歌，获得了国际上的广泛赞誉。他还翻译了奥西普·曼德尔施塔姆、保罗·瓦勒里和亨利·米肖等作家的作品。然而，他的精神状态却越来越脆弱。他被错误地指控剽窃了诗人伊凡·哥尔的作品，因此在周期性抑郁症发作之后，终于精神崩溃了。1970年，他在塞纳河上投水身亡。**HJ**

上图：策兰于1967年的留影，他三年后自杀身亡。

艾萨克·阿西莫夫 ISAAC ASIMOV

全名：艾萨克·犹大·奥兹莫夫（Isaak Judah Ozimov）

生于：1920年1月2日（苏联彼得洛维奇）；**卒于**：1992年4月6日（美国纽约州纽约）

风格和流派：阿西莫夫也是美国科幻小说黄金时代的涌现出的作家之一，他对这种风格的影响之大，几乎成了它的化身。

　　尽管本书中的每一位作家都对世界文学产生了不可磨灭的影响，但能自己造出词语的却寥寥无几，阿西莫夫就是这少数派之一。他不仅创造了"机器人科学"这个词，还发明了命名机器人的规则。在短篇小说中，阿西莫夫有史以来首次谈到了现代意义上的机器人（这是一种类人型机器，电脑设备就是他们的大脑）；他创立的机器人行为"三项法则"沿用至今，在五十多年前的小说中，他已经提到了人工智能技术应该与伦理的发展相匹配的观点。

　　阿西莫夫对科幻小说的另一个重要贡献是《基地》系列小说。这部小说基于一个前提，即未来我们应该能把《罗马帝国衰亡史》中吉本的理论（即文明的兴衰都遵循一定的模式），运用在"心理历史学"这个学科中。在小说中，一位心理历史学家用这种理论建造了一个基地，它能缩短混乱持续的时间，而混乱是任何星际文明发展到巅峰期都无法避免的，这部小说讲述的就是基地建立后一千年间的故事。

　　从1939年开始写作起到1958年为止，阿西莫夫出版了数量惊人的作品，此后他不再写小说，转而开始普及科学知识。上世纪八十年代，阿西莫夫重新开始写小说，目的是把关于机器人的短篇故事和长篇小说，与《基地》系列故事联系起来。从某种意义上说，这根本就是多此一举，根据阿西莫夫的基本观点，这两个世界早已结成了一体：如果我们能充分利用理性的力量，我们就能拯救自己。**SY**

代表作

短篇故事

《我，机器人》1950
《夜幕降临》1969
《百年人和其他故事》1976

小说

《基地》1951
《基地与帝国》1952
《第二基地》1953
《钢穴》1954
《永恒的终结》1955
《赤裸的太阳》1957
《基地的边缘》1982
《曙光中的机器人》1983
《机器人与帝国》1985
《基地与地球》1986

"我写作的原因和呼吸一样——因为，如果不这么做，我就会死。"

1920-39

上图：科幻小说大师阿西莫夫，摄于上世纪八十年代。

查尔斯·布可夫斯基 CHARLES BUKOWSKI

全名：亨利·查尔斯·布可夫斯基（Henry Charles Bukowski）

生于：1920年8月16日（德国安德纳赫）；**卒于：**1994年3月9日（美国加利福尼亚州圣佩德罗）

风格和流派：布可夫斯基是个很有争议的小说家和诗人，他是个出了名的酒鬼，其臭名远扬的生活方式，为他赢得了大批崇拜者。

代表作

诗歌

《水热火深：诗选〈1955-1973〉》1974

《烽火连天：诗集〈1981-1984〉》1984

《公寓情歌：早期诗选〈1946-1966〉》1988

《过去的大地之诗》1992

《以缪斯做赌注》1996

小说

《鲜花、拳头和兽圈》1960

《与野兽一起生活的疯子的自白》1965

《世上所有的混蛋和我》1966

《老色鬼手记》1969

《消防站》1970

《勤杂工》1975

《女人》1978

1920-39

"有些人一辈子没有疯狂过。他们的生活该有多可怕。"

——《以缪斯做赌注》

作为几乎被等同于美国的作家来说，查尔斯·布可夫斯基居然生在德国，这点着实令人感到意外。他的母亲是德国人，父亲是美国军人。1922年，他们一家移民到美国，父亲也已经服完了兵役，起初的生活很美好，但不久之后大萧条给了他们沉重一击。布可夫斯基的父亲常常失业，据说因此开始酗酒，还常常打他。再加上长期患有严重的痤疮，年轻的布可夫斯基觉得自己很多余，觉得没有人需要他，他的小说和诗歌中经常出现这个主题，1982年出版的自传体小说《火腿黑面包》就是其中代表。确实，看起来，他在大部分作品中毫不保留地剖析了自己；在1971年出版的小说《邮局》中，他回忆了自己五十年代至六十年代期间，在邮局工作的经历，亨利·柴纳斯基这个人物首次出现在他的作品中。

除了在邮局工作之外，在这二十年间，布可夫斯基还给洛杉矶的各大杂志写过诗歌和新闻稿。他严重酗酒，生活一贫如洗。垮掉的一代作家都有一种共性，但是布可夫斯基却很抗拒这种共性，他宁愿独树一帜：他被称为贫民窟的桂冠诗人。他成年之后一直生活在洛杉矶，他与这座城市的复杂关系在作品中时有体现。晚年时，他与赛马和酒精作伴，所以他的作品总给人这样的感觉，洛杉矶也可以成为一个没有人情味的冷酷城市。布可夫斯基七十三岁时死于白血病，留下了妻子琳达和大量作品，这些作品足以成立一个边缘人图书馆，它们风格独特，作品主题离不开那些他始终不曾忘记的人：边缘人和不属于任何群体的人。**PS**

上图：布可夫斯基在洛杉矶的家中，摄于1978年。

456

弗雷德里希·迪伦马特
FRIEDRICH DURRENMATT

生于：1921年1月5日（瑞士科诺尔芬根）；**卒于**：1990年12月14日（瑞士纳沙泰尔）

风格和流派：才华横溢的迪伦马特被誉为"瑞士的阿里斯托芬"，他为剧院和广播创作剧本，这些剧本既引人发笑，又令人迷惑。

迪伦马特在伯恩大学攻读神学的同时，也创作夜总会小曲和剧本，他的第一个剧本于1947年创作完成。虽然他的大部分作品的时代都设定在过去，但目的却是反映现实。他不想阐明自己的立场，他说，把"解释权"留给好奇的观众们。作品强烈的幽默感让当代悲剧都没了立足之地，因为他认为这个世界根本没有道德准则可言。他认为这个世界"很荒谬"，我们必须接受，但是不能向它投降。《拜访》被认为是他的代表作，剧中那个富有的老妇人回到故乡，她贿赂当地乡民，让他们帮她杀掉一个如今德高望重的人，因为她年幼时被这个人强奸过。**RC**

代表作

剧本/广播剧
《命中注定》1947
《罗慕路斯大帝》1949
《天使来到巴比伦》1953
《拜访》1956

史坦尼斯劳·莱姆 STANISŁAW LEM

生于：1921年9月12日（波兰利沃夫）；**卒于**：2006年3月27日（波兰克拉科夫）

风格和流派：莱姆写过科幻小说、讽刺文章和哲学著作，他的作品特征鲜明，主题（通常用风趣幽默的语言）包括科技的发展，智慧的本质，还有人类交流的障碍等。

莱姆的父母是犹太教世俗僧人，他自己被按照基督徒的方式抚养长大，不过他认为自己是个无神论者。二战时，在波兰被纳粹占领期间，莱姆伪造了身份证明，这才躲过了集中营，他加入了抗击德国人的抵抗组织。1946年，乌克兰苏维埃强占了波兰东部，莱姆出版了诗集、几部廉价小说，还开始在《新世界大冒险》杂志连载第一部科幻小说。在苏联控制下的波兰，莱姆没有坦白自己想法的机会，所以他把写科幻小说当做表达观点的方式。他是二十世纪最著名的、不用英语写作的科幻小说作家，与H.G.威尔斯和奥拉夫·斯塔普雷顿齐名。**REM**

代表作

小说
《伊甸园》1959
《星际归来》1961
《索拉里斯星》1961
《在浴缸里发现的回忆录》1961
《造物主之声》1968
《惨败》1986

短篇故事
《赛博利亚特》1967
《完美真空》1971

若泽·萨拉马戈 JOSÉ SARAMAGO

全名： 若泽·德·索萨·萨拉马戈（Jose de Sousa Saramago）

生于： 1922年11月16日（葡萄牙阿辛哈加）；**卒于：** 2010年6月18日（西班牙加那利群岛）

风格和流派： 萨拉马戈的作品以独具一格的叙述方式为典型特征；传奇和寓言被他当做针砭时弊的工具，以此来评判当下的政治历史事件和人类的境况。

代表作

小说

《修道院纪事》1982
《诗人雷伊斯逝世的那一年》1984
《石筏》1986
《里斯本围城史》1989
《耶稣基督的福音书》1991
《盲目》1995
《未知岛传奇》1997
《洞穴》2000
《替身》2002
《看见》2004
《死神放长假》2005

旅行作品

《葡萄牙之旅》1981

1920-39

"当人失去人类的尊重时，他也就不会尊重自己了。"

上图：萨拉马戈在2007年庆祝自己85岁生日的展览上。

若泽·萨拉马戈1922年出生在一个失地农民家庭，他认为，这种家庭背景使他成为如今这样的人，成为了一名作家。为了改善家庭生活，他的父亲在1924年带着全家人来到了里斯本。父亲找到了当警察的差事，年幼的萨拉马戈也上了语法学校。但是后来，家人再也难以供养他读书了，所以萨拉马戈被送到了技术学校，后来还当上了汽车修理工。不过，他曾在故乡跟祖母和外祖母生活过很长时间——这段经历不仅丰富了他的想象力，还让他有了悲观实用主义的思想，主导了他之后的生活和作品。

萨拉马戈三岁时，葡萄牙发生了一场军事政变，此后四十八年间，葡萄牙一直处在安东尼奥·萨拉查的法西斯政权统治下。成年后，萨拉马戈曾经多次就业再失业，有时候仅仅是因为自己的政治立场使然（1969年，他加入了葡萄牙共产党）。他的第一部小说出版于1947年，中间隔了很多年没有作品问世，直到1966年才开始定期发表作品。1982年，讽刺小说《修道院纪事》出版之后，萨拉马戈终于开始引起世界的关注。

萨拉马戈的作品既是寓言又是传奇故事，与南美魔幻现实主义有诸多相似之处。在《修道院纪事》中，主角梦想着能乘坐由人类意志驱动的飞行器逃离修道院，而在《石筏》中，伊比利亚半岛脱离了大陆，开始在大西洋四处飘浮。然而，萨拉马戈的小说并不仅是关于飞行的神话，而是对政治独裁统治下的生活的拷问。作品谈到了人类的境况，还有人与人之间交流的需求，人类虽然需要生存在群体当中，但仍需保持独立性。1991年出版的小说《耶稣基督的福音书》引发了众怒，不仅未能通过葡萄牙政府的审查，还被排除在欧盟文学竞赛之外。萨拉马戈和第二任妻子、西班牙记者和他的作品译

WINNER OF THE NOBEL PRIZE FOR LITERATURE

JOSÉ SARAMAGO

THE DOUBLE

左图：哈维尔出版社2004年出版的《替身》封面，汤姆·高尔德配图。

者皮拉尔·德尔·里奥，象征性地流亡到了加那利群岛的兰萨洛特。他获得了1998年的诺贝尔文学奖，后来一直坚持创作到八十多岁。**REM**

这名字是什么意思？

若泽七岁的时候准备入学读书，他把自己的出生证明带到了学校。一次偶然的机会，若泽的家人发现，村长不知道是喝醉了还是恶作剧，他把若泽的姓氏登记成了"萨拉马戈"，这个词有歧视意味，是村民给若泽的父亲取的外号，意思是"野萝卜"。虽然很不情愿，但他的父亲不得不接受这个官方认可的姓氏——这是史上头一回儿子给父亲取名字，萨拉马戈接受《纽约时报》时如是说。

1920-39

阿兰·罗伯-格里耶 ALAIN ROBBE-GRILLET

生于： 1922年8月18日（法国布雷斯特附近）；2008年2月18日（法国卡昂）

风格和流派： 阿兰·罗伯-格里耶是一位很有争议的小说家，他写过的剧本包括亚伦·雷奈导演的《去年在马里昂巴德》，此外他还是个电影导演。

代表作

小说
《橡皮》1953
《窥视者》1955
《在迷宫中》1959
《幽会的房子》1965

电影
《去年在马里昂巴德》1961
《不朽的女人》1963
《欧洲特快列车》1966

自传
《镜中幽灵》1985
《昂热丽克或迷醉》1988
《柯兰特最后的时光》1993

"读者不会置身于作品之外，他们自己也是在这个迷宫中。"

　　阿兰·罗伯-格里耶出生于布列塔尼，原来是农业科学家，后来成了"午夜出版社"的编辑，这是巴黎一家著名的先锋派出版社，作家包括塞缪尔·贝克特。他是"新小说运动"和"反小说运动"的主要倡导者和理论家，"反小说运动"兴起于上世纪五十年代，它的开创者还被称为"午夜派"。该派的出发点是，决心把小说从十九世纪的传统模式中解放出来，因为他们认为，这些小说反映的社会秩序已经不复存在，而且不再有人坚守那些价值观。

　　罗伯-格里耶坚信，传统的小说在战后已经没有了立足之地。他抗拒让-保罗·萨特等作家的政治承诺。在1963年出版的《走向新小说》中，他说自己的小说"关注目标、姿态和形势之间的内在联系，避免对人物的举动发表任何心理和思想上的'评价'……真正的作家不需要表达观点。重要的只是他表达的方式。"

　　结果果然引发了巨大争议，他遭到了批评，因为在抛弃了剧情和人物之后，他的作品显得晦涩难懂，而且前后矛盾。虽然读起来不明所以，但小说目的却是为了反映令人不解的真实世界。《在迷宫中》的读者们被带领着往于肉体和精神的迷宫，而《幽会的房子》中"同样"的角色改头换面频频登场。罗伯·格里耶还写过电影剧本，从1963年起还导演过令人困惑还带有受虐倾向的电影，后来他还写了长达三卷的"虚构的自传"。**RC**

上图：罗伯-格里耶，摄于1994年2月。

右图：1978年，作家去美国期间留影。

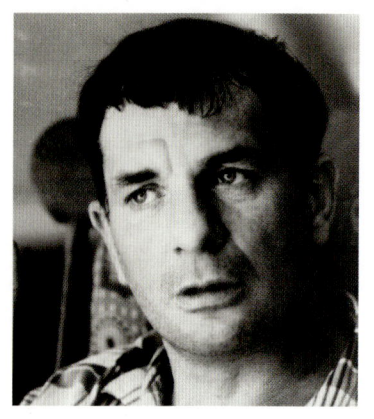

杰克·凯鲁亚克 JACK KEROUAC

原名: 让-路易斯·莱布里斯·德·凯鲁亚克 (Jean-Louis Lebris de Kerouac)

生于: 1922年3月12日 (美国马萨诸塞州洛威尔); **卒于:** 1969年10月21日 (美国佛罗里达州圣彼得斯堡)

风格和流派: 杰克·凯鲁亚克的作品融合了小说和自传。他既不使用连贯的结构,也不使用传统的框架。

　　杰克·凯鲁亚克是"垮掉的一代"的代表人物,他出生于美国的一个法裔加拿大移民家庭,六岁时才开始学说英语。凯鲁亚克生性叛逆,令人捉摸不透,他从哥伦比亚大学退学,当了一名商船船员,二战期间还应征加入美国海军,后来因为被诊断出患有精神分裂症而被清退回家。后来,他进过监狱,因为他帮朋友卢辛·卡尔销毁了一桩谋杀案的证据。眼看着生活总是无可救药地徘徊在悲惨的境地,他却在1944年回到了哥伦比亚大学,还跟艾伦·金斯堡和威廉·巴勒斯等人成为了朋友,后来他们成了以凯鲁亚克著称的"垮掉的一代"的代表。这群作家和诗人,吸毒,听改良爵士乐,还研究过禅宗佛教,他们找到了文学这种富于幻想的全新的方式,借此看待和理解这个世界。

　　最后,凯鲁亚克终于意识到了自己写作的渴望,所以趁着数次穿越美国的公路之旅的间隙,完成并出版了首部小说《镇与城》。旅行经历成了代表作《在路上》的主题,据说凯鲁亚克在1951年4月用三个星期就完成了这部小

代表作

小说

《镇与城》1950
《在路上》1957
《底下人》1958
《达摩流浪者》1958
《麦琪·卡西迪》1959
《萨克斯医生》1959
《孤独旅者》1960
《大瑟尔》1962
《杰拉德的愿景》1963
《荒凉天使》1965

上图:1985年的电视纪录片"凯鲁亚克怎么了?"中的杰克·凯鲁亚克。

下图:《在路上》的原始手稿最初是写在一卷电传打印纸上。

1920-39

462

说。凯鲁亚克展现的写作风格很有革命性，他避开传统的小说风格，转而采用自发的意识流手法。这是一部半自传体作品，以真实存在的人物为基础，他们穿插于塞尔·帕拉迪斯（也就是凯鲁亚克的化身）疯狂的穿越之旅中，帕拉迪斯一路上遇到许多身无分文的理想主义者，他们吸毒、酗酒、寻欢作乐，为的是在战后美国的一片萧条中寻求刺激。迪恩·莫里亚蒂是这群理想主义者的最突出的代表，他的原型是凯鲁亚克的朋友尼尔·卡萨帝。威廉·巴勒斯指出，凯鲁亚克几乎凭借这部极具开拓性的作品，树立了新的民族意识，因为它突出了"社会中的异化现象，躁动不安和不满情绪"。

《达摩流浪者》和《荒凉天使》等小说延续了自传的主题，主要刻画"垮掉的一代"的其他作家。这种自我神话般的创作风格，让凯鲁亚克在过去五十年间一直拥有巨大的文化影响力。**SG**

上图：凯鲁亚克贴在收音机前，仔细听自己的节目，摄于1959年。

凯鲁亚克之歌

　　杰克·凯鲁亚克和他的作品，一直源源不断地为全世界的音乐家们提供灵感源泉：

→ "在你对着杰克·凯鲁亚克说三道四前，你会转身而去，我也会离开。"——"另一种"，史蒂夫·厄尔

→ "好奇害死猫／凯鲁亚克的《达摩流浪者》和《在路上》。"——"抹窗"，范·莫里森

→ "我正在读亲爱的杰克·凯鲁亚克写的《在路上》。"——"三分钟规则"，野兽男孩

→ "多少夜晚，我都在想，塞尔·帕拉迪斯是对的⋯⋯"——"美国的少男少女"，The Hold Steady乐队

1920-39

皮埃·保罗·帕索里尼
PIER PAOLO PASOLINI

生于：1922年3月5日（意大利博洛尼亚）；**卒于**：1975年11月2日（意大利奥斯蒂亚）

风格和流派：皮埃·保罗·帕索里尼是诗人、小说家，后来还成为散文家和辩论家，他写过很多电影剧本，还导演过关于意大利的生活、宗教和神话方面的电影。

二战期间，皮埃·保罗·帕索里尼在意大利北部费留利区的卡萨尔萨避难。在这里，他成立了由费留利语诗人组成的团体，并且创作了费留利语诗集《卡萨尔萨的诗》，以及《最好的青春》。上世纪五十年代，帕索里尼搬到了罗马。起初，他的生活非常拮据，他总是与那些贫苦人在一起，后来他以这些人的生活为主题，创作了小说《力挽狂澜》和《暴力的生活》（1959）。

六十年代时，帕索里尼已经写了很多电影剧本，他开始涉足电影制作。市郊贫民的艰苦生活是其电影关注的中心，1961年的影片《寄生虫》就是其中的代表。剧本《马太福音》和《定理》表现的主题是：宗教是悲剧的开端。剧本《十日谈》使用的是小说式的表现手法。《索多玛的120天》高度再现了意大利社会共和国（二战末期墨索里尼在希特勒扶植下成立的法西斯傀儡政权——译注）。而《俄狄浦斯王》和《美狄亚》则是现代版的希腊神话。

除了已出版的重要作品，帕索里尼对社会的不满也忍耐到了尽头，他通过在报纸和杂志发表文章，满怀热情地参与关注国计民生的活动，发表慷慨激昂的演说。他严肃地分析了二战后意大利混乱的社会秩序，指出社会方方面面不是正在逐渐倒退，就是已经彻底堕落，他把意大利人认同感的丧失，与他们不计后果地追求改善经济状况联系在一起。他预测到，人口的大迁徙会为城市带来环境和道德的双重灾难，人们的工作前景同样不容乐观。帕索里尼对世界的命运表现出明显的绝望，他清楚地认识到，根据现有的工业规模和利润判断，当前盛行的经济模式就是现代社会罪恶的源头。**CC**

代表作

诗歌

《卡萨尔萨的诗》1950
《最好的青春》1954
《葛兰西的骨灰》1957
《我们时代的宗教》1961
《玫瑰形的诗》1964

小说

《力挽狂澜》1954

电影剧本

《罗莎妈妈》1962
《马太福音》1964
《定理》1968
《十日谈》1971

1920-39

"死亡决定生活。生命到了尽头才会有意义。"

上图：意大利著名诗人、小说家和电影制作人帕索里尼，摄于1970年。

菲利普·拉尔金 PHILIP LARKIN

生于：1922年8月9日（英国考文垂）；卒于：1985年12月2日（英国东约克郡赫尔）

风格和流派：菲利普·拉尔金是二十世纪最伟大的诗人之一，他还是小说家和爵士评论家。他是英国年轻一代作家的代言人。

菲利普·拉尔金曾有名言，他说自己的传记即便从他二十一岁时开始写起，重要的细节也一点不会被遗漏。对于自己在诗歌上没有受到多少传统的启发，他感到相当自豪："缺乏之于我，同于水仙之于华兹华斯。"拉尔金曾在牛津大学圣约翰学院读书，战时的伦敦为他的首部小说《吉尔》提供了背景。第二部小说《冬日女郎》用弗吉尼亚·伍尔夫式的象征主义风格，雄心勃勃地对孤独进行了一番研究，但他之后的小说都很不成功。1945年，拉尔金读到了托马斯·哈代的诗，从此成了他的忠实读者。拉尔金的第一部重要的诗集是《北方船》，这部作品经常因其夸张的叶芝式修辞而饱受诟病。但它的出色之处在于，它是一部战争时期的抒情挽歌，蕴含着不屈的求生欲望。

上世纪五十年代，拉尔金加入了"运动派"，这是由英国一群年轻的作家组成的团体。1955年，拉尔金当上了东约克郡的赫尔大学的图书管理员，并在那里度过了余生。这座城市及周边的风光体现了战后英国社会的景象，拉尔金在其诗歌中对此有过细致的刻画。《受骗较少的人》对自由的前景抱有怀疑态度，作品小心翼翼地重新评价了对工作、爱情和宗教的传统价值观和态度。《降灵节婚礼》带我们领略了五十年代的贫穷和六十年代的富足，而《高窗》展现的则是战后社会共识的土崩瓦解。

拉尔金的诗歌能从日常生活的平凡琐事中总结出理智的意义。他成了二十世纪末期最受欢迎的英国诗人之一。1984年，约翰·贝杰曼爵士去世，拉尔金接替他被授予了桂冠诗人的称号，但是他拒绝了这个头衔。**SR**

代表作

诗歌
《北方船》1945
《受骗较少的人》1955
《降灵节婚礼》1964
《高窗》1974
《菲利普·拉尔金诗选》1988

小说
《吉尔》1946
《冬日女郎》1947

非虚构类作品
《爵士乐的一切：日记记录》1961-1971

> "我觉得描写不幸的生活可能是我受欢迎的原因。"

1920-39

上图：拉尔金在约翰·贝杰曼爵士的追思会上，摄于1984年。

代表作

小说

《幸运的吉姆》1954

《一种不确定的感受》1955

《詹姆斯·邦德的档案资料》1965

《反死亡同盟》1966

《孙上校》1968（使用了罗伯特·马克汉姆这个假名）

《绿人村》1969

《变化》1976

《杰依克的东西》1978

《老恶魔》1986

"如果没法激怒别人，那写作也就没有意义。"

金斯利·阿米斯 KINGSLEY AMIS

生于： 1922年4月16日（英国伦敦）；**卒于：** 1995年10月22日（英国伦敦）

风格和流派： 金斯利·阿米斯爵士是英国著名小说家、诗人、评论家和讽刺作家，他以喜剧才能著称。1990年，他被授予大英帝国骑士勋章。

　　小说家马丁·阿米斯之父金斯利·阿米斯爵士，是二十世纪英国最伟大的文学家之一。尖锐的讽刺和喜剧才能贯穿他的小说，令人难忘。

　　阿米斯的小说以当代的英国社会为基础，经常从自己的生活中汲取灵感。他与一群年轻的英国作家交往甚密，这群人被称为"愤怒的年轻人"，因为他们的作品不仅讽刺而且观点激进，他们的作品批判了当时的社会传统和政治气氛，但是阿米斯本人——还有其他的作家——拒绝被贴上这个标签。依据自己的演讲和执教经历，阿米斯创作出"校园"小说。这些小说的故事都发生在大学校园或周边，《幸运的吉姆》等作品细致入微地刻画了学生和老师，作品富含冷幽默，为霍华德·雅各布森和汤姆·夏普等人的作品树立了榜样。

　　到了上世纪六十年代，阿米斯开始逐渐放弃早期小说中的精确现实主义手法，开始接受有争议的非现实题材，这从侧面反映出他对科幻作品产生了兴趣。《反死亡同盟》和《变化》就是例证，它们都质疑传统的宗教信仰，反映出阿米斯自己的无神论观点。从上世纪六十年代开始，阿米斯开始与伊恩·弗莱明合作詹姆斯·邦德系列作品，他写过相关评论，写了《詹姆斯·邦德的档案资料》，还用假名创作了邦德系列作品《孙上校》。阿米斯一生著作颇丰，不仅写小说，还写过很多评论文章和数卷诗歌。1986年，他凭借《老恶魔》获得布克文学奖，《老恶魔》和《幸运的吉姆》被公认为他最杰出的作品。**TamP**

上图：金斯利·阿米斯肖像，摄于上世纪七十年代。

威廉·盖迪斯 WILLIAM GADDIS

生于：1922年12月29日（美国纽约州纽约）；**卒于**：1998年12月16日（美国纽约州东汉普顿）

风格和流派：小说家盖迪斯以冷峻的讽刺语言为特征。他的小说关注美国的现代文化和社会状况，多数作品情节复杂。

威廉·盖迪斯是战后的文学巨匠之一，他的作品影响了后现代主义文学的发展，也影响了托马斯·品钦、唐·德里罗和克里斯托弗·旺德利等作家。结束了多年的旅行之后，他出版了第一部小说《承认》。这是一部具有里程碑意义的作品，它的情节纵横交错，五十多个人物的命运紧密交织其中，小说的时间跨度长达三十年之久。表面上艺术品造假是本书的中心主题，但实际上它暗示的却是更高层次上的诈骗和造假行为。《承认》虽然未能取得盖迪斯期望的成功，但它仍是盖迪斯最出色的作品之一。

《年少的人》是另一部场面宏大的复杂作品，它讽刺了财团控制下的美国，和整个国家对金钱的痴迷。小说几乎是用不间断的整段对话写成，语言风格偏口语化，句子断不成章，也不遵守什么语法，小说的主角是个十一岁的男孩。这部小说为盖迪斯赢得了国家图书奖，之后的作品场面没这么宏大，关注点更加集中。《木匠的哥特风格》虽然篇幅较短，但是发行量却更大。这部小说同样用连续的对话方式，展现了盖迪斯讽刺和悲观的世界观。《他自己的游戏》延续了其讽刺的风格，此次采用了诉讼的方式。这部作品构思精妙，复杂的故事情节展现了理想的司法与真实的法律之间的差异。盖迪斯的最后一部作品是中篇小说《目瞪口呆》，该作在构思时并不是小说，但是盖迪斯最后决定把它写成富有戏剧性的独白作品，算是对其早期作品主题的回顾。**TamP**

代表作

小说
《承认》1955
《年少的人》1975
《木匠的哥特风格》1985
《他自己的游戏》1994

中篇小说
《目瞪口呆》2002（去世后出版）

> "写作只关乎于读者与作品之间发生的故事。"

1920–39

上图：美国作家威廉·盖迪斯，1993年摄于法国巴黎。

小库尔特·冯内古特 KURT VONNEGUT, JR.

生于：1922年11月11日（美国印第安纳州印第安纳波利斯）；**卒于**：2007年4月11日（美国纽约州纽约）

风格和流派：讽刺小说家、剧作家和散文家冯内古特的超现实主义黑色喜剧，常带有半自传性质。

代表作

短篇故事

《欢迎到猴子屋》1968

小说

《自动钢琴》1952
《黑夜母亲》1961
《猫的摇篮》1963
《上帝保佑你，罗斯瓦特先生》1965
《五号屠宰场》1969
《冠军早餐》1973
《打闹剧》1976
《神枪手迪克》1985
《蓝胡子》1987

戏剧

《生日快乐，旺达·朱恩》1970

"我是和平主义者，我也是无政府主义者，我还是星球上的居民，我有各种身份。"

上世纪七十年代，如果想做个时髦的学生，就意味着必须得读小库尔特·冯内古特的作品。他的讽刺小说吸引了一代人，这些人吸毒，听平克·弗洛伊德，还反越战。冯内古特的黑色幽默作品刻画过各种反复出现的人物和发明，超现实的世界被描写得像科幻小说，既荒诞又真实。这些作品的形式、结构和排版灵活多样，风格与小说家劳伦斯·斯特恩如出一辙，常常能反映出冯内古特的胡思乱想。

然而，作者写作的节奏不仅变化很快而且飘忽不定，语言像是脱口而出，显得十分轻率，这与作品的严肃主题格格不入。冯内古特参加过二战，是一名步兵，后来成了俘虏，在1944年被关进了战俘营。1945年，联军对德累斯顿发起大规模轰炸。当时，他与其他六名战俘被关押在五号屠宰场地下的一个冷库中，因此侥幸躲过了轰炸。轰炸结束后，他与同伴被派去掩埋死难者。这段恐怖的经历激发了他的灵感，他据此创作了畅销书《五号屠宰场》。人类自我毁灭的才能是他作品中常见的主题，他经常把自己的经历写进作品里。

虽然冯内古特是一位反独裁的勒德分子、人道环保主义者，和公民自由权的支持者，但他的作品既不过分政治化，也不过分愤世嫉俗，作品姿态超脱，但他仍然抱有希望，希望人类仁慈的天性能够延续。1997年，冯内古特写了最后一部小说，此后便开始创作散文，散文的政治色彩浓厚，特别是讨论伊拉克战争的徒劳无益时尤其如此。

冯内古特去世后，他的一代读者，特别是电影导演迈克尔·摩尔，还在坚持用黑色幽默与权力阶层作斗争。**CK**

上图：小库尔特·冯内古特肖像，摄于1984年。

纳丁·戈迪默 NADINE GORDIMER

生于: 1923年11月20日（南非德兰士瓦斯普林斯）

风格和流派: 纳丁·戈迪默的小说传达了南非种族隔离时代，和种族隔离制度终结之后，黑人和白人之间的紧张关系，简洁的写作风格、对细节的重视和内敛的语言是她的典型特征。

因为心脏不好，纳丁·戈迪默小时候一直呆在家里，母亲的决定无意中促进了她的写作才能的发展。十四岁时，戈迪默在约翰内斯堡的《论坛》杂志上发表了第一篇短篇小说"明日再来"。二十岁的年纪，戈迪默已经开始定期发表文章——对于一个作家来说，这无疑是个好兆头，后来她获得了十五个荣誉学位，还赢得过很多奖项，其中包括布克文学奖和诺贝尔文学奖。戈迪默在南非只上过一年大学，后来就开始专注于写作。她一共写过十三部小说和十部短篇小说集。

戈迪默的大部分作品都批判了种族隔离制度。多数情况下，她的作品讨论的都是南非的种族争议给人们心理上带来的焦虑。在《恋爱季节》中，作者通过描写白人（已婚）妇女安·戴维斯，和她的情人（已婚）、油漆工吉迪恩·席巴路，以及为他们的感情出谋划策的女性自由主义者杰西·史迪威，彻底揭露了南非种族隔离法。在描写种族隔离制度的同时，戈迪默严密关注的另一个主题就是主仆关系，《七月的人民》和《资产阶级世界的末日》就是其中的代表。《伯格的女儿》描写的是残暴的索韦托起义，《家藏的枪》反映的则是南非后种族隔离社会的暴力。

虽然社会接受戈迪默的作品，认为她的作品"很正常"，但她还是有三部作品遭禁。她拒绝因此逃亡，因此被南非国内外奉为偶像。戈迪默的作品展现了种族隔离制度的方方面面，为描写这些事件另辟了蹊径，她的创作因此经受住了时间的考验。**JSD**

代表作

短篇故事

《面对面》1949
《六英尺土地》1956
《利文斯顿的伙伴》1971
《城市和乡下的恋人们》1980
《写作与存在》1995年
《贝多芬是1/16的黑人》2007

小说

《恋爱季节》1963
《贵客》1971
《自然资源保护论者》1974
《伯格的女儿》1979
《七月的人民》1981
《家藏的枪》1988
《搭便车》2001

1920-39

"写作是一种苦难，是一种最孤独的职业。"

上图：纳丁·戈迪默，摄于2006年5月。

469

亚沙尔·凯末尔 YAŞAR KEMAL

原名： 凯末尔·萨迪克·高克塞利（Kemal Sadık Gokceli）

生于： 1923年（土耳其奥斯曼尼耶——现高克赛丹姆 赫米特）

风格和流派： 亚沙尔·凯末尔是土耳其最有影响的作家之一，他因对乡村生活的诗意描写和鲜明的现实主义风格而闻名。凯末尔是非常成功的小说家，还写过诗歌和短篇小说。

代表作

小说

《米米德，我的雄鹰》1955
《平原吹来的风》1960
《钢铁大地，青铜天空》1963
《不朽的青草》1968
《一只海鸥的传奇故事》1976
《跨海的渔民》1978

"人们总是用神话和梦想编织自己的世界。"

1920-39

亚沙尔·凯末尔1923年出生于土耳其的托罗斯山脉南部，这里的风景成为他的部分小说的背景。他的父亲是富有的地主，他很小的时候就目睹了父亲被谋杀身亡，这导致他患上口吃的毛病，多年都不见好转。他只上过两年中学，姐姐死后，十四岁的凯末尔不得不辍学回家照顾母亲。

凯末尔听着民谣故事长大，后来开始写诗歌和短篇小说。他当过记者，不过在1955年出版了第一部小说《米米德，我的雄鹰》之后，他才逐渐在国内外声名鹊起。这部小说讲述了一个年轻的乡村男孩的故事，他当了亡命徒，与不公正现象作斗争，最后成就了一段传奇。在后来的多部续集中，他的壮举始终代表贫苦人，《米米德，我的雄鹰》至今已经被译为四十种不同的语言出版。

凯末尔在"史诗三部曲"《平原吹来的风》《钢铁大地，青铜天空》和《不朽的青草》中，描写过穷人和无依无靠的人。这些小说关注一群村民的艰苦生活，他们以摘棉花为生。凯末尔的其他作品，例如《一只海鸥的传奇故事》，背景设在黑海边的渔村，《跨海的渔民》也不再关注风景，而开始关注城市生活的混乱。

凯末尔一生都关心受压迫的阶级。1995年，他遭逮捕并判处二十个月缓刑，因为他为德国《明镜》周刊撰写了一篇反映土耳其库尔德人地位问题的文章。凯末尔在国内外赢得过数不清的文学奖，这也说明了他的作品具有广泛的影响力。**HJ**

上图：2003年，凯末尔在巴黎的世界文化学院。

诺曼·梅勒 NORMAN MAILER

生于： 1923年1月31日（美国新泽西州朗布兰奇）；**卒于：** 2007年11月10日（美国纽约州纽约）

风格和流派： 梅勒之所以闻名于世，是因为他习惯于用风格化的自我讲述故事，他的作品通常都是巴洛克式风格，其中绝大部分都是小说。

如果你只想用一个词形容诺曼·梅勒，没有哪个词比"多产"更贴切——这个男人不仅有数不清的后代，还有数不清的文学作品或者数不清的其他东西。对于这样一位具有丰富想象力的人来说，"多产"绝对是最贴切的词，他写过关于古埃及的小说（《古代的傍晚》），用第一人称写的耶稣生平（《圣子福音》），长达一千三百页的中央情报局纪录（《妓女的鬼魂》），甚至还有一本描写阿道夫·希特勒起源的深思录（《林中城堡》）。

所有这些作品都出自一位作者，他给人最初的印象并不是一位想象力丰富的作家，而是一位记者。作为上世纪六十年代"新新闻主义"的共同发起人，梅勒针对种族问题撰写过散文（《白色黑人》），也出版过关于政治的书（《迈阿密和围困芝加哥》）。凭借《刽子手之歌》，他成为了这种创作流派的典范，这部小说讲述了杀手加里·吉尔默的故事，他四处奔波只为求得一死。

梅勒一生的经历惊人地丰富：他参加过二战（并把这段经历写进了《裸者与死者》中）；与人合作创办了《乡村之声》报；参加过纽约市长竞选（他的竞选口号是："其他候选人都是笑话"。）他的散文涵盖了从星际旅行到控制生育等各种内容。

梅勒是暴力理论家（偶尔也是实践者），他痴迷拳击运动，这让他创作了最好的一些作品。在《打斗》中，他记录了阿里和福尔曼之间的"丛林之战"。1962年，梅勒在帕特森和里斯顿之战的新闻发布会上惹了麻烦，他坐在桑尼·里斯顿的椅子上不肯让座。这张椅子就像是诺曼·梅勒在文学界的地位一样：你让他走，但是他哪里都不去。**IW**

代表作

小说

《裸者与死者》1948
《古代的傍晚》1983
《妓女的鬼魂》1991
《圣子福音》1997
《林中城堡》2007

非虚构类作品

《我自己的广告》1959
《迈阿密和围困芝加哥》1968
《打斗》1975

"男子气概既不是一件能随随便便就穿的斗篷，也不是生活中能随随便便就扮演的角色。"

1920–39

上图：好斗的梅勒，1987年摄于纽约。

代表作

小说

《蛛巢小径》1947

《我们的祖先》1960

《马尔科瓦尔多，或城市的四季》1963

《宇宙奇趣》1965

《隐形的城市》1972

《命运交织的城堡》1973

《如果在冬夜，一个旅人》1979

《帕洛马尔》1983

散文

《文学的应用》1980

上图：伊塔洛·卡尔维诺，摄于上世纪八十年代。

右图：抓拍意大利作家卡尔维诺，拍摄时间不明。

伊塔洛·卡尔维诺 ITALO CALVINO

生于：1923年10月15日（古巴圣地亚哥德拉斯维加斯）；**卒于：**1985年9月19日（意大利托斯卡纳区锡耶纳）

风格和流派：意大利小说家和评论家卡尔维诺大胆尝试了各种叙事手法，重新定义了小说中各种可能性的界限。

伊塔洛·卡尔维诺的父母是意大利人，他出生在古巴。他从不害怕表达自己对传统的反感，以及对他人的期望。在意大利上学时，他曾把信仰天主教的老师气得要死，因为他说自己根本不需要接受宗教指导。虽然父母都是科学家，但他自己坚持要走文学道路。他拒绝加入意大利独裁者墨索里尼的法西斯军队，反而在1944年加入了共产党，开始与独裁作斗争。他的第一部小说《蛛巢小径》讲述的就是这段经历，这部作品很受欢迎，成了新实在论小说的经典之作。

卡尔维诺1964年结婚，三年后搬到了巴黎，这里是上世纪六十年代文学创新的中心。早在上世纪五十年代，他就开始对不同的叙事方式产生了兴趣，反复出现的寓言和童话主题也引起过他的关注，但他后来对叙述方式的探索实验，既有独创性，又有冒险精神。在《宇宙奇趣》中的Qfwfq单元里，作者用十二个故事讲述了宇宙的演变，《命运交织的城堡》则对能够思考和预测人类命运的塔罗牌，发表了一番奇怪的观点。《隐形的城市》是一部非比寻常的作品集，它虚构了马可·波罗与忽必烈汗之间的对话，探险家马可·波罗在书中描述了五十五个不可思议的理想

国。这些小说——如果可以被称为小说的话——颠覆了线性叙事方式的概念，这些小说采用了不同于以往的故事框架，突出了其更接近于其他散文形式的特性。

卡尔维诺是乌力波组织的重要成员之一，成员还包括雷蒙德·凯诺和乔治·佩雷克等。他还结识了罗兰·巴尔特，后者幽默的后结构主义理论渗透到了卡尔维诺的作品。这种理论在不断的实践中逐渐明显，卡尔维诺以此为基础创作了《如果在冬夜，一个旅人》。卡尔维诺的小说和评论以严肃的思想为基础，这意味着他距离学术界不会太远：他曾经被邀请到哈佛大学做一系列演讲，但他的突然离世打断了这个计划。**TM**

上图：1981年2月，卡尔维诺在巴黎的咖啡馆中，索菲·巴索斯摄。

一次伟大的实验

《如果在冬夜，一个旅人》可能是作者最重要的一部小说，它受到作者所生活的街区启发。这部作品是一个超出语言范畴的文字实验，它令人困惑，也令人叹服。小说收录了多部小说的第一个章节，通过描写阅读这个动作，将这些章节联系在一起。小说开头说："你将会读到伊塔洛·卡尔维诺的新小说"，但一个发现会打断你第一章的阅读，因为这本书显然是印错了，而"你"必须得重新找一本来——但到头来你会发现，那根本就是另一部小说。

约瑟夫·海勒 JOSEPH HELLER

生于：1923年5月1日（美国纽约布鲁克林）；**卒于**：1999年12月12日（美国纽约长岛）

风格和流派：约瑟夫·海勒是二十世纪最不屈不挠的讽刺作家，他的开场白最为著名，他不仅批评官僚主义，而且认为战争的本质就是不合逻辑。

约瑟夫·海勒是犹太人，他生活在纽约，很小的时候就喜欢上了写作。高中毕业之后，他做过很多种工作，其中包括在铁匠铺当学徒。1942年，十九岁的海勒加入了美国空军，成了B-25轰炸机飞行员，这让他领略到战争的残酷，他以此为基础创作了《第二十二条军规》的主角约瑟连，这部小说是他的开山之作，也是其最著名的作品。

在哥伦比亚大学获得英文硕士学位之后，海勒来到牛津大学圣凯瑟琳学院当了一年富布莱特学者，他在1948年发表了第一个短篇小说作品，该小说创作于他在广告公司担任撰稿人期间。他在家里也坚持写作，《第二十二条军规》的种子从上世纪五十年代就开始萌芽。这部小说最终于1961年出版，开始时反响平平，后来获得了一致好评。快节奏的曲折剧情和古怪的喜剧效果，都是用来表达为荣誉而战这种疯狂之举的质疑，恐惧的约瑟连被描写成军中甚至最清醒的"疯子"。小说不仅描写了战争鼓动者的阴谋是如何矛盾重重，连不可避免的死亡都遭到了严厉的批判。"第二十二条军规"是一种注定无法实现的两难困境，这个词后来成了日常用语。1970年，电影《第二十二条军规》上映，艾伦·阿金扮演主角约瑟连。

在创作别的小说之前，海勒还写过多部电视和电影剧本，还有一个百老汇舞台剧剧本，它再次传播了海勒的主导思想——战争的本质很荒谬。海勒的第二部小说《出事了》出版于1974年。此后，他还写过其他作品，但是没有一部能像第一部小说那样获得如此广泛的赞赏。**LK**

代表作

小说

《第二十二条军规》1961（1971年改编为剧本）
《出事了》1974
《像高尔德一样好》1979
《天晓得》1984
《立此存照》1988
《终了时刻》1994
《一位艺术家的老年画像》2000

戏剧

《我们轰炸了纽黑文》1967
《克莱文杰受审》1973

电影剧本

《性与单身女郎》1964

自传

《不可儿戏》1988
《彼时此刻》1998

"他每次冲上前去的唯一使命就是活着回来。"

——《第二十二条军规》

上图：《第二十二条军规》的作者，拍摄于1998年2月。

乌斯曼·塞姆班 OUSMANE SEMBÈNE

生于：1923年1月1日（塞内加尔济金绍尔）；**卒于**：2007年6月9日（塞内加尔达喀尔）

风格和流派：乌斯曼·塞姆班被称为"非洲电影之父"，他用自己的小说、电影和实践，为法国马克思主义在塞内加尔的发展注入了惊人的活力。

乌斯曼·塞姆班是渔民的儿子。二战末期，他应征入伍，代表宗主国法国作战，他当上了船坞工人，战后成了法国的激进分子。1960年塞内加尔解放之后，塞姆班回到了塞内加尔，此时他已经接受了马克思主义和世界文学的熏陶，注意力从政治转向了文学创作。他出版了四部小说，还制作了七部电影，其中包括《黑女孩》，后来又写了讽刺小说《诅咒》，并把它改编成电影。

他的作品在上世纪八十年代被译成英文，出现在海尼曼非洲作家丛书系列中，而他的电影也获得了很多奖项，他最后一部电影《割礼龙凤斗》获得了戛纳电影节久负盛名的"一种关注"单元奖，是该片获得的最高奖项。**SM**

代表作

小说
《黑色码头工人》1956
《上帝的小木头》1960
《诅咒》1973
《尼伊沃姆》1987

电影剧本
《黑女孩》1966
《塞内加尔的独立》1976
《杰尔瓦》1992
《割礼龙凤斗》2004

远藤周作 SHUSAKU ENDO

生于：1923年3月23日（日本东京）；**卒于**：1996年9月29日（日本东京）

风格和流派：远藤是日本二十世纪最受欢迎的小说家之一，他探讨过复杂的道德问题，特别是东西方与基督教之间的关系问题。

远藤周作幼年时就皈依了基督教，因此信仰在他的小说中常占重要地位。人们经常把他和英国作家格雷厄姆·格林作比较，后者说远藤是二十世纪最杰出的作家之一。

上世纪五十年代早期，远藤在里昂大学学习过法国文学。他的第一个短篇小说《到亚丁去》讲述了自己的欧洲之旅。1955年，他凭借短篇小说《白种人》获得久负盛名的芥川龙之介奖。但真正让他蜚声国际的是小说《沉默》。这本书关注的是十六和十七世纪日本基督徒的殉难，讲述了葡萄牙牧师的信仰如何经受严峻考验的故事。

HJ

代表作

短篇故事
《到亚丁去》1954
《傻瓜先生》1959

小说
《白种人》1955
《黄种人》1956
《海和毒药》1958
《火山》1960
《沉默》1966
《死海之上》1973
《耶稣的生命》1973
《悲歌》1977
《武士》1980

戏剧
《黄金之国》1970

1920-39

米歇尔·图尼埃 MICHEL TOURNIER

生于： 1924年12月19日（法国巴黎）

风格和流派： 米歇尔·图尼埃从全新的角度讲述过去的故事。他创作神话故事，有时也写奇幻小说。这些作品可读性很强，但也极有深度。

代表作

小说

《星期五》1967
《桤木王》1970
《双子座》1975
《星期五和鲁滨逊》1977
《四智者》1980
《午夜爱情盛宴》1989
《思想的镜子》1994

自传

《风之灵魂》1977

"如果不是因为默默无闻，我根本活不下去，而且……我只能在不解中挣扎求生。"

——《桤木王》

米歇尔·图尼埃是过去五十年间最重要的法国作家之一，他的作品多受到德国文化（童年时，他曾多次在德国度暑假）、罗马天主教和法国哲学家加斯东·巴舍拉作品的启发。他曾先后在巴黎索邦大学和德国的图宾根大学学习哲学。

他从广播和电视界开始了自己的创作生涯，他写了三部小说，但他自己认为这些作品没有出版的价值。小说《星期五》是他的突破点，他凭借这部作品赢得了法兰西学院小说奖。这部小说重新讲述了丹尼尔·笛福的《鲁滨逊漂流记》的故事，但是在这部作品中，鲁滨逊选择留在荒岛上，而不是回归文明社会。此时的法国公众早已厌倦了"新小说"运动那些艰涩难懂的小说，所以图尼埃很快就赢得了大批忠实读者。

紧随《星期五》之后的是小说《桤木王》（正式的名称是《精灵国王》），这是他的代表作。这是一个关于纯真和困惑的故事，它讲述了阿贝尔·蒂福热——题目中的桤木王，是个法国囚犯——的命运，他帮德国人管理一个纳粹军事训练营，却因为救了一个犹太儿童而丢掉了性命。此书成了全球畅销书，他也赢得了法国著名的文学奖——龚古尔奖。

在小说《双子座》中，图尼埃对卡斯特与帕勒克的故事进行了一番再加工，在《四智者》中，他也重写了东方三贤的故事。这部小说讲述了第四位智者的故事，他没有在耶稣出生之时来到伯利恒，而是到了印度，把一群孩子从"诸圣婴孩殉道庆日"上解救下来。图尼埃的自传被翻译成英文，并以《风之灵魂》为名于1988年出版。**HJ**

上图：图尼埃在法国的花园中，摄于2006年。

詹姆斯·鲍德温 JAMES BALDWIN

生于： 1924年8月2日（美国纽约哈莱姆区）；**卒于：** 1987年11月30日（法国圣保罗德旺斯）

风格和流派： 鲍德温是富有开拓性和争议的非洲裔美国小说家、剧作家、诗人、散文家和民权活动家。

"写作只需要一种东西——这就是个人经历，"詹姆斯·鲍德温在《自传注记》中如是说。他是一位非洲裔美国作家，也是一位同性恋者，当时民权运动之风席卷美国，给整个社会带来巨大变革——马尔科姆·艾克斯和马丁·路德·金都是他的好朋友。鲍德温写过穷人和黑人生活的艰辛，他甚至还写过以同性恋为主题和跨种族感情的作品，这在当时都是禁忌。

鲍德温出生于纽约哈勒姆区的一个贫民家庭，他的继父是一名牧师，继子对读书的热爱以及对查尔斯·狄更斯的崇拜，他都毫不关心。但是，鲍德温还是追寻着继父的步伐，走上了布道台，此后他才前往新泽西州，当上了铁路工人。后来，他搬到了纽约格林尼治村，成为了一名自由撰稿人。1948年，鲍德温前往巴黎，与旅居海外的美国作家交往密切，结识的作家包括厄内斯特·海明威，理查德·赖特和菲茨杰拉德。虽然回到了美国，但是鲍德温发现，从远处描写自己的国家显然更加容易。

然而，鲍德温的早年生活对他的写作产生了影响，他的作品受到"五旬节派"和钦定《圣经》的影响很大。他的首部小说《向苍天呼吁》，反映了种族主义和宗教问题。小说《乔万尼的房间》讲述了一个年轻的美国白人男青年在法国的故事。他不可自拔地深深爱上了一个男孩，然后抛弃了自己的未婚妻，从此开始了与意大利男子乔万尼的恋爱。

鲍德温描写过各种肤色、国家和性取向的人物，他完全忠实地表现他们身上的每一处缺点。鲍德温对社会不公正现象的愤怒，完全展现在自己的作品中，但他更注重表现的是，人类的缺点是一种共同点，全世界的人只是因为这种共同点才被联系在一起。**CK**

代表作

诗歌
《吉米的诗》1983

小说
《向苍天呼吁》1953
《乔瓦尼的房间》1956
《同窗之爱》1962

戏剧
《阿门角》1954

散文
《自传注记》1952
《土生子札记》1955

"我刚开始学习读书时，就开始构思这部小说了。"

——《土生子札记》

1920-39

上图：鲍德温在法国南部自己的家中，摄于1985年9月。

477

杜鲁门·卡波特 TRUMAN CAPOTE

原名：杜鲁门·史崔克福斯·珀森斯（Truman Streckfus Persons）

生于：1924年9月30日（美国路易斯安那州新奥尔良）；**卒于**：1984年8月25日（美国加利福尼亚州洛杉矶）

风格和流派：卡波特的作品运用独特的新闻手法，他在作品中回忆了自己的童年时代和在美国南方的生活，以及与上层社会密不可分的关系。

代表作

短篇故事
《夜之树》1949

中篇小说
《蒂凡尼早餐》1958

小说
《不一样的声音，不一样的房间》1948
《冷血》1966
《应验的祈祷》1987

戏剧
《草竖琴》1951

杜鲁门·卡波特是个多彩炫目的人物，他的文章极为优美，无论小说还是非虚构的作品都是如此。他早期的风格属于南方哥特派，但他后来却是凭借新闻体小说《冷血》而声名大噪。

卡波特年轻时代的大部分时间都用来写作。他十七岁从学校毕业之后，就进入《纽约客》杂志工作。1945年，卡波特就在文学界崭露头角，他凭借处女作《不一样的声

上图：卡波特在加州棕榈泉自己的花园中，摄于1970年。

右图：卡波特与《采访》杂志封面上的肖像合照，摄于1980年。

音，不一样的房间》获得了"欧·亨利纪念奖"。这本书深情回忆了作者在南方腹地度过的青年时代，直言不讳地探讨了同性恋的问题，由此引发的争议，丝毫不逊于作者在封底的那张极具暗示意味的照片引发的争议。

卡波特取得了文学上的成功，他与当时的名流往来密切，不仅没完没了地参加聚会，还经常出现在八卦专栏里。与上流社会交往的经历为他提供了灵感，让他写了最受欢迎的作品之一——中篇小说《蒂凡尼早餐》。这本书之所以通俗易懂，是因为它情节流畅，对话精彩，还创造了美国小说史上最迷人的角色之一霍莉·葛莱特利，这个女子有着不为人知的过去，她一生漂泊，为的只是寻找自己的归属之地。好莱坞把该作改编成电影，主演是奥黛丽·赫本，作为一个讲故事的天才，卡波特的声望达到了巅峰，他在之后的作品中把这种才能发挥到了极致。

《冷血》的出版标志着卡波特彻底放弃了过去的风格，他试图用前所未有的"非虚构小说"，给新闻界和文学界带来革命性的变化。这本书讲述了一桩令人毛骨悚然的冷血谋杀案：堪萨斯州的一个农场主全家被两个年轻的精神病人残忍杀害。卡波特把自己写进了小说，他与凶手和小镇居民的生活开始紧密相连，六年内通过对这些人不计其数的访谈，两个凶手最终被处决。卡波特巧妙地避免了在作品中融入感情因素，而是单纯讲述了一个发人深省的悲惨故事。

卡波特的小说《冷血》一经出版便成为经典，在文学界为作者带来了无尽的财富和名望。这部作品是他创作生涯的巅峰之作，此后的作品都没能达到同样的高度。后来，他把小说《应验的祈祷》中的部分内容摘录下来，并发表在《君子》杂志上，这部小说把上流社交圈的私密细节暴露无遗，他开始遭到那些光鲜名流的排挤，而他曾经那么受他们崇拜。然而，直到他去世，这部小说也没有完成。**SG**

上图：1955年，卡波特和玛丽莲·梦露在纽约跳舞。

卡波特是怎么因为一张照片出名的

哈罗德·哈尔玛为《不一样的声音，不一样的房间》的作者卡波特拍摄了一张很有挑逗意味的封底照片，人们开始对作者产生极大的兴趣，卡波特因此一夜成名。这张照片以今天的标准看，实在是无伤大雅。照片中，年轻的卡波特以一个很有诱惑力的姿势躺卧在一个躺椅上。这个性感又孩子气的姿势，出现在美国各地的书店橱窗中，有人认为这是阴谋，有人则觉得愤怒。于是乎，卡波特开始推销自己，他对照片产生的宣传作用感到非常高兴；这也证明，他对照片的力量的信念是正确的，此后他又拍过很多令人难忘的照片。

1920–39

1920-39

珍妮特·弗雷姆 JANET FRAME

生于： 1924年8月28日（新西兰奥塔戈地区但尼丁）；**卒于：** 2004年1月29日（新西兰奥塔戈地区但尼丁）

风格和流派： 一个文学奖把弗雷姆从额叶切除术中拯救了回来，而她则用生动的语言，唤醒了疯狂的行为，让新西兰在世界文学版图上占有了一席之地。

1990年，《天使与我同桌》在各大电影节收获了很多奖项，这也让来自新西兰的两位女性艺术家引起了世界的关注。简·坎平紧接着又拍摄了《钢琴课》，而珍妮特·弗雷姆的作品则在全世界范围内获得追捧，坎平还把她的三卷自传改编成了电影。

弗雷姆的小说集《环礁湖》出版时，她被（错误）诊断出精神分裂症，因此在各家精神病院间辗转治疗。医院的一个员工发现，弗雷姆曾经获得过"休伯特教会纪念奖"，因此推迟了她的额叶切除术。《猫头鹰也会哭》是她创作生涯的第一部作品，小说巧妙地呈现了人处在崩溃边缘的精神状态。**SM**

路易斯·马丁·桑托斯 LUIS MARTÍN SANTOS

生于： 1924年11月11日（摩洛哥拉腊什）；**卒于：** 1964年1月21日（西班牙圣塞巴斯蒂安）

风格和流派： 路易斯·马丁·桑托斯对精神病学的兴趣都体现在自己的作品中。他惯于使用现代主义手法，以第二人称为视角描写内心独白。

路易斯·马丁·桑托斯曾在萨拉曼卡大学学习医学，后来又进入马德里大学攻读精神病学，还在圣塞巴斯蒂安的精神病疗养院当了十三年主管。他写过很多散文，目的是发展一套关于人的完整理论，后来还出版了一个文集——《狄尔泰、雅思佩斯以及对精神疾病的理解》。

1962年，马丁·桑托斯出版了一部小说，用西班牙人的方式解读了詹姆斯·乔伊斯的《尤利西斯》中的叙述结构、现代主义写作技巧和语言学上的复杂性。这就是小说《寂静时光》，它呈现了一种主观和创新的方式，这与西班牙盛行的社会现实主义完全不同。《毁灭的时刻》是计划中三部曲的第二部，本书还没有完成，作者就因为意外事故离世了。**REM**

戈尔·维达尔 GORE VIDAL

全名：尤金·卢瑟·戈尔·维达尔（Eugene Luther Gore Vidal）

生于：1925年10月3日（美国纽约州西点）；**卒于：**2012年7月31日（美国加利福尼亚州好莱坞）

风格和流派：维达尔是美国小说家、剧作家、电影编剧和散文家，他以对美国政治的尖酸刻薄和作品中公开谈论性而闻名。

戈尔·维达尔的第三部小说《城市与盐柱》刚一出版，公众的怒火瞬间就被点燃了，因为书中公开描写了同性恋。这是美国历史上第一本开诚布公地讨论这一主题的书，公众和评论家都认为此书伤风败俗。尽管如此，作为美国最有才华、最有争议的作家之一，戈尔·维达尔的地位得到了巩固。

维达尔的作品算得上恶名远扬，因为它们尖酸刻薄，而且坦率得有些恬不知耻。在整个创作生涯中，他曾经多次以令人毫无防备的率真态度讨论过性和政治问题，关于他的评价也因此毁誉参半。上世纪五十年代，随着《城市与盐柱》的出版，维达尔的作品销量开始下降，所以他开始从事剧本创作，最著名的代表作就是为电影《宾虚》重写的剧本，剧本中甚至还有同性恋潜台词。但是，电影主演查尔顿·赫斯顿并不认可这种说法。上世纪六十年代，维达尔的小说创作再次起飞，他先后出版了《朱利安》《华盛顿特区》和讽刺幽默小说《米拉·布莱金里治》，后者描写了易性癖和女权主义。此后，维达尔的小说大致可归为两大类：历史或政治作品，例如《林肯》；以及类似于《米拉·布莱金里治》和《史密森学会》这样的讽刺喜剧。

维达尔的散文也很有名，散文是他发表争议性观点的媒介，他用活力和他人难以实现的语言转换，表达自己关于政治、性和社会的观点。维达尔的政治观点之激进，是有据可查的，他还时常因此惹上麻烦，特别是与政治分析家小威廉·F.巴克利之间的分歧巨大，他和维达尔之间互相咒骂，诉讼不断，两人的战争旷日持久。**TamP**

代表作

小说

《城市与盐柱》1948
《朱利安》1964
《华盛顿特区》1967
《米拉·布莱金里治》1968
《林肯》1984
《史密森学会》1998

电影剧本

《宾虚》1959

> "不管是写作还是政治活动，最好不要考虑，直接做就是。"
>
> ——戈尔·维达尔

1920-39

上图：戈尔·维达尔的照片，拍摄于2006年10月。

弗兰纳里·奥康纳 FLANNERY O'CONNOR

生于： 1925年3月25日（美国佐治亚州萨凡纳）；**卒于：** 1964年8月3日（美国佐治亚州米利奇维尔）

风格和流派： 弗兰纳里·奥康纳的小说以美国南方的乡村为背景，刻画了未经雕琢的粗暴人物，注重于在这个玩世不恭的世界里寻找上帝存在的痕迹。

代表作

短篇故事

《好人难寻》1955

《上升的一切必将汇合》1965

小说

《智血》1952

《暴力夺取》1960

"死亡和我的想象力一直是密不可分的兄弟。"

——弗兰纳里·奥康纳

上图：奥康纳的照片，拍摄于上世纪五十年代。

弗兰纳里·奥康纳二十五岁时，红斑狼疮击垮了她的身体，这种病会让人极度消瘦，而她的父亲十年前也是被这种病夺去了生命。第一次发病几乎要了她的命——但是她却活了下来，她在母亲位于佐治亚州的偏远农庄里过着与世隔绝的生活，并在这里度过了短暂一生中的剩余时光。红斑狼疮让她的身体极度虚弱，却也让她对自己的死亡有了更敏锐的认识：她的作品显示出她对死亡的全情关注。

在奥康纳的作品中，南方生活着各种固执己见和自私自利的人，既有肢体残疾者，也有疯子。作为一个虔诚的罗马天主教徒，她决定描写罪人而不是圣人：她的两部小说描写的都是教徒在这个世俗的世界需要面对的困难。在《智血》中，黑兹尔·莫茨试图建立一个"没有基督的教会"，这种信仰虽然没有遭到罪恶的玷污，却因为一个无知少年的插手而受到阻挠，因为少年非常渴望教会能有一个"新的耶稣"。在《暴力夺取》中，弗朗西斯·塔尔沃特必须与狂热的祖父强加给他的任务抗争：给自己患有精神病的侄子施洗，以此来羞辱这个不信教的叔叔。在这两本书中，主角经历的一系列暴力事件，都会让他们获得救赎。

作品的主题——都关乎磨难和拯救——虽然沉重，但奥康纳的写作风格却绝对轻松幽默。她的大部分作品都围绕着古怪的事件展开：比如色狼偷走女人的假腿，或者一个年轻人穿着猩猩的服装疯跑，等等。生活中，没有哪件事能小到无法引起她的关注，也没有哪一件事会可怕到丧失理智。在她的作品中，上帝的仁慈总会体现在最令人不解的情形中。失败、倒退和窘迫的时刻，比胜利或是庆祝的时刻，更能体现上帝的仁慈。**CT**

三岛由纪夫 YUKIO MISHIMA

原名： 平冈公威（Kimitake Hiraoka）

生于： 1925年1月14日（日本东京新宿区）；**卒于：** 1970年11月25日（日本东京）

风格和流派： 三岛由纪夫是日本小说家、短篇小说作家、散文家、诗人和剧作家，他的作品主题包括堕落的外在美、自杀、受虐倾向和同性恋倾向。

　　对于西方读者来说，三岛由纪夫可能是最著名的日本作家了。他曾经三次获得诺贝尔奖提名。他的自杀也很公开，他死于剖腹自杀——一种仪式感很强的开膛自裁。

　　三岛的死法反映出他作品的关注点。他写过四十部小说、二十部短篇小说合集和十八个剧本。这些作品表现出，在抵抗西方价值观的同时，日本的价值观也渐行渐远。他的第一部小说《假面的告白》，把他推上了成功的道路。这部作品讲述了一个男人发现自己是同性恋的故事。有人说这是一部半自传作品，但是作为一个丈夫和父亲，三岛由纪夫从来没有澄清过自己的性取向。**CK**

代表作

小说

《假面的告白》1948

《禁色》1953

《潮骚》1954

《金阁寺》1956

《午后的曳航》1963

《丰饶之海》1966-1971

《叶隐入门》1967

戏剧

《五种现代能剧》1956

《十日菊》1961

《萨德夫人》1965

卡门·马丁·凯伊特 CARMEN MARTÍN GAITE

生于： 1925年12月8日（西班牙萨拉曼卡）；**卒于：** 2000年7月22日（西班牙马德里）

风格和流派： 在早期作品中，马丁·凯伊特专注于提出现实主义的批评，针对的现象包括社会不公，以及单调乏味的社会和陈规陋习，尤其关注妇女受到的影响。后来，她关注的重点发生了转移，开始关注时间和机会的流逝等问题。

　　直到去世为止，卡门·马丁·凯伊特是西班牙皇家艺术学院仅有的两位女性成员之一，她的作品特别关注女性在父权社会中受到的种种束缚，描写的都是西班牙女性在历史上遇到的种种问题。其晚期作品中，有很多神话、民间传说、童话故事和寓言。

　　作为西班牙内战后涌现出的作家，马丁·凯伊特写过弗朗哥统治给西班牙社会带来的恶果，她凭借《在幕后》获得了诺贝尔奖，1988年获得了阿斯图里亚斯王子文学奖，还分别在1978年和1994年获得国家文学奖。她的作品把中世纪西班牙文学的现实主义与现代的小说结合在了一起。**REM**

代表作

短篇故事

《温泉地》1954

《镣铐》1960

《已完成的故事》1978

小说

《窗帘后面》1957

《舒缓的节奏》1963

《内心的碎片》1976

《密室风云》1978

《风云变幻》1992

《告别天使》1994

《生活是奇怪的事》1996

约翰·伯格 JOHN BERGER

生于：1926年11月5日（英国伦敦）

风格和流派：约翰·伯格是一个空想家，他对"观看之道"有着革命性的认识，持续颠覆着读者对于艺术、文化和政治的反思——和责任。

代表作

小说

《G》1972

不劳而获三部曲：

《猪猡的大地》1979

《一度在欧洲》1987

《丁香花和旗》1990

非虚构类作品

《观看之道》1972

《影像的阅读》1980

散文

《抵抗的群体》2001

《留住一切亲爱的》2007

回忆录

《我们在此相遇》2005

"［艺术］……让生活的无情变得有意义……"

——《让七人写你的诗》

上图：伯格在制作影片"消失的点"期间，摄于2005年。

约翰·伯格是马克思主义人文主义者、散文家、艺术评论家、剧作家和公共知识分子，要讨论他在六十年的职业生涯中涉足过的领域，就必须从合作的角度着手，否则这将几乎不可能完成。伯格是个极有天赋的作家，而他最大的天赋可能就是宽容大度的个性，凭借这种天赋，他能与很多艺术家一起工作，他们包括导演西蒙·麦克伯尼，艺术家胡安·穆尼奥斯和作曲家加文·布莱尔斯等。此外，他在散文集中向读者介绍了中东和拉美的作家、艺术家甚至激进分子，而他与神秘的革命者马科斯副司令之间的往来，最能引起人们的兴趣（他在《抵抗的群体》中有过相关描写）。

伯格就像恰帕斯的游击队员一样令人难以琢磨，他写过十几部非虚构作品。其中以研究西方高雅艺术的《观看之道》最为著名，本书创作于他在社会主义杂志《新政治家》担任艺术评论家期间，他既是一位热衷于展现自己的艺术家，也是一位耀眼的小说家，他一直关注因工业资本主义而被边缘化的人和地方。和马科斯副司令一样，伯格也生活在远离都市中心的地方，虽然他住在阿尔卑斯山区的村子里，却能异常敏锐地审视国际政治和文化。

伯格的散文《留住一切亲爱的》，既有先见之明，又有政治敏感度，它融合了色情诗歌、有关巴勒斯坦的新闻报道，和经济理论于一体，从多个层面深度思考了自由与渴望之间的关系，这种关系足以打破种种隔阂：不管是国家和人民之间，还是类型与媒体之间。无论他观察的是工薪阶层的生活，还是自己的回忆（《我们在这里相遇》）；不论是一个朋友画的壁画（与约翰·克里斯蒂于2000年合作《给你寄去这镉红》），还是提香的作品，抑或是山区的照片：伯格的那双游走的眼睛，深，能着眼当地，广，能放眼全球。**SM**

达里奥·福 DARIO FO

生于： 1926年3月24日（意大利瓦雷兹省桑贾诺）

风格和流派： 达里奥·福是性格外向的意大利演员、作家、喜剧演员和故事作者，他是个表演者，他在作品中运用意大利古老的"即兴喜剧"手法，他还经营一家剧院。

达里奥·福是铁路工人的儿子，他还很小的时候就经常跟家人四处搬迁。1940年，达里奥·福到米兰去学建筑。虽然家人反对墨索里尼的法西斯统治，但他还是应征入伍参加了二战，后来他从军队中逃走并且躲了起来。

当他被授予1997年的诺贝尔文学奖时，意大利学者们的反应，与其说是欣喜还不如说是困惑。因为他并不是严格意义上的作家。但把他定义为演员也不准确，因为人们很难在他身上发现纯粹的"表演者"的素质。他的作品颠覆了传统和流派，用词富有深意，而且带有明显的方言特性，作品深度展现了媒体对意大利方言的影响。

达里奥·福的职业生涯中最了不起的一件事，就是在1962年参加了意大利电视节目"坎措尼希玛"（Canzonissima）。他的妻子弗兰卡·拉梅也一起参加了节目，达里奥·福虽然展现了自己幽默和讽刺的侧面，但在表象之下却是对政治统治阶层的抨击，抨击了经济奇迹带来的"虚假"的自由前景，以及对工人阶级的剥削。但讽刺的是，他从此之后便被禁止上电视，可是他却因此有了更多的崇拜者。虽然受到了挫折，但他的剧本却非常卖座。以至于到1968年的学生抗议发生之前，达里奥·福得把自己的演出搬到乡镇公所，甚至是体育馆这样的地方去，这说明他的艺术已经成为日常生活的一部分。与其他的可视化艺术一样，表演者达里奥·福打破了传统规则，他打破戏剧传统的目的，是让自己回归到现代生活的层面上来。**FF**

代表作

戏剧

《可怜的小东西》1952
《工人认识300个字，老板认识1000个：这就是为什么他是老板的原因》1969
《滑稽神秘剧》1969
《一个无政府主义者的意外死亡》1970
《付不了钱？不会付钱！》1974
《教皇和巫师》1989
《约翰·帕丹与美洲的发现》1991
《不正常的比切法罗》2003

"以千命换一命，以血河换血滴"

——《滑稽神秘剧》

1920–39

上图：获得诺贝尔文学奖的达里奥·福在一场颁奖典礼上，摄于1998年。

艾伦·金斯伯格 ALLEN GINSBERG

原名： 埃尔文·艾伦·金斯伯格（Irwen Allen Ginsberg）

生于： 1926年6月3日（美国新泽西州纽瓦克）；**卒于：** 1997年4月6日（美国纽约州纽约）

风格和流派： 金斯伯格是"垮掉的一代"的诗人和反主流文化激进分子，他的诗歌富有想象力，准确地捕捉到了上世纪五十年代和六十年代盛行的波西米亚文化的精神。

代表作

诗歌

《嚎》1955
《祈祷》1958
《地球上的新闻》1968
《美国的衰落》1973
《冥府颂》1982

"我见证了我这一代人中最出色的人，被疯狂的行为毁掉了……"

—— 《嚎》

艾伦·金斯伯格的父亲路易斯是高中英文教师，也是一位不知名的诗人。母亲娜奥米的精神状况非常不稳定，她的癫痫病和妄想症曾发作过多次，她一生中的大部分时间都在精神病院度过，她还曾是后大萧条时代的共产党员。这些影响都体现在金斯伯格的作品中。关于母亲的精神病，他写过很多，其中最著名的一首诗就是《祈祷》，这是为娜奥米创作的挽歌，诗中模仿了很多犹太传统仪式，这首诗被公认为他的代表作。不论是在作品中，还是在个人行动上，金斯伯格都坚持激进的政治立场。他频频以强硬的姿态出现在反越集会中，甚至还带领众人诵经。

金斯伯格的转折之作是《嚎》，他把这首诗称作"一枚随时可能引爆的时间炸弹，如果我们的军事工业民族主义情节逐渐稳定，变成警察主导的官僚主义压迫的话，它会持续摧毁美国的意识"。惠特曼和威廉·布莱克的寓言诗，还有《圣经·旧约》的韵律都对这首诗产生了影响，因此它的诗句相对较长。诗歌赞美了同性之爱、法外之徒的生活，以及文化的变迁，它甚至成为一场"下流"审判的目标。这首诗和凯鲁亚克的《在路上》一起，成为了"垮掉的一代"最著名的代表作，它巩固了金斯伯格的地位，使他成为当代反主流文化的领军人物之一。

金斯伯格一生都在四处旅行，为了学习冥想，他在印度生活过两年。为了能够拓展自己的意识，他还投身于药物试验。虽然成为了成就卓越的杰出人物，但他从来不曾放弃过自己激进的原则。**MS**

上图：金斯伯格在纽约，威廉·克鹏拍摄于1988年。

约翰·福尔斯 JOHN FOWLES

生于：1926年3月31日（英国埃塞克斯郡滨海利）；卒于：2005年11月5日（英国多塞特郡莱姆）

风格和流派：福尔斯是后现代主义小说家、诗人和散文家，他创作过存在主义主题的作品。他用玩闹嬉笑对传统的讲述方式提出质疑。

约翰·福尔斯的前三部小说——《收藏家》《魔术师》和《法国中尉的女人》——都取得了巨大的成功，他也成为上世纪六十年代英国文学界一颗冉冉升起的新星。但是对于大多数人来说，这几部作品就是他的巅峰之作，他此后的作品——例如《丹尼尔·马丁》——之所以缺乏好评，主要还得归咎于作品数量逐渐减少。1988年，福尔斯经历了一次中风，此后，他都在位于英国西南部莱姆里杰斯的家中过着深居浅出的生活。他发表过很多直白诚恳的文章，文章揭示出他的偏狭本性，他对事事都看不惯，对事事都有偏见，唯一让他满意的就是从此不用生活在众人的关注之下。

不管怎么说，他早期的作品一直非常受欢迎，他也几乎成为了偶像。他的作品主题非常多样化：《收藏家》的故事令人不安，它讲述了一个与社会格格不入的怪人诱拐了一个妇女，它几乎可以算是一部惊悚小说；《魔术师》是一部莎士比亚风格的纪事巨作，讲述了一个年轻人在希腊的小岛上教授英文期间的成长经历；《法国中尉的女人》是一部带有传奇色彩的作品，它模仿了维多利亚时代的小说风格，讲述了一个堕落女子的故事。除了同样高超的叙事技巧之外，这些小说的共同点是，作者对传统的叙述形式和结局的不屑一顾。在他的作品中，叙述者的角度不断变化，他暗示这些人物有着完全独立于作品之外的生活。作为一个无神论者，福尔斯对萨特等存在主义作家的作品非常着迷。福尔斯的作品不仅为存在主义赋予了英国特色，他还鼓励读者对作品中的人物和他们的命运有自己的见解。**CK**

代表作

小说

《收藏家》1963
《魔术师》1965（1977年修改）
《法国中尉的女人》1969
《埃伯尼塔楼》1974
《丹尼尔·马丁》1977
《尾数》1982
《幻象》1985

"你笔下的人物对你来说，变得越来越真实了，这超出了所有人的想象。"

——约翰·福尔斯

1920–39

上图：约翰·福尔斯的照片，拍摄于1999年12月。

君特·格拉斯 GÜNTER GRASS

生于：1927年10月16日（波兰但泽——现格丹斯克）

风格和流派：格拉斯主要以政治和历史为主题，作品铿锵有力，发人深省；他通过描写一系列异想天开的情形，推动情节发展；还在作品中探讨了战后德国的内疚和承担的问题。

代表作

小说

《铁皮鼓》1959

《猫与鼠》1961

《狗年月》1963

《局部麻药》1969

《蜗牛日记》1972

《比目鱼》1977

《母鼠》1987

《蟾蜍的呼唤》1992

《横行霸道》2002

自传

《剥洋葱》2007

君特·格拉斯是德国当代文学的主要代表，他在诗歌、编剧和雕塑领域都堪称行家。他的作品包含强烈的社会主义元素，处女座《铁皮鼓》是一部具有开创性的小说，至今仍是英文读者最耳熟能详的作品。2006年，有人披露格拉斯曾在二战期间加入过希特勒的纳粹党卫军，这个新闻引发了巨大争议，这位1999年诺贝尔文学奖得主的名誉受到了极大的损害。

格拉斯在故乡但泽躲过了希特勒青年运动，却在十七岁时被征召进了纳粹党卫军。他在战斗中受了伤，后来被关押进美国的战俘营，一直到战争结束。后来，他在杜塞尔多夫和柏林学习过艺术，干过的工作包括农场工人、矿工、美术设计师、雕塑家，甚至还当过爵士音乐家。1955

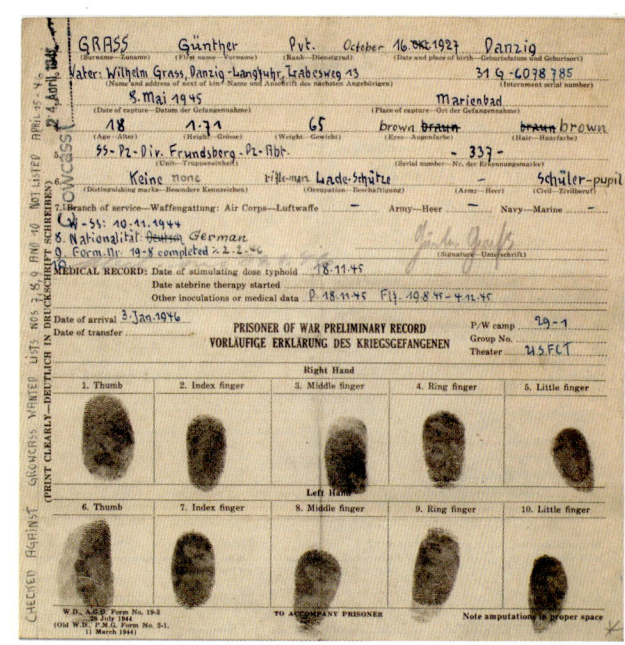

上图：格拉斯的作品讲述的是战后德国的承担和内疚的问题。

右图：格拉斯的战俘记录，拍摄于1945年。

上图：格拉斯（左）在电影《铁皮鼓》的拍摄现场，摄于1979年。

年，格拉斯加入了由一些很有社会影响力的作家组成的团体"四七社"，并出版了一些诗歌和剧本，但是作品反响不大。在巴黎工作期间，他完成了寓言式的流浪汉小说《铁皮鼓》，小说出版不久，格拉斯就成为了德国家喻户晓的作家。小说的主角名叫奥斯卡·马策拉特，他三岁时得到了一个铁皮鼓，并从此决定不再长大，因为他认为成年人的世界太过奸诈。这部小说反映了德国在战后的负罪感。

　　小说的色调虽然黑暗而令人不安，但通过描写纳粹主义崛起、苏联入侵和德国战后重建，格拉斯很有想象力地夸大了他在但泽的生活经历。奥斯卡毫无节奏感地敲打自己的铁皮鼓，还总是踏着与行进中的纳粹队伍不一样的步伐，他不仅总是发出刺耳的尖叫声，还嘲笑发生在自己身边的荒唐事。

"现在我知道了，一切都在看，没有一件事被漏掉……"

——《铁皮鼓》

1920-39

剥洋葱

格拉斯首次公开承认自己曾在十七岁时加入过纳粹党卫军，这无疑在文学界引起了轩然大波，因为此时对纳粹的批判已经持续了几十年。格拉斯不仅没有反纳粹，还曾是这个最臭名昭著的纳粹组织的士兵。他是个著名的社会主义者，他坚定并且坦率地批评了德国对其纳粹历史的态度，他还始终讽刺那些不同意他的坚定立场的人，因此指责他是个伪君子的声音不绝于耳。

虽然他在《剥洋葱》中详尽描写了参加党卫军的经历，但作者还是希望读者能抛弃偏见，因为他坚持自己从未打出一枪，还对自己的青年时代进行尖锐的批评。本书的创作目的并不是忏悔或是赎罪，但它确实抛出了作家道德上的重要问题，同时展现了读者对作者的行为赋予的期待。

对于有些人来说，此次披露的事实，让作者道德典范的形象彻底崩塌；但是另一些人认为，站在支持者的角度，格拉斯的负罪感已成为道德问题的组成部分，他在很多作品中都提到了这些问题，这件事以后仍有可能会引发争议。

之后的两部小说和《铁皮鼓》构成了《但泽三部曲》，三部小说都以战时在波兰和德国双重统治下的但泽为背景。其中，《猫与鼠》讲述了高中生约阿希姆·马尔科的故事，他有一个非常突出的喉结（他就是题目中的"鼠"），而旁白则是毕廉兹，他发表了一些靠不住的观点。毕廉兹回忆了他在纳粹德国统治时期度过的青年时代，揭示了在战争时期作为人类意味着什么。《狗年月》在文体上更有挑战性，这部小说创造了很多词汇，还有丰富扭曲的意象。作者从三个完全不同的角度讲述了这个故事，跨越了德国历史上最有启迪价值的时期，这是二十世纪德国人一次灵魂的痛苦之旅。

上世纪六十年代，格拉斯加入了为朋友和社会民主党领袖威利·勃兰特举行的竞选活动，这段经历被写进小说《蜗牛日记》中。虽然意图很严肃，但格拉斯却表现得像个喜剧演员，即便面临重重阻碍，也坚持要做正确的事。这标志着作者用一种更加幽默和讽刺的方式来处理政治和历史问题，这些问题有时候会让读者感到困惑。《比目鱼》是个神话故事，它详细描写了自石器时代以来的两性之战，智慧、双关语、美食和性爱，让这部小说充满了活力，小说在国外广受欢迎。

格拉斯的作品充满智慧，在形式、主题和语言上都富有实验性，挑战了我们对历史的解读——这种风格一直延续到新世纪的作品中，《蟹行》就是其中的代表。小说讲述了德国游轮"威廉·古斯塔洛夫"号沉没的故事，该船满载难民，于1945年被苏联潜艇击沉。故事的讲述者是一个记者，他是沉船幸存者的后代。小说通过回顾过去，表达了负罪感——格拉斯在2007年出版回忆录《剥洋葱》之后，应该也有同样的感受。**SG**

加夫列尔·加西亚·马尔克斯
GABRIEL GARCÍA MÁRQUEZ

生于：1927年3月6日（哥伦比亚阿拉卡塔卡）；**卒于**：2014年4月17日（墨西哥墨西哥城）

风格和流派：加西亚·马尔克斯是哥伦比亚籍诺贝尔奖获得者，加勒比海地区的民俗和魔术、哥伦比亚的历史、国际政治和自己内心的沧桑变化，都深深扎根于他的作品中。

加西亚·马尔克斯被祖父母抚养长大，他们讲的民间故事和迷信思想，在他的小说中占有重要地位，他从当记者开始了自己的文学生涯。1955年，他在反对党报纸《观察家报》上连载了海难水手的故事，该报的发行量因此增加了一倍。目击政府军屠杀学生的事件后，他更坚定了左翼政治思想。1959年，卡斯特罗任命马尔克斯为《波哥大拉丁语报》总编辑，他在1961年辞去了该职务。他在墨西哥城的四年间，当过记者，也写了剧本，同时开始创作《百年孤独》，该书出版于1967年，取得了巨大的成功。

马尔克斯的小说很难被下统一的定义，他早期的作品只能算作其中零散的部分。《百年孤独》讲述了时光流转的故事，内陆村庄马孔多被蒙上了一层神秘又令人兴奋的色彩。这部小说有圣经一般的韵律，还富有诗意的想象，讲述了一百年间这个村子的生活和情感：失眠症的蔓延、死神的归来，满载着工人的整列火车无故消失，吃泥土的女人，停滞的时间，村庄的毁灭，还有此前种种预言。

之后的小说虽然关注的焦点不同，但其中的忧虑却是相似的。《家长的没落》探讨的是独裁的不合理，而《迷宫中的将军》则深度剖析了政治家的孤独；这两部作品都对事实和个性之间假定的对应关系提出了质疑。《一场事先张扬的凶杀案》讲述了一个超现实主义的变革，在屈服于命运的前提下，受害者能成为刽子手，反之亦然。《霍乱时期的爱情》和《关于爱和其他恶魔》重新开始深度挖掘到内心的种种渴望。**CH**

代表作

小说
《百年孤独》1967
《家长的没落》1975
《一场事先张扬的凶杀案》1982
《霍乱时期的爱情》1981
《迷宫中的将军》1989
《关于爱和其他恶魔》1994

中篇小说
《没人写信给上校》1961
《恶时辰》1962

"出名的唯一好处是，我能把它用在政治上。"

1920–39

上图：加西亚·马尔克斯像，拍摄时间不明。

约翰·阿什伯利 JOHN ASHBERY

生于： 1927年7月28日（美国纽约州罗切斯特）

风格和流派： 约翰·阿什伯利是美国纽约派先驱诗人，他的诗歌集简洁难懂、风趣幽默、主流作家和先锋派作家的特点于一身。

代表作

诗歌

《一些树》1956
《网球场誓言》1962
《春天的两重梦》1970
《三首诗》1973
《凸镜中的自画像》1975
《游艇上的日子》1977
《众所周知》1979
《浪潮》1984
《流程图》1991
《群星闪耀》1994
《觉醒》1998
《奔跑的女孩》1999
《中国耳语》2002
《世俗的国家》2007

"我们漂浮/在我们的梦想之上，如同乘坐一艘冰的驳船……"

——"我情色的两重梦"

约翰·阿什伯利是一个异类：虽然是一位实验派诗人，但他仍能够获得广泛的认可，他的创作风格极具挑战性，作品优美抒情，令人惊艳。阿什伯利曾就读于哈佛大学，与很多作家都是朋友，其中包括罗伯特·克里利、罗伯特·布莱、肯尼斯·柯克，还有弗兰克·奥哈拉，他们都是战后美国诗歌界的代表人物。阿什伯利还与后两位一起成为"纽约派"的核心人物，他们的诗歌作品特征鲜明，既时髦又口语化，读来犹如闲庭信步般自在，这是受到视觉艺术的深刻影响，其中抽象表现派画家对他们的影响尤其深远。但阿什伯利的诗歌显然也受到超现实主义的影响，这或许是因为他曾在巴黎当过艺术评论家的缘故。

阿什伯利的首部诗集《一些树》，被W.H.奥登选入了1956年的"耶鲁青年诗人奖"评选，阿什伯利在哈佛期间还写过一篇关于奥登的论文。他的第二部作品是《网球场誓言》，它以一针见血的反义连接词，和不拘一格的超现实主义风格，深深地震撼了读者。1975年，他的作品《凸镜中的自画像》取得巨大成功，把普利策奖、国家图书奖和全美书评人协会奖悉数揽入囊中。这本书中的同名作品，取材于帕尔米贾尼诺的同名作品，表现了主观性的突出问题和复杂性，也探究了在追寻不断变化的自我时，语言的变化方式。自那时起，阿什伯利开始定期出版风格独特而又晦涩难懂的作品。其中的上乘之作被收录进《游艇上的日子》《众所周知》《觉醒》和《奔跑的女孩》等作品中，后者是一部长篇叙事诗，灵感来源于离群索居的艺术家亨利·达杰的作品。**MS**

上图：阿什伯利在纽约家外的柳条椅上，摄于1964年8月。

胡安·贝内特 JUAN BENET

全名: 胡安·贝内特·戈塔（Juan Benet Goita）

生于: 1927年10月7日（西班牙马德里）；**卒于:** 1993年1月5日（西班牙马德里）

风格和流派: 胡安·贝内特的作品摆脱了传统的西班牙式叙事方式。虽然如此，现代的读者依然认可他作品的高品质、独特性和重要性。

西班牙内战1936年爆发的时候，胡安·贝内特的父亲刚刚去世，他们全家人逃离了首都，来到西班牙北部巴斯克区的圣塞巴斯蒂避难，直到1939年局势平稳之后，他们才回到了马德里。高中毕业之后，贝内特进入马德里的土木工程学院深造，并于1954年获得学位。他先后在芬兰和西班牙当过公路工程师，1961年出版了第一部作品——短篇小说集《你绝不会一事无成》。

他的第一部小说《回到雷吉昂》引发了强烈反响和极大的兴趣，因为小说摆脱了传统的叙述方式。这部作品的写作风格具有实验性，也很复杂，它讲述了西班牙一处虚构之地雷吉昂的生活，这个地方大概是以西班牙北部山区雷昂为基础创作的。雷吉昂这个地方交通不便，与世隔绝，而且民风守旧，有评论家认为该地影射的就是西班牙。小说中有很多神话故事和寓言，它不仅对读者的理解能力要求很高，而且极尽讽刺。这是"雷吉昂三部曲"中的第一部，另外两部分别是1969年出版的《沉思》和1972年出版的《冬日之旅》。

除了小说，贝内特还写过评论文章和剧本。他的散文代表作名为《灵感和风格》，文章详细阐述了他的文学观点。他认为文学应该更注重形式，而不是讲述故事或是陈述说服力的论点。贝内特已被列入世界著名的文学家之列，他们包括马塞尔·普鲁斯特、詹姆斯·乔伊斯和威廉·福克纳等，其中福克纳对他的影响，完全渗透到了他的作品中。**REM**

代表作

小说

《回到雷吉昂》1967
《沉思》1969
《冬日之旅》1972
《生锈的螺丝钉》1983
《萨克森的爵士》1991

"哲学是一门把众所周知的事情复杂化的科学。"

1920—39

上图：贝内特在西班牙，摄于1980年。

爱德华·阿尔比 EDWARD ALBEE

原名： 爱德华·哈维（Edward Harvey）

生于： 1928年3月12日（美国华盛顿特区）

风格和流派： 他是曾获普利策奖的著名剧作家，代表作是《谁怕弗吉尼亚·伍尔夫？》。他多样化的戏剧风格和讽刺挖苦的对白，重新塑造了上世纪六十年代早期的战后美国戏剧。

代表作

戏剧

《动物园的故事》1958
《沙箱》1960
《贝西·史密斯之死》1960
《谁害怕弗吉尼亚·伍尔夫？》1962
《伤心咖啡馆之歌》1964
《微妙的平衡》1966
《箱子和毛主席语录》1969
《海景》1975
《寻找太阳》1982
《三臂人》1983
《三个高个子女人》1991
《片段》1993
《山羊，或谁是西尔维娅？》2001
《彼得和杰瑞》2004

> "剧作家就是把自己的所有勇气都展现在舞台上的人。"
>
> ——爱德华·阿尔比

历史上很少有作家能获得一次以上普利策奖，但是美国著名剧作家爱德华·阿尔比却三次获得该奖。阿尔比一直是一位伟大的实验作家，他在主题和风格上的故意扭曲，在评论界褒贬不一，但没人能否认这些作品的确富有创造性。阿尔比自己说："可能从一开始，我就跟别人不太一样。"阿尔比还是个婴儿时就被一个富人家庭收养，但他说自己从未融入过这个家庭——他和养父母在观点上分歧巨大。他被无数私立学校开除过，后来还从大学辍学。二十岁时，他决定去纽约的格林尼治村过波西米亚式的生活，因为有人跟他说，那是有趣的人聚居的地方。

就是在这里，在他三十岁生日前两天，他写了轰动一时的独幕剧《动物园的故事》，该剧讲述了一个流浪汉在公园里偶遇一个陌生人，并从此走上了暴力道路的故事。这是一系列现实主义荒诞短剧的开始，从此阿尔比才第一次真正获得了公众的认可。但是，让他真正实至名归的作品却是《谁害怕弗吉尼亚·伍尔夫？》，这是他创作的第一部超过三十五分钟的作品，也是一部充满了争议的百老汇名作，该作表现了婚姻中的冲突。此后创作的剧本《微妙的平衡》和《海景》为他赢得了头两次普利策奖。

到了上世纪八十年代，阿尔比的作品开始不那么受欢迎了，眼看着他就要从公众的视线中消失了。但是在1991年，《三个高个子女人》的上演——这个剧讲述了一个生命垂危的女人的故事，她还曾经抛弃过自己的儿子——让阿尔比再次受到观众的追捧（他也赢得了第三次普利策奖），时至今日他依然很受欢迎。**JM**

上图：爱德华·阿尔比在伦敦，摄于2006年。

卡洛斯·富恩特斯 CARLOS FUENTES

全名： 卡洛斯·富恩特斯·马西亚斯（Carlos Fuentes Macias）

生于： 1928年11月11日（巴拿马巴拿马城）

风格和流派： 虽然生在巴拿马，但卡洛斯·富恩特斯实际上是墨西哥小说家和评论家，他以实验主义叙事方式和对墨西哥以及拉美历史的深度挖掘而闻名。

如同迭戈·里维拉的壁画一样，卡洛斯·富恩特斯的小说也从政治、历史、社会、心理和神话的角度探索了墨西哥人的认同感。富恩特斯不仅仅是一位小说家，他还是外交家，同时也是拉美文化的非官方大使。

富恩特斯的早期小说刻画了一个城市化的现代墨西哥，这个国家被经济（神话）决定论、历史健忘症和革命历史的僵化印象主宰。主角们忍受着社会的停滞不前，他们对这种虽生犹死的社会有不可推卸的责任。在《最明净的地区》中，作者用全景式的丰富形式，从多个人物和多个角度，全面地呈现了社会各阶层的风貌。《阿尔特米奥·克罗斯之死》描写的是同名主角临死之前的幻觉，三个不同的人——分别是"我"、"你"和"他"——交替讲述了这个故事，这三者是冲突的自我的混合体，只有死亡才能把这三者凝聚在一起。而《美国佬》的视角则没有这么悲观。这部小说讲述了美国的老姑娘哈莉特·温斯洛的故事，她也在革命运动不断的墨西哥不停地回首往事，但她的清教徒思想似乎发生了转变，最终她成为了一个正常的女人。《未出生的克里斯多夫》的色调虽然同样黑暗，却更加顽皮可笑，小说的主角是个等着自己在1992年10月12日出生的胎儿；而《我们的土地》是一部气势恢宏的史诗，讲述了从1492年到1999年之间的历史，也可以说它讲述了新世界征服旧世界的故事。在这两部小说中，世界末日与乌托邦之间发生激烈碰撞，这两者到头来可能都会造就新起源。

富恩特斯是古巴革命领导人菲德尔·卡斯特罗的支持者，也是尼加拉瓜桑地诺民族解放阵线成员之一，他经常对美国发表严厉的批评，所以曾多次被美国拒绝入境，但是在1987年，他还是成为了哈佛大学历史上第一位拉丁美洲研究教授。**CH**

代表作

小说

《最明净的地区》1959
《阿尔特米奥·克罗斯之死》1962
《换皮》1967
《我们的土地》1975
《九头蛇的脑袋》1978
《美国佬》1985
《未出生的克里斯多夫》1987

散文

《反对布什》2004（目前未被翻译）

> "这个小说表明，我们仍在形成之中。既没有最终的解决方式。也没有最新成就。"

上图：卡洛斯·富恩特斯，拍摄于2006年10月。

埃利·维瑟尔 ELIE WIESEL

生于： 1928年9月30日（罗马尼亚锡盖特）

风格和流派： 维瑟尔是最伟大的大屠杀文学作家之一，他以简洁坦率的写作风格而闻名，语言虽然朴素，却有力地传达出和平与宽容的讯息。

代表作

小说

《黎明》1961

《白日》1962

回忆录

《夜》1960

《我们这个时代的传奇》1968

《百川入海》1995

《而且大海永远也装不满》1999

非虚构类作品

《一代之后》1971

《今日的犹太人》1978

《黑暗过后》2002

埃利·维瑟尔是散文家、小说家、回忆录作家和短篇小说作家，他写过四十多部小说，还获得了1986年的诺贝尔和平奖。他不仅仅是大屠杀幸存者，同时也是信息的传递者。1978年，吉米·卡特总统任命他为美国大屠杀纪念馆主席，他还获得了1985年的国会自由勋章。维瑟尔现在已经是美国公民，他生活在纽约，在波士顿大学任教。他和妻子成立了埃利·维瑟尔人权基金会，该组织致力于为全世界的人权而战。

维瑟尔出生于罗马尼亚北部小城锡盖特，这里从1640年开始就有犹太人聚居，他的童年时光都在这里度过。1944年，十五岁的维瑟尔和父母以及三个妹妹一起，被纳粹军驱逐到奥斯维辛集中营，到达之后，他就与母亲和小妹妹被隔离了，他再也没有见过她们；但他的另外两个妹妹幸存了下来。在集中营期间，他与父亲一直生活在一起，后来两人被送到了布痕瓦尔德，可是父亲却在1945年4月——集中营被解放前夕去世了。

集中营解放后，维瑟尔进入了巴黎索邦大学攻读哲学和心理学，后来他成为了一名记者。1958年，维瑟尔终于凭借首部作品也是最著名的代表作《夜》，打破了自己战后长达十余年的沉默。这是一本简练阴冷的回忆录，它详

上图：埃利·维瑟尔，威廉·克鹏1984年拍摄于纽约。

右图：维瑟尔在获得1985年的美国国会金质奖章后的新闻发布会上。

1920-39

细描述了作者恐怖的战时经历，《夜》最终赢得了世界的认可，总共售出五百多万本。

在1963年获得美国国籍之后，维瑟尔在纽约定居下来，并成为《犹太先锋日报》的特写作家。他一直坚持用法语创作小说、剧本和散文，并为自己在国际上赢得盛名。维瑟尔的大部分作品关注的都是大屠杀事件，他发表的大部分演讲也都围绕着反种族和宗教迫害的主题。因为他的毕生之作，在大屠杀期间失去生命的六百多万犹太人得以被铭记，希望这些痛苦的记忆能防止悲剧重演。**LP**

上图：在布痕瓦尔德的埃利·维瑟尔，摄于1945年4月16日。

《夜》的出版

虽然已被翻译成三十多种语言，但是《夜》差点未能逃脱被全世界遗忘的命运。法国小说家和诺贝尔奖获得者弗朗索瓦·莫里亚克说服了维瑟尔，让他打破沉默，写下自己在大屠杀期间的经历。当维瑟尔完成了《夜》之后，莫里亚克亲自把手稿投给了数不清的出版社，但是作品一直未能出版。出版社拒绝接受的原因是，这部作品过于病态，后来终于有一家小出版社出版了《夜》，但是从1960年开始到1963年期间，该作总共卖了还不到1500本。

1920–39

威廉·特雷弗 WILLIAM TREVOR

原名： 威廉·特雷弗·考克斯（William Trevor Cox）

生于： 1928年5月24日（爱尔兰科克郡米契尔斯顿）

风格和流派： 威廉·特雷弗是爱尔兰小说家、短篇小说作家和剧作家。他是成长在罗马天主教国家的新教徒，这让他有了现实深陷于历史中的强烈感受。

代表作

短篇故事

《我们喝醉倒在蛋糕上的那天》1967
《浪漫舞厅》1972
《丽兹酒店的天使》1975
《威廉·特雷弗的故事》1983

小说

《老校友》1964
《迪恩茅斯的孩子》1976
《家庭罪恶》1983
《费莉西亚的旅程》1994

> "写得极好，既令人毛骨悚然，又活泼有趣，而且非常新颖。"
>
> ——伊夫林·沃评价《老校友》

威廉·特雷弗生于中产阶级新教徒家庭，曾在很多乡村小镇生活过。他曾在都柏林三一学院攻读历史并获得学位，后来他当了老师，同时开始学习雕塑。上世纪五十年代，他结了婚并移居英格兰，很不情愿地当上了广告公司的撰稿人。

特雷弗的首部小说《行为的标准》出版于1958年，反响不大，但是他从六十年代开始声名鹊起，不仅出版了很多长篇小说，他的短篇小说也广受好评。在《老校友》中，一群曾经的校友虽然互相攻击暗算对方，却依然怀念校园时代共同经历的仇恨和斗争，该作赢得了英国的霍桑顿文学奖。

特雷弗认为写作"遭受了太多内省的影响"，他把部分作品的背景地都设定在故乡爱尔兰，另一部分则设定在英国。娴熟的人物塑造、诙谐幽默的语言、令人毛骨悚然的氛围和精炼却有说服力的文章，为他赢得了赞赏。

特雷弗的作品深受爱尔兰历史和政治的影响，它们通常以人们的生活难以摆脱过去的影响为中心，他用"平铺直叙"的方式，描写了北爱尔兰问题和爱尔兰人与英国人之间漫长而悲剧的冲突。他的部分作品表现的是新教徒地主与天主教徒佃农之间的紧张关系。《家庭罪恶》讲述了发生在爱尔兰女子与英国男子之间的悲剧爱情故事。特雷弗还把部分作品改编成舞台剧（其中包括《老校友》）、广播剧，甚至是电视剧，这些作品也为他赢得了无数奖项。**RC**

上图：爱尔兰作家威廉·特雷弗，摄于1993年。

马娅·安杰卢 MAYA ANGELOU

原名： 玛格丽特·约翰逊（Marguerite Johnson）

生于： 1928年4月4日（美国密苏里州圣路易斯）

风格和流派： 马娅·安杰卢以坦率的自传作品而闻名，但她还是诗人、剧作家、历史学家和散文家。此外，她也是演员，曾经参演过电影和舞台剧。

马娅·安杰卢从阿肯色州的一所公立学校开始了踏入社会的旅程，她遭到强奸，当了少女妈妈，看起来可能没什么希望会走向国会山。她写了长达六卷的自传《我知道笼中的鸟儿缘何歌唱》，她在第一卷中写到了自己的遭遇，可能因为如此，她才有机会在1993年比尔·克林顿的总统就职典礼上，朗诵了自己的一首诗——《清晨的脉搏》。美国历史上，只有两位诗人有这么做过，她是其中之一。

安杰卢坦白地讲述了二战之前，她在美国南方的成长经历，揭露出一个聪慧的黑人女性所遭受的种族主义和性别歧视，她对自己遭受的对待感到困惑，她走上文学道路以期挽救自己。安杰卢是个不知疲倦的作家，她的作品鼓舞人心，本人也多才多艺，她的文字简单而欢快，表达谨慎又老道，那些诙谐幽默的故事，从骨子里透出一种乐观的精神，她凭借该作登上了畅销书榜，名利双收。但讽刺的是，她创作这本书的初衷是为了帮自己从悲痛中解脱出来，因为她的朋友马丁·路德·金此前遭暗杀身亡。

不过，安杰卢不仅仅是自传作家。她早年还当过歌手和演员，她坚持表演，也做过制片人，还凭借在电视剧《根》中的表演获得过艾美奖最佳女配角提名。作为一位作家，她还写过剧本，做过编剧，而她的诗歌代表作《在我死之前，请给我一杯冰水》还获得过普利策奖提名。她的才华激励了一代非洲裔美国女性，奥普拉·温弗瑞就是最著名的一位。安杰卢还是维克森林大学的雷诺美国研究教授。我没有任何势利的意思，但是她在绝望中寻找希望的能力，确实为贺曼公司的贺卡提供了源源不断的灵感源泉。因为没有什么能阻止这只小鸟歌唱。

CK

代表作

诗歌
《在我死之前，请给我一杯冰水》1971
《马娅·安杰卢诗选全集》1994

自传
《我知道笼中的鸟儿缘何歌唱》1969
《以我之名相聚》1974
《歌声飞入云霄》2002

散文
《即使星星也会寂寞》1977

"没有什么能比在心里藏着一个故事更痛苦的事情了。"

1920-39

上图：多才多艺的马娅·安杰卢，摄于2005年。

菲利普·狄克 PHILIP K. DICK

全名： 菲利普·金德里德·狄克（Philip Kindred Dick）

生于： 1928年12月16日（美国伊利诺伊州芝加哥）；**卒于：** 1982年3月2日（美国加利福尼亚州圣安娜）

风格和流派： 他是美国科幻小说作家和反文化偶像，他的那些关于变幻不定的偏执狂的故事，描写得非常出色，而且题材新颖。

代表作

短篇故事

《故事选》2002

小说

《太阳彩票》1955
《幻觉》1959
《高堡奇人》1962
《火星人的时光逆转》1964
《艾德利志的三道印记》1965
《血钱博士》1965
《机器人会梦见电子羊吗？》1968
《流泪吧，警察说》1974
《一个狗屁艺术家的自白》1977
《心机扫描》1977
《艾伯姆斯自由电台》1985

菲利普·狄克是一位令人惊叹的高产作家，他整个一生几乎都在加州北部度过。他曾在伯克利大学读过一年书，读书期间开过一段时间唱片店，还在广播台主持古典音乐节目。他结过五次婚，生了三个孩子。从1950年到1970年间，他写了六十多部小说和上百篇短篇小说，其中一部分堪称美国作家的作品中，最别出心裁和最异想天开的作品。

狄克几乎没有偏离过人们熟知的科幻小说传统，但他的作品始终具有鲜明的特征。其作品主题也总是与认识论相关：即我们如何认识已知的事物？狄克的讲述始终围绕着问题展开，精神分裂症和吸毒是他经常描写的主题，他也经常从个人的经验的角度描写这两种主题。他的小说之所以没有偏离正确的轨道，是因为他对未来科技的描写看似冷嘲热讽，滑稽可笑，实际上都严格以上世纪中叶美国日常生活的现实为基础。在《艾德利志的三道印记》中，火星殖民被简化成了去往郊区的短途飞行；你在那个红色星球上或许能拥有更多财富，而且也不用太担心污染问题，但是在火星上除了吃药和跟邻居发展婚外情之外，你

上图：菲利普·狄克，摄于上世纪七十年代。

右图：2005年，狄克的机器人接受美国电子科技成果展的采访。

什么都做不了。狄克的小说最吸引人的一点是，小说中的人物总是因为日常琐事而心神不宁，而那些真正需要他们担心的问题——例如外星人和罪恶行径，还有反乌托邦的密谋——带来的困扰也不过如此而已。

　　虽然狄克的作品在大银幕上焕发了第二次生机，但他生前最著名的作品，却是小说《高堡奇人》。与其说它是科幻小说，还不如说是推理小说——它以颠倒的历史为背景，小说中轴心国赢得了二战。在否定自己提出的前提上，这真算是典型的狄克式小说：名义上的主角是一位科幻小说作家，他写了一本有关历史颠倒的书，在书中同盟国赢得了二战。这就是狄克有趣的地方：他让读者怀疑小说中的现实或许才是真实的，而我们生存的这个世界才是虚构的。**SY**

上图：达丽尔·汉娜在根据狄克的小说改编的电影《银翼杀手》中扮演普里斯。

狄克和电影

　　狄克未能观赏到雷德利·斯科特导演的电影《银翼杀手》（1982），便因中风去世，本片以小说《机器人会梦见电子羊吗？》为基础改编，这部电影非常成功，而小说从此也被称为"数字朋克"。其他以狄克的作品为基础改编的电影，包括《宇宙威龙》（1990），史蒂芬·斯皮尔伯格的《少数派报告》（2002），以及理查德·林克莱特的《黑暗扫描仪》（2006）。《经济学家》杂志2004年曾报道，根据狄克的小说改编的电影总共赚得约7亿美元。

1920-39

米兰·昆德拉 MILAN KUNDERA

生于： 1929年4月1日（捷克斯洛伐克布尔诺）

风格和流派： 米兰·昆德拉的作品主要是哲学著作，多以忧愁、流放和变革为主题。音乐对他的作品产生了影响，他使用超自然的象征主义、回忆的辩证逻辑和情色的超验主义进行创作。

代表作

诗歌

《人：一座广阔的花园》1953

小说

《玩笑》1967
《笑忘录》1978
《不能承受的生命之轻》1982
《不朽》1988
《慢》1994
《身份》1996
《无知》2000

戏剧

《钥匙的主人》1962
《雅克和他的主人》1971

散文

《小说的艺术》1960
《帷幕》2005

1920-39

"如果一部小说发现不了某种迄今为止不为人知的存在，那这就是一部不道德的小说。"

　　米兰·昆德拉是世界著名的法裔捷克作家，他的作品以丰富的哲学思想、优美抒情的修辞和丰富的乐感而闻名。昆德拉的父亲给了他很大影响，他的父亲是一位音乐教授，也是摩拉维亚作曲家Leos Janájek的挚友，昆德拉还在布拉格查理大学攻读作曲和文学时，他的文章就像男高音一般抑扬顿挫，又不失章法，后来他成为电影学院的讲师。1968年，"布拉格之春"打断了米兰·昆德拉刚刚起步的文学和学术事业，他不得不流亡到了巴黎。

　　在早期小说中，他描写了惊世骇俗的共产党政权思想，描写的人物都是历史和个人选择的受害者。在首部小说《玩笑》中，他用尼采的哲学思想反思了善恶，《玩笑》是一部哲学杰作，小说主人公遭到大学开除，原因仅仅是他在给女友的明信片上嘲笑了共产主义制度。忧郁的小品集《笑忘录》同样着遍布悲喜剧色彩，作者通过一系列令人忧郁的小故事，描写了书中人物的生活和个人奋斗，而这些人必须屈从于胡萨克政府的统治。昆德拉笔下的人物被迫放弃工作，远走他乡，他们只能依靠回忆找到已经荡然无存的归属感，生活的种种重担在它面前也显得无足轻重，这种观点在《不能承受的生命之轻》中得到了进一步阐述。昆德拉近期主要用法语创作小说（《不朽》《慢》《身份》和《无知》），这些作品思考了人类的欲望、身份和个人历史的复杂性，揭露了现代社会朝生暮死、道德败坏的社会风气。**PR**

上图：捷克作家米兰·昆德拉，摄于1980年。

克里斯塔·沃尔夫 CHRISTA WOLF

原名： 克里斯塔·伊伦菲尔德（Christa Ihlenfeld）

生于： 1929年3月18日（波兰瓦尔塔河畔的兰茨贝格）；**卒于：** 2011年12月1日（德国柏林）

风格和流派： 克里斯塔·沃尔夫是小说家、散文家和文学评论家，她是前东德涌现出的最杰出的作家之一，德国法西斯主义、人道主义、女权主义和自我发现都是其作品中常见的主题。

克里斯塔·沃尔夫与东德密不可分，她发文批评过东德政府。其首部小说《分裂的天空》发表于1963年，但真正让她名声大噪的却是《对克里斯塔·T的思考》，这部小说反映的是女性需要承受的压力。小说《卡桑德拉》是她的代表作，也是其最有国际知名度的作品。它重新刻画了埃斯库罗斯在《阿伽门农》中描写的卡桑德拉的形象。《遗迹》是沃尔夫的自传，以她在国家安全部——即斯塔西——监视下的生活为基础，这部自传虽然创作于1979年，却是在多年之后才得以出版。沃尔夫获得了1963年的亨利希·曼奖，还获得1978年的国家图书奖，以及1980年的毕希纳奖。**HJ**

代表作

小说

《分裂的天空》1963
《对克里斯塔·T的思考》1969
《卡桑德拉》1983
《美狄亚的声音》1996

自传

《遗迹》1979（1990年出版）

米洛拉德·帕维奇 MILORAD PAVIĆ

生于： 1929年10月15日（塞尔维亚贝尔格莱德）；**卒于：** 2009年11月30日（塞尔维亚贝尔格莱德）

风格和流派： 米洛拉德·帕维奇是诗人、作家和文史学家，他拓展了叙述结构的范围，填字游戏、塔罗牌和双重开篇都是他的小说中不可分割的一部分。

米洛拉德·帕维奇的部分作品，是后现代小说史上最有创新性和最有趣的作品。他相信，在决定阅读作品的方式上，读者和作者几乎拥有相似的权利。其首部小说《哈扎尔辞典》是一部假想历史，该作共有三个版本——分别从基督徒、穆斯林和犹太教徒，以及男性和女性的角度讲述了同一个故事，其中仅有一个段落有区别。《用茶水画成的风景画》的部分内容运用填字游戏的方式写成，而《风的内侧》则以海洛和勒安德耳的故事为基础，它可以从后往前读。《君士坦丁堡最后之恋》配有一副塔罗牌，读者可以自行决定阅读章节的顺序。**HJ**

代表作

小说

《哈扎尔辞典》1984
《用茶水画成的风景画》1988
《风的内测，又名海洛和勒安德耳的小说》1991
《君士坦丁堡最后之恋》1994

1920-39

约翰·奥斯本 JOHN OSBORNE

生于：1929年12月12日（英国伦敦）；**卒于**：1994年12月24日（英国什罗普郡）

风格和流派：英国剧作家奥斯本给上世纪五十年代的剧院掀起了一阵改革风暴。他代表战后英国"愤怒的青年"派作家发出了第一次声音。

___

约翰·奥斯本是愤怒的青年（比较年长）的化身，他对一些事物的愤怒尤其著名：例如，未能实现的战后目标，狭隘的价值观，甚至包括他的母亲、几任妻子和评论家们。这种愤怒在舞台上爆发的标志，就是世界名剧《愤怒的回顾》的诞生。

奥斯本受到赞赏，是因为他创作的作品饱含激情并让他处于领导地位。上世纪五十年代到六十年代是奥斯本的黄金年代，他时髦、机智而且直言不讳，在伦敦和纽约都很受追捧。他的代表剧作包括《卖艺人》《路德》和《不能采纳的证据》。此后几十年，他还创作了《守着它下来》和《似曾相识》等作品，《愤怒的回顾》中的角色再次出现在《似曾相识》中。**AK**

汉斯·马格努斯·恩岑斯贝格
HANS MAGNUS ENZENSBERGER

生于：1929年11月11日（德国考夫博伊伦）

风格和流派：恩岑斯贝格是战后德国最重要的诗人之一。他的作品以激进的个人观点为特征，多以与经济和阶级问题相关的国内动乱为主题。

___

汉斯·马格努斯·恩岑斯贝格的首部诗集出版于1957年，他很快凭借此作成为了德国的"愤怒的青年"的代表。他的政治诗的风格简洁明了，广受好评。作为一位同情被压迫阶层的诗人，他的声望迅速增长。到了上世纪六十年代，他的作品已经不仅限于诗歌，他开始为剧院、电台和歌剧院创作作品。他的第三部诗集《盲人文字》赢得了1964年的毕希纳奖，他还成为文学运动"47社"的成员，，这是一个由政治作家组成的团体，成员还包括海因里希·波尔等。在《泰坦尼克号的沉没》中，这艘巨轮成了现代社会的象征，诗歌探讨了贫富之间的巨大鸿沟。**HJ**

约翰·巴思 JOHN BARTH

生于： 1930年5月27日（美国马里兰州剑桥）

风格和流派： 巴思性格果敢，他是后现代主义者、短篇故事作家和小说家，他的作品打破了故事写作传统，作品主题包括事实、权威和认识论等。

约翰·巴思在超小说派形成的过程中起到了关键作用，这种写作方式带有玩笑和自指的成分，它让读者也能参与到创作过程中。后现代主义让一些富有远见的作家开始对自身和存在论产生疑惑。这让巴思等作家转变了讲述故事的方式，新的叙述方式更加活跃，更富有变化，也更灵活多变，全然不顾各种刚刚被认可的规则限制。

巴思原来在纽约的茉莉亚音乐学院学习音乐理论和管弦乐编曲。后来他放弃了音乐专业，获得了新闻学的本科学位，然后又在马里兰州的约翰霍普斯大学获得了硕士学位。他接着走学术道路，先后在宾夕法尼亚州立大学、布法罗大学和约翰霍普金斯大学教授英文。

1957年，《漂浮的歌剧》出版问世，这部反传统小说讲述了一个自杀律师的故事。小说的独特让评论界出现截然不同的观点，有些人认为巴思胡编乱造了一种写作方式，目的就是迷惑读者。但在有些地方，这部小说反响极佳，它风格大胆，令人耳目一新，小说紧跟萌芽期的后现代主义运动。巴思其他的作品都极受欢迎，其中最著名的就是《烟草商》和《羊孩贾尔斯》。

1968年，充满活力的恶作剧故事《迷失在游乐场》出版问世，它展现出巴思用现状进行文学实验的强烈愿望。在小说中，文字游戏用来强调书面语言的单调本质，却展现了渗透于这种文学流派中、各种富有动态和创新性的文学形式。巴思获得多次奖项，其中包括国家图书奖，F.司各特·菲茨杰拉德奖中的美国小说杰出成就奖，马拉默笔奖优秀短篇小说奖。**LK**

代表作

小说
《漂浮的歌剧》1957
《大路尽头》1958
《烟草商》1960
《羊孩贾尔斯》1966
《湖水的故事》1987
《即将发行：一个故事》2001

短篇故事
《迷失在游乐场》1968

中篇小说
《客迈拉》1972
《三岔口》2005

> "除非是在犯罪后，老子都不算个哲学家：老子就是个卑鄙的死硬理性派。"
>
> ——《漂浮的戏剧》

1920-39

上图：巴思的照片，拍摄于1997年5月18日，他获得了同年的F.司各特·菲茨杰拉德奖。

德里克·沃尔科特 DEREK WALCOTT

生于： 1930年1月23日（圣卢西亚卡斯特里）

风格和流派： 沃尔科特是加勒比地区的诗人、画家和剧作家，他的作品揭示了多元文化的复杂性。他创作的关于旅行和流放的作品汲取了荷马史诗的精髓。

代表作

诗歌

《在绿夜里》1962
《海难余生及其他》1965
《海湾及其他》1969
《另一种人生》1973
《星苹果王国》1979
《诗作全集》（1948-1984）1986
《奥梅洛斯》1990
《悬赏》1997
《蒂耶波罗的猎犬》2000
《浪荡子》2004

戏剧

《厄俄涅》1957
《提金和他的兄弟们》1958
《猴山之梦》1967

1920-39

加勒比地区的壮丽风景不仅塑造了德里克·沃尔科特的作品，也反映了该地区痛苦的殖民地历史。沃尔科特的欧非血统让他有很强的"分裂感"，他的大部分作品就是受此启发创作出来的。沃尔科特以英语为母语，出身于卫理公会教徒家庭，但他却生活在法语天主教徒社区，他很快意识到自己在艺术上可能会取得丰富成果，同时也意识到，多元文化的背景可能会带来个人和社会的多方面冲突。

不管是在个人生活还是在作品中，被抛弃的感觉对沃尔科特的影响都不可小觑，他总是处在不同的地域、文化和语言的夹缝中。《在绿夜里》让他赢得了世界的认可。诗歌的题目呼应的是安德鲁·马维尔所写的《百慕大群岛》，这部伟大的诗作反映了宗教流放的历史，再一次充满悔恨地提醒人们，文艺复兴时代不仅曾是充满活力的学习时代，也是殖民统治和压迫的黑暗时代。背井离乡和流离失所等主题在《海难余生》和《海湾》中显而易见。沃尔科特从荷马史诗中寻找相似的情节，显示出他接受了自

上图：德里克·沃尔科特人物照，霍斯特·塔佩摄于2000年。

右图：2005年1月，沃尔科特在圣卢西亚的家中。

上图：沃尔科特的水彩画《大岛上的街道》，创作于2002年。

己身为非洲后裔的心理效应。尽管如此，他发现："经典虽然能够抚慰内心，但也远远不够。"

即便如此，他仍在自己的作品中大量描写史无前例的伟大旅程，《奥梅洛斯》就是典型的例子，诗歌的题目就是荷马的希腊语名字，作者不仅强调名字，也强调他对回归故里的不懈追求。《另一种人生》意在重新发现并延续加勒比地区多样化的文化遗产。"我们这一代人"，他说，"是从黑人的立场，以白人的视角看待自己的生活。"在《海葡萄》中，他回归了故乡圣卢西亚当地的景致，而在《星苹果王国》中，他又描写了特立尼达一个名叫沙宾的克里奥尔水手诗人的故事。沃尔科特始终反对把诗歌文学当做复仇或是忏悔的手段，而且在他最新的作品中仍有"真正强烈的美感"，这些作品包括《悬赏》《蒂耶波罗的猎犬》和《浪荡子》。沃尔科特获得了1992年的诺贝尔文学奖。**SR**

戏剧性的一面

德雷克·沃尔科特在发展加勒比特色的戏剧传统上担当过重要角色。他的剧本《厄俄涅》融合了加勒比地区的民间元素与经典戏剧的遗产精髓。通过建立特立尼达戏剧工作室，和创作《提金和他的兄弟们》以及《猴山之梦》等戏剧力作，沃尔科特实现了自己的理想，即创办一所剧院让那里的"人同样能有机会表演莎士比亚戏剧或是演唱卡里普索"。沃尔科特还参与创作音乐剧，例如与高尔特·马克德莫特合作《塞维利亚的小丑》（1974），与保罗·西蒙合作《海角人》（1998）。

1920–39

泰德·休斯 TED HUGHES

原名：爱德华·詹姆斯·休斯（Edward James Hughes）

生于：1930年8月16日（英国西约克郡米索尔姆洛伊德）；卒于：1998年10月28日（英国德文郡）

风格和流派：休斯是英国的多产诗人，他对语言的生动运用是其作品的典型特征，他还是1984年到1998年的英国桂冠诗人。

代表作

诗歌

《雨中鹰》1957
《牧羊神》1960
《沃德沃》1967
《乌鸦之歌》1970
《沼泽镇日记》1979
《爱密特废墟》1979
《大河》1983
《花与虫》1986
《生日信札》1998
《狼的注视》1989
《奥维德故事集》1997
《泰德·休斯诗选集》2003

"也许，如果你没有秘密做过忏悔，你就写不了诗。"

纵观泰德·休斯的整个创作生涯，他的诗歌都起源于科尔德河谷地带的本地方言，他正是在那里出生成长，他眷恋此地的风景，后工业化时代对这里带来的毁灭，让休斯越来越感到惋惜。他的父亲是一战幸存者，而他的部分早期作品，例如"六个年轻人"、"威尔弗雷德·欧文的照片"等，都反映了1914年至1918年的那场人间惨剧。休斯曾在剑桥大学攻读考古学和人类学，这让他一生对自然环境、文化和语言的兴趣，远高于对自己的关注。在剑桥，他邂逅了西尔维娅·普拉斯，他们于1956年结婚之后，休斯就去美国生活了两年（1957—1959）。

《雨中鹰》发表不久，休斯的胆气和活力就已经盛名在外，他鲜明地反对当时盛行的"运动"风潮，偏爱传统的创作形式和通俗易懂的诗歌主题。充满活力的语言是休斯最显著的特征，但人们把它与暴力混淆不清。《牧羊神》和《沃德沃》进一步巩固了他的作家地位，他始终敏锐地关注自然的力量和"宇宙基本的能量循环"。《乌鸦之歌》中配有莱昂纳多·巴斯金创作的精美插图，展现出休斯作为一名诗人所具有的神奇的想象力和黑色幽默。在《沼泽镇日记》和《爱密特废墟》等作品中，休斯让英国的风景有了生态紧迫性和敏感性。通过创办极有影响的《现代诗歌译文》杂志，休斯让俄罗斯、东欧以及其他非英语国家的诗人在英国受到了广泛关注。

SR

上图：1986年，休斯参加一场二十四小时室外读书会。

1920—39

J.G.巴拉德 J. G. BALLARD

全名：詹姆斯·戈登·巴拉德（James Gordon Ballard）

生于：1930年11月15日（中国上海）；**卒于：**2009年4月19日（英国伦敦）

风格和流派：巴拉德是英国小说家和短篇故事作家，他的作品多以自然灾害、色情和科技的超自然潜能为主题，而晚期资本主义中的暴力因素让他成为了当代最重要的时事评论家之一。

巴拉德是最近五十多年来，英国文学界最独树一帜的作家，巴拉德式的创作已经成为了解后现代主义世界的重要手段。巴拉德最初是科幻小说作家，但他很快就改变了科幻小说的创作惯例，使之有了灾难小说的独特性，并据此创作了《水晶世界》《沉默的世界》和《干旱》三部作品。相对于我们内心世界的深刻反思来说，小说中的世界末日似乎倒并不算是真正的灾难了。

巴拉德的突破始于《暴行展览》的发表——马丁·艾米斯称之为巴拉德的"钢筋混凝土时代"的开端。才华横溢的作者用实验性的手法，在书中呈现了晚期资本主义的种种病态暴行，书中的文章包括《玛格丽特公主的拉皮手术》和《罗纳德·里根为什么是个混蛋》等。在之后的小说《撞车》中，巴拉德还毫不避讳地详细阐述了在公路事故中发生艳遇的可能性。当他把这本书交给出版商的时候，对方说"这本书的作者已经疯了，无药可救了"，但是巴拉德自己却认为这是他成功的开始。1996年，《撞车》终于被导演大卫·柯南伯格改编成电影，并成为了经典。

巴拉德作品中强迫性的意象和焦虑的根源，在自传《太阳帝国》中有部分呈现。这部自传体作品记录了他在日军战俘集中营中的成长经历。本书意外地获得了商业上的成功，并被斯蒂芬·斯皮尔伯格拍成了电影。然而，巴拉德又重新回归到自己惯于关注的社会黑暗面。从九十年代开始，他创作了一系列小说，例如《可卡因之夜》《瞭望台》和《天国》等，它们颠覆了人们对群体和文学形式的认知。**MS**

代表作

小说

《水晶世界》1962
《燃烧的世界》1965
《淹没的世界》1966
《暴行展览》1970
《撞车》1973
《水泥岛》1974
《高楼大厦》1975
《可卡因之夜》1996
《瞭望台》2000
《天国》2006

自传

《太阳帝国》1984

"我视自己的作品为警示牌。我就是那个站在路的一边然后大喊'慢下来'的人。"

1920-39

上图：巴拉德站在铁路站台上的照片局部，摄于1992年10月9日。

代表作

戏剧

《房间》1957
《生日聚会》1958
《看管人》1960
《归家》1965
《风景》1968
《寂静》1969
《昔日》1971
《无人地带》1975
《背叛》1978
《阿拉斯加风情》1981
《最后一杯》1984
《山地话》1988
《派对时光》1991
《月光》1993
《尘归尘》1996
《庆祝》1999

1920–39

上图：哈罗德·品特，摄于2005年5月，他于同年获得诺贝尔奖。

右图：1964年，哈罗德·品特摆姿势供乔治·柯尼希拍照。

哈罗德·品特 HAROLD PINTER

生于：1930年10月10日（英国伦敦）；卒于：2008年12月24日（英国伦敦）

风格和流派：品特以对语言和停顿的个性化运用、强烈的危机感——即"品特风格"——以及对回忆的兴趣而闻名。但近年来，他却因为饱受争议的诗歌和演讲而恶名远播。

　　品特的戏剧产生的影响很难描述。评论家常用"威胁喜剧"一词形容他的作品，读者们认为，后者确实非常准确地反映了这个特征。例如，其代表作《归家》中的某些情节就能说明这个问题。剧中，泰迪和他的美国妻子计划回到伦敦与家人团聚。妻子起初很不适应这个奇怪的家庭，因为家庭成员都是男人；当泰迪的父亲和兄弟们试图强奸她时，她才发现自己的恐惧实在是不无道理。当这家的男人们厚颜无耻地要求她当他们的情妇以换取食宿时，她唯一关心的只有报酬是否可观这一件事了。

　　从表面上看，类似情节很难产生令人捧腹的喜剧效果。但是品特的大部分早期作品常常故意融入许多幽默元素。例如《送菜升降机》和《生日聚会》等作品就笑料百出，不仅妙语连珠，还有很多动作喜剧情节。品特的戏剧有一个著名的特点就是转折的突然，向敌对、无情和暴力的突然转折，让人很容易忘记剧本中的喜剧一面。品特让我们认可了这种创作方式，即笑声和语言能够消除人类主宰的关系中丑陋和邪恶的一面——这种认识，换句话说，

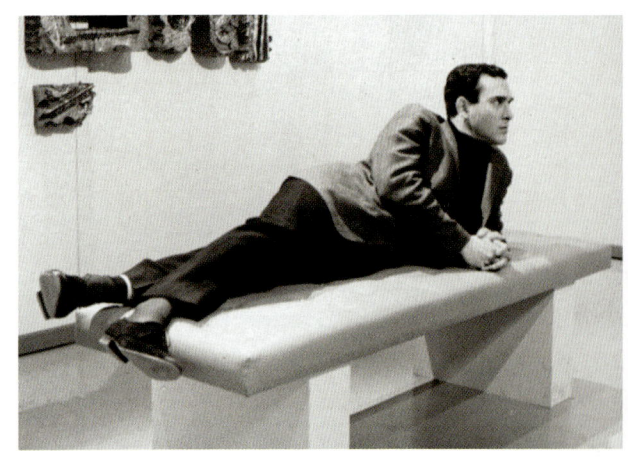

上图：2007年9月，品特在伦敦家中的写字台前。

就是所谓的"品特风格"。

　　品特的作品很难加以简单的分类，但它们也有一些共通性。他的作品一致反对多愁善感，这也反映在剧本的标题和主题的冲突关系上——《归家》这个温馨的标题和令人恐惧的剧情就是个例子。他的作品直截了当地避开了阐述和结局，从形式上与完整戏剧形成了结构上的对立。最终，他笔下的人物总是让人捉摸不透，这些人的动机让其他剧中人和读者都感到困惑不解。

　　品特从2003年开始就不再进行戏剧创作，但他仍然写诗和电影剧本。他获得了2003年的诺贝尔奖。**IW**

电影界的品特

　　虽然哈罗德·品特是著名的剧作家和诗人，但他也是多产的电影编剧，写了超过二十五部电影剧本。他在电影界的工作，主要兴趣在于改编其他作家的作品。他改编的剧本包括约翰·福尔斯的《法国中尉的女人》，玛格丽特·阿特伍德的《女仆的故事》，伊恩·麦克尤恩的《只爱陌生人》，弗朗茨·卡夫卡的《审判》，最新的作品是安东尼·谢弗的《足迹》。他还改编过普鲁斯特的《追忆似水年华》和莎士比亚的《李尔王》，但这两部作品没有拍成电影。

1920-39

钦努阿·阿契贝 CHINUA ACHEBE

全名: 阿尔伯特·钦努阿卢莫古·阿契贝(Albert Chinualumogu Achebe)

生于: 1930年11月16日(尼日利亚奥吉迪)

风格和流派: 阿契贝讲述了西方文化对传统伊博人社会的影响。阿契贝的写作风格偏向口语化,偏爱伊博寓言和混杂的语言。他的文章挑战了评论家的观点,让他们承认非洲人能按照自身条件发展自己的文化。

代表作

小说

《瓦解》1958
《动荡》1960
《神箭》1964
《平民之子》1966
《草原蚁丘》1987

诗歌

《比夫拉的圣诞节和其他诗歌/小心,黑人兄弟和其他诗歌》1971

儿童小说

《豹子是如何有爪子的》1972
《长笛》1977

非虚构类作品

《尼日利亚的不幸》1983
《希望和障碍》1988
《家园和流放》2000

1920-39

"我们的祖先创造了神话,并为全人类讲述了他们的故事。"

钦努阿·阿契贝从童年就见证了两个截然不同的世界,从那时起,他通过写作,为调和两个世界之间的矛盾,做出了很多贡献。在此过程中,他获得了二十二个荣誉博士学位以及很多文学奖项,包括布克国际奖(2007)和尼日利亚国家荣誉奖(1979)。阿契贝的父母都是虔诚的基督徒,他们为他取名阿尔伯特,以纪念阿尔伯特王子,但他们也向他逐渐灌输伊博族人的传统规范。从伊巴丹大学毕业之后,他为自己取了伊博人的名字,意思是"愿主为我而战"。因此,他为自己的生活制定了框架,为日后大量描写尼日利亚社会变革打下了基础。

阿契贝的首部小说,即代表作《瓦解》讲述了铁腕人物奥孔库沃的故事,他难以适应英国新殖民当局和传教教会的统治,因此最终垮台。《动荡》和《神箭》描绘了类似的殖民统治的轨迹,首次揭露了殖民统治逐渐确立时,尼日利亚人传统的生活方式与它之间的冲突。之后的《平民之子》等作品,探讨的是殖民者到来之后,尼日利亚国家内部的冲突问题。阿契贝第二阶段的创作伴随着尼日利亚内战,阿契贝当时担任比夫拉的外交官。混杂的语言和伊博人的寓言故事贯穿他的作品,阿契贝借此为非洲小说创作树立了全新的范例。他抗拒使用英语,也不认同欧洲人对艺术的看法,他颠覆了讲述故事以口头为主的传统,并将之转变成小说的形式,从此确立了非洲文学的新类型。

JSD

上图:钦努阿·阿契贝2002年10月13日在德国参加一场颁奖典礼。

右图:1967年出版的《神箭》修订本。

Arrow
of God

CHINUA ACHEBE

16

埃德娜·奥布莱恩 EDNA O'BRIEN

生于: 1930年12月15日（爱尔兰克莱尔郡图埃姆戈莱尼）

风格和流派: 奥布莱恩笔下的现代女性被孤立，不仅没有成就感，而且受到压迫，刻画得令人动容。她的作品以直白的性描写和抒情而著称，与詹姆斯·乔伊斯的作品强烈呼应。

代表作

小说

《乡下女孩》1960
《孤独女孩/嫉妒的少女》1962
《婚姻幸福的女孩》1964
《邪恶的八月》1965
《我几乎不认识你》1977
《与世隔绝的房子》1994
《狂野十二月》1999
《夜之光》2006

短篇故事

《爱的对象》1968
《可耻的女人》1974
《幻灯片》1990

传记

《詹姆斯·乔伊斯》1999

"由文学导致的精神障碍，是一种健康而让人振奋的事。"

上图：2002年8月19日，奥布莱恩在苏格兰爱丁堡图书节上。

埃德娜·奥布莱恩的个人生活为她的作品提供了丰富的素材。她出生于爱尔兰西部一个小村庄，孤僻的童年时光都被她用在了故事创作上。本来她进入一座天主教修道院，预备当一位修女，但她不久之后就来到了五光十色的都柏林。她在都柏林当上了药剂师，在《爱尔兰新闻》上发表过文章，后来又跟小说家厄内斯特·盖布勒私奔。两人于1951年结婚，婚后先在威克洛郡落脚，后来又搬到了伦敦。

上世纪六十年代，奥布莱恩和丈夫离了婚，此时距离她的首部小说《乡下女孩》取得巨大成功仅仅过去没几年。随后出版的《孤独女孩》和《婚姻幸福的女孩》与前者构成了三部曲，作品借鉴了自己的痛苦经历，同样广受好评。三部曲描写了一群乡下女孩的命运，她们在爱尔兰乡村长大，在这里饱受天主教和保守民风的压迫，因此逃到了都柏林和伦敦，却身陷不幸的婚姻。这几部作品因为过于直白而在爱尔兰遭禁。

戏剧性的爱情悲剧始终是奥布莱恩作品的主线，从令人感动的《邪恶的八月》中，渴望爱情的女主角的儿子和丈夫被杀害，到《我几乎不认识你》中，女主角通过杀死情人以惩罚曾经的情敌，都是如此。在《与世隔绝的房子》中，奥布莱恩开始探讨政治问题，开始创作涉及爱尔兰社会问题的三部曲，这些问题包括：爱尔兰共和军、堕胎、以及国家地位问题等。奥布莱恩被公认为在短篇小说创作上有过人的天赋。其短篇小说的主题与长篇小说类似，其中的代表包括《爱的对象》和《我梦想的房子》。她还为根据自己的作品改编的电影创作剧本，此外还写过舞台剧，关于爱尔兰的非虚构作品，以及为詹姆斯·乔伊斯作传。**AK**

胡安·戈伊蒂索洛 JUAN GOYTISOLO

生于： 1931年1月5日（西班牙巴塞罗那）

风格和流派： 戈伊蒂索洛批评西班牙专制的天主教价值观，批评这个国家背叛了自己多元文化的历史。他的写作风格兼具先锋派和现代派，极具煽动性，实质上批判了很多政治和社会问题。

戈伊蒂索洛出生不久，西班牙内战就爆发了。他从小就痛恨弗朗哥政权，因为它害死了自己的母亲（母亲死于针对巴塞罗那的轰炸），击垮了自己的家庭（他的父亲是弗朗哥分子，曾被共和军关进监狱）。他的作品确实反映出西班牙这个国家面临的种种矛盾。2000年8月，他在接受《卫报》采访时说"在西班牙没有第三种生活方式可选。我热爱西班牙文化，但痛恨西班牙社会；我没法在那儿生活。"正因如此，他从1956年开始背井离乡，先后到巴黎和摩洛哥生活。

戈伊蒂索洛的终身伴侣是个名叫莫妮可·兰格的法国女人，但他实际上是个双性恋者，这有益于他的创作，也有益于他表达对因循守旧的西班牙文化的感受。他的首部小说《手的游戏》出版于1954年，这是一部受到好评的作品。在弗朗哥统治时期，这本书是禁书，他的所有作品在当时都是禁书，直到弗朗哥1975年去世为止。短篇小说集《聚会结束了》出版之后，戈伊蒂索洛放弃了早期作品的现实主义风格，转而创作实验性的作品。他认为自己首部成熟的作品是《身份的标志》，而非早期的其他作品。《朱利安伯爵》被公认为他的代表作，它讲述了西班牙语言的再创造，本书被视为展示政治力量的工具。上世纪八十年代中期，戈伊蒂索洛还写过两卷自传体作品，这两部作品技艺运用娴熟，其坦荡的态度更是前所未有。因为热爱伊斯兰文化，而且这种文化对待自己性取向的态度是接受而且保密，所以他在马拉喀什定居下来。他的一生都在与天主教、西班牙独裁政府作斗争，这与他的双性恋身份，和对道德自由、性自由和政治自由的不懈追求密不可分。**REM**

代表作

小说

《手的游戏》1954
《身份的标志》1966
《朱利安伯爵》1970
《没有土地的胡安》1975
《马克思家族传奇》1993
《戒严令》1995
《秘密花园》1997
《愚蠢喜剧》2000
《盲人骑士》2003

短篇故事

《聚会结束了》1962

"他的作品……就像从经验之书中撕下来的书页。"

——《纽约时报》

上图：2000年9月28日，戈伊蒂索洛在波斯尼亚首都萨拉热窝的书市上。

E.L.多克托罗 E. L. DOCTOROW

全名：埃德加·劳伦斯·多克托罗（Edgar Lawrence Doctorow）

生于：1931年1月6日（美国纽约州纽约）

风格和流派：多克托罗是广受好评的美国现代历史题材小说家，他的风格虽然充满争议，却深刻有见解，这种风格拓展了小说这种流派。

代表作

小说

《小镇浩劫》1960
《但以理书》1971
《雷格泰姆时代》1975
《鱼鹰湖》1980
《世界博览会》1985
《比利·巴斯盖特》1989
《进行曲》2005

"我们之所以需要作家，是因为我们这个可怕的世纪需要见证者。"

E.L.多克托罗是当代著名的小说家，他那令人惊叹的作品，为美国历史赋予了生命，其细致的史实记载与文学虚构相结合，创造出富有深度、饱含疑虑，又扣人心弦的故事，例如《比利·巴斯盖特》和《进行曲》等。多克托罗生动描绘了历史变迁，用优美的文章唤醒了人们对当时情景和氛围的回忆，而他尖锐的叙述方式，让作品立刻有了震撼人心的现实主义色彩。

多克托罗第三部小说《但以理书》是他的首部商业成功之作。这是一部以罗森博格间谍案为基础创作的小说，作品揭露了冷战时期美国的复杂局面。这部小说节奏极快，令人惊心动魄，作者凭借此作确立了自己杰出作家的地位。四年后，多克托罗出版了《雷格泰姆时代》。这部小说的情节激动人心，层次丰富，以一战前十年为背景，小说中有真实和虚构的人物，他们也在真实和虚构的历史事件中扮演各自角色。多克托罗创造的这段历史，实在令人惊叹，以至于现实和虚构之间的界限都已模糊不清。本书获得了1976年首届国家书评人协会小说奖，还被现代图书馆编委会评选为二十世纪最杰出的百部英文小说之一。2005年出版的《进行曲》进一步巩固了多克托罗在现代作家中的崇高地位。这部小说以美国内战为背景，虚构了威廉·特姆库赛·谢尔曼将军横扫全国的军事行动。本书入围2005年国家图书奖，并于同年获得国家书评人协会奖。2006年，本书获得了福克纳奖。**TamP**

上图：多克托罗在2005年4月20日在纽约举行的"万宝龙笔"文艺晚会上。

托马斯·伯恩哈特 THOMAS BERNHARD

原名：尼古拉斯·托马斯·伯恩哈特（Nicolaas Thomas Bernhard）

生于：1931年2月9日（荷兰海尔伦）；卒于：1989年2月12日（奥地利葛姆登）

风格和流派：在伯恩哈特的小说和剧本中，他对存在主义的厌恶已经接近顶点，甚至很难把它与爱区分开……这或许只是个玩笑。

战后奥地利的叛逆顽童、自称"夸张艺术家"的托马斯·伯恩哈特是女佣的儿子。母亲去世时他只有十九岁，他从来没有见过自己的父亲。他的外祖父也是一位作家，他对伯恩哈特来说是很重要的人，即便不是，但对于伯恩哈特来说，他也是一个行为榜样。当然了，根据伯恩哈特自己的说法，他根本没有行为榜样。

伯恩哈特早年生活在维也纳，后来先后在萨尔茨堡附近和巴伐利亚生活。二战那些年对少年伯恩哈特产生了重要影响，他在纳粹党寄宿学校痛苦地生活了几年，先是在图灵根州，后来又到了萨尔茨堡。萨尔茨堡的约翰诺伊姆博物馆在1945年会后改建成了天主教学校，伯恩哈特从中获得灵感，因此把奥地利称为"纳粹天主教国家"，这个称呼恶名在外。

在音乐、表演和哲学方面的研究，影响了伯恩哈特的作品形式。在他首部小说《霜》中，上了年纪的艺术家施特劳赫在荒凉的阿尔卑斯山区长途跋涉，途中有大篇厌世的自说自话。死亡、伪善、残酷和愚蠢——伯恩哈特的作品中，这些问题疯狂地反复出现——这些每个人都会提出的问题都被施以耐心的关注。小说中的年轻医生既是施特劳赫的听众，也是故事的讲述者，他在读者和艺术家之间营造了一个空间，只有在有意识的情况下才能体会到它的诱惑力。伯恩哈特的大半生都在萨尔茨堡度过，他饱受肺病的折磨。在《老主人：一部喜剧》中，他向故去的灵魂伴侣和"生命中最重要的人"海德薇格·斯塔维亚尼切克致敬，对方年长他三十五岁，而他于五年之后去世。**JK**

代表作

小说
《霜》1963
《石灰工程》1970
《纠正》1975
《维特根斯坦的侄子》1982
《灭绝》1986

戏剧
《鲍里斯的派对》1968
《里特，甸尼，沃斯》1984
《戏剧表演》1984

诗歌
《在夜晚啊》1958
《在月光的炙烤下》1958

自传
《搜集证据》1975-1982

> "我们只有在恐惧时，才能真正地勇敢面对自己。"

1920-39

上图：伯恩哈特在奥尔斯多夫讨论他院里的农庄，摄于1981年3月。

托妮·莫里森 TONI MORRISON

原名： 克洛伊·安东尼·伍福德（Chloe Anthony Wofford）

生于： 1931年2月18日（美国俄亥俄州洛雷恩）

风格和流派： 她是非洲裔美国作家，她的诗化小说情节曲折，将哈勒姆文艺复兴的新颖叙事技巧，与魔幻现实主义的暗喻和象征结合于一体。

代表作

小说

《最蓝的眼睛》1970

《苏拉》1973

《所罗门之歌》1977

《宝贝儿》1987

《爵士乐》1992

《天堂》1999

《爱》2003

上图：由达纳·黎生博拍摄的肖像，出现在2003年1月的《图书杂志》上。

2006年，纽约时报书评推选托妮·莫里森的小说《宝贝儿》为过去二十五年来美国最出色的小说。此举令人意外地引发了争议——令人惊讶的原因是，本书已经获得了普利策奖，而作者也获得了1993年诺贝尔文学奖。

存在争议的原因可能是，尽管莫里森对形式的掌控力毋庸置疑，但她的小说即便在美国文学界也过于独树一帜，以至于不太具有代表性。莫里森关注的主题和运用的文学技巧，与被称为"后殖民主义"的国际运动密不可分，但她的作品因为对家庭生活的绝对关注，而与萨尔曼·鲁西迪和加西亚·马尔克斯的作品存在差异，其小说的政治观点主要源于小说反映的性伦理，而非其他因素。她的作品感情有深度，而故事中的个性发展，如果换做普通的作家从历史修正主义的角度上写，可能会变得头重脚轻。

莫里森出版首部小说《最蓝的眼睛》时，她已经在大学里当了十五年英国文学讲师，用一份薪水抚养两个孩子。第二部小说《苏拉》获得了国家图书奖提名，第三部小说《所罗门之歌》获得了国家书评人协会奖。这些作品证明了莫里森的才能，她可以把丰富的典故融入到作品中，同时运用后现代主义文学理论衍生出的主题，并且避免使之流于抽象化。

《宝贝儿》的灵感源于一个逃走的奴隶的故事，她杀了自己的孩子，而不是把他们带回种植园。这部作品，与《爵士乐》和《天堂》一样，同样围绕离奇的创伤经历展开，没有过多赘述，在此基础上，莫里森创作了大量追忆往事的文章。她最新的小说《爱》与之前的作品相比，在表现人际动态上增加了复杂性，但其中大部分作品的主题——例如，分享空间的困难，痛苦的历史与现实之间的关系，以及死亡对生者的意义——仍在持续的探索中。

像托妮·莫里森这样不屈不挠的小说家，在美国能如

此受欢迎并拥有广泛的读者群，很可能是因为她曾经参加过美国脱口秀节目《欧普拉秀》。节目主持人欧普拉·温弗瑞是1998年的电影《宝贝儿》的制片人和主演，她还在自己著名的读书俱乐部首批推荐图书中，推荐了《所罗门之歌》。在节目上，温弗瑞与莫里森从关于她作品的优秀讨论小组，谈到了拥有真正的自尊的意义。**SY**

上图：出版十九年之后，欧普拉·温弗瑞在节目上推荐《所罗门之歌》。

"解放你自己是一回事，宣称对自由的自我的所有权是另一回事。"

1920–39

汤姆·沃尔夫 TOM WOLFE

全名： 托马斯·肯纳利·沃尔夫（Thomas Kennerly Wolfe）

生于： 1931年3月2日（美国弗吉尼亚州里士满）

风格和流派： 汤姆·沃尔夫是备受瞩目的记者、小说家和文化的检验者，他知识渊博，用笔记录下了处在经济和社会变化中的美国社会。

　　汤姆·沃尔夫从学生时代起就称得上全能型的人才，为了学习英文，他放弃了普林斯顿大学，而选择了华盛顿和李大学。上世纪五十年代中期，他开始了漫长的报纸记者生涯，这为他提供了广阔的视野，让他能够记录下六十年代美国剧烈的社会变迁；种族问题始终是他关注的重点。沃尔夫先后供职于《华盛顿邮报》和《纽约先驱论坛报》，他经常为自己的稿件做插图，他是新新闻主义运动的代表人物。

　　沃尔夫的首部作品《流线型男孩》是一部关于二十世纪六十年代的文章选集。此后出版的作品，例如《泵房帮》《令人振奋的兴奋剂实验》《激进政治时尚族&大反贪官矛矛党》和《画出来的箴言》都十分成功。沃尔夫大部分作品中的理论，都不为同时期的作家所接受，因此他未能推广自己用现实主义的新闻手法创作对小说的经验。

　　沃尔夫的第一部也是最著名的小说《虚荣的篝火》用了两周就完成了，它最初刊登在《滚石》杂志上。后来，这部作品被整理成一部小说出版，并取得极大成功。评论家称赞其精准地全面呈现了八十年代"一切向钱看"的美国社会。《完美的人》是沃尔夫另一部杰作，主角查理·克罗克无法继续在不断变化的多元文化的美国社会中生存，他往日的权威已经难以适应这个不再年轻而顺从的社会。汤姆·沃尔夫获得过很多久负盛名的文学奖，其中包括美国图书奖非小说作品奖，哥伦比亚新闻奖，以及朗伍德大学颁发的多斯·帕索斯文学奖。**LK**

代表作

小说

《虚荣的篝火》1987
《布拉格堡的埋伏》1997
《完美的人》1998
《我是夏洛特·西蒙斯》2004

非虚构类作品

《流线型男孩》1965
《令人振奋的兴奋剂实验》1968
《泵房帮》1968
《激进政治时尚族&大反贪官矛矛党》1970
《画出来的箴言》1975
《真材实料》1979
《紫色年代》1982
《上钩》2000

"态度是我们的生活方式……这是宗教自由的一个范例。"

1920-39

上图：汤姆·沃尔夫在纽约家中，摄于2004年10月。

唐纳德·巴塞尔姆 DONALD BARTHELME

生于：1931年4月7日（美国宾夕法尼亚州费城）；**卒于**：1989年7月23日（美国德萨斯州休斯顿）

风格和流派：他是短篇故事作家和小说家，他创作的超现实主义和后现代主义作品，在形式上有实验性，语言上有独创性，还有令人目眩的喜剧效果。

唐纳德·巴塞尔姆是为数不多的重要作家中，唯一一位重要作品都是短篇小说的作家。"片段是我唯一信赖的形式，"巴尔塞姆如是说。但令人吃惊的是，他碎片般的短篇小说无一例外都对读者产生了很大影响。

巴塞尔姆生于费城，很小的时候随家人搬迁到德克萨斯州的休斯顿，他在那里当过记者、演说撰稿人，还当过休斯顿当代艺术博物馆主管。他的创作生涯开始于1962年，那年他来到纽约并创办了《地点》杂志。不久之后，他在《纽约客》杂志上发表了第一篇故事，1964年，首部短篇小说集《回来吧，卡利加里博士》也出版问世。这些故事，与巴塞尔姆其他的作品一样，运用新颖的并列结构和出色的写作技巧，马克斯·恩斯特、马塞尔·杜尚和雷尼·马格利特等超现实主义作家对他的影响似乎很大。

尽管巴塞尔姆对"美国后现代主义短篇小说最杰出代言人"的称谓顾虑颇深，但他的确是名副其实。他的作品让我们重新审视作品本身，从媒介的角度来琢磨作品；罗伯特·库佛说他是先锋派作家，而他的作品"阴郁中带有一点幽默，虽然自相矛盾，却是建立在语言中美丽的谬论的基础上"。巴塞尔姆还出版过几部长篇小说。《白雪公主》杂乱无章地重讲了这个童话故事；而《死去的父亲》则严厉抨击了各种形式的权威——不管是在个人、文化还是文字上——在故事中，古板的父亲欲求不满，令人感到悲哀，他穿越了神奇的景观，却发现自己只是走向坟墓而已。巴塞尔姆对追随自己的新生代作家产生了重要影响，而他在大卫·福斯特·华莱士、戴夫·埃格斯和彼得·艾斯特哈齐等作家的作品中，都留下了自己的印记。**MS**

代表作

小说
《白雪公主》1967
《死去的父亲》1975
《天堂》1986
《国王》1990

短篇故事
《回来吧，卡利加里博士》1964
《说不出口的勾当，不自然的表演》1968
《城市生活》1970
《内疚的快乐》1974
《六十个故事》1980
《四十个故事》1987

"我打开门，一只新的沙鼠走了进来。孩子们开始欢呼。"

——《学校》

1920-39

上图：巴塞尔姆的照片，杰瑞·鲍尔摄于上世纪八十年代。

爱丽丝·门罗 ALICE MUNRO

原名：爱丽丝·莱德劳（Alice Laidlaw）

生于：1931年7月10日（加拿大安大略省温厄姆）

风格和流派：加拿大短篇小说作家爱丽丝·门罗多从女性的视角，全面探讨了人类与悲伤和坚忍之间的关系，作品包罗万象，思维敏捷，而且立场坚定。

代表作

短篇故事

"我认为随着我逐渐老去，有一种东西在我内心逐渐成长：这就是圆满的结局。"

1920-39

爱丽丝·门罗被比作当代的安东·契诃夫，是无可厚非的常识。他们的笔法都简单朴素，明显都属于的温和的自然主义作品；他们都改革了短篇小说的创作形式，但没有达到公开"颠覆传统"的程度；他们都利用角色之间复杂亲密的关系引领情节的发展，而非利用其他因素。我们求助于这种对比的原因是，他们俩都很难被加以描述。我们还可以问他们这样一个问题，怎样能把很少有事件发生的故事，描写得如此宽广厚重？

如同她在《女孩与女人们的生活》中所说的那样，门罗的很多作品"在形式上是自传，但实际上却不是自传"。与自己笔下的主角们一样，门罗出身贫寒，家人并不重视学习和创造力的培养，对女孩尤其如此。所以，她小小年纪就学会了隐藏自己，她笔下的很多人物都有一个秘密的内心世界。这些角色都有非常细心的观察，当表面扮演的角色被误认为是他们真实的自我时，他们感到震惊，甚至还感到滑稽可笑。

门罗的大部分作品都坚持以加拿大为背景。它们都以不同的阶层和习俗为基础，这些因素构成了安大略的小镇，或是六十年代温哥华郊区的社会生活风貌。然而，故事并非只关注某一个地方，小说在时间上的循环往复，目的只是为了捕捉到某一时刻的情感。门罗的出色之处在于，她有能力精准地发现极易被忽视的细节，这些不起眼的细节却是决定一生制高点的关键：关于背叛的潜藏回忆，妥协于现实的雄心，个人的耻辱和自负，以及你曾经期待过却从不曾降临的爱情。**CQ**

上图：爱丽丝·门罗在纽约，摄于2005年2月1日。

伊万·克里玛 IVAN KLÍMA

生于： 1931年9月14日（捷克斯洛伐克布拉格）

风格和流派： 克里玛的小说带有卡夫卡式的风格，以宗教、社会公正和政治斗争主题为显著特征，其间掺杂着贪恋美色的弱点。

伊万·克里玛获过包括2002年的弗朗茨·卡夫卡文学奖在内的很多奖项，他是富有个人色彩的政治题材作品大师。由于童年在特雷辛集中营的经历给他带来了深刻的创伤，所以他常用讽刺——更准确地说——用反讽来揭露人类生存竞争的残酷。共产党统治时期，克里玛遭到过迫害，并且被迫承担地位卑贱的工作。尽管如此，他用文学方式探索人类本性的努力一直没有动摇过。

不管是《受考验的法官》《等待黑暗，等待光明》《无比亲密》，还是近期创作的《缺席的圣徒和天使》，在克里玛的作品中的主角们，虽然热情而又诚恳地尝试调和各种道德、伦理和政治难题，到头来总会让自己陷入对与错、忠诚与背叛、政治信仰和宣传鼓动的夹缝中。克里玛用卡夫卡式的语言，通过描写人物日复一日面临的考验来表现他们的心理，他们在忘我的追求自由与捍卫荣誉的承诺之间踌躇不定。《受考验的法官》是他最重要的政治著作，它表现了高等法院法官亚当·金德尔面临的困境，他服从集权体制，只是为了避免让自己陷入信仰冲突的境地。在最近出版的小说《缺席的圣徒和天使》以及《总理与天使》中，克里玛对结束了共产党统治的捷克社会产生了怀疑，他指出西方的保护消费者利益运动大行其道，在另一种政治巨兽——不断扩张的欧盟——的配合下，欧洲文化逐渐被同质化。克里玛对人类的不公正持批评态度，他毫无疑问是一位政治现实主义者，他的小说评点了不完美的自我与这个世界之间的竞争。**PR**

代表作

小说

《受考验的法官》1986
《爱情与垃圾》1988
《等待黑暗，等待光明》1993
《无比亲密》1996
《缺席的圣徒和天使》1999
《总理和天使》2003

戏剧

《城堡》1964
《主人》1967

非虚构类作品

《布拉格的精神》1994
《安全与不安全之间》2000
《卡雷尔·恰佩克：生平和作品》2001

"人类需要更加宽容、团结和谦逊。"

上图：伊万·克里玛在巴黎，摄于2002年10月10日。

翁贝托·艾柯 UMBERTO ECO

生于：1932年1月5日（意大利亚历山德里亚）

风格和流派：艾柯是意大利符号学家、哲学家和小说家，他的作品大量引经据典，极有深度，是后现代主义超小说作品中最受欢迎的成功之作。艾柯还写儿童文学作品和学术论著。

代表作

小说

《玫瑰的名字》1980
《傅科摆》1988
《昨日之岛》1994
《波多里诺》2000
《罗安娜女王的神秘火焰》2004

儿童小说

《炸弹和将军》1966
《三个宇航员》1966

> "梦是一部手稿，而很多手稿只是梦。"

没有人能想到《玫瑰的名字》——一部围绕方济会修士是否清贫的争论为背景，发生在中世纪意大利的修道院的侦探小说——能够取得如此大的成功，更不用说它的作者了。艾柯创作这部小说时，已经是博洛尼亚大学的著名符号学家，他曾说自己的灵感仅仅源于想毒死一个修士而已。

然而，书中发生的故事，远比作者呈现的多得多。首先，艾柯对自己的作品主题非常熟悉；书中的修士们认为接受大量手稿、评论和新柏拉图主义哲学的熏陶，是中世纪学者受过良好教育的特征。这部历史题材的谋杀案小说的结构非常紧凑，虽然有时读者会发现很难理解其中的哲学讨论，但大多数人对这本书爱不释手。

《傅科摆》虽没有前者这么成功，却也开创了一种新的流派，《达芬奇密码》出版之后，这种流派在二十一世纪的地位，与十九世纪侦探小说的地位相当：这就是艺术历史惊险小说。《傅科摆》讲述了神秘学图书的三位出版人的故事，他们编造了一个阴谋论，这种阴谋论跨越了整个人类历史，从金字塔讲到纳粹。在创作过程中，艾柯罕见地以极大的热情描写了他们的内心想法和这个惊天阴谋；世界上难有几个作家能明确地愿意出于乐趣的考虑，而与读者分享这些故事。艾柯获得了世界各地的学术机构颁发的众多荣誉博士学位。**SY**

上图：作家和记者翁贝托·艾柯在巴黎，摄于2007年10月17日。

右图：翁贝托·艾柯在写作间隙吹奏长笛，摄于1983年。

代表作

小说

《兔子，快跑》1960
《夫妇们》1968
《兔子归来》1971
《兔子富了》1981
《东镇女巫》1984
《圣洁百合》1996

短篇故事

《音乐学校》1966
《遥不可及：枫叶的故事》1979
《早期故事》（1953-1975）2003

诗歌

《木匠母鸡和其他驯兽》1958
《电线杆和其他诗歌》1963

"裸体接近于革命者；而赤脚就只是民粹主义。"

上图：厄普代克在马萨诸塞州的波士顿，他像往常一样面带微笑，摄于2002年10月15日。

约翰·厄普代克 JOHN UPDIKE

全名：约翰·霍耶·厄普代克（John Hoyer Updike）

生于：1932年3月18日（美国宾夕法尼亚州雷丁）；**卒于**：2009年1月7日（美国马萨诸塞州）

风格和流派：厄普代克写过很多小说、非小说以及诗歌；他对肉体的描写不仅多样化，而且层次丰富（对性的刻画尤其细致），关注点集中于婚姻、通奸、亲子关系和宗教信仰。

在人们的期待中，如果美国现代作家——自海明威和梅勒以来——都应该是冒险家、政治动物和精于世故之人的话，约翰·厄普代克就只是个充满好奇心的人。他的小说在涉及范围上严格限制在国内。其中大部分小说发生在中产阶层居多的宾夕法尼亚州，他青年时代曾在那里生活过；还有一部分发生在富有的新英格兰地区，他在那里度过了后半生。其笔下的人物过着相当优越的生活，但厄普代克却故意拆穿他们在性、伦理和宗教上的惶惶不安。对于男性小说家来说很不寻常的是，婚姻以及对婚姻的不满是最困扰他的问题：他的大部分长篇和短篇小说描写的都是通奸、离婚和再婚。

厄普代克的文学生涯始于1954年8月，经历多次投稿被拒之后，《纽约客》杂志终于发表了他的一首诗。从1955年至1957年间，他担任该杂志的特约撰稿人，为"街谈巷议"版块创作反映纽约生活的素描。厄普代克成为作家之后展现出的多才多艺，可以追溯到他担任记者的这段时光——他一直与这个杂志保持合作，为它撰写了大量短篇小说、评论、诗歌以及素描作品。

然而，厄普代克最好的作品还是小说。从哈利·"兔子"·埃格斯特朗身上——也就是他对美国普通人的看法上——厄普代克终于找到了通向评论和商业成功的钥匙。在这四部小说中，我们跟随"兔子"经历了他不安分的青年时代和满足的中年时代。虽然每一本书都反映了战后美国历史中的一丝社会紧张状态，但是厄普代克的眼睛却始终关注"兔子"个人的顿悟及面临的危机。与厄普代克笔下很多别的人物一样，"兔子"和作者有同样令人质疑的宗教信仰：在这个世俗分裂的世界上，他只想努力做一个基督徒。**CT**

V.S.奈波尔 V. S. NAIPAUL

全名： 维迪亚达尔·苏拉依普拉萨德·奈波尔（Vidiadhar Surajprasad Naipaul）

生于： 1932年8月17日（特立尼达和多巴哥查瓜纳斯）

风格和流派： 奈波尔的写作特点就是讽刺和简洁；他在分析人性悲观面上的才能，让他能与约瑟夫·康拉德相比肩。

奈波尔生于特立尼达的印度婆罗门家庭，他的父亲是短篇小说作家，从儿子小时候起就鼓励他写作。"如果不是有了父亲创作的短篇小说，"奈波尔曾说，"我可能永远无法了解我们印度人社区普通人的生活。"父亲的形象曾出现在奈波尔几部小说里，其中最有名的就是《比斯瓦斯先生的房子》，这是奈波尔的代表作之一，它讲述了一个不幸的印度婆罗门人在特立尼达的生活，还有他寻找自己的家的过程。

奈波尔常在作品中刻画孤独的流浪者或是边缘人的形象——这是源于他自己的经历，他既是西印度的印度人，又是英国的西印度人。他的大部分作品都回溯了殖民主义对曾经的殖民地人民造成的影响。当奈波尔被授予2001年的诺贝尔文学奖时，他被称赞为"作品结合了富有洞察力的描述和立场坚定的仔细审视，让我们必须正视被压迫历史的存在。"

正如其直白的大多数旅行作品一样，奈波尔引发了很多负面关注，例如他在《河湾》中披露了非洲的真实情景。但是退一步说，他关于"半成品社会"的种族主义言论虽然遭到了批评，但它已经成为了现实。同为西印度诗人的德里克·沃尔科特曾说："如果奈波尔把对待黑人的态度，就是带一点不怀好意的嘲笑态度……放在犹太人身上，还会有多少人赞赏他的率直呢？"虽然奈波尔是西印度最著名的作家，还在1990年受封为爵士，但他声称"对小说是否能生存下去没有信心"——这位2001年诺贝尔奖获得者的观点有些矛盾，但我们对他的期待不会降低。**JSD**

代表作

小说

《神秘的按摩师》1957
《埃尔维拉的选举权》1958
《米格尔大街》1959
《比斯瓦斯先生的房子》1961
《斯通先生和骑士的同伴》1963
《模仿者》1967
《自由国度》1971
《游击队》1975
《河湾》1979
《发现中心》1984
《抵达之谜》1987
《世间之路》1994
《半生》2001

"我是这样一种作家，就是在别人眼中别人都在读书的人。"

上图：奈波尔在伦敦自己的公寓中，摄于1994年4月7日。

西尔维娅·普拉斯 SYLVIA PLATH

生于： 1932年10月27日（美国马萨诸塞州波士顿）；**卒于：** 1963年2月11日（英国伦敦）

风格和流派： 美国自白派"新诗人"普拉斯上世纪六十年代生活在英国，她满怀激情地记录下自己作为女儿、妻子和母亲的内心世界。

代表作

小说

《钟形罩》1963（在她去世后，用维多利亚·卢卡斯为笔名出版）

短篇故事

《约翰尼·派尼克与梦经》1977

诗歌

《诗选》1981
《爱丽尔》2004

儿童小说

《没关系套装》1996

上图：普拉斯的黑白照片，拍摄时间不明，翻拍于2003年。

右图：西尔维娅·普拉斯悠闲自在地在沙滩上，摄于1954年左右。

女权主义者断言特德·休斯背叛了他的第一任妻子普拉斯，并导致她自杀身亡，大部分人从此才开始了解普拉斯。如同休斯最后一部诗集的题目暗示的那样，自己在诗歌上的成就，被"她的丈夫"这个头衔的光芒所掩盖了。同样，她的死也让人再也无法清晰地体会那三本薄薄诗集中的音乐美，和那些令人陶醉的叶芝体传记和神话故事。

普拉斯的传记简直能写成神话故事：她因为试图自杀而被迫接受电击治疗，她第一次见到休斯就咬了他。因为这些传记片般的突出细节，早在约翰·麦登导演电影《西尔维娅》之前，关于普拉斯的作品就已经铺天盖地，以至于杰奎琳·罗斯甚至专门为普拉斯的传记作品写了一篇评论——《难忘的西尔维娅·普拉斯》。普拉斯的首部作品是《钟形罩》，这部用假名出版的小说实际上就是一部自传体作品，它讲述了艾斯特·格林伍德，如何从一个纽约杂志的实习生变成精神病人的故事。

普拉斯给生活在五十年代的主角加上了令人窒息的"钟形罩"，所以小说在六十年代的（当小说在七十年代终于在美国出版之后）女性读者中产生了共鸣。生于1932年的普拉斯是一位改革的先驱：她在史密斯学院读书时创作了《女性的奥秘》；她1963年自杀身亡，同年出版了最后一部感情强烈的诗集《爱丽尔》，这部作品与刚刚兴起的女权主义运动之间碰撞出强烈的火花。

受到新英格兰诗人罗伯特·洛威尔的影响，她为寻求诗歌的素材，也开始挖掘自己真实和幻想的生活。从支离破碎的显微镜碎片里，从疯狂消耗她生命的病痛中，都能看到性爱、狂热、母性和写作本身。去世之后，她对女权主义诗人和读者，以及普利策奖获得者都产生了推动性影响。几乎没有人（包括格温妮丝·帕特洛在内）能够准确地理解她那些才华横溢的作品，更不用提对其进行深度剖析了。**SM**

乔·奥顿 JOE ORTON

全名： 约翰·奥顿（John Orton）

生于： 1933年1月1日（英国莱斯特）；**卒于：** 1967年8月9日（英国伦敦）

风格和流派： 剧作家奥顿的黑色幽默剧，运用了讽刺的对话和滑稽的情节，不仅颠覆了传统的道德观，还讽刺了权威。

代表作

戏剧

《楼梯口的小混混》1964

《款待斯隆先生》1964

《人赃俱获》1965

《爱林汉营地》1966

《善良袁仆》1967

《葬礼竞技》1968

《管家看到了什么》1969

自传

《奥顿日记》1986（去世后出版）

> "十诫故事。她虔信其中一部分。"
>
> ——《人赃俱获》

乔·奥顿成长于英国中部的工人家庭，他学业不佳，所以十五岁时就开始日复一日地做枯燥的秘书工作。他把表演当做回避这种生活的方式，还获得了皇家戏剧艺术学院的奖学金，并在这里遇见了终生伴侣肯尼斯·哈利维尔。奥顿和哈利维尔都不是成功的演员，从六十年代初开始，他们只能依靠政府救济过活，住在伦敦萧条的伊斯灵顿区的廉价公寓里。他们合作了很多不宜出版的小说，还搞破坏，做过很多恶作剧，包括在图书馆的书皮上画滑稽画——他们因此在1962年被判入狱六个月。

奥顿的突破开始于结束与哈利维尔的合作之后。1963年，英国广播公司BBC接受了他的广播剧《楼梯口的小混混》，第二年，品特派的阴险喜剧《款待斯隆先生》在伦敦上演，获得评论界盛赞。讽刺侦探剧《人赃俱获》开始时收获的评价很糟糕，但是经过多次重写，这部作品终于把奥顿的声望推向了新的高度。

1967年，奥顿受邀为披头士乐队创作电影剧本，他在多彩伦敦的潮人地位进一步得到巩固。他在此期间写了日记，名声、同性滥交、与哈利维尔关系破裂，让这段生活支离破碎。1967年8月，哈利维尔用锤子打死了奥顿，然后自杀身亡。

乔·奥顿的剧本以矛盾智慧的自然流露和反传统情感的极端立场而闻名——从《人赃俱获》中随意处置母亲的遗体，到他去世后才上演的《管家看到了什么》中描写温斯顿·丘吉尔的下体就可见一斑。**RG**

上图：奥顿在伊斯灵顿的家中，摄于1966年10月1日。

苏珊·桑塔格 SUSAN SONTAG

生于：1933年1月16日（美国纽约州纽约）；卒于：2004年12月28日（美国纽约州纽约）

风格和流派：桑塔格是美国文艺复兴时期的女作家，她利用自己公共知识分子的身份，对从越南到艾滋病在内的各种问题发表看法。

博学、多样化而且情感激烈，公共知识分子苏珊·桑塔格的地位实在是太重要了，以至于电视节目《周六夜现场》甚至准备了一顶假发（黑色假发外带白色漂染）用来模仿她。不论是在电视上发表格调高雅的声明，还是用敏锐的文章揭露媒体的浮夸，桑塔格都是——事实上，她已经特殊到不适合被称为——这个时代的代言人。

桑塔格1933年出生于纽约市的一个自由派犹太社区，她曾先后在哈佛大学和牛津大学攻读哲学、文学和神学。她曾对《巴黎评论》发表过一次著名的谈话说自己离开学术界，是因为"真的想把每一种生活都过一遍，而作家的生活看起来确实最包罗万象"。桑塔格接受的学术培养，让她拥有非常详细精准的记忆力：她的作品总是围绕着西方经典，却又超越了经典——对视觉媒体的剖析尤为深刻。

上世纪中叶，美国人的电影品味主要受到两种评论"对抗"的影响，一方是亲欧的现代主义作家桑塔格——她在电影完成之前就对影片发表严肃的评论，另一方则是更加平民化的宝琳·凯尔，但是桑塔格对电影的兴趣已经超越了评论：她创作并且导演过自己的电影剧本，其中包括《卡尔兄弟》，本片拍摄于1973年战争期间。桑塔格不仅有强烈和无畏的人道主义思想，作品也充满微妙又犀利的讽刺，所以她又在1993年萨拉热窝被围困期间导演了《等待戈多》。在创作最后一部作品《关于他人的痛苦》时，桑塔格正在接受化疗，她在作品中毫不留情地发问：人们在目睹他人的痛苦时的表现如何，以及他们为何有这种表现。在风格独特的散文中，她说出了不可言说之事，她也凭借这种天赋被称作世纪中叶的良知。**SM**

代表作

小说
《恩主》1963
《死亡之匣》1967
《火山情人》1992

戏剧
《一个帕法希尔》1991
《床上的爱丽丝》1993
《海上夫人》1999

非虚构类作品
《反对阐释》1966
《疾病的隐喻》1978
《艾滋病及其隐喻》1988
《关于他人的痛苦》2003

短篇故事
《我，等等》1977
《我们现在的生活方式》1986

"唯一有趣的答案只能是那些能颠覆问题的答案。"

上图：桑塔格在1992年的图书签售会上。

杰捷·科辛斯基 JERZY KOSINSKI

原名： 赫塞克·莱文科夫（Josek Lewinkopf）

生于： 1933年6月14日（波兰乌兹）；**卒于：** 1991年5月3日（美国纽约州纽约）

风格和流派： 科辛斯基是波兰裔美国小说家，他因为编造并且推销自己的人生故事而饱受指责；他还写过有虐待狂倾向的存在主义短篇故事。

代表作

小说

《被涂污的鸟》1965
《脚步》1969
《在那边》1971
《恶魔树》1973
《驾驶舱》1975
《相亲》1977
《耶稣受难剧》1979
《弹球游戏》1982
《第69街的隐士》1988

散文

《自我的艺术》1968
《经过》（1962-1991）1992

上图：作家杰捷肖像照局部。

右图：根据科辛斯基的小说《在那边》改编的电影海报。

1920-39

杰捷·科辛斯基大部分时间虽然都穷得叮当响，但他仍能为生活带来欢乐，他是耶鲁大学和普林斯顿大学教授，是上流社会的宠儿。作为一位作家，他把自己的生活变成了一段神话。其首部小说《被涂污的鸟》据说是根据他的经历创作，他在二战时是个流浪儿，整日游荡于东欧的村镇中间。这本书描绘了一幅令人恐惧的乡村景象，那里满是残暴迷信的农民。然而，科辛斯基实际上是在家里和家人一起度过了二战的时光，为了掩盖自己犹太人的身份，家人甚至放弃了莱文科夫这个姓氏。1982年，《乡村之声》爆料说，科辛斯基根本没有《被涂污的鸟》中描写的那些经历；而且，据称其作品的大篇幅修改，跟编辑根本没有任何关系，他甚至还剽窃过波兰的作品。

科辛斯基一直未能摆脱这些造假指控的影响。然而，考虑到他反复塑造的自我，听起来就像一连串随口编造的谎言，所以他会树立变色龙一般的公众形象，也就没什么值得奇怪的了。

科辛斯基发现共产党统治下的学术生活沉闷得令人难以忍受，所以他移居美国，并在哥伦比亚大学攻读博士学位。科辛斯基写作生涯的无拘无束，与他青年时代的压抑氛围形成了鲜明对比。用英语创作能让他从局外人的角度审视自己的经历——他自认为这种行为是重要的艺术运动。

科辛斯基的小说呈现了一个道德堕落的世界，他全然不顾这样的描写会多么令人不安。他的第二部小说《脚步》获得了1969年的国家图书奖，其中的性主题能让人从更广泛的角度理解人类的天性。又如，在《恶魔树》中，美好的事物甚至能引发毁灭的欲望，只有用性暴力控制别人才能达到内心的平静。**ER**

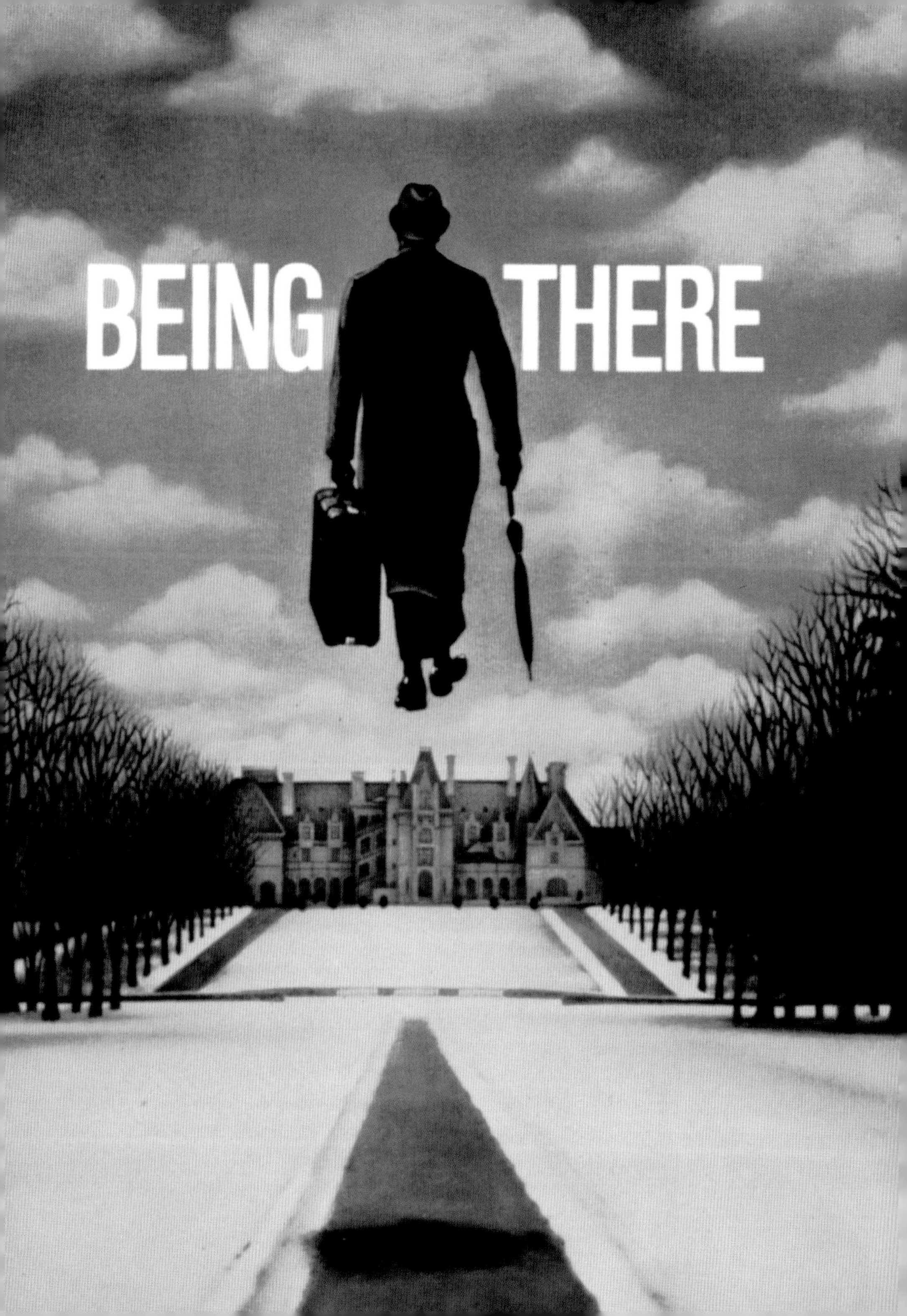
BEING THERE

菲利普·罗斯 PHILIP ROTH

生于： 1933年3月19日（美国新泽西州纽瓦克）

风格和流派： 罗斯作品中错综复杂的情节都用在描写幽灵、化身以及另类的生活史上，他对犹太人和美国人的身份认同问题有浓厚兴趣；其作品《美国牧歌》还获得了1998年的普利策奖。

代表作

小说

《波特诺的抱怨》1969
《关于我》1974
《情欲教授》1977
《代笔人》1979
《解放了的祖克曼》1981
《反生活》1986
《安息日剧场》1995
《美国牧歌》1997
《人性的污秽》2000
《反美阴谋》2004

短篇故事

《再见，哥伦布》1959

非虚构类作品

《评论自我与他人》1975
《有关工作的谈话》2001

"父母健在的犹太人……会一直保持十五岁的状态，一直到死为止。"

　　菲利普·罗斯在整个创作生涯中，一直致力于将自己的生活细节当成小说创作的素材。他的小说中，有很多反映自己个性不同侧面的人物，包括内森·祖克曼、大卫·卡佩什，甚至还有菲利普·罗斯。他能用这些化身展现自己的各种身份：作家、儿子、丈夫、美国人、犹太人。其中最经久不衰的角色就是祖克曼，他的生活轨迹与罗斯自己极为相似。他们俩都出身于新泽西郊区的犹太家庭，都依靠争议重重的小说取得了事业成功，两人的私生活都非常丰富，而且都反对犹太裔美国人的传统。但他们之间仍存在核心的差异：祖克曼那本直白露骨的小说《卡诺夫斯基》让他的父母感到被羞辱，而罗斯的父母却为儿子取得的成就感到非常骄傲。

　　让罗斯的事业起飞的小说是小说《波特诺的抱怨》，这部作品十分具有煽动性。它的情节令人透不过气，而且很有戏剧性，主角向精神病医生坦承自己患了性功能障碍。罗斯从此便确定了自己的主要主题：性爱的魅力，既可笑又淫荡，让人着迷；犹太男人与异教徒女人之间的虐恋；紧张的家庭关系等。上世纪九十年代，罗斯创作了出色的小说三部曲，极大地拓展了自己在艺术上的视野。其中每一部作品都反映了现代美国的某一个特定时期，探讨了一个人的生活如何反映一个国家的希望、恐惧和偏见。

　　其中最好的一部是《美国牧歌》，这部小说获得了1998年的普利策奖小说奖。在《反美阴谋》中，罗斯从"反生活"转向反历史，他虚构了四十年代在美国进行的一场法西斯政府选举，描写了这场选举对自己假想的家庭带来的影响。**CT**

上图：罗斯在纽约时候的留影，摄于2003年5月23日。

戈马克·麦卡锡 CORMAC McCARTHY

原名： 查尔斯·麦卡锡（Charles McCarthy）

生于： 1933年7月20日（美国罗德岛州普罗维登斯）

风格和流派： 麦卡锡获得过数不清的奖项，他以美国西部的历史为主题，主要描写矛盾、痛苦或暴力，把残酷的现实中"更深更普遍"的真相融入到自己的小说中。

戈马克·麦卡锡是最神秘的当代作家之一。他总是避开公众和媒体的视线，虽然言语不多，但他的名字却依然是美国当代作家中最响亮的那个。

麦卡锡的写作生涯大体可以分为两个阶段，第一个阶段包含四部作品，分别是《果园守门人》《走出黑暗》，令人不安的争议之作《上帝之子》以及《沙崔》。这几部作品让他成为颇有争议的作家。尤其是《上帝之子》更是引发了一场公众风暴，有评论家为此欢呼，而另一些人则坚决抵制这部作品。这部小说是典型的麦卡锡式作品，它直白客观地表现了复杂黑暗的主题。小说的主旨虽然很有争议，但麦卡锡的处理方式，以及在描写主角和行凶者时的镇定自若，才是引发争议的重点，小说反映了一种共识，即人类之所以团结于一体，是因为我们都是上帝的孩子。之后的小说《沙崔》更受欢迎，也被认为是他的代表作之一。

1985年出版的《血色子午线》是他第二个创作时期开始的标志，这一时期的作品主要以美国西部为主题。这些作品才是让他如今最为人熟知的所在，特别是畅销书《脱缰野马》，这也是其"边境三部曲"的第一部。麦卡锡把读者直接引入小说中的能力堪称传奇，他用震撼人心的现实主义和动人的语言实现了这个目标，再加上他敏锐的洞察力，对生命和人性的沉思，使他成为美国当代作家的领导者之一。科恩兄弟2007年执导的《老无所依》获得了四项奥斯卡奖以及数不清的其他奖项。**TamP**

代表作

小说

《果园守门人》1965
《走出黑暗》1968
《上帝之子》1974
《沙崔》1979
《血色子午线》1985
《脱缰野马》1992
《交叉点》1994
《平原上的城市》1998
《老无所依》2005
《长路》2006

"无论你做什么，前方总有一扇门对你关闭。"

1920-39

上图：麦卡锡刚刚参加完2008年奥斯卡奖典礼之后。

赛斯·诺特博姆 CEES NOOTEBOOM

原名： 科尼利厄斯·约翰内斯·雅各布斯·马利亚·诺特博姆（Cornelius Johannes Jacobus Maria Nooteboom）

生于： 1933年7月31日（荷兰海牙）

风格和流派： 他是荷兰最重要的当代作家之一，经常被认为最有可能获得诺贝尔奖的候选人。

代表作

小说
《菲利普和其他人》1956
《骑士已死》1963
《典礼》1980
《事实与表象之歌》1981
《在荷兰的群山中》1984
《灵魂的一天》1999
《迷失天堂》2004

中篇小说
《下面的故事》1991

诗歌
《蝴蝶队长》1997

旅行作品
《通往圣地亚哥之路》1992

"他一直是作家中的作家，他的书认为象征本身就是一种艺术。"

——艾德·帕克《乡村之声》

上图：赛斯·诺特博姆在巴黎，摄于1990年11月29日。

赛斯·诺特博姆凭借小说扬名世界，但他认为自己最主要的身份是诗人。他作品的灵感主要来源于自己丰富的旅行经历，而且他大部分作品中都有一丝不安定的氛围。他在1956年创作了第一部小说《菲利普和其他人》，此前他搭着便车游遍了欧洲；在部分作品中，书中的主角探索的不仅是周围的世界，还有他们的内心。

诺特博姆的作品虽然极具实验性，但是条理清晰，而且语言轻快，读来令人心情舒畅。作品还满含文学典故。在1963年出版的《骑士已死》中，其中一个人物写了一本关于死去的朋友的书，这个死去的朋友之前正在写一本关于已经去世的一位作家的书。该作出版之后，诺特博姆开始专注于诗歌和旅行文学创作，此后的十七年都没有再写过小说。诺特博姆最受欢迎的旅行作品可能是《通往圣地亚哥之路》，本书记载了他在西班牙的旅行，优美的描写与诗歌和哲学融于一体。

诺特博姆后来创作的《下面的故事》，是一部情节复杂、关于爱情和死亡的故事，全书还不到一百页。小说讲述了丹麦教师赫尔曼·穆瑟特晚上在阿姆斯特丹入睡，第二天醒来时却发现自己在里斯本。他全然不知自己是怎么到了这里，但他认出了这个房间，他大约在三年前曾跟一个有夫之妇在此共度春宵。穆瑟特在最后时刻，奄奄一息地躺在床上回忆了自己的一生。最后，他穿越到了亚马逊地区，去往一片未知之地。诺特博姆获得过无数文学奖，包括1982年的飞马文学奖。《下面的故事》获得了1993年欧洲文学奖的最佳小说奖。他还常被看作是最有可能获得诺贝尔文学奖的候选人。**HJ**

阿兰·贝内特 ALAN BENNETT

生于：1934年5月9日（英国约克郡利兹）

风格和流派：英国剧作家贝内特以对讽刺的运用、诙谐幽默和感染力而闻名，他能把严肃的问题与世俗或日常问题结合得天衣无缝。贝内特不仅写小说，还为电台、电视台和剧院创作剧本。

阿兰·贝内特绝对可被称为"国宝"的象征，从上世纪六十年代开始，他用自己独特又极具现代风格的作品，娱乐了一代又一代读者和观众。从约克郡中学毕业后，贝内特获得奖学金，进入牛津大学艾克赛特学院学习，并于1957年毕业。他正是在牛津大学遇到了达德利·摩尔，后者推荐他看了深受好评的讽刺剧《边缘之外》，剧中还有剑桥大学曾经的台柱子彼得·库克和乔纳森·米勒。该剧在1960年的爱丁堡戏剧节首演，此后在伦敦西区和纽约都取得了巨大成功。

贝内特最著名的作品，就是为英国广播公司BBC创作的《传声头像》的独白剧。该剧共有两部，各包含六段独白，上演的时间间隔达到十年之久，其中第一部上演于1988年，第二部是在1998年。作品的主题涵盖了乱伦、酗酒、谋杀、精神疾病以及痴呆症等。然而，从表面上看，这些令人痛苦又真实的人物只是为观者全面展现了他们普通而又平凡的生活。贝内特的笔法细腻，作品情节游走于日常生活和恐惧，或是令人痛苦的悲伤之间，他的语言如此优雅和缓，令观众根本找不到缺点。

1994年，贝内特凭借为电影《疯狂的乔治王》创作的剧本获得了奥斯卡奖提名，该片改编自他1992年的剧本《乔治三世的疯狂》。他的最新力作《历史系男生》，获得2006年托尼奖的七项提名，并获得了其中六个奖项。他还为2006年上映的同名电影创作了剧本。贝内特最受好评的作品展现了自己的冷幽默，以及对语言熟练完美的运用，这其中包括一套中篇小说《三个故事》，以及两部散文和回忆录作品集《家书》和续作《不为人知的故事》。**LP**

代表作

舞台和电影剧本
《下午放假》1979
《一日钟情》1979
《传声头像》1988
《乔治三世的疯狂》1992
《传声头像》1998
《讲故事》2000
《历史系男生》2004

中篇小说
《三个故事》2003
《不寻常的读者》2007

非虚构类作品
《车里的女士》1989
《家书》1994
《不为人知的故事》2005

1920–39

> "我把自己脑中解决不了的问题写成剧本。我努力根除问题。"

上图：贝内特在爱丁堡国际图书节上，摄于2007年8月11日。

沃莱·索因卡 WOLE SOYINKA

原名：埃金旺德·奥鲁沃莱·索因卡（Akinwande Oluwole Soyinka）

生于：1934年7月13日（尼日利亚阿贝奥库塔）

风格和流派：索因卡在自己的神秘主义作品中，运用了传统西非和西方先锋派文体，常常借鉴约鲁巴人的寓言故事；他最常写的主题之一就是历史的重复。

代表作

戏剧

《森林之舞》1963
《强种》1963
《狮子和宝石》1963
《死亡与国王的骑士》1975
《巴布国王》2001

诗歌

《地窖里的穿行》1969（狱中创作）

散文

《神话、文学和非洲世界》1976

回忆录

《你必须破晓时启程》2006
《死了的人》1972

当沃莱·索因卡被授予1986年的诺贝尔文学奖时，他是首位获此殊荣的非洲黑人作家，对此他评价道："有些人认为诺贝尔奖相当于防弹衣。但我从不敢抱此幻想。"此话反映出，他正是因为政治激进思想才遭到判刑和驱逐出境。他曾因批评选举舞弊而遭到逮捕；被指控密谋支持尼日利亚内战；强烈批评壳牌石油公司旗下的尼日利亚石油供应存在腐败；支持释放人权活动家肯·萨洛维瓦，后者被塞尼·阿巴扎将军逮捕并被绞死；对西方国家支付给非洲的赔款表达不满。

索因卡的父亲是约鲁巴族备受尊敬的教师和部族首领。在诺奖演说中，他向同胞钦努阿·阿契贝表达了敬意。虽然索因卡与世界范围内的许多大学和政治活动都联系紧密，但他始终把尼日利亚及其国内政治，当做作品中最重要的主题。他主要的关注点在于表现："统治者是什么样，与他的肤色并无关联。"

《森林之舞》是尼日利亚的独立赞歌，索因卡的作品从此开始与尼日利亚政治密不可分。其最著名的剧本《死亡与国王的骑士》讲述了部落首领之死，以及他们的族人受到英国殖民者的阻碍，阻止他们杀掉族长的马以示祭奠，并由此引发灾难性的混乱。索因卡在《死了的人》中记录下自己的狱中岁月（1967—1969），手稿原本是写在厕纸上，记录了从那时起到二十世纪晚期尼日利亚的历史。2007年4月，索因卡呼吁取消尼日利亚总统选举，因为他声称腐败和暴力玷污了整个过程。**JSD**

上图：索因卡是首位被授予诺贝尔文学奖的非洲黑人作家。

右图：年轻时的索因卡，摄于1966年。

佩尔·奥洛夫·恩奎斯特 PER OLOV ENQUIST

生于：1934年9月23日（瑞典西博滕省）

风格和流派：恩奎斯特的小说和剧本以调查研究的风格为典型特征，主要探索的是模糊或复杂的真实事件和人物，作品虽然都是虚构的，却体现出作者极强的新闻写作天赋。

代表作

小说

《磁学家的第五个冬天》1964
《外籍军团成员》1968
《音乐家的游行》1978
《垮台》1985
《尼摩船长的图书馆》1991
《拜访皇家医师》1999
《布兰奇和玛丽的故事》2004

> "顺便说一句，一个人能不能真的离婚是很值得怀疑的。"
>
> ——《垮台》的旁白

1920-39

佩尔·奥洛夫·恩奎斯特的文学生涯始于上世纪六十年代，当时的作家都受到克劳德·西蒙、娜塔莉·萨洛特和米歇尔·布托尔等法国新小说派作家的影响。这些作家都在寻找新的表达方式和风格，而恩奎斯特根据自己在报纸担任专栏作家和电视台记者的经历，决定开辟"调查-报告"式的道路。恩奎斯特的大多数作品都是进行大量研究的结晶，将他新闻写作的天赋注入事实中，并且与丰富多变的小说形式结合于一身。恩奎斯特出生成长于西博滕省，十九世纪中期的路德教保守派复兴运动对这里的生活影响极深。他的大部分作品反映的都是这个孤立又虔诚的社区的生活。

恩奎斯特凭借1999年的小说《拜访皇家医师》蜚声国际，这部小说根据约翰·弗雷德里希·斯楚恩希的故事创作，他是患精神病的丹麦国王克里斯蒂安七世的私人医生。在小说中，医生在未经国王允许的情况下就开始签署改革法令，此举受到顽固的王后卡罗琳·马蒂尔德的支持和煽动。斯楚恩希被重获权力的派别处死，用的正是他自己鼓吹的手段。小说提出了许多有趣的问题，都是关于纯粹理想主义与政治权力之间的冲突。2004年，《布兰奇和玛丽的故事》出版问世。小说讲述了沙尔科教授那位著名的癔症患者布兰奇·威特曼，和波兰物理学家、诺贝尔奖获得者玛丽·居里之间的关系。恩奎斯特用她们之间的友谊阐述科学与爱，再次用史实创造了一部出色而有深度的小说。**REM**

上图：瑞典作家佩尔·奥洛夫·恩奎斯特。

阿拉斯代尔·格雷 ALASDAIR GRAY

生于： 1934年12月28日（苏格兰格拉斯哥）

风格和流派： 格雷是苏格兰小说家，他的作品中结合了科幻小说、奇幻小说和现实主义。他常常给自己的作品创作插图，并且用独特的排版让自己的作品有了独特的魅力。

阿拉斯代尔·格雷出身于格拉斯哥的工人家庭。二战时，他跟母亲和妹妹被疏散到珀斯郡的一个农场，从那里又到了拉纳克郡的斯通豪斯。这段童年经历最后被写进了他最著名的代表作《拉纳克》以及其他小说中。

战争结束后，全家人在格拉斯哥又团聚了，格雷上了学，他在英文和艺术方面的成绩尤其出色。在此期间，他开始在凯文葛罗夫艺术博物馆上艺术欣赏课。1952年，格雷的母亲去世，同年他进入格拉斯哥艺术学院，两年后开始创作《拉纳克》，但它一直到1981年才出版。在艺术学院读书期间，格雷第一次开始为苏格兰-苏联友好协会创作名为"战争的恐惧"的壁画——这个机构至今仍在格拉斯哥。从艺术学院毕业之后的几十年间，他依靠教学、创作风景画和壁画谋生，此外还创作广播剧和电视纪录片。在此期间，他也继续坚持自己的创作，《拉纳克》出版之后，他终于能够全情投入到写作、设计和插画创作中，其中大部分都是为自己而创作。

作为典型的苏格兰人，格雷的作品尖锐、幽默而且描写精准到位，他坚持把现实主义与黑暗色调融入作品，并且不会把真相浪漫化。他的小说大多没有圆满结局，但他的技巧在于能从别的方面拨云见日，让人获得解脱。格雷的作品读来令人愉悦，但他同时也是社会和政治作家，并且尤其擅长创作强大的女性形象。他的小说《倒霉事》出版于1992年，获得了惠特布莱德奖和卫报小说奖。**REM**

代表作

小说
《拉纳克》1981
《1982，珍妮》1984
《凯尔文·沃克的堕落》1985
《麦格罗蒂和卢德米拉》1990
《倒霉事》1992
《历史创造者》1994
《恋爱中的老人》2007

短篇故事
《主要是难以置信的事》1983
《高大和真实的十个故事》1993
《束缚的终结》2003

诗歌
《老底片》1989
《十六首情境诗》2000

"努力工作，就像生活在这个国家建立之初时一样。"

上图：马吕斯·亚历山大在1996年为格雷拍摄的照片。

大江健三郎 KENZABURO ŌE

生于： 1935年1月31日（日本四国岛）

风格和流派： 大江是日本最重要的现代作家之一，他被授予1994年的诺贝尔文学奖。他的小说大多以哲学、社会和政治为主题。

代表作

小说

《毁芽弃子》1958
《个人的体验》1964
《无声的哭泣》1967
《教导我们长大之后如何不再疯狂》1977
《他能为我擦掉眼泪的那天》
《教导我们长大之后如何不再疯狂》
《宁静的人生》1990
《空翻》2003

非虚构类作品

《疗伤之家》1995

"通过小说这种形式，我呈现了自己经历过的痛苦折磨，并因此存活下来。"

大江健三郎是家中七个孩子之一（他们的父亲在他九岁时去世），他是日本最有影响的当代作家之一。他的作品主题涵盖范围很广，但中心都是孤立与放逐。

大江曾在东京大学攻读法国文学，并且深受法国文学作品的影响；还写过关于让-保罗·萨特作品的专题论文。1958年，他写了第一部小说《毁芽弃子》。这部作品讲述战争摧毁了日本年轻人在风景如画的乡间的生活，它一直被拿来与威廉·戈尔丁的代表作《蝇王》作比较。1958年至1961年间，他创作了一系列反映日本被占领的小说，以其中详尽的性描写和暴力闻名。

但随着儿子光的出生，他的写作方向才发生了改变。光生来患有严重的脑疾，所以"傻儿子"这个主题——大江自己这么描述——常常出现在他的作品中。他的大部分作品有明显的自传性质：《教导我们长大之后如何不再疯狂》和《他能为我擦掉眼泪的那天》关注的都是父亲与残疾儿子。父亲没法理解自己的父亲，所以反过来，残疾的儿子也理解不了自己的父亲。光的故事在小说《无声的哭泣》中有了进一步发展，这部小说讲述了一个有残疾孩子的家庭，这家人搬回了故乡的村庄，小说同时也描写了夫妻之间的紧张关系。大江晚期的作品关注很多问题。例如，《空翻》写的就是1995年由末日教派在东京地铁发动的神经毒气袭击，造成十二人死亡，五十人重伤。大江现在生活在东京，他获得了1994年的诺贝尔文学奖。**HJ**

上图：大江健三郎在日本东京，摄于2004年12月13日。

右图：日本出版的大江健三郎针对写作、阅读、语言和政治问题发表的演讲文集。

「話して考える」と
「書いて考える」
シンク・トーク
シンク・ライト
Think
Write
Think
Talk

大江健三郎

骨太でいながら、こまやかで、
深味のある情報も、
ユーモアにもみちている、
大江さんの話を、活字で読みたい。

講演会の
感想から

集英社　定価1470円 本体1400円

卡罗尔·希尔兹 CAROL SHIELDS

原名: 卡罗尔·安·华纳（Carol Ann Warner）

生于: 1935年5月16日（美国伊利诺伊州橡树园）；**卒于:** 2003年7月16日（加拿大维多利亚）

风格和流派: 加拿大诗人和小说家卡罗尔·希尔兹描写的平常生活极具深度，不仅透彻而且表现出极大的同情，体现了惊人的智慧。

代表作

小说

《小型典礼》1976
《盒子花园》1977
《一个相当传统的女人》1982
《奇迹种种》1985
《斯旺》1987
《爱的共和国》1992
《斯通家史札记》1993
《拉里的聚会》1997
《为嘉年华盛装打扮》2000
《除非》2002

短篇故事

《橙鱼》1989

戏剧

《去与来》1990
《十三只手》2001

诗歌

《其他》1972
《交叉口》1974
《走进加拿大》1992

传记

《简·奥斯汀》2001

上图：卡罗尔·希尔兹在加拿大维多利亚的家中，摄于2001年11月27日。

右图：《除非》入围2002年曼布克小说奖评选。

卡罗尔·希尔兹直到三十多岁才开始小说和诗歌创作。她出生于芝加哥郊区，曾就读于英国埃克塞特大学。后来，她在大学执教超过二十年：她在渥太华大学执教期间写了一篇关于苏珊娜·穆迪的硕士论文，后来又在不列颠哥伦比亚大学和温尼伯大学从事教学工作。她和丈夫生了五个孩子，而她写作的初衷是因为发现没有什么文学作品能够反映自己的经历。

希尔兹虽然也写诗歌和短篇小说，但她最著名的作品都是长篇小说，因为它们都从人性的角度，深刻探索了日常生活中令人困惑或是快乐的时刻。在《斯通家史札记》中，谦虚的黛西·古德维尔讲述了自己纵贯二十世纪、从童年到老年的生活。《纽约时报》评价这部小说"再次提醒了我们为何文学如此重要"。《拉里的聚会》在评论界和发行量上都取得了成功，并且被改编成音乐剧。在小说中，拉里·韦勒在伦敦汉普顿宫的迷宫中得到了启示，他也可以做出一番事业——比如，建造迷宫。希尔兹的最后一部小说《除非》是其最直白的女权主义作品，它讲述了一位女作家千方百计想了解自己的女儿为何变成了哑巴，女儿不仅流浪街头，脖子上还挂了一个牌子，上面写着"天啊"。《除非》不仅入围英国最受欢迎女作家图书榜单前十名，还被希尔兹的女儿改编成了舞台剧。

希尔兹获得过无数荣誉学位和奖项，由于拥有双重国籍，所以她也是唯一一位同时获得美国普利策奖和加拿大总督奖的作家。她还凭借传记《简·奥斯汀》获得了久负盛名的查尔斯·泰勒奖。希尔兹1998年被诊断出乳腺癌，于2003年病逝。**CQ**

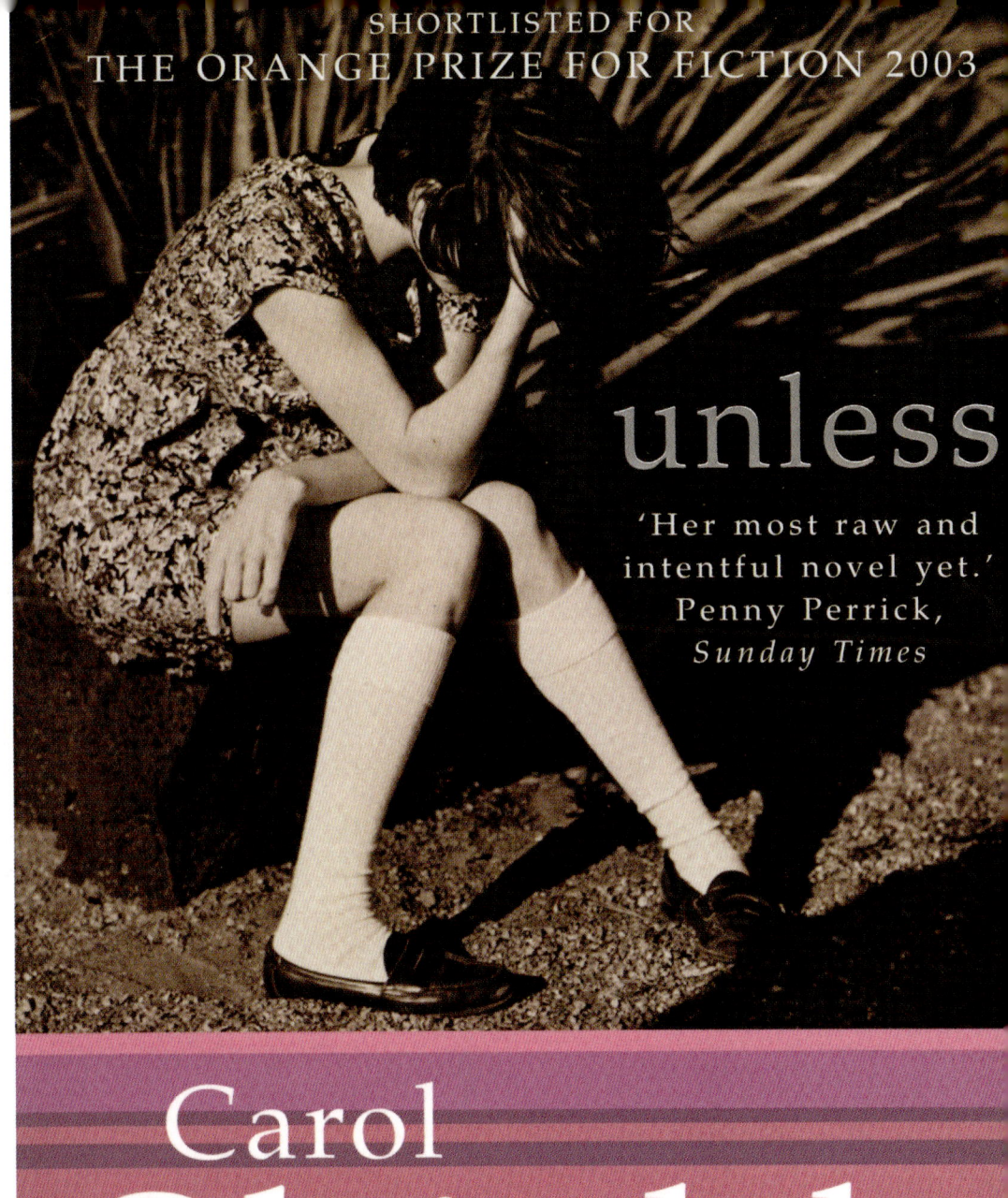

unless

'Her most raw and
intentful novel yet.'
Penny Perrick,
Sunday Times

Carol
Shields

安德烈·布林克 ANDRÉ BRINK

生于： 1935年5月29日（南非自由省罗达市）

风格和流派： 布林克是南非重要的作家之一，他的小说批评种族隔离政权，却拥护南非荷语。他曾两次入围布克奖候选名单，并且获得了2003年南非联邦作家奖。

代表作

小说

《凝望黑暗》1974
《风中的瞬间》1976
《雨的谣言》1978
《血染的季节》1979
《瘟疫之墙》1984
《紧急状态》1988
《恐怖行径》1991
《相反一面》1993
《沙的想象》1996
《恶魔山谷》1998
《沉默的另一面》2002
《在我忘记之前》2004
《螳螂》2005

> "你不觉得人就像是等待有待探寻的风景么？"
>
> ——《风中的瞬间》，伊丽莎白

安德烈·布林克凭借一系列政治色彩浓厚的小说，成为反对南非种族隔离政权的文学先锋之一。他成长于保守的南非荷兰人家庭，上世纪六十年代他到巴黎求学，在那里结识了黑人学生，获得了从另一个角度审视自己祖国的机会。于是，他决定自己必须回到南非，这样才能在与现存政治体制斗争的过程中发挥作用。

布林克——和布雷滕·布雷滕巴哈——是文学运动"六十年代人"的领军人物，这些作家想把欧洲实验派作家的创作技巧介绍到南非荷语写作中。他们还想用自己的语言大声表达对政治状况的看法。布林克的小说《凝望黑暗》，描写了一个南非黑人男子和白人女子之间的关系，对种族隔离法案提出了质疑，该书在1973年因违反了严格的审查法案而遭禁——这是此类法案首次应用于南非荷语的作品。作为回应，布林克把作品翻译成了英语，把自己的作品带给更广大的读者。此后，他的所有作品都同时用南非荷语和英语创作。

很快布林克在国外也有了追随者，他的小说也被翻译成二十多种语言。《风中的瞬间》讲述了白人女子和黑人男子的故事，《雨的谣言》讲述的是索维托的动乱，这两部小说都入围了布克小说奖候选名单。小说《沉默的另一面》的背景设定在二十世纪初的非洲殖民地，该作获得了2003年南非英联邦作家最佳作品奖。**HJ**

上图：布林克在南非开普敦罗斯班克的家中，摄于2006年10月13日。

1920-39

E.安妮·普洛克斯 E. ANNIE PROULX

全名：埃德娜·安妮·普洛克斯（Edna Annie Proulx）

生于：1935年8月22日（美国康涅狄格州诺威奇）

风格和流派：普洛克斯的作品主要描写美国乡村的故事，她的描写非常精准到位，语言不仅精炼而且诙谐幽默。她获得过数不清的图书奖，其中包括普利策奖和国家图书奖。

安妮·普洛克斯虽然五十几岁时才开始认认真真从事写作，但她却凭借鲜活的现实和简练精确的写作风格，迅速跻身美国当代最出色的作家行列。她的作品用极清晰的视角，唤醒了人们对美国乡村的回忆，但最吸引读者的其实是作品中的人物。

普洛克斯的短篇小说断断续续写了几十年，1988年她把这些作品集结成书，取名《心曲》并出版上市，结果受到好评。她的第一部长篇小说《明信片》出版于1992年，刚一面世就大获成功。她凭借此作获得国际笔会福克纳小说奖，也成为首位获此殊荣的女作家。之后出版的《船讯》获得了普利策奖。创作《船讯》之前，普洛克斯造访了纽芬兰，这是故事的背景地，她将自己融入到乡村生活和这个有些破败的小渔村中。以此为背景，小说讲述了一个男人挣扎着艰难求生的故事，他搬回了祖先的故乡，作者细致地描绘了主人公情感的逐步成熟以及逐步重建自我的过程。这部作品讲述了一个辛酸的故事，它巧妙地将深刻的个性发展、出人意料的转折和滑稽幽默融于一体。

最近，随着根据其短篇小说改编的电影《断背山》的上映，普洛克斯再次被推到公众风暴的中心。这个故事围绕着两个乡村牧场工人展开，讲述了他们之间的浪漫故事——美国典型的硬汉牛仔的形象彻底被打破。普洛克斯后来说，她在描写的牧场工人的同性恋情是基于多年的观察，以及自己得出的结论：中西部各州对同性恋有恐惧心理。**TamP**

代表作

小说
《明信片》1992
《船讯》1993
《手风琴罪行录》1996
《老谋深算》2002

短篇故事
《心曲及其他》1988
《断背山：怀俄明故事》2000
《恶土：怀俄明故事2》2004

非虚构类作品
《甜蜜的烈性苹果酒》1980

"我渴望写作。我为写作疯狂。我要写作。"

1920–39

上图：奖项常客安妮·普洛克斯，摄于2001年9月。

托马斯·肯尼利 THOMAS KENEALLY

生于：1935年10月7日（澳大利亚新南威尔士州霍姆布什）

风格和流派：肯尼利是多产的小说家和剧作家，他的历史题材作品通常都是经过大量研究的结果，表现出他对澳大利亚的政治和社会历史特别的兴趣。

托马斯·肯尼利是澳大利亚最重要的作家之一，他也是名副其实的公众人物。他坚定地支持澳大利亚从英国独立出来，他的小说通常关注澳大利亚历史上的重大事件（刑罚殖民地，被边缘化的土著原住民）、澳大利亚的弱点和长处之间的较量、宗教信仰、日复一日的奋斗和普通人的喜怒哀乐。

在接受圣职成为天主教牧师之前，他放弃了自己接受的训练，当上了教师，一直到出版《惠顿某处》为止，小说讲述了发生在神学院的哥特式的恐怖故事。肯尼利定期为喜爱他的澳大利亚读者和全世界的观众创作小说，其中以《带来云雀和英雄》《吉米·布莱克史密斯的圣歌》（这部小说的主角是个原住民和白人的混血儿，在1978年被拍成了电影）和《同党》最出名。肯尼利最著名的作品是《辛德勒的方舟》，它细致深入地探讨了奥斯卡·辛德勒在大屠杀历史中扮演的角色。肯尼利与"辛德勒的幸存者"之间偶然的接触，促使他写了这部小说。他把大屠杀称为"种族的歇斯底里"，他对这个题材非常感兴趣，并且冒险将辛德勒这个争议极大的问题人物推到了公众面前。小说出版之后，获得了1982年的布克奖，史蒂芬·斯皮尔伯格受到启发，将小说改编成电影《辛德勒的名单》，于1993年上映。

托马斯·肯尼利收获过很多奖项，包括皇家文学奖和澳大利亚维克哈特文学奖，此外他获得富兰克林文学奖的次数超过三次。他还被澳大利亚国民信托组织授予"澳大利亚的国宝"的称号。**LK**

代表作

小说

《惠顿某处》1964
《带来云雀和英雄》1967
《尽职的女儿》1971
《吉米·布莱克史密斯的圣歌》1972
《辛德勒的方舟》1982
《飞行英雄班》1991
《贝坦尼的书》2001

戏剧

《哈洛伦的小船》1968
《儿童节》1968
《恶人之家》1981

非虚构类作品

《霍姆布什的男孩：回忆录》1995

"我发现文学和教会都是非常戏剧性的存在……我说的是五十年代时。"

上图：澳大利亚文化和独立战士肯尼利，摄于1994年。

右图：辛德勒手拿一份犹太人的名单，他从大屠杀中救下了这些人。

1920-39

伊斯梅尔·卡达莱 ISMAIL KADARE

生于： 1936年1月28日（阿尔巴尼亚吉罗卡斯特）

风格和流派： 卡达莱是阿尔巴尼亚最著名的诗人和小说家，他的作品关注阿尔巴尼亚文化、历史、民俗以及过去对现在造成的影响。他获得了2005年的布克国际文学奖。

伊斯梅尔·卡达莱在四十多年的时间里，一直是阿尔巴尼亚文学界的领军人物。他的第一部小说《亡军的将领》出版于1963年，是一部战后阿尔巴尼亚的史诗故事。虽然阿尔巴尼亚与外部世界的联系被切断，但卡达莱的作品在上世纪八十年代还是偷偷传播到国外，并被翻译成法语。他的许多小说，包括《梦之宫殿》——这是讲述集权主义不合理性的卡夫卡式的小说——都被恩维尔·霍查的专制政权禁止发行。卡达莱最后不得不在1990年前往法国寻求政治庇护，但他现在经常往来于法国和阿尔巴尼亚之间。2005年，卡达莱获得了首届布克国际奖，标志着他终于获得了全世界的认可。**HJ**

A.S.拜厄特 A. S. BYATT

全名： 安东尼娅·苏珊·德拉布尔（Antonia Susan Drabble）

生于： 1936年8月24日（英国约克郡谢菲尔德）

风格和流派： 拜厄特是英国社会现实主义题材小说家，她也创作历史杂记和童话故事，她的作品博大精深，其间大量引经据典，极有文采。她获得过数不清的奖项，其中《占有》获得了布克文学奖。

拜厄特很早就认识到一点，避免受到某个作家过度影响的唯一方式，就是阅读他们所有人的作品，从她的小说上看，她确实做到了这一点。她对各种叙述方式都十分着迷，所以她笔下的人物本身不是作家就是勤奋的读者。拜厄特还是个永不满足的博学之士，她的小说中大量的意象和修辞的来源，不仅有艺术史和语理论领域，还有昆虫学、遗传学和抽象数学等。《弗莱德莉卡四部曲》既讲述了知识发展的历史趋势，也讲述了名义上主角的成年之后的故事：畅销书《占有》讲述的是两个侦探学专家的故事，他们在追踪维多利亚时代的两位诗人之间的地下恋情。**CQ**

马里奥·巴尔加斯·略萨
MARIO VARGAS LLOSA

全名： 豪尔赫·马里奥·佩德罗·巴尔加斯·略萨（Jorge Mario Pedro Vargas Llosa）

生于： 1936年3月28日（秘鲁阿雷基帕）

风格和流派： 略萨是多才多艺的秘鲁记者、散文家和小说家，他在小说中运用各种不同的创作技巧，体现出敏锐的社会良知。略萨被看作是拉美地区最重要的作家之一。

马里奥·巴尔加斯·略萨是二十世纪拉美社会最杰出的见证者之一。他出生于秘鲁西南部一个富有的中产阶级家庭，一岁时父母离异，被带到了玻利维亚的科恰班巴。他与母亲和外祖父母在那里生活到十岁，在父母复婚之后，他回到了秘鲁。从军校毕业之后，略萨开始攻读文学，后来又来到马德里求学，并在那里获得了博士学位。

略萨移居巴黎并且在1959年出版了短篇小说集之后，他的写作事业才开始起飞。他在这一时期的早期作品，是雄心勃勃的自传与左倾社评的结合体，而《城市与狗》是一个发生在略萨曾经就读的军校的故事——可能是其中最好的一部。1970年，他移居巴塞罗那，五年后又回到了秘鲁。在此期间，他的政治观点发生了改变。他曾经坚定地支持卡斯特罗领导下的古巴，似乎在《狂人玛依塔》等小说中对类似情况进行过研究，并发现这种研究远远不够。1993年，略萨甚至成为了秘鲁总统大选的保守党候选人——但他输掉了选举。

他的小说既有趣又超现实，既悲惨又乐观，而他的政治观点又这么模糊，所以他的作品读起来最没有偏见色彩。他的代表作《色鬼的盛宴》可能最能够概括作者的伟大之处：这部作品调查并探索了拉美国家，虽然它评价这里的人们，却拒绝说他们的不好。略萨现在在马德里和伦敦两地生活。**PS**

"文学创作与政治活动之间有不相容性。"

代表作

小说
《城市与狗》1963
《绿房子》1966
《潘达雷昂上尉与劳军女郎》1973
《世界末日之战》1981
《狂人玛依塔》1984
《谁是杀人犯？》1986
《色鬼的盛宴》2000
《天堂之路》2003

非虚构类作品
《水中鱼》1993

1920-39

上图：略萨参加2003年在苏格兰爱丁堡举行的国际图书节。

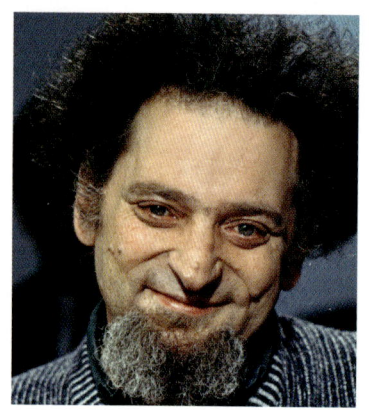

乔治·佩雷克 GEORGES PEREC

生于： 1936年3月7日（法国巴黎）；**卒于：** 1982年3月3日（法国巴黎）

风格和流派： 佩雷克是法国实验派小说家和"乌力波"成员，他以对双关语的纯熟运用和作品复杂的数学式构造而闻名。

代表作

《世事：六十年代的故事》1965
《谁跟后院的镀铬把手过不去？》1966
《沉睡的男人》1967
《一片空白》1969
《艾克赛特的主题：珠宝、秘密和性》1972
《空间的物种》1974
《W或童年的记忆》1975
《生活使用说明》1978

佩雷克作品的语言欢乐活泼，这与他悲惨的童年形成了鲜明的对比。佩雷克的父母是犹太移民，所以他觉得自己跟法国主流社会很疏远："我是个法国人，我的名字乔治是法语名，我还有个法国姓氏，或者说它几乎算是个法国姓氏，我姓佩雷克（Perec）。"最关键的词就是"几乎"这个词。佩雷克关注因为字母的不同而造成意义上的差异（因为真正的法国姓氏应该是Perrec或是Pérec），这体现于他在小说中特别关注语言细节上。但缺失的感觉与他童年时代的可怕经历密不可分：他的父亲死于1940年法国外籍军团的战斗；母亲死在了奥斯维辛集中营。

佩雷克在首部小说《世事》中批评了中产阶级的物质崇拜和消费社会，并因此获得了勒诺多文学奖。但是1967年，佩雷克也成为"乌力波"的一员，"乌力波"是"潜在文学工场"的简称，这是一个由作家和数学家组成的松散的组织，他们寻求把形式上的限制和数学的原则运用到文学创作中。这对佩雷克的大部分作品产生了极为关键的影响。在使用回文、多语种字谜和填字游戏等形式之外，佩雷克还强制性地运用了某些限制条件，并创作出极富野心的作品。其中最著名的就是小说《一片空白》。这部小说的法语名字是：La Disparition，可以翻译成《消失》

上图：佩雷克在1982年巴黎的一个文学演出"省略符"上。

右图：与阿兰·科尔诺在《祸水红颜》的外景地；佩雷克创作了对白。

（The Disappearance），只不过"消失"（disappearance）这个词里有字母"e"，而小说采用了漏字文（指省略一个元音字母的文字），所以没有这个字母。事实上，佩雷克选择省去"e"这个法语中最常见的字母，体现了他惊人的写作技巧和独创性；但是关于《一片空白》还有重要的一点，这部小说之所以有一种不言而喻的悲剧气氛，是因为作者可以轻易地让人或事消失不见。把实验性极强的作品写得有趣又感人，这大概就是佩雷克留给我们最大的财富，他的代表作《生活使用说明》中也体现了这一点。该作的制胜之处就是书中故事的多变形式，再加上古怪的谜题起到的关键作用，作品才能如此令人感动。**MS**

写作的限制

《生活使用说明》的故事结构不同寻常："我想象了一座巴黎的公寓楼，它正面的外墙已经被拆除了，所以从前面立刻就能同时看到一楼到顶楼的所有房间。"所以，"描述这些房间和房间里发生的事就是不言而喻的了。"小说运用"正规的流程"来决定叙述方式——比如，"国际象棋的每一步棋都要经过验证"以及"十乘十的垂直方格阵（在一个十乘十的方格中，每一个格子里都有一个字母和数字）"。

1920-39

瓦茨拉夫·哈维尔 VÁCLAV HAVEL

生于： 1936年10月5日（捷克斯洛伐克布拉格）；**卒于：** 2011年12月18日（捷克共和国赫拉德切克）

风格和流派： 作为捷克共和国首任总统，瓦茨拉夫·哈维尔的这个角色已经夺去了他的创作生涯的风采，但他写的剧本、诗歌和散文至今仍有很大的影响。1968年的"布拉格之春"之后，他的剧本被禁止在剧院演出。

代表作

戏剧

《花园聚会》1963
《备忘录》1965
《越来越难集中精神》1968
《接见》1970
《个人视角》1970
《抗议》1970
《凄凉的广板》1985
《诱惑》1986
《残余》2008

回忆录

《布拉格堡的一个来回》2007

1920-39

> "人们对获胜方的知识分子总是多少存有一些质疑。"

瓦茨拉夫·哈维尔出身于布拉格的富裕家庭。他被看作是资产阶级的一员，所以不允许上大学。相反，他在布拉格当了一名舞台管理人员，通过函授课程学习戏剧，并且开始写小说。他的第一个剧本是《花园聚会》，这是一部资产阶级讽刺剧，该剧作为荒诞剧演出季的一部分被搬上了舞台。之后的《备忘录》的故事发生在一个官僚主义组织里，剧中还首次出现了一种新的人工语言；这部剧的创作初衷是增进人与人之间的交流，但最终的结果却很荒谬。虽然这个剧本讽刺了共产主义体系，但它对办公室政治的描写方式，使剧本拥有了广泛的吸引力，此后该剧在全世界范围内都有演出。

随着1968年"布拉格之春"的开始，哈维尔的作品被禁止在剧院演出，而他在政治舞台上也越来越活跃。上世纪七十年代到八十年代，他反复多次被逮捕并关进监狱，他在1978年的一系列独幕剧中描写了这段经历——包括《接见》《个人视角》和《抗议》——表现了一个异见作家与权力斗争的故事。八十年代，他成了捷克民权运动的领袖，但他依然坚持创作剧本。这些作品包括《凄凉的广板》，作家结束了漫长的牢狱生涯之后创作了该剧，作品主要表现一个作家发现自己难以面对困难时的处境，而《诱惑》是对浮士德故事的再加工。哈维尔是天鹅绒革命的领导者，这场革命见证捷克斯洛伐克共产主义被推翻，他也在1989年当选为总统。1993年，他又当选为捷克共和国首任总统。哈维尔一直坚持创作，还在2007年出版了回忆录《布拉格堡的一个来回》。**HJ**

上图：1990年，还在捷克斯洛伐克总统任期内的哈维尔。

唐·德里罗 DON DeLILLO

生于： 1936年11月20日（美国纽约州纽约）

风格和流派： 德里罗是后现代主义美国小说大师，他用充满诗意又精炼的写作方式，剖析了战后世界的偏执妄想和意识形态的构成，作品有精准的节奏意识和口语化的语言。

1997年，《地下世界》刚一出版立刻成为反映了冷战意识的史诗级巨著——"它既是一部咏叹调，也是前半个世纪吹的一声轻佻的口哨，"斯里兰卡裔加拿大小说家迈克尔·翁达杰如是说。这部作品在构思和创作上都堪称规模宏大，小说描写了五十年的城市历史，长达八百页。

小说开始于一组令人震惊的全景式描写，作者用六十页的篇幅描写了1951年的一场棒球赛，对阵双方是洛杉矶道奇队和旧金山巨人队。书中对很多社会名人有令人难忘的细节刻画，其中包括弗兰克·辛纳屈、J.埃德加·胡佛和喜剧演员兰尼·布鲁斯等。《地下世界》的封面大胆地采用了世贸双塔的负片，看来该作准确预言了2001年在纽约发生的那场恐怖袭击，德里罗在《坠楼者》中提及过此事。

但从某种意义上说，德里罗的所有作品都在展望一个时代，在这个时代，偏执倾向是人们面对重大事件的影响时最合理的反应。在《美国文化》《白噪音》《天秤星座》和《毛二世》等小说中，权力的碰撞以及针对平民和非平民的恐怖主义行径，都值得我们铭记。《天秤星座》就是突出的代表，它让人们能从新角度看待个人命运和政治阴谋的关系，小说深入探究了李·哈维·奥斯瓦尔德以及那个联邦调查局探员的内心世界，后者因策划暗杀肯尼迪总统而遭到指控。德里罗作品的另外一个显著特征就是其精湛的创作技巧。句子和段落中满是脱口而出的犀利观点，大胆的遣词造句以及快节奏的嬉皮士风格的对话，作品始终有着强烈的节奏感，作者对俗语的鉴赏力极高，这种天赋已经接近绝对音感的程度。**MS**

代表作

小说

《美国文化》1971
《球门区》1972
《大琼斯街》1973
《白噪音》1985
《天秤星座》1988
《毛二世》1991
《地下世界》1997
《人体艺术家》2001
《坠楼者》2007

戏剧

《休息室》1986
《瓦尔帕莱索》1999
《贝尔法斯特的陌生人》2005
《代表雪的词》2007

"我一直认为欧洲是一本精装书，而美国就是那平装本。"

1920–39

上图：唐·德里罗在2003年的英国海伊文学节上。

555

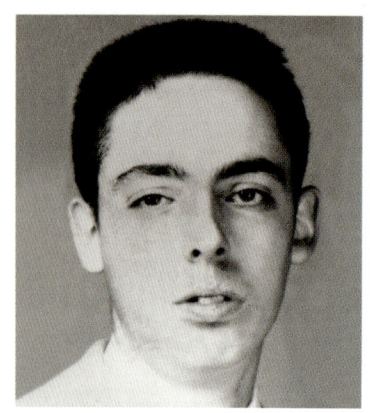

托马斯·品钦 THOMAS PYNCHON

生于：1937年5月8日（美国长岛格伦科夫）

风格和流派：品钦是隐居者，也是美国后现代主义小说家，他创作的史诗巨作，表现的是无穷尽的延迟，作品以热情洋溢的文风，偏激的历史相对论和调皮效仿的熟练运用而闻名。

代表作

小说

《V.》1963
《拍卖第四十九批》1966
《万有引力之虹》1973
《葡萄园》1990
《梅森和迪克逊》1997
《抵抗白昼》2006

短篇故事

《迟钝的学习者》1984

"如果他们能让你提出错误的问题，他们就不用担心答案是什么。"

上图：年轻时的品钦，摄于1955年。

品钦的小说虽然别出心裁，但都源于一个简单的主题：最美好的事物要么已经不可挽回地消失不见，要么就是我们从来不曾拥有过。所以阅读其作品的乐趣，与其说是为了看结尾，还不如说是享受阅读的过程。在我们所能想象的事情上，他总是在事物的两个极端之间痛苦地摇摆不定：不论是乌托邦思想还是法西斯主义，不论是文化还是反文化，不论是爱情还是死亡，抑或是其间任何事物。与同时代的塞林格一样，品钦也是个著名的隐士，他极少拍照，所以当他出现在2004年的黄金时段卡通片《辛普森一家》里面时，他被画成了一个头套纸袋的形象。

品钦的华丽文风在其早期小说《V.》和《拍卖第四十九批》中就体现得淋漓尽致，但情感表达最丰富且深厚的可能是小说《梅森和迪克逊》。但他在公认的代表作《万有引力之虹》中，放弃了令人印象最深刻的象征性手法。这部小说表面上讲述了二战期间驻扎在伦敦的美军士兵泰隆·施洛斯罗普的故事，他偶然发现自己四处留情的性爱地图竟然与纳粹的轰炸地图不谋而合。（当然了，像往常一样，故事绝没有看上去这么简单。）

《万有引力之虹》全面展现了品钦的小说的特点——特别是他在运用喜剧性手法故意拖延故事进程上的天赋，在这一点上，只有十八世纪的劳伦斯·斯特恩和亨利·菲尔丁等文学大师才能与其相提并论。通过不停地打断施洛斯罗普对周围事物的探索之旅，不论是找歌舞片的编号，还是寻找那个从通用电气公司逃走的不死的电灯泡，品钦在娱乐读者之外，还提出了一个更有普遍性的问题：我们这么匆匆忙忙的，到底是在寻找什么？**SY**

安妮塔·德赛 ANITA DESAI

生于： 1937年6月24日（印度德里穆索里）

风格和流派： 印度当代作家德赛的作品探索了女性心理和家庭的含义，他认为家庭既令人窒息又能给人以支持。她常用的主题有传统价值观的消亡，和西方人眼中的印度。

童年时，安妮塔·德赛在家里跟母亲说德语（她的父亲是印度人），她成长于德里，所以她出门在外时说印度语，然后还用英语写作。当她在儿童杂志上发表了第一个短篇小说之后，语言对她的重要性开始显现——这对一个九岁作家的文学生涯来说，是个好兆头。

婚后不久，德赛在1963年创作的《孔雀》在英国出版，书上还特别标注了英联邦国家作品的标志。那时候，印度作家用英语创作关于印度的作品实属罕见，德赛可算作一位文学先锋。

德赛笔下的大部分女性角色都是英国化的中产阶级女性。有《白日悠光》中的比姆·达斯这样的独立女性，也有《斋戒，盛宴》中的阿鲁娜这样美丽的已婚少妇，还有阿鲁娜的妹妹乌玛这样苦苦奋斗的女人。无论她们的外在如何，这些人物的内心世界——她们的疏离感、紧张的家庭关系，传统印度文化对她们的压迫和塑造——都在德赛大部分作品中反复出现过。对这些女性的刻画，在评论界引发了巨大争议：对于西方读者来说，她们更容易被理解还是更容易被疏远？她们是更有印度特色还是更加欧化？打破西方对印度的成见，是德赛的小说中另一个驱动力。她对东方和西方、传统与现代的探索，反映出她对印度这个文化大熔炉的看法。在《曲折的道路》中，作者从维也纳和新英格兰的角度，讲述了一个发生在墨西哥和康沃尔的故事，故事的男主角必须与一位女性先驱携手，开始一场探求自我身份的旅程，而作者则朝着完全相反的方向前进。**JSD**

代表作

小说

《城市之声》1965
《别了，黑鸟》1971
《今年夏天我们去哪儿？》1975
《山顶之火》1977
《照管》1984
《伊萨卡之旅》1996
《斋戒，盛宴》1999
《曲折的道路：一部小说》2004

儿童小说

《孔雀花园》1974
《游艇上的猫》1976
《海边的渔村》1982

短篇故事

《钻石沙》2000

"我的目的是讲述一切事实，而不是一段罗曼史或奇幻小说，更不会逃避真相。"

1920-39

上图：德赛在2004年的苏格兰爱丁堡国际图书节上。

汤姆·斯托帕德 TOM STOPPARD

原名： 托马斯·施特劳斯勒（Tomaš Straussler）

生于： 1937年7月3日（捷克斯洛伐克兹林）

风格和流派： 斯托帕德是英国著名的剧作家，他以玄学派妙思和具有挑战性的道德难题而闻名。他在1983年建立了汤姆·斯托帕德奖，以支持捷克本土作家。

代表作

戏剧

《君臣人子小命呜呼》1966
《检察官的追查》1968
《跳跃者》1972
《悲剧》1974
《每一个乖孩子都值得称赞》1977
《上等货》1982
《阿卡迪亚》1993
《爱的创造》1997
《摇滚》2006

电影剧本

《巴西》1985（合著）
《太阳帝国》1987
《恋爱中的莎士比亚》1998（合著）

"永恒是一种糟糕的想法。我的意思是，永恒的尽头又会是什么呢？"

斯托帕德出生于捷克斯洛伐克，1939年他跟随家人移居新加坡以躲避纳粹占领。他的父亲曾在二战期间在英军服役，后来在日军战俘营被害身亡。从1946年开始，斯托帕德开始在英国求学，后来还改随继父的姓。

斯托帕德早年的经历对他的作品影响深远，其中大部分作品反映的都是不同种族和政治哲学间的冲突。毕业之后，他当了一名记者，其创作的首部电视广播剧也于1963年上演。然而，直到1966年，他才凭借《君臣人子小命呜呼》取得了商业和评论的双重突破——作品表现了莎士比亚名作《哈姆雷特》中的两个小人物。斯托帕德用典型的幽默感和同情，剧中的两个人在不知情的情况下，被迫成为哈姆雷特怒火的牺牲品。虽然并非公开的政治剧，但剧本探讨的主题确实是边缘化和缺乏普遍性的，而后者主宰了斯托帕德晚期的作品。1977年的一次苏联之旅，成为他长期参与人权活动的催化剂，从新燃起了他对捷克斯洛伐克国家命运的关注。

首届汤姆·斯托帕德奖颁发于1983年，奖项旨在支持捷克本土剧作家，而《每一个乖孩子都值得称赞》和《摇滚》等剧本则进一步表达了作者的感受，这两部作品都探讨了冷战环境下的左翼政治思想的局限性。斯托帕德还为电视和电影进行大量创作，其中包括奥斯卡获奖剧本《恋爱中的莎士比亚》（1998），导演是约翰·麦登。斯托帕德于1997年被英国女王授予爵士头衔，他在伦敦和纽约获得过数不清的奖项。**PS**

上图：汤姆·斯托帕德，弗朗西斯科·古迪奇尼摄于2002年。

亨特·S.汤普森 HUNTER S. THOMPSON

全名：亨特·斯托克顿·汤普森（Hunter Stockton Thompson）

生于：1937年7月18日（美国肯塔基州路易斯维尔）；**卒于**：2005年2月20日（美国科罗拉多州伍迪溪）

风格和流派：汤普森主观的报道中还有杜撰的成分和直截了当的政治评论，展现了上世纪六十年代的反文化。

亨特·汤普森是先驱性的"怪诞"新闻学的缔造者——这种报道形式忽略客观性，反而把作者置于故事的中心位置。有赖于自己享乐主义的生活方式和叛逆的个性，汤普森彻底洞穿了传统的写作方式，成为反文化偶像。

汤普森的作品源于报纸和杂志的文章，他接受了渗入"地狱天使"摩托帮的任务，所以才有机会在《地狱天使：法外飞车党传奇》一书中详细描写了这段经历。汤普森对黑帮内部核心生活做了形象的描述，大部分美国人不仅惧怕黑帮而且对此知之甚少，他的创作事业也从此一飞冲天，并且受邀为《老爷》月刊、《哈珀》杂志和《滚石》杂志撰稿。

《体育画报》邀请他报道在内华达州举行的Mint 400摩托车越野赛，这也成为汤普森创作代表作《赌城风情画》的催化剂。主角拉乌尔·杜克（汤普森的化身）和他的律师贡佐博士出发寻找美国梦，到头来却发现，六十年代的理想主义已经陡然变成了七十年代的玩世不恭。他笔下最滑稽而且争议性最大的文章都收录进《恐惧与憎恨：72年总统竞选》中，在书中他不仅记录下1972年的总统大选，而且在一连串引人发笑的文章中严厉抨击了理查德·尼克松。汤普森晚年的著作产量放缓的原因是，他开始更专注于政治报道，同时把自己发表在杂志上的文章编成四卷的《怪诞文集》。**SG**

代表作

小说
《地狱天使：法外飞车党传奇》1966
《赌城风情画》1972

回忆录
《恐惧王国》2003

非虚构类作品
《恐惧与憎恨：72年总统竞选》1973
《怪诞文集卷一》1979
《极乐人生》1994

"朝不散晨露，则夕不梳白发。"

上图：汤普森在科罗拉多州伍迪溪的家中，摄于2003年2月11日。

雷蒙德·卡佛 RAYMOND CARVER

生于：1938年5月25日（美国俄勒冈州克拉茨卡尼）；**卒于：**1988年8月2日（美国华盛顿州安吉利斯港）

风格和流派：美国短篇小说家卡佛用简约感性的语言，描写了工人阶层的生活和家庭生活的艰难，他被誉为"美国的契诃夫"。

代表作

短篇故事

《请你安静些好吗？》1976

《当我谈论爱情时，我们在谈论什么？》1981

《大教堂》1983

《我打电话的地方》1988

诗歌

《我们所有人：诗选》1996

选集

《火焰：散文，诗歌，小说》1983

"当我还喝酒的时候，我写的一行字从来没值过五分钱。"

在雷蒙德·卡佛令人伤感而短暂的一生中，他的大部分时间都过得穷困潦倒。他的父亲是伐木场工人，母亲是一位女仆，他不得不做一些毫无前途的工作，以供养年纪轻轻就建立的家庭（这是个典型的战后建立的家庭模式，他二十一岁不到的时候就成了两个孩子的父亲），他做过送货员、磨坊工人以及医院看门人。由于没有时间写作，所以他开始越来越依赖酒精，几乎到了不可救药的地步。即便如此，他还是创作了极为出色的短篇小说。令人惊叹的不仅是因为种种限制导致作品欲言又止，作者对整日里穷困潦倒的醉鬼的刻画也令人惊叹。

1976年《请你安静些好吗？》出版之前，卡佛一直未能获得任何赏识。作品出版后不久，他离开了自己的第一任妻子和孩子，开始了所谓的第二次生命；他戒了酒，邂逅了作家苔丝·加拉赫，她陪伴着卡佛度过了他的余生。卡佛的主要作品正是这一时期的成果，在作品集《当我谈论爱情时，我们在谈论什么？》和《大教堂》中，短篇小说的创作形式被极大地压缩了——用卡佛的话就是"要深入到骨髓，而不是只碰到骨头。"

卡佛死后，他的手稿开始重新受到关注，看来编辑戈登·利什对这种简约的创作风格做出的贡献，与作者自己付出的劳动不相上下；但不管怎么说，它都代表着一项杰出的成就。文学作品被成功改编成电影的例子并不多见，但卡佛的作品却成为了电影剧本的基础，不是一部，而是两部。罗伯特·奥特曼先把他的多篇作品拼成了全景式的影片《人生交叉点》。2006年，《家门口就有这么多水》的故事被移植到了电影《湖边疑云》中的澳大利亚小镇，该片让卡佛的国内题材小说中，本已紧张和敏感的阶级和种族关系更加紧张。**MS**

上图：雷蒙德摆拍，摄于八十年代。

乔伊斯·卡罗尔·欧茨 JOYCE CAROL OATES

生于： 1938年6月16日（美国纽约州洛克波特）

风格和流派： 欧茨的写作风格就是让人爱不释手，欲罢不能，她习惯运用生动的描述，作品的特点就是既直观又有深度，旨在准确反映重大历史事件。

乔伊斯·卡罗尔·欧茨擅长创作发人深省的小说，作者描写并剖析了美国梦，并以此吸引读者走进书中人物的生活。她的大部分作品都有一个特点：在表面的幸福下，不安的情绪暗流涌动，此外将自传和传记式的经历写进小说也是她的特点之一。

欧茨在大萧条时代出生于纽约郊区的一个工人家庭，她对书本的兴趣远高于对父母的农场的兴趣。她十四岁时就开始认真写作，二十六岁时出版了处女作《颤抖的秋》；五年后，小说《他们》获得了国家图书奖。这部小说关注的都是美国当代的核心问题：比如，黑人和白人之间的分化，性别分化和贫富分化等。后来，欧茨对这部小说的描述，本质上也阐述了自己的写作风格："这是一部小说形式的历史——也就是说，以我个人的观点，这是历史应该存在的唯一形式。"

在欧茨的作品中，真实的人物都被安置在虚构的环境中，与环境相关的事件或是作者见过的人，给了她上述启发。她的作品情节大相径庭。《大瀑布》的风格优美，令人着迷，小说表面上讲的是尼亚加拉大瀑布边一个寡妇新娘的爱情故事——实际的故事情节却峰回路转。小说《强奸：一个爱情故事》饱受争议，它讲述了一个受害的女人和孩子还有施暴者的故事，故事虽然沉重，语言却十分优美。《金发女郎》是描写诺玛·珍·贝克（也就是玛丽莲·梦露）的传记体小说，作者以想象中的口吻讲述了整个故事。欧茨是个极为多产的作家，除了长篇小说，她还写短篇故事、散文、剧本，以及——以劳伦·凯利和罗莎蒙德·史密斯为笔名——悬疑惊悚小说。

LH

代表作

小说

《他们》1969
《查尔德伍德》1976
《贝尔夫勒世家》1980
《你必须记住》1987
《因为这是苦的，因为这是我的心》1990
《我们是马尔瓦尼一家》1996
《疯狂的男人》1997
《金发女郎》2000
《中世纪：一部罗曼史》2001
《强奸：一个爱情故事》2003
《大瀑布》2004
《掘墓人的女儿》2007

"爱与恨的交织比爱更有力量。也比恨更有力。"

上图：乔伊斯·卡罗尔·欧茨在英国伦敦，摄于2006年8月。

凯丽尔·丘吉尔 CARYL CHURCHILL

生于： 1938年9月3日（英国伦敦）

风格和流派： 丘吉尔是二十世纪重要的剧作家，她的作品观点激进，大多有较强的实验性，作品表现的主题多是女性受压迫、社会的不平等和失败的政治诉求。

代表作

戏剧

《所有者》1972
《白金汉郡的光芒》1976
《无比幸福》1979
《优异女子》1982年
《软条子》1984
《巨款》1987
《冰激凌/热巧克力》1989
《疯狂的森林》1990
《地底精灵》1994
《堤厄斯忒斯》2001
《一出梦的戏剧》2005

"我们需要发现新问题，这能帮助我们回答老问题……"

凯丽尔·丘吉尔童年的大半时光都在加拿大蒙特利尔度过，后来她回到了英国并进入牛津大学攻读文学，并在那里开始创作剧本。从那时起，她创作了大量剧本，作品风格和内容都十分广泛。

丘吉尔凭借大胆新颖的创作手法，成为英国"新浪潮"女性剧作家中的领导者。她的作品左翼立场坚定，她非但不说教，反而用各种有创意的视角来探索女权主义主题。她的大部分作品都不遵守严格的线性情节，这些作品从本质上说都是插话式的作品，作者把两个迥然相异的戏剧世界并列呈现出来，因此从总体上说，作品有典型的布莱希特式戏剧的特征。

她的大部分作品不再仅限于跟Joint Stock等剧院团体合作，合作的戏剧导演也不仅局限于马克斯·斯塔福德-克拉克一人。《无比幸福》和《优异女子》就是其中两例，这两部作品用不合时代潮流的人物来表现社会和政治主题。在《无比幸福》中，作者把年仅二十五岁的人物分别置于1879年和1979年两个年代，以此检验这两个年代的性道德。通过这种天才的方式，丘吉尔得以比较维多利亚时代的男权社会和预想中更进步公平的七十年代对性解放的看法。在《优异女子》的第一幕中，成功的女商人玛莲举行了一个晚餐会。她邀请的客人都是各个历史时期的杰出女性，主宾还因醉酒引发了混乱。这与神志清醒的第二幕形成了鲜明对比，在第二幕中，作为撒切尔当政时期的英国女商人，玛莲不得不与社会现实作斗争。**GM**

上图：吉玛·莱文1985年前后为丘吉尔拍摄的照片。

1920-39

曼纽尔·巴斯克斯·蒙塔尔万
MANUEL VÁZQUEZ MONTALBÁN

生于：1939年7月27日（西班牙巴塞罗那）；**卒于**：2003年10月18日（泰国曼谷）

风格和流派：蒙塔尔万不仅是小说家、诗人、短篇小说作家、散文家、传记作家、记者、美食评论家、社会批评家、政治评论家和美食家，他还以侦探小说著称。

曼纽尔·巴斯克斯·蒙塔尔万是一位多产作家，他的作品体裁多样，主题跨度很大。但他最著名的是系列侦探小说，小说中刻画的私家侦探何塞·"佩佩"·卡瓦略就是作家的化身——这位巴塞罗那的侦探对美食的热情，反映出作者自己对美食的兴趣。卡瓦略系列小说不仅被翻译成二十四种语言，还被改编成电视剧。年轻时，蒙塔尔万曾是加泰罗尼亚共产党成员，当时反对弗朗哥统治是很危险的事情，而他也因为公开批评当局而被关进监狱。蒙塔尔万常在小说、散文和新闻报道中表现棘手的社会问题。**CK**

代表作

小说
《我杀了肯尼迪》1972
《焦虑的执行官》1977
《南方的海》1979
《加林德兹》1991
《破坏奥运会》1993
《扼杀者》1994
《布宜诺斯艾利斯五重奏》1997
《艾里克和艾里德》2002

诗歌
《回忆和欲望》1986

散文
《关于信息的报告》1963

玛丽-克莱尔·布莱斯 MARIE-CLAIRE BLAIS

生于：1939年10月5日（加拿大魁北克省魁北克城）

风格和流派：小说家、诗人和剧作家布莱斯创作的社会评论作品，常常将现实和奇幻元素结合于一身。1972年，他被授予加拿大公民最高荣誉"加拿大勋章"。

玛丽-克莱尔·布莱斯的作品对人类和社会进行了尖锐透彻的评价。她在探讨道德、精神和世俗社会上具有同样深刻的洞察力，作品常常打破文学传统，创造出极富魅力的角色和场景，这些角色和场景偶尔被放置于奇幻作品的框架内。她的小说处女作《疯狂的影子》出版于1959年，当时她只有二十岁，作品取得了巨大成功；1960年，她又出版了《白头鸟》。但她最著名的代表作是《埃曼纽埃尔生命中的一季》，这部小说获得了法国-加拿大文学奖和法国梅迪西文学奖，1972年她被授予加拿大勋章和法兰西艺术文学勋章。**TamP**

代表作

小说
《疯狂的影子》1959
《白头鸟》1960
《埃曼纽埃尔生命中的一季》1965
《狼》1970
《雷电》2001

戏剧
《冬眠》1984

谢默斯·希尼 SEAMUS HEANEY

生于: 1939年4月13日(北爱尔兰德里郡莫思邦); **卒于:** 2013年8月30日

风格和流派: 希尼是爱尔兰诗人、作家和诺贝尔文学奖获得者,他相信诗歌有救赎的作用。其作品主题包括宗教和政治压迫,以及大自然的鼓舞人心的作用。

代表作

诗歌

《一位自然主义者之死》1966
《通向黑暗之门》1969
《在外过冬》1972
《北方》1975
《野外工作》1979
《苦路岛》1984
《山楂灯笼》1987
《幻视》1991
《酒精水准仪》1996
《电光》2001
《故地轮回》2006

戏剧

《特洛伊城的治疗》1990
《底比斯的葬礼》2004

非虚构类作品

《先人之见:1968-1978论文选》1980
《舌头之管辖》1988
《诗的疗效:牛津讲义》1995

1920–39

谢默斯·希尼的首部重要诗集《一个自然主义者之死》扎根于德里郡的乡村生活和劳作,他自己就在这里的农场长大。开篇第一首诗《挖掘》被认为是希尼诗歌创作生涯的代表作,作者一方面忠诚于这片土地和劳作,另一方面又全情投入于想象力和才智的世界,作品在这两者间达到了巧妙的平衡。《通向黑暗之门》出版时,宗教暴力蔓延并呈现愈演愈烈的趋势,当时天主教民权斗争余波未平,该书的出版标志着希尼职业生涯中对政治和心理关注的开端。《在外过冬》中的几首诗声援了在爱尔兰漫长的政治和宗教斗争中遭受压迫的人们,但是希尼与七十年代的政治动荡之间的对立在《北方》中体现得更加明显。

《野外工作》重新阐述了诗人的责任感,当时爱尔兰结束了与北爱尔兰十年的政治对立。诗歌展现出诗人对这片土地强烈而持久的感情,这里既是他的灵感之源,也是他赖以生存的地方。在《苦路岛》中,希尼描写了朝圣者探访一座与圣帕特克渊源颇深的小岛,并在上面举行忏悔仪式,还写了天主教传播到爱尔兰,作者在书中对成

上图:2006年8月,希尼在苏格兰爱丁堡国际图书节上。

右图:1977年,希尼与妻子和孩子们在爱尔兰的家中。

为诗人的自己进行了反思。希尼始终相信诗歌存在各种形式，《山楂灯笼》和《幻视》中就有大量此类表达，这两部作品为希尼的诗歌开创了更有远见的创作模式。一种谨慎乐观主义在《酒精水准仪》——1994年挺火之后出版的第一部诗集——《电光》和《故地轮回》中占据上风，这几部作品再次回顾了希尼早期诗歌中描写过的地方和主题。

1988年，希尼被任命为英国牛津大学诗学教授，1995年，他被授予了诺贝尔文学奖。与前辈叶芝一样，希尼对诗歌也抱有坚定的信念，他认为诗歌是一种潜在的救赎方式，他坚信"艺术的尽头就是和平"。**SR**

上图：这张照片拍摄于1996年，希尼常常从周围的环境中获得灵感。

希尼的"沼泽诗"

1969年，随着政治暴力的不断升级，希尼开始重新考虑自己的职业，开始寻找叶芝口中的"恰当的逆境标志"。希尼在丹麦考古学家P.V.格洛布的作品中找到了合适的形象，格洛布研究了被保存在泥炭沼泽中铁器时代的殉葬者，发现他们与北爱尔兰祭祀仪式上的受害者惊人地相似。格洛布在《沼泽居民》（1969）中生动描述了托兰人和格劳巴勒人的发现过程，希尼受此启发，在《在外过冬》和《北方》中创作了一系列扣人心弦的"沼泽诗"。

1920–39

阿莫斯·奥兹 AMOS OZ

原名： 阿莫斯·克劳斯纳（Amos Klausner）

生于： 1939年5月4日（以色列耶路撒冷）

风格和流派： 阿莫斯·奥兹是小说家、短篇小说作家、政治评论家以及和平主义活动家，他的作品扎根于祖国以色列，主题包括人性的弱点。

代表作

小说
《胡狼嗥叫的地方》1965
《别处，或许》1966
《我的米海尔》1968
《了解女人》1989

回忆录
《爱与黑暗的故事》2005

非虚构类作品
《帮我们分家》2004

"我认为家庭是世界上最神秘而迷人的机构。"

以色列著名作家阿莫斯·奥兹说，如果只能用一个词来概括他的所有作品，那就是"家庭"，如果用一个短语来形容就是"不幸的家庭"。他笔下的人物饱受孤独、内心冲突和无根之苦，这反映出现代以色列人的生存状况。奥兹是当代最重要的希伯来语作家，也是以色列最有影响最受尊敬的学者之一，他的父母来自东欧，他在耶路撒冷被抚养长大。他的母亲患有抑郁症，母亲在他十三岁时自杀身亡，奥兹说自己遭受的巨大创伤，对他决定成为作家有重要影响。

奥兹的首部短篇小说集《胡狼嗥叫的地方》出版于1965年，这是一部寓言故事，讲述了以色列国面临的种种问题。一年后，他又出版了讲述以色列集体农场生活的小说《别处，也许》。奥兹凭借小说《我的米海尔》获得了认可，这部小说讲述一个女人摆脱了不幸的婚姻后进入一个奇幻世界的故事，该作以以色列的动荡历史为背景。在奥兹的晚期作品中，他的回忆录《爱与黑暗的故事》脱颖而出。回忆录记载了他在饱受战争摧残的耶路撒冷度过的童年时光，记录了母亲的自杀对他造成的影响，同时回顾了过去一百二十年的家族史。

作为多产的政治评论家，阿莫斯·奥兹不仅关注犹太人和阿拉伯人之间的复杂关系，也积极倡导以巴冲突的双边解决方案以及巴勒斯坦国问题。奥兹的作品被翻译成三十多种语言，他也获得过很多国际文学奖，其中包括在1997年获得荣誉军团骑士勋章（法国），在1998年获得以色列文学奖，以及2005年的歌德奖。**HJ**

上图：2005年6月23日，奥兹在意大利罗马国际文学节上。

右图：奥兹的回忆录《爱和黑暗的故事》是一部感人的家族传奇。

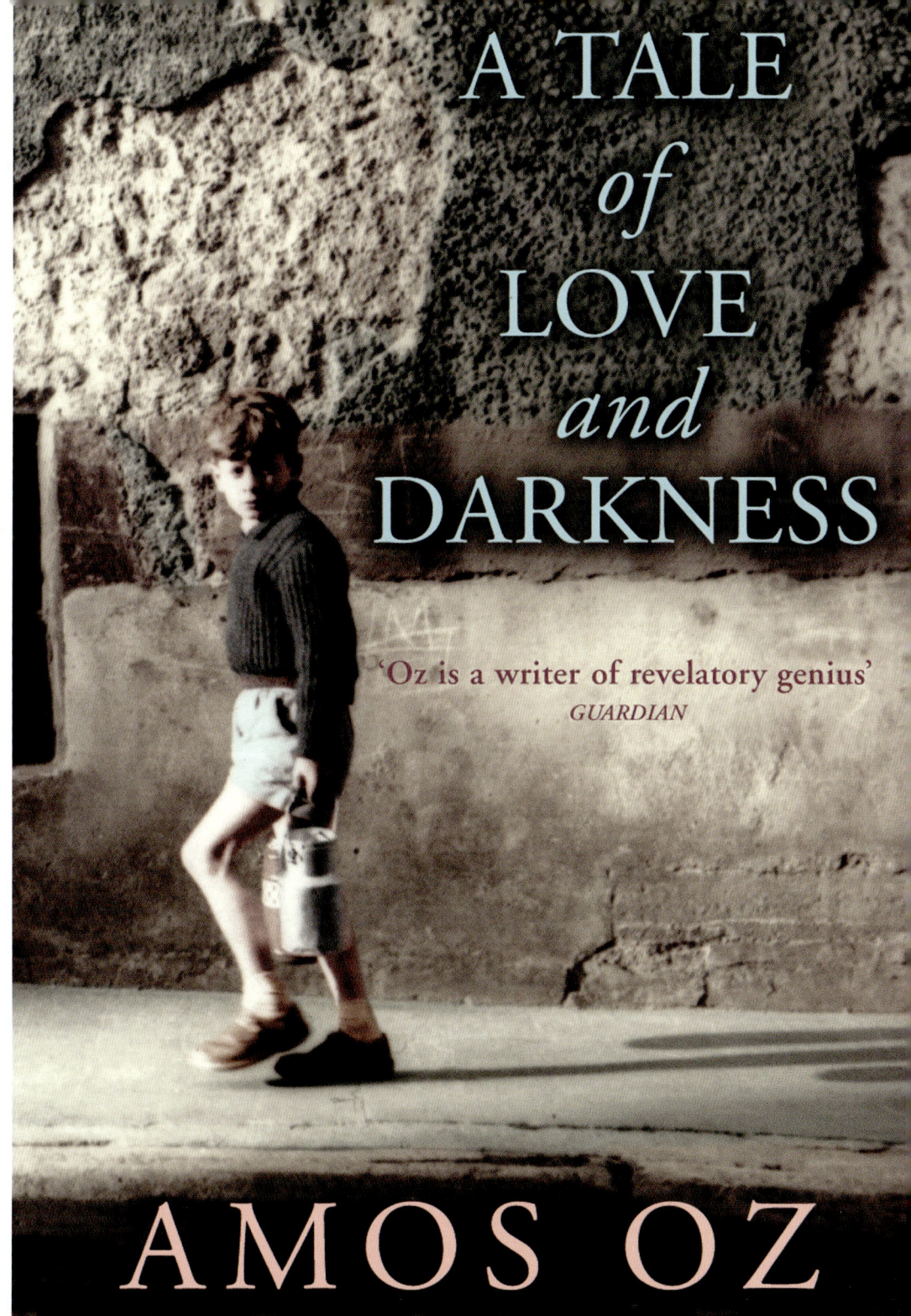

A TALE
of
LOVE
and
DARKNESS

'Oz is a writer of revelatory genius'
GUARDIAN

AMOS OZ

玛格丽特·阿特伍德 MARGARET ATWOOD

生于： 1939年11月18日（加拿大渥太华）

风格和流派： 阿特伍德是加拿大诗人和小说家，她把强烈的讽刺感和口齿伶俐的尖锐洞察与各种现代问题结合于一体，范围涉及两性关系到环境问题等。

代表作

小说

《可以吃的女人》1969
《女仆的故事》1985
《猫眼》1988
《强盗新娘》1993
《别名格蕾丝》1996
《盲刺客》2000
《羚羊与秧鸡》2003
《珀涅罗珀记》2005

短篇故事

《舞女》1979
《蓝胡子的蛋》1985
《荒野指南》1991
《帐篷》2006

诗歌

《吃火：1965-1995诗选》1998

儿童小说

《普鲁聂拉公主和紫花生》1995
《残暴的拉姆齐与愤怒的萝卜》2003

非虚构类作品

《生存》1972
《与死神的谈判》2002

上图：阿特伍德在加拿大多伦多拍摄的剧照，拍摄于2006年5月2日。

右图：阿特伍德肖像，索菲·贝索斯摄于1994年11月10日。

在一次采访中，玛格丽特·阿特伍德曾经拒绝被称为"文化偶像"，她说真正的偶像应该是"摇滚歌星，或是伊丽莎白·泰勒"。有人质疑她这样是否有一些虚伪。毕竟，她的最新作品既畅销，又广受好评，她的小说和诗歌已经被翻译成三十多种语言，阿特伍德自己也获得过十六个荣誉学位，而且从七十年代末开始，她平均每一年都会获得一个以上的奖项。

尽管阿特伍德常被称为女权主义作家，但她的作品既不咄咄逼人，也不仅仅是政治寓言。"我没有创造女权主义，女权主义当然也没有创造我，"她如是说，"但我很自然地赞同它。"性别问题是其作品中的重要部分，她在作品中探讨了关于女性气质的文化理想，探讨过女性身体在艺术上的表现手法和两性关系，以及所谓的"不良女性行为"。或许将她称为女性心理学者更加准确，因为她用敏锐的洞察力和富有两面性的智慧描写了女性心理。当然了，一些更重要的主题在她的作品中也发挥着重要作用：例如，自然和科技之间的冲突，理性和历史知识的限制，还有不可逃避的死亡。

上图：1989年1月，在家中与宠物猫"毛毛球"在一起；《猫眼》的书名指的是一种大理石。

阿特伍德的父亲是森林昆虫学家，所以她童年的大半时间都在偏远的魁北克北部度过，当时她的父亲在那里做研究；虽然在八年级之前，她都没有完整的度过一学年，但她的阅读量很大，而且整日呆在野外的家中。最早鼓励她当作家的是一位高中英文老师，老师读了她写的诗之后说："亲爱的，我完全理解不了这首诗，所以它一定是一首好诗！"玛格丽特在多伦多大学获得了学士学位，当时她师从诺斯罗普·弗莱，她自费出版了首部诗集，并获得学校设立的奖项。毕业之后，她写了另一本诗集《圆圈游戏》，这一次她把加拿大最高文学荣誉称号总督奖带回了家。几年之后，她出版了首部小说《可以吃的女人》，从此之后便开始创作诗歌和小说，她解释说诗歌在她与语言的关系中处于中心地位，而小说集中体现的是她的世界观。

"离婚就像是截肢手术：你会活下来，但会少一样东西。"

1920-39

加拿大文学女王

玛格丽特·阿特伍德的《生存》出版于1972年，作品提出了一个问题：关于加拿大文学，我们有什么好说的呢？在今天看来答案已经很明显，因为一些国际著名的文学大家，例如迈克尔·翁达杰，爱丽丝·门罗，卡罗尔·希尔兹以及罗宾顿·米斯奇（当然也包括阿特伍德自己）等都出身于"银色大北方"，但在他们之前能够获得认可的作家寥寥无几。加拿大当然也有很多作家，但是加拿大读者通常对本土作家不太感兴趣，阿特伍德认为，加拿大人更青睐外国作家是源于根深蒂固的自卑情结——这是殖民地心态长期留存的结果。

《生存》也被称为"加拿大文学的快捷指南"，作为一部散文集，它的销量高得惊人。这部作品不仅坚持"加拿大文学"一说，而且认为它有一种独特的气质，应该仔细品读研究并加以讨论。这些文章既是批评又是宣言，这些幽默又充满激情的批评所追寻的主题是，加拿大人都是心灵创伤的幸存者，他们经历了殖民地时期的艰难困苦，在法国和英国文化的双重冲击中幸存下来，还要面临南边邻居的冲击。《生存》吹响了加拿大主流文化创作的号角，出版机构（包括阿特伍德协助创办的阿南西之家）、剧院和电影等，自七十年代开始大量涌现，而加拿大的作家也能在加拿大的学校接受教育了。

凭借《女仆的故事》——在书中，美国是一个虚构的神权统治国家——阿特伍德开始在国际文学界崭露头角。在这部反乌托邦小说中，一场瘟疫（或是生化武器——书中没有说清）夺去了大部分人的生命；我们的讲述者奥芙弗雷德是个命运悲惨的女仆，她正式宣布放弃自己的权利和财产，被迫为主人生了一个孩子。阿特伍德坚持否认这是一部科幻小说，尽管里面包含外星人和宇宙飞船，相反她认为这是一部"推理小说"，因为她所写之事都有可能发生（事实的确如此，奥芙弗雷德幻觉重现的世界与我们的世界并无二致）。这部小说被改编成故事片，近几年还被改编成歌剧。《羚羊与秧鸡》是她另一部推理小说，说的是基因工程和环境问题的警世故事。尽管这些小说有深的思想性，但它们根植于人们熟悉的场景和精心描绘的人物，所以既算是社会评论，也是文学作品。

阿特伍德在作品中不断挑战文学传统，高雅趣味与低级趣味并存，既有史诗巨作（《珀涅罗珀记》）和成长教育小说（《猫眼》），也有犯罪小说（《别名格蕾丝》）和历史题材小说（《盲刺客》）。这只是她创作的小说，除了诗歌之外，阿特伍德还写过大量评论和综述，还有电影剧本、广播剧以及儿童读物。她的作品衍生出很多改编作品——例如，《可以吃的女人》被改编成成功的舞台剧，《强盗新娘》改编成电视电影，而《别名格蕾丝》被改编成迷你电视剧集。

阿特伍德以快人快语和尖刻的俏皮话著称，为此她曾吓退过不少采访者，但像她在《与死神的谈判》中说的那样，"我花了很长时间才明白，有些人认为恶婆娘很可怕，依照他们的观点，最弱小的恶婆娘也是恶婆娘。" **CQ**

右图：《别名格蕾丝》的封面，纽约双日出版社于1996年出版。

ALIAS
GRACE

A NOVEL

MARGARET
ATWOOD

高行健 GAO XINGJIAN

生于： 1940年1月4日（中国赣州）

风格和流派： 高行健是首位获得诺贝尔文学奖的华人，然而他却因为对中国当局的批评而成为不受中国欢迎的人；他用片段形式的小说批判了文化大革命。

代表作

小说
《给我姥爷买鱼竿》1986
《灵山》1989
《一个人的圣经》1999

戏剧
《绝对信号》1982
《车站》1983
《野人》1985
《彼岸》1986
《逃亡》1990
《生死界》1991

散文
《冷的文学》1990
《巴黎手记》1990
《文学的理由》2000

"我写小说《灵山》的初衷是排解内心的寂寞……"

高行健曾被北京人民艺术剧院任命为编剧，并从此开始了剧作家生涯。他的第一部剧本《绝对信号》广受好评，但他却很快成了不受当局欢迎的人。《车站》是贝克特式的讽刺小说，它描绘了中国社会等待一辆永远到不了的公共汽车，这部作品被称为"中华人民共和国成立以来最险恶的作品"，他也因此成为1983年"清除精神污染运动"的对象。

高行健曾就读于著名的北京外国语大学，1962年毕业之后，成了一名翻译。文化大革命的暴力和荒唐给他的作品打上了深刻的印记，他对群众意识形态产生了强烈的反感，转而倾向于内省的个人主义。

高行健的抒情小说《灵山》是一场哲学的艰苦跋涉，书中的主角踏上前往华西南的旅程去寻找生命真正的意义。小说《一个人的圣经》出版于1990年，它具有更强的个人特色。小说《灵山》运用了片段叙述形式，主角既是政治激进分子和受害者，也是旁观者，他叙述了自己在文化大革命中的经历。

1987年，高行健受邀访问欧洲，他决定不再回中国。他在巴黎定居下来，并于1998年获得了法国国籍。在中国，他的剧本仍然遭禁。在法国定居之后，直到获得2000年的诺贝尔文学奖之前，高行健一直坚持写作，但他的绘画作品显然更受认可。他的水墨画被收录进《回归绘画》中，并于2002出版。**FHG**

上图：诺贝尔奖获得者高行健，摄于2006年11月。

埃德蒙·怀特 EDMUND WHITE

生于：1940年1月13日（美国俄亥俄州辛辛那提）

风格和流派：埃德蒙·怀特是美国最著名的作家之一，他的作品类型涵盖了小说、文学评论和传记，他记录了同性恋的生活，以及艾滋病对美法两国造成的影响。

埃德蒙·怀特生于俄亥俄州辛辛那提，成长于芝加哥，从密歇根大学中文系毕业后，他到纽约当了记者。他的小说处女作《忘掉埃莱娜》用诙谐幽默的语言描写了一个小岛上的生活。之后出版的《同男的性福》，让人们得以了解同性恋者从他们的生活方式中获得的情欲、情感和社交上的满足。

怀特最著名的作品是《男孩故事》，这部感人至深的自传体小说讲述了上世纪五十年代一个美国男孩为了逃避艰难的生活，让自己沉浸在艺术、文学和自己的想象中的故事。这部小说是怀特三部曲系列的第一部，其余两部分别是《美丽的空屋》，讲述了主角逐渐成年以及同性恋解放运动的诞生；另一部是《告别交响曲》（以海顿的作品命名，讲的是演奏者们一个个逐渐离开舞台，到最后只剩下一把小提琴的故事），这部小说讲述了艾滋病的泛滥，作品中的主角却活得比他大多数朋友都长久。三部曲记录了四十年来美国同性恋的生活，读来令人感动。

2000年，怀特出版了《已婚男人》，小说讲述了美国一个中年男人在巴黎的一段令人难忘的生活。大多数人认为这是他迄今为止最好的作品。2005年，怀特写了自传《我的生活》，他没有采用传统的按年代顺序排列的方式，而是每一章节都有独立主题，例如《我的欧洲》《我的朋友》和《我的弱点》。除了小说，怀特为法国作家让·热内撰写的传记、对马塞尔·普鲁斯特做的研究，以及创作的巴黎沉思录《巴黎：一个闲逛者的回忆》都受到好评，这部作品带领读者漫步于巴黎的大街小巷，向我们介绍那些旅行手册绝不会涉足的地方。**HJ**

代表作

小说

《忘掉埃莱娜》1973
《给那不勒斯王的夜曲》1978
《男孩故事》1982
《美丽的空屋》1988
《告别交响曲》1997
《已婚男人》2000
《范妮：一部小说》2003
《黄粱客栈》2007

自传

《我的生活》2005

非虚构类作品

《同男的性福》1977
《热内：一部传记》1993
《巴黎：一个闲逛者的回忆》2001

"我认为真诚是我唯一的审美标准，而现实主义是我的实验技巧。"

1940–59

上图：埃德蒙·怀特的影楼肖像，摄于2005年。

J.M.库切 J. M. COETZEE

全名：约翰·马克斯韦尔·库切（John Maxwell Coetzee）

生于：1940年2月9日（南非开普敦）

风格和流派：库切是获得过诺贝尔奖的南非小说家，他以笔调闲适、情节复杂的作品，对暴力直白的描绘，对殖民主义遗毒无所畏惧的刻画而闻名。

代表作

小说

《幽暗之乡》1974

《内陆深处》1977

《等待野蛮人》1980

《迈克尔·k的生活和时代》1983

《敌人》1986

《铁器时代》1990

《彼得堡的主人》1994

《耻》1999

《伊丽莎白·科斯塔洛：八堂课》2003

《缓慢的人》2005

《凶年纪事》2007

回忆录

《少年时代：外省生活场景》1997

《青年时代：外省生活场景之二》2002

1940-59

上图：库切在2005年国际作家议会上。

库切的大半生都生活在南非的种族隔离政权下，他把写作生涯都用于分析个人权力与政治权力的利用和滥用上，这是毫不稀奇的事情。值得注意的是作者的理智和诚实，他借此表现真实的折磨、残酷和不公正现象，以及在各种形式的殖民主义制度下，想当一个无辜的旁观者是何等不易。

库切曾经就读于开普敦大学，后来他在位于奥斯丁的德克萨斯大学就读期间，凭借关于塞缪尔·贝克特的文章获得了博士学位，贝克特与卡夫卡和陀思妥耶夫斯基至今仍有重要影响。事实上，他的两部小说——《迈克尔·K的生活和时代》和《彼得堡的主人》——的创作灵感都源于这两位作家。

2003年，当库切被授予诺贝尔奖时，瑞典文学院将他称为"孤独的作家"。颁奖词的描述恰如其分：他的小说总在不断地重新表现沟通的问题，不管是涉及个人还是不同的文化。《敌手》是他向丹尼尔·笛福的代表作《鲁滨逊漂流记》致敬的作品，库切为原作增加了全新的视角：一个从沉船事故中幸存的女人也来到了同一个岛上。鲁滨逊死后，弗莱迪带着这个女人来到了伦敦，但他因为舌头被割而无法讲述自己的故事。在库切最著名的代表作《耻》中，一位教授的女儿成了一场暴力犯罪案件的受害者，但她却决定不追究施暴者。她的父亲直到尊严尽失才承认，作为南非的白人，种族地位会让自己陷入艰难的境地。这是一部关于后种族隔离时代的国家寓言，它的结尾并未给人多少安慰，这也表明作者在描写这一主题时的坚定和清晰的立场。

瑞典文学院对库切的评价之所以恰当，还因为作家本身就重视独处。他甚至没有亲自领取获得的两次布克奖。然而，他出席了诺贝尔奖的颁奖仪式，他说母亲一定会为他感到骄傲。

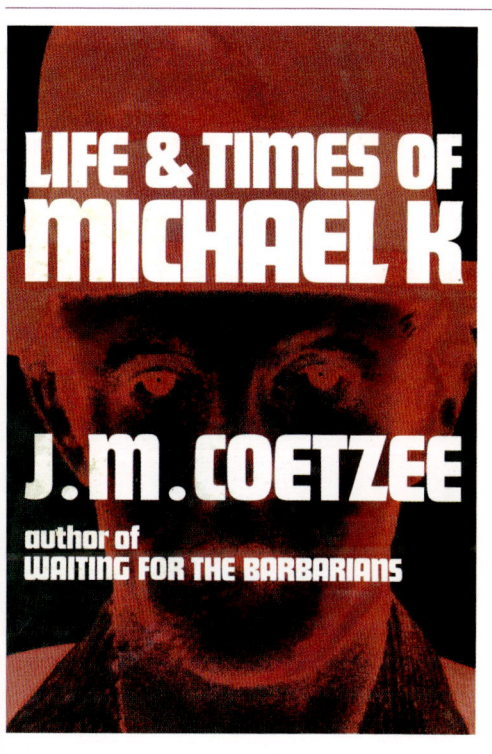

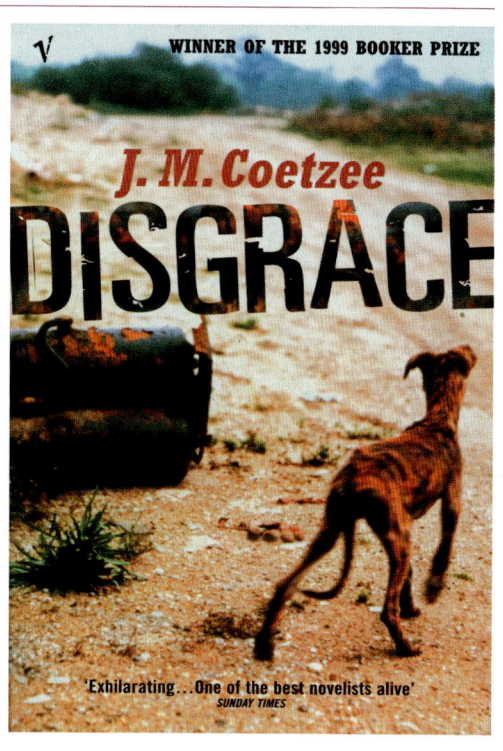

库切身旁一直伴随着争议的声音。在非洲国民大会（简称非国大）起草的一份报告中，库切的小说《耻》被树立成典型，他们认为，小说宣扬白人至上的种族主义在后种族隔离时代的南非依然盛行——但是很多读者和评论家都站在他一边，为他辩护。库切被授予诺贝尔奖引发了一场国会辩论，当时反对党要求"非国大"为其对小说发表的守旧封闭的评价道歉。但事情出现了令人惊讶的转折，塔博·姆贝基总统号召全国人们一起庆祝同胞库切取得的成就。**CQ**

上左：《迈克尔·K的生活和时代》是一个关于南非种族隔离时代种种苦难的故事。

上图：《耻》中的白人男子妥协于后种族隔离时代的祖国。

"有时人们有这样一种直觉，仅有聪明才智，也是徒劳。"

1940–59

安杰拉·卡特 ANGELA CARTER

原名：安杰拉·奥丽芙·斯托克（Angela Olive Stalker）

生于：1940年5月7日（英国东苏塞克斯郡伊斯特本）；**卒于：**1992年2月16日（英国伦敦）

风格和流派：卡特是多产小说家、记者和编辑，被视为后现代主义的"鹅妈妈"，她创作了以犯罪和欲望为主题的民间故事。

代表作

小说

《魔幻玩具铺》1967
《英雄和恶棍》1969
《霍夫曼博士可恶的欲望机器》1972
《马戏团之夜》1984
《明智的孩子》1991

短篇故事

《染血之室与其他故事》1979
《黑色维纳斯》1985
《美国鬼魂与旧世界奇观》1993

非虚构类作品

《萨德的女人和色情意识形态》1978
《作品选》1992

"或许，我们更应该把它看做饱含激情的对象，而不要从不加以重视。"

1940–59

上图：安杰拉·卡特在她的办公室中，摄于20世纪80年代。

《霍夫曼博士可恶的欲望机器》是安杰拉·卡特的代表作，也是作者自身的写照。不管是为出版社、舞台、电影还是电台进行创作，卡特的作品都是创作奇观。英国小说中一部分反现实主义的特点可追溯到《仲夏夜之梦》，她挖掘出奇幻故事中怪诞的情色力量，为成年人创作了二十世纪的童话故事。

伦敦是卡特一生的归宿，这座城市像无所不在的空气一样出现在她的小说中，在小说《马戏团之夜》和《明智的孩子》中尤其如此，这两部小说表现的都是粗俗的妓女眼中的伦敦城。卡特从家人那里吸收了社会主义政治思想，所以她笔下的人物既能认识到也能看透消费者保护主义运动的闪光点。从1969年到1972年间，她在日本生活，与第一任丈夫离婚之后，女权运动成了她生活的一部分。回到伦敦之后，她与新成立的维拉戈出版社联系密切，同时还发掘拯救了很多现代主义女作家的小说，其研究著作《萨德的女人》是最成功的代表作。

卡特在1969年之前的小说大多以令人不安的哥特风格为标志，讲述和措辞充满激情，但她后日本时代的作品目的性更准确，措辞更加尖酸刻薄。卡特曾编辑过一部世界童话集（其中收录的塞德娜的因纽特人的故事，因为过于色情而饱受争议），她在自己的短篇小说中大量反复引用佩罗的道德故事。"狼之一族"是卡特最著名的短篇之一，被尼尔·乔丹拍成电影，卡特为其创作了剧本。带着卡特一贯的不满足，这部影片就是一连串巧妙的戏中戏。这部电影不禁让人回想起超现实主义的天方夜谭。**SM**

布鲁斯·查特文 BRUCE CHATWIN

生于：1940年5月13日（英国南约克郡谢菲尔德）；**卒于**：1989年1月18日（法国尼斯）

风格和流派：查特文的旅行著作融合了史实和虚构，作品有强烈的历史感，叙述清晰，个人经验色彩浓厚。

曾经的艺术史学家布鲁斯·查特文，后来成为了记者，他成为著名的旅行小说家，而不是旅行作家，在他的旅行作品中，想象与现实并重。在其代表作《歌之版图》中，他探索了原住民神话和文化领域，把自己的想法和创作的故事融入到对应的原住民传统中——这种风格饱受纯正论者的批评，却受到读者的热烈欢迎。他的作品极少采用惯常的角度，他的写作风格会引导读者深入作者的思维，如同游历在作者描写的这个国家一样，作者通过虚构和沉思，带领读者走出历史，走进旅游新闻中。

查特文每一本书的风格各不相同。《巴塔哥尼亚高原上》中抒情动人的文章，吸引着新的一代人去探索阿根廷和智利，他们渴望体流浪作家查特文口中那段真真切切的神秘之旅；《在黑山上》中，查特文从一个豪爽过客，变成了毅然定居某地就不肯挪窝的狭隘之人。《威达的总督》是一部讲述奴隶制的小说，它晦涩难懂，而且读来令人痛苦，查特文试图在书中探讨奴隶贩子的思想。他的作品题材宽泛，作者对不同写作风格的探索，突出了其个人生活中的重重矛盾，其作品的风格和流派也极富变化。他是一位饱受争议、变色龙式的人物，旅行就是他的生活方式——他勇敢地接受挑战，拒绝遵守惯例。查特文之所以成为名人，是因为他恶名在外的生活方式，而不是他写的作品，他混迹于纽约上层社会和同性恋偶像之间，与游牧民一起四处旅行，还公开了自己的同性恋取向，与此同时，他依然与深爱的妻子伊丽莎白保持婚姻关系。**LH**

代表作

小说

《威达的总督》1980
《在黑山上》1982
《乌兹》1988

选集

《我在这儿干什么？》1989
《躁动的解剖》1997

非虚构类作品

《巴塔哥尼亚高原上》1977
《歌之版图》1987
《蜿蜒的小径》1998

> "丢掉护照是我最不担心的事，丢掉笔记本才是灾难。"

1940-59

上图：1984年，查特文在巴黎的新书宣传活动上。

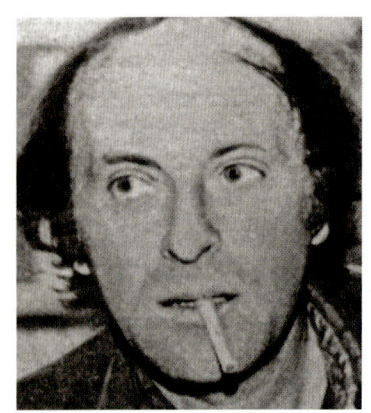

约瑟夫·布罗茨基 JOSEPH BRODSKY

全名：约瑟夫·亚历山德罗维奇·布罗茨基（Iosif Alexandrovich Brodsky）

生于：1940年5月24日（苏联列宁格勒——现圣彼得堡）；**卒于：**1996年1月28日（美国纽约州纽约）

风格和流派：布罗茨基是俄罗斯裔美国诗人和散文家，他是苏联古拉格劳改营的幸存者，后来成为诺贝尔奖获得者和美国桂冠诗人。

约瑟夫·布罗茨基1996年因心脏病去世，他死后成为了二十世纪最令人惋惜的诗人之一，同时期的诺贝尔文学奖获得者德里克·沃尔科特和谢默斯·希尼，爱尔兰著名诗人保罗·马尔登以及其他大批作家，都交口称赞其生活和诗作。他收获的荣誉还包括，自己的作品被同时期最成功的作家翻译成英文，这些作家中有沃尔科特、理查德·威尔伯以及安东尼·赫克特。如果这只表明布罗茨基是"诗人中的诗人"的话，那就是大错特错了。布罗茨基天生善交际交友：罗伯特·洛威尔称其为"滔滔不绝的话痨"，希尼在为他写的悼词中，回忆了他对"胡椒味伏特加"的喜爱。这些品质在布罗茨基诗歌上的反映就是，他偏爱表现世俗的细节中的激情澎湃。

布罗茨基面对过种种残酷的考验，而这些作品能幸存下来，不得不说是一种奇迹。作为一个社会地位低下的犹太裔俄罗斯人，他十五岁就辍学开始从事一系列地位卑微的工作，直到他结识了俄罗斯诗人安娜·阿赫玛托娃，她

代表作

戏剧
《大理石》1989
《民主》1991

诗歌
《约翰·邓恩的挽歌》1967
《言语的一部分》1977
《冬季运动的诗句》1980
《致乌拉尼亚：诗选》1965-1985
《科德角摇篮曲》1975
《等等：诗集》1996
《发现》1999（去世后出版）

散文
《少于一》1986
《水印》1992
《悲痛与理性》1996

1940—59

上图：布罗茨基在抽烟，摄于1970年。

右图：得知自己获得1987年的诺贝尔奖时，布罗茨基拥抱自己的出版人。

推崇布罗茨基在诗歌中将现代的事物与传统形式相结合的做法。没过几年，他就成了著名诗人，但这也引来当局对他的怀疑。1964年，因为受到"社会寄生虫"（法庭认为布罗茨基没受过多少教育：只不过是个"穿着仿天鹅绒裤子的冒牌诗人"而已）的指控，他被判处到苏联北方遥远的国营农场服五年苦役。世界各地的作家和学者随之发出抗议，在炸石头、运肥料、砍木头十八个月之后，他终于被释放了，却还是不断地被当局骚扰。1971年，接到必须离境的命令之后，他在美国开始了新生活，还在W.H.奥登的帮助下成了密歇根大学的驻校诗人。不久之后，他就出版了英译本作品，后来布罗茨基终于也能用英文创作诗歌了。1987年，他获得了诺贝尔奖，1992年，他成为克林顿首届任期内的美国桂冠诗人。**MS**

"寄生虫"的审判

布罗茨基在1964年的受审文字记录被偷偷带出国，并在西方发表。法官问："谁承认你是诗人？"布罗茨基回答说："没有人。谁把我归为人类呢？"法官又问他为何没找个稳定的工作，为国家创造价值，布罗茨基说："我有一件西服，虽然它很旧，那也是西服。我不需要第二件。我已经工作了。我写了很多诗。"然后他把自己的工作描绘成"灵魂上的劳作"。法官让他"忘了这些大话"，然后判了他五年苦役；但是诉讼过程中粗暴的市侩主义，却让苏联颜面扫地，名誉尽失。

1940-59

安妮·泰勒 ANNE TYLER

生于：1941年10月25日（美国明尼苏达州明尼阿波利斯）

风格和流派：泰勒是曾经获得过普利策奖的小说家，她以对美国二十世纪中产阶层的生活的记录而闻名，她在作品中运用细致温和的幽默和尖锐的讽刺。她还以可爱的人物形象著称。

代表作

小说

《如果早晨曾经到来》1964
《马口铁罐之树》1965
《滑落的人生》1970
《时钟发条》1972
《天文导航》1974
《寻找凯莱布》1975
《俗世财产》1977
《摩根的故去》1980
《思乡餐厅的晚餐》1982
《意外的旅客》1985
《铁肺人生》1988
《或许是圣人》1991
《岁月之梯》1995
《补缀的星球》1998
《昨日当我们盛年》2001
《业余婚姻》2004
《掘近美国》2006

美国作家安妮·泰勒以有深刻见解的描写而闻名，其作品主要表现美国中产家庭古怪的日常生活。她笔下的人物虽然古怪，但是融合了令人又恨又爱的个性类型，仿佛像是隔壁邻居。她的代表作之一是《意外的旅客》，这是关于一位旅行作家的不幸故事，讲述了他的一段苦乐参半的失去和恢复之旅；另一部是获得普利策奖的小说《铁肺人生》，故事中的夫妇已经结婚二十八年，他们在参加一场葬礼的途中检视自己的人生。泰勒是出了名的内向人，她甚至拒绝了获得普利策奖之后的采访。她现在生活在马里兰州的巴尔的摩，这里是她大多数作品的背景地。**JM**

彼得·汉德克 PETER HANDKE

生于：1942年12月6日（奥地利格里芬）

风格和流派：汉德克是奥地利主要的先锋派多产作家，他的作品不仅类型多样，而且争议性很大，对语言的实验性运用是其作品的典型特征。

代表作

小说

《大黄蜂》1966
《守门员对点球的焦虑》1970
《在无人海湾的一年》1998

戏剧

《冒犯观众》1966
《我们互不相识的一小时》1992

短篇故事

《左撇子女人》1976

彼得·汉德克是一位多产作家。他写剧本，写长篇小说，也写短篇故事，还与德国制片人维姆·文德斯合作1987年的电影剧本《柏林苍穹下》。汉德克在1966年凭借喜剧《冒犯观众》首次进入观众的视野，这部剧抨击了戏剧的传统观念。在剧中，观众被演员们告知随着剧情的展开，他们已经变成了演员。其他类似的作品还有《我们互不相识的一小时》，剧中有450个人物，却没有一句对话。汉德克曾获得2006年海因里希·海涅奖提名，但是由于他支持塞尔维亚，所以提名被撤回了。**HJ**

右图：汉德克在塞尔维亚的克拉古耶瓦茨，拍摄时间不明。

伊莎贝尔·阿连德 ISABEL ALLENDE

全名： 伊莎贝尔·阿连德·雷奥纳（Isabel Allende Llona）

生于： 1942年8月2日（秘鲁利马）

风格和流派： 阿言德是智利裔美国小说家和短篇小说作家，魔幻现实主义、梦幻般的抒情文字和自传主题，是其作品的显著特征。

伊莎贝尔·阿连德以自己的生活为主题进行创作，她依照魔幻现实主义传统编织的故事是回忆、梦境和幻想的结合体，堪与文学巨匠加布里埃尔·加西亚·马尔克斯相媲美。与马尔克斯一样，阿连德的作品多以拉丁美洲为背景，故事具有童话故事的特质，作品刻画了一个浪漫却混乱的世界，这里不仅被幽灵、迷信、贫穷、关系密切的社区和家庭占据，也能见到独裁者的铁蹄留下的印记。然而，与马尔克斯的作品不同的是，她笔下的主角以女性为主，作品的内容也更像是自传。

虽然是智利人，但阿连德出生在秘鲁；她的父亲曾是智利驻秘鲁大使；父亲的表兄萨尔瓦多·阿连德曾于1970年至1973年担任智利总统。阿连德的父亲在1945年"失踪"之后，全家人先后到了玻利维亚和黎巴嫩，最终回到了智利。1973年，奥古斯托·皮诺切特领导的政变爆发，萨尔瓦多·阿连德被杀害，伊莎贝尔·阿连德帮助很多政治异见人士逃出了智利。她的行为导致自己陷入危险境地，她被迫逃到了委内瑞拉，最终到了美国。

阿连德的首部小说《幽灵之家》的开篇是一封信，信是写给她临死的祖父。这部小说一半是故事，一半描写了

代表作

小说

《幽灵之家》1982
《乱世惊情》1984
《伊娃·卢娜》1985
《无限计划》1991
《幸运之女》1999
《发黄的肖像》2000
《我虚构的国家》2003

非虚构类作品

《宝拉》1994
《阿芙洛狄忒：感官回忆录》1998

1940–59

上图：阿连德在镜头前摆造型，摄于1984年，当时她的文学生涯刚刚起步。

右图：阿连德参加1973年在巴黎举行的反对智利独裁统治的抗议活动。

上图：薇诺娜·赖德主演根据阿连德小说《幽灵之家》改编的电影。

萨尔瓦多·阿连德的崛起之路，作者描写了智利革命社会主义的发展，以及政变之后对国家造成的影响，整个国家满是秘密警察，人们不是消失、逃亡，就是整日生活在恐惧之中。作为故事的讲述者，阿连德的灵活技巧和小说中的魔幻现实主义色彩，让暴力事件变得不那么令人难以忍受。小说《乱世惊情》讲述了两个记者的遭遇，他们对一个"消失"于智利军政府时期的年轻女子的命运展开了调查。

阿连德继续坚持从自己的经历中寻找灵感——比如，当一个濒临死亡的孩子的妈妈。她擅长描写的主题有：处在某个政党统治下的社会不公，或是令人厌恶的贫穷，但她凭借笔下生命力极强的女性角色，总能让人看到一丝希望。**CK**

对女儿的纪念

阿连德的回忆录《宝拉》源于一封她写给昏迷中的女儿宝拉的信。这本书讲述了阿连德的生活和宝拉的病，宝拉1992年去世后，阿连德以女儿的名义建立了慈善基金，为妇女和儿童提供教育和医疗服务。阿连德在漫长的悲痛过后出版的首部作品，是一部带有催情药性质的菜谱——《阿芙洛狄忒：感官回忆录》。阿连德说："我知道自己已经接近漫长的悲痛期的终点……我心里有强烈的欲望，要重新开始享受美食和亲热的拥抱。"

1940-59

583

彼得·凯里 PETER CAREY

生于： 1943年5月7日（澳大利亚维多利亚州巴克斯马什）

风格和流派： 凯里是澳大利亚后殖民主义时代的小说家，他的讽刺性和空想性作品以对真理、时间、叙述和历史的熟练运用而著称；他获得过两次布克奖。

代表作

小说

《幸福》1981
《魔术师》1985
《奥斯卡和露辛达》1988
《税务检查官》1991
《特里斯坦·史密斯不寻常的生活》1994
《杰克·麦格斯》1997
《凯利帮正史》2000
《我的生活如同骗局》2003
《偷盗：一个爱情故事》2006

短篇故事

《历史上的胖子》1974
《战争的罪恶》1979
《异国情趣》1990

"在纽约，我的群体感比以前生活过的任何一个地方都强。"

彼得·凯里攻读动物学的那一年过得很平淡，直到他从1962年开始在一家广告代理公司工作。从那时起，他才开始接受文学的熏陶，他探索了威廉·福克纳、詹姆斯·乔伊斯、弗朗茨·卡夫卡和塞缪尔·贝克特等作家的作品，并且很受启发。与此同时，他依然坚持在广告业工作，但开始利用晚上和周末进行写作。他的稿件屡次遭拒长达十二年之久，但是首部出版的短篇小说集《历史上的胖子》让他一夜成名。1980年，他在悉尼成立了自己的广告公司，并开始兼职生活，直到彻底离开这个行业到美国定居，他在纽约大学教授写作，并把自己的大部分时间用于写作。

迄今为止仅有两位作家得过两次布克奖，凯里就是其中之一（另一个是库切）：其中一部获奖作品是《奥斯卡和露辛达》，另一部是《凯利帮正史》。不法之徒内德·凯利的故事，是典型的凯里式作品，它被称为亡命天涯的丛林人的"真实"日记，小说将历史人物和虚构的人物随意结合于一体，与事实、年代和叙述声音做着文字游戏。在《我的生活如同骗局》中，荒谬现实编成的复杂网络与奇特的想象构成了一个整体。这个关于欺骗与反欺骗的故事，围绕四十年代一段真实的文学诈骗案展开；在《魔术师》——澳大利亚人对骗子的俗称——中，声称自己139岁的讲述者兴高采烈地介绍自己是"可恶的骗子"。一些国内的批评家指责凯里说他身在外国，却试图用澳大利亚人的观点进行创作。但他那些充满黑色幽默的寓言故事，既能当成对社会现象的奇异想象，也能当成对资本主义的讽刺批评。**MK**

上图：彼得·凯里，摄于2001年1月。

雷纳多·阿里纳斯 REINALDO ARENAS

生于：1943年7月16日（古巴东方省）；**卒于**：1990年12月7日（美国纽约州纽约）

风格和流派：阿里纳斯是一位革命性自由的诗人——不仅是指在卡斯特罗统治下的古巴，而且也指自己身上的性革命和文学革命，以及与此之间的斗争。

雷纳多·阿里纳斯出了名，大概是因为朱利安·施纳贝尔把他去世后出版的自传《夜幕降临前》改编成了电影。这位古巴作家十几岁时就跟随卡斯特罗的游击队四处打仗，结果居然凭借一部美国电影而广为人知，这正体现出笼罩在阿里纳斯文学生涯上的重重矛盾。虽然年纪轻轻就悲惨地死去，但阿里纳斯还是留下了大量小说、诗歌、自传以及新闻作品——更令人吃惊的是，其中大部分作品都经过严格的国家审查，不是创作于监狱就是作者受到艾滋病并发症折磨的时期。

阿里纳斯从贫穷的农村孩子成长为纽约的文学先锋的过程中，最突出的特点就是其惊人的自我塑造能力。通过手中的笔，他既能自我防卫，也能进行自我定义，阿里纳斯展现出的勇气如同一首伤心的情歌，即坚韧又脆弱。他的作品拒绝任何稳定的真理，他的神话创作不逃避现实，而是逃避教条主义。

阿里纳斯的作品与后现代主义和魔幻现实主义产生了共鸣，甚至在古巴之外都有了拥趸——这些作品被带出了古巴，在国外出版上市。1980年，多亏了一次官僚主义的错误，他离开古巴来到了纽约，他对古巴政权的幻想早已破灭，因为他们给自己贴上了非人的标签。在美国，他的写作事业蓬勃发展，他在作品中表现的同性恋经历更加细致，也引发了更多争议（这些故事多发生在强制劳动集中营中），他从政治信条和个人自由之间的紧张关系寻找创作灵感。1990年，阿里纳斯自杀身亡，当时其《五部曲》系列小说完成不久，而《夜幕降临前》以及表现他罹患艾滋病的生活的一卷诗集，体现了他对个人自由的向往。**SM**

代表作

小说

《幻觉》1966

五部曲：

《从井底歌唱》1967

《白色臭鼬的宫殿》1980

《告别大海》1982

《夏天的色彩》1982

《袭击》1990

《老罗萨》1980

《天使之墓》1987

《门童》1990

自传

《夜幕降临前》1992

"我传递的信息不是关于失败的信息，而是关于奋斗和希望的信息。"

1940-59

上图：1986年，古巴诗人阿里纳斯在法国巴黎。

迈克尔·翁达杰 MICHAEL ONDAATJE

全名：菲利普·迈克尔·翁达杰（Philip Michael Ondaatje）

生于：1943年9月12日（斯里兰卡科伦坡）

风格和流派：翁达杰是斯里兰卡裔加拿大小说家和诗人，他曾经获得过布克奖；他是当地居民，是知己，也是魔术师，在身份不停地变换时，其作品也从狂热的小说变成细腻的诗歌。

代表作

小说

《经过斯洛特》1976
《世代相传》1982
《身着狮皮》1987
《英国病人》1992
《阿尼尔的幽灵》2000
《远眺》2007

诗歌

《比利小子作品集》1970
《我在学习用刀的技巧》1979
《剥肉桂皮的人》1991

"从旁人的视角写作，会加深你的洞察力。"

1940-59

"我在学习用刀的技巧"，迈克尔·翁达杰为诗集取了这个名字，这部诗集获得了1979年的总督奖。三十六岁时，翁达杰已经出版了三卷诗集（收录在《技巧》中），获得此前提到的总督奖——加拿大最负盛名的文学奖，还在1970年出版了诗体小说《比利小子作品集》。

这种精细的用刀技巧，贯穿于翁达杰的作品中，它指的是在作品中删减人物的技巧，从老翁达杰口中难以捉摸的比利（在《世代相传》中有记载），到《经过斯洛特》中人间蒸发的爵士音乐家巴迪·博尔登，从身份不明的《英国病人》，到《阿尼尔的幽灵》中身份不明的尸体，还有《远眺》中让纸牌和自己都消失了的库珀。

《身着狮皮》与《英国病人》这部翁达杰的代表作齐名，它回溯了一段消失的历史：在这里，它指的是由失踪的百万富翁安布罗斯·斯莫尔所引发的一系列相关事件。与比利小子和邦尼·博尔登一样，安布罗斯·斯莫尔也是一个历史人物，翁达杰把他写成了形成中或者是形成后的多伦多的情色地图中一个缺失的中心人物。

翁达杰的语言细致精妙又有深度，既敏感又世俗。他经常利用某种特定的特征和举动来表现一个人物：比如，《英国病人》中奇普的专长是拆除炸弹引信，而库珀的专长就是玩扑克。揭示这些技巧的工作方式，解释它们何以使作品中的人物相互孤立，这在翁达杰的作品中占有重要地位，就像他在《远眺》（Divisadero）这个题目上玩的文字游戏一样：Divisadero一词既指分离，也指远眺。翁达杰的方法在于消除暴力或助其增长，并向我们展示其中的奥秘。**SM**

上图：作家翁达杰，摄于2007年10月。

爱丽丝·沃克 ALICE WALKER

生于： 1944年2月9日（美国佐治亚州伊顿顿）

风格和流派： 沃克的作品中充满了强烈的女性主义以及民权和人权意识。她的写作风格抒情得令人陶醉，她常把非洲古代的神话故事融入现代作品中。

爱丽丝·沃克的政治活动和她的诗歌一样出名，她是最受喜爱的美国当代作家之一。对于曾经饱受偏见之苦的人来说，她的作品所涵盖的主题是他们生命中不可缺少的一部分。她最著名的作品《紫色》获得了普利策奖，并且被拍成了电影；而《拥有快乐的秘密》是一部具有开拓性的小说，由于它以非洲部落地区的女性割礼为主题，因此引发了争议。沃克的诗歌深入研究了个人以及世界的问题，不仅写到她因意外怀孕而遭遇的创伤，也有几乎导致她自杀的抑郁症，还写到政治腐败等全球性问题。

沃克成长于一个贫穷的家庭，当时的美国仍然实行严格的种族隔离制度。由于童年时代的一场意外，年轻的沃克一只眼睛失明，脸上也留下了疤痕，因此童年和青少年时代的她是个孤僻而神经质的孩子，她只能从家庭作业中发现自己的价值。后来，她获得了斯贝尔曼学院的奖学金——这是一所专为黑人女性设立的大学——学校就在她的故乡佐治亚州。之后，她转学到纽约的一所大学，还去非洲当了一年交换生，她爱上了这片大陆，尤其深爱这里的传统、神话故事和民谣——这种迷恋对她的大部分作品产生了影响。

二十出头的年纪，她嫁给了一位人权律师（后来两人离婚），生了一个女儿（于1969年）。作为六十年代美国民权运动的一份子——她在1962年见到了马丁·路德·金——以及反种族隔离运动、女性运动和反核运动的代言人，爱丽丝·沃克一直是一位政治活动家。现在，她生活在加州，在那里经营自己的出版公司野生树出版社。**LH**

代表作

小说
《紫色》1983
《密友之神殿》1989
《拥有快乐的秘密》1992
《在我父亲微笑的光芒下》1998
《此刻打开你心扉》2004

短篇故事
《你不能阻止一个好女人》1982
《带着破碎的心前行》2000

诗歌
《晚安威利·史密斯，明天见》）1979
《马儿使风景更美丽》1984
《指尖流出的诗》2005

> "安宁平静的和平氛围总是竭力为吵闹的人们留出空间。"

1940-59

上图：作家和政治活动家爱丽丝·沃克，摄于1989年。

代表作

小说

《城市故事》1978
《多一些城市故事》1980
《更多城市故事》1982
《宝贝》1984
《重要人物》1987
《真正的你》1989
《或许是月亮》1992
《心颤频率》2000
《迈克尔·托利佛的生活》2007

阿米斯德·莫平 ARMISTEAD MAUPIN

生于： 1944年5月13日（美国华盛顿特区）

风格和流派： 莫平从记者转行为作家，他记录了旧金山的同性恋社会和其他不同的生活方式，以系列小说《城市故事》闻名，该小说最初是报纸连载作品。

就像旧金山同性恋的狄更斯的作品一样，莫平的《城市故事》既是无价的社会档案，又是激情难以抑制的赞歌。仅仅依靠作品中细致的描写——周报连载小说的日程实在让人精疲力尽——还不足以让这位前记者的小说脱颖而出。在动荡的六十年代晚期，越战老兵阿米斯德·莫平在北卡罗来纳州北部的保守派媒体磨尖了他手中的笔，直到他在1971年移居旧金山之后，手中的笔和他自己才算得到了解放。

与其最受欢迎的小说《城市故事》中的迈克尔·"耗子"·托利佛一样，莫平也出身于一个坚定的保守派家庭，他二十多岁时发现了自己的同性恋取向。在移居旧金山的三年时间里，莫平开始关注这座城市中名人、后嬉皮士、骨灰级雅皮士、同性恋以及轮滑修女们的新闻。莫平从豪放的房东太太安娜·马德里加尔身上得到了灵感，创作了一个跨性别的女主角，并称之为"我们所有人之母"。她看管一个寄宿者之家，全世界的读者认识这里（或是曾经被介绍过）已经超过三十年，2007年，第七部小说《迈克尔·托利佛的生活》才姗姗来迟。这个题目真正的意义可能在于几个没写出来的字——"患艾滋病

上图：2006年，莫平参加《缉凶频率》放映后的聚会。

右图：莫平与《心颤频率》的剧本合作者特里·安德森开怀大笑。

1940-59

的"。从《宝贝》系列的第四部小说开始，莫平就成为所谓的第一批记录"同性恋瘟疫"的作家，他记录下了这横扫公共浴室和俱乐部的疾病，那些病人也成为其作品的主角。莫平从来不畏惧争议，1993年他把《城市故事》的第一部小说改编成电视，并在美国公共电视网PBS播出。这部迷你剧不仅仅成为PBS收视率最高的电视剧节目，同时荧幕上的裸露、同性性行为和吸食毒品的情节也招致大量批评之声，所以他们不得不放弃播出计划，并改编续集。

美国付费电视网Showtime分别于1998年和2001年拍摄了《多一些城市故事》和《更多城市故事》，而《心颤频率》也在2006年被拍成了故事片，主演是托妮·柯莱特和罗宾·威廉姆斯。《心颤频率》的主角是同性恋广播连续剧作家加布里埃尔·诺恩，从诺恩身上，我们得以了解一个广受欢迎的作家深刻的内心世界，他把热情都投入在讲述事实上——即便这些事实也是虚构的。**SM**

上图：莫平与特里·安德森，两人保持恋人关系长达十二年。

事实与虚构

莫平以其在作品中弥合事实与虚构之间的鸿沟而著称，他的名字尤其如此，他的名字是"我虚构出的一个人"的变位词。在《更多城市故事》中，"耗子"与一个电影明星的关系，取材自莫平自己与洛克·哈德森之间的情史。《或许是月亮》是侏儒演员塔玛拉·德特鲁克斯的虚构自传，她扮演了E.T.外星人。《心颤频率》描写的是安东尼·格德比·约翰逊的骗局，莫平与这位饱受心灵创伤的携带艾滋病毒的少年有过书信往来，后来证明这个人只是莫平的养母虚构的人物而已。

1940-59

W.G.泽巴尔德 W. G. SEBALD

全名：温弗里德·格奥尔格·玛克西米利安·泽巴尔德（Winfried Georg Maximilian Sebald）

生于：1944年5月18日（德国阿尔格伊地区的维尔塔赫）；**卒于：**2001年12月14日（英国诺福克）

风格和流派：泽巴尔德的哀歌式小说关注个人与集体的回忆，他在小说中运用了小说、历史以及记忆模糊的意象的混合体。

代表作

小说

《眩晕，感觉》1990
《异乡人》1992
《土星环》1995
《奥斯特里茨》2001

诗歌

《为这些年》2001
《自然之后》2002
《未讲完》2003（去世后出版）

> "……那些没有记忆的人……会有更好的机会过更快乐的生活。"

W.G.泽巴尔德——也叫马克斯——于二战期间出生在巴伐利亚州阿尔卑斯山区的小村庄里。对他来说像陌生人一样的父亲1947年从法国的战俘营被释放回家，父亲从来不讲述自己的战争经历。沉默、回忆和德国的过去，成为泽巴尔德作品的中心。

泽巴尔德曾在弗莱堡大学攻读文学并于1965年毕业。毕业之后他去了英国，并成为曼彻斯特大学的"讲师"，1970年，他在新成立的东安格利亚大学获得了德文讲师职位。1987年，他被任命为该大学德国文学学会主席，1989年担任英国文学翻译中心的创立主管。

泽巴尔德直到四十多岁才开始文学创作，他凭借气质极为独特的小说获得了国际的认可。他开创了一种全新的文学形式——既是小说，又是游记，既是回忆录，又是纪录片。作品中少有对话，也没有段落和章节，这些令人忧伤的作品散布着许多黑白意象——其中包括老照片、剪报，甚至还有明信片——更为作品增添了一份梦幻的气质。虽然大半生都生活在英国，但是泽巴尔德只用德语写作，而且声称不信任自己能把它们翻译成英文。他的四部小说中有三部——《眩晕，感觉》《异乡人》和《奥斯特里茨》——都探索了整个欧洲的过去，而《土星环》则用片段的方式，对一个人穿越东安格利亚时所见的风景进行深思。泽巴尔德获得了文学评论家的认可，他开始拓展自己的读者群，却在2001年诺福克的一场车祸中不幸身亡。**HJ**

上图：泽巴尔德在1999年拍的照片；他一直到四十多岁才开始写作。

1940–59

约翰·班维尔 JOHN BANVILLE

生于： 1945年12月8日（爱尔兰韦克斯福德）

风格和流派： 班维尔是爱尔兰小说家，他的作品中有复杂的隐喻，包含大量文字游戏和黑色幽默；他的小说以结构紧凑而著称，常与重要的哲学问题相呼应，此外他还以"本杰明·布莱克"为笔名创作过神秘题材作品。

从某种程度上说，班维尔的小说只是在一遍遍地讲述同一个故事，他讲述了感觉与表现的变幻莫测，还有人格中狡猾的天性。他的早期小说表现的都是超自然的观点；有四部小说都是关于科学家（包括哥白尼，开普勒、牛顿以及小说《梅菲斯特》中名为斯旺的数学家）；而结构松散的三部曲讲述的是艺术家杀手试图为自己的罪行辩护的故事（包括《证词》《幽灵》和《雅典娜》）。这些作品都大量引经据典，不仅互相引用另两部作品，而且还引用文学经典，从《暴风雨》到班维尔的偶像纳博科夫和普鲁斯特。作品中的联系就是作者的渴望，他渴望让自己的小说"像诗歌一般简练而厚重"。

班维尔从没有上过大学，他年纪轻轻就离家到爱尔兰国家航空公司工作。这份工作让他有机会到处旅行，而且他能与偶像贝克特一样，在描写欧洲大陆时像描写爱尔兰一样发挥自如。比如《裹尸布》就讲述了一个有着神秘过去的文学理论家的故事，让人不由得回想起都灵这座城市。然而，班维尔作品中最特别的风景却是艺术家和艺术爱好者的精神世界。在获得布克奖的小说《海》中，那位老艺术历史学家回到了海滨小屋，他童年时代曾在那里度夏，现在他回到这里哀悼自己死去的妻子。在布克奖获奖感言中，班维尔说："当我开始写作时，我是一个强大的理性主义者，我深信自己的控制力。但随着年龄增长，我越来越感到困惑，但我想这对于一个艺术家来说是好事：你能发挥自己更多的本能；你的梦想、幻想和回忆，在某种程度上会更丰富。"班维尔还以本杰明·布莱克为笔名出版过神秘题材作品。**CQ**

代表作

小说

《朗·莱金》1970
《哥白尼博士》1976
《开普勒》1981
《牛顿书信》1982
《梅菲斯特》1986
《证词》1989
《幽灵》1993
《雅典娜》1995
《裹尸布》2004
《海》2005

以本杰明·布莱克为笔名创作的小说

《堕落的信徒》2006
《银天鹅》2007
《狐猴》2008

"作家就像是普通人，只不过他们更加困惑。"

上图：爱尔兰小说家约翰·班维尔，摄于2007年5月。

朱利安·巴恩斯 JULIAN BARNES

生于：1946年1月19日（英国莱斯特）

风格和流派：巴恩斯是英国小说家、散文家和记者，他以冷酷的讽刺以及对形式和传统的灵活运用而闻名，乔伊斯·卡罗尔·欧茨将此称为他的"前后现代人文主义"。

代表作

小说

《伦敦郊区》1980
《她遇见我之前》1982
《福楼拜的鹦鹉》1984
《盯住太阳》1986
《十又二分之一历史》1989
《尚待商榷》1991
《豪猪》1992
《英格兰，英格兰》1998
《爱与其他》2000
《亚瑟与乔治》2005
《无所畏惧》2008

短篇故事

《穿越海峡》1996
《柠檬树》2004

散文

《有所宣示》2002

以丹·卡凡纳为笔名发表的小说

《达菲》1980
《乱弹之都》1981
《猛然一脚》1985
《毁灭》1987

上图：作家朱利安·巴恩斯在家中。

右图：《伦敦郊区》的封面，让人回忆起上世纪二十年代的伦敦地铁海报。

朱利安·巴恩斯曾经这么描述自己的创作过程："为了写作，你必须说服自己这是一段新旅程的开始，不仅是对你，对整个小说创作史来说都是如此。"这个信条对他起到了很大影响，他每写一本书都让自己更难以被划分为某一类作家。如同马丁·阿米斯所说的那样："他真正擅长的是通过不同的主题和思想来创造一种悬念，这真的非同寻常。"

巴恩斯的父母都是法语教师，所以显然他也是个亲法人士。在其首部（也是唯一一部半自传体）小说《伦敦郊区》中，一个满腔斗志却穷极无聊的小青年想方设法也要在1968年动乱期间到巴黎去；故事集《穿越海峡》讲述了英法两国的关系；散文集《有所宣示》中收集的也都是同样主题的文章。但是在巴恩斯第三部也是其突破性的小说《福楼拜的鹦鹉》中，英文的矜持和法文的绚丽多姿碰撞出最别出心裁的火花。这部小说的形式极为繁杂，从动物寓言到考试试卷无所不包，它描写了一个退休医生沉迷于《包法利夫人》作者的生平琐事，到头来逐渐发现促使其沉迷于文学的只是内心的悲伤。

朱利安·巴恩斯对口吻和形式的驾驭能力，在其他挑战传统的小说中体现得尤为明显：《十又二分之一历史》是奇幻小说、历史修正主义和艺术评论集（其中一半的内容就像是一段冗长的"插曲"，表现的是作者对妻子的爱）的综合体；《英格兰，英格兰》的故事发生在不久的将来，讽刺的是英国人娱乐至上的情感；《亚瑟与乔治》对英国历史中一段被遗忘的时刻发挥了充分的想象，小说中夏洛克·福尔摩斯的创作者被要求为一位遭到错误指控的律师做辩护。巴恩斯的所有作品都结合了无力的讽刺和明了的情感表达，因此很有说服力，其作品主题则包括了爱情、背叛以及真理和事实的本质。**CQ**

METR⊖LAND

Julian Barnes

詹姆斯·凯尔曼 JAMES KELMAN

生于： 1946年6月9日（苏格兰格拉斯哥）

风格和流派： 凯尔曼是小说家、短篇小说作家和剧作家，他的作品描写了苏格兰工人阶层的生活，以异化疏远为主题，他用格拉斯哥方言、独白以及有节奏的散文批评资产阶级社会。

代表作

小说

《汽车售票员海因斯》1984
《投机家》1985
《不满》1989
《太晚了，实在是太晚了》1994
《错位的解释》2001
《在自由的土地上，你必须小心》2004
《基隆·史密斯，老天啊》2008

短篇故事

《天使近旁的老酒馆》1973
《有奶便是娘》1983

戏剧

《哈迪和贝尔德以及其他戏剧》1991

> "他就是冷傲的苏格兰文学之王。"
>
> ——蒂姆·亚当斯《观察家报》

愤怒的口吻，疏远的感觉，角色内心的独白，还有令人费解的语言，詹姆斯·凯尔曼凭借其长短篇小说中的以上种种，得以与塞缪尔·贝克特、詹姆斯·乔伊斯和弗朗茨·卡夫卡相提并论。

凯尔曼成长于格拉斯哥，十几岁时跟随家人移居美国，后来他们又回到苏格兰。他一直看那个时代的小男孩看的书，直到后来才认识到苏格兰工人阶级的生活和格拉斯哥方言在小说中的缺失。作为倡导社会公正的左翼活动家，凯尔曼几乎把这件事当成了资产阶级社会中的政治问题。他终于行动起来，把生动活泼的苏格兰语言带到了纸张之上，还常常在文章中加入本地方言，他成为当代的罗伯特·彭斯。他的作品展现了被压迫阶级的生活，从酒馆里手握一品脱酒的愤怒男人，到依靠救济金在城市艰难求生的考验，人们必须依靠投机取巧才能养活自己。

凯尔曼曾在斯特拉斯克莱德大学攻读哲学，但他没有完成学业就离开了。1971年，他加入了格拉斯哥大学的一个写作团体，并开始写第一部短篇小说集《天使近旁的老酒馆》。1994年，他凭借小说《太晚了，实在是太晚了》引起公众的关注，这部小说获得布克奖时还引发了些许争议。它讲述了一个失业的格拉斯哥轻罪犯人一觉醒来发现自己深陷警察局拘留室的故事。小说《错位的解释》不再是他惯用的题材，小说中的人物生活在一个不知名国家的戒严令之下，但是作者再一次刻画了失业者的形象，同时探索了政治化的语言。**CK**

上图：詹姆斯·凯尔曼于1994年留影。

菲利普·普尔曼 PHILIP PULLMAN

生于： 1946年10月19日（英国诺福克郡诺威奇）

风格和流派： 普尔曼好卖弄，他擅长描写未来历史和历史性的未来世界；他的弥尔顿式儿童小说《黑暗物质系列》广受喜爱，不仅激发了不同的观点，还激发了宗教争议。

在当代文学作品中，少有能比莱拉·贝拉奎亚更有魅力更能引起共鸣的人物了，这个勇敢、特立独行、性格活泼的女孩是菲利普·普尔曼的小说《黑暗物质》三部曲中的女主角。三部曲的素材取自弥尔顿的小说《失乐园》中魔鬼撒旦的旅行，故事开始的地方与我们生活的世界类似；但故事偏离了预定的轨道，因为约翰·加尔文变身神学启蒙运动教皇，而且反派阿斯里尔勋爵声称，尘埃（原罪存在的证据）不仅是另一个宇宙存在的异端证据，而且那里也并非遥不可及。莱拉跟着自己的叔叔和监护人阿斯里尔来到了世界的尽头，并且在那里实现了梦想——进入另外一个世界去消灭死神。

全副武装的熊把自己当做莱拉的护花使者，它还把莱拉称作"银舌头"，莱拉完美体现了普尔曼作为讲故事之人最高的创作水准——他根本不是一个"幻想曲作家"。确实，作者认为，与所有出色的大骗子一样，莱拉缺乏想象力。在她最春风得意的时候，莱拉把整个地狱搅得天翻地覆，因为她告诉守护尸体的鹰身女妖自己在黑暗世界中的各种残酷的真实经历。普尔曼的小说为这个感官和感性的世界赋予了生命，小说中的人物不仅勇敢忠诚，他们还很实际，受过伤，因此非常真实。在《萨莉·洛克哈特》中，前几部小说中的主角来到了类似狄更斯时代的伦敦，普尔曼描写了印度叛变中一个枪法奇准且性格沉稳的孤儿，这是一位新女性的典型，她对侦探工作很有天赋，还组成了一个另类的家庭。与莱拉一样，她也通过讲述和倾听故事敞开心扉，她期待读者也能如此敞开心扉。**SM**

代表作

儿童小说

《萨莉·洛克哈特》
《雾中红宝石》1985
《北方的阴影》1986
《井底之虎》1991
《锡公主》1994
《白色梅赛德斯》1992（出版时名为《蝴蝶纹身》，2001）
《烟花制造商的女儿》1995
《黑暗物质》1995-2000
《北极光/黄金罗盘》1995
《奥秘匕首》1997
《琥珀望远镜》2000
《莱拉的牛津》2003

"从我们面前走过的男人就像蝴蝶一样，是一种生命短暂的生物。"

上图：未来世界的大师和创造者菲利普·普尔曼于2003年11月留影。

艾尔弗雷德·耶利内克 ELFRIEDE JELINEK

生于： 1946年10月20日（奥地利米尔茨楚施拉格）

风格和流派： 耶利内克是极富争议的剧作家和小说家，她用克制辛辣的讽刺和令人震惊的内容批判了现代生活中的性压迫和社会压迫。

代表作

小说

《我们是诱饵，宝贝！》1970
《追逐爱的女人》1975
《美妙的年代》1980
《钢琴教师》1983
《情欲》1983

戏剧

《娜拉离开丈夫后发生了什么或社会中坚》
　1980
《斑比乐园》2003

"我不会做我自己愿意做的事情，但我必须这样做。"

1940—59

耶利内克是极度政治化的女权主义者，对于传统的奥地利社会来说，她早就被视为眼中钉、肉中刺。甚至有些人强烈抗议她获得2004年诺贝尔文学奖，她的小说《情欲》也被说成是淫秽之作。因为对右翼政府部长提出批评，她甚至遭到了叛国罪的指控。作为一个人，耶利内克身上矛盾的是，一方面她敏感、焦虑，还有些内向恐惧症的倾向，但另一方面她又有一个好战的灵魂。

在耶利内克看来，最艰苦的斗争是解放父权社会中受到压迫的女性，打破奥地利社会中过分严格的思维定式（特别是在奥地利天主教体系下），消除空洞的政治口号和愚蠢的唯利是图思想。其他的斗争目标还包括阶级歧视、民族主义和种族主义，她常把后者与奥地利的纳粹历史联系在一起。

耶利内克的首部小说出版于1970年，她有一半犹太血统，曾就读于修道院学校和维也纳的大学。儿时，她曾在维也纳音乐学院接受音乐训练，后来常因为其文章中的乐感受到赞赏。除此之外，她的作品还有尖酸刻薄的讽刺和实验性的语言层次。她笔下的人物就像这个分崩离析的世界上的空荡荡的躯壳，但是她显然对此也束手无策。她说自己的语言旨在为人们逃离被压迫提供可能性，但她并不指明应该选择哪一种途径。典型的耶利内克式的人物就是被家庭所奴役的女性，例如《钢琴教师》（2001年被改编成一部颇有争议的电影）中低眉顺眼的艾瑞卡，生活在母亲掌控之下的成熟女人等。《斑比乐园》融合了CNN关于伊拉克战争的新闻报道和希腊悲剧，批判了当代的政治和媒体。**AK**

上图：艾尔弗雷德·耶利内克于1997年10月留影。

保罗·奥斯特 PAUL AUSTER

生于： 1947年2月3日（美国新泽西州纽瓦克）

风格和流派： 奥斯特以表面看似简单实则情节复杂的推理小说闻名，他的存在主义侦探小说尤其注重表现机缘巧合和日常生活中的意外事件。

来自布鲁克林的作家保罗·奥斯特凭借令人陌生的风格，让读者对他有了全新的认识。在他的作品中，人物互相仿效对方，展现出一个茫然的个体的不同侧面，他们都被称为"保罗·奥斯特"，这些人物都展现出不真实的自我，"他"写的小说展现更多的是作者，而非他讲述的故事，这些作品也让读者能回顾真实的自我。他用小说探索后现代主义带来的启示，并以此解释写作与作家之间的关系。但当我们认识到自己没有了解现实的直接途径时，这也意味着作家失去了真正了解自己的机会。这是因为从内在属性上来说，作家对于他本人来说就是"别人"，在《玻璃之城》和《孤独及其所创造的》中，作者能够从外部立场考虑自我，让这两部作品更像是自传。

奥斯特对写作的认识扎根于一种观念，即奋斗有个人经历和哲学两种根源。在"空白频段"中，逃避我们的事物正是"驱使我们发声"的事物——写作是奋斗的记录，它能弥合语言及其代表的对象之间的鸿沟。然而，奥斯特的创作生涯开始之时，他已经在贫困中挣扎多年，当时的写作意味着现实层面上的一种自发的不得已之举。从哥伦比亚大学研究生院毕业之后，为了付账单并且腾出时间写作，奥斯特做过很多零工。他曾经到巴黎生活过一段时间，靠当翻译谋生。为了挣稿费，他不仅写过一部侦探小说，甚至还尝试写色情小说（幸亏他放弃了），他发明了一种纸牌游戏，做过数不清的翻译和编辑工作，还给人家当过枪手。奥斯特的小说试图打破生存与写作之间的界限，但如此尝试之后，却发现这两者之间根本水火不容。**ER**

代表作

小说

纽约三部曲：
《玻璃之城》1985
《鬼》1986
《上锁的房间》1986
《末世之城》1987
《神谕之夜》2003
《布鲁克林的荒唐事》2005
《黑暗中的人》2008

散文

《孤独及其所创造的》1982
《饥饿的艺术》1982

电影剧本

《极乐乐章》1993
《烟》1995

> "你是谁？如果你觉得自己知道的话，干嘛不接着往下编？"
>
> ——《玻璃之城》

1940—59

上图：2005年4月，奥斯特在纽约的一场文学庆典上。

萨尔曼·拉什迪 SALMAN RUSHDIE

全名: 艾哈迈德·萨尔曼·拉什迪（Ahmed Salman Rushdie）

生于: 1947年6月19日（印度孟买）

风格和流派: 出生于印度的作家拉什迪最著名的就是在作品中融合了印度传奇故事、伊斯兰神学还有西方文学经典，他用这种方式"回复"大英帝国的统治及其形成初期的乱政。

　　萨尔曼·拉什迪成长于印度次大陆的克什米尔地区。即便在今天，这里仍因印巴之间持续不断的领土争端，呈现两极分化的状态，拉什迪在一次采访中曾说，在童年他记忆最深刻的是，这是个宗教宽容之地。

　　拉什迪的所有作品都以一种渴望为特征，他渴望把祖国的这种特性介绍给全世界。这个世界已经无法再帮助我们区分你我，而他将全然不同的符号、模式、方言和典故结合在一起的实验，目的就是尝试寻找人与人之间新的共同经历。拉什迪是超越国界之经历的代言人，他不断创作实验小说，不停地寻找新的途径，以打破对东方和西方、开明教派和原教旨主义、殖民地和殖民者之间传统的二分

代表作

小说

《格里姆斯》1975

《午夜的孩子》1981

《羞耻》1983

《撒旦诗篇》1988

《摩尔人最后的叹息》1995

《她脚下的土地》1999

《小丑萨利马》2005

儿童小说

《哈伦与故事海》1990

非虚构类作品

《美洲豹的微笑》1987

《想象的家园》1991

《跨越这条线》（1992-2002）2002

上图：拉什迪参加2005年的爱丁堡国际图书节。

右图：拉什迪在伦敦家中一幅镶嵌在镜框中的印度挂毯下。

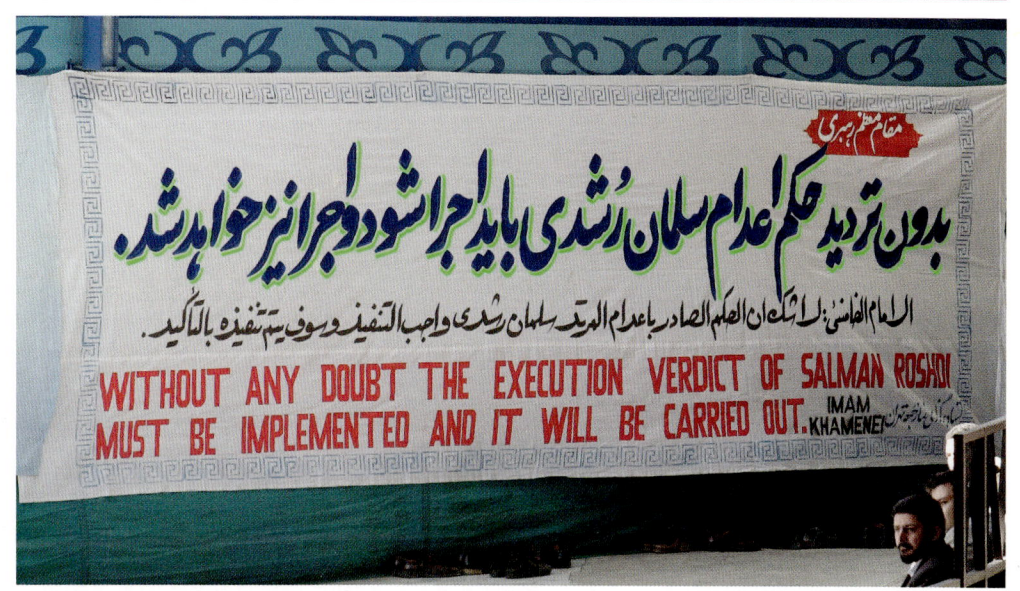

法问题，展示了自己如何在面临重重自我矛盾的前提下，依然成为一致性的新典范。

凭借第二部小说《午夜的孩子》，拉什迪首次在文学的世界留下了一抹不可磨灭的印记。这部小说讲述了印度独立的寓言故事，作者巧妙地改编了劳伦斯·斯特恩的《项狄传》：题目中"午夜的孩子"指的是1947年印度正式独立当天午夜时分出生的1001个人，他们的命运从出生的那刻起就与这个新生民主国家交织在一起。拉什迪也出生于1947年，所以小说中有些自传的成分。来源不同的信息相结合对读者的感受产生重要影响，他们觉得自己见证了小说中新世界的诞生。这部小说获得了布克奖，在1993年还获得"布克奖中的布克奖作品"的称号，这是布克奖设立二十五年来最优秀的小说。在后来的小说中，拉什迪运用类似的超现实和幻影似的手法探索他关注的重要问题。小说《羞耻》的故事发生在虚构的游乐场似的巴基斯坦，作者把这个国家的历史小说化，并写成了一部家庭剧；小

"作为一个克什米尔人，就是要更珍惜什么可以被分享，而不是什么可以被分割。"

追杀令

伊朗的阿亚图拉霍梅尼曾号召虔诚的穆斯林追杀萨尔曼·拉什迪，因为他认为拉什迪的小说《撒旦诗篇》的本质就是在亵渎神明，这种威胁可不是说着玩的。当时书店被炸毁，作者的雕像被烧毁，小说的日文译者被刺身亡。1989年发生在英国的真主党爆炸案似乎就是为了要拉什迪的命，同年，英国因此事件断绝了与伊朗的外交关系。在此后将近十年间，拉什迪都不再公开露面，而且在行动时都有大批安全人员随从。

1998年，作为修复与英国外交关系的先决条件，伊朗放弃了自己先前的立场。尽管追杀令依然有效，而且拉什迪仍有生命危险，但是针对他的暗杀行动已不再是伊朗政府官方的目标。在事情出现这巨大转折之前，拉什迪已经放松了他的安全措施，他甚至还在1995年参加了"大卫·莱特曼秀"的封口令（当时的想法是，莱特曼的评级实在是太低了，所以拉什迪认为这是一个非常好的藏身之地）。拉什迪把这段经历称为"一场关于毫无价值的学位课程，是一场关于我自己和某种特定的毫无价值之物的课程"。

说《撒旦诗篇》是一部具有启示意义的寓言，它讲述了善与恶、信仰与狂热之间的斗争；《哈伦与故事海》原本是拉什迪的儿子洗澡时听的故事，但最后却变成了作者对自身角色的思考；《她脚下的土地》是关于俄耳甫斯的神话故事，作者把它重新创作成生于印度的摇滚明星的传记。在《小丑萨利马》中，拉什迪重拾紧迫感并回归重要的政治问题，因为极端主义威胁要打垮融合多重声音的多元主义，而多元主义恰恰是保障他的写作方式和政治观点的前提。尽管上述总结表达了一种漫画般的创造力，让这些小说更添感染力，但它们都包含同样的道理，我们要尊重差异而不要诉诸暴力，但悲哀的是，这种规则却极少被认真对待。

拉什迪的小说《撒旦诗篇》曾引发严重的政治后果。这部小说中包含一段被虚构再加工的穆斯林的历史，先知穆罕默德也被卷入其中。一些强硬派穆斯林将之视为对神明的亵渎，这段对先知的描写引发了轩然大波，伊朗的阿亚图拉霍梅尼发出的追杀令使该事件发酵到顶峰。

围绕《撒旦诗篇》爆发的文化冲突，是促使拉什迪成为真正的超级文学巨星的部分原因，以至于我们有理由这样问，世界上还有哪个健在的作家能当此盛名。拉什迪利用自己的地位直言不讳地批评伊斯兰好战分子以及美国参与中东事务，这两种姿态相结合，再度让他成为被众人疏远的对象。话说回来，拉什迪一直游走于双方的分界线上，他还试图说服读者们也应如是照做。**SY**

保罗·科埃略 PAULO COELHO

生于： 1947年8月24日（巴西里约热内卢）

风格和流派： 巴西作家保罗·科埃略关心理性的启蒙和个人的成就，他倡导人们应该有勇气认识并实现自己的梦想。

读保罗·科埃略的书时，我们必须了解他人生之旅的背景，他追寻的是灵性领悟和自我接纳。尽管如此，他并不主张任何一个真理都是"正确的"，他广泛的宗教主题取材于天主教义、东方神秘主义以及拉美土著的大地崇拜。年轻时，他不仅反抗严厉的耶稣会学校教育，而且反抗家人让他学习工程学的意愿，所以他被送入了精神病院。后来，科埃略成了嬉皮士，开始环游秘鲁、玻利维亚和墨西哥，直到开始给巴西摇滚明星创作歌词，他才算取得成功。他曾打算在米纳斯吉拉斯州建立激进的另类社会，还因此被当时的军事独裁政府视为颠覆分子，他被关进监狱受尽了折磨。

1986年，科埃略循着古代西班牙朝圣者的足迹到了圣地亚哥德孔波斯特拉；这段非同寻常的经历为小说《朝圣》的创作打下基础，这部小说不仅提出意义和真理可能出自淳朴的事物，还颂扬日常生活中非同寻常之处。小说《牧羊少年奇幻之旅》中提出过有关存在主义的问题，小说中与"［他的］灵魂内部的那个孩子"的对话让上百万人产生了共鸣，所以这部小说在上世纪九十年代成了风靡全球的畅销书。科埃略在2002年入选巴西文学院一事引发了争议；虽然受到公众和市场的认可，但他的作品曾被人批评写得很糟糕，说这些作品过分依赖外部资源，更偏向于励志书，而不是真正的文学作品。而另一些人却赞赏他传达的感人至深的人文主义和普世的信息。他用流畅的文章引领我们追求更快乐更充实的生活，并深度思考这种生活，他引领读者们化身成为"光明战士"并开始他们自己的灵魂之旅，要少一些理性分析，多一些心灵的感受。**MK**

代表作

小说

《朝圣》1987
《牧羊少年奇幻之旅》1988
《最好的礼物》1991
《女武神》1992
《我坐在琵卓河畔哭泣》1994
《第五座山》1996
《维罗妮卡决定去死》1998
《魔鬼与普里姆小姐》2000
《爱的十一分钟》2003
《痴迷》2005
《波特贝罗女巫》2006

选集

《光明战士手册》1997
《像河流一样》2006

"当我们身处高处，一切看起来都很渺小。"

——《第五座山》

1940–59

上图：科埃略在2003年拍摄的写真。

史蒂芬·金 STEPHEN KING

生于： 1947年9月21日（美国缅因州波特兰）

风格和流派： 金的作品特别关注不祥之地发生的超自然事件，作品的主角都是志在复仇的外来人。其作品节奏极快，充满令人不寒而栗的悬念。

代表作

小说

《嘉丽》1974
《午夜行凶》1975
《闪灵》1977
《末日逼近》1978
《死亡地带》1979
《狂犬惊魂》1981
《克里斯汀》1983
《死光》1986
《危情十日》1987
《绿里奇迹》1996
《黑暗塔》1982-2004

短篇故事

《史蒂芬·金的故事贩卖机》1985

"只有敌人才会说真话；朋友和爱人出于责任，总是不停地撒谎。"

畅销书作家史蒂芬·金写过五十多部小说，他几乎成了恐怖小说的同义词，他擅长在现实情境中创造异常事件，以此挖掘读者内心日常面对的恐惧。

还在当英文教师时，金就出版了处女作《嘉丽》，它讲述了一个不太合群的高中生整日饱受欺凌折磨，但是她逐渐发现自己拥有隔空移物的能力，所以她以此报复施暴者。这部小说一夜之间取得巨大成功之后，金才开始专注于全职写作。《嘉丽》展现了其大部分小说中反复出现的一个主题——风景如画的小镇总是饱受不明超自然力量的摧残。比如，在《午夜行凶》中，新英格兰小镇上的两个男孩受到了吸血鬼的攻击，在长篇小说《死光》中，一个专杀小孩的可怕怪物让虚构的缅因州小镇陷入极度恐慌。

金的小说中另一个常用的手段就是主角都是作家。在《闪灵》中，声称自己是作家的暴力酒鬼杰克·托伦斯，被自己作品中一个闹鬼的酒店中的幽灵缠住不放，慢慢地丧失理智之后失去了生命。《危情十日》讲述了小说家保罗·谢尔顿的邪恶故事，他被自己的头号粉丝安妮·威克斯从一场车祸中救了出来，他不仅遭到安妮绑架，后者还用尽各种残忍的手段逼迫他再写一本书。金也经常尝试奇幻以及科幻题材小说创作，其中最著名的作品是《绿里奇迹》，这部小说集长达六卷，以上世纪三十年代的监狱死囚牢房为背景。《黑暗塔》系列的七本书讲述了杀手的冒险故事，他生活在与我们这个世界平行的荒凉的世界中。史蒂芬·金获得了2003年美国国家图书基金会奖颁发的美国文学杰出贡献奖。**SG**

上图：史蒂芬·金参加2006年圣丹斯电影节。

大卫·马麦特 DAVID MAMET

生于： 1947年11月30日（美国伊利诺伊州芝加哥）

风格和流派： 马麦特以格言式的对白而闻名，这些对白在直白与繁复、华丽与朴实之间来回切换，剧本中的台词不仅有令人难以抗拒的语言活力，而且角色的表达也高度程式化。

大卫·马麦特是美国最著名最高产的剧作家之一，同时也是最苛刻的批评家之一。他常在剧本中刻画煽情的细节，这点令人吃惊，这是整个社会堕落的必然结果。剧本中给人印象最深的角色有——《拜金一族》中的里奇·罗玛，《美国野牛》中的唐·达布罗、鲍比和蒂奇，还有《芝加哥，性的堕落》中的伯尼——这些人物都生活在肤浅俗丽的美国，他们关于个人机遇的基本原则已经成为自私自利的借口。国家认同感的堕落是他的剧本里充斥情色、经济和政治堕落的主题的原因。

然而，有人认为马麦特的作品并未完全遵守传统情节的要求，他最好的作品在深度和完整性上也都存在不足，集体思想的堕落就是最典型的特征，社会异化的导火索（例如，《拜金一族》中惨无人道的资本主义）最终导致某些地方的个人悲剧大量发生。在他的舞台上有很多小商贩、马屁精，还有暴发户，把他们联系在一起的是对推销术的热情，以至于他们几乎是在不停地推销自己。

从道德层面上说，马麦特创作的人物很难辨别好坏，他们令人难以忍受，却又充满令人难以抗拒的语言活力。观众们常称赞马麦特作品中的市井气息，但是他的台词实际上却非常中规中矩，而且高度程式化。他的语言也有令人陶醉的美感。马麦特常因社会上道德、学识和肉体的堕落而感到厌恶和沮丧——但是，从未有哪个衰落的世界如此有趣过。**IW**

代表作

戏剧

《鸭子的变种》1972
《芝加哥，性的堕落》1974
《美国野牛》1977
《森林》1977
《埃德蒙》1982
《拜金一族》1983
《大披巾》1985
《快耕》1988
《奥莉娜》1992
《密码》1994

非虚构类作品

《餐厅里的写作》1986
《娼妓的职业：笔记和散文》1994
《论表演》1999

"无关紧要的想法的每一次重复，都会贬低人类的灵魂。"

1940–59

上图：大卫·马麦特在威尼斯，摄于2001年左右。

603

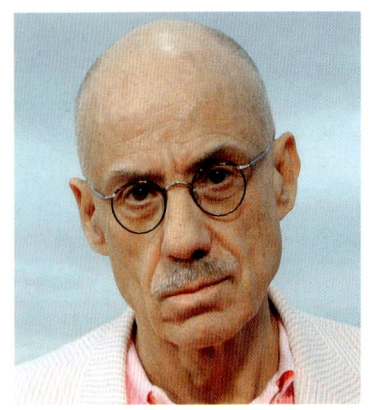

詹姆斯·艾尔罗伊 JAMES ELLROY

原名：李·厄尔·艾尔罗伊（Lee Earle Ellroy）

生于：1948年3月4日（美国加利福尼亚州洛杉矶）

风格和流派：艾尔罗伊是修正主义风格的硬汉派犯罪小说作家，其小说的情节有拜占庭式的风格，其中的人物都很绝望，而句式非常简练以至于雷蒙德·钱德勒的作品读来都有种亨利的詹姆斯韵味。

代表作

小说

洛杉矶四部曲：

《黑色大丽花》1987

《无处藏身》1988

《洛杉矶的秘密》1990

《白色爵士舞》1992

黑社会美国三部曲：

《美国小报》1995

《冷战六千元》2001

《血之车》2008

短篇故事

《好莱坞夜曲》1994

《犯罪之波》1999

自传

《我心中的阴影》1996

你完全可以说詹姆斯·艾尔罗伊的自传《我心中的阴影》是他写过的最硬汉的书。这本书不仅描写了母亲在他十岁时被残忍杀害的每一个令人心碎的细节；还有不幸的青少年时代，他在不负责任的父亲身边长大；以及他长大后为这些经历付出的代价，其中包括典型的成瘾症（吸毒、酗酒）、非典型成瘾症（偷窃和非法入室），还有对他的读者来说很幸运的——创作（犯罪小说）。

艾尔罗伊出名之后才开始写这个令他心仪已久的作品：一个被称为"大丽花"的好莱坞不知名的女演员被谋杀的案件，她的尸体被发现的时间与艾尔罗伊母亲被杀的时间差不多。艾尔罗伊把这桩谋杀案写成了小说，让他的代表作小说《洛杉矶四部曲》一举成名。这四部小说都发生在上世纪五十年代的洛杉矶。他用寥寥几笔勾勒，再加上一些不起眼的细节描写，就把这座天使之城的软肋逼真地描绘出来，完全没有再从雷蒙德·钱德勒和纳撒尼尔·韦斯特已经描写过这座城市的文字中寻找灵感。艾尔罗伊不仅非常了解这座城市，而且对这里残酷的强权政治和种族主义进行了毫不夸张的描写，这是从铁幕政策结束后到种族隔离时代结束之前那个时代典型的执法方式。

在后面的小说中，艾尔罗伊把残忍的权宜思想运用到了国家这个舞台上，把肯尼迪被刺及其后续事件写成了小说。为了将作品搬上国家这个舞台，艾尔罗伊放弃以洛杉矶为背景进行创作，所以有些东西似乎也随之丢失了，他说故事的能力也发展到了巅峰，他描写了很多情节和拥有最不可思议的决心的人物。**SY**

"我是小说之王。我也是有史以来最出色的犯罪小说作家。"

上图：硬汉犯罪小说作家艾尔罗伊，摄于2006年9月。

伊恩·麦克尤恩 IAN McEWAN

生于： 1948年6月21日（英国汉普郡奥尔德肖特）

风格和流派： 麦克尤恩是英国心理现实主义作家，他的作品毫不留情地刻画了重大历史事件中的每一个细枝末节和恐怖的氛围。他对两性之间的关系问题尤为感兴趣。

　　伊恩·麦克尤恩的长篇和短篇小说都以对主角强烈的心理刻画闻名，这些人物投身于各种极端环境——不管是暴力，是浪漫，还是两者兼具——以至于会忽视自我，有时还会忽视现实。麦克尤恩的小说常常关注道德抉择的时刻，小说探索的不仅是艰难选择的本身，还有随之可能出现的问题：一个人怎么能够接受这种结果呢？而答案往往藏在被评论家精准地描述为"不安的艺术"中。

　　麦克尤恩的创作可分为两个时期：他凭借黑暗和幽闭恐怖题材的早期作品，为自己赢得"恐怖伊恩"的绰号，因为这些作品充斥着乱伦、谋杀和性虐待。例如，《水泥花园》讲述了三个孩子为了逃避牢狱之灾，决定把母亲的尸体埋在地下室里。在《只爱陌生人》中，一对游览威尼斯城的英国夫妇受到当地一个神人的诅咒，不仅无法享受游览，还差点搭上了性命。

　　随着之后几本小说的出版，麦克尤恩的爱好似乎已经发生了转变，或许正如他所说的那样，在有了孩子之后"你会发现无论情愿与否，你都会在某个时间以某种形式在人身上下一把赌注"。麦克尤恩的晚期作品常以重要的历史时期或是历史事件为背景：比如《无辜者》和《黑犬》中描写的二战后；还有在《时间中的孩子》里稍加夸张的撒切尔夫人当政时期的英国；以及《星期六》中的恐怖主义阴影。《赎罪》是麦克尤恩最具挑战性也是最有野心的小说，它从二战前的上流社会家庭写到了1940年灾难般的敦刻尔克大撤退，甚至还写到了1999年的伦敦。

CQ

代表作

小说

《水泥花园》1978
《只爱陌生人》1981
《时间中的孩子》1987
《无辜者》1990
《黑犬》1992
《爱无可忍》1997
《阿姆斯特丹》1998
《赎罪》2001
《星期六》2005

短篇故事

《最初的爱情，最后的仪式》1975
《床笫之间》1978

中篇小说

《在切瑟尔海滩上》2007

"一个人要有承受自己悲观情绪的勇气。"

——伊恩·麦克尤恩1983年接受《卫报》采访时说

1940-59

上图：伊恩·麦克尤恩的照片，摄于2007年，当年他出版了《在切瑟尔海滩上》。

帕斯卡·基尼亚尔 PASCAL QUIGNARD

生于： 1948年4月23日（法国阿伏尔河畔维尔内省）

风格和流派： 基尼亚尔是获得过众多奖项的法国作家，他以博学而反传统的小说创作手法、写作风格实验和其他创作准则的融合而著称。

代表作

小说

《卡鲁斯》1979

《符腾堡沙龙：一部小说》1986

《关于碎片的技术难题》1986

《钱博德的楼梯》1989

《世间的每一个早晨》1991

《性与恐怖》1994

《仇恨音乐》1996

《我隐居之处门前》2002

"当我们想到某种事物正尝试表达自己，我们就要感受它。"

——《在我隐居之处门前》

帕斯卡·基尼亚尔是备受法国人推崇的作家，因为他的作品雄心勃勃而且特征鲜明，部分沿袭了巴塔耶和布朗肖等作家和思想家开辟的传统。他的目的在于创作被其称为"无类型"文学的作品——然而，这并不是为了创造新的或是杂糅的流派，而是为了发起小说创作与批判性思维模式（从人类学到心理分析学，等等）之间的对话，这种对话既是合作又是竞争。吉纳尔曾获得很多极富盛名的奖项，其中包括凭借《我隐居之处门前》获得的龚古尔奖（2002）。不过，他最著名的作品还是《世间的每一个早晨》，这部小说写的是十七世纪的维奥尔琴演奏家和作曲家马兰·马雷的故事，这部小说在上世纪九十年代初被改编成电影。

基尼亚尔从事过很多了不起的工作：哲学家、教授、音乐家、音乐理论家、翻译家（翻译过拉丁语、希腊语和汉语）和编辑。这么多的兴趣对其作品的视野和形态产生影响，其作品的特点就是将小说、理论、日志、梦境、诗歌、散文、引文以及格言等元素融于一体。他的小说在叙述结构和多重声音上都突破了传统。《我隐居之处门前》与基尼亚尔大部分作品一样，都是以碎片原则为基础，它的一连串叙述草稿和摘录既不是开始也不是结束。基尼亚尔将之描述成"小说、故事、风景和传记片段的一连串开篇"。尽管有读者认为这种写作手法令人难以理解，但基尼亚尔却将之置于作品的中心："为了写作，我需要寻找一系列互相之间没有联系的场景，这样才能不打断读者……而生活中的片段总是更令人感动。" **ST**

上图：基尼亚尔还是音乐理论家和哲学家，照片摄于1989年。

1940–59

帕特里克·聚斯金德 PATRICK SÜSKIND

生于： 1949年3月26日（德国巴伐利亚州施塔恩贝格湖畔的阿姆巴赫）

风格和流派： 聚斯金德是小说家、剧作家、散文家和电影编剧，他以令人困扰而且古怪的存在主义问题和荒唐的人生而著称；他的作品常常刻画令人匪夷所思的情境和孤独又执着的人物。

关于隐士作家帕特里克·聚斯金德的私生活，人们知之甚少，因为他拒绝接受采访或是公开露面。但我们知道他的父亲是一位记者，所以聚斯金德继承了父亲的衣钵，创作了电影剧本和一个话剧剧本《低音提琴》，这部话剧在德国的戏剧舞台受到极大欢迎。

让聚斯金德一夜成名的是短篇小说《香水：杀手的故事》，这部小说在2006年被改编成了电影。故事的背景是在十八世纪的法国，它讲述了让-巴普蒂斯特·格雷诺耶的故事，他难以适应周围环境而且不愿与人交往，他没有任何体味，却凭借异常敏锐的嗅觉制造出非常畅销的香水。但他对制造终极香水的执着导致自己坠入无底深渊。这部小说带有惊悚小说的成分，在一定程度上就是皇帝的新衣的故事，聚斯金德对人、物品和地点的气味描写都非常到位，他从农贸市场的恶臭写到了盛开鲜花的幽香，也描绘了美丽少女散发的诱人香气，所以在阅读过后，读者们也连续多日用更加敏锐的嗅觉感受周遭的世界。

聚斯金德最成功的作品是中篇小说《鸽子》，它带领读者进入了一个卡夫卡式的世界，这里还带有现代哥特式恐惧色彩。这一次，主角变成了银行保安乔纳森·诺尔，他孤独平静的生活被一个前来筑巢的鸽子打破了。聚斯金德擅长描写古怪的情境及其中孤独又执着的人物，这更加激发了读者的兴趣。可能是因为作品中的荒诞色彩，所以他的作品一直被归为魔幻现实主义题材，但这些作品也遵循存在主义的传统，因为作品中的主角一直在尝试寻找生命的意义、目的和重要意义。**CK**

代表作

小说
《香水：杀手的故事》1985
《夏先生的故事》1991
《三个故事和一次沉思》1995

戏剧
《低音提琴》1981

中篇小说
《鸽子》1987

> "他一点都不臭。他已经走火入魔了。"
>
> ——《香水：杀手的故事》

1940-59

上图：若有所思的聚斯金德，拍摄时间不明。

村上春树 HARUKI MURAKAMI

生于：1949年1月12日（日本京都）

风格和流派：村上曾是一件爵士酒吧的店主，他的长短篇小说融合口语化的散文、漫谈式的描写以及对离奇事物的偏好，其作品堪与从魔幻现实主义到数字朋克在内的各种创作手法相媲美。

代表作

小说

《寻羊冒险记》1982
《世界尽头与冷酷仙境》1985
《挪威的森林》1988
《国境以南，太阳以西》1992
《奇鸟行状录》1995
《斯普特尼克恋人》1999
《海边的卡夫卡》2002

短篇故事

《象的消失》1985

非虚构类作品

《地下》2000

上图：村上在东京的某个天台上，摄于2004年4月。

右图：村上1999年出版的小说《斯普特尼克恋人》美国版封面。

村上春树在三十岁上突然决定当一个作家，实在是不足为奇。1978年的一天，他去看了一场养乐多燕子队的棒球赛，美国选手戴夫·希尔顿在那场比赛打出一记二垒安打。村上脑中一记灵光闪现，他意识到自己可以据此写一部小说。他回到家，把当晚的情形写了下来；一年之后，他的第一本书出版了。

这就是事件中非同寻常的转折点，从此之后读者得以走进村上春树的世界。看似平凡的物品或事件却展现出非凡的意义，就像《寻羊冒险记》中身上有星形胎记的所谓的羊，或者是《奇鸟行状录》中与灵魂出窍脱不开关系的卡迪萨克之瓶。村上的小说有对西方流行文化的深度反思，也呈现日本传统与后现代主义之间的碰撞，但不管在哪个方面，它们都不是"关于"日本的作品；发达国家的人对村上笔下的人物非常熟悉。从现实主义小说（《挪威的森林》）到最发人深省的小说（《世界尽头与冷酷仙境》），村上最重要的主题就是缺失；而且，不管缺少的是女人、记忆，还是一只羊，它们总会让人暗自怀疑所有消失的东西并非丢失了，而是从来未曾存在过。

在报告文学《地下：东京毒气袭击和日本人心理》中，村上对日本文化做了最透彻的深度思考，如同题目所表达的那样。但是，本书在记录1995年奥姆真理教对东京地铁发动沙林毒气袭击时的创作形式，也可以说明一些问题：村上在采访中让邪教成员和袭击幸存者自己讲述当时的情形。这种小技巧表现的口吻呈现极为复杂多变的形态，这是村上最出色的小说中堪称象征性的标志：他非但不会紧紧掌控故事，反而以一种轻松的心态静待故事将要把他引向何方。**SY**

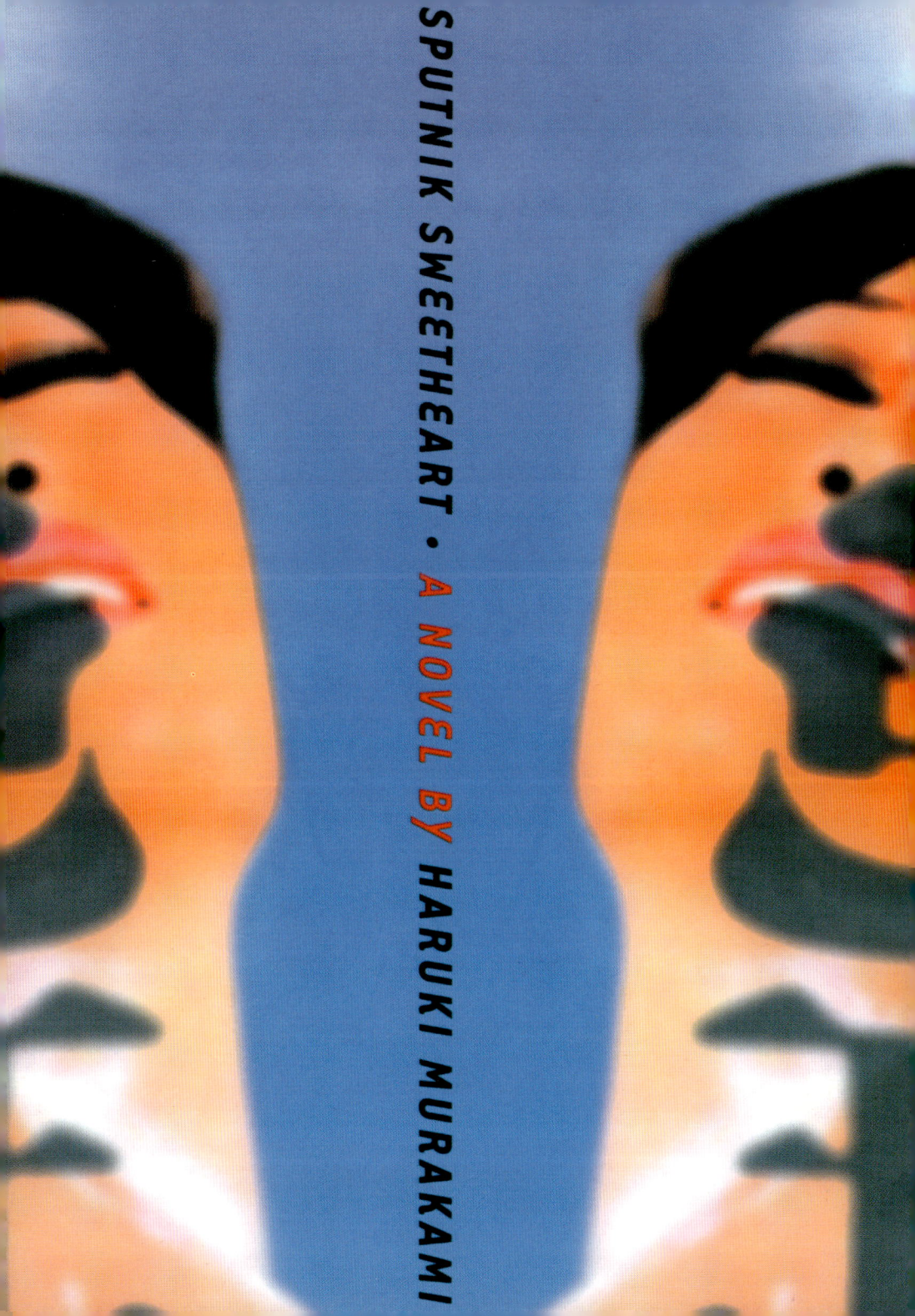

SPUTNIK SWEETHEART · A NOVEL BY HARUKI MURAKAMI

马丁·埃米斯 MARTIN AMIS

生于： 1949年8月25日（英国牛津）

风格和流派： 有争议的英国小说家和评论家马丁·埃米斯拥有众多效仿者。他用令人眼花缭乱和气势恢宏的创作风格，从个人和政治的角度对男子气概和暴力手段进行了反省。

代表作

小说

《瑞秋报告》1973
《死婴》1975
《金钱》1984
《伦敦战场》1989
《时间之箭：进攻的性质》1991
《情报》1995
《夜间列车》1997
《野狗》2003
《会议室》2006

非虚构类作品

《拜访纳博科夫女士和其他短途旅程》1993
《经历》2000
《与陈词滥调的战争》2001

> "只有在艺术中，狮子和绵羊才能和平共处，玫瑰才能没有刺。"

上图：马丁·埃米斯于2007年10月留影。

马丁·埃米斯在公众的注视下长大。他是英国小说家金斯利·埃米斯的儿子，他二十四岁时就出版了《瑞秋报告》，这是一部关于早熟又肆无忌惮的性嗜好的故事。从此以后，他的一举一动都受到媒体的细致审视，而他的作品也为自己在英国小说家中带来空前的高度关注。

埃米斯的小说三部曲（《金钱》《伦敦战场》和《情报》）描写的是当代伦敦下层社会的生活和炫耀式消费，他之后又在回忆录《经历》中记录下自己的中年危机，回顾了父亲的去世和自己纯真的逝去。此后，他迎来了自己职业上的转折，成为"后911时代"的政治评论家，凭借自己对"伊斯兰教义"的犀利观点，他为自己在评论专栏赢得了空前巨大的版面。

虽然身后一直伴随着聚光灯的耀眼光芒，但埃米斯一直是一位致力于完善创作技巧的作家，他尤其重视写出好的句子。他的创作风格就是不会出错。他是自狄更斯以来最擅长给角色命名的大师：仅《金钱》一部小说中就有约翰·塞尔夫（John Self：这个名字恰如其分地展现了上世纪八十年代"自我的十年"）、布奇·博索莱伊（Butch Beausoleil的字面意为"趾高气昂的博索莱伊"）、洛恩·盖兰德（这可能是英语中的一个笑话，嘲笑美国人说"Long Island"时候的发音）、斯庞克·戴维斯（Spunk Davis的字面意为"发怒的戴维斯"）以及卡杜塔·马西（Caduta Massi）。他反复使用新动词和出人意料的形容词组，段落中满是巴洛克式自作聪明的重复和其他不断自动增加的内容。既便是处理最沉重的主题，例如反映大屠杀的《时间之箭》或是以苏联古拉格劳改营为背景的《会议室》，埃米斯也难以抑制发明新动词的渴望；在《时间之箭》中，事件甚至句子都在向后倒退，这种反向的时间顺序能引导读者重新思考某些历史暴行发生的原因。**MS**

佩德罗·胡安·古铁雷斯
PEDRO JUAN GUTIÉRREZ

生于： 1950年1月27日（古巴马坦萨斯）

风格和流派： 古巴作家、艺术家和记者佩德罗·胡安·古铁雷斯是肮脏现实主义大师，他专注于描写哈瓦那的当代社会；他在半自传体小说中化身为佩德罗·胡安这个人物。

佩德罗·胡安·古铁雷斯创作的故事以破败的哈瓦那城为背景，文中满是性、朗姆酒、贫穷和享乐主义。他的作品一直被拿来与美国作家查尔斯·布可夫斯基的作品作比较，后者的作品也以暴力和性意象为典型特征。

古铁雷斯的第一份工作是卖冰激凌和报纸，当时他只有十一岁，后来他还当过兵、当过游泳教练和技术设计员，后来还成为记者和艺术家，他的专长是绘画和雕塑。1994年，古铁雷斯遭遇了一场个人和精神危机，当时他的婚姻破裂，而古巴经济危机也在当时达到顶峰。正是从那时起，他决定写作，并出版了《肮脏哈瓦那三部曲》。作者在这部半自传体作品中刻画了自己的化身佩德罗·胡安，小说描写了他在这座城市中的种种遭遇，每一段故事都是以性或是暴力结束。虽然这部小说并非真正的政治著作，但它确实反省了菲德尔·卡斯特罗执政时期的古巴的社会问题。

古铁雷斯被获准到意大利和西班牙宣传这部小说，但当他回到古巴之后，他丢掉了记者的工作，所以开始专注于写小说和艺术创作。《肮脏哈瓦那三部曲》在古巴虽然是禁书，但它已经在其他二十个国家出版上市。他的下一部小说《热带动物》再次回归佩德罗·胡安的冒险故事。在这部作品中，佩德罗·胡安到了瑞典，他发现自己始终忘不了与情人格洛丽亚的艳遇。在《贪得无厌的蜘蛛人》中，反英雄酒鬼佩德罗·胡安已经年届五旬，而他与妻子茱莉亚的关系逐渐瓦解。在一连串的小故事中，他只能从朗姆酒和激情艳遇中寻求慰藉。虽然古铁雷斯把古巴的日常生活写得很可怕，但他在作品中表达对这个岛国及其文化的热爱显而易见。

HJ

代表作

小说

《肮脏哈瓦那三部曲：故事中的小说》2001
《热带动物》2002
《贪得无厌的蜘蛛人》2005

"我的书不是报章杂志，不是社会学著作，也不是人类学著作，不管是在任何方式、形状或形态上都不是。"

上图：埃尔夫·安德森在2007年为古铁雷斯拍摄的照片。

安妮·卡森 ANNE CARSON

生于：1950年6月21日（加拿大安大略省多伦多）

风格和流派：卡森是一个难以捉摸又情感激烈的现代主义诗人，她在自己的小说、学术研究和诗歌中模糊了古代与现代，现代主义与后现代主义，以及美国人与加拿大人之间的界限。

代表作

诗歌
《玻璃、讽刺和上帝》1995
《红色自传》1998
《下班的男人》2000

非虚构类作品
《厄洛斯与甜蜜的痛苦》1986

文集
《解作》2005

译作
《悲伤的教训》2007

"每天早晨我眼前都会出现一个美景……［我意识到］这是我灵魂的真实一瞬。"

在1995年出版的诗集《玻璃、讽刺和上帝》的书封上，代替作者安妮·卡森照片而出现的是一幅她自己画的火山图，她凭借这部作品跻身主流诗人行列，在《红色自传》的高潮部分火山再次现身，这部诗体小说改编自一些古希腊诗歌片段，出版之后取得了令人意外的成功。

火山上盘旋着的是革律翁——它是希腊神话中长着一双红色翅膀的怪物，它在《红色自传》中化身成一个现代的同性恋男子，火山从此有了地理和文学的双重含义。这部多元素融合的作品以一句取自艾米丽·迪金森的诗"人们保守的唯一秘密"中的句子开始。卡森公开的秘密在于，她引用文学巨匠的著作时带有鲜明的个性特质，看似轻描淡写却又高深莫测。塞缪尔·贝克特、戈特鲁德·施泰因、艾米丽·勃朗特、弗吉尼亚·伍尔夫、萨福和卡图卢斯都以同样的伪装出现在她的作品中：他们的作用就像纽带，她在《自传》中如是形容到。

作为一位古典主义作家，卡森的学术论文（通常关注性别问题）和她的诗歌一样委婉又不拘一格，在学者眼中她是破除旧习之人，但在主流诗界她又是个闯入者。获得首届格里芬诗歌奖和T.S.艾略特奖（她是首位女性获奖者），让一些文学评论家感到愤怒，但她的影响力已经超越了评论家，更不用说连电视剧《拉字至上》（美国女同性恋题材电视剧——译注）都引用她的作品了。

尽管卡森一直在挖掘其他作家的生平，但她自己的性倾向——和她的大部分传记一样——都被刻意模糊化了。不管如何伪装或是如何被披露，秘密在她的作品中都有举足轻重的作用。迄今为止，她已经翻译了四部欧里庇得斯的剧本，他不仅是描写人性内部活动的大师，据披露，他还是某些突发事件的煽动者。**SM**

上图：艾伦·麦金尼斯为诗人安妮·卡森拍摄的照片。

1940-59

艾斯特哈兹·彼得 PÉTER ESTERHÁZY

生于： 1950年4月14日（匈牙利布达佩斯）

风格和流派： 艾斯特哈兹是当代匈牙利最重要的作家之一，他创作的实验小说以中东欧的动乱历史为背景，用后现代主义手法呈现时间和人物。

艾斯特哈兹·彼得出身于匈牙利最显赫的家族，这个家族的历史可追溯至公元十二世纪。在他2000年出版的代表作《天堂的和谐》中，他的祖先占有重要的历史地位。这部小说追溯了他的家族在奥匈帝国时期的兴起，以及共产主义统治时期的衰落。与艾斯特哈兹其他的作品一样，《天堂的和谐》抛弃了叙事散文的惯例，转而采用后现代主义创作手法——时间的流逝，角色的互换，作者与读者之间的互动。艾斯特哈兹获得过匈牙利顶级的文学奖和很多欧洲的文学奖。他的作品已经被翻译成了二十多种文字。**HJ**

代表作

小说

《运输者》1983

《匈牙利色情小读物》1984

《赫拉巴尔之书》1990

《哈恩哈恩伯爵夫人的一瞥/多瑙河顺流而下》1991

《她爱我》1993

《天堂的和谐》2000

哈维尔·马里亚斯 JAVIER MARÍAS

生于： 1951年9月20日（西班牙马德里）

风格和流派： 马里亚斯写的小说都是关于阴谋、爱情、家庭、间谍、暴力、推理和想象力。这些情节复杂的小说在西班牙受到公众和文学界的认可，在英语国家也越来越受欢迎。

哈维尔·马里亚斯在马德里出生几个月之后，他的父亲就获得了美国卫斯理学院的一个职位。与美国文化的早期接触让马里亚斯对英国文学深深着迷，并因此成为受到高度关注的文学作品翻译家。他对翻译的兴趣也体现在创作中——他笔下所有的主角或讲述者都是译者或是口译译员，但这些人从未对自己有完全的认识，也不会暴露自己的身份。作为一名译者，马里亚斯非常重视词汇或是短语的选择，目的是最忠实地捕捉原文的准确含义。这种选择行为以及两种选择之间的空间，在他的部分作品中常占据中心地位。**REM**

代表作

小说

《性情中人》1986

《万灵》1989

《如此苍白的心》1992

《写作人生》1992

《在明天的战斗中想着我》1994

《当我是凡人》1996

《时间回到黑暗》1998

《你明日的面孔》

  《狂热与长矛》2002

  《舞蹈与梦想》2004

  《毒药、阴影与再见》2007

奥尔罕·帕慕克 ORHAN PAMUK

全名： 费利特·奥尔罕·帕慕克（Ferit Orhan Pamuk）

生于： 1952年6月7日（土耳其伊斯坦布尔）

风格和流派： 帕慕克是先锋派作家，他的早期作品更偏向于自然主义风格，在晚期作品中，他用后现代主义技法来检视西方的生活方式与非西方国家之间的紧张关系。

代表作

小说

《塞夫得州长和他的儿子们》1982
《寂静的房子》1983
《白色城堡》1985
《黑书》1990
《新人生》1995
《我的名字叫红》1998
《雪》2002

电影剧本

《谜面》1992

散文

《异色》1999

回忆录

《伊斯坦布尔：回忆与这座城市》2003

> "我想描绘某一个特定城市中人的精神状态。"

1940–59

当奥尔罕·帕慕克的第三部小说《白色城堡》译本出版的时候，《纽约时报》写到"东方诞生了一颗新星"。该书的出版把作者推上了国际舞台，帕慕克为所谓的"土耳其民族特质"做了准确的定义，而这部作品至今仍与这种民族特质密不可分。

帕慕克曾在伊斯坦布尔著名的预科学校读书，后来他又开始学习建筑。不过三年之后他放弃了建筑学，转入新闻学院就读。毕业之后，他搬去与母亲同住，并开始写第一部小说。帕慕克在伊斯坦布尔从事创作的那间公寓可以俯瞰伊斯坦布尔港的金角湾，从那里一边可以看到多普卡帕宫，另一边是连接欧亚两大洲的大陆桥。土耳其迅速的社会变革在帕慕克的作品中占据重要地位；他说这个国家大部分的斗争都围绕这两种景致展开，他在这里即可坐观土耳其的西方化进程。

虽然帕慕克不想被视为真正的政治作家，但他已经因为公开批评国家而广为人知，他批评的重点主要是人权和妇女权益受到侵害，国家没有发展真正的民主，对文学作品的禁令，还有国内的库尔德人问题。在穆斯林国家的作家中，他是最早公开反对向萨尔曼·拉什迪发布宗教裁决的人之一，还因此收到土耳其极端民族分子发出的死亡威胁。作为土耳其最著名的作家，政治元素对他的作品具有至关重要的意义，为了抵消这种影响，他在现实题材小说中结合了神秘、幻想、哲学争论以及游戏。他是一位有魄力的说故事的人，他能凭借近乎讽刺的超然态度创作复杂的故事。**JSD**

上图：帕慕克是首位获得诺贝尔奖的土耳其人，照片摄于2006年。

维克拉姆·赛斯 VIKRAM SETH

生于：1952年6月20日（印度西孟加拉邦加尔各答）

风格和流派：赛斯是诗人、小说家、歌词作者、儿童作家、旅行作家，还是回忆录作家，他以略带讽刺的现实主义和细节而著称；他赢得过数不清的奖项，包括在1994年凭借《如意郎君》获得英联邦作家奖。

维克拉姆·赛斯出版了最长的单卷英文小说《如意郎君》，尽管全书长达1471页，但它依然登上了畅销书排行榜，不仅获奖无数，还让作者一夜成名。

赛斯出生于德里的中产阶层家庭，他曾在印度接受教育，后来又先后在牛津大学和加州的斯坦福大学学习经济学。但是赛斯对写作更感兴趣，他在1980年出版了五卷诗集中的第一部，后来又出版了《从天堂湖：穿越新疆和西藏》，这部旅行作品为他赢得了托马斯库克奖。他的首部小说《金门》讲述了一群青年专家在旧金山的生活，它由一连串十四行诗组成。

让赛斯为人所知的是小说《如意郎君》。小说以独立后的印度为背景，描写了一位母亲为自己叛逆的女儿寻找如意郎君的故事。这部史诗小说聚焦四个家庭和三个候选者，小说中狄更斯式的一群人物都在疲于应对古老的传统和后殖民时代新的政治形势，而穆斯林与印度教教徒之间的紧张关系对新形势造成了极大困扰。小说中满是爱情、历史和幽默，但是支撑这部小说的是赛斯的才华，他能创作出似是而非的人物，也能深度剖析印度人的家庭生活，为了达到这个目标他必须从自己生活的圈子里发掘人物。《如意郎君》出版之后，多才多艺的赛斯——他用英语写作而不是用母语印地语——不仅继续写诗，还写了一本儿童小说、一本歌词集、一部家庭回忆录和另一部小说《均衡的音乐》，这部小说描写了一位小提琴家的一生，以及他见到失散已久的爱人之后发生的故事。

CK

代表作

小说
《金门》1986
《如意郎君》1993
《均衡的音乐》1999

诗歌
《映像》1980
《拙政园》1985
《无眠》1990
《三个中国诗人》1992

儿童小说
《神秘动物传说》1991

非虚构类作品
《从天堂湖：穿越新疆和西藏》1983
《两个生命》2005

"写得马虎就让阅读变得痛苦，而我想反过来也是一样的。"

上图：赛斯在2005年的世界读书日上。

罗伯托·博拉尼奥 ROBERTO BOLAÑO

生于：1953年4月28日（智利圣地亚哥）；**卒于**：2003年7月15日（西班牙巴塞罗那）

风格和流派：博拉尼奥是智利作家，他的小说描写的都是消失或是遗忘，作品融合吉姆·莫里森的淫词艳曲和詹姆斯·乔伊斯的现代主义术语，包含尖刻的讽刺。

　　1974年，博拉尼奥与人合作建立了现实以下主义者组织，这群超现实主义朋克破坏分子以渗透"资产阶级"诗歌朗诵会并大声朗诵自己的诗歌而闻名。从1993年开始到他去世，博拉尼奥发表了一连串形式新颖的情感强烈的作品，描写的是被其称为"在迷失的星球上无路可逃的宇航员们"。其中包括《美洲纳粹文学》，这是一部关于虚构的作家们的百科全书；《遥远星球》是一位法西斯打油诗人和刺客的传记；《智利之夜》是一位与皮诺切特相勾结的神父诗人的忏悔。也许他最著名的作品应该是《荒野侦探》，这部反抒情史诗中的两个诗人在寻找另一个失踪诗人的过程中迷失了自我。**CH**

阿兰·霍灵赫斯特 ALAN HOLLINGHURST

生于：1954年5月26日（英国格洛斯特郡）

风格和流派：霍灵赫斯特以其铿锵有力的文章中的高尚格调而著称，他从上世纪八十年代开始在作品中描写性、困惑、艺术以及英国社会；后来他还凭借《美丽线条》获得2004年的布克奖。

　　当阿兰·霍灵赫斯特获得2004年的布克奖时，新闻大标题旁边还有一篇小报道，题目就叫"同性恋赢得布克奖"。讽刺的是，这本书中的性描写不仅比他大部分的前期作品都少，但笔调却同样细腻，冷幽默也丝毫不减，他对阶级、音乐、建筑、政治和家庭生活有深刻的认识。他还写过书评：《美丽线条》常让人回想起亨利·詹姆斯；在《游泳池图书馆》中，他本着性开放的精神，重新塑造了E.M.福斯特、罗纳德·费尔班克和L.P.哈特利小说中"扭曲的性爱"；在《可折叠的星星》中，纳博科夫的《洛丽塔》、托马斯·曼的《威尼斯之死》和世纪末的难以长久的象征主义呈现三足鼎立的局面。霍灵赫斯特对英国社会发表的评论，能让人感受到一丝独一无二的乐趣。**MS**

大卫·格罗斯曼 DAVID GROSSMAN

生于：1954年1月25日（以色列耶路撒冷）

风格和流派： 格罗斯曼是以色列最有洞察力的作家，在小说以及非小说类作品中，他用意识流手法和其他现代主义叙事技巧，检视当今以色列人和巴勒斯坦人面临的复杂的生存问题。

　　大卫·格罗斯曼出生在耶路撒冷，他的父亲伊兹恰克·格罗斯曼来自奥地利，母亲米凯拉是耶路撒冷人。格罗斯曼很小时就展现出在新闻和说故事上的天赋，他十岁就开始给电台当少年通讯员。在以色列军队服完义务兵役之后，他进入希伯来大学攻读哲学和戏剧。他继续在电台工作（《决斗》最早被当做广播剧于1982年播出），还担任儿童广播节目和滑稽广播剧主持人，直到1988年他辞职以抗议新闻工作——尤其是涉及巴勒斯坦问题的新闻上——被施加限制。格罗斯曼积极倡导和平，他在2006年联合另两位作家——阿莫斯·奥兹和A.B.约书亚——向以色列总理发出请愿，希望以色列能与黎巴嫩真主党武装达成停火协议。两天后，就在停火之前不久，格罗斯曼二十一岁的儿子乌利遭真主党反坦克导弹击中身亡。

　　格罗斯曼在1983年凭借小说处女作《羔羊的微笑》一举成名——这部惊心动魄的小说描写了一位士兵在约旦河西岸的离奇经历。他的纪实作品《黄风》出版于1987年，他在书中讲述了自己观察的生活在约旦河西岸以色列占领区的巴勒斯坦人的生活。《纽约时报》把格罗斯曼于1986年出版的第二部小说《证之于：爱》与其他文学大师的作品相提并论：其中包括威廉·福克纳的《喧哗与骚动》，君特·格拉斯的《铁皮鼓》以及加布里埃尔·加西亚·马尔克斯的《百年孤独》。格罗斯曼坦诚，弗朗茨·卡夫卡和海因里希·伯尔对他的文学事业有重要影响。**REM**

代表作

小说
《羔羊的微笑》1983
《证之于：爱》1986
《内在语法书》1991
《锯齿形的孩子》1997
《作我的刀》1998
《一起奔跑的人》2000
《她的身体明白》2003

儿童小说
《决斗》1982

非虚构类作品
《黄风》1987
《在火线上沉睡》1992

"高温炙烤下的石头会变成白色，即便是山脉也会崩碎……"

——《黄风》

1940–59

上图：以色列作家大卫·格罗斯曼，摄于2003年。

石黑一雄 KAZUO ISHIGURO

生于：1954年11月8日（日本长崎）

风格和流派：石黑一雄是日裔英国小说家，他用隐晦的语言、复杂的情节和不拘一格的文章，表现人们在经历历史创伤之后个人的道德问题。

代表作

小说

《群山淡景》1982
《浮世画家》1986
《长日留痕》1989
《无法安慰》1995
《我辈孤雏》2000
《别让我走》2005

电影剧本

《世界上最悲伤的音乐》2003
《伯爵夫人》2005

上图：2005年，石黑一雄在小说《别让我走》的发行仪式上。

石黑一雄笔下的人物都有一个共同点：都被自己的回忆所困。他们受到欲望的驱使，渴望拥有好的出身和高贵身份，他们极度需要并无意识地为自己编造更美好的生活。也就是说，他们的特点就是不可靠：他们的故事都围绕着沉默或被忽略展开，而读者须从故事讲述者不得不忽略的细节中拼凑起事情的本来面目。

1960年，石黑来到英国时还是个五岁的小孩，他说从未感觉到自己是个移民，因为直到他成年，他的父母都相信他们总有一天会回到日本。直到在1982年成为英国公民，他才放弃了童年时代的这个猜想。石黑说，由于一直期待回到日本，所以他总是一边写作一边"在脑子里翻译"，这使他的作品在表面上显得很平静。他的前两部小说分别以长崎和广岛原子弹爆炸为背景。在《群山淡景》中，悦子为长女的自杀而悲痛不已，她一边回想一边却拒绝摆脱战后的生活记忆；在《浮世画家》中，画家小野鳟二努力在战前对帝国主义理想的着迷和战败后的羞耻之间寻求平衡。

或许是早期作品为他贴上了日本小说家的标签，在后来的小说——赢得布克奖的《长日留痕》——中，石黑才能写出极具英国特色的英国人。这部令人心碎的小说讲述了达林顿府年迈的大管家史蒂文斯的故事，他在英国乡村辗转很久，虽然看尽各种美景，却也只能在犹豫不决之下坦白自己内心深处的悔恨。

石黑致力于在叙述方式上有创新，这是他后来的小说中的闪光点，这些小说遵循的某种特定的逻辑，甚至能够掩盖我们生活中的非理性力量。《无法安慰》讲的是一个钢琴家试图在某个不知名的欧洲城市举办一场重要的音乐会的故事；《我辈孤雏》中，一个著名侦探回到上世纪三十年代的上海，寻找童年时与他失散的父母。《别让我走》是一个令人恐惧的寓言故事，它公然挑战了寓言的创

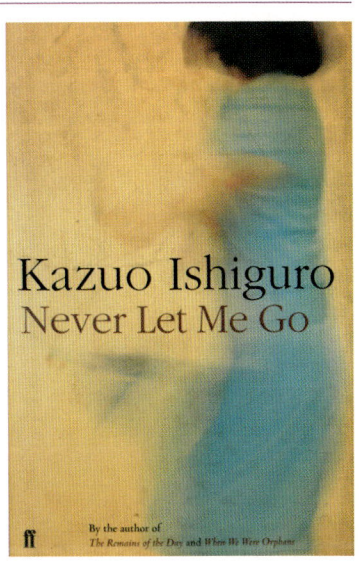

上图：石黑一雄最新的小说阐述的是潜在的人类克隆技术的权利问题。

左图：作家在伦敦家中，他从十五岁就开始弹吉他了。

作传统。不管形式如何，石黑的所有作品都重现了经历历史创伤之后个人面临的道德问题。《我辈孤雏》和《别让我走》都入选了布克奖——后者获得了第二名提名。**CQ**

为电影写作

石黑说："在电影剧本创作上，我就是个热情的业余爱好者。"除去为BBC电视台写过部分剧本之外，他还为加拿大影片《世界上最悲伤的音乐》（2004）创作了剧本。导演盖伊·马丁虽然给电影加上了自己的印记（正如石黑所说，装满了啤酒的假腿根本不在原始的剧本里），但是电影的前提是，世界上所有的苦难，毫不夸张地说，都是为了争取我们的同情和关注，这完全是石黑的观点。他的其他作品还包括Merchant Ivory公司出品的影片《伯爵夫人》（2006），这部电影讲述的是战争前夕发生在上海的一段爱情故事。

1940—59

汉尼夫·库瑞什 HANIF KUREISHI

生于： 1954年12月5日（英国肯特郡布罗姆利）

风格和流派： 库瑞什是英国剧作家、电影编剧、电影制片人、小说家和短篇小说作家，他用自传式的素材描写国际化的伦敦，写父子关系以及文化的中间性。

代表作

小说

《郊区佛爷》1990
《黑色唱片》1995
《亲密关系》1998
《加布里埃尔的礼物》2001
《身体》2003
《我想跟你说的话》2008

舞台剧和电影剧本

《风流鸳鸯》1987
《我受不了伦敦》1991
《豪华洗衣店》1996
《我儿狂热》1997
《与我同眠》1999
《母亲》2003
《维纳斯》2007

回忆录

《我的耳朵在他心里》2010

汉尼夫·库瑞什笔下的伦敦虽然已经被居民同化成一个大熔炉，但巨大的隔阂依然存在。通过强调经历的多样性，库瑞什巧妙地打破了人们的预期，他不会在作品中只代表某一特定族群。

他笔下的人物关心的事情范围很广：从想象力和文化之间的关系，到欲望的本质，从文化中间性的经验，到父子之间的关系。库瑞什出自这样一个家庭，他父亲家里的人得互相竞争才能获得读书学习的机会，所以他从小就开始阅读和写作。他最早是在舞台和电影编剧方面取得了成功。在《豪华洗衣店》中，分别来自亚洲和英国的两个年轻人不仅重新撑起了一间濒临倒闭的洗衣店，还爱上了对方——他们的朋友和家人都极力要拆散他们。在《风流鸳鸯》中，两主角公开的关系受到了挫折，当时萨米的父亲在种族矛盾愈演愈烈的时候来到伦敦，试图掩盖自己声名狼藉的参政历史。

作家角色在库瑞什的作品中引人关注，因为他们在自己的小说中运用了自传式的素材：例如，在《亲密关系》中，杰说："写作就像是阅读自己的内心。"库瑞什引发不少争议，因为他对朋友和恋人的描写毫不留情面，在《亲密关系》出版之后，这种争议达到顶峰。作为回应，他坚称自己的作品基本上都是虚构。在《我的耳朵在他心里》中，库瑞什比较了父亲和叔叔共同拥有的回忆，以此展现不同的人对同一事件的观点产生的激烈碰撞。每一种观点对另一种观点的排挤方式，都让我们获得唯一事实的所有可能性遭到排除。**ER**

> "宗教可能是幻想，但它们是重要而意义深远的幻想。"

上图：汉尼夫·库瑞什于2007年4月摄于伦敦。

1940-59

科尔姆·托宾 COLM TÓIBÍN

生于：1955年5月30日（爱尔兰韦克斯福德郡恩尼斯科西）

风格和流派：托宾是爱尔兰记者和小说家，他的作品探索的是创造力和个人身份，他对细节和韵律有着敏锐的感知力，这是受到爱尔兰传统和同性恋身份的双重复杂影响的缘故。

因为家族在爱尔兰的政党和内政领域都有悠久历史，所以科尔姆·托宾早期的小说表现的都是这些主题也毫不令人奇怪。他的处女作《南方》围绕一个来自韦克斯福德郡的女清教徒和她在巴塞罗那的经历展开。虽然在地理上相隔千里，但弗朗哥时代的加泰罗尼亚和爱尔兰国内斗争之间的相似性是显而易见的，通过与西班牙作对比，托宾重新评估了国家命运的种种可能性。他在巴塞罗那的那些年，弗朗哥统治时代刚刚结束不久，这段时间对他的小说产生了影响，之后出版的《灿烂的石楠花》是一部典型的爱尔兰风格之作。

在整个二十世纪八十年代，托宾一直在当记者，他在都柏林和在南美洲旅行期间一直工作，他的小说显示出他对细节和韵律有敏锐的感知力，这在《大师》中体现得最为明显，这部出版于2004年的小说虚构了美国作家亨利·詹姆斯的生平经历和思想。托宾对詹姆斯的理解看起来几乎算得上离奇，他的文章引人深思、能兼顾各种思想，有时候竟难以与这位大师的作品区别开来。这部小说将托宾的性取向和詹姆斯被压制的渴望结合于一体，探索为了伟大的艺术创作而牺牲个人利益的本质问题。

托宾至今仍是一位记者，他不仅在爱尔兰工作，还为《伦敦书摘》及其纽约分部工作。他与美国的关系越来越紧密，他不仅在加州斯坦福大学当访问学者，还在华盛顿特区的美利坚大学授课。他四处旅行，因此也是位成功的旅行作家。但是，出版于2006年的短篇小说集《母与子》却表明——至少在目前——他依然深深地挂念爱尔兰特别是都柏林。**PS**

代表作

小说

《南方》1990
《灿烂的石楠花》1992
《夜的故事》1996
《黑水灯塔船》1999
《大师》2004

短篇故事

《母与子》2006

非虚构类作品

《向巴塞罗那致敬》1990
《低贱血统：爱尔兰边境徒步行》1994
《黑暗时代的爱：从王尔德到阿尔莫多瓦的同性恋生活》2002

"托宾的天赋在于，他能让一走了之成为可能。"

——《纽约时报》

1940-59

上图：爱尔兰作家托宾，摄于2002年8月。

阿蒂尔·亚平 ARTHUR JAPIN

生于： 1956年7月26日（荷兰哈勒姆）

风格和流派： 亚平是荷兰当代最受欢迎的畅销小说家，他创作的舞台剧和电影剧本曾经获奖；他的大部分小说都关注历史主题。

代表作

小说

《夸西·波阿奇的两颗心》1997
《狮子在做梦》2002
《露西亚的眼睛》2003

舞台剧和电影剧本

《马格尼亚》2001

"在生命的前十年，我根本不是个黑人。"

——《夸西·波阿奇的两颗心》

阿蒂尔·亚平曾在阿姆斯特丹大学攻读语言和文学，后来他又进入伦敦的戏剧学院。他演过舞台剧、演过电影和电视，还在荷兰国家歌剧院伴唱；但他是凭借小说——其中大部分关注的都是历史事件——获得了国际声誉。

《夸西·波阿奇的两颗心》出版于1997年，该书刚一上市就成为畅销书。它曾被改编成舞台剧，拍成了电影，还被写成歌剧。这部小说以十九世纪时两位非洲王子作为皇室的客人受邀前往荷兰的真实故事为基础，体现出深刻的人道主义精神。处在两种文化夹缝中的王子们，既不算非洲人，也不算荷兰人。这部小说与约瑟夫·康拉德和南非伟大的作家纳丁·戈迪默的作品相比毫不逊色。

亚平的第二部小说《狮子在做梦》是一部妙趣横生的作品，他用小说式的笔法描写了自己与洛西塔·斯汀比克在罗马的一段情，后来，后者成为意大利电影导演弗雷德里克·费里尼的最后一位情人。他的第三部小说《露西亚的眼睛》仍以历史事件为主题：故事以卡萨诺瓦在回忆录中对一个女子的描写为基础，他在十七岁时爱上了这个女子，当两人在阿姆斯特丹的妓院重逢时，他发现往日的情人已经可怕地毁了容。亚平把这个小插曲扩展成一部关于爱与牺牲的故事，情节错综复杂。

亚平的小说在二十多个国家翻译出版，并且获得了很多项文学奖，其中《露西亚的眼睛》获得了2005年的里伯瑞斯奖。他已在多所大学担任驻校作家，其中包括剑桥大学和纽约大学。**HJ**

1940-59

上图：阿蒂尔·亚平的一张拍摄时间不明的照片，他还是一位演员和歌手。

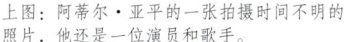

理查德·鲍尔斯 RICHARD POWERS

生于： 1957年6月18日（美国伊利诺伊州埃文斯顿）

风格和流派： 鲍尔斯的小说描写的是矛盾的冲动，以及现代社会中与科技相关的重要问题，同时常常加入令人更感亲近、更微观的个人感受。

一张上面有三个农民的老照片给了理查德·鲍尔斯灵感，他辞去了计算机程序员的工作，开始全心投入到第一部小说《去参加舞会的三个农民》的创作中。

鲍尔斯运用自己的科技知识明确地阐述了许多问题，与我们面对的后现代不确定性不谋而合，例如《金甲虫变奏曲》表现的就是基因技术、计算机科学和音乐。2006年出版的小说《回声制造者》探索了一种罕见的神经系统紊乱给病人造成的影响，这种病导致患者不认识与自己关系最近的人，相反却清楚地记得那些泛泛之交。鲍尔斯获得过很多奖项，被誉为美国最受好评也是最多产的作家之一。**REM**

代表作

小说

《去参加舞会的三个农民》1985
《囚徒困境》1988
《金甲虫变奏曲》1991
《迷魂行动》1993
《嘉拉迪雅2.2》1995
《好处》1998
《冲破黑暗》2000
《我们歌唱的时代》2003
《回声制造者》2006

欧文·威尔许 IRVINE WELSH

生于： 1958年9月27日（苏格兰爱丁堡利斯港）

风格和流派： 威尔许的作品以大量本地方言、黑色幽默、一连串的悲剧、极端暴行、酗酒和滥用麻醉剂为特征——所有作品都以爱丁堡的工人阶层为背景。

1993年，苏格兰当代作家欧文·威尔许凭借小说处女作《猜火车》在英国文学界投下了一颗重磅炸弹。作为一个富有争议的作家，他的作品集古怪的故事情节、有缺陷的人物、纯正的本地方言和极端的主题于一身，推动这些作品不断取得成功。在第二部小说《秃鹳的噩梦》中，昏迷的主角深入可以狩猎的奇幻世界，以此逃避自己可怕的过去，那时他既是性暴力的受害者也是施暴者。威尔许被公认为是英国最畅销的作家之一，他为《猜火车》创作了续篇《色情书刊》，小说讲述了主角伦顿和变态男尝试打入色情行业的故事。**SG**

代表作

小说

《猜火车》1993
《秃鹳的噩梦》1995
《狂喜：三则化学浪漫故事》1996
《污垢》1998
《胶水》2001
《色情书刊》2002
《大厨的卧房秘密》2006

短篇故事

《迷幻屋》1994
《如果你喜欢上学，你就会喜欢工作》2007

1940—59

米歇尔·维勒贝克 MICHEL HOUELLEBECQ

原名： 米歇尔·托马斯（Michel Thomas）

生于： 1958年2月26日（印度洋留尼汪岛）

风格和流派： 法国小说家维勒贝克是一位很有争议的作家，他倡导虚无主义，用非常直白的方式描写性，还曾因为对伊斯兰教的不当观点被告上法庭；他的小说表现的是在金钱至上的时代欧洲文化的逐渐消亡。

代表作

小说

《无论如何》1994

《基本微粒/碎裂》1998

《平台》2001

《一座岛屿的可能性》2005

诗歌

《当幸福来敲门》1992

> "我是一个没有权利再流泪的孩子。"
>
> ——《当幸福来敲门》

米歇尔·维勒贝克一直令人难以捉摸：关于他到底是个天真的末日预言家，还是在针对欧洲社会的批判活动中扮演厌世者角色的狡猾小丑，评论家们从未达成一致。他多次通过名叫"米歇尔"的各种主角改写自己的人生故事，这些人物都出现在他的苦涩却饱含黑色幽默的小说中。比如，维勒贝克好像在二十世纪八十年代在法国当过公务员，我们对他那个时期生活的了解，大多来源于他在第一部小说《无论如何》中对"米歇尔"受办公室劳役所累的描写。

二十世纪九十年代，维勒贝克在爱尔兰开始了独居生活。虽然他声称移居此地是出于税务方面的目的，但这确实具有象征意义；移居到欧洲西部的边缘，意味着他既脱离了欧洲，同时仍是欧洲的一部分。他的小说表现了欧洲文化的衰退，因为在这个时代，依靠金钱关系构建的网络，从中受益的不仅是商业往来，还有两性关系。这些小说中的大量性描写虽然被批评家们指责为淫荡不堪，但它们确实驱使读者思考自己在大规模消费主宰的社会中扮演的同谋角色。

维勒贝克迄今为止最臭名昭著的小说就是《平台》。这部小说出版于2001年，它不仅堂而皇之为色情观光业做辩护，而且其中的主角所作的总结陈词被认为冒犯了伊斯兰世界。愤怒的浪潮超越了法国国界；摩洛哥报纸《解放报》刊登了一幅维勒贝克的照片，标题就是"这个人恨你"。2002年，维勒贝克被法国的穆斯林团体告上了法庭，虽然他被无罪释放，但是关于他未有煽动种族仇恨的判决却饱受争议。**TM**

上图：维勒贝克的照片，摄于2005年9月。

本杰明·泽凡尼 BENJAMIN ZEPHANIAH

生于：1958年4月15日（英国伯明翰）

风格和流派：泽凡尼是拉斯特法理派的革命者，他"戳穿"了英国，不仅拒绝了女王授予的勋章，还让国家的灵魂接受烈火的炙烤；他把黑人艺术作品带到了台前。

诗人和小说家泽凡尼的全名是本杰明·奥巴代亚·伊克巴尔·泽凡尼博士，他与华兹华斯一样都是英国本土作家。泽凡尼的家在英国伯明翰的汉兹沃斯区，这个庞大的加勒比人聚居区因为约翰·阿康法的纪录片《汉兹沃斯之歌》而家喻户晓。

与阿康法一样，泽凡尼也是激进的加勒比裔艺术家和学者浪潮的一份子，他们挑战并且改变了二十世纪八十年代早期的英国文化，他们抵抗民族阵线的方式不是同化，而是大胆地将黑人艺术形式推到舞台最前沿。泽凡尼从十三岁就开始创作诗歌，他是表演诗歌的创始人——更准确地说是个煽动者——他把活力、表现力、方言、音乐和魅力，带进了沉闷但是人才辈出的文学世界。

泽凡尼不仅与鲍勃·马利的哭泣者乐队合作录制唱片，还用他那街头风格十足的语言技巧挖苦政治家和公认的历史。在英国BBC的电视剧《恐怖诗社》中，泽凡尼重现了他从伯明翰到剑桥的火车之旅——这也是从边缘到特权核心的旅程——当时他入选三一学院的创新研究职位名单。他没有得到这份工作，所以他用一部电影加以回应。在电影中，他不仅结识了约翰·济慈，珀西·雪莱和玛丽·雪莱，还把自己与他们相提并论。2003年，泽凡尼受召到白金汉宫接受大英帝国勋章，但是他直言反对勋章、英国人风格和帝国等说法，所以他拒绝接受所谓的勋章。泽凡尼竭力反对托尼·布莱尔的政策，因此巩固了自己英雄的地位，他既代表直言不讳者，也代表沉默不语者。泽凡尼最近为儿童创作的小说和诗歌不仅获了奖，还激励新一代作家与他一起表达自己的意愿。**SM**

代表作

小说

《脸》1999

诗歌

《笔韵》1980
《善谈的土耳其人》1994
《太黑暗，太强大》2001

儿童小说

《难民男孩》2001
《教师之死》2007

音乐

《赤裸》2004

"那些光鲜的大奖和奖金正在扼杀黑人诗歌……"

——《买卖》

1940–59

上图：拉斯特法理派诗人和作家泽凡尼，摄于2002年12月。

珍妮特·温特森 JEANETTE WINTERSON

生于： 1959年8月27日（英国曼彻斯特）

风格和流派： 她是一位同性恋女作家，她的作品妙趣横生又富有创意，关于情欲的描写中满是神话、宇宙和福音；温特森的首部小说获得了1985年的惠特布莱德奖。

代表作

小说

《橘子不是唯一的水果》1985
《划船初学者》1985
《激情》1987
《樱桃的性别》1989
《写在身体上》1992
《宇宙的均衡》1997
《世界和其他地方》1998
《苹果笔记本》2000
《守望灯塔》2004
《重量》2005
《石头神》2007

儿童小说

《卡普里岛国王》2003
《混沌残骸》2006

"写作的一切都源于语言。而语言的一切都源于倾听。"

珍妮特·温特森曾被一个五旬节教徒家庭收养，在英国北部一座工业城市生活，由于长大了要做传教士，所以她八岁就开始写布道文，十二岁就开始传教。她的家里只有六本书，包括《圣经》和马洛里的《亚瑟王之死》，但是作为一个青春期少女，温特森显然对减价书店更感兴趣，她偷偷在那里看书。她的首部小说《橘子不是唯一的水果》是一部半自传体作品，讲述了这样一个故事：她爱上了一个新进加入教会的教徒——另一个女孩，所以十六岁就离开了家。她的作品风格古怪，像是警句又不遵循线性脉络，这些讲述性爱和创造力的故事为她在评论界赢得了广泛好评，她成为伦敦文艺圈的一颗新星。她此后的几部小说都没有辜负这种期待，她不仅获得了认可，还拥有了一批坚定的拥趸。

温特森的小说将三角恋、双性恋和对历史时刻的荒诞演义结合于一体（例如，小说《激情》讲述的就是拿破仑的胆小鬼厨子爱上长脚蹼的威尼斯船夫的故事），她对科学和哲学特别有兴趣（例如，量子物理学中的"大统一理论"就是《宇宙的均衡》中双关缩写词的来源）。当媒体对温特森的私生活细节越来越垂涎三尺之时，她用相当厚脸皮的方式加以回应，她提名自己的小说为当年最佳作品，还散布骇人的谣言，说郊区的主妇们曾经拿自己的酷彩厨具交换她的性癖好。此举引发了更大的愤怒，她的名声也更臭了，然而，温特森却躲到乡下开始写作，她不仅支持有机农业和可持续狩猎，还在伦敦开设了自己的有机熟食店。**CQ**

上图：珍妮特·温特森的照片，摄于2004年8月。

威尔·塞尔夫 WILL SELF

生于： 1961年9月26日（英国伦敦）

风格和流派： 塞尔夫是英国小说家、短篇故事作家、博客写手和记者，他的讽刺文章风格古怪、用词尖刻并且充满现代感，这些作品幽默与洞察力并重；他的那些狂热的作品以富有生机的知识为特征。

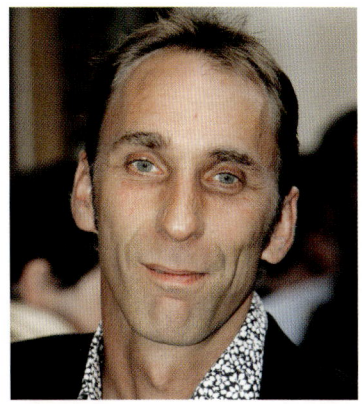

在英国，威尔·塞尔夫无处不在。他自称曾经连续八年，以每年三十五万字的速度发表作品，他不停地给报纸投稿，写小说，写学术导读和地理心理学手册，这是可信的事实。但是他的过去与现状相去甚远，塞尔夫成长于伦敦北部一个犹太家庭，十几岁时就开始喝酒，甚至还没上大学就吸食海洛因（即便如此，他还是考上了牛津大学）。虽然塞尔夫从1998年开始就不再吸毒，但毒品还是给他的早期职业生涯蒙上了阴影，直到在1991年出版《疯狂的数量理论》之后，他才走出阴霾，这部短篇故事集里的作品狂热而富有智慧的活力，获得了批评家和读者的一致喝彩。在整个二十世纪九十年代，他都在写小说和短篇故事，随着第一段婚姻的失败，他的事业开始蓬勃发展，而1997年出版的《大猩猩》把他的事业推向了至今为止的最高峰。这部小说描写了这样一个社会：猩猩们拥有所有一切和文明智慧，而人类都被关在动物园里展出；这真是对人类的自大和愚蠢的激烈嘲讽。但讽刺的是，大约正是在这个时候，塞尔夫也经历了人生中最自大最愚蠢的时刻，他在首相约翰·梅杰的专机上吸食海洛因的行为引发巨大争议，而当时他正在报道竞选活动。

自从戒毒之后，塞尔夫的作品产量简直到了惊人的地步，他不仅出版了几部小说和非小说类作品，还开创了获利颇丰备受瞩目的传媒事业。或许最重要的是，塞尔夫已成为伦敦历史的记录者，他跟第二任妻子在这里生活，他们在这里散步、做调查，呼吸着人行道、建筑物和水道的气息。至于写作的原因，就像他说的那样："……这就是我影响自己身边的世界的方式。" **PS**

代表作

小说

《雄鸡和公牛》1992
《我对乐趣的想法》1993
《大猩猩》1997
《死人的生活》2000
《多利安：一种模仿》2002
《戴夫的书》2006

短篇故事

《疯狂的数量理论》1991
《绿化带》1994
《给顽强男孩的坚固玩具》1998
《穆克提博士和其他悲伤的故事》2004

非虚构类作品

《狂热的追求》2001
《心理地理学》2007

"真正让我兴奋的是打破读者最初的设想。"

上图：塞尔夫在伦敦，拍摄于2006年9月5日。

1960年后

阿兰达蒂·罗伊 ARUNDHATI ROY

全名: 苏珊娜·阿兰达蒂·罗伊(Suzanna Arundhati Roy)

生于: 1961年11月24日(印度梅加拉亚邦西隆)

风格和流派: 罗伊是获得过布克奖的印度作家,她以富有韵律的文章和对喀拉拉邦的抒情描写而著称;此外,她还写过几本支持人道主义主题的政论文集。

代表作

小说

《微物之神》1997

非虚构类作品

《生存的代价》1999

《无限正义的代数》2002

《动力政治》2002

《战争絮语》2003

《普通人的帝国指南》2004

《帝国时代的公权力》2004

《支票本和巡航导弹:对话阿兰达蒂·罗伊》2004

电影剧本

《安妮如此付出》1989

《电子月亮》1992

印度作家阿兰达蒂·罗伊的母亲是基督徒,她的父亲是孟加拉的印度教徒,她成长于喀拉拉邦的小村子阿耶门连,这里是她首部也是唯一一部小说《微物之神》的故事背景地。十六岁时,她搬到了德里,住在寮屋聚集区以卖瓶子为生。现在她和第二任丈夫、电影制片人普拉迪普·克里什那生活在德里。虽然曾就读于新德里规划和建筑大学,但罗伊却决定把自己的生活贡献给写作。

在写小说之前,她为丈夫导演的电影创作了剧本:其中《安妮如此付出》是一部关于建筑系学生的电视电影,罗伊担任主演;另一部就是《电子月亮》。她还在克里什那的获奖影片《梅塞·撒伊卜》(1985)中扮演了一个角色。

完成这些电影不久,罗伊开始写小说。从1992年开始到1996年,她的时间都投入到《微物之神》的创作中。这部小说情节复杂、悲剧性十足,她在书中对喀拉拉邦郁郁葱葱的风景有抒情诗般的描写,这部半自传体小说透过年轻的双胞胎拉赫尔和艾萨彭的视角,描写了禁忌之爱和二十世纪六十年代印度的困难家庭。这部小说出版之后获得了国际上的高度认可,罗伊也凭借它在1997年获得了久负盛名的布克奖,她也是首位获得该奖的印度女性。

小说完成之后,罗伊把自己的注意力转移到了政治上,与她的母亲玛丽一样成为一名社会活动家,为使妇女能有同等的权利继承父亲的财产,她的母亲曾与印度的基督教继承法做过激烈斗争。罗伊成了政治作家,她还参加慈善活动,其中也包括抵制核武器和纳马达水坝工程。2004年,罗伊因倡导和平和人权获颁悉尼和平奖。**LP**

> "所谓伟大的故事,就是那些你听过了一边还想听第二遍的故事。"
>
> ——《微物之神》

上图:罗伊在1999年拍的照片,两年前她获得了布克奖。

1960年后

布雷特·伊斯顿·埃利斯
BRET EASTON ELLIS

生于：1964年3月7日（美国加利福尼亚州洛杉矶）

风格和流派：埃利斯是一位有争议的偶像小说家和短篇小说家，他以年轻、空虚又颓废的人物，以及对极端状况的描写而著称；他常常使用意识流手法描写反复出现的人物。

布雷特·伊斯顿·埃利斯既受蔑视又受崇拜，他是个难以被忽视的人物。他的小说从道德和智慧的层面上描写并讽刺了空虚，其主角共同的特点就是渴望堕落。埃利斯在他的小说中加入了很多人物，这些人物虽然以不同的身份反复出现在作品中，但新罕布什尔州的卡姆登学院就是其中的大部分人之间的纽带，此地显然是埃利斯根据他在佛蒙特州本宁顿学院的求学经历虚构的。埃利斯在圣费尔南多谷被抚养长大，他曾在大学学习音乐，后来又在很多乐队当兼职乐手。他出版第一部小说《零下的激情》时还是个学生。小说取得成功之后他搬到了纽约，并成为文学新星帮的一员，其他的成员还包括塔玛·贾诺维兹和杰伊·麦克伦尼，他们从八十年代末到九十年代初一直给当局惹麻烦。

在《美国精神病人》一书中，埃利斯讽刺了八十年代的种种过激行为，并因此被奉为典范。由于书中的极端暴力和厌女症倾向，这部小说被一家出版社弃用，但它最终还是在1991年出版上市，公众对它既爱又恨。而死亡威胁和恐吓信也随之而来，即便如此书的销量却极好。小说的出版导致埃利斯在某种程度上走向了毁灭，他在接下来的多年间饱受酗酒、吸毒和感情问题的困扰。

他的父亲（是他笔下最有争议的角色帕特里克·贝特曼的原型）于1992年去世，2004年，他的爱人和朋友迈克尔·韦德·开普兰也去世了，年仅三十岁。两人的死启发了——在某种程度上也困扰了——他创作小说《月球公园》，小说中一个名叫布雷特·伊斯顿·埃利斯的人物表现的就是作者本人，亦真亦幻的过去一直阴魂不散地纠缠着他。**PS**

代表作

小说
《零下的激情》1985
《诱惑法则》1987
《美国精神病人》1991
《格拉莫拉玛》1998
《月球公园》2005

短篇故事
《线人》1994

> "我认为在［洛杉矶］以外的地方不会有人看《零下的激情》。"

上图：埃利斯在2006年《月球公园》的巡回宣传活动中留影。

1960年后

J.K.罗琳 J. K. ROWLING

原名： 乔安妮·罗琳（Joanne Rowling）

生于： 1965年7月31日（英国南格洛斯特郡雅特）

风格和流派： 罗琳写了有史以来最成功的系列小说；她的小说中有大量幽默、冒险和典故，描写的主题则是友谊、身份和善恶的本质。

代表作

小说

《哈利·波特与魔法石》1997
《哈利·波特与密室》1998
《哈利·波特与阿兹卡班的囚徒》1999
《哈利·波特与火焰杯》2000
《哈利·波特与凤凰社》2003
《哈利·波特与混血王子》2005
《哈利·波特与死亡圣器》2007

短篇故事

《神奇动物在哪里》2001
《神奇的魁地奇球》2001
《诗翁彼豆故事集》2007

> "我只写自己想写的东西。我只写让我开心的东西。这纯粹是为了我自己。"

当我们在网上看J.K.罗琳的直白又风趣的自述传记时，有一个细节非常突出，就是她一生中的很多关键时刻都与火车有关。她的父母是在火车上相遇。在从曼彻斯特开往伦敦的那趟拥挤又延误了的火车上，她突然想到了一个点子，随后才写成讲述少年魔法师哈利·波特的故事的系列小说，但母亲的死和成为单身母亲让她的生活脱离了正轨。罗琳一边在爱丁堡的咖啡馆里写第一部小说，身旁放着一个婴儿车的形象和国王十字车站的9¾站台一样，已经成就了一段现代神话，这个站台停靠的就是霍格沃茨特快。这趟虚构的列车带着波特和整整一代读者开始了一段长达十年的冒险之旅，这七本史诗般的小说毁誉参半。

现在断言波特——以及他的朋友赫敏·格兰杰、罗恩·韦斯莱、内维尔·隆巴顿，凤凰社的守卫，他的死对头西弗勒斯·斯内普和可怕的伏地魔——是否能像刘易斯·卡罗尔笔下的爱丽丝、弗兰克·鲍姆笔下的桃乐西一样经久不衰还为时尚早。但毫无疑问的是，罗琳的小说不仅让独立出版商布鲁姆斯伯里出版社的命运发生了革命性的变化，同时也开启了儿童小说复兴的新纪元。除了取得巨大的商业成功之外，《哈利·波特》系列小说也普及了文学知识。罗琳认为年轻人忙于学习拯救世界的行动体现了人道主义的精神，这也反映在她对《儿童之声》的支持上，这个活动旨在把儿童从被虐待和被忽视的境况中解救出来，而哈利·波特正是因为同样的遭遇才逃到了那个令人痛苦又着迷的魔法世界。**SM**

上图：罗琳在2007年上映的《哈利·波特与凤凰社》首映式上。

大卫·米切尔 DAVID MITCHELL

生于： 1969年1月12日（英国兰开夏郡绍斯波特）

风格和流派： 米切尔是很有创造力的英国小说家，那些充满奇思妙想、涉猎广泛的史诗般的作品串联起差异巨大的故事，它们看似毫无关联却又融合为一体。

大卫·米切尔可谓一举成名：他的首部小说《幽灵代笔》获得了1999年的约翰·卢埃林·里斯奖，2003年他被《Granta》杂志提名为英国最出色的青年小说家之一。这是在正确的时间出现一本正确的书的典型例子。《幽灵代笔》是典型的颓废派小说：它的情节从行凶杀人的日本邪教教徒跳跃到游荡的幽灵，地球和诸世纪纵横交错。每一章都是一个特色鲜明的独立故事，但一些共通的细节会在这些章节之间制造微妙的平行关系，由此营造出令人毛骨悚然的氛围，即万物都以某种方式被联系在一起，这令人回想起托马斯·品钦描写的宇宙为读者带来的乐趣和恐惧。

米切尔的第二部小说《九号梦》相较于《幽灵代笔》更符合小说创作的传统，评论家尤其赞赏小说的情节，因为它讲述了一个十九岁的讨厌鬼想要找出自己的父亲是谁的故事。不过米切尔总会藏几手。这部小说还写了很多题外话，从数码世界到电影般的白日梦，甚至还有——用口技的非常规方式——二战时期日本神风特工队潜艇驾驶员的心理。

小说《云图》重归《幽灵代笔》的风格，这部小说在不同流派之间的跳跃令人眼花缭乱，它甚至还采用了科幻小说的创作手法。即便如此，米切尔依然可以自由发挥：他先呈上"艾萨克·阿西莫夫"式的科技反乌托邦，写的都是克隆技术和全息影像，紧接着又奉上"雷德利·沃克尔"式的新原始反乌托邦，尽情描写了动物皮毛和迷信。有些人认为这种结合令人费解，而另一些人则头脑发热一样地趋之若鹜。

《绿野黑天鹅》是一部半自传体作品，它相对冷静很多。故事的讲述者是一个小男孩，他在与成长的烦恼作斗争，但是在成长的故事背后藏着更深层次的主题。**CO**

代表作

小说

《幽灵代笔》1999
《九号梦》2001
《云图》2004
《绿野黑天鹅》2006

"很有可能，在离这里不远的平行宇宙中，我正在为任天堂工作。"

上图：2004年8月，米切尔在爱丁堡国际图书节上。

1960年后

莎拉・肯恩 SARAH KANE

生于：1971年2月3日（英国埃塞克斯郡布伦特伍德）；**卒于**：1999年2月20日（英国伦敦）

风格和流派：肯恩是一位拥有无限原始力量的剧作家，她的作品曾引发愤怒和争议；现在她被视为前卫而直白的戏剧界的指路明灯。

代表作

戏剧（以上演时间排序）

《摧毁》1995
《菲德拉的爱》1996
《清洗》1998
《渴爱》1998
《4:48精神崩溃》2000

"我的职责是讲述事实，不管事实有多难以被发现。"

　　"这是一场令人恶心的恶俗盛宴，"《每日邮报》头条如此写道。他们抨击的对象是莎拉・肯恩的第一部多幕剧《摧毁》，这部戏是饱受争议的新作的捍卫者，它已经在伦敦皇家宫廷剧院首演完成。肯恩曾在布里斯托尔大学和伯明翰大学学习戏剧，当《摧毁》一炮打响时，她只有二十三岁，刚刚获得硕士学位。这部戏现在已被视为二十世纪九十年代戏剧的里程碑之作。

　　肯恩曾是"民粹主义分子"，这帮年轻的英国人反对那个时代的自满和唯物主义。肯恩聪明绝顶而且很有幽默感，她有一头金色短发，一衣橱的黑衣，她将强烈的情感和桀骜不驯的外貌合于一身。十几岁时，她虔诚的基督徒父母曾迫使她往传教士方向发展，这种狂热在她身上有所留存。形象的暴力描写、极端的性爱和身体机能是她低俗戏剧的特征，剧中掺杂大量政治和道德问题。《摧毁》的故事起于一个旅馆房间，随后却发展成血腥的战场，它让人们回想起当代波斯尼亚政局。肯恩在欧洲各地演出，而且她在国外远比在国内更受欢迎。随着九十年代的发展，有些英国批评家开始认识到为何像哈罗德・品特这样杰出的剧作家也开始为她的早期剧本辩护。肯恩受到从莎士比亚到爱德华・邦德在内的各种作家的影响，她打破了戏剧自然主义。她注重意象甚于对话，《清洗》就是其中一例，这部剧讲述了一个集中营里的故事。《渴爱》讲述了一段无法摆脱之爱，肯恩通过创作一种戏剧诗，以实现抵制结构规范的目的，而诗歌线索贯穿于《4:48精神崩溃》中——这个剧本完成于1999年并且于2000年首演，而她在一年前因抑郁症自杀身亡，年仅二十八岁。**AK**

上图：剧作家莎拉・肯恩头像，摄于1998年左右。

奇玛曼达·阿蒂琪 CHIMAMANDA ADICHIE

生于： 1977年9月15日（尼日利亚埃努古）

风格和流派： 阿蒂琪是尼日利亚小说家，她的作品探索了人类之间的互相了解、对道德的忠诚、阶级和种族问题；她用伊博人的俗语，即便不用翻译，读者也能领会其中的含义。

据说，奇玛曼达·阿蒂琪在尼日利亚当代作家中的地位，与钦努阿在他那一代作家中的地位不相上下。所以她说这位非洲的文学祖父让她有勇气成为一名作家的说法不足为奇；她追寻着阿契贝的脚步（确实是这样，因为她童年时代住过的房子，就是阿契贝三十年前住过的那栋）成为尼日利亚作家中塑造了不同的创作风格的作家之一。阿契贝探索的是英国殖民文化与传统的尼日利亚伊博人生活之间的冲突，而阿蒂琪描写的则是这段历史留下的遗产。

阿蒂琪在恩苏卡大学城长大。她高中毕业之前就发表了一部诗集，后来她开始学医，之后搬到美国与妹妹相聚。在获得通信和政治学学位之后，她又获得了创意写作的硕士学位。

阿蒂琪的第一部小说《紫木槿》的讲述者是十五岁的卡姆比利·阿其克，故事讲述了二十世纪九十年代的尼日利亚政治动乱时期，一个尼日利亚家庭在福音派教徒父亲控制下艰难求生的故事。这部小说赢得了英联邦作家最佳首部小说奖和赫斯顿/赖特遗产奖小说处女作奖。《紫木槿》主角的童年让这部小说中的政治因素不至于主导整个故事，而她的第二部小说《半轮黄日》则将尼日利亚内战时期处在动乱中的三个人的命运交织在一起。阿蒂琪说："我认为我，作为一个以非洲为背景写现实主义小说的人，几乎是天生就要扮演政治角色。"她确实在塑造当代尼日利亚文学方面扮演了重要角色。**JD**

代表作

小说

《紫木槿》2003
《半轮黄日》2006

短篇故事

《你在美国》2001
《悲伤的陌生人》2004
《幽灵》2004
《明日太远》2006

戏剧

《因为热爱比夫拉》1998

"被赋予了古代说故事人天赋的新作家。"

——钦努阿·阿契贝

1960年后

上图：阿蒂琪于2007年6月在伦敦留影，当时她获得了橘子文学奖。

术语

Académie Française（法兰西学院）
它是法国语言的官方机构，由选举产生的成员构成。机构的职责是规范法语，例如，是否同意某些新词、语法结构或标点符号的形式被吸纳进法语。

Beat Poets（垮掉的诗人）
这些诗人与"垮掉运动"有联系，这是二十世纪五十至六十年代的一场充满反叛的文化运动。"垮掉的一代"是指一帮拒绝受到既定规则约束的年轻人，他们的音乐和文学作品关注的都是自我表达。

Calligramme（画诗）
在一首诗或一篇文章中，词语都以某种特定形状排列，它通常能反映这篇作品的主题。画诗的首创者是诗人纪尧姆·阿波利奈尔。

Canon（真作）
指的是确切属于某位作家的作品；这些作品必须确定无疑属于某位作家所作，而不能指有争议的作品。

Canto（章节）
指的是一首长诗中一个部分或段落的名称。

Eclogue（牧歌）
指的是短的田园诗。这种诗中通常包含对话。

Epic（史诗）
指的是一种注重叙事的长诗或是故事，它通常包含英勇的壮举或是传奇人物。史诗中最杰出的代表作就是荷马史诗《伊利亚特》。

Extant（现存的）
指的是留存至今的文学作品；与那些我们知道为某一位作家所写，但是已经受到毁坏或是丢失的作品相对。

Extemporaneous poetry（即席诗）
指的是未经准备就创作出的诗歌。

Formalism（形式主义）
这种写作风格更注重形式而不是创造性的内容。

Humanist movement（人文主义运动）
在文艺复兴时期，它指的是回归古希腊和古罗马思想体系的运动，反对公认的中世纪信仰体系。今天，人文主义运动遵循的信仰体系更注重人类和人类的利益，与宗教和超自然信仰相反。

Idiom（习语）
指的是口语化的表达，习语中的词汇含义不同于通常的解释。习语在翻译成外语之后就会失去本来的含义，例如"it is raining cats and dogs"或是"it cost an arm and a leg"。

Lost Generation（迷惘的一代）
指的是在一战后从事写作的人，他们的价值观和经验都形成于战前他们成长的那个世界，但这个世界已经一去不返。

Metaphysical（超自然的）
指的是某种超越了肉体、自然和自然法则的事物。这个词通常用来形容一些活跃于十七世纪的英国诗人。

Metatext（元文本）
一篇解释或描述另一篇文章的文章。

Ode（颂歌）
它指的是一种抒情诗，通常是表达称赞并写给一个特定的人或事，或是与其相关。起初，创作颂歌的目的是为了演唱。

OuLiPo（乌力波）
这是由一群法国作家组成的团体，名字是"Ouvroir de Littérature Potentielle"（潜在文学工场）的缩写。

Polemical（争辩）
这是一种攻击形式，通常以散文或诗歌为攻击形式；是一种语言上的辩论；通常围绕具有争议的主题。

Poststructuralism（后结构主义）
这是出现在结构主义之后的文学运动，通常对其先驱者持批评态度。后结构主义着眼于语言的两面性以及结构主义背后蕴含的思想，力求推动语言向前发展。

Protagonist（主角）
指的是主角或通常是指小说中的"主角"，但有时候它也可以被用来描述一个真实的人物。

Rhetoric（修辞）
指的是具有说服力并且能有效传达语义的语言，它通常极为美妙。

Saga（传奇）
指的是被延长了的故事，通常会讲述几代以来一个英雄或是家庭的发展进步。它通常与冰岛语或是挪威古代文学作品密不可分。

Sonnet（十四行诗）
指的是长度达到十四行的诗歌，在英国文学中它与莎士比亚密不可分。

Structuralism（结构主义）
指的是一种以语言发展分析为特点的作品形式。

Sturm und Drang（狂飙运动）
字面意思就是"风暴和压力"。它原来是一个德语术语，但现在一般指激情和感情不受约束可以自由发挥的文学形式。

Tercet（三行押韵诗句）
指的是三行以韵律或是其他方式相连的诗句，例如可以由主题相连。

Vernacular（方言）
指的是源于某一特定地区或国家的语言，类似于当地方言。

索引

撰稿人

Richard Cavendish (RC) 是一位历史学家，他定期在《History Today》上撰写历史事件周年纪念文章。

Claudio Cazzola (CC) 在意大利费拉拉省立路德维克·阿里奥斯托高中教授文学、拉丁语和希腊语，他还是费拉拉大学人文科学学院的兼职拉丁语教授。他发表过关于古典文学（荷马、卢克莱修、贺拉斯）、人文主义（埃斯特家族的法庭文化）和当代文学（乔吉奥·巴萨尼）的散文和论著。

Stephanie DeGooyer (SD) 是康奈尔大学英语语言在读博士，她的主攻方向是十八世纪哲学和文学。

Jenny Doubt (JSD) 在苏塞克斯大学获得硕士学位，此后一直在英国伦敦的一家绘本出版社当高级编辑。珍妮原籍加拿大，她同时还是一位自由撰稿人，专注于后殖民主义文学创作。

Fabriano Fabbri (FF) 是博罗尼亚大学当代艺术史教授。他的作品主要涉及高雅文化与通俗文化之间的关系，涵盖了从文学到艺术到音乐录影带在内的内容；作品包括Sesso arte rock'n'roll（博洛尼亚阿特兰特出版社，2006）。

Simon Gray (SG) 曾在谢菲尔德海兰姆大学传媒专业就读，过去十多年间他一直是自由撰稿人，擅长旅游、音乐和艺术领域的创作。他的第一部作品应该出版于2009年。

Reg Grant (RG) 是一位自由撰稿人。他在现代欧洲文学方面，尤其是二战后法国小说方面的知识广博。

Frederik H. Green (FHG) 曾就读于剑桥大学圣约翰学院和耶鲁大学，他目前正在完成有关中国文学的博士论文。他的研究方向包括中东对欧洲现代主义的接受问题。

Paul Gareth Gwynne (PG) 有英文和拉丁语学士学位（雷丁）；英国文艺复兴文学硕士学位（约克）；联合历史研究：文艺复兴（伦敦 沃尔伯格学院）的博士学位。他在意大利工作和生活，在罗马美国大学担任跨学科研究主管。

Lucinda Hawksley (LH) 是一位艺术史学家、传记作家和自由撰稿人，她专攻十九世纪和二十世纪早期。她的作品包括《前拉斐尔派绘画要素》和《凯蒂：狄更斯的艺术家女儿的生命与爱》。

Colman Hogan (CH) 在多伦多的怀雅逊大学教授文学和电影，不久前刚刚当了父亲。他还是《营地：集中营和排斥的故事》的编辑之一。

Ian Johnston (IJ) 是女王大学的在读博士。他教授莎士比亚戏剧课程，目前正在撰写关于受虐文学的论文。他目前生活在安大略省的金士顿。

Helen Jones (HJ) 是一位自由记者，她为英国和美国的全国性报纸和杂志撰文。

Lara Kavanagh (LK) 有利兹大学的英语和法语学士学位，还拥有伦敦国王大学的二十世纪文学硕士学位。她为平面和在线出版社撰写文学、娱乐和旅行方面的文章。

Ann Kay (AK) 曾在肯特大学攻读英文、美国文学和艺术史。她对戏剧有浓厚的兴趣，她放弃了曾经打算当演员的计划，长期创作并编辑非小说类作品。

Carol King (CK) 是一位自由记者。她获得了苏塞克斯大学的英文文学学位。

Melanie Kramers (MK) 是利兹大学英语和法语系毕业生。她多年来一直在书籍和杂志出版领域工作。目前生活在阿根廷。

John Koster (JK) 来自俄亥俄州的拉夫兰市。他毕业于马萨诸塞州的罕布什尔学院阿默斯特分校，目前他是多伦多大学德国文学理论的在读博士生。

Thomas Marks (TM) 目前正在牛津大学莫德林学院撰写关于十九世纪诗歌和建筑的博士论文，同时他也教授十九和二十世纪的英国文学。他是《泰晤士报文学增刊》和其他文学杂志的撰稿人。

Sophie Mayer (SM) 是一位作家，她的作品被刊登在英国、美国、加拿大以及澳大利亚的学术期刊、文学杂志和报纸上。她是《莎莉·波特的电影》（Wallflower出版社，2008）的作者，同时也出版了诗集《女孩的私处》（Salt出版社，2009）。

Jamie Middleton (JM) 是一位自由撰稿人，他还是多家生活杂志和多本书籍的编辑。他现在在巴斯，作品涉及的范围很广，涵盖了从米约大桥到捷豹车，从笔记本电脑到高级红酒在内的各种主题。

Geoff Mills (GM) 曾在雷丁大学和伦敦大学学习英文，不久前刚进入国家文学院。他在伍斯特郡一家规模不大的学院教授英文。

Robin Elam Musumeci (REM) 是一位物权法律师助理，她拥有康涅狄格州哈特福德市三一学院的硕士学位。她一直在美国和英国两地生活，热爱阅读、写作和旅行。

Carrie O'Grady (CO) 长在多伦多，她现在为位于英国伦敦的《卫报》工作。

Julian Patrick (JP) 是多伦多大学英文和比较文学教授。他一直在维多利亚学院主持文学研究项目，还编辑过关于本·琼森和文学理论的众多著作。

Laura Pearson (LP) 居住在伦敦，是一位编辑。她曾在电视购物频道当过广告文案撰稿人，当过电话号码查询台的接线员，还给腌洋葱罐头的盖子上贴塑料封条。

Timothy Perry (TP) 是古希腊文学领域的专家，他现在执教于多伦多大学。

Tamsin Pickeral (TamP) 是一位自由撰稿人，她还是研究艺术、建筑、文学和马匹领域的专家。

Mariapia Pietropaolo (MP) 在多伦多大学从事罗马挽歌方面的研究。

Cynthia Quarrie (CQ) 正在多伦多大学撰写当代英国小说方面的博士论文，与她共同在此生活的还有她的丈夫和刚出生的儿子。

Pavlina Radia (PR) 是多伦多大学士嘉堡校区的讲师。她主要的兴趣包括文学、性别研究和作曲。

Erin Rozanski (ER) 是多伦多大学的在读博士，她的研究方向是当代文学。

Stephen Regan (SR) 是杜伦大学的英文教授，同时还是邦廷现代诗歌中心的主管。他的作品包括《爱尔兰的文学作品：1789–1939爱尔兰文学作品选》（牛津大学出版社，2004）和《心灵的爱尔兰：爱尔兰现代文化的记忆和认同》（剑桥学者出版社，2008）

Peter Scott (PS) 是一位记者，他在伦敦西北部生活。

Donald Sells (DS) 是多伦多大学古典哲学方向在读博士，他的研究方向包括五世纪希腊戏剧（特别是"古代喜剧"），以及希腊文明时期的诗歌和纸莎草学。

Andrew Smith (AS) 是新西兰人，而且与大部分同胞一样，现在他也生活在澳大利亚。他正在墨尔本大学攻读英文文学博士学位，研究十八和十九世纪早期描写风景的英国文学作品中废墟所扮演的角色。

Matthew Sperling (MS) 是牛津大学赫特福德学院讲师，他正在撰写关于杰弗里·希尔和文献学的博士论文。

Julie Sutherland (JS) 在杜伦大学获得了博士学位，目前执教于加拿大的昆特兰大学学院。她还掌管一家专业的戏剧公司，该公司位于不列颠哥伦比亚省的温哥华。

Sophie Thomas (ST) 是苏塞克斯大学的英文讲师，她在该校教授十八和十九世纪文学、视觉文化和批判理论。她是《浪漫主义与视觉性：片段、历史、奇观》的作者。

Christopher Trigg (CT) 曾在剑桥大学三一学院攻读中世纪文学。目前他正在多伦多大学撰写关于美国文学的博士论文。

Claire Watts (CW) 获得了伦敦国王学院的法语学位。过去二十年间，她一直是自由撰稿人和编辑，把本该用在工作上的大量时间用在了读书上。

Ira Wells (IW) 是多伦多大学美国文学方向的在读博士。目前他正在撰写美国自然主义文学中有关性别问题的论文。

Stephen Yeager (SY) 拥有英国文学博士学位，他现在居住在多伦多。

图片来源

Every effort has been made to credit the copyright holders of the images used in this book. We apologize in advance for any unintentional omissions or errors and will be pleased to insert the appropriate acknowledgment to any companies or individuals in any subsequent edition of the work.

358 AKG Images; **359** Alain Nogues/Corbis Sygma; **361** Sophie Bassouls/Sygma/Corbis; **362** Bettmann/Corbis; **362** AKG-images/Bianconero; **363** John Springer Collection/Corbis; **363** Lebrecht Authors; **365** Robert Maass/Corbis; **366** Popperfoto/Getty Images; **367** Lebrecht Authors; **367** Lebrecht Authors; **368** Hulton-Deutsch Collection/Corbis; **369** Jacques Haillot/Sygma/Corbis; **370** Bettmann/Corbis; **371** Lebrecht Authors; **372** Bettmann/Corbis; **374** Neil Libbert/Lebrecht Music & Arts; **374** Bettmann/Corbis; **375** Leemage/Lebrecht Music & Arts; **376** Sophie Bassouls/Sygma/Corbis; **377** Sophie Bassouls/Sygma/Corbis; **378** Louis Monier RA/Lebrecht Authors; **378** Larry Burrows/Time Life Pictures/Getty Images; **379** Lebrecht Authors; **380** James Andanson/Apis/ Sygma/Corbis; **380** RA/Lebrecht; **381** Private Collection, Giraudon/Bridgeman Art Library; **382** AKG/Niklaus Stauss; **384** Jonathan Player/Rex Features; **385** Lebrecht Authors; **387** Leemage/Lebrecht Authors **388** AGIP RA/Lebrecht Authors; **389** John Minihan; **389** John Haynes/Lebrecht Authors; **390** Steve Schapiro/Corbis Outline; **392** Hulton-Deutsch Collection/Corbis; **395** Corbis; **396** Bettmann/Corbis; **396** RA/Lebrecht/Lebrecht Authors; **397** Georges Pierre/Sygma/Corbis; **399** Sophie Bassouls/Sygma/Corbis; **400** Private Collection, Archives Charmet/Bridgeman Art Library; **400** RA/Lebrecht Authors; **401** David Fenton/Getty Images; **402** Colita/Corbis; **403** IT WriterPictures/Lebrecht Authors; **404** By kind permission of the Mervyn Peake Estate; **405** Bettmann/Corbis; **406** John Springer Collection/Corbis; **407** AKG Images; **408** Bettmann/Corbis; **409** Two Arts/CD/Kobal Collection; **410** Gerard Rancinan/Sygma/Corbis; **411** Keystone/Getty Images; **412** EPA/STR/Corbis; **413** RA/Lebrecht Authors; **414** Patrick Riviere/Getty Images; **415** Sergio Gaudenti/Kipa/Corbis; **416** AKG Images; **416** AKG Images; **417** Loomis Dean/Time Life Pictures/Getty Images; **419** Lebrecht Authors; **420** Unknown/Lebrecht Authors; **421** Sophie Bassouls/Corbis Sygma; **422** Bettmann/Corbis; **424** Francis Reiss/Picture Post/Getty Images; **424** Mirrorpix/Lebrecht Authors; **425** Lebrecht Authors; **427** William Coupon/Corbis; **428** Ulf Andersen/Getty Images; **429** Rafael Roa/Corbis; **430** Steve Northup/Timepix/Time Life Pictures/Getty Images); **430** The Nobel Foundation/Bo Larsson/Annika Rucker; **431** Ulf Andersen/Getty Images; **432** Sipa Press/Rex Features; **433** Sipa Press/Rex Features; **434** Everett Collection/Rex Features; **435** Cossu/Keystone/Hulton Archive/Getty Images); **436** ITV/Rex Features; **438** Lavandeira Jr/epa/Corbis; **438** RA/Lebrecht Authors; **439** Colita/Corbis; **440** Leonard McCombe/Time Life Pictures/Getty Images; **441** Oscar White/Corbis; **442** Sahm Doherty/Time Life Pictures/Getty Images; **444** Sophie Bassouls/Sygma/Corbis; **445** Steve Liss/Time Life Pictures/Getty Images; **445** Michael Evstafiev/AFP/Getty Images); **447** Keystone/Getty Images; **448** Assignments/Rex Features; **449** Bettmann/Corbis; **450** Gianni Giansanti/Sygma/Corbis; **451** Julian Calder/Corbis; **452** Jean-Claude Amiel/Kipa/Corbis; **453** Charles Walker/TopFoto/ArenaPAL; **454** AKG Images; **455** Alex Gotfryd/Corbis; **456** Sophie Bassouls/Corbis Sygma; **458** EPA/Martinez De Cripan/Corbis; **459** Lebrecht Authors (Jose Saramago's book *The Double* Dust jacket. Published London, Harvill Press, Random House, 2004); **460** Sipa Press/Rex Features; **461** Sophie Bassouls/Corbis Sygma; **462** Everett Collection/Rex Features; **462** Christies Images; **463** John Cohen/Getty Images; **464** Sipa Press/Rex Features; **465** Daily Express/Hulton Archive/Getty Images); **466** Rex Features; **467** Sipa Press/Rex Features; **468** Marko Shark/Corbis; **469** M L Antonelli/Rex Features; **470** Pelletier Micheline/Corbis Sygma; **471** William Coupon/Corbis; **472** Jean-Paul Guilloteau/Kipa/Corbis; **472** Alinari/TopFoto/ArenaPAL; **473** Sophie Bassouls/Sygma/Corbis; **474** Torgovnik Jonathan/Corbis Sygma; **476** Sophie Bassouls/Corbis Sygma; **477** Ulf Andersen/Getty Images; **478** Slim Aarons/Getty Images; **478** George Rose/Getty Images); **479** Bettmann/Corbis; **481** Patrick Rideaux/Rex Features; **482** CSU Archive/Everett/Rex Features; **484** Tristan Kenton/Lebrecht Authors; **485** Bembaron Jeremy/Corbis Sygma; **486** William Coupon/Corbis; **487** Richard Austin/Rex Features; **488** Joel Robine/AFP/Getty Images; **489** Seitz/Bioskop/Hallelujah/Kobal Collection; **491 492** John Jonas Gruen/Hulton Archive/Getty Images); **493** Colita/Corbis; **494** Rex Features; **495** Alex Macnaughton/Rex Features, **496** Diana Walker/Time Life Pictures/Getty Images; **496** William Coupon/Corbis; **497** Corbis; **498** Matthew Ford/Rex Features; **499** Hallmark Ent/Everett/Rex Features; **500** Courtesy of the Philip K Dick Trust; **500** Reuters/John Gress/Corbis; **501** Vaughan Stephen/Corbis Sygma; **502** Team/Alinari/Rex Features; **506** Sipa Press/Rex Features; **506** Horst Tappe/Hulton Archive/Getty Images; **506** Micheline Pelletier/Corbis; **507** June Kelly Gallery, New York; **508** Nils Jorgensen/Rex Features; **509** Bleddyn Butcher/Rex Features; **510** Derek Hudson/Getty Images); **510** George Konig/Rex Features; **511** Steve Forrest/Rex Features; **512** Ralph Orlowski/Reuters/Corbis; **513** Lebrecht Authors; **515** Sophie Bassouls/Corbis Sygma; **516** Carolyn Contino/BEI/Rex Features; **517** Brigitte Hellgoth/AKG Images; **518** Dana Lixenberg/Corbis; **519** Reuters/Corbis; **520** Dan Callister/Rex Features; **522** Andrew Testa/Rex Features; **523** Daniel Michau/Corbis; **524** Sipa press/Rex Features; **525** David Lees/Corbis; **526** Rick Friedman/Corbis; **527** Jonathan Player/Rex Features; **528** CSU Archive/Everett/Rex Features; **529** CSU Archive/Everett/Rex Features; **530** H Thompson/Getty Images); **531** Stephen Barker/Rex Features; **532** Sipa press/Rex Features; **533** United Artists/Kobal Collection; **534** Orjan F. Ellingvag/Dagbladet/Corbis; **535** Eric Charbonneau/Wireimage/Getty Images; **536** Sophie Bassouls/Sygma/Corbis; **537** Marco Secchi/Rex Features; **538** Leemage/Lebrecht Authors; **539** Carlo Bavagnoli/Time Life Pictures/Getty Images; **540** Jorma Valkonen IBL Bildbyra/Lebrecht Authors; **541** Marius Alexander/Rex Features; **542** Sutton-Hibbert/Rex Features; **543** Haga Library/Lebrecht Authors; **544** Christopher J. Morris/Corbis; **545** John Li/Getty Images); **546** Louise Gubb/Corbis; **547** Rex Features; **548** Austral International/Rex Features; **549** Ricki Rosen/Corbis SABA; **551** Rex Features; **552** Jean-Paul Guilloteau/Kipa/Corbis; **552** Etienne George/Sygma/Corbis; **553** Claude Schwartz/Corbis; **554** Liba Taylor/Corbis; **555** Justin Williams/Rex Features; **556** Bettmann/Corbis; **557** Maggie Hardie/Rex Features; **558** Francesco Guidicini/Rex Features; **559** Lynn Goldsmith/Corbis; **560** Everett Collection/Rex Features; **561** Mykel Nicolaou/Rex Features; **562** Gemma Levine/Hulton Archive/Getty Images; **564** Ian Berry/Magnum; **564** Colin McPherson/Colin McPherson/Corbis; **565** Martine Franck/Magnum; **566** Antonelli/Rex Features; **568** KC Armstrong/Corbis; **568** Bassouls Sophie/Corbis Sygma; **569** Evelyn Floret/Time Life Pictures/Getty Images; **571** Lebrecht Authors; **572** Gregory Pace/BEI/Rex Features; **573** Sutton-Hibbert/Rex Features; **574** Andanson James/Corbis Sygma; **575** Lebrecht Authors; **575** Lebrecht Authors; **576** Mike Laye/Corbis; **577** Ulf Andersen/Getty Images; **578** Peter Skingley/Reuters/Corbis; **578** Reuters/Corbis; **579** AKG Images; **579** AKG Images; **581** AFP Photo/STR/Getty; **582** Jan E. Carlsson/AFP/Getty Images; **582** RA/Lebrecht Authors; **583** Interfoto/lebrecht Authors; **584** Tony Buckingham/Rex Features; **585** Sophie Bassouls/Sygma/Corbis; **586** Sipa Press/Rex Features; **587** Peter Brooker/Rex Features; **588** Peter Kramer/Getty Images; **588** Mario Anzuoni/Reuters/Corbis; **589** Kim Komenich/Time Life Pictures/Getty Images; **590** Sipa Press/Rex Features; **591** AGF s.r.l./Rex Features; **592** Sahm Doherty/Time Life Pictures/Getty Images; **593** Lebrecht Authors (Julian Barnes's novel *Metroland*); **594** Nils Jorgensen/Rex Features; **595** Clive Postlethwaite/Rex Features; **596** Sipa Press/Rex Features; **597** Carolyn Contino/BEI/Rex Features; **598** Horst Tappe/Getty Images; **598** Colin McPherson/Corbis; **599** Scott Peterson/Getty Images; **601** Rex Features; **602** Thos Robinson/Getty Images; **603** Kurt Krieger/Corbis; **604** Sipa Press/Rex Features; **605** David Hartley/Rex Features; **606** Sergio Gaudenti/Kipa/Corbis; **607** Sipa Press/Rex Features; **608** Sutton-Hibbert/Rex Features; **609** Lebrecht Authors; **610** Richard Saker/Rex Features; **611** Ulf Andersen/Getty Images; **612** Alan McInnis/Random House; **614** Sipa press/Rex Features; **615** V Alhadeff/Lebrecht Authors; **617** Rex Features; **618** Reuters/Mike Segar/Corbis; **619** Adrian Dennis/Rex Features; **619** Nils Jorgensen/Rex Features; **620** Francesco Guidicini/Rex Features; **621** Sutton-Hibbert/Rex Features; **622** Hollandse Hoogte/Lebrecht Authors; **624** Gino Begotti/Rex Features; **625** Stuart Clarke/Rex Features; **626** Maggie Hardie/Rex Features; **627** Chris Jackson/Getty Images; **628** Robert van der Hilst/Corbis; **629** Karl Schoendorfer/Rex Features; **630** Julian Makey/Rex Features; **631** Maggie Hardie/Rex Features; **632** Manuel Harlan/Arenapal; **633** Francesco Guidicini/Rex Features

致谢

Quint**essence** would like to thank the following people for their help in the preparation of this book:

Jemima Dunne-Lord
Lucinda Hawksley
Claire Hubbard
David Hutter
Carol King
Irene Lyford
Lisa Morris
Frank Ritter
Andrew Smith

General Editor Acknowledgments

I am most indebted to Jodie Gaudet for her meticulous and uncompromising work. To her my warmest thanks, as to Jane Laing and Tristan de Lancey for inviting me in, to all the contributors for their splendid entries, and thanks especially to my fellow inmates of 25 Friars' Walk and 503 Manning Avenue for all their help and support.

图文

梦想家·图文馆
张维军　主编
让书成为最精美的礼物

梦想家微信号：iDearBook

红书

梦书

501位文学大师

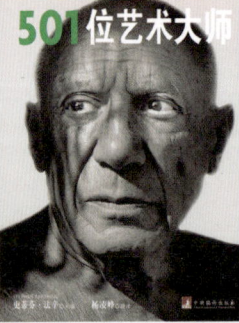

501位艺术大师

501位电影导演

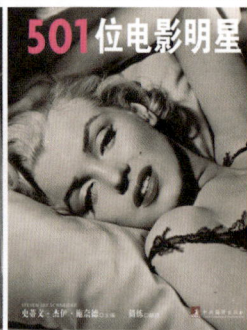

501位电影明星

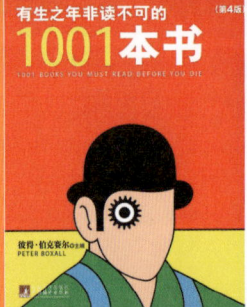

有生之年非读不可的
1001本书

有生之年非听不可的
1001张古典唱片

有生之年非看不可的
1001部电影

有生之年非看不可的
1001座建筑

PANTONE 色彩圣经
The 20th Century in Color 20世纪色彩潮流

世界动画史
THE WORLD HISTORY OF ANIMATION

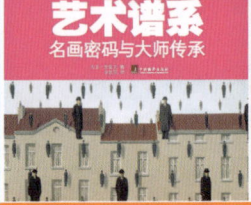

艺术谱系
名画密码与大师传承

时装设计型录
FASHION DESIGN DIRECTORY